전쟁과 평화 2

이 도서의 국립중앙도서관 출판예정도서목록(CIP)은
서지정보유통지원시스템 홈페이지(http://seoji.nl.go.kr)와
국가자료공동목록시스템(http://www.nl.go.kr/kolisnet)에서 이용하실 수 있습니다.
(CIP제어번호: CIP2016023673)

세계문학전집

146

Лев Толстой : Война и мир

전쟁과 평화 2

레프 톨스토이 장편소설

박형규 옮김

문학동네

일러두기

1. 톨스토이 탄생 150주년을 기념하여 1978~1981년 모스크바 예술문학출판사에서 발간한 톨스토이 저작집 전22권 중 4~7권을 번역 대본으로 삼았다. *Война и мир* (Л. Н. Толстой. Собрание сочинений. В 22-х т. т. 4~7. м., Худож. лит., 1979~1981)

2. 원주 표시가 없는 주석은 옮긴이의 것이다. 소설의 흐름과 밀접한 관련이 있는 주석은 각주로, 작품 이해에 도움을 주는 상세한 주석은 미주로 처리했다.

3. 각권 서두의 '주요 등장인물'과 말미의 지도는 독자의 이해를 돕기 위해 옮긴이가 넣은 것이다.

4. 외래어의 표기는 국립국어원 외래어 표기법에 준했으나, 일부는 현지 발음이나 관용에 따랐다.

5. 원서의 프랑스어(또는 기타 언어) 부분은 이탤릭체로 처리했고, 강조 부분은 고딕체로 처리했다.

6. 성서의 인용은 공동번역 개정판에 따랐다.

차례 ▋

주요 등장인물

러시아의 인명은 이름, 부칭, 성으로 구성되며 다양한 별칭과 애칭이 있다. 괄호 안의 * 표시는 이름의 프랑스어 표기다.

볼콘스키가家

볼콘스키 공작 (니콜라이 안드레예비치[안드레이치] 볼콘스키)

안드레이 (안드레이 니콜라예비치[니콜라이치] 볼콘스키, 안드류샤, 앙드레*) 그의 아들.

마리야 (마리야 니콜라예브나 볼콘스카야, 마샤, 마셴카, 마리*) 그의 딸.

리자 (리자베타 카를로브나 볼콘스카야, 리즈 마이넨, 리즈*) '몸집이 작은 공작부인', 그의 며느리.

니콜라이 (니콜라이 안드레예비치 볼콘스키, 니콜렌카, 니콜루시카, 코코) 그의 손자.

부리엔 (아말리야 예브게니예브나 부리엔, 부리엔카, 아멜리*) 이 집안의 식객, 프랑스 처녀.

베주호프가

베주호프 백작 (키릴 블라디미로비치 베주호프)

피예르 (표트르 키릴로비치[키릴리치] 베주호프, 키릴, 페탸, 페트루샤, 피에르*) 그의 아들.

카테리나 (카테리나 세묘노브나 마몬토바, 카티슈) 그의 조카딸.

로스토프가

로스토프 백작(일리야 안드레예비치 로스토프, 엘리*)

로스토바 백작부인(나탈리야 신시나 로스토바, 나탈리*) 그의 아내.

베라(베라 일리니치나[일리니시나] 로스토바, 베로치카, 베루시카*) 그의 장녀.

니콜라이(니콜라이 일리치 로스토프, 니콜라샤, 니콜렌카, 니콜루시카, 코코, 콜랴, 니콜라*) 그의 장남.

나타샤(나탈리야 일리니치나 로스토바, 나탈리*) 그의 차녀.

페탸(표트르 일리치 로스토프, 페트루샤, 페티카) 그의 차남.

소냐(소피야 알렉산드로브나, 소뉴시카, 소피*) 그의 조카딸.

쿠라긴가

바실리 공작(바실리 세르게예비치[세르게이치] 쿠라긴, 바질*)

이폴리트(이폴리트 바실리예비치 쿠라긴) 그의 장남.

아나톨(아나톨 바실리예비치 쿠라긴) 그의 차남.

옐렌(옐레나 바실리예브나 쿠라기나, 롤랴, 헬레네, 엘렌*) 그의 딸.

마리야 드미트리예브나 아흐로시모바 사교계 부인.

바실리 드미트리예비치 데니소프(바샤, 바시카) 경기병 장교, 니콜라이의 친구.

보리스 드루베츠코이(보랴, 보렌카) 안나 미하일로브나의 아들.

빌라르스키 폴란드인, 젊은 프리메이슨.

빌리빈 외교관, 안드레이 공작의 친구.

안나 미하일로브나 드루베츠카야(아네트*) 몰락한 귀족가의 부인.

안나 파블로브나 셰레르(아네트*) 황태후의 여관女官, 페테르부르크 사교계의 실력자.

알폰스 카를리치 베르그(아돌프) 근위대 장교.

이오시프(오시프) **알렉세예비치 바즈데예프** 프리메이슨의 핵심 인물.

쥴리 카라기나 마리야 공작영애의 친구.

투신 포병 장교.

표도르 이바노비치 돌로호프(페다) 경기병 장교, 아나톨의 친구.

플라톤(카라타예프, 플라토샤) 농민 보병.

역사상의 주요 인물

나폴레옹(나폴레옹 보나파르트, 1769∼1821) 프랑스 황제.

라스톱친(표도르 바실리예비치 라스톱친, 1763∼1826) 모스크바 총독.

뮈라(조아생 뮈라, 1767∼1815) 프랑스 장군이자 후에 나폴리왕국의 왕, 나폴레옹의 매제.

바그라티온(표트르 이바노비치 바그라티온, 1765∼1812) 러시아 사령관.

스페란스키(미하일 미하일로비치 스페란스키, 1772∼1839) 알렉산드르 1세 때 개혁을 주도한 정치가.

아락체예프(알렉세이 안드레예비치 아락체예프, 1769∼1834) 알렉산드르 1세의 총신으로 군인이자 정치가.

알렉산드르 1세(알렉산드르 파블로비치 로마노프, 1777∼1825) 러시아 황제.

쿠투조프(미하일 일라리오노비치 쿠투조프, 1745∼1813) 러시아 총사령관.

제1부

1

　1806년 초 니콜라이 로스토프는 휴가를 얻어 귀국했다. 데니소프도 보로네시*의 집으로 가게 되어, 로스토프는 그에게 모스크바까지 함께 가 자기 집에서 묵으라고 설득했다. 종착역을 하나 앞둔 역에서 동료를 만난 데니소프는 그와 와인을 세 병 나눠 마시더니 역에서 말을 교체한 썰매의 바닥에 드러누운 채 모스크바가 가까워져도, 아무리 길이 울퉁불퉁해도 좀체 눈을 뜨지 않았지만, 옆에 앉은 로스토프는 모스크바가 가까워지자 점차 마음이 들떴다.

　'다 왔나? 다 온 건가? 아아, 이런 거리, 가게, 흰 빵, 가로등, 삯마차 같은 건 지겹다!⋯⋯' 이미 시의 관문**에서 휴가 귀국 장부에 기재하

---

* 러시아 남서부의 도시. 모스크바에서 약 500베르스타 떨어져 있다.
** 19세기 말까지 도시나 대거주지 어귀에 등록과 각종 징세를 하는 관문이 있었다.

고 모스크바 시내로 들어서면서 로스토프는 생각했다.

"데니소프, 도착했어! 자는 건가!" 로스토프는 썰매의 속도를 올리려는 듯 온몸을 앞으로 내밀며 말했다. 데니소프는 대답하지 않았다.

"아, 여기가 마차꾼 자하르가 늘 서 있던 네거리 모퉁이다. 그래 저기 자하르가 있어, 말도 그대로고! 저긴 당밀 과자를 사던 가게다. 다 왔나? 이봐!"

"어느 집입니까?" 마부가 물었다.

"저기 저 끝에 있는 커다란 집. 저 집이 안 보일 리가 없을 텐데! 저게 우리집이다." 로스토프는 말했다. "저게 우리집이야!"

"데니소프! 데니소프! 곧 도착하네."

데니소프는 고개를 들고 기침했지만, 대답은 하지 않았다.

"드미트리," 로스토프는 마부대에 앉은 하인에게 말했다. "저건 우리집에 켜진 불이겠지?"

"맞습니다, 아버님 서재에도 불이 켜져 있는데요."

"아직 안 주무시나? 응? 어떤 것 같아? 알겠지, 잊으면 안 돼. 바로 새 벤게르카*를 꺼내줘야 한다." 로스토프는 갓 기른 콧수염을 만지며 덧붙였다. "자, 달려!" 그는 마부에게 소리쳤다. "이봐, 일어나, 바샤." 그는 또다시 고개를 떨어뜨리고 만 데니소프에게도 말을 걸었다. "자, 빨리 몰아, 술값으로 3루블 줄 테니까, 빨리!" 하고 로스토프가 외쳤을 때, 썰매는 이미 그의 집 현관 마차 대는 곳에서 세번째 집 앞까지 가 있었다. 그는 말이 움직이고 있지 않는 것처럼 느껴졌다. 마침내 썰매

---

* 늑골 부분에 장식이 달린 헝가리식 경기병 상의.

는 오른쪽으로 꺾어 마차 대는 곳으로 들어섰다. 로스토프는 머리 위로, 벽토가 떨어진 낯익은 처마 장식과 현관 층층대와 보도 기둥을 보았다. 그는 썰매가 멈추기도 전에 뛰어내려 현관으로 뛰어들어갔다. 집은 누가 안으로 들어오건 말건 관심 없다는 듯 여전히 꼼짝도 않고 있었다. 현관에는 아무도 없었다. '아아! 모두 안녕하신가?' 로스토프는 심장이 얼어붙는 것 같은 기분으로 생각하고, 잠시 걸음을 멈췄다가 곧 현관을 지나 낯익은 구부러진 층층대를 올랐다. 백작부인이 더럽다고 늘 잔소리하던 낡아빠진 문손잡이가 전처럼 힘없이 돌아갔다. 현관방에는 수지獣脂 초가 타고 있었다.

미하일로 노인은 궤짝 위에서 졸고 있었다. 외출 담당 하인이자 유개마차 하나는 거뜬히 들어올릴 정도로 힘이 장사인 프로코피는 앉아서 헝겊으로 신을 삼고 있었다. 그가 열린 문 쪽을 돌아보았고, 졸린 듯하고 무관심하던 표정은 갑자기 바뀌면서 놀라움과 환희로 빛났다.

"아이고! 젊은 백작님!" 그는 젊은 나리를 알아보고 소리쳤다. "이게 무슨 일입니까, 우리 나리!" 프로코피는 흥분으로 몸을 떨면서, 사람들에게 알리려는 듯 객실로 통하는 문 쪽으로 뛰어갔으나, 생각을 고쳐먹은 듯 되돌아와서 젊은 나리의 어깨에 몸을 던졌다.

"다들 안녕하시냐?" 로스토프는 그의 몸에서 손을 떼며 물었다.

"하느님 덕분이지요! 하느님 덕분입니다! 이제 막 식사를 마치셨습니다. 얼굴 좀 보여주십시오, 나리!"

"정말 모두 잘 계시지?"

"덕분에요, 그저 덕분에!"

로스토프는 데니소프가 있다는 것을 완전히 잊어버렸고, 자기가 돌아온 것을 아직 아무도 모르게 해야겠다고 생각하며 모피 외투를 벗어 던지고 크고 어두운 홀 쪽으로 발뒤꿈치를 들고 뛰어갔다. 여전한 롬 베르* 탁자, 여전히 같은 덮개가 씌워진 샹들리에, 모든 것이 그대로였다. 그러나 누군가 벌써 젊은 나리를 발견하고 그가 객실에 뛰어들기도 전에 폭풍처럼 문에서 튀어나와 그를 껴안고 키스하기 시작했다. 그리고 두번째, 세번째 누군가가 또다시 두번째, 세번째 문에서 튀어나왔다. 다시 포옹, 키스, 외침, 기쁨의 눈물이 그를 둘러쌌다. 그는 누가 어디에 있는지, 누가 아버지고 누가 나타샤고 누가 페탸인지 분간할 수 없었다. 모두가 동시에 외치고, 말하고, 키스했다. 다만 그중에 어머니가 없다는 것은 알 수 있었다.

"아아, 정말, 설마 했다…… 니콜루시카…… 내 친구, 콜랴**!"

"아, 오빠…… 우리 오빠…… 몰라보겠어요! 초를 준비해! 차도!"

"나도 키스해줘요!"

"내 사랑…… 나도."

소냐, 나타샤, 페탸, 안나 미하일로브나, 베라, 노백작이 그를 껴안았다. 하인들과 하녀들이 방에 가득 들어차 연신 지껄이고 탄성을 질렀다.

페탸는 그의 다리에 매달렸다.

"나도!" 그는 소리쳤다.

나타샤는 오빠를 끌어당겨 얼굴 여기저기에 키스하더니 옆으로 훌쩍 물러나 벤게르카 자락을 붙잡은 채 염소처럼 한곳에서 폴짝거리며

---

* 카드놀이의 일종.
** 니콜라이의 애칭.

새된 소리를 질렀다.

어느 쪽을 보아도 기쁨의 눈물로 빛나는 사랑의 눈이 있었고, 어느 쪽을 보아도 키스를 바라는 입술이 있었다.

붉은 옥양목처럼 빨개진 소냐도 그의 팔에 매달려, 그토록 기다리던 사람의 눈을 바라보며 환희에 빛나고 있었다. 소냐는 이미 열여섯 살이 되었고 무척 아름다웠는데, 행복과 환희에 들뜬 이 순간은 특히 더 아름다웠다. 그녀는 미소를 띠고 숨을 죽이며 눈을 떼지 않고 그를 바라보았다. 그는 고맙다는 듯이 그녀를 보았지만, 아직도 연신 누군가를 기다리며 찾고 있었다. 노백작부인이 아직 나오지 않았던 것이다. 그때 문가에서 발소리가 들렸다. 그것은 어머니의 발소리라고 생각되지 않을 만큼 빨랐다.

그러나 역시 어머니였다. 어머니는 로스토프가 없을 때 맞춘 듯한, 그가 본 적 없는 새 옷을 입고 있었다. 모두가 그를 놓아주자, 그는 어머니에게 달려갔다. 둘이 다가간 순간, 그녀는 흐느껴 울며 그의 품에 쓰러졌다. 그녀는 얼굴을 들지 못하고 그저 벤게르카의 차가운 장식 끈을 꾹 누르고만 있었다. 누구의 관심도 받지 못한 채 방안으로 들어온 데니소프는 우두커니 서서 그들을 바라보며 눈을 비볐다.

"아드님의 친구, 바실리 데니소프라고 합니다." 그는 의아한 듯이 자기를 바라보던 백작에게 자신을 소개했다.

"잘 왔소. 압니다, 알고말고요" 하고 백작은 데니소프에게 키스하고 껴안았다. "니콜루시카가 편지에 썼었죠…… 나타샤, 베라, 이분이 데니소프 씨다."

하나같이 행복하고 환희에 넘치는 얼굴들이 검은 수염이 텁수룩한 데니소프를 향하더니 그를 둘러쌌다.

"잘 오셨어요, 데니소프!" 나타샤는 너무 기뻐 정신이 나간 사람처럼 높은 음성으로 소리치고 그에게 달려가 껴안고 키스했다. 모두 나타샤의 행동에 당황했다. 데니소프는 얼굴을 붉혔지만, 미소를 지으며 그녀의 손을 잡고 그 손에 키스했다.

데니소프는 그에게 마련된 방으로 안내되고, 로스토프가 사람들은 니콜루시카를 에워싸고 소파가 있는 방으로 몰려갔다.

노백작부인은 옆에 앉아 잠시도 그의 손을 놓지 않고 끊임없이 그 손에 키스했고, 다른 사람들은 두 사람 주위를 빙 둘러싸고 그의 움직임, 말, 눈길 하나라도 놓칠세라 기쁨과 사랑이 넘치는 눈을 떼지 않았다. 남동생과 누이들은 그와 가까운 자리를 차지하려고 다투고, 누가 그에게 차와 손수건과 파이프를 가져다주느냐를 가지고도 다투었다.

로스토프는 그들이 보이는 사랑에 아주 행복했지만, 재회의 첫 순간에 느낀 행복이 너무도 강렬했기 때문에 지금의 행복이 왠지 부족한 것 같아 연신 뭔가를, 또다른 뭔가를 기다렸다.

다음날 아침 두 사람은 여독이 풀리지 않아 아홉시 가까이까지 잤다.

앞방에는 사브르, 배낭, 가죽 주머니, 열어젖힌 트렁크, 지저분한 장화 등이 흩어져 있었다. 박차가 달린 장화 두 켤레는 깨끗이 닦여 방금 벽 옆에 놓였다. 하인이 세숫대야며 면도할 더운물이며 솔질한 옷을 가져왔다. 방에서는 담배 냄새와 사내 냄새가 풍겼다.

"어이, 리시카, 파이프 좀 줘!" 데니소프가 목쉰 소리로 외쳤다. "로스토프, 일어나게!"

로스토프는 달라붙은 눈을 비비며 헝클어진 머리를 따뜻한 베개에서 들었다.

"왜 그래, 늦었나?"

"늦었죠. 아홉시가 넘었거든요" 하는 나타샤의 목소리가 들리더니 앞방에서 풀 먹인 옷자락 스치는 소리와 소녀들이 웃고 속삭이는 소리가 들리고, 조금 열린 문 너머로 하늘색 뭔가와 리본, 검은 머리, 즐거워하는 얼굴들이 얼씬거렸다. 나타샤와 소냐와 페탸가 그들이 일어났는지 보러 와 있었다.

"니콜렌카, 일어나요!" 문가에서 또다시 나타샤의 목소리가 들렸다.

"그래 곧!"

이때 페탸는 앞방에서 발견한 사브르를 손에 든 채, 군인 형을 둔 소년이 경험하는 기쁨을 느끼면서, 누이들에게는 옷 벗은 사내를 보이는 것이 점잖지 못한 일이라는 것도 생각지 못하고 문을 열어젖혔다.

"이게 형의 사브르예요?" 그는 소리쳤다. 소녀들은 달아났다. 데니소프는 당황한 눈으로 도움을 구하듯이 친구를 바라보더니 털투성이 다리를 담요 속으로 감췄다. 문은 페탸만 들여놓고 다시 닫혔다. 문밖에서 웃음소리가 일었다.

"니콜렌카, 가운을 입고 나와요." 나타샤의 목소리가 들렸다.

"이게 형의 사브르예요?" 페탸가 물었다. "아니면, 당신 건가요?" 그는 굴종하는 듯한 존경을 보이며 거뭇거뭇한 턱석부리 데니소프 쪽으로 몸을 돌렸다.

로스토프는 황급히 신을 신고 가운을 걸치고 나갔다. 나타샤는 박차가 달린 장화 한쪽을 신고 나머지 한쪽도 마저 신어보려는 참이었다. 소냐는 빙빙 돌며 스커트 자락을 활짝 부풀리고 앉으려는 참이었다.

두 사람 다 하늘색 새 옷을 입고 있었고, 얼굴은 싱싱하고 발그레하고 즐거워 보였다. 소냐는 달아났지만, 나타샤는 그의 손을 잡아 소파가 있는 방으로 이끌더니 이야기하기 시작했다. 둘은 자기들에게만 흥미가 있는 수없이 많은 자잘한 일에 관해 서로 묻고 대답했고, 이야기는 좀처럼 그치지 않았다. 나타샤는 그와 자신의 말 한마디 한마디에 소리내 웃었는데, 자기들이 하는 이야기가 우스워서가 아니라 기분이 들뜨고 웃음으로 나타나는 기쁨을 억누를 수 없기 때문이었다.

"아, 좋아요, 정말 훌륭해요!" 그녀는 말끝마다 덧붙였다. 로스토프는 나타샤가 발산하는 뜨거운 사랑의 광선에, 집을 떠난 후로 한 번도 지어본 적 없는 아이 같고 순수한 미소가 일 년 반 만에 처음으로 자신의 마음속에도 얼굴에도 번지는 것을 느꼈다.

"아니, 내 말 좀 들어봐요." 그녀는 말했다. "오빠는 이제 완전히 진짜 남자죠? 나는 오빠가 내 오빠란 게 정말 좋아요." 그녀는 그의 콧수염을 만졌다. "나는 궁금해요, 오빠 같은 남자는 어떻죠? 우리와 똑같아요? 그래요?"

"아니. 소냐는 왜 달아났어?" 로스토프는 물었다.

"음, 여러 가지 이유가 있죠! 오빠는 소냐와 이야기할 때 어떻게 해요? 너라고 해요, 당신이라고 해요?"

"그야 때에 따라 다르지." 로스토프는 말했다.

"소냐에게 당신이라고 해줘요, 이유는 나중에 말해줄 테니까."

"왜 그런데?"

"좋아요, 그럼 얘기할게요. 오빠도 알겠지만, 소냐는 내 친구예요, 그냥 친구가 아니라 그녀를 위해 내 팔을 태울 수도 있는 친구요. 자,

봐요." 그녀는 모슬린 옷소매를 걷어올려 길고 마른 화사한 팔, 어깨 아래지만 팔꿈치보다는 훨씬 위쪽(무도복으로 가려지는 위치)에 있는 붉은 흉터를 보였다.

"이건 내가 그녀를 사랑한다는 걸 증명하기 위해 일부러 태운 거예요. 쇠자를 달궈서 눌렀을 뿐이지만."

자기의 옛 공부방에서 팔걸이에 천을 덧댄 소파에 앉아 나타샤의 거침없고 활기찬 눈을 바라보는 동안 로스토프는 다시금 가정적인, 아이의 세계로 돌아갔고, 이는 남에게는 아무 의미도 없지만 그에게는 특별하고 인생의 큰 즐거움 중 하나였으므로, 사랑을 증명하기 위해 달군 쇠자를 팔에 누른 것도 공연한 일이라 느껴지지 않았고, 또 그 기분을 알 수 있었으므로 별로 놀라지도 않았다.

"그래서 뭐?" 그는 단지 물을 뿐이었다.

"그래요, 그만큼 친해요. 친하다고요! 물론 쇠자로 지지는 건 어리석은 일이죠. 하지만 우린 영원한 친구예요. 소냐는 누굴 한번 사랑하면 변하지 않아요. 나는 그런 기분을 이해 못하지만요. 나라면 금방 잊어버릴 텐데."

"그래, 그게 어쨌다는 거지?"

"그러니까, 소냐는 그만큼 나와 오빠를 사랑하고 있다고요." 나타샤는 갑자기 얼굴을 붉혔다. "음, 기억할 거예요, 오빠가 떠나기 전…… 그래서 소냐는 오빠에게 모두 다 잊어도 된다고…… 이렇게 말했잖아요. 난 그를 평생 사랑하겠지만, 그는 자유로웠으면 좋겠다고요. 정말 훌륭해요, 정말 고결한 생각이에요! 응, 그렇죠? 참 고결하죠? 그렇죠?" 나타샤는 아주 진지하고 감동한 어조로 물었는데, 지금 그녀가 하는 이야기는 이전에도 눈물을 흘리며 이야기하던 것임이 분명했다. 로스토프는 생각에 잠겼다.

"나는 무슨 일이든 한번 입 밖에 내면 어떤 일이 있어도 저버리지 않아." 그는 말했다. "게다가 소냐는 정말 사랑스러운 여자야. 그런 행복을 걷어찰 바보는 없을 거야."

"아니요, 아니에요," 나타샤는 외쳤다. "그것에 대해서라면 우리는 벌써 이야기했어요. 오빠가 그렇게 말할 거라는 건 알고 있었어요. 하지만 그러면 안 돼요. 만약 오빠가 그렇게 말한다면, 자기가 한 말에 얽매여서 그렇게 생각한다면, 소냐가 마치 무슨 꿍꿍이속이라도 있어서 그런 말을 한 게 되어버리니까요. 그럼 오빠는 별수없이 그녀와 결혼하는 것처럼 될 테니까, 전혀 다른 결과가 된단 말이에요."

로스토프는 이것이 모두 이 두 사람이 잘 생각한 끝에 결정한 것임을 알아챘다. 소냐의 아름다움은 어제도 그를 놀라게 했다. 오늘은 얼핏 보았는데도 더 아름다웠다. 아름다운 열여섯 살의 처녀는 분명 열정적으로 그를 사랑하고 있었다(그는 이것을 한순간도 의심하지 않았다). 로스토프는 지금 그녀를 사랑해서 안 될 것도 없고, 결혼해서 안 될 것도 없다고 생각했다. 하지만…… 지금은 다른 기쁨과 할 일이 널려 있었다! '그래, 두 사람이 좋은 생각을 해주었다' 하고 그는 생각했다. '자유롭게 지내야 한다.'

"그래, 좋아," 그는 말했다. "나중에 얘기하자. 아아, 정말 좋구나!" 그는 덧붙였다. "그런데 넌 어떠니, 보리스에 대한 마음은 변치 않았겠지?" 그는 동생에게 물었다.

"어머, 그런 바보 같은 소릴!" 나타샤는 웃으며 소리쳤다. "나는 그 사람이든 누구든 전혀 생각하지 않고, 알고 싶지도 않아요."

"오, 이런! 그럼 어떡할 건데?"

"나요?" 나타샤는 되물었고, 얼굴은 행복한 미소로 빛났다. "오빠, 뒤포르* 본 적 있어요?"

"아니."

"유명한 뒤포르, 그 무용가를 못 봤다고요? 그럼 오빠는 이해 못하겠네요. 난 이런 사람이에요." 나타샤는 양팔을 둥글게 모으고 춤출 때처럼 스커트 자락을 잡아올리더니 몇 걸음 뛰어가 빙그르르 돌고, 점프하며 양발을 마주치고 발끝으로 몇 걸음 나아갔다. "설 수 있죠? 봐요!" 그녀는 이렇게 말했지만, 발끝으로 몸을 지탱하고 서 있지 못했다. "나는 이런 사람이에요! 나는 절대 결혼하지 않을 거고, 무용가가 될 거예요. 하지만 아무한테도 말하지 말아줘요."

로스토프는 자기 방에 있던 데니소프가 부러워할 만큼 큰 소리로 명랑하게 웃었고, 나타샤도 참지 못하고 함께 웃었다. "왜요, 근사하지 않아요?" 그녀는 말을 이었다.

"근사하다. 그럼 이제 보리스와 결혼하고 싶지 않은 거야?"

나타샤는 얼굴을 붉혔다.

"나는 누구하고도 결혼하지 않을 거예요. 이번에 만나면 그 사람한테도 말할 생각이에요."

"오, 이런!" 로스토프는 말했다.

"글쎄, 그런 일은 다 시시하니까요." 나타샤는 계속 종알거렸다. "데

---

* L. A. 뒤포르(1781~1853). 프랑스 무용가. 유럽 무용계의 나폴레옹이라 불렸다.

니소프는 좋은 사람이에요?" 그녀가 물었다.

"좋은 사람이지."

"자, 그럼 이만, 옷을 갈아입어요. 그런데 데니소프는 무서운 사람이에요?"

"무섭다니?" 니콜라는 물었다. "아냐, 바시카*는 훌륭한 사람이야."

"오빠는 그 사람을 바시카라고 불러요?…… 별나네요. 그런데 그는 정말 좋은 사람이에요?"

"정말 좋은 사람이지."

"자, 얼른 차 마시러 와요. 다 같이."

나타샤는 발끝으로 서서 무용가 같은 자세로 방을 나갔지만, 그 얼굴에 떠오른 것은 행복한 열다섯 살 소녀만의 미소였다. 로스토프는 소냐와 객실에서 마주치자 얼굴을 붉혔고, 그녀를 어떻게 대해야 좋을지 알수 없었다. 어제 재회의 첫 순간에는 기쁜 마음에 키스를 했지만, 오늘은 그럴 수 없다는 것을 느끼고 있었다. 로스토프는 어머니와 누이들 모두가 묻는 듯이 그를 바라보며, 그가 소녀를 어떻게 대하는지 기대하고 있다는 것을 느꼈다. 그는 그녀의 손에 키스하고, 그녀를 당신—소냐—이라고 불렀다. 그러나 눈이 마주치자 두 사람은 눈으로 서로를 '너'라고 부르며 부드럽게 키스했다. 소냐는 자신이 대담하게도 나타샤를 통해 그에게 약속을 상기시키려 했던 것을 눈빛으로 사과했고, 그의 사랑에 감사했다. 그 또한 눈빛으로, 자신에게 자유를 준 그녀에게 감사했고, 하지만 자기는 절대로 그녀에 대한 사랑을 멈추지 않을

---

* 고양이를 일컫는 이름이기도 하다.

것이며 그것은 그녀를 사랑하지 않을 수 없기 때문이라고 말했다.

"하지만 이상해요." 모두가 침묵한 순간에 베라가 말했다. "지금 소냐와 니콜렌카가 마치 남처럼 서로를 '당신'이라고 부르며 인사하는 건 우습지 않나요." 베라의 말은 언제나처럼 맞는 말이었지만, 거의 언제나 그렇듯 사람들을 당황하게 만들었는데, 소냐와 니콜라이, 나타샤뿐만 아니라 예전부터 자기 아들의 훌륭한 결혼을 망칠 것 같은 소냐에 대한 니콜라이의 사랑을 두려워하던 노백작부인까지도 소녀처럼 얼굴을 붉혔다. 한편 데니소프는 새 제복으로 갈아입고 포마드와 향수를 바르고 전장에서처럼 멋부린 말쑥한 모습으로 객실에 나타나 여자들에게 자못 상냥한 기사 노릇을 자청했는데, 로스토프는 그의 그런 모습을 보게 되리라고는 전혀 생각지 못했었다.

2

군대에서 모스크바로 돌아온 니콜라이 로스토프는 집안사람들에게는 훌륭한 아들, 영웅, 아무리 보아도 싫증나지 않는 니콜루시카로, 친척들에게는 사랑스럽고 유쾌하고 겸손한 젊은이로, 또 친지들에게는 잘생긴 경기병 중위, 훌륭한 춤꾼, 모스크바의 일등 신랑감으로 환영받았다.

로스토프가의 교제 범위는 모스크바 전체였다. 올해 노백작은 모든 영지를 새로 저당잡혀 돈이 충분했으므로 니콜루시카는 전용 준마에, 아직 모스크바에서는 아무도 입지 않는 최신의 특별한 승마바지를 입고, 코가 아주 뾰족하고 조그마한 은 박차가 달린 최신 유행의 장화를 신고 더없이 유쾌한 시간을 보냈다. 집으로 돌아온 뒤 예전의 환경에 익숙해지기까지 얼마의 시간이 지나자 로스토프는 더없는 편안함을 느끼기 시작했다. 그는 자기가 많이 성숙했고, 어른이 다 된 것 같았다. 교리 시험에 떨어져 낙담했던 것, 가브릴로에게 마차 삯을 빌렸던 것, 소냐와 숨어서 키스했던 것 같은 일은 모두 까마득한 유년의 일로 생각됐다. 그는 은빛 재킷에 사병용 게오르기 십자훈장을 단 경기병 중위로, 사람들에게 존경받는 상당한 연배의 유명한 승마 애호가들과 함께 자기 말을 조련했다. 밤이 되면 찾아가는 가로숫길에 사는 친한 여성도 있었다. 또 아르하로프가의 무도회에서 마주르카*를 주도하고, 카멘스키 원수와 전쟁에 대해 이야기하고, 영국클럽**1)에 출입하고, 데니소프가 소개한 마흔 살의 대령과 너나들이하며 교제했다.

황제에 대한 그의 열정은 모스크바에 온 뒤 황제를 보지 못하자 다소 식어버렸다. 그러나 그는 황제나 황제에 대한 자기 애정에 대해 곧잘 이야기했는데, 상대방에게 아직 전부를 이야기한 것은 아니며 황제에 대한 자신의 마음에는 누구도 절대 이해할 수 없는 뭔가가 있는 것처럼 말했고, 당시 '천사의 화신'이라는 별명으로 불리던 알렉산드르 파블로비치 황제에 대한 모스크바 온 시민의 존경심에 진심으로 동감했다.

군대에 돌아가기까지 모스크바에서 머문 짧은 기간 동안 로스토프

---

* 폴란드 민속 무도 또는 무도곡.
** 1770년 예카테리나 여제 시대부터 1917년 10월혁명 때까지 모스크바에 있던 귀족들의 사교 클럽.

는 소냐와 가까워지기는커녕 오히려 멀어지고 말았다. 그녀는 아주 아름답고 사랑스럽고 분명 그를 열렬히 사랑하고 있었지만, 마침 그는 청춘의 어느 시기에 접어들고 있었고, 이 시기에는 그런 일에 얽매여 있을 *시간이 없을* 만큼 많은 일이 있다고 생각되기 때문에 관계 맺기를 두려워하고, 다른 여러 가지 일에 필요한 자유를 소중하게 생각하는 법이다. 모스크바에 있는 동안 소냐에 대해 생각이 미칠 때마다 그는 스스로에게 말했다. '그래! 그 정도의 여자는 얼마든지 있고, 어딘가 다른 곳에도 내가 아직 모르는 여자가 얼마든지 있으며, 사랑은 마음먹기만 하면 언제든지 할 수 있지만 지금은 그럴 시간이 없다.' 게다가 여자와의 교제는 남자의 품위를 떨어뜨리는 것같이 생각되었다. 그는 무도회나 여자들의 모임에 갈 때는 언제나 마음이 내키지 않는 척했다. 그러나 경마나 영국클럽이나 데니소프와의 유흥, 그곳에 드나드는 건 다른 일이고, 그것은 젊은 경기병에게 어울리는 일이었다.

3월 초, 일리야 안드레예비치* 로스토프 노백작은 영국클럽에서 베풀기로 한 바그라티온 공작 환영 만찬회 준비에 여념이 없었다.

백작은 가운 차림으로 객실을 왔다갔다하면서, 영국클럽의 사무장과 유명한 수석 요리사인 페옥티스트에게 바그라티온 공작 환영 만찬회에 쓸 아스파라거스며 신선한 오이며 딸기며 송아지고기며 생선에 관해 지시를 내리고 있었다. 백작은 클럽 창설 이래 회원이자 간부였다. 그가 바그라티온 환영 만찬회 준비를 맡게 된 것은 이 같은 대대적인 만찬회 준비를 훌륭하게 해낼 사람이 달리 없기도 하지만, 무엇보

---

* 안드레예비치, 이바노비치 등과 같은 러시아의 부칭은 안드레이치, 이바니치 등으로 흔히 줄여 부른다.

다도 연회 준비에 자진해서 자기 돈을 쓸 사람이 거의 없기 때문이었다. 요리사와 사무장이 유쾌한 낯으로 백작의 명령에 귀를 기울이는 것도 이 사람의 지휘 아래 수천 루블이 들어가는 연회 준비를 할 때만큼 주머니가 두둑해지는 일도 없다는 것을 잘 알기 때문이었다.

"자, 알겠나? 가리비, 가리비를 토르튀*에 넣어야 해, 알겠나!"

"그럼 찬 요리는 세 가지가 되겠군요?……" 요리사가 물었다.

백작은 잠시 생각에 잠겼다.

"그보다 적을 순 없지. 세 가지…… 하나는 마요네즈로 하게." 그는 손가락을 꼽으며 말했다……

"그럼 철갑상어는 큰 걸 쓰시는 겁니까?" 사무장이 물었다.

"깎아주지 않는다면 할 수 없지, 받아두게. 아 참, 하마터면 잊을 뻔했군. 앙트레**도 하나 더 내놔야 하잖아. 아아, 큰일났군!" 그는 두 손으로 머리를 감쌌다. "그런데 꽃은 누가 가져오지? 미텐카! 이봐, 미텐카! 자네가 모스크바 근교 집에 얼른 갔다 와주게." 그는 부름을 받고 온 지배인에게 말했다. "모스크바 근교 집에 얼른 가서 정원사 막심카한테 농부들을 시켜 온실의 꽃을 있는 대로 다 펠트에 싸서 가져오라고 해. 그리고 금요일까지 여기로 화분 200개를 보내라고 하고."

이런저런 지시를 더 내린 후에 그는 쉬기 위해 부인에게 갔다가 할 일을 떠올리고 되돌아와서 요리사와 사무장을 불러 다시 지시하기 시작했다. 이때 문가에서 남자다운 경쾌한 발소리와 철걱거리는 박차 소리가 들리더니, 안락한 모스크바 생활로 피로가 가신 잘생기고 혈색

---

* 거북 요리.

** 생선 요리와 고기 요리 사이에 나오는 요리를 뜻하는 프랑스어.

좋고 거뭇거뭇하게 작은 콧수염을 기른 젊은 백작이 들어왔다.

"아아, 너구나! 너무 바빠서 머리가 돌 지경이다." 노인은 아들 앞에서 쑥스러운 듯이 미소지으며 말했다. "네 손이라도 빌리고 싶을 정도구나! 가수들도 필요하다. 악단은 우리집에도 있지만, 그래, 집시라도 부를까? 너희 군인들은 그걸 좋아하잖니."

"아버지, 쇤그라벤 전투를 준비하던 바그라티온 공작도 지금 아버지처럼 조바심치진 않았습니다." 아들이 미소지으며 말했다.

노백작은 짐짓 화난 표정을 지었다.

"글쎄, 말로 하는 건 쉽지, 어디 네가 한번 해보렴!"

백작은 영리해 보이는 얼굴에 공손한 표정으로 부자를 찬찬히 상냥하게 바라보던 요리사에게 말했다.

"젊은이들이란 이렇지, 응, 페옥티스트?" 그는 말했다. "우리 늙은이들을 놀려대."

"어쩔 수 없습죠, 각하. 젊은 분들은 그저 실컷 잡수시면 될 뿐, 이것저것 차리고 대접하는 건 그분들 일이 아닙니다."

"그렇지, 그렇지!" 백작은 유쾌한 듯 아들의 두 손을 잡고 외치고, 이어 소리쳤다. "아, 그래 잘됐다, 잘 와주었다! 지금 바로 양두썰매를 타고 베주호프네에 가서 일리야 안드레이치 백작 심부름으로 딸기와 신선한 파인애플을 얻으러 왔다고 말해다오. 이건 다른 데서는 구할 수가 없거든. 만약 백작이 없으면 공작영애들에게 부탁하고, 그길로 라즈굴랴이한테 가서—마부 이파트카가 알고 있다—집시 일류시카*를

___
* I. O. 소콜로프(1777~1848). 집시 합창단의 지휘자로 독특한 개성과 미성, 예풍을 지니고 있었다.

찾아라, 오를로프 백작네서 하얀 카자킨*을 입고 춤추던 남자 기억날 거다, 그를 나한테 데려와."

"집시 여자들도 데려올까요?" 니콜라이는 웃으며 물었다.

"음, 음!······"

이때 안나 미하일로브나가 사무적이고 근심스럽고, 또한 언제나 얼굴에서 사라지지 않는 기독교도다운 겸양한 표정으로 거의 발소리도 내지 않고 방안으로 들어왔다. 백작은 거의 매일같이 가운 차림으로 안나 미하일로브나와 마주치면서도 그때마다 당황하며 옷차림에 대해 사과했다. 그는 이번에도 그렇게 했다.

"괜찮습니다, 백작, 친구여." 그녀는 상냥하게 눈을 감으며 말했다. "베주호프 댁에는 제가 다녀오겠습니다." 그녀는 말했다. "젊은 베주호프가 이번에 이곳으로 옮겨왔으니, 이제부터는 그 댁 온실에서 무엇이든 얻을 수 있겠군요. 그리고 저는 그분에게 볼일이 있습니다. 그분이 제게 보리스의 편지를 보내주셨거든요. 덕택에 보랴는 이번에 참모부 소속이 됐답니다."

노백작은 안나 미하일로브나가 일을 거들어주는 것을 기뻐하며, 그녀를 위해 소형 사륜유개마차에 말을 채우라고 명령했다.

"베주호프에게도 와달라고 말씀해주십시오. 자리를 마련해두겠다고요. 어떻답니까, 아내와는?" 그는 물었다.

안나 미하일로브나는 눈을 들었고, 얼굴에 깊은 슬픔이 서렸다······

"아, 친구여, 그는 몹시 불행합니다." 그녀는 말했다. "우리가 들은

---

* 등에 주름이 있고 단추로 채우는 헐렁한 남성용 상의.

소문이 사실이라면, 참으로 무서운 일입니다. 전에 우리가 그의 행복을 기뻐했을 때는 생각지도 않았던 일이죠! 젊은 베주호프는 정말 훌륭하고 천사 같은 마음을 가진 사람인데 말이에요! 그래요, 저는 진심으로 그를 동정하며, 되도록 위로해주려고 합니다."

"대체 무슨 일인데요?" 로스토프 부자가 같이 물었다.

안나 미하일로브나는 깊은 한숨을 내쉬었다.

"돌로호프 말이에요. 마리야 이바노브나의 자제인," 그녀는 비밀이라도 되는 듯이 속삭였다. "그 사람이 백작부인의 평판에 큰 흠집을 냈다고 하더군요. 피예르가 그 사람을 빼내어 페테르부르크의 자기 집으로 초대했는데, 마침…… 그녀가 이곳으로 왔고, 그 난폭한 사람도 뒤따라온 모양이에요." 안나 미하일로브나는 피예르에 대한 동정을 나타내려 했으나, 무의식적으로 드러난 어조나 살짝 떠오른 미소는 오히려 그녀가 난폭한 사람이라고 했던 돌로호프에 대한 동정을 나타내고 있었다. "피예르는 완전히 비탄에 잠겨 있다고 합니다."

"그렇군요, 아무튼 클럽에는 꼭 오라고 전해주십시오, 모두 잊게 될 겁니다. 대연회니까요."

이튿날인 3월 3일 오후 한시가 넘어 250명의 영국클럽 회원과 50명의 내빈이 오늘의 귀빈이자 오스트리아 원정의 영웅인 바그라티온 공작을 위한 만찬을 기다리고 있었다. 아우스터리츠 전투 소식이 전해지고 처음 한동안 모스크바는 의혹에 휩싸였다. 당시 러시아인들은 승리에 무척 익숙해 있었으므로 패보가 전해지자 어떤 사람은 아예 믿지 않으려 했고, 어떤 사람은 그런 기괴하기까지 한 일에 대한 설명을 이상한 원인에서 찾으려 했다. 정확한 정보와 영향력을 지닌 명사들이 모두 모이는 영국클럽에서도 소식이 들려오기 시작한 12월에는 마치 침묵을 약속한 듯 전국에 관해서도, 최근의 전투에 관해서도 일절 함구했다. 으레 대화의 방향을 제시하던 사람들인 라스톱친 백작, 유리 블라디미로비치 돌고루키 공작, 발루예프, 마르코프 백작, 뱌젬스키 공작*은 클럽에 잘 나타나지도 않고 아주 가까운 몇 사람끼리만 집에서 만났으므로, 남의 의견을 그대로 지껄여대는 모스크바 사람들은(일리야 안드레이치 로스토프 백작도 그중 한 사람이었다) 한동안 전쟁에 관한 일정하고 뚜렷한 판단도, 지도자도 없이 지냈다. 모스크바 사람들은 무슨 좋지 않은 일이 있기는 한데, 그 좋지 않은 기별에 대해 논의하기는 어려우니 차라리 입 다물고 있는 편이 낫겠다고 느꼈다. 그러나 이윽고 마치 배심원실에서 나온 배심원들처럼 클럽에 의견을 늘어놓는 명사들이 나타나 모든 것을 명료하고 확실하게 이야기하기 시작했다. 러시아군이 패배했다는 믿을 수도 없고 있을 수도 없는 전대미문의 불상사의 원인이 드러나 모든 것은 명백해지고, 모스크바 구석구석 똑같은 이야기가 오갔다. 그 원인이란 오스트리아군의 배반, 조악한 군량, 폴란드인 프시비셰프스키와 프랑스인 랑제롱의 배신,[2] 쿠투조프의 무능력, 그리고 (은밀히 이야기되었지만) 멍청하고 보잘것없는 사람들을 신임한 황제의 미숙함과 경험 부족이었다. 그러나 모두가 입을 모아 우리 러시아 군대는 비범했고, 기적 같은 용기를 보여주었다고 말했다. 병사도 장교도 장군도 모두 영웅이었다. 그러나 영웅 중

---

* F. V. 라스톱친(1763~1826)은 1812~1814년 모스크바 총독, Yu. V. 돌고루키(1740~1830)는 러시아 장군, P. S. 발루예프(1743~1814)와 A. P. 뱌젬스키(1750~1807)는 원로원 의원, I. I. 마르코프 백작(1753~1828)은 예카테리나 시대 장군.

의 영웅은 쇤그라벤 전투와 아우스터리츠에서 퇴각할 때 이름을 떨친, 아우스터리츠에서 혼자 종대를 일사불란하게 지휘하고, 두 배나 월등히 우세한 적군을 꼬박 하루 동안 격퇴했다는 바그라티온 공작이었다. 모스크바에서 바그라티온이 영웅으로 등극한 데는 그가 모스크바와는 아무 연고도 없는 완전히 낯선 사람이라는 사실이 한몫했다. 그는 러시아에 연고도 없고 음모도 없는 꿋꿋하고 소박한 러시아 군인으로서, 또 이탈리아 원정을 기억할 때 수보로프 장군을 상기시키는 인물로서 존경받았던 것이다.[3] 게다가 그에게 그 같은 존경을 바치는 데는 무엇보다도 쿠투조프에 대한 반감과 비난이 반영되어 있었다.

"만약 바그라티온이 없었다면 우리는 그를 만들어내야 했을 겁니다." 익살꾼 신신이 볼테르의 말*을 흉내내어 말했다. 쿠투조프에 대해서는 아무도 말하지 않았고, 궁정의 어릿광대니 늙은 호색한이니 하며 몇몇만 뒤에서 욕할 뿐이었다.

이전의 승리를 회상함으로써 이번의 패전을 스스로 위로하려 돌고루키 공작이 말했던 "실패는 성공의 어머니"는 온 모스크바에서 회자됐고, 프랑스 병사를 전장으로 끌어내리려면 과장된 표현을 써야 하고 독일 병사에게는 퇴각은 전진보다 위험하다는 것을 논리적으로 증명해야 하지만, 러시아 병사에게는 서두르지 않게 억제시키고 천천히! 라고 하면 족하다고 했던 라스톱친의 말도 되풀이됐으며, 아우스터리츠에서 러시아 장병들이 보여준 용기에 대한 갖가지 이야기가 꼬리를 물고 들려왔다. 군기를 탈환한 자도 있었고, 프랑스 군인 다섯 명을

* "만약 신이 없었다면 인간은 신을 만들어내야 했을 것이다."

죽인 자도 있었고, 혼자서 포 다섯 문을 장탄한 자도 있었다. 베르그에 관한 이야기도 있었는데, 그를 모르는 사람들까지도, 그가 오른손을 다치자 왼손으로 군도를 잡고 전진했다고 이야기했다. 볼콘스키에 관해서는 아무 이야기가 없었는데, 가까운 사람 몇몇만 그가 임신중인 아내를 괴팍한 아버지에게 남겨두고 요절한 것을 동정할 뿐이었다.

3

3월 3일, 영국클럽의 모든 객실은 마치 봄의 꿀벌떼 소리처럼 사람들의 말소리로 가득하고, 제복이나 연미복을 입거나 머리분을 바르고 카프탄을 입기도 한 클럽 회원들과 손님들이 앞뒤로 오가고 앉아 있기도 하고 서 있기도 하고 모여 있기도 하고 흩어져 있기도 했다. 머리분을 바르고 스타킹에 단화를 신은 제복 차림의 하인들은 시중을 들기 위해 문가에 서서 클럽 회원들과 손님들의 일거일동을 긴장한 눈으로 살펴보고 있었다. 참석자의 대부분은 존경받는 노인들로, 자신만만한 얼굴은 넓죽하고, 손가락은 굵고, 동작과 음성은 다부졌다. 이런 유의 손님과 회원은 언제나 정해진 자리에 앉고, 언제나 정해진 친숙한 그룹을 만들었다. 나머지 소수의 참석자는 어쩌다 참석한 손님들, 주로 젊은 사람들인데 그중에 데니소프와 로스토프, 다시 세묘놉스키 연대의 장교가 된 돌로호프가 있었다. 젊은 사람, 특히 군인들의 얼굴에는 노인들에 대한 멸시 어린 존경의 표정이 깃들어 있었는데, 마치 구세대에게 이렇게 말하는 것 같았다. '우리는 당신들을 기꺼이 존경하

고 숭배하겠지만, 미래는 우리 것임을 기억해두셔야 할 겁니다.'

네스비츠키는 클럽의 오래된 회원으로서 이 자리에 있었다. 아내의 지시대로 머리를 기르고 안경을 벗은 피예르는 유행하는 옷차림을 하고 서글프고 침울한 얼굴로 홀을 돌아다녔다. 그는 어딜 가나 그렇듯 그의 부富에 굽신거리는 사람들에게 둘러싸였고, 습관이 되어버린 우쭐거림과 멸시로 그들을 대하고 있었다.

나이로 치면 젊은 사람들 축에 끼여야 하지만, 그는 부와 연줄에 의해 노인이 많은 명사들 축에 끼여 있었고, 이쪽 그룹에서 저쪽 그룹으로 계속 옮겨다녔다. 노인들 중에도 가장 이름난 사람들이 중심이 된 그룹으로는 그들을 잘 모르는 사람들도 그들의 의견을 들으려고 공손하게 다가갔다. 가장 큰 그룹은 라스톱친 백작, 발루예프, 나리시킨* 주위에서 만들어졌다. 라스톱친은 러시아군이 오스트리아 패주병들에게 대열을 교란당해 부득이 총검을 들고 그들 사이를 뚫고 나갈 활로를 열 수밖에 없었다는 이야기를 하고 있었다.

발루예프는 우바로프가 페테르부르크에서 파견된 것은 아우스터리츠 전투에 관한 사람들의 의견을 알아보기 위해서라고 비밀스럽게 이야기하고 있었다.

셋째 그룹에서는 나리시킨이 오스트리아의 군사회의 광경을 이야기하며, 수보로프가 오스트리아 장군들의 우둔함에 응답하여 수탉 울음소리를 외쳤다고 말했다.[4] 이 자리에 있던 신신이 잠깐 농담이 하고 싶어져서, 쿠투조프는 이 간단한 기술, 즉 수탉처럼 소리내는 기술조

---

* A. L. 나리시킨(1760~1826). 1799~1819년 황실 극장장, 3등 궁내관.

차 수보로프에게서 배울 수 없었던 거라고 말하자, 노인들은 이 자리에서 쿠투조프 이야기를 꺼내는 것이 적절하지 못한 것임을 깨우쳐주려는 듯 엄한 눈으로 이 익살꾼을 바라보았다.

일리야 안드레이치 로스토프 백작은 부드러운 장화를 신고 식당에서 객실로 걱정스러운 듯이 바삐 돌아다니며 유명 인사건 아니건 자기가 아는 모든 사람에게 똑같은 어조로 재빠르게 인사하고, 이따금 아들의 늠름한 모습을 찾아 기쁜 듯이 눈을 멈추고 윙크했다. 젊은 로스토프는 최근에 알게 된 돌로호프와 창가에 서 있었는데, 그는 이 새로운 사귐을 소홀히 하지 않았다. 노백작은 두 사람 곁으로 다가가 돌로호프의 손을 잡았다.

"꼭 우리집에도 들러주게, 자네는 우리 아들을 잘 알고…… 같은 싸움터에 있었고, 함께 공훈도 세웠으니…… 아! 바실리 이그나티치…… 안녕하십니까, 영감?" 그는 지나가던 노인에게 말을 걸었으나, 인사를 마치기도 전에 주위가 웅성거리기 시작하더니 하인이 달려와 겁먹은 얼굴로 "오셨습니다!" 하고 알렸다.

벨이 울리자 간부들은 모두 앞쪽으로 달려나갔고, 여러 객실에 흩어져 있던 손님들은 키 위에서 까불린 호밀처럼 한덩어리가 되어 넓은 객실 입구에서 걸음을 멈췄다.

바그라티온은 모자도 군도도 없이 문가에 모습을 드러냈는데, 클럽의 관습대로 그것들을 모두 현관지기에게 맡겼기 때문이다. 그는 로스토프가 아우스터리츠 전투 전날 밤에 봤을 때처럼 차양 없는 양가죽 모자를 쓰지도 않았고, 짧은 가죽 채찍을 어깨에 걸지도 않았으며, 새로 맞춘 꼭 맞는 군복에 내외국의 훈장을 달고 왼쪽 가슴에는 게오르기 십자훈장을 달고 있었다. 그는 만찬회에 오기 직전에 머리와 구레나룻을 깎은 듯했는데, 그것이 오히려 얼굴에 불리한 변화를 주었다. 그의 얼굴에는 어딘지 모르게 아이 같은 해맑은 구석이 있는데, 그것이 다부지고 남성적인 윤곽과 합쳐지며 다소 희극적인 분위기를 자아냈기 때문이다. 그와 함께 도착한 베클레쇼프*와 표도르 페트로비치 우바로프는 주빈인 바그라티온을 앞장세우기 위해 문가에서 걸음을 멈췄다. 바그라티온이 그들의 호의를 예사로이 이용하고 싶지 않은 듯 망설이자 문가는 사람들로 북적였고, 마침내 바그라티온은 앞장서서 지나갔다. 그는 두 손을 어디다 둬야 할지 모르는 듯 수줍어하며 어색한 걸음걸이로 조각나무를 깐 객실의 마룻바닥을 걸어갔는데, 전에 쇤그라벤에서 쿠르스키 연대의 선두에 서서 나아갔을 때와 같이 그에게는 탄환 밑에서 경작지를 걷는 편이 익숙하고 마음도 편하기 때문이었다. 간부들은 첫 입구에서 그를 맞고 귀빈을 접한 기쁨을 몇 마디 늘어놓고는 대답도 기다리지 않고 마치 전리품이기라도 한 양 그를 둘러싸고 객실로 데려갔다. 객실 입구는 클럽 회원들과 손님들로 밀치락달치락 붐비고, 마치 진귀한 짐승이라도 보듯 사람들의 어깨 너머로라도 바그라티온 공작을 보려 했기 때문에 지나가기도 힘들 정도였다. 일리야 안드레이치 백작은 누구보다 기운차게 웃으며 "들어가게 해주세요, 몽 셰르, 들어가게 해주세요, 들어가겠습니다" 하고 되풀이하면서 군중을 헤치고 귀빈을 객실로 안내해 한가운데 있는 소파에 앉혔다. 클럽의 명예 회원인 높은 사람들도 새로 도착한 손님을 둘러쌌다. 일리

---

* A. A. 베클레쇼프(1745~1808). 1804~1806년 모스크바 총독, 후에 총사령관.

야 안드레이치 백작은 다시 군중을 헤치고 객실에서 나갔다가 이윽고 커다란 은접시를 들고 다른 간부와 함께 와서 바그라티온 공작에게 바쳤다. 접시에는 이 영웅을 기리기 위해 지은 시가 인쇄되어 얹혀 있었다. 이것을 본 바그라티온은 도움을 구하는 듯 당황한 얼굴로 주위를 둘러보았다. 그러나 모두의 눈은 그에게 이제 그만 받아들이라고 요구하고 있었다. 바그라티온은 자신이 이들의 힘 안에 있다는 것을 느끼고 두 손으로 결연하게 접시를 받아들더니, 그것을 내민 백작을 책망하는 눈으로 바라보았다. 누군가 친절하게 바그라티온의 두 손에서 접시를 받아(그러지 않았다면 그는 밤까지 접시를 들고 있다가 그대로 식탁으로 가서 앉았을지도 모른다), 그의 주의를 시로 돌렸다. '좋아, 그럼 읽어주지' 하듯 바그라티온은 종이 위로 지친 눈길을 박고, 집중해서 진지하게 읽기 시작했다. 작자 자신이 그 시를 가져가 낭독하기 시작했다. 바그라티온 공작은 고개를 숙이고 들었다.

> 알렉산드르 치세를 축복하고
> 우리 티투스의 왕좌를 지킬지어다,
> 맹장이자 선인의 덕을 갖춘 이여,
> 조국의 리페우스, 전장의 카이사르로다.
> 운좋은 나폴레옹이여,
> 경험으로 바그라티온의 진가를 알았으니,
> 감히 러시아의 알키드를 괴롭히지 못하리라……*

---

* 러시아 시인 N. P. 니콜레프(1758~1815)의 송가 일부. 티투스는 로마 황제 티투스 플라비우스 베스파시아누스(39~81), 리페우스는 베르길리우스의 『아이네이스』에 등장하

그러나 낭독이 끝나기도 전에 집사가 큰 목소리로 소리쳤다. "식사 준비가 됐습니다!" 식당 문이 열리고, 안에서 "승리의 우레여 울려라, 기뻐하라, 용감한 러시아인이여**" 하는 폴로네즈***가 울리자, 일리야 안드레이치 백작은 낭독을 멈추지 않는 작자를 나무라듯 바라보고는 바그라티온에게 머리를 숙였다. 모두 시보다 식사가 더 중요하다고 느끼고 자리에서 일어섰고, 다시 바그라티온은 앞장서 식탁 쪽으로 걸어갔다. 바그라티온은 황제의 이름을 따서 이름이 같은 두 알렉산드르, 즉 베클레쇼프와 나리시킨**** 사이의 상석에 앉혔고, 300명이나 되는 손님도 제각기 관등과 지위에 따라 자리잡았는데, 지위가 높을수록 주빈 가까이에 앉는 것은 물이 낮은 곳으로 깊이 흘러들듯 아주 자연스럽게 이루어졌다.

식사가 시작되기 직전 일리야 안드레이치 백작은 공작에게 자기 아들을 소개했다. 바그라티온은 니콜라이의 얼굴을 기억해내고 몇 마디 건넸으나, 이날 그가 했던 모든 말과 마찬가지로 서툴고 어색했다. 일리야 안드레이치 백작은 바그라티온이 자기 아들과 이야기하자 기쁘고 자랑스러운 듯 모두를 둘러보았다.

니콜라이 로스토프는 데니소프, 새로 알게 된 돌로호프와 함께 식탁

는 아이네이아스의 전우. 알키드(헤라클레스)는 그리스신화에 나오는 반신반인이자 제우스와 알크메네의 아들이다.
** G. R. 데르자빈(1743~1816) 작시, O. A. 코즐롭스키(1757~1831) 작곡. 18세기에서 19세기 초(1833년)까지 러시아 국가로 불렸다.
*** 폴란드 무도 또는 무도곡.
**** 알렉산드르 안드레예비치 베클레쇼프, 알렉산드르 리보비치 나리시킨.

거의 한가운데에 앉았다. 맞은편에는 피예르와 네스비츠키 공작이 나란히 앉아 있었다. 일리야 안드레이치 백작은 다른 간부들과 함께 바그라티온 바로 앞에 앉아 마치 모스크바의 환영의 화신이라도 되는 듯 바그라티온 공작을 환대하고 있었다.

그의 노력은 헛되지 않았다. 만찬에 나온 정진 요리*도 고기 요리도 대단히 성공적이었으나, 그래도 그는 식사가 끝날 때까지 마음을 놓을 수 없었다. 그는 식당 하인에게 눈짓을 하기도 하고 급사들에게 나직이 지시하기도 하면서 이미 아는 요리 하나하나를 마음 졸이며 기다렸다. 모든 요리가 훌륭했다. 두번째 코스로 커다란 철갑상어가 오르고(이것을 보고 그는 기쁨과 수줍음에 얼굴을 붉혔다), 급사들이 샴페인 마개를 펑펑 소리내며 따서 따르기 시작했다. 어느 정도 감명을 준 이 생선 뒤에 일리야 안드레이치 백작은 간부들과 눈짓을 주고받았다. "건배할 일이 많으니 이제 시작해도 좋을 것 같습니다!" 하고 속삭이고 그는 잔을 들고 일어섰다. 모두가 입을 다물고 그의 말을 기다렸다.

"황제 폐하의 건강을 위하여!" 그는 외쳤고, 선량한 눈은 흥분과 환희의 눈물에 젖었다. 이와 동시에 〈승리의 우레여 울려라〉가 연주되기 시작했다. 모두가 자리에서 일어나 "우라!" 하고 소리쳤다. 바그라티온도 쇤그라벤 전장에서처럼 "우라!" 하고 외쳤다. 젊은 로스토프의 열정적인 목소리는 300명의 음성을 뚫고 들렸다. 그는 거의 우는 것 같았다.

"황제 폐하의 건강을 위하여!" 그는 외쳤다. "우라!" 그리고 단숨에

---

* 고기나 생선을 넣지 않고 채소와 해조류로 만든 요리.

잔을 들이켜고 마룻바닥에 내던졌다. 많은 사람이 그를 따라했다. 크게 외치는 소리가 한참 계속됐다. 이윽고 잠잠해지자, 급사들은 깨진 유리 조각을 줍고, 사람들은 자리로 돌아가 앉아 자기들의 외침 소리에 미소를 짓고, 이야기를 나누기 시작했다. 일리야 안드레이치 백작은 또다시 일어나서 옆에 놓인 쪽지를 힐끔 들여다보고, 이번 전투의 영웅인 표트르 이바노비치 바그라티온 공작의 건강을 위한 건배를 제의했고, 백작의 파란 눈동자는 다시 눈물에 젖었다. "우라!" 또다시 300명의 손님이 외치는 소리가 울리고, 이번에는 연주가 아니라 파벨 이바노비치 쿠투조프*가 작사한 칸타타를 부르는 합창 소리가 들려왔다.

어떠한 장애도 러시아에게는 소용없으리,
용기는 승리의 근원이요,
바그라티온들이 우리에게 있으니,
적은 발밑에 굴복하리라……

합창이 끝나자 연달아 새로운 건배가 이어지고, 그때마다 일리야 안드레이치 백작은 점점 더 감격하고, 더 많은 잔이 깨지고, 외침 소리도 더 높아졌다. 베클레쇼프, 나리시킨, 우바로프, 돌고루키, 아프락신**, 발루예프의 건강을 위해, 간부들의 건강을 위해, 회장의 건강을 위해, 클럽 회원 모두의 건강을 위해, 내빈 일동의 건강을 위해, 그리고 마지

---

* P. I. 골레니셰프 쿠투조프(1767~1829). 원로원 의원. 파벨 1세 즉위 때 바친 송시 외에도 의식용 송시를 다수 지었다.
** S. S. 아프락신(1757~1827). 기병대 장군, 1803~1812년 스몰렌스크 총독.

막으로 이 만찬회를 준비한 일리야 안드레예비치 백작의 건강을 위해 사람들은 건배했다. 이 건배 때 백작은 손수건을 꺼내 얼굴을 가리더니 마침내 진짜 울음을 터뜨렸다.

4

피예르는 돌로호프와 니콜라이 로스토프의 맞은편에 앉아 있었다. 그는 언제나처럼 게걸스럽게 먹고 많이 마셨다. 그러나 그를 잘 아는 사람들은 이날 그에게 무언가 큰 변화가 일어난 것을 알아챘다. 그는 식사하는 내내 말이 없고, 실눈을 뜨고 찌푸리며 주위를 둘러보는가 하면, 얼빠진 얼굴로 한곳에 눈을 못박고 손가락으로 콧마루를 문질렀다. 그의 얼굴은 침울하고 어두웠다. 그는 주위에서 일어나는 일이 아무것도 보이지도 들리지도 않는 듯했고, 괴롭고 해결되지 않은 문제를 생각하는 것 같았다.

그를 괴롭히는 해결되지 않은 문제는 모스크바에서 공작영애로부터 받은, 돌로호프가 그의 아내에게 접근하고 있다는 암시와 이날 아침에 받은 익명의 편지였는데, 이 편지에는 모든 익명의 편지가 그렇듯 비열하고 조롱하는 투로, 너는 안경을 쓰고 있으면서도 보이지 않는가, 네 아내와 돌로호프의 관계를 모르는 것은 너뿐이다, 라고 쓰여 있었다. 피예르는 공작영애의 암시도 익명의 편지도 결코 믿지 않았지만, 지금 자기 앞에 앉아 있는 돌로호프를 보기가 두려웠다. 돌로호프의 아름답고 뻔뻔한 눈과 마주칠 때마다 피예르는 무섭고 추악한 무언가가 마음속에서 치미는 것을 느끼고 황급히 얼굴을 돌려버렸다. 아내의 과거, 아내와 돌로호프의 관계를 문득문득 떠올리던 그는 결국 편지에 적힌 것이 사실일지도 모르며, 만약 이것이 자기 아내에 관계된 것이 아니었다면 사실로 생각됐을 거라고 분명하게 느꼈다. 피예르는 어느덧 회전會戰 뒤에 모든 것을 되찾은 돌로호프가 페테르부르크에 돌아와 자기를 찾아왔을 때를 상기하고 있었다. 피예르와 유흥을 함께하던 때의 우의를 들먹이며 바로 집으로 찾아왔을 때도 피예르는 그를 자기 집에서 지내게 하고 돈을 빌려주기까지 했다. 아내 옐렌이 돌로호프가 그들의 집에 머무르는 건 불쾌하다면서도 웃었던 것, 돌로호프가 빈정대듯 아내의 미모를 칭찬했던 것, 그때부터 모스크바에 올 때까지 돌로호프가 잠시도 그들 곁을 떠나려 하지 않았던 것도 떠올랐다.

'그렇다, 그는 정말 미남이다.' 피예르는 생각했다. '나는 안다. 저자는 내가 돌봐주고 원조해주었기 때문에 내 이름을 더럽히고 나를 조롱하는 것이 즐거운 것인지도 모른다. 만약 그것이 사실이라면, 저자 스스로의 눈에도 자신의 기만이 얼마나 통쾌할지 나는 알고, 이해하고 있다. 그렇다, 만약 그것이 사실이라면 그렇다, 그러나 나는 믿지 못하겠다, 믿을 자격도 없고 믿을 수도 없다.' 그는 돌로호프가 곰의 등에 서장을 잡아매 물속에 던졌을 때라든지, 아무 이유도 없이 남에게 결투를 청했을 때라든지, 역마차의 말을 권총으로 쏴 죽였을 때 떠올렸던 잔인한 표정을 상기했다. 그 표정은 피예르를 바라보는 돌로호프의 얼굴에 자주 떠오르는 것이었다. '그렇다, 그는 결투를 즐기는 것이다.' 피예르는 생각했다. '살인쯤은 아무것도 아니고, 모든 사람이 자기를 두려워하고 있다고 생각하며, 그것이 통쾌한 것이다. 그는 분명 내가 자기를 두려워하고 있다고 생각하고 있다. 사실 나는 저자가 두렵다' 하고 생각하자 피예르는 다시금 무섭고 추악한 무언가가 마음속에 치미는 것을 느꼈다. 피예르의 맞은편에 앉아 있는 돌로호프와 데니소프와 로스토프는 무척 유쾌해 보였다. 로스토프는 대담한 경기병과, 결투를 즐기는 유명한 폭한과 쾌활하게 이야기를 나누면서, 커다란 몸집과 뭔가에 정신이 팔려 얼빠진 모습으로 사람들의 시선을 끄는 피예르를 이따금 비웃듯이 바라보고 있었다. 로스토프가 피예르를 적의 어린 눈으로 보고 있었던 것은 첫째로 경기병인 그의 눈에 피예르는 부자 문관인데다 미인 아내를 둔, 한마디로 계집 같은 자이기 때문이었고, 둘째로 뭔가에 정신이 팔려 얼이 빠진 피예르가 자신을 알아보지도 못하고 인사에도 답례하지 않았기 때문이었다. 황제의 건강을 축복하는 건배를 할 때도 피예르는 생각에 잠겨 있느라 일어서지도 않았고, 잔을 들지도 않았다.

"당신은 왜 그러는 겁니까?" 로스토프는 감격과 적의에 불타는 눈으로 그를 보며 외쳤다. "들리지 않습니까, 황제 폐하의 건강을 축복하고 있잖습니까!" 피예르는 한숨을 내쉬고 순순히 일어나 잔을 들이켜고 일동이 앉기를 기다렸다가 로스토프를 향해 그만의 사람 좋은 미소를 지었다.

"아, 당신을 몰라보았군요." 피예르는 말했다. 그러나 로스토프는 이에 아랑곳없이 우라! 하고 큰 소리로 외쳤다.

"왜 자네는 옛정을 되살리려고 하지 않나?" 돌로호프가 로스토프에게 말했다.

"마음대로 하라고 해, 저런 바보는." 로스토프가 말했다.

"미인의 남편에게는 친절해야지." 데니소프가 말했다.

피예르는 그들이 무슨 말을 하는지는 들리지 않았지만, 자기 이야기를 한다는 것은 알았다. 그는 얼굴을 붉히고 고개를 돌렸다.

"자, 이번에는 미인들의 건강을 축복해볼까." 돌로호프는 말하고 정색한 표정으로, 그러나 입가에 조소를 띠고 피예르를 돌아보며 잔을들었다. "아름다운 여인들의 건강을 축복하세, 페트루샤, 그리고 그 애인들의 건강도." 그는 말했다.

피예르는 눈을 내리뜬 채 돌로호프 쪽은 보지도 않고 말없이 잔을들이켰다. 쿠투조프의 칸타타가 인쇄된 종이를 나눠주던 하인이 보다윗자리 손님인 피예르 앞에 한 장 놓았다. 그가 그것을 집자 돌로호프가 몸을 구부려 그의 손에서 종이를 잡아채더니 읽기 시작했다. 피예르는 돌로호프를 바라보다가 눈길을 내렸고, 식사하는 내내 그를 괴롭혔던 무섭고 추악한 무언가가 마침내 고개를 들고 그를 사로잡았다. 그는 비만한 몸을 식탁 너머로 구부렸다.

"왜 자네가 그걸 가져가나!" 그는 외쳤다.

네스비츠키와 그 오른쪽에 앉아 있던 사람은 이 외침을 듣고 누구에게 한 말인지 알아채자, 두려운 듯 황망히 베주호프를 바라보았다.

"그만두십시오, 그만두십시오, 무슨 일입니까?" 놀란 목소리들이속삭였다. 돌로호프는 밝고 명랑하면서도 잔인한 눈빛으로 피예르를보며 미소지었고, 익숙한 그 미소는 '자, 이제 재미있게 됐군' 하고 말하는 것 같았다.

"못 돌려주겠는데." 그는 분명하게 말했다.

창백해진 피예르는 입술을 바르르 떨며 종이를 잡아챘다.

"자네…… 자네는…… 악당이야!…… 자네에게 결투를 청하네."
그는 말하고 의자를 뒤로 밀며 일어났다. 이렇게 행동하고 이 말을 토한 순간, 피예르는 그날 온종일 자신을 괴롭히던 아내의 부정에 관한 의문이 결정적으로 의심의 여지도 없이 사실로 긍정되는 것을 느꼈다. 그는 아내를 미워하고 있었고, 영원히 그녀에게서 떨어져나와버렸다. 이런 일에 얽히면 안 된다고 데니소프가 만류했지만 로스토프는 돌로호프의 결투 입회자가 되기로 동의했고, 식사가 끝난 뒤, 베주호프의 입회자가 된 네스비츠키와 결투 조건을 협의했다. 피예르는 집으로 돌아갔지만, 로스토프는 돌로호프, 데니소프와 함께 집시와 합창대의 노래를 들으며 밤늦게까지 클럽에 남아 있었다.

"그럼 내일 소콜니키*에서." 돌로호프가 클럽의 현관에서 로스토프와 헤어지며 말했다.

"자네는 아무렇지도 않은가?" 로스토프는 물었다.

돌로호프는 걸음을 멈췄다.

"알아두게, 내가 결투의 비결을 간단히 가르쳐줄 테니까. 만약 자네가 결투에 나가기 전에 유언장을 쓰거나 양친에게 애정 어린 편지를 쓰거나 자기가 죽을지도 모른다고 생각한다면, 자네는 바보이고 반드시 죽게 되겠지만, 어떻게든 상대편을 재빠르고 확실히 해치우고 말겠다고 굳게 마음먹는다면 반드시 잘될 걸세, 이건 코스트로마의 곰 사냥꾼이 해준 이야기야. 상대가 곰인데 무섭지 않은가? 하고 묻자 그는 막상 곰을 만나면 공포는 싹 사라지고 어떻게든 곰을 때려잡을 생각만

---

* 당시 모스크바 변두리에서부터 시작되어 수십 베르스타에 걸쳐 뻗은 솔밭.

든다고 대답하더군. 그래서 나도 그렇게 하지. *내일 보세, 친구!*"

다음날 아침 여덟시, 피예르와 네스비츠키가 소콜니키 숲에 도착해 보니, 돌로호프는 데니소프, 로스토프와 이미 도착해 있었다. 피예르는 눈앞에 닥친 일과는 아무 관계 없는 상념에 사로잡힌 것처럼 보였다. 얼굴은 핼쑥하고 누르스레했다. 분명 어젯밤 한숨도 못 잔 것 같았다. 그는 멍하니 주위를 둘러보았고, 강렬한 햇빛이라도 본 듯 눈을 찌푸렸다. 두 가지 상념이 그의 마음을 사로잡고 있었는데, 불면의 하룻밤을 지새운 지금은 이미 더이상 의심의 여지도 없이 죄는 그의 아내에게 있다는 것, 따라서 자기와 상관없는 남의 명예를 지킬 까닭이 조금도 없는 돌로호프에게는 죄가 없다는 것이었다. '만약 내가 그의 입장이라면 나 역시 똑같은 짓을 했을지 모른다' 하고 피예르는 생각했다. '아니, 분명 똑같은 짓을 했을 것이다. 대체 이 결투는, 이 살인은 뭐 때문에 하려는 것일까? 내가 그를 죽이거나 그가 내 머리나 팔꿈치나 무릎을 쏘겠지. 다른 곳으로 가버리든가 달아나든가 어딘가로 숨는다면.' 문득 이런 생각이 떠올랐다. 그러나 그 순간 그는 오히려 입회자에게 존경심마저 불러일으키는 유난히 차분하고 덤덤한 모습으로 물었다. "곧 합니까, 준비됐습니까?"

모든 준비가 끝나고, 양쪽의 경계선을 표시하는 사브르가 눈 속에 꽂히고 권총이 장전되자, 네스비츠키는 피예르에게 다가갔다.

"나는 내 의무를 수행하지 못한 것이 될 것입니다, 백작." 네스비츠키가 겁먹은 목소리로 말했다. "이 중대한 순간, 실로 중대한 이 순간에 당신에게 사실을 말하지 않는다면 말입니다, 또한 나를 입회자로 선정해준 신뢰와 명예도 저버리는 것이 될 겁니다. 이 결투는 이유가 충분하지 않으므로 피를 흘릴 가치가 없습니다…… 당신은 옳지 않았습니다, 당신은 너무 격분했습니다……"

"아아, 맞습니다, 정말 어리석었습니다……" 피예르는 말했다.

"그럼 당신이 후회하고 있다는 것을 전하게 해주십시오, 상대방도 분명 당신의 사과를 받아들일 겁니다." 네스비츠키는 말했다(흔히 그렇듯이, 이 사건의 당사자들마저도 사태가 실제 결투로까지 진전했다는 것을 아직 믿지 못했다). "알겠지만, 백작, 돌이킬 수 없는 일을 저지르는 것보다 자기 과실을 인정하는 편이 훨씬 훌륭합니다. 어느 쪽에도 모욕은 없었으니까요. 가서 전하게 해주십시오……"

"아닙니다, 할 이야기는 없습니다!" 피예르는 말했다. "어차피 마찬가지입니다…… 준비됐습니까?" 그는 덧붙였다. "어디로 가야 하고, 어디에서 쏘아야 하는지만 가르쳐주겠습니까?" 피예르는 부자연스럽게 온순한 미소를 지으며 말했다. 그는 권총을 들고 방아쇠 당기는 법에 대해 물었는데, 자기가 한 번도 권총을 잡아본 적이 없다는 사실을 들키고 싶지 않았다. "아아, 맞습니다, 이렇게 하는 거죠, 알고 있는데 깜빡 잊었습니다" 하고 그는 말했다.

"사과라니 어림도 없지, 터무니없는 소리야." 돌로호프 역시 화해시켜보려고 했던 데니소프에게 이렇게 말하고 지정한 장소로 다가갔다.

썰매를 세워둔 길에서 여든 걸음쯤 떨어진 소나무 숲속의 작은 풀밭이 결투장으로 정해졌고, 며칠째 계속된 포근한 날씨에 눈이 녹고 있었다. 두 결투자는 서로 마흔 걸음쯤 떨어져 풀밭 양끝에 섰다. 입회자들은 서 있던 장소에서 걸음 수를 세면서 서로 열 걸음의 간격을 두고, 경계선을 나타내는 네스비츠키와 데니소프의 사브르가 꽂힌 곳까지 질퍽하고 깊은 눈 위에 선명한 발자국을 남겼다. 눈석임과 안개가 계속되어 마흔 걸음 앞은 아무것도 보이지 않았다. 모든 준비가 끝나고 삼 분이 흘렀다. 그러나 모두는 시작을 망설이며 침묵하고 있었다.

5

"자, 시작하게!" 돌로호프가 말했다.

"좋아." 피예르는 여전히 미소지으며 대답했다.

사태는 무섭게 치달았다. 경솔하게 시작된 일은 이미 무엇으로도 막을 수 없게 되었고, 이제는 사람들의 의지와 무관하게 저절로 굴러가, 끝까지 가지 않고는 멈출 것 같지 않았다. 먼저 데니소프가 경계선까지 나아가 선언했다.

"쌍방이 화해를 거부했으니 이제 시작해야겠군요. 권총을 들고, 셋 하는 동시에 서로 다가서십시오."

"하……나! 둘! 셋!……" 데니소프는 화난 듯이 소리치고 옆으로 물러섰다. 두 사람은 안개 속에서 서로의 모습을 확인하며 발자국이 박힌 작은 길을 따라 차츰 다가갔다. 경계선까지 가는 도중 언제든, 누구든 자유롭게 쏠 수 있었다. 돌로호프는 밝고 반짝이는 파란 눈으로 상대의 얼굴을 주시하며, 권총을 올리지 않고 천천히 걸어갔다. 그의 입가에는 여느 때처럼 미소 같은 것이 떠올라 있었다.

셋 하는 동시에 피예르는 발자국이 박힌 길을 벗어나, 내린 상태 그대로 쌓여 있는 눈을 밟으며 빠른 걸음으로 나아갔다. 그는 마치 자기가 자기를 쏠까봐 두려운 듯 권총 든 오른손을 앞으로 쭉 내뻗고 있었다. 왼손은 최대한 뒤로 뺐는데, 왼손으로 오른손을 받치고 싶지만 그것이 금지라는 것을 알았기 때문이다. 여섯 걸음쯤 걸어 작은 길을 벗어나 눈밭으로 나섰을 때, 피예르는 발밑을 보았다가 재빨리 돌로호프를 겨누고 배운 대로 손가락을 당겨 쏘았다. 이토록 굉장한 소리가 나리라고 전혀 예상치 못했던 피예르는 깜짝 놀랐지만, 곧 자기가 받은 인상에 미소지으며 걸음을 멈췄다. 안개 때문에 유달리 짙어 보이는 연기는 처음 한순간 그의 시야를 가렸지만, 그가 기다렸던 두번째 총성은 들리지 않았다. 다만 황급한 발소리가 들리더니 연기 속에서 돌로호프의 모습이 나타났다. 그는 한 손으로 왼쪽 옆구리를 누르고, 다른 한 손으로는 총구를 내린 권총을 쥐고 있었다. 얼굴은 창백했다. 로스토프가 달려가서 그에게 뭐라고 말했다.

"아…… 아냐," 돌로호프는 입속말로 중얼거렸다. "아냐, 아직 끝나지 않았어." 그는 사브르가 꽂힌 데까지 비틀거리며 걸어가 그 옆에 쓰러졌다. 그리고 피투성이가 된 왼손을 프록코트에 닦더니 그 손으로 몸을 받쳤다. 그의 얼굴은 창백하고, 찌푸려진 채 떨리고 있었다.

"이쪽……" 돌로호프는 입을 열었으나 단숨에 다 말하지는 못했다. "이쪽으로……" 그는 간신히 말했다. 피예르는 터지려는 눈물을 간신히 참으며 돌로호프 쪽으로 달려갔고, 두 경계선 사이의 빈 공간으로 자칫 넘어설 뻔했을 때 돌로호프가 "경계선에!"라고 외치자, 그 의미를 깨닫고 자기 쪽 사브르 옆에 멈췄다. 두 사람 사이의 거리는 불과 열 걸음이었다. 돌로호프는 눈밭에 얼굴을 처박은 채 게걸스레 눈을 삼키고, 다시 고개를 들어 자세를 바로잡고 두 다리를 구부려 확실한 중심을 잡으며 앉았다. 그는 차가운 눈을 삼키기도 하고 핥기도 하며 떨리는 입술로 여전히 미소를 지었고, 악을 쓰며 마지막 안간힘을 끌어모은 듯 두 눈은 집념과 적의로 빛나고 있었다. 그는 권총을 들어 겨눴다.

"옆으로 서서 권총으로 몸을 막아요." 네스비츠키가 말했다.

"몸을 막아요!" 데니소프까지 참지 못하고 상대편인 그에게 외쳤다.

피예르는 동정과 후회가 어린 온순한 미소를 띠고, 손발을 무방비하게 벌리고 넓은 가슴을 돌로호프 정면에 드러낸 채 서서 슬픈 듯이 그를 바라보았다. 데니소프도, 로스토프도, 네스비츠키도 거의 눈을 감아버렸다. 순간 총성과 돌로호프의 성난 외침이 동시에 들려왔다.

"빗나갔다!" 돌로호프는 외치고 눈밭에 얼굴을 묻으며 힘없이 쓰러졌다. 피예르는 머리를 움켜쥐고 돌아서더니, 눈을 마구 밟아대면서 알아들을 수 없는 말을 지껄이며 숲 쪽으로 걸어갔다.

"어리석다…… 어리석다! 죽음…… 허위……" 피예르는 얼굴을 일그러뜨리며 되풀이했다. 네스비츠키가 그를 붙잡아 집으로 데려갔다.

로스토프와 데니소프는 부상당한 돌로호프를 썰매에 태워 떠났다.

돌로호프는 말없이 눈을 감고 썰매에 누워 말을 걸어도 한마디도 대답하지 않았는데, 모스크바 시내에 들어서자 갑자기 정신을 차리더니 간신히 고개를 들고, 자기 옆에 앉아 있는 로스토프의 손을 잡았다. 로스토프는 돌로호프의 완전히 달라진 예기치 못했던 환희에 찬 부드러운 표정을 보고 깜짝 놀랐다.

"그래 어떤가? 기분이 어때?" 로스토프는 물어보았다.

"더럽지! 그러나 그런 건 상관없어, 이 친구야." 돌로호프는 뚝뚝 끊기는 목소리로 말했다. "지금 어디쯤 왔지? 모스크바인가보군, 나는 아무래도 상관없지만, 난 그녀를 죽인 거나 다름없어, 죽인 거나…… 그녀는 이런 일을 절대 견디지 못해. 절대 견디지 못할 거야……"

"누구 말인가?" 로스토프는 물었다.

"어머니. 내 어머니, 나의 천사, 내가 숭배하는 천사, 내 어머니 말이야." 돌로호프는 로스토프의 손을 잡고 외치며 울기 시작했다. 조금 진정되자 그는 로스토프에게 자기는 어머니와 함께 살고 있는데, 죽어가는 자기를 보면 어머니는 도저히 견디지 못할 거라고 말했다. 그러고는 로스토프에게 먼저 가서 어머니에게 마음의 준비를 하게 해달라고 부탁했다.

로스토프는 부탁을 들어주기 위해 먼저 갔고, 난폭하고 결투를 좋아하는 돌로호프가 늙은 어머니와 곱사등이 누이와 함께 모스크바에 살고 있다는 것, 게다가 그가 정말 착한 아들이자 오빠라는 것을 알고 몹시 놀랐다.

6

피예르는 이즈음 아내와 단둘이 얼굴을 마주하는 일이 거의 없었다. 페테르부르크에서도 모스크바에서도 그들의 집은 늘 손님들로 가득차 있었기 때문이다. 결투 다음날 밤, 그는 종종 그랬듯 침실로 가지 않고 전에 아버지 베주호프 노백작이 임종한 커다란 서재에 남아 있었다. 잠들지 못한 지난밤 그의 모든 심적 활동이 아무리 고통스러운 것이었다 해도, 이제 더욱 고통스러운 고민이 시작되고 있었다.

그는 소파에 누워 자기 신변에 일어난 일을 다 잊어버리려고 잠을 청했지만 잘 수 없었다. 감정과 상념과 기억이 마음속에서 사납게 휘몰아쳐 잠은커녕 한곳에 가만있을 수조차 없었으므로 그는 소파를 박차고 일어나 빠른 걸음으로 방안을 서성거렸다. 신혼 초 어깨를 드러내고 나른하고 정열적인 눈빛을 띠던 아내의 모습이 떠올랐고, 이어 그녀와 나란히 앉아 그 만찬회에서 보았던 아름답고 뻔뻔하고 당돌하고 비웃는 듯하던 돌로호프의 얼굴이 떠올랐으며, 돌아서며 눈밭으로 쓰러지던 돌로호프의 창백하고 떨리고 고통에 찬 얼굴도 떠올랐다.

'대체 무슨 일이 있었던 걸까?' 그는 자신에게 물었다. '나는 정부를 죽였다. 그렇다, 아내의 정부를 죽였다. 그래, 그런 일이 있었다. 그런데 왜 그랬을까? 나는 왜 그런 짓을 저질렀을까? ―그건 네가 그녀와 결혼했기 때문이지.' 마음속의 목소리가 대답했다.

'그럼 내 잘못은 뭘까?' 그는 물었다. '네가 사랑하지도 않는 여자와 결혼했다는 것, 네가 너 자신과 그 여자까지도 기만했다는 것이 잘못이지.' 그러자 바실리 공작 집에서 만찬 뒤에 "나는 당신을 사랑합니다"라고 마음에도 없는 말을 했던 순간이 생생히 떠올랐다. '모든 일은 거기서부터 시작됐다! 나는 그때 이미 알고 있었다.' 그는 생각했다. '나는 그때도 이건 아니라고, 그런 말을 해선 안 된다고 느꼈었다. 역시 생각했던 결과가 되고 말았다.' 그는 신혼여행을 떠올리고 얼굴을 붉혔다. 한 가지 회상이 유독 생생하고 부끄럽고 모욕적이었는데, 그것은 결혼하고 얼마 지나지 않은 어느 아침, 열한시가 넘어 실크 가운을 입고 침실에서 서재로 갔을 때, 서재에 있던 총지배인이 공손하게 절하고, 피예르의 얼굴과 옷차림을 보고 마치 주인의 행복에 대한 경건한 공감을 나타내려는 듯 가볍게 미소지었던 일이다.

'나는 그녀를 얼마나 자랑으로 여겼던가, 그녀의 고혹적인 아름다움과 사교 솜씨를 얼마나 자랑으로 여겼던가.' 그는 생각했다. '그녀가 온 페테르부르크 사람들을 불러들이던 내 집을 자랑스러워했고, 그녀의 접근하기 어려운 기품과 아름다움도 자랑스러워했다. 이런 것들이 내 자랑이었단 말인가?! 나는 내가 그녀를 이해하지 못한다고 생각했다. 그녀의 기질에 대해 곰곰이 생각해보면서 나는 침착하고 만족하는 듯하고 아무런 기호도 욕망도 없는 듯한 그녀를 이해하지 못한다고 얼마나 자주 나 자신을 비난했는지 모르지만, 모든 문제의 답은 그녀가 음탕한 여자라는 무서운 한마디에 있었고, 그 무서운 한마디를 나 자신에게 말하자마자 모든 것이 명료해졌다!

아나톨은 이따금 그녀에게 돈을 빌리러 와서, 그녀의 드러낸 어깨에 키스했다. 그녀는 돈을 빌려주지는 않았지만, 키스는 허락했다. 그녀의 아버지가 농담삼아 그녀의 질투심을 도발하려 하자, 그녀는 침착한 미소를 지으면서 자기는 질투나 하는 바보가 아니며, 그 사람은 하고 싶은 대로 하게 놔두면 된다고 나에 대해 말했다. 언젠가 내가 그녀에게 임신한 기미는 없는지 묻자, 그녀는 경멸하듯이 웃고 자기는 아이나 원하는 바보가 아니며, 내 아이는 갖지 않겠다고 말했다.'

그리고 그는 상류 귀족사회에서 자란 사람 같지 않은 그녀의 명백하고 거친 사고방식과 저속한 말투를 떠올렸다. "내가 그런 바보인 줄 아나…… 직접 해보시든가…… *저리 비켜요.*" 그녀는 이렇게 말했다. 그는 남녀노소 할 것 없이 모두에게 좋은 평판을 듣는 아내를 왜 자신은 사랑할 수 없는지 종종 이해가 가지 않았다. '그렇다, 나는 그녀를 사랑한 적이 없었다.' 피예르는 자신에게 말했다. '그녀가 음탕한 여자라는 것을 알고 있기 때문이다.' 그는 이렇게 자신에게 되풀이했었지만, 그것을 도저히 인정할 수는 없었다.

'지금 돌로호프는 눈밭에 앉아 억지로 미소를 지으면서, 어쩌면 내 후회에 대해 허세로 응답하며 죽어가고 있을지도 모른다!'

세상에는 겉보기에 나약해 보여도 자기 슬픔을 달래줄 벗을 찾지 않는 사람이 있는데, 피예르가 그런 부류였다. 그는 혼자 마음속으로 슬픔을 되새기고 있었다.

'이 모든 것, 모든 것이 그녀 잘못이다.' 그는 자신에게 말했다. '그러나 그게 어쨌단 말인가? 어쩌다 나는 그녀와 얽히게 됐을까? 왜 나는 그녀에게 "당신을 사랑합니다"라고 거짓말했을까. 아니 그것은 거짓말보다 더 나쁘다' 하고 그는 속으로 말했다. '내가 나빴으니 참아야 한다…… 하지만 무엇을 참는단 말인가? 가문의 수치, 인생의 불행? 아, 전부 부질없다. 가문의 수치도 명예도 다 상대적인 것이고, 모두 나와는 아무 상관 없다' 하고 그는 생각했다.

'루이 16세가 처형된 것은, 그들의 말에 따르면, 파렴치한에 범죄자이기 때문이고[5] (문득 피예르의 머릿속에 이런 생각이 떠올랐다), 그것은 그들의 관점에서는 옳았으며, 루이 16세를 위해 순절하고 그를 성자로서 추앙했던 사람들 역시 옳았다. 그후 로베스피에르는 폭군이라는 이유로 처형됐다.[6] 대체 누가 옳고, 누가 그른가? 아무도 그렇지 않다. 살아 있는 동안은 살아라, 한 시간 전에 죽었을 수도 있는 것처럼 내일이라도 죽을 수 있으니. 인생이란 영원에 비하면 찰나에 불과한데, 대체 이런 것으로 괴로워할 가치가 있을까?' 그러나 그가 이 같은 고찰로 마음을 진정시키려고 생각한 순간, 느닷없이 그녀의 모습이, 그것도 그가 자신의 성실하지 못한 사랑을 가장 강하게 내보였던 순간의 그녀 모습이 떠올랐고, 그러자 피가 한꺼번에 심장으로 몰려드는 것 같아 또다시 일어나서 방안을 서성거리며 닥치는 대로 물건을 부수고 찢지 않을 수 없었다. '왜 나는 그녀에게 "당신을 사랑합니다"라고 말했을까?' 그는 계속해서 자신에게 물었다. 이 물음을 열 번쯤 되풀이했을 때, 문득 머릿속에 몰리에르의 "그는 대체 어쩌자고 이 배에 탔을까?*"라는 구절이 떠올랐다. 그는 스스로를 비웃었다.

그는 밤늦게 시종을 불러 페테르부르크로 떠날 짐을 꾸리라고 일렀다. 그는 이제 그녀와 한지붕 아래 머무를 수 없었다. 앞으로 어떻게 그녀와 대화를 할지 상상할 수도 없었다. 그는 날이 밝으면 떠나기로 결심했고, 그녀와 영원히 이별하려는 자신의 결심을 편지로 알리기로 했다.

이튿날 아침 시종이 커피를 가지고 서재에 들어왔을 때, 피예르는 오토만에 누워 책을 펼친 채 잠들어 있었다.

그는 퍼뜩 눈을 떴으나, 자기가 어디에 있는지 몰라 두려운 듯 한참이나 사방을 둘러보았다.

"각하가 댁에 계신지 알아보라는 백작부인의 분부가 있었습니다." 시종이 말했다.

그러나 피예르가 대답할 말을 정하기도 전에, 은실로 수놓은 흰색

---

* 몰리에르의 희곡 『스카팽의 간계』에 나오는 대사. 위험한 일에 얽혀들었다는 뜻.

공단 가운을 입고 간단하게 머리 손질을 한(두 가닥으로 크게 땋아 아름다운 머리에 왕관 모양으로 두 번 감은) 백작부인이 침착하고 위풍당당하게 방으로 들어왔는데, 조금 튀어나온 대리석 같은 이마에 분노의 주름 한 줄이 새겨져 있을 뿐이었다. 그녀는 어떤 일에도 동요하지 않는 타고난 침착성을 보였고, 시종 앞에서는 입을 열지 않았다. 그녀는 결투에 대해 듣고 그것에 대해 이야기하러 온 것이었다. 그녀는 시종이 커피를 놓고 나가기를 기다렸다. 피예르는 머뭇거리며 안경 너머로 그녀를 쳐다보았고, 개에게 몰린 토끼가 귀를 늘어뜨리고 적의 눈앞에서 언제까지나 바짝 엎드려 있듯 꿈쩍도 않고 책을 읽으려 해봤지만, 이내 그것이 무의미하고 불가능하다는 것을 깨닫고 다시금 머뭇거리며 그녀를 쳐다보았다. 그녀는 앉지도 않고 시종이 나가기만 기다리며 경멸의 미소를 띤 채 그를 바라보고 있었다.

"대체 무슨 일이에요? 당신 무슨 짓을 한 거죠, 내가 묻잖아요?" 그녀는 단호하게 말했다.

"나?…… 내가 뭘? 나는……" 피예르는 말했다.

"참 대단한 용사 나셨군요! 자, 대답해봐요, 대체 무엇을 위한 결투였죠? 당신은 그것으로 뭘 증명하려고 했나요? 도대체 뭘요? 나는 물어야겠어요." 피예르는 소파 위에서 무겁게 몸을 돌리며 입은 열었지만, 대답할 수 없었다.

"대답하지 않겠다면 내가 말하죠……" 엘렌은 말을 이었다. "당신은 남이 하는 말은 뭐든 믿어버리죠. 당신은 이런 말을 들었어요……" 엘렌은 웃기 시작했다. "돌로호프가 내 정부라고요." 그녀는 프랑스어로 말하면서, '정부'라는 말을 다른 말과 마찬가지로 뻔뻔스러우리만큼 정확하게 발음했다. "그리고 당신은 그 말을 믿었어요! 그런데 당신은 대체 뭘 증명했죠? 그래요, 당신이 바보라는 사실, 당신이 *바보*라는 걸 모두에게 알렸어요. 그 결과가 뭔지 알아요? 나는 온 모스크바의 웃음거리가 되고, 사람들은 당신이 취해서 이성을 잃고, 아무 근거도 없이 질투에 사로잡혀 결투를 청했다고 말할 거라는 거예요." 옐렌은 흥분하여 차츰 언성을 높였다. "게다가 그 상대는 모든 면에서 당신보다 나은 사람이죠……"

"흠…… 흠……" 피예르는 아내의 얼굴을 보지 않고, 손가락 발가락 하나 까딱하지 않고 얼굴을 찌푸린 채 신음만 했다.

"왜 그 사람이 내 정부라고 믿은 거죠?…… 왜요? 내가 그 사람과 어울리는 걸 좋아했기 때문인가요? 만약 당신이 좀더 현명하고 호감을 주는 사람이라면, 난 언제나 당신 옆에 있었을 거예요."

"그만해…… 부탁이야." 피예르는 목쉰 소리로 말했다.

"왜 그만하라는 거예요! 난 말할 수 있으니까 말해야겠어요, 당신 같은 사람을 남편으로 두고도 정부(애인)를 만들지 않을 여자는 거의 없지만, 난 그런 짓은 하지 않았어요." 그녀는 말했다. 피예르는 무슨 말인가 하려다가, 그녀로서는 이해할 수 없는 기묘한 눈초리로 힐끔 그녀를 보더니 다시 누워버렸다. 그는 육체적인 고통을 느끼고 있었는데, 가슴이 조여 숨쉬기조차 힘들었다. 이 고통을 없애기 위해 뭔가 하고 싶었으나 그가 하고 싶은 것은 너무나 무서운 일이었다.

"우리는 헤어지는 게 좋겠어." 그는 띄엄띄엄 말했다.

"헤어져요, 그래요, 단 당신이 내게 재산을 준다면." 옐렌은 말했다. "헤어지자는 말로 날 위협하다니!"

피예르는 소파에서 벌떡 일어나 비틀거리며 그녀에게 달려들었다.

"죽여버리겠어!" 그는 이렇게 소리치고, 자신도 몰랐던 괴력으로 탁자의 대리석 상판을 붙잡고 그녀에게 한 발짝 다가가며 쳐들었다.

옐렌의 얼굴은 끔찍하게 일그러졌고, 비명을 지르며 뛰어 물러섰다. 아버지의 유전遺傳이 발현된 것이었다. 그는 광포狂暴에 대한 매혹과 황홀을 느꼈다. 그는 대리석 상판을 내동댕이쳐서 부수고, 두 팔을 벌리며 그녀에게 다가가 온 집안사람이 듣고 소스라칠 만큼 무서운 목소리로 외쳤다. "나가!" 만약 옐렌이 방에서 뛰쳐나가지 않았다면 피예르는 무슨 짓을 저질렀을지 모른다.

일주일 후, 피예르는 자기 재산의 태반을 이루는 대러시아의 영지 관리를 아내에게 위임하고 홀로 페테르부르크로 떠났다.

7

아우스터리츠 전투 소식과 안드레이 공작의 전사 통지가 리시예 고리에 도착한 뒤로 두 달이 지났다. 대사관을 통해 여러 번 편지를 내고 수색도 해보았지만, 그의 시신은 발견되지 않았고 포로 명부에도 없었다. 가족들로서 무엇보다 괴로운 것은, 그가 전장에서 현지 주민들에게 구조되어 병상에 누워 있거나, 다른 사람들 사이에서 홀로 죽어가면서도 알리지 못하고 있을지 모른다는 실낱같은 희망이 남아 있다는 것이었다. 노공작이 아우스터리츠 전투 소식을 처음 접한 신문에는 러시아군이 혁혁한 전투 뒤에 부득이 퇴각해야 했고, 퇴각은 완벽한 질서 아래 이루어졌다고 늘 그렇듯 극히 간단하고 막연하게 쓰여 있었다. 노공작은 그 공보로 아군의 파멸을 깨달았다. 신문 보도가 있고 일주일 후, 그의 아들을 덮친 운명을 알리는 쿠투조프의 편지가 도착했다.

"귀하의 영식은 소관의 눈앞에서," 쿠투조프는 썼다. "군기를 들고 연대의 선두에 서서 아버지와 조국의 이름에 걸맞은 영웅으로서 쓰러졌습니다. 소관과 전군이 유감스러운 것은, 영식의 생사가 아직까지 분명하지 않다는 것입니다. 그러나 전장에서 발견되어 군사軍使를 통해 소관에게 수교된 명부에 영식의 이름이 없으므로 분명 살아 있을 거라 기대하며 저 자신과 귀하를 위로하려 합니다."

그는 늦은 밤 혼자 서재에 있을 때 이 편지를 받았고, 아무에게도 어떤 말도 하지 않았다. 이튿날 아침에는 여느 때처럼 산책하러 나갔지만, 그는 집사에게도, 정원사에게도, 건축 기사에게도 말이 없었고, 몹시 화난 얼굴로 말 한마디 하지 않았다.

평소처럼 정해진 시간에 공작영애 마리야가 왔을 때, 그는 선반기 앞에 서서 무엇인가 깎으며 언제나처럼 딸 쪽을 돌아보지 않았다.

"아! 공작영애 마리야!" 그는 갑자기 부자연스러운 어조로 말하고 끌을 내던졌다. (선반기 바퀴는 여전히 관성으로 돌고 있었다. 공작영애 마리야는 뒤이어 일어난 일과 뒤섞인, 잦아들던 바퀴의 삐걱거리는 소리를 그후로도 오랫동안 기억했다.)

공작영애 마리야는 아버지에게 다가가 그의 얼굴을 보았고, 갑자기 가슴이 덜컥 내려앉는 것을 느꼈다. 더이상 앞이 뚜렷이 보이지 않았다. 슬픈 것도 아니고 기력을 잃은 것도 아닌, 자기 자신을 억지스럽

게 누르는 듯한 아버지의 얼굴을 보자, 그녀는 끔찍한 불행이, 아직 그
녀가 경험한 적 없고 돌이킬 수도 이해할 수도 없는 불행, 즉 사랑하는
사람의 죽음이라는 불행이 자기를 덮쳐 바스러뜨리려 한다는 것을 깨
달았다.

"아버지! 앙드레가요?" 하고 말하는 예쁘지도 않고 눈치도 없는 공
작영애의 얼굴에 어린 비애와 자기망각의 아름다움에 아버지는 그녀의
눈길을 견디지 못하고 자기도 모르게 흐느끼며 얼굴을 돌리고 말았다.

"통지가 왔다. 포로 중에도 없고 전사자 중에도 없어. 쿠투조프의 편
지에 의하면," 그는 마치 공작영애를 쫓아버리려는 듯이 날카롭게 외
쳤다. "죽은 거야!"

공작영애는 기절하지도 않았고, 현기증이 일지도 않았다. 이 말을
듣는 순간 창백했던 그녀의 얼굴빛이 변하며 빛나는 아름다운 눈에서
뭔가가 반짝이기 시작했다. 마치 기쁨과도 같은, 이 세상의 기쁨이나
슬픔 같은 것을 넘어선 절대적인 기쁨과도 같은 것이 그녀의 깊은 슬
픔 위로 흘러넘치는 것 같았다. 그녀는 아버지에 대한 두려움도 잊고
옆으로 다가가 그의 손을 끌어당겨 힘줄이 불거진 꺼칠한 목덜미를 껴
안았다.

"아버지," 그녀는 말했다. "저한테서 얼굴 돌리지 마시고, 같이 울
어요."

"악당! 비겁한 놈들!" 노인은 딸에게서 얼굴을 돌리며 외쳤다. "군
대를 파멸시키고 병사를 죽게 하다니! 대체 왜? 가라, 가서 리자에게
말해줘라."

공작영애는 아버지 옆에 있는 안락의자에 맥없이 주저앉아 흐느끼

기 시작했다. 다정하면서도 오만한 얼굴로 그녀와 리자에게 작별 인사 하던 그의 모습이, 상냥하지만 비웃는 듯이 성상을 목에 걸던 그의 모습이 떠올랐다. '오빠는 신앙을 가졌을까? 자신의 불신심不信心을 뉘우쳤을까? 지금 그곳에 있을까? 영원한 평안과 행복의 보금자리에?' 그녀는 생각했다.

"아버지, 어떻게 된 일이에요?" 그녀는 눈물을 흘리며 물었다.

"가, 가거라, 훌륭한 러시아인과 러시아의 영광을 무참한 죽음으로 이끈 전투에서 죽었다. 가보시게, 공작영애 마리야. 가서 리자에게 말해줘. 나도 가마."

공작영애 마리야가 아버지한테서 돌아왔을 때, 몸집이 작은 공작부인은 일감을 들고 앉아 있다가 임신한 여자 특유의 내적인 행복이 넘치는 고요한 눈빛으로 공작영애 마리야를 바라보았다. 그러나 그 눈은 분명 공작영애 마리야가 아니라 자기 안쪽, 즉 태내에서 완성되어가고 있는 행복하고 신비로운 뭔가를 보고 있었다.

"마리," 그녀는 수틀에서 물러나 몸을 돌리며 말했다. "여기 손 좀 대봐요." 그녀는 공작영애의 손을 잡아 자기 배에 댔다.

그녀의 눈은 뭔가를 기다리는 듯 웃음을 띠었고, 솜털이 송송 돋은 윗입술이 치켜올라가더니 그대로, 아이처럼 행복하게 멈췄다.

공작영애 마리야는 그녀 앞에 무릎을 꿇고 그녀의 옷 주름 사이에 얼굴을 묻었다.

"여기요, 여기, 느껴지나요? 정말 이상한 느낌이 들어요. 마리, 난 이애를 정말 정말 사랑해줄 거예요." 리자는 행복에 겨운 빛나는 눈으로 시누이를 바라보며 말했다. 공작영애 마리야는 고개를 들 수 없었다. 그녀는 울고 있었다.

"왜 그래요, 마샤?"

"아무것도 아니에요…… 그냥 슬퍼서…… 안드레이를 생각하니까 슬퍼서요." 그녀는 올케의 무릎에 눈물을 닦으며 대답했다. 공작영애 마리야는 아침나절에 몇 번이나 올케에게 가서 마음의 준비를 하게 하려고 했지만, 그때마다 눈물이 앞을 가렸다. 몸집이 작은 공작부인은 그 눈물의 이유를 알 수 없었지만, 아무리 주위에 신경쓰지 않는다 해도 시누이의 까닭 모를 눈물을 보자 불안을 느꼈다. 그녀는 아무 말도 하지 않았지만, 무언가를 찾아내려는 듯 걱정스레 두리번거렸다. 식사 전에는 그녀가 언제나 두려워하는 노공작이 방으로 와서 유난히 불안하고 화난 얼굴로 말 한마디 하지 않다가 그대로 나가버렸다. 그녀는 공작영애 마리야의 얼굴을 보았고, 임신부가 흔히 그렇듯 자기 안으로 침잠하는 표정으로 깊은 생각에 잠겼다가 별안간 울음을 터뜨렸다.

"안드레이에게서 무슨 소식이 있었어요?" 그녀는 물었다.

"아니요, 언니도 알겠지만 아직 소식이 올 리 없잖아요. 하지만 *아버지*가 걱정하고 계시니까 나도 두려워요."

"그럼, 아무 일도 없죠?"

"그럼요." 공작영애 마리야는 반짝이는 눈으로 올케를 골똘히 바라보며 말했다. 그녀는 올케에게는 아무 말도 말아야겠다고 마음먹고, 곧 닥칠 해산날까지 그 끔찍한 소식을 리자에게 숨기자고 아버지를 설득했다. 공작영애 마리야와 노공작은 각자의 방식대로 슬픔을 참고 숨겼다. 노공작은 희망을 갖지 않으려 했고, 오스트리아에 관리를 파견해 아들의 행방을 수소문하면서도 전사했다고 생각하고 모스크바에서 묘비를 주문해 정원에 세우기로 했고, 누구에게나 아들은 전사했다고 말했다. 그리고 종전과 다름없는 생활을 이어가려고 노력했지만, 기력은 의지를 저버렸고, 그는 걷는 것도 식사도 수면도 줄고, 날로 쇠약해졌다. 공작영애 마리야는 아직 희망을 버리지 않고 있었다. 그녀는 살아 있을 오빠를 위해 기도하고, 그의 귀환 소식을 줄곧 기다렸다.

8

"*사랑하는 마리.*" 3월 19일, 아침식사가 끝나자 몸집이 작은 공작부인이 말했고, 솜털이 송송 돋은 그녀의 윗입술은 습관대로 치켜올라갔는데, 그 무서운 소식이 온 뒤로 미소나 말소리뿐만 아니라 걸음걸이에 이르기까지 이 집안의 온갖 것에 슬픔의 그림자가 드리워져 있었으므로, 이유를 알지 못하면서도 전체의 분위기에 동화되어버린 몸집이 작은 공작부인의 미소도 그 슬픔을 생각나게 했다.

"*사랑하는 마리, 나는 오늘 프루슈티크**(요리사 포카가 쓰는 말이다) 때문인지 속이 좋지 않아요.*"

"어떻게 된 거예요, 언니? 창백해요. 어머나, 정말 창백해요." 놀란 공작영애 마리야는 특유의 무겁지만 부드러운 걸음걸이로 올케에게 서둘러 다가가 말했다.

"아가씨, 마리야 보그다노브나에게 사람을 보내야 하지 않을까요?"

---

* 아침식사를 뜻하는 독일어에서 파생한 프랑스어.

옆에 있던 하녀가 말했다. (마리야 보그다노브나는 시내에서 불러온 산파인데, 리시예 고리에 온 지 벌써 이 주일이 되었다.)

"아아, 그래" 하고 공작영애 마리야는 맞장구쳤다. "어쩌면 그건지도 몰라. 내가 다녀올게요. *기운 내요, 귀여운 사람!*" 그녀는 리자에게 키스하고 방에서 나가려 했다.

"아, 아니에요, 아니에요!" 몸집이 작은 공작부인의 창백한 얼굴에 피할 수 없는 육체적 고통에 대한 아이 같은 두려움이 떠올랐다.

"*아니에요. 이건 위 때문이에요…… 말해줘요, 마리, 위 때문이라고……*" 공작부인은 조그마한 두 손을 비틀며 고통에 차서 아이처럼 변덕스럽고 다소 과장된 울음을 터뜨렸다. 공작영애는 마리야 보그다노브나를 부르러 방에서 뛰어나갔다.

"*아아! 어쩌지! 어쩌지!*" 그녀 뒤에서 이런 소리가 들렸다.

산파는 작고 살찐 하얀 손을 비비며 자못 침착한 얼굴로 이미 이쪽으로 오고 있었다.

"마리야 보그다노브나! 시작되려는 것 같아요." 공작영애 마리야는 겁을 먹고 휘둥그레진 눈으로 산파에게 말했다.

"아, 그럼 감사드릴 일이죠, 아가씨." 마리야 보그다노브나는 별반 걸음도 서두르지 않으며 말했다. "아가씨 같은 분은 이런 건 모르시는 게 좋아요."

"그런데 모스크바의 의사 선생은 왜 아직 도착하지 않는 걸까요?" 공작영애는 말했다. (리자와 안드레이 공작의 바람대로 여유 있게 도착할 수 있도록 모스크바로 산부인과 의사를 데리러 사람을 보냈고, 모두 줄곧 그를 기다리고 있었다.)

"괜찮아요, 아가씨, 염려 마세요." 마리야 보그다노브나는 말했다. "의사가 없어도 아무 일 없을 테니까요."

오 분 후, 공작영애는 사람들이 무언가 무거운 것을 나르는 소리를 자기 방에서 들었다. 내다보니 웬일인지 하인들이 안드레이 공작의 서재에 있던 가죽 소파를 침실로 나르고 있었다.* 그들의 얼굴은 어딘지 모르게 엄숙하고 차분했다.

공작영애 마리야는 혼자 방에 앉아 집안에서 나는 소리에 귀기울이다 이따금 누군가 방 옆을 지나가면 문을 열고 복도를 내다보았는데, 여자들이 발소리를 죽여 왔다갔다하고 있었다. 여자들은 공작영애를 보자 곧 고개를 돌렸다. 그녀도 차마 물어보지 못하고 방문을 닫고 돌아와서는 안락의자에 앉아보기도 하고 기도서를 펼쳐보기도 하고 성상 앞에 무릎을 꿇어보기도 했다. 불행히도 그녀는 기도로도 자신의 동요를 가라앉힐 수 없다는 것을 느끼고 놀랐다. 그때 갑자기 방문이 조용히 열리더니, 노공작이 엄히 금지해서 거의 한 번도 공작영애 마리야의 방에 들어오지 못했던 늙은 유모 프라스코비야 사비시나가 머릿수건을 쓴 채 문가에 나타났다.

"마셴카** 아가씨, 조금 앉았다 갈까 하고 왔습니다." 유모가 말했다. "젊은 나리 혼례 때 썼던 황촉***을 성자께 바치려고 가져왔어요. 나의 천사." 그녀는 한숨을 내쉬고 말했다.

"아, 유모, 정말 기뻐요."

---

* 러시아의 전통으로, 톨스토이의 자식들도 모두 소파에서 태어났다.
** 마리야의 애칭.
*** 밀랍으로 만든 초.

"하느님은 자비로우시죠, 아가씨." 유모는 금을 입힌 황촉을 성상 앞에 켜놓고, 뜨던 양말을 들고 문 옆에 앉았다. 공작영애 마리야는 책을 들고 읽기 시작했다. 그러나 사람들의 발소리와 말소리가 들리자 공작영애 마리야는 놀라서 묻는 듯이, 유모는 달래려는 듯이 서로를 바라보았다. 공작영애 마리야가 자기 방에 앉아서 경험하고 있는 똑같은 감정이 집안 구석구석에서 모두의 마음을 사로잡고 있었다. 산모의 고통을 아는 사람이 적을수록 고통이 가벼워진다는 미신을 따르듯, 모두는 모르는 체하려 애쓰고 있었다. 아무도 그것에 대해 말하지 않았지만, 공작의 집안을 지배하는 평소의 차분하고 점잖은 분위기 외에도 하나의 공통된 우려와 부드러워지는 마음, 바야흐로 완성되어가고 있는 위대하고 불가해한 무언가에 대한 의식이 모두의 얼굴에서 엿보였다.

하녀들의 커다란 방에서도 웃음소리 하나 들리지 않았다. 하인들의 방에서도 모두가 무언가를 대비하며 말없이 앉아 있었다. 하인들은 횃불과 촛불을 밝혀놓았고, 아무도 잠자리에 들지 않았다. 노공작은 발뒤꿈치에 힘을 주며 서재를 걸어다니다가 마침내 티혼을 부르더니, 마리야 보그다노브나에게 가서 어떤 상태인가? 하고 물어보고 오라고 명령했다.

"그렇게만 말하게, 어떤 상태인가? 하고 공작이 물어보라 했다고. 그리고 와서 그 여자가 뭐라고 했는지 내게 알려줘."

"해산이 시작됐다고 공작께 말씀드려주세요." 마리야 보그다노브나는 심부름꾼을 의미심장하게 바라보며 말했다. 티혼은 돌아와서 보고했다.

"좋아." 공작은 등뒤로 문을 닫으며 말했고, 그후로 티혼은 서재에서 아무 소리도 듣지 못했다. 얼마 후 티혼은 촛불을 손본다는 구실로 서재에 들어갔다. 소파에 누운 공작의 어쩔 줄 모르는 표정을 본 티혼은 고개를 젓고 말없이 곁으로 다가가 주인의 어깨에 키스했고, 촛불을 손보지도, 왜 들어왔는지 말하지도 않고 그대로 서재를 나왔다. 세상에서 가장 엄숙한 비밀이 완성되어가고 있었다. 저녁이 지나 밤이 되었다. 불가해한 것 앞에서 부드러워지는 마음과 기대감은 누그러지기는커녕 더욱 커졌다. 아무도 자지 않았다.

마치 겨울이 권위를 되찾으려 적의를 품고 안간힘을 다해 마지막 남은 눈과 눈보라를 뿌리는 듯한 3월의 밤이었다. 큰길에서 갈아탈 말까지 보내두고 이제나저제나 기다리고 있는 모스크바의 독일인 의사를 마중해 돌아올 때 길의 움파리며 눈 밑 웅덩이를 안내하기 위해, 초롱을 들고 말을 탄 몇 사람이 큰길에서 시골로 접어드는 모퉁이까지 갔다.

공작영애 마리야는 한참 전에 책을 내려놓았고, 이미 속속들이 익숙한 유모의 주름진 얼굴과 머릿수건 밑으로 삐져나온 흰머리 가닥들, 턱밑에 주머니처럼 늘어진 피부를 반짝이는 눈으로 바라보며 말없이 앉아 있었다.

유모 사비시나는 뜨던 양말을 손에 든 채, 자기도 자기 말에 귀를 기울이지 않고 자기가 무슨 말을 하는지 의식하지도 못하면서, 고인이 된 공작부인이 키시뇨프에서 산파가 아니라 몰다비아 시골 아낙의 손을 빌려 공작영애 마리야를 낳았다는 이미 수백 번도 더 한 이야기를 나직하게 말했다.

"하느님은 자비로우시니 의사 같은 건 전혀 필요 없습니다" 하고 그녀는 말했다. 떼어놓은 창으로 갑자기 불어온 돌풍이(노공작의 명령에 따라 해마다 종달새 울음소리가 들려올 무렵이면 방마다 이중창의 창을 하나씩 떼어놓았다) 허술하게 걸린 빗장을 풀어버리고 두꺼운 능직 커튼을 펄럭이며 한기와 눈을 불어넣고 촛불을 꺼버렸다. 공작영애 마리야는 몸을 떨었고, 유모는 양말을 놓고 창가로 가서 몸을 내밀고 젖혀진 창을 붙잡으려 했다. 찬바람이 그녀의 머릿수건 끝자락과 수건 밑으로 삐져나온 흰머리 가닥들을 휘날렸다.

"공작영애, 아가씨, 누가 큰길을 따라 이쪽으로 오는데요!" 유모는 창을 잡은 채 닫으려고도 하지 않고 말했다. "초롱을 들고…… 의사가 분명해요."

"아, 잘됐어! 정말 다행이야!" 공작영애 마리야는 말했다. "내가 마중가야겠어, 저분은 러시아어를 모르시니까."

공작영애 마리야는 숄을 걸치고 손님을 마중하러 달려갔다. 현관방을 지날 때 창문 너머로 초롱과 마차가 현관 앞에 멈추는 것이 보였다. 그녀는 층층대로 나갔다. 난간 기둥에 꽂아놓은 수지 초가 바람에 날려 옆으로 타오르고 있었다. 하인 필리프는 또다른 초를 들고 놀란 얼굴로 아래쪽 첫 층계참에 서 있었다. 그때 아래쪽 모퉁이에서 층층대를 올라오는 방한용 장화 소리가 들렸다. 공작영애 마리야는 귀에 익은 목소리를 들었다.

"정말 다행이군!" 그 목소리가 말했다. "그런데 아버지는?"

"주무십니다." 이미 내려가 있던 집사 데미얀의 목소리가 들렸다. 그 목소리가 다시 무슨 말인가 하자 데미얀이 대답하고, 방한용 장화 소리는 보이지 않는 층층대 모퉁이를 따라 빠르게 가까워졌다. '저건 안드레이야!' 공작영애 마리야는 생각했다. '아니야, 그럴 리 없어, 어떻게 그런 일이' 하고 생각한 순간, 하인이 초를 들고 서 있던 층계참에서 옷깃이 눈투성이가 된 모피 외투를 입은 안드레이 공작이 얼굴과 모습을 드러냈다. 그였다, 확실히 그였지만, 창백하고 야위고 표정이 몰라볼 만큼 변한데다가, 이상할 정도로 부드러워서 불안해 보였다. 그는 층층대를 올라와 누이동생을 끌어안았다.

"너, 내 편지 못 받았니?" 하고 묻더니 그는 대답도 기다리지 않고, 하기야 공작영애는 말이 나오지 않았으므로 어차피 그는 대답을 듣지 못했겠지만, 도로 내려가서는 뒤따라오던 산부인과 의사와(마지막 역참에서 우연히 만났다) 다시 빠르게 층층대를 올라와 누이동생을 또 한번 끌어안았다.

"이게 무슨 운명일까!" 그는 말했다. "마샤, 아아!" 그리고 모피 외투와 장화를 벗어던지고 공작부인의 방으로 갔다.

9

몸집이 작은 공작부인은 하얀 실내모를 쓴 채 베개에 머리를 묻고 있었는데(지금 막 진통이 사그라진 참이었다), 땀에 젖은 검은 머리카락이 상기된 뺨에 타래져 엉겨붙고, 가뭇가뭇한 솜털이 송송 돋은 장밋빛 사랑스러운 입술을 벌린 채 행복한 듯 미소짓고 있었다. 안드레이 공작은 방으로 들어가 아내가 누워 있는 소파의 발치에 멈춰 섰다. 어린애처럼 놀란 듯하고 흥분으로 반짝이는 그녀의 눈은 그대로 그에게서 멈췄다. '나는 당신들 모두를 사랑했고, 누구에게도 나쁜 짓을 하지 않았어요. 그런데 왜 내가 이렇게 괴로워야 하죠? 나를 도와줘요.' 그 눈은 이렇게 말하는 것 같았다. 그녀는 남편의 모습이 눈에 들어왔지만, 그가 지금 자기 앞에 나타난 것이 어떤 의미인지 몰랐다. 안드레이 공작은 소파를 돌아가서 아내의 이마에 키스했다.

"여보!" 그는 지금까지 그녀에게 한 번도 하지 않았던 말을 했다. "하느님은 자비로우시니까……" 그녀는 미심쩍어하는 어린애처럼 책망하는 눈으로 그를 쳐다보았다.

'나는 당신이 도와줄 거라고 생각했어요. 하지만 전혀, 전혀 아니었어요. 당신도 역시!' 그녀의 눈이 이렇게 말하고 있었다. 그녀는 남편이 돌아왔는데도 놀라지 않았고, 남편이 돌아온 것이 어떤 의미인지도 알지 못했다. 남편이 돌아온 것은 그녀의 고통에도, 고통을 줄이는 데도 아무 관계가 없었다. 진통은 다시 시작됐고, 마리야 보그다노브나는 안드레이 공작에게 나가 있으라고 권했다.

산부인과 의사가 방으로 들어왔다. 안드레이 공작은 방을 나와 공작영애 마리야를 발견하자 다시 그녀 곁으로 갔다. 두 사람은 나지막이 이야기하기 시작했지만, 대화는 자주 끊겼다. 두 사람은 기다리며 귀를 기울였다.

"*가봐요, 오빠.*" 공작영애 마리야는 말했다. 안드레이 공작은 다시 아내에게 가려다가 옆방에 앉아 기다렸다. 이윽고 한 여자가 겁에 질린 얼굴로 산실에서 나오더니 안드레이 공작을 발견하고 머뭇거렸다. 그는 두 손으로 얼굴을 감싸고 몇 분인가 그대로 앉아 있었다. 애처롭고 무기력한, 동물 같은 신음 소리가 문 너머에서 들려왔다. 안드레이 공작은 일어나서 문가로 다가가 문을 열려고 했다. 안쪽에서 누군가 그 문을 붙잡고 있었다.

"안 돼요, 안 됩니다!" 안에서 겁에 질린 목소리가 들렸다. 그는 방 안을 서성거리기 시작했다. 신음 소리가 잠잠해지고, 다시 몇 초가 지났다. 별안간 무섭게 울부짖는 소리—그녀가 지르는 소리가 아니었다, 그녀는 그런 소리를 낼 수 없었다—가 옆방에서 들려왔다. 안드레이 공작이 문가로 달려갔을 때, 울부짖는 소리가 잦아들더니 또다른 소리, 아기의 울음소리가 들려왔다.

'갓난애를 왜 저기로 데려왔지?' 첫 순간 안드레이 공작은 생각했다. '갓난애? 왜?…… 저기 왜 갓난애가 있지? 아니면, 아기가 태어난 건가?'

이 울음소리가 뜻하는 모든 기쁨을 불현듯 깨달은 순간, 그는 눈물에 목이 메어 창턱에 두 팔꿈치를 괴고 흐느끼다가, 마침내 아이처럼 울어버렸다. 문이 열렸다. 코트를 벗고 셔츠 소매를 걷어올린 의사가 창백한 얼굴로 턱을 떨며 방에서 나왔다. 안드레이 공작이 고개를 돌려 바라보자, 의사는 당황한 눈으로 공작을 보더니 아무 말도 없이 가버렸다. 한 여자가 달려나와 안드레이 공작을 보더니 문가에서 머뭇거렸다. 그는 아내의 방으로 들어갔다. 아내는 오 분 전 그가 보았을 때와 똑같은 자세지만 시신으로 누워 있었는데, 눈은 움직이지 않고 뺨도 창백했지만, 윗입술에 가뭇가뭇한 솜털이 송송 돋은 사랑스럽고 겁 먹은 아이 같은 얼굴에는 아까와 똑같은 표정이 남아 있었다.

'나는 당신들 모두를 사랑했고, 누구에게도 나쁜 짓을 하지 않았어요. 그런데 당신들은 내게 무슨 짓을 하신 건가요?' 사랑스럽고 가엾은

핏기 없는 그 얼굴이 말하고 있었다. 방 한구석에서 조그맣고 빨간 뭔가가 마리야 보그다노브나의 떨리는 하얀 손 안에서 딸꾹거리며 숨을 쉬고 빽빽 울고 있었다.

두 시간 뒤, 안드레이 공작은 조용한 걸음으로 아버지의 서재에 들어갔다. 노인은 이미 모든 것을 알고 있었다. 문 바로 옆에 서 있던 그는 문이 열리자 말없이 노인답고 압착기 같은 딱딱한 손으로 아들의 목을 끌어안고 아이처럼 흐느껴 울기 시작했다.

사흘 뒤 몸집이 작은 공작부인의 장례식 날, 안드레이 공작은 아내에게 마지막 작별을 하기 위해 관이 놓인 단상의 디딤판을 올라갔다. 관 속에는 비록 눈은 감겼지만 변함없는 그 얼굴이 있었다. '아, 당신들은 내게 무슨 짓을 하신 건가요?' 그 얼굴은 여전히 이렇게 말하고 있었고, 안드레이 공작은 가슴속에서 뭔가가 찢어지는 것 같으면서 자신이 돌이킬 수도 잊을 수도 없는 죄를 지었다고 생각했다. 그는 울 수도 없었다. 노공작도 올라와 편안하고 높게 깍지 끼워진 밀랍 같은 작은 손에 키스했는데, 그녀의 얼굴은 그에게도 이렇게 말하고 있었다. '아, 당신들은 내게 무슨 짓을 하신 건가요?' 노인은 화가 난 듯 얼굴을 돌렸다.

또 닷새 뒤, 어린 공작 니콜라이 안드레이치의 세례식이 있었다. 사제가 거위 깃털로 어린 사내아이의 쪼글쪼글한 빨간 손바닥과 발바닥에 성수를 바르는 동안 유모는 턱으로 속싸개를 누르고 있었다.

대부가 된 할아버지는 품에 안은 갓난애를 떨어뜨릴까 불안해하며 울퉁불퉁한 함석 세례반 주위를 돌았고, 대모가 된 공작영애 마리아에게 이따금 갓난애를 넘겨주었다. 안드레이 공작은 아이를 물에 빠뜨리지 않을까 하는 두려움에 숨도 제대로 못 쉬고 다른 방에 앉아 세례식이 끝나기를 기다렸다. 유모가 갓난애를 데려오자 그제야 그는 흐뭇하게 아이를 바라보았고, 머리털이 붙은 밀랍을 세례반에 던졌는데 물에 뜨더라고 유모가 말하자 고개를 끄덕였다.*

10

　로스토프가 돌로호프와 베주호프의 결투에 관계했던 것은 노백작의 노력으로 무마되었고, 로스토프는 각오했던 강등 대신 모스크바 총독의 부관으로 임명됐다. 그래서 그는 가족과 함께 시골에 갈 수 없었고, 새 직무를 맡아 여름내 모스크바에 남아 있었다. 돌로호프가 건강을 회복하는 동안 로스토프는 그와 유달리 친숙해졌다. 돌로호프는 건강을 회복하는 내내 지극 정성으로 자신을 사랑해주는 어머니 곁에 있었다. 그의 어머니 마리야 이바노브나는 페댜**의 친구라는 것만으로 로스토프를 사랑해주고 곧잘 아들에 관해 이야기해주었다.
　"그래요, 백작, 정말 그애는 너무도 고귀하고 순수한 마음을 가졌어요" 하고 그녀는 말을 꺼냈다. "요즘 시대처럼 타락한 세상을 살아가

---

* 세례를 받는 사람의 머리털을 녹인 밀랍으로 굳혀 세례반에 넣었을 때 물에 가라앉지 않으면 죽지 않고 살아남는다고 믿었다.
** 돌로호프의 애칭.

기에는요. 원래 미덕이란 아무도 좋아하지 않아요, 눈에 거슬리니까. 저, 그건 그렇고, 백작, 말해줘요, 그 일은 베주호프 쪽이 옳은 건가요, 결백한 건가요? 그토록 훌륭한 마음씨를 가진 페댜는 그를 사랑했고, 지금도 그에 대해서는 결코 나쁘게 말하지 않아요. 페테르부르크에서 서장을 붙들고 장난이며 조롱을 했을 때도 모두가 같이 하지 않았나요? 그런데도 베주호프에게는 아무 일도 없었고, 페댜가 모든 것을 짊어졌어요! 혼자 뒤집어썼단 말이에요! 물론 복관됐죠. 그러지 못할 이유가 없잖아요? 그렇게 용감하고 국가에 충성하는 사람은 흔치 않다고 생각해요. 그런데 이번에는 결투라니요. 도대체 그 사람은 감정이니 명예니 하는 것을 알기나 할까요! 우리 애가 외아들이라는 걸 알면서도 결투를 청하고 다짜고짜 쏴 죽이려 했잖아요! 다행히 하느님이 돌봐주셨지만. 대체 어째서 그런 일이 일어난 건가요? 하기야 요즘 세상에 숨겨야 할 일을 갖지 않은 사람이 어디 있겠어요? 그 사람이 그처럼 질투심이 대단한 사람이라면, 그것도 이해합니다만, 그렇다면 미리 주의를 줄 수도 있었잖아요. 아무튼 일 년이나 계속된 일이었으니 말이에요. 그런데도 결투에 불러내고, 그것도 페댜가 그에게 빚을 졌으니까 결투에 응하지 못할 거라고 생각하고 그런 거잖아요. 정말 비겁해요! 정말 역겨워요! 나는 당신이 우리 애의 마음을 이해한다는 것을 알기 때문에 진심으로 당신을 사랑합니다. 친애하는 백작, 정말이지 그애의 마음을 헤아려주는 사람은 흔치 않아요. 너무나도 고귀하고 천사 같은 마음을 가졌으니까……"

회복하는 동안 돌로호프는 로스토프가 전혀 생각지도 못했던 말을 종종 했다.

"사람들이 날 악당이라고 한다는 걸 나도 잘 알아." 그는 말했다. "그래도 상관없어. 나는 내가 사랑하는 사람이 아니면 알고 싶지도 않지만, 내가 사랑하는 사람은 목숨을 바칠 만큼 사랑하고, 만약 다른 사람들이 내가 가는 길을 방해라도 한다면 뭉개버릴 거야. 내게는 존경하는 어머니와 사랑하는 두세 명의 벗이 있고, 자네도 그중 하나지. 그밖의 사람들은 내게 이로운지 해로운지에 따라 주의할 뿐인데, 태반이 해로운 쪽이야, 특히 여자는. 그렇네, 여보게" 하고 그는 말을 이었다. "나는 사랑도 할 줄 알고 고상하고 숭고한 남자는 만나봤지만, 그런 여자—백작부인이건 하녀건 마찬가지야—는 한 번도 보지 못했어, 모두 매춘부야. 내가 찾는 천사같이 순결하고 헌신적인 여자는 본 적이 없어. 만약 그런 여자를 찾는다면 내 인생을 바칠 텐데. 하지만 여자들이란!……" 그는 경멸하는 듯한 몸짓을 했다. "자네가 믿을지 모르겠지만, 만약 내가 아직도 내 목숨을 귀히 여기고 있다면, 그것은 다만 나를 갱생시켜 깨끗하게 해주고 높이 끌어올려줄 천사 같은 여자를 만나기를 기대하고 있기 때문이야. 물론 자네는 이해 못하겠지."

"아니, 난 정말 이해하네." 이 새로운 친구의 영향에 강렬히 사로잡힌 로스토프는 대답했다.

가을에 로스토프가는 모스크바로 돌아왔고, 초겨울에는 데니소프도 와서 함께 머물렀다. 니콜라이 로스토프가 모스크바에서 보낸 이 1806년 초겨울은 그에게도 그의 가족에게도 가장 행복하고 즐거운 시기였다. 니콜라이는 부모님의 집에 많은 젊은이를 끌어들였다. 베라는 스무 살의 아름다운 아가씨였고, 소냐는 갓 피어난 꽃 같은 매력을 지닌 열여섯 살의 아가씨, 나타샤는 아이같이 우스꽝스럽기도 하고 아가씨처럼 매력적이기도 한, 반은 소녀, 반은 아가씨였다.

이 무렵 로스토프가에는 한없이 사랑스럽고 아주 젊은 아가씨들이 있는 집이 그렇듯 사랑 가득한 특별한 분위기가 감돌았다. 로스토프가에 드나드는 젊은이들은, 싱그럽고 다감하고 항상 무엇인가를 향해(아마 자신의 행복을 향해) 웃는 듯한 아가씨들의 얼굴과 활기차게 뛰어다니는 모습을 보고, 또 종잡을 수 없지만 누구에게나 애교가 있고 무슨 일이라도 해치울 것 같은 희망에 넘치는 아가씨들의 재잘거리는 소리와 때로는 노랫소리, 때로는 음악 소리가 뒤섞인 온갖 소리를 듣다보면 누구랄 것 없이 모두가 사랑에 빠질 준비를 하며 행복을 기대하게 되었고, 이러한 감정은 로스토프가의 젊은 사람들도 느끼고 있었다.

로스토프가 처음으로 데려온 젊은이들 중 하나는 돌로호프로, 그는 나타샤를 제외한 가족 모두의 호감을 샀다. 나타샤는 돌로호프 때문에 하마터면 오빠와 다툴 뻔했다. 그녀는 돌로호프가 악한이고, 결투 때도 베주호프가의 피에르가 옳았으며, 돌로호프는 불쾌하고 이상한 사람이라고 주장했다.

"나는 아무것도 이해할 수가 없어요!" 나타샤는 완강하고 고집스럽게 소리쳤다. "그 사람은 악독하고 인정이 없어요. 나는 데니소프가 좋아요, 그 사람도 방탕하지만, 그래도 나는 그 사람이 좋아요. 나는 다 알아요. 오빠한테 뭐라고 말해야 좋을지 모르겠지만, 돌로호프의 행동은 전부 계산적이고, 나는 그게 딱 질색이에요. 데니소프는……"

"아니, 데니소프와는 전혀 달라." 돌로호프는 데니소프에게 비길 바가 아니라는 듯이 니콜라이는 말했다. "돌로호프가 어떤 마음씨를 가졌는지 알아야 해, 어머니와 둘이 있는 모습을 봐야 한다고. 그는 친절한 마음씨를 가졌어!"

"나는 정말 모르겠지만, 그 사람과 있으면 왠지 불편해요. 그런데 오빠는 그가 소냐에게 반했다는 거 알아요?"

"무슨 바보 같은 소릴……"

"사실이에요. 이제 알게 될 거예요."

나타샤의 짐작은 들어맞았다. 여자들이 많은 곳을 좋아하지 않는 돌로호프가 이 집을 자주 방문하기 시작했고, 그것이 누구 때문이냐는 의문은(아무도 그것에 대해 말하지 않았지만) 소냐 때문인 것으로 곧 판명됐다. 소냐는 결코 그런 것에 대해 말할 사람이 아니지만, 역시 그런 기미를 느끼고 돌로호프가 나타날 때마다 붉은 옥양목처럼 얼굴을 붉혔다.

돌로호프는 로스토프가에서 자주 식사하고, 가족이 연극을 보러 갈 때도 함께 가고, 또 그들이 매번 참석하는, 이오겔*이 소년소녀들을 위해 여는 무도회에도 갔다. 그는 오로지 소냐만 바라보았는데, 소냐는 얼굴을 붉히지 않고는 그의 시선을 견딜 수 없었을 뿐만 아니라, 백작부인과 나타샤까지도 그 모습을 보면 얼굴을 붉히지 않을 수 없을 정도였다.

이 기괴하고 거친 남자는 사실은 다른 남자를 사랑하는 우아한 검은 머리 소녀의 거부할 수 없는 매력에 사로잡힌 것이 분명했다.

로스토프는 돌로호프와 소냐 사이에 뭔가 새로운 일이 일어난 것을

---

* 당시 모스크바의 유명한 무도 선생, 안무가.

알아챘지만 그것이 뭔지는 확신할 수 없었다. '그녀들은 모두 누군가에게 반해 있다.' 그는 소냐와 나타샤에 대해 이렇게 생각했다. 그리고 소냐와 돌로호프를 전처럼 편히 대할 수 없게 되면서 차츰 집을 비우는 일이 잦아졌다.

1806년 가을부터 나폴레옹과의 전쟁에 대한 소문이 다시금 사람들 입에 오르내렸고,[7] 작년보다 더욱 열을 띠었다. 천 명에 10명꼴로 신병을 소집할 뿐만 아니라, 9명꼴로 민병을 징집한다는 발표가 있었다.[8] 보나파르트를 저주하는 목소리가 온 사방에서 들리고, 모스크바는 임박한 전쟁 소문으로 들끓었다. 전쟁 준비와 관련해 로스토프가 사람들의 모든 관심은 니콜루시카가 모스크바에 절대 남지 않을 것이고, 연휴가 끝나는 대로 함께 연대로 돌아가기 위해 데니소프의 휴가가 끝나기만을 기다린다는 데 쏠려 있었다. 그러나 눈앞에 닥친 출발도 그의 유흥을 방해하기는커녕 오히려 부추겼다. 그는 대부분의 시간을 만찬회니 야회니 무도회에 나가며 집밖에서 보냈다.

11

크리스마스 연휴 사흘째에 니콜라이는 집에서 식사를 했는데, 최근의 그로서는 드문 일이었다. 그는 주현절*이 끝나면 데니소프와 함께 연대에 돌아가게 되므로 이 식사는 정식 송별회였다. 스무 명쯤 모였

---

* 1월 6일. 그리스도가 서른번째 생일에 세례를 받고 하느님의 아들로서 세상에 나타난 날.

고, 돌로호프와 데니소프도 참석했다.

로스토프가의 사랑 가득한 기류와 연모의 분위기가 이 연휴의 며칠처럼 뚜렷이 느껴진 적도 없었다. '행복한 순간을 붙잡아라. 사랑받고, 사랑하라! 이것만이 이 세상에서 진실이며, 그 밖의 것은 모두 무의미하다. 이것만이 이 세상에서 우리가 할 일이다'라고 이 분위기가 말하고 있었다.

니콜라이는 평소와 마찬가지로, 마차를 끄는 말 네 필이 모두 녹초가 될 만큼 몰아댔지만, 가야 할 곳과 초대받은 곳에 전부 들르지는 못하고 식사 직전에야 집에 돌아왔다. 그는 돌아오자마자 집안에 가득한 긴장된 연모의 분위기를 알아채고 느꼈고, 또 그것과는 별개로 이 객실에 모인 사람들을 지배하고 있는 묘한 어색함도 알아챘다. 특히 소냐와 돌로호프와 노백작부인이 흥분해 있었고, 나타샤도 약간 흥분한 상태였다. 니콜라이는 식사 전 소냐와 돌로호프 사이에 무슨 일이 있었다는 것을 눈치채고, 식사하는 동안 타고난 민감함으로 두 사람에게 아주 조심스럽고 신중하게 대했다. 연휴 사흘째인 이날 밤에는 이오겔(무도 교사)이 남녀 제자를 위해 항상 축일 연휴에 여는 무도회가 열릴 예정이었다.

"니콜렌카, 이오겔 선생한테 갈 거예요? 제발 가요." 나타샤가 말했다. "선생이 오빠도 꼭 와달라고 하셨어요. 바실리 드미트리치(데니소프)도 가신대요."

"아가씨 명령이라면 어디든 가야죠!" 로스토프네에서 익살스럽게 나타샤의 기사 역할을 자청한 데니소프가 말했다. "파드샬*이라도 추겠습니다."

"시간이 되면 갈게! 나는 아르하로프가에 선약이 있어, 거기 야회에." 니콜라이는 말했다.

"자네는?……" 그는 돌로호프를 돌아보며 물었다. 그리고 이렇게 말한 순간, 물을 필요가 없었다는 것을 깨달았다.

"응, 아마……" 돌로호프는 소냐의 얼굴을 힐끔 보고 화난 듯이 차갑게 대답하고, 언젠가 클럽의 만찬에서 피예르를 바라보았을 때와 똑같은 눈빛으로 얼굴을 찌푸리며 다시 니콜라이를 보았다.

'뭔가 있어.' 니콜라이는 생각했다. 그리고 식사가 끝나자마자 돌로호프가 돌아가버리자, 그는 자신의 짐작을 확신하며 나타샤를 불러 영문을 물었다.

"나도 오빠를 찾고 있었어요." 나타샤가 그를 향해 달려오더니 말했다. "내가 전에 말했지만 오빠는 믿지 않았잖아요." 그녀는 의기양양하게 말했다. "그 사람이 소냐에게 청혼했어요."

요즘 니콜라이는 소냐에게 별로 관심을 두지 않았지만, 이 말을 듣자 그의 마음속에 심상치 않은 물결이 일기 시작했다. 지참금이 없는 고아 소냐에게는 돌로호프가 적당한, 아니 어떤 면에서는 훌륭한 배필이었다. 따라서 노백작부인이나 사교계의 관점에서 보면 거절할 이유가 없었다. 이 이야기를 들었을 때 니콜라이의 마음에 인 첫 감정은 소냐에 대한 분노였다. 그는 이 이야기를 듣고 '잘됐어, 어릴 때 한 약속 같은 건 잊어버리고 청혼을 받아들여야 해'라고 말하려 했지만, 이 말을 꺼내지 못했다……

---

* pas de châle. 베일(숄)을 펄럭이며 추는 프랑스 무도.

"그런데 어땠냐면요! 소냐가 거절했어요, 딱 잘라 거절했어요!" 나타샤는 말했다. "소냐는 다른 사람을 사랑한다고 대답했어요." 그녀는 잠시 말을 끊었다가 덧붙였다.

'그래, 나의 소냐는 그렇게밖에 대답할 수 없었을 것이다!' 니콜라이는 생각했다.

"어머니가 아무리 권하셔도 소냐는 거절했어요, 나는 알아요, 소냐는 한번 결심한 건 절대로 바꾸지 않아요……"

"어머니가 권하셨다고?" 니콜라이는 비난하듯이 말했다.

"네," 나타샤는 말했다. "니콜렌카, 화내지 마요, 하지만 난 오빠가 소냐와 결혼하지 않을 거란 걸 알아요. 왜인지는 모르지만, 난 오빠가 절대 그녀와 결혼하지 않을 것 같아요."

"뭐야, 네가 그걸 어떻게 알아." 니콜라이는 말했다. "하지만 나는 소냐와 이야기를 해봐야 해. 소냐는 정말이지 아름다워!" 그는 미소지으며 덧붙였다.

"정말 아름답죠! 내가 가서 그녀를 보낼게요." 나타샤는 오빠에게 키스하고 달려갔다.

얼마 지나지 않아 소냐가 나쁜 짓이라도 한 사람처럼 놀라고 당황한 모습으로 들어왔다. 니콜라이는 다가가 그녀의 손에 키스했다. 이번에 집에 돌아온 후 처음으로 둘이 마주앉아 그들의 사랑을 이야기하게 된 것이었다.

"소피*" 하고 그는 처음에는 머뭇거리다가 차츰 대담해지며 말했다.

---

* 소냐의 이름 소피야를 프랑스어로 부른 것.

"만약 당신이 훌륭하고 득이 되는 남편감일 뿐만 아니라 그렇게 멋있고 품위 있는 남자를 거절할 생각이라면…… 그는 내 친구이고……"

소냐는 그의 말을 가로막았다.

"나는 벌써 거절했어요." 그녀는 황급히 말했다.

"만약 나 때문에 거절한 거라면, 내가 걱정되는 건……"

소냐는 다시 그의 말을 가로막았다. 그녀는 겁먹고 애원하는 듯한 눈으로 그를 바라보았다.

"니콜라, 그런 말은 하지 마요." 그녀는 말했다.

"아니, 해야 해. *자기도취*인지도 모르지만, 역시 말하는 게 좋겠어. 만약 당신이 나 때문에 거절한 거라면, 난 당신에게 솔직하게 말해야 해. 나는 당신을 사랑해. 어느 누구보다 더."

"그걸로 충분해요." 소냐는 얼굴을 붉히며 말했다.

"아니, 나는 지금까지 몇천 번이나 사랑에 빠졌는지도 모르고, 앞으로도 사랑에 빠지겠지만, 당신에게 느끼는 우정과 신뢰와 사랑은 누구에게도 느껴본 적 없어. 하지만 나는 젊어. 게다가 어머니도 바라지 않으시고. 뭐랄까, 간단히 말하면, 나는 아무런 약속도 해줄 수가 없어. 그러니까 돌로호프의 청혼을 잘 생각해보길 바라" 하고 그는 간신히 친구 이름을 발음하며 말했다.

"그런 말은 하지 말아줘요. 나는 아무것도 바라지 않아요. 나는 당신을 오빠로서 사랑하고, 언제까지나 사랑할 것이고, 더는 아무것도 필요 없어요."

"당신은 천사야. 나는 당신에게 사랑받을 자격이 없고, 당신을 기만하게 될까봐 두려워." 니콜라이는 다시 한번 그녀의 손에 키스했다.

12

이오겔의 무도회는 모스크바에서 가장 유쾌한 무도회였다. 갓 배운 스텝을 밟는 소년소녀들을 바라보는 어머니들이, 쓰러질 때까지 춤을 추는 소년소녀들이, 선심 쓰듯 찾아왔다가 뜻밖의 굉장한 즐거움을 발견하는 혼기가 찬 처녀총각들이 그렇게 말했다. 올해 이 무도회에서 두 쌍의 결혼이 성사됐다. 고르차코프 공작가의 아름다운 두 영애가 각기 신랑감을 발견해 결혼하자 이 무도회의 평판은 더욱 높아졌다. 이 무도회의 특이한 점은 남자 주인도 여자 주인도 없다는 것인데, 그저 사람 좋은 이오겔이 깃털이 나는 듯이, 예술의 법칙대로 조각나무를 깐 마루 위로 발을 미끄러뜨리며 손님들 모두에게 수업 티켓을 받으러 다닐 뿐이었고, 또 한 가지 특이한 점은 처음으로 긴 드레스를 입은 열서너 살의 소녀처럼 춤을 추고 즐기려는 이들만 찾아온다는 것이었다. 드물게 예외가 있긴 해도 모두가 아름답거나 아름다워 보이고, 모두가 황홀한 듯 미소짓고, 눈빛은 타오르는 듯했다. 때로는 실력 있는 문하생 소녀들끼리 파드샬을 추었는데, 그중에서도 특히 나타샤는 우아하고 훌륭하게 추었고, 이번 무도회에서는 에코세즈와 앙글레즈, 그리고 막 유행하기 시작한 마주르카만 추었다. 이오겔이 베주호프의 저택 홀을 빌려 연 이번 무도회는 모두의 말대로 대성공이었다. 아리따운 처녀들이 많이 모였고, 그중에서도 로스토프가 귀족 아가씨들이 가장 아름다웠다. 그녀들은 이날 밤 유난히 행복하고 마냥 즐거워 보였다. 소냐는 돌로호프의 청혼과 자신의 거절, 니콜라이에게 마음을 털어놓고 한 이야기 등으로 마음이 들떠 집에 있을 때부터 빙글 빙글 맴을 돌아 하녀가 머리 손질도 제대로 할 수 없을 정도였는데, 지금도 그녀의 온몸은 넘치는 기쁨으로 반짝이는 듯했다.

처음으로 긴 드레스를 입고 본격적인 무도회에 나온 것이 자못 자랑스러웠던 나타샤는 소냐보다 더 행복해했다. 두 사람 다 분홍색 리본이 달린 하얀 모슬린 드레스를 입고 있었다.

나타샤는 홀에 들어선 순간부터 사랑에 빠지고 말았다. 특정한 누군가가 아니라 모두에게 사랑을 느꼈다. 누구를 보든 눈에 들어오는 순간 반해버렸다.

"아, 정말 훌륭해!" 나타샤는 소냐 뒤를 따라붙으며 연신 말했다.

니콜라이와 데니소프는 신나게 춤추는 사람들을 보호자처럼 흐뭇하게 둘러보며 홀을 걸어다녔다.

"정말 귀여워, 미인이 될 거야." 데니소프는 말했다.

"누가?"

"백작영애 나타샤지." 데니소프는 대답했다.

"춤도 잘 추고, 정말 우아해!" 잠시 말이 없던 그는 다시 덧붙였다.

"도대체 누구 말이야?"

"자네 누이 말이야." 데니소프는 퉁명스럽게 소리쳤다. 로스토프는 미소지었다.

"친애하는 백작, 당신도 나의 수제자이니 꼭 추셔야 합니다." 몸집이 작은 이오겔이 니콜라이에게 다가서며 말했다. "보세요, 어여쁜 아가씨들이 많지 않습니까." 그는 전에 제자였던 데니소프에게도 권했다.

"아닙니다, 선생님, 저는 앉아서 구경하겠습니다." 데니소프는 대답했다. "제가 교습을 받아도 소용없었다는 걸 잘 아시잖습니까?……"

"오, 천만에요!" 이오겔은 당황해서 위로하듯이 말했다. "당신은 그저 교습에 소홀했을 뿐입니다. 당신에게는 재능이 있어요, 그래요, 재능이 있습니다."

악대는 새로 유행하기 시작한 마주르카를 연주했다. 니콜라이는 이오겔의 청을 거절하지 못하고 소냐에게 춤을 청했다. 데니소프는 노부인들 옆에 앉아 사브르에 팔을 얹고 발로 박자를 맞추면서, 즐거운 이야기로 그녀들을 웃기고, 춤을 추는 젊은 사람들을 바라보았다. 이오겔은 자랑스러운 수제자인 나타샤와 첫 춤을 추었다. 이오겔은 단화를 신은 조그마한 발을 사뿐사뿐 섬세하게 내디디며 조심스러우면서도 열심히 스텝을 밟는 나타샤를 이끌고 날듯이 홀을 돌기 시작했다. 데니소프는 나타샤에게서 눈을 떼지 않았고, 자기가 춤추지 않는 건 못 추기 때문이 아니라 마음이 내키지 않아서라는 듯 사브르를 절그럭거리며 박자를 맞췄다. 피겨* 도중 그는 옆을 지나가던 로스토프를 불러 세웠다.

"이건 전혀 다른데," 그는 말했다. "폴란드의 마주르카와는 달라. 잘 추긴 하지만."

로스토프는 데니소프가 본고장인 폴란드에서 마주르카 명수로 이름을 날렸다는 것을 알았으므로 나타샤에게 달려갔다.

"데니소프에게 가서 춤을 청해. 그 춤을 봐야 해! 대단하거든!" 그는 말했다.

다시 자기 차례가 돌아오자 나타샤는 일어나서 나비 모양 리본이 달

---

* 두 걸음 이상의 스텝으로 구성되는 춤동작.

린 무도화를 재빨리 내디뎌 데니소프가 앉아 있는 구석으로 수줍은 듯 홀을 가로질러 달려갔다. 그녀는 모두가 자기를 바라보며 기다리고 있다는 것을 눈치챘다. 니콜라이는 데니소프와 나타샤가 웃으며 입씨름을 하고, 데니소프가 사양하면서도 기쁜 듯이 미소짓는 것을 보았다. 니콜라이는 달려갔다.

"제발 부탁해요, 바실리 드미트리치." 나타샤는 말했다. "춰요, 제발."

"왜 이러십니까. 좀 봐주세요, 백작영애." 데니소프가 대답했다.

"뭐, 어떤가, 바샤." 니콜라이가 말했다.

"이건 꼭 바시카를 달래는 것 같군.*" 데니소프가 농담했다.

"밤새라도 조를 거예요." 나타샤가 말했다.

"이 마녀 아가씨에게는 못 당하겠군!" 하고 데니소프는 사브르를 놓았다. 그는 의자 뒤로 걸어나와 자신이 모시는 숙녀의 손을 잡고, 고개를 쳐들고 발을 벌리고 박자를 기다렸다. 데니소프의 작은 키도 말을 탈 때나 마주르카를 출 때만은 눈에 띄지 않았고, 또 그 자신도 느끼는 것처럼 아주 씩씩한 미남으로 보였다. 기다리던 박자가 울리자 장난기 어린 의기양양한 눈길로 상대방을 힐끔 보더니 그는 갑자기 한쪽 다리를 들어 공처럼 탄력 있게 마루를 박차고 자신의 숙녀를 뒤로 끌어당기며 원을 따라 나아갔다. 그는 소리도 없이 홀의 절반쯤을 한 발로 달려갔는데, 마치 앞에 있는 의자가 보이지 않는 듯 그대로 돌진하는 것 같았고, 별안간 절컥 하고 박차를 울리더니 양발을 벌리고 발뒤꿈치를 들고 잠시 멈췄다가 또다시 박차를 크게 울리며 양발을 구르고 몸을

---

* 고양이를 일컫는 이름이기도 한 자기 애칭을 가지고 농담한 것.

획 돌려 왼발로 오른발을 가볍게 치며 다시금 원을 따라 달려갔다. 나타샤는 본능적으로 그가 무엇을 하려는지는 예상했지만, 자기가 어떻게 해야 할지는 모르는 채 그를 따르고 그에게 몸을 맡겼다. 그는 오른손 혹은 왼손으로 그녀를 빙빙 돌리고, 무릎을 꿇고 그녀를 자기 주위로 돌게 하고, 다시 벌떡 일어나 숨도 쉬지 않는 것처럼 홀 전체를 맹렬하게 날듯이 나아가고, 잠시 멈췄다가 새롭고 예상치 못한 마무리를 지었다. 그는 그녀의 자리에서 그녀를 빙 돌리고 박차를 울리고 그녀에게 절을 했지만, 나타샤는 그에게 무릎을 굽히는 인사조차 하지 못했다. 그녀는 그를 알아보지도 못하는 듯이 미소짓고, 그를 보았다.

"대체 이게 뭐죠?" 그녀가 말했다.

이오겔은 그의 춤을 정통 마주르카로 인정하지 않았지만, 모두들 데니소프의 기교에 매료되어 줄곧 그에게 춤을 청했고, 노인들은 미소지으며 폴란드나 좋았던 옛 시절에 대해 이야기하기 시작했다. 데니소프는 마주르카 때문에 붉게 달아오른 얼굴을 손수건으로 닦고, 나타샤 옆에 앉아 무도회가 끝날 때까지 곁을 떠나지 않았다.

13

그후 이틀 동안 로스토프는 자기 집에서 돌로호프를 보지 못했고 그의 집으로 찾아가도 볼 수 없었는데, 사흘째 되던 날 돌로호프의 쪽지를 받았다.

"나는 앞으로 자네 집에 드나들지 않을 생각이네, 이유는 자네도 잘 알겠지. 군대에 돌아가기 전에 오늘밤 친구들과 송별연을 하기로 했네—영국 호텔로 와주게." 로스토프는 그날 밤 아홉시가 넘어 가족들과 데니소프와 함께 갔던 극장에서 나와 영국 호텔로 갔다. 그리고 돌로호프가 빌린 호텔의 가장 좋은 방으로 바로 안내되었다.

스무 명쯤 탁자 둘레에 모여 있고, 돌로호프는 두 개의 촛불 사이에 앉아 있었다. 그는 금화와 지폐가 쌓인 탁자에서 패를 돌리고 있었다. 니콜라이는 돌로호프의 청혼과 소냐의 거절 이후로 그를 만나지 못했는데, 그와 만나는 상상을 할 때마다 어색함을 느꼈었다.

돌로호프의 밝고 차가운 눈은 기다리고 있었다는 듯이, 아직 문가에 서 있는 로스토프를 맞았다.

"오랜만이야." 그는 말했다. "와줘서 고맙네. 곧 끝낼게, 일류시카가 합창대를 데려올 거야."

"난 자네 집에도 찾아갔었어." 로스토프는 얼굴을 붉히며 말했다.

돌로호프는 대답하지 않았다.

"자네도 끼게." 그는 말했다.

그 순간 로스토프는 언젠가 그와 나눴던 묘한 대화를 떠올렸다. 돌로호프는 "요행을 바라고 노름하는 놈은 바보다"라고 말했었다.

"나와 승부하는 게 두려운가?" 돌로호프는 상대의 심중을 꿰뚫어보는 듯이 말하고 미소지었다. 이 미소를 보자 로스토프는 그가 클럽의 만찬회 때와 같은 기분이라는 것을 알아챘는데, 그것은 그가 일상생활에서 지루함을 느껴 뭔가 기발하고, 대체로 잔인한 일을 벌여 거기서 벗어나려고 할 때 느끼는 기분이었다.

로스토프는 거북함을 느꼈고, 그 말에 대꾸할 만한 농담을 찾아보았지만 찾을 수 없었다. 그가 대답하기도 전에 돌로호프는 그의 얼굴을 똑바로 바라보며 모두에게 들리도록 천천히 뜸을 들이며 말했다.

"자네, 언젠가 우리가 승부에 대해 이야기했던 것 기억나나…… 요행을 바라고 노름하는 놈은 바보다, 이긴다는 각오로 덤벼들어야 한다고 했던 것 말이야. 난 그걸 해보려는 걸세."

'요행을 바라든가, 이긴다는 각오로 하든가?' 로스토프는 생각했다.

"뭐, 자넨 하지 않는 편이 나을 거야." 돌로호프는 이렇게 말하고, 새로 뜯은 카드 한 벌을 탁 치고 덧붙였다. "자, 모두 걸게!"

사람들이 돈을 앞으로 밀자, 돌로호프는 카드 돌릴 채비를 했다. 로스토프는 그 옆에 앉았지만 노름에는 끼지 않았다. 돌로호프는 이따금 그를 힐끔거렸다.

"왜 안 하나?" 돌로호프가 말했다. 그러자 니콜라이는 이상하게도 자기도 패를 받고 얼마라도 돈을 걸어야 할 것 같다고 느꼈다.

"난 지금 돈이 없는데." 로스토프는 말했다.

"내가 빌려주지!"

로스토프는 5루블 걸었다가 지고, 또 걸고 또 졌다. 돌로호프는 잇달아 로스토프의 패를 열 장 물리쳤다. 즉 그가 이겼다.

"여보게들," 그는 잠시 계속해서 패를 돌리더니 말했다. "돈을 카드 위에 얹어주게. 안 그러면 계산이 틀릴지도 모르니까."

아기패 한 사람이 자기에게도 돈을 빌려달라고 말했다.

"빌려줄 수야 있지만, 계산이 복잡해져서 곤란해. 돈을 카드 위에 얹어주게." 돌로호프는 대답했다. "자네는 걱정 말게, 나중에 계산하면 되니까." 그는 로스토프를 돌아보며 덧붙였다.

승부는 계속됐고, 하인은 줄곧 샴페인을 따르며 다녔다.

로스토프는 번번이 졌고, 그가 잃은 돈은 벌써 800루블이라고 적혀 있었다. 그는 카드 한 장에 800루블이라고 적었다가, 하인이 샴페인을 내밀었을 때 문득 마음을 바꾸고 보통 거는 20루블을 적었다.

"그대로 걸지그래." 로스토프 쪽을 보지 않는 것 같던 돌로호프가 말했다. "그래야 얼른 회수하지. 나는 다른 사람에게는 져도 자네에게는 지지 않아. 나와 승부하는 게 두려운가?" 그는 되풀이했다.

로스토프는 마루에서 귀퉁이가 찢어진 하트 7을 주워, 그의 말에 따라 원래 적은 800루블을 그대로 걸었다. 그는 이 카드를 나중까지 잘 기억했다. 그는 하트 7 위에 부러진 분필로 둥글고 반듯하게 800이라 적고, 따라놓아 미지근해진 샴페인을 들이켠 후 돌로호프의 말에 미소로 답했고, 패를 돌리는 돌로호프의 손을 보며 하트 7을 숨죽여 기다렸다. 하트 7이 이기느냐 지느냐는 로스토프에게 많은 의미가 있었다. 지난주 일요일에 일리야 안드레이치 백작은 아들에게 2천 루블을 주면서 군색한 돈 이야기를 하기 싫어하는 그로서는 드물게, 5월까지 줄 수 있는 마지막 돈이니 이제는 좀더 절약해달라고 말했다. 니콜라이는 이것도 과하다며 봄까지는 절대 더 돈을 달라지 않겠다고 약속했다. 그런데 지금 그 돈에서 남은 것이 1200루블이었다. 따라서 하트 7은, 만약 진다면 1600루블을 잃는 것뿐만 아니라, 아버지에게 한 약속을 어기게 되는 것을 뜻했다. 그는 숨죽이고 돌로호프의 손을 바라보며 생각했다. '자, 어서 내게 이 카드를 줘. 그러면 나는 모자를 집어들고 데니소프와 나타샤와 소냐가 있는 우리집으로 돌아가 저녁을 함께 먹을 것이고, 앞으로는 절대 카드에 손대지 않겠어.' 이 순간 그의 머릿속에 가정생활—페탸와의 농담, 소냐와의 대화, 나타샤와의 이중창, 아버지와의 피케트*, 포바르스카야 가의 집에 있는 안락한 침대—의 모든 것이 아주 오래전에 지나가버리고 잃어버린 더없이 귀중한 행복처럼 큰 힘과 매력을 지니고 생생히 떠올랐다. 어리석은 우연이 하트 7을 왼쪽이 아니라 오른쪽에 먼저 놓음으로써 지금 그가 새삼스럽게 깨닫고 새로이 빛나는 그의 행복을 고스란히 빼앗고, 아직 경험한 적도 없고 정체도 모르는 불행의 심연으로 그를 떨어뜨릴 거라고는 도저히 생각할 수 없었다. 그건 있을 수도 없는 일이라 생각하며 그는 마음 졸이면서 돌로호프의 손이 움직이기만 기다리고 있었다. 불그름하고 뼈가 굵고 셔츠 소매 밑으로 더부룩한 털이 보이는 그의 손은 카드를 내려놓고, 하인이 내민 컵과 파이프를 집어들었다.

"그럼, 자네는 나와 승부하는 게 두렵지 않은 건가?" 돌로호프는 이렇게 되풀이하고, 마치 유쾌한 이야기라도 하려는 듯이 카드를 내려놓고 의자 등받이에 기대 미소지으며 천천히 이야기하기 시작했다.

"그런데 여보게들, 내가 타짜라는 소문이 모스크바 사람들 사이에 파다하다고 하더군. 그래서 충고하는데 말이야, 자네들도 나와 할 때는 좀더 신중해야 할 거야."

"이봐, 빨리 돌려!" 로스토프는 말했다.

"오, 모스크바 아주머니들이란!" 돌로호프는 이렇게 말하고 웃으며 카드를 잡았다.

"아앗!" 로스토프는 양손으로 머리를 감싸며 외치듯이 말했다. 그에

---

* 카드놀이의 일종.

게 필요한 하트 7이 이미 카드 다발 맨 위에 놓였던 것이다. 그는 감당할 수 있는 액수 이상을 잃고 말았다.

"너무 무모하게는 하지 말게." 돌로호프는 로스토프를 힐끔 보며 말하고 계속 카드를 돌렸다.

14

삼십 분 후에는 카드놀이를 하던 사람들 대부분이 자기들 승부는 거의 장난처럼 대하고 있었다.

모든 승부는 로스토프 한 사람에게만 집중되었다. 1600루블은 이미 지워지고 긴 숫자가 적혔는데, 그도 1만 루블까지는 셈을 했지만 지금은 1만 5천 루블을 넘었다고만 막연하게 헤아리고 있었다. 그러나 사실은 이미 2만 루블을 넘어서 있었다. 돌로호프는 더이상 잡담에 귀를 기울이지 않고 또 자신도 잡담하지 않으며 그저 로스토프의 손만 주시하면서 이따금 자기 계산을 힐끔거렸다. 그는 이 계산이 4만 3천이 될 때까지 멈추지 않기로 마음먹었다. 그가 이 숫자를 선택한 것은 자기와 소냐의 나이를 합한 수가 43이기 때문이었다. 로스토프는 낙서가 가득하고 와인이 엎질러지고 카드가 흩어져 있는 탁자 앞에 앉아 양손으로 머리를 감쌌다. 한 가지 괴로운 인상이 그를 떠나지 않았는데, 불그름하고 뼈마디가 굵고 셔츠 소매 밑으로 더부룩한 털이 보이는 그 손에, 그가 사랑하기도 하고 미워하기도 하는 그 두 손아귀에 자신이 잡혀 있다는 것이었다.

'600루블, 에이스, 두 배 내기, 9…… 이제 도저히 만회할 수 없다!…… 집에 있었으면 얼마나 좋았을까…… 잭이라니…… 이럴 수가 있나. 그는 내게 왜 이런 짓을 하는 걸까!……' 로스토프는 생각해보고 돌이켜보았다. 때로는 니콜라이가 크게 걸기도 했지만, 돌로호프는 거부하고 액수를 지정했다. 니콜라이는 그의 말에 따랐고, 암슈테텐의 다리 위, 전장에서 했던 것처럼 하느님에게 기도하기도 하고, 탁자 밑에 떨어진 구겨진 카드 더미에서 가장 먼저 손에 닿는 카드가 자기를 구해줄 거라 공상하기도 하고, 재킷의 장식 끈 수를 세어 같은 수의 카드에 지금까지 잃은 만큼을 걸어보기도 하고, 도움을 구하려는 듯 다른 사람들을 둘러보기도 하고, 돌로호프의 냉정한 얼굴을 들여다보며 그의 속셈을 읽어보려 애쓰기도 했다.

'그는 안다.' 그는 자신에게 말했다. '그는 이 패배가 뭘 뜻하는지 안다. 그가 내 파멸을 원할 리 없지 않은가? 그는 내 친구였다. 나는 그를 사랑하지 않았던가…… 그가 나쁜 것이 아니다. 운이 좋은 건 어쩔 수 없지 않은가? 내 잘못도 아니다.' 그는 생각했다. '나는 아무 잘못도 하지 않았다. 내가 누구를 죽이거나, 모욕하거나, 남의 불행을 바란 적이 있었던가? 내게 왜 이토록 무서운 불행이 닥쳤을까? 이 불행은 언제 시작됐을까? 100루블만 따서 어머니의 본명 축일 선물로 손궤라도 사들고 집으로 돌아갈 작정으로 이 탁자로 다가섰을 때, 나는 아주 행복했고, 자유로웠고, 즐거웠다! 그리고 나는 내가 얼마나 행복한지 모르고 있었다! 대체 그 행복이 언제 끝나고 이 새롭고 무서운 상태가 시작됐을까? 그 변화의 징후는 무엇이었을까? 나는 쭉 이 탁자 앞 이 자리에 앉아 지금과 마찬가지로 카드를 골라 내놓고, 이 뼈가 굵은 날랜

손을 바라보고 있었다. 대체 어느 틈에 이렇게 되고, 뭐가 어떻게 되어버린 것일까? 나는 건강하고, 원기 왕성하고, 평소와 다름없고, 아까와 같은 곳에 앉아 있다. 아, 이럴 수는 없다! 어차피 이것은 아무것도 아닌 일로 끝날 것이다.'

방안이 덥지도 않은데 그는 상기되고, 온몸은 땀에 흠뻑 젖었다. 표정은 침통하고 비참했고, 태연해 보이려 헛되이 노력할수록 더욱 그렇게 보였다.

마침내 4만 3천이라는 운명의 수에 도달했다. 방금 빌린 3천 루블을 가지고 두 배 내기 다음 판을 준비할 때, 돌로호프는 카드 다발로 탁자를 탁 내려치더니 옆으로 밀어버리고 분필을 집어들었고, 분필이 부러질 정도로 또박또박하고 큼직하게 로스토프가 잃은 돈을 재빨리 계산하며 적기 시작했다.

"저녁이다. 저녁 시간이야! 마침 집시들도 왔어!" 집시 특유의 사투리를 쓰는 검은 머리의 남녀들이 정말로 추운 문밖에서 들어와 떠들어댔다. 니콜라이는 모든 것이 끝났다는 것을 깨달았지만 태연한 목소리로 말했다.

"어이, 그만할 건가? 나는 굉장한 카드를 들었는데." 마치 승부 그 자체의 재미에만 관심을 둔다는 듯이 그는 말했다.

'모든 것이 끝났고, 나는 파멸이다!' 그는 생각했다. '이렇게 되었으니 이제 이마에 총알 한 발―남은 건 그것뿐이다.' 이렇게 생각하면서도 그는 쾌활한 목소리로 말했다.

"자, 한 판 더 하세."

"좋아" 하고 돌로호프는 계산을 마치고 대답했다. "좋아! 21루블을 걸게." 그는 4만 3천으로 딱 떨어지는 수를 불완전하게 만드는 21이라는 숫자를 지정하고는 카드 돌릴 채비를 했다. 로스토프는 그가 말한 대로, 두 배 내기 표시로 접어놓은 카드 한쪽 귀를 펴고 원래 적으려던 6천 대신 21을 조심스럽게 적었다.

"난 아무래도 상관없어." 로스토프는 말했다. "자네가 이 카드 10으로 이기는지 지는지 그게 알고 싶을 뿐이야."

돌로호프는 정색하고 카드를 돌리기 시작했다. 아, 이 순간 로스토프는 셔츠 소매 밑으로 드러난 손가락이 짧고 털이 더부룩하고 불그름한 그 손을, 자기의 운명을 쥔 그 손을 얼마나 증오했는지 모른다…… 카드 10은 로스토프에게 주어졌다.

"4만 3천 루블 빚졌네, 백작." 돌로호프는 말하고 기지개를 켜며 자리에서 일어났다. "오래 앉아 있었더니 피곤하군." 그는 말했다.

"그래, 나도 피곤하군." 로스토프는 말했다.

돌로호프는 이런 때 농담하는 것은 적절하지 않다고 깨닫게 해주려는 듯 그의 말을 가로막았다.

"돈은 언제 갚아주시겠습니까, 백작?"

로스토프는 얼굴을 붉히며 돌로호프를 다른 방으로 불러냈다.

"당장 전부를 갚을 순 없으니까 어음을 받아주겠나." 그는 말했다.

"여보게, 로스토프," 돌로호프는 밝게 미소짓고 니콜라이의 눈을 보며 말했다. "자네도 이런 속담을 알고 있겠지, '사랑에 행복하면, 카드에는 불운하다'. 자네 사촌누이가 자네에게 빠져 있더군. 나는 알고 있네."

'오오! 이런 남자의 손아귀에 잡혀 있다고 느끼는 건 얼마나 무서운 일인가.' 로스토프는 생각했다. 돈을 잃은 사실을 알리면 아버지 어머니가 어떤 타격을 받을지. 이 적에게서 벗어날 수 있다면 얼마나 행복할지 로스토프는 잘 알고 있었고, 이 수치와 슬픔에서 그를 구할 수 있는 돌로호프가 여전히 고양이가 쥐를 가지고 놀듯 자신을 희롱하고 싶어한다는 것도 잘 알고 있었다.

"자네 사촌누이는……" 돌로호프가 말하려고 했으나 니콜라이는 가로막았다.

"내 사촌누이와는 아무 관계도 없는 일이니 그런 얘기는 할 필요도 없어!" 그는 격렬하게 소리쳤다.

"돈은 언제 받을 수 있지?" 돌로호프는 물었다.

"내일." 로스토프는 말하고 방을 나왔다.

15

'내일'이라고 말해 체면을 지키는 것은 어렵지 않았지만, 집에 홀로 돌아와 누이들과 남동생과 어머니와 아버지의 얼굴을 보며 모든 것을 털어놓고, 이미 약속했기 때문에 받을 권리가 없는 돈을 달라고 하는 것은 어려웠다.

식구들은 아직 아무도 자지 않고 있었다. 로스토프가 젊은이들은 극장에서 돌아온 뒤 저녁을 먹고 클라비코드 앞에 모였다. 니콜라이가 홀에 들어서자마자 이 겨울 그들의 집을 지배하던 사랑 가득한 시적 분위기가 그를 감쌌고, 이 분위기는 돌로호프의 청혼과 이오겔의 무도회 이래 소냐와 나타샤의 머리 위에 소나기를 앞둔 대기처럼 한층 짙게 깔려 있었다. 극장에 갈 때 입었던 하늘색 옷을 아직도 입고 있는 소냐와 나타샤는 무척 아름다웠고, 자신들도 그것을 알고 있었고, 행복하게 미소지으며 클라비코드 옆에 서 있었다. 베라는 객실에서 신신과 체스를 두고 있었다. 노백작부인은 이 집에서 지내고 있는 귀족 출신의 노부인과 파시앙스*를 하며 아들과 남편의 귀가를 기다리고 있었다. 데니소프는 머리가 헝클어진 채 눈을 반짝이며 클라비코드 앞에 앉아 한 발을 뒤로 빼고 뭉툭한 손가락으로 건반을 두드리며 화음을 타고, 눈망울을 굴리며 작고 목쉰 소리지만 정확한 음성으로 자작시 「마녀」를 낭송하고 이 시에 곡을 붙이고 있었다.

> 마녀여, 말하라, 무슨 힘이
> 버려진 현(絃)들로 나를 이끄는지
> 내 가슴에 던진 것이 무슨 불인지,
> 손아귀에 넘치는 것은 무슨 기쁨인지!

그는 마치 놀란 듯이 행복한 표정을 짓는 나타샤를 향해 마노석 같은 까만 눈을 반짝이며 열정적인 목소리로 노래했다.

"훌륭해요! 굉장해요!" 나타샤는 외쳤다. "한 소절 더 해주세요." 니콜라이가 온 것을 알아채지 못하고 그녀는 말했다.

'모두 여전하군.' 니콜라이는 베라와 어머니가 노부인과 함께 있는

---

* 카드놀이의 일종.

객실을 들여다보며 생각했다.

"아! 니콜렌카!" 나타샤가 그의 옆으로 달려왔다.

"아버지는 집에 계시니?" 그는 물었다.

"오빠가 돌아와서 정말 기뻐요!" 나타샤는 그의 물음에는 대답하지 않고 말했다. "우리 모두에게 기쁜 일이 있어요! 바실리 드미트리치가 날 위해 하루 더 계셔주기로 했는데, 오빠도 알아요?"

"아니요, 아버지는 아직 돌아오시지 않았어요." 소냐가 말했다.

"코코* 왔구나, 이리 와보렴, 얘야." 백작부인의 목소리가 객실에서 들려왔다. 니콜라이는 어머니에게 다가갔다. 그는 어머니의 손에 키스하고 말없이 탁자 옆에 앉아 카드를 펼치고 있는 그녀의 손을 바라보았다. 홀에서는 웃음소리와 나타샤를 설득하는 사람들의 명랑한 목소리가 들려왔다.

"아, 좋아요, 좋아요." 데니소프는 소리쳤다. "이제 핑계는 안 통합니다. 당신이 *바르카롤라***를 부를 차례예요, 제발 불러주세요."

백작부인은 말이 없는 아들을 돌아보았다.

"무슨 일 있었니?" 어머니는 니콜라이에게 물었다.

"아, 아니에요." 마치 이런 진부한 물음에는 싫증이 난다는 듯이 그는 대답했다. "아버지는 곧 돌아오실까요?"

"그럴 거야."

'모두가 여전하다. 다들 아무것도 모르고 있어! 난 대체 어떡해야 할까?' 하고 생각하며 니콜라이는 다시 클라비코드가 있는 홀로 갔다.

---

* 니콜라이의 애칭.
** 이탈리아 베네치아 곤돌라 사공의 노래.

소냐는 클라비코드 앞에 앉아 데니소프가 특히 좋아하는 바르카롤라의 전주를 치고 있었다. 나타샤는 노래할 자세를 잡았다. 데니소프는 황홀한 눈빛으로 그녀를 바라보고 있었다.

니콜라이는 홀 안을 서성이기 시작했다.

'그런데 저애에게 노래를 시키다니! 저애가 무슨 노래를 한다고 저러지? 그래봐야 무슨 재미가 있겠어.' 니콜라이는 생각했다.

소냐가 전주의 첫 화음을 쳤다.

'아아, 나는 파멸이다, 파렴치한이다. 이마에 총알 한 발—남은 건 그것뿐이다. 노래가 다 뭐란 말이냐.' 그는 생각했다. '달아날까? 하지만 어디로? 어차피 매한가지, 부르고 싶다면 부르라지!'

니콜라이는 침울한 얼굴로 홀을 서성이며 데니소프와 그녀들을 힐끔거렸고, 그러면서도 그들의 시선을 피했다.

'니콜렌카, 무슨 일이에요?' 그에게 쏠린 소냐의 시선이 묻는 것 같았다. 그녀는 그에게 무슨 일이 있다는 것을 이내 알아챘던 것이다.

니콜라이는 그녀의 시선을 외면했다. 나타샤도 타고난 직감으로 곧 오빠의 상태를 알아챘다. 그러나 너무도 들떠서 슬픔이니 우울이니 비난 같은 것으로부터는 멀리 떨어져 있었으므로(젊은 사람들에게는 흔한 일이지만) 짐짓 자신을 속여버렸다. '아니야, 지금 나는 남의 슬픔에 대한 동정으로 내 기분을 망칠 수 없을 만큼 너무도 즐거워' 하고 생각하고, 그녀는 자신에게 말했다. '아닐 거야, 내가 잘못 생각한 게 틀림없어, 오빠도 분명 나처럼 즐거울 거야.'

"자, 소냐" 하고 말하고 그녀는 자기가 생각하기에 가장 소리의 반향이 좋은 홀 가운데로 걸어갔다. 그녀는 무용가처럼 고개를 들고, 두 팔을 축 내려뜨리고, 발뒤꿈치에서 발끝으로 힘차게 옮겨 디디며 홀 한가운데로 가서 멈췄다.

'이게 바로 나예요!' 그녀는 자기를 뒤좇는 데니소프의 황홀한 눈빛에 마치 이렇게 응답하는 것 같았다.

'뭐가 저렇게 좋은 걸까!' 누이동생을 바라보며 니콜라이는 생각했다. '저러는 것이 지루하지도 부끄럽지도 않은 모양이구나!' 나타샤는 1절을 불렀고, 성대가 넓어지고, 가슴이 펴지고, 눈빛은 진지했다. 이 순간 그녀는 누구도, 아무것도 생각하지 않았고, 미소 띤 입에서 나온 소리는 누구나 같은 길이와 간격으로 낼 수 있는 것이면서도, 듣는 사람을 천 번 냉담하게 했다가 천한번째에 비로소 전율을 느끼게 하고 눈물마저 흘리게 하는 소리였다.

올겨울 나타샤는 처음으로 진지하게 노래를 시작했는데, 그것은 특히 데니소프가 그녀의 노래에 감탄했기 때문이었다. 그녀의 노래는 더 이상 아이 같은 구석이 없고, 전처럼 우스꽝스럽지도 애처럼 쥐어짜는 것 같지도 않았다. 그러나 조예가 깊은 사람들이 그녀의 노래를 듣고 입을 모아 말했듯 아직은 결코 잘 부르는 편이 아니었다. "다듬어지지는 않았지만 훌륭한 목소리다. 더 다듬어야 한다." 모두가 이렇게 말했다. 그러나 그들이 이런 말을 하는 것은 언제나 그녀의 목소리가 잠잠해지고 한참이 지난 뒤였다. 호흡이 부정확하고 아직 변조變調에 무리가 있지만 이 다듬어지지 않은 목소리가 울리는 동안은 조예가 깊은 사람들도 아무런 비평 없이 그저 즐기고 더 듣길 원할 뿐이었다. 그녀의 목소리에는 처녀다운 순결함과 자기 역량에 대한 무자각, 그리고 다듬어지지 않은 벨벳 같은 부드러움이 있었고, 이런 것들이 미숙한 노래 솜씨와 융합되어 있었기 때문에 이 목소리를 다치게 하지 않고는 바꿀 수 없다고 생각될 정도였다.

'대체 무슨 일이지?' 그녀의 목소리를 듣고 니콜라이는 눈이 휘둥그레지며 생각했다. '어떻게 된 거지? 오늘은 왜 저렇게 잘 부르지?' 그는 생각했다. 갑자기 온 세계가 다음 소절, 다음 가사에 대한 기대에 집중되고, 세계의 모든 것이 세 박자로 나누어졌다. '오, 나의 무정한 사랑이여…… 하나, 둘, 셋…… 하나, 둘…… 셋…… 오, 나의 무정한 사랑이여…… 하나, 둘, 셋…… 하나. 아, 제기랄, 우리 인생은 부질없다!' 니콜라이는 생각했다. '불행도, 돈도, 돌로호프도, 증오도, 명예도, 모두 부질없다…… 그러나 저것은 진짜다…… 아, 나타샤, 아, 훌륭하다! 오, 잘한다!…… 그 시음을…… 어떻게 부를까? 잘했다!' 그는 시음을 강조해주려고 3도 낮은 2성부를 자기도 모르게 부르고 있었다. '아아! 참으로 훌륭하다! 지금 내가 노래를 부른 건가? 정말 행복하다!' 그는 생각했다.

아, 그 3도의 성부가 얼마나 높이 울려퍼지고 그의 마음속 아름다운 무엇인가에 얼마나 공명했는지 모른다. 이 무엇인가는 세상의 어떤 것과도 아무 관계가 없고, 세상의 모든 것을 초월하고 있었다. 카드놀이에서 진 게 어떻고, 돌로호프가 어떻고, 맹세가 다 무엇인가!…… 다 부질없다! 사람을 죽여도, 도둑질을 해도, 인간은 여전히 행복할 수 있거늘……

16

로스토프는 이날처럼 음악의 즐거움을 경험한 적은 오랫동안 없었다. 그러나 나타샤가 바르카롤라를 다 부르자마자 그의 마음에 다시 현실이 되살아났다. 그는 말없이 아래층 자기 방으로 갔다. 십오 분쯤 지나자 노백작이 즐겁고 흐뭇한 얼굴로 클럽에서 귀가했다. 니콜라이는 아버지가 돌아온 소리를 듣고 그에게 갔다.

"그래, 재미있었니?" 일리야 안드레이치는 기쁘고 자랑스러운 듯이 미소지으며 아들에게 말했고, 니콜라이는 '네'라고 대답하고 싶었지만 그럴 수 없었다. 그는 울음이 터질 것 같았다. 백작은 아들의 상태를 알아채지 못하고 파이프에 불을 붙였다.

'제기랄, 피할 수 없다!' 니콜라이는 처음이자 마지막으로 이렇게 생각했다. 그리고 스스로 생각해도 혐오스러울 만큼 태연한 어조로, 마치 시내에 타고 갈 마차라도 부탁하듯 불쑥 아버지에게 말했다.

"아버지, 볼일이 있어서 왔습니다. 깜빡할 뻔했어요. 실은 돈이 좀 필요합니다."

"그것 봐라" 하고 유달리 기분이 좋은 아버지가 말했다. "아무래도 부족할 거라고 말했잖니. 많이 필요하니?"

"무척 많아요." 니콜라이는 얼굴을 붉힌 채 얼쑹하고 태연하게 슬쩍 웃으며 말했고, 그뒤로 그는 이런 웃음을 지었던 자신을 오랫동안 용서할 수 없었다. "카드를 치다 잃었습니다. 많이요, 무척 많이, 4만 3천이요."

"뭐? 누구에게?…… 농담이겠지!" 백작은 노인들이 흔히 그렇듯,

목과 목덜미가 뇌출혈 환자처럼 새빨개지며 소리쳤다.

"내일 갚겠다고 약속했습니다." 니콜라이는 말했다.

"허!……" 노백작은 양손을 펼치며 말하고 힘없이 소파에 주저앉
았다.

"어쩔 수 없잖습니까! 누구에게나 있는 일인걸요." 그는 속으로 자
신을 평생 씻을 수 없는 죄를 지은 비열한 망나니라고 생각하면서도
뻔뻔하고 경솔한 어조로 말했다. 아버지의 손에 키스하고 무릎 꿇고
용서를 빌고 싶었지만, 오히려 경솔하고 거친 어조로 누구한테나 있는
일이라고 지껄였던 것이다.

일리야 안드레이치 백작은 아들의 말을 듣자 눈길을 떨어뜨리고 뭔
가 찾기라도 하는 듯이 안절부절못했다.

"그래, 그래" 하고 그는 말했다. "하지만 어려워, 그걸 마련하기는
어려워…… 그야 흔한 일이지! 그래, 누구에게나 있는 일이지……"
백작은 아들의 얼굴을 힐끔 보고 방에서 나가려고 했다…… 거절을
각오했던 니콜라이의 예상과는 너무 달랐다.

"아버지! 아……버지!" 그는 흐느끼며 아버지 뒤에서 외쳤다. "용
서해주세요!" 그는 아버지의 손을 잡고 그 손에 입술을 꾹 누르면서 울
기 시작했다.

아버지와 아들 사이에 이런 대화가 오갈 때, 어머니와 딸 사이에도
그에 못지않은 중요한 대화가 오갔다. 나타샤는 흥분해서 어머니에게
달려갔다.

"엄마!…… 엄마!…… 그분이 제게 하셨어요……"

"뭘 말이냐?"

"하셨어요, 청혼을 하셨다고요, 엄마! 엄마!" 그녀는 소리쳤다.

백작부인은 자기 귀를 의심했다. 데니소프가 청혼을 했다니. 누구에게? 바로 얼마 전까지만 해도 인형을 갖고 놀았고, 지금도 가정교사에게 배우는 작고 어린 나타샤에게 말인가!

"나타샤, 그만해라, 쓸데없는 소리!" 그녀는 여전히 농담이길 바라며 말했다.

"너무해요, 쓸데없는 소리라니요! 전 사실을 말씀드린 거예요." 나타샤는 화가 나서 말했다. "전 어떻게 하면 좋을지 여쭤보려 왔는데 '쓸데없는 소리'라니요······"

백작부인은 어깨를 으쓱했다.

"만약 모시예* 데니소프가 네게 청혼한 게 사실이라면, 말도 안 되는 일이지만, 넌 그 사람에게 바보라고 말해줘라. 그러면 그만이야."

"아니에요, 그분은 바보가 아니에요." 나타샤는 모욕을 느끼고 정색하며 말했다.

"아니, 그럼 넌 뭘 바라는 거니? 너희는 요즘 다들 사랑에 빠져 있더구나. 그래, 그가 좋으면 시집가면 되겠구나." 백작부인은 퉁명스럽게 웃으며 말했다. "마음대로 하렴!"

"아니에요, 엄마, 저는 그분을 사랑하지 않아요, 분명 사랑하지는 않아요."

"그럼, 그렇다고 말하면 되잖니."

---

* 프랑스어 므시외를 러시아어로 음차한 것.

"엄마 화나셨어요? 화내지 마세요, 내 사랑, 제가 뭘 잘못한 건가요?"

"아니다, 그럴 리가 있니, 얘야? 뭣하면 내가 가서 얘기해줄 수도 있어." 백작부인은 미소지으며 말했다.

"아니요, 제가 말하겠어요, 다만 가르쳐주세요. 엄마한테는 뭐든 간단하잖아요." 어머니의 미소에 답하며 그녀는 덧붙였다. "그분이 제게 그 말을 할 때 보셨더라면 좋았을 텐데! 저는 다 알아요, 그분은 그 말을 할 생각이 없었는데 어쩌다 말하게 된 거예요."

"그렇긴 하지만, 역시 거절해야 한다."

"아뇨, 전 그럴 수 없어요. 너무 가엾잖아요! 정말 좋은 분인데."

"그럼 청혼을 받아들이렴. 너도 이제 시집갈 나이가 됐으니까." 백작부인은 화난 듯이 비웃는 어조로 말했다.

"아니에요, 엄마, 전 그분이 너무 가엾어요. 뭐라 말해야 좋을지 모르겠어요."

"아니, 넌 아무 말도 할 필요가 없어, 내가 직접 말해주마." 백작부인은 자신의 어린 나타샤가 어른 취급을 받았다는 데 화를 내며 말했다.

"싫어요, 절대, 제가 말할 테니까 엄마는 문가에서 들어주세요." 그리고 나타샤는 객실을 지나 홀 쪽으로 달려갔는데, 데니소프는 아까와 마찬가지로 클라비코드 옆의 의자에 앉아 양손으로 얼굴을 감싸고 있었다. 나타샤의 가벼운 발소리를 듣자 그는 벌떡 일어섰다.

"나탈리," 그는 그녀에게 빠른 걸음으로 다가가서 말했다. "내 운명을 결정해주십시오. 내 운명은 당신에게 달렸습니다!"

"바실리 드미트리치, 너무 죄송해요!…… 안 되겠어요, 당신은 정말 훌륭한 분이지만…… 그렇지만 안 돼요…… 음…… 난 언제까지나 당신을 지금처럼 사랑하겠어요."

데니소프는 그녀의 손 위로 몸을 굽혔고, 그녀는 묘하고 알 수 없는 소리를 들었다. 그녀는 헝클어지고 곱슬곱슬한 그의 검은 머리카락에 입을 맞췄다. 이때 백작부인의 옷자락이 급히 스치는 소리가 들렸다. 그녀는 그들에게 다가갔다.

"바실리 드미트리치, 참으로 영광입니다만," 백작부인은 당황한 목소리로 말했으나, 데니소프에게는 엄격하게 들렸다. "우리 딸아이는 아직 어린데다가 당신은 우리 아들의 친구이니, 내게 먼저 말씀해주실 줄 알았습니다. 그랬다면 당신도 이렇게 거절하는 괴로운 입장에 나를 세우지 않아도 됐을 거예요."

"백작부인……" 데니소프는 눈을 내리깔고 죄를 진 듯이 무슨 말을 하려다가 머뭇거렸다.

나타샤는 이런 가엾은 모습을 가만히 보고 있을 수 없었다. 그녀는 큰 소리로 울기 시작했다.

"백작부인, 죄송합니다." 데니소프는 더듬더듬 말을 이었다. "그러나 제가 당신의 따님과 가족 모두를 목숨을 바쳐도 좋을 만큼 숭배한다는 걸 알아주십시오……" 그는 백작부인을 바라보았고, 그 엄격한 얼굴을 알아챘다…… "그럼, 실례했습니다, 백작부인." 그는 말하고 그녀의 손에 키스하더니 나타샤 쪽은 보지도 않고 빠르고 단호한 걸음으로 방에서 나갔다.

이튿날 로스토프는 단 하루도 더 모스크바에 머무르고 싶지 않다는 데니소프를 전송하러 갔다. 모스크바의 친구들은 모두 집시의 집에 모여 송별연을 열었고, 그는 자기가 어떻게 썰매에 태워지고 처음의 세 역참을 어떻게 실려갔는지 기억하지 못했다.

데니소프가 떠난 뒤 로스토프는 노백작이 당장 마련하기 어렵다고 한 돈을 기다리며 집밖으로 한 발짝도 나가지 않고 주로 아가씨들 방에 틀어박혀 이 주일을 더 모스크바에 있었다.

소냐는 전보다 더 상냥하고 헌신적으로 그를 대했다. 그녀는 그가 카드놀이에 진 것이 오히려 자랑스럽고, 그것 때문에 그를 더 사랑하게 됐다고 알려주고 싶어하는 듯했지만, 니콜라이는 이제 그녀에게 사랑받을 자격이 없다고 생각했다.

그는 그녀들의 앨범에 시와 악보를 잔뜩 썼고, 마침내 4만 3천 루블 전액을 돌로호프에게 보내고 영수증을 받자 어느 친구한테도 작별 인사를 하지 않고 11월 말, 이미 폴란드에 있던 연대를 뒤좇아 출발했다.

제2부

1

아내와 이야기를 끝내고 피예르는 페테르부르크로 떠났다. 토르조크 역참에는 갈아탈 말이 없는 건지 역참지기가 말을 내주려 하지 않는 건지 피예르는 기다려야 했다. 그는 외투도 벗지 않고 둥근 탁자 앞의 가죽 소파에 누워 방한용 장화를 신은 커다란 발을 탁자에 올리고 생각에 잠겼다.

"트렁크를 들여놓을까요? 잠자리와 차를 준비할까요?" 시종이 물었다.

피예르는 대답하지 않았는데, 그것은 아무것도 들리지 않고 아무것도 보이지 않았기 때문이다. 그는 전의 역참에서부터 줄곧 한 가지 생각에 빠져 있었고, 주위에서 일어나는 일에 전혀 주의를 돌릴 수 없을 만큼 중요한 문제를 생각하고 있었다. 페테르부르크 도착이 늦건 빠르건, 이 역참에 쉴 만한 곳이 있건 없건 그는 아무 관심도 없었을 뿐만 아니라, 지금 그의 마음을 사로잡은 생각에 비하면 역참에서 몇 시간을 보내건 평생을 보내건 아무래도 상관없었다.

역참지기와 그의 아내, 시종, 토르조크산 자수품을 손에 든 여자가 방에 들어와 거들 일은 없는지 물었다. 피예르는 탁자에 발을 올린 채 자세를 바꾸지 않고 안경 너머로 그들을 바라보았지만, 그들이 뭘 바라는지, 그들은 어떻게 지금 자신을 사로잡고 있는 문제를 해결하지도 않고 살아갈 수 있는지 이해할 수가 없었다. 그것은 결투를 한 뒤 소콜니키에서 돌아와 괴로웠던 불면의 첫 밤을 보낸 이래 줄곧 그의 마음을 사로잡은 문제였고, 홀로 여행중인 지금은 더 큰 힘으로 그를 사로잡고 있었다. 다른 것을 생각하다가도 곧 그 문제로 되돌아왔고, 그것은 해결할 수도, 묻지 않을 수도 없는 문제였다. 말하자면 인생 전체를 지탱하는 중요한 나사 하나가 머릿속에서 빠져나간 것 같았다. 속으로 들어가지도 않고 밖으로 나오지도 않고 어디 걸리지도 않으면서 계속 나선 속에서 헛돌기만 하고, 그 공전을 멈출 수도 없었다.

역참지기가 들어와 앞으로 두 시간만 기다리시면 각하를 위해 역마를 준비시키겠다고(되어봐야 아는 일이지만) 허리를 굽실거리며 말했다. 그러나 그것은 손님에게 가욋돈을 받아내려는 거짓말에 불과했다. '이것은 좋은 일인가, 나쁜 일인가?' 피예르는 자문했다. '나에게는 잘된 일이고 다른 손님에게는 나쁜 일이지만, 역참지기에게는 이렇게라도 하지 않으면 먹고살 수 없으니 어쩔 수 없는 일이며, 그는 전에 이런 일로 어느 장교에게 얻어맞은 일도 있었다고 말했다. 그 장교는 빨리 가야 했기 때문에 때렸을 것이다. 나도 내가 모욕을 당했다고 생각했기 때문에 돌로호프를 쏘았던 것이다. 루이 16세도 죄인으로 여겨졌기 때문에 처형당했지만, 일 년 후 루이 16세를 처형한 자들 역시 죽임을 당했다. 무엇이 나쁜 것인가? 무엇이 좋은 것인가? 무엇을 사랑하고, 무엇을 미워해야 하는가? 무엇 때문에 살고, 나는 대체 무엇인가? 삶이란, 죽음이란 무엇인가? 만물을 지배하는 힘은 무엇인가?' 그는 자신에게 물었다. 그러나 이러한 의문들에 단 한 가지 대답도 얻지 못했고, 한 가지 대답이 있긴 했지만 논리적이지 못하고 또 모든 의문에 대한 대답도 되지 못했다. 그 한 가지 대답이란 '죽으면 모든 것은 끝난다. 죽으면 모든 것을 알게 되거나, 더이상 그런 의문을 갖지 않게 된다'였다. 그러나 죽는 것은 무서웠다.

토르조크의 여자 장사치는 쨍쨍거리는 목소리로 물건을, 특히 염소 가죽 슬리퍼를 억지로 권했다. '나는 둘 데도 마땅치 않을 만큼 많은 수백 루블의 돈을 가지고 있는데, 이 여자는 누더기 외투를 걸치고 머뭇거리며 날 바라보고 서 있다.' 피예르는 생각했다. '이 여자에게는 돈이 왜 필요할까? 돈이 이 여자에게 머리카락 한 올만큼만이라도 행복이나 마음의 평안을 더해줄 수 있을까? 대체 이 세상에 나나 이 여자를 조금이라도 악과 죽음으로부터 벗어나게 해주는 것이 있기는 할까? 죽음은, 모든 것을 끝내는 죽음은 오늘이든 내일이든 반드시 닥쳐올 것이고, 영원에 비하면 그것은 찰나에 불과하다.' 그리고 그는 다시 아무데도 걸리지 않는 나사를 죄었지만, 나사는 여전히 같은 곳에서 헛돌 뿐이었다.

시종이 반쯤 페이지가 잘려 있는* 마담 쉬자의 서간체 소설을 그에게 건넸다. 그는 아멜리 망스펠이라는 여자의 고난과 도덕적 투쟁의 이야기를 읽기 시작했다.** '대체 그녀는 왜 자기를 유혹했던 남자와 싸우려 했을까?' 피예르는 생각했다. '그 남자를 사랑하지 않았는가? 신은 자신의 의지에 반하는 욕망을 그녀의 영혼에 불어넣을 수 없었던 것이다. 내 전처도 싸우려 하지 않았고, 어쩌면 그편이 옳은지도 모른다. 나는 아무것도 발견할 수 없다.' 그는 자신에게 말했다. '아무것도 생각해낼 수 없다. 우리가 생각할 수 있는 건, 우리가 아무것도 모른다는 것뿐이다. 그리고 이것은 인간이 가진 지혜의 극한이다.'

그는 자신의 내부와 주변의 모든 것이 난잡하고 무의미하고 혐오스럽게 느껴졌다. 그러나 주변의 모든 것에 대한 혐오 속에서 오히려 일종의 초조한 기쁨을 발견하고 있었다.

"죄송합니다만 각하, 이분을 위해 자리 좀 내주시면 안 될까요?" 역참지기가 역마가 부족해 발이 묶인 나그네를 데리고 방으로 들어오며 말했다. 나그네는 땅딸막하고 뼈대가 굵고 누런 얼굴의 주름투성이 노인으로, 색을 특정하기 어려운 회색의 번득이는 눈 위에 흰 눈썹이 덥수룩했다.

피예르는 탁자에서 두 다리를 내리고 일어나서 자기에게 마련된 침대에 누워 새로 들어온 손님을 이따금 바라보았는데, 피곤하고 침울한 얼굴의 나그네는 피예르 쪽은 돌아보지 않고 하인의 도움을 받아 힘들게 외투를 벗었다. 그는 모피에 남경목면으로 안을 댄 짧은 겉옷을 입

---

* 예전에는 책이 낱장이 아니라 전지가 접힌 상태로 제본되어 페이지 사이를 자르며 읽었다.

** A. 쉬자(1761~1836)는 『아델 세낭주』 등을 쓴 프랑스 작가이고, 『아멜리 망스펠』(1802)은 쉬자가 아니라 프랑스 작가 S. R. 코탱(1770~1807)의 장편소설 제목이자 주인공 이름이다.

고 뼈만 남은 앙상한 발에 펠트 장화를 신은 차림으로 소파에 앉았고, 관자놀이 사이가 넓고 머리를 짧게 자른 큰 얼굴을 소파 등받이에 기댄 채 베주호프를 바라보았다. 엄하고 총명하고 꿰뚫어보는 듯한 그의 눈빛을 보고 피예르는 깜짝 놀랐다. 피예르는 이 나그네와 이야기해보고 싶었지만, 그가 여행에 대해 물으려 했을 때 나그네는 이미 눈을 감고 한 손가락에 아담의 머리를 새긴 큼직한 쇠반지를 낀 노인다운 쭈글쭈글한 양손을 깍지 낀 채 미동이 없었고, 피예르는 그가 휴식하거나 깊고 고요한 명상에 잠겼다고 생각했다. 나그네의 하인도 누런 얼굴의 주름투성이 노인으로 콧수염도 턱수염도 없었는데, 깎은 것이 아니라 애초에 수염이 자라지 않은 것 같았다. 바지런한 늙은 하인은 식기 가방을 열어 차를 준비하고, 펄펄 끓는 사모바르를 가지고 왔다. 준비가 끝나자, 나그네는 눈을 뜨고 탁자로 다가가 먼저 자기 잔에 차를 따르고 수염이 없는 노인에게도 따라주었다. 피예르는 불안을 느꼈고, 이 나그네와 대화할 필요성을, 아니 반드시 그렇게 해야 할 필연성을 느끼기 시작했다.

하인은 비워서 엎어놓은 잔과 갉아먹다 남은 설탕 덩어리*를 치우더니 필요한 것이 없는지 물었다.

"아무것도 없네. 책을 주게." 나그네는 말했다. 피예르가 보기에 종교서인 듯한 책을 하인이 건네자, 나그네는 탐독하기 시작했다. 피예르는 그를 바라보았다. 갑자기 그가 책을 옆에 내려놓고 표시하더니 덮었고, 다시 눈을 감고 의자 등받이에 기대며 전과 같은 자세로 앉았

---

* 러시아에서는 차에 설탕을 넣지 않고 단단한 설탕 덩어리를 따로 조금씩 먹는다.

다. 피예르는 그 모습을 바라보고 있었는데, 그가 시선을 돌릴 틈도 없이 노인이 눈을 뜨더니 단호하고 엄한 시선을 그의 얼굴에 똑바로 고정했다.

피예르는 당황해 시선을 피하려 했지만, 번뜩이는 노인의 눈은 물리칠 수 없을 만큼 그를 끌어당겼다.

2

"실례가 안 된다면 베주호프 백작, 당신과 이야기를 좀 나눠도 되겠습니까." 나그네는 큰 소리로 침착하게 말했다. 피예르는 말없이 안경 너머로 의아스러운 듯 상대방을 보았다.

"나는 당신에 대해 들었습니다." 나그네는 계속했다. "선생에게 닥친 불행에 대해서도요." 나그네는 마지막의 불행이라는 단어를 강조하는 것 같았고, 그것은 마치 '그렇습니다, 당신이 뭐라 하던 그것은 불행입니다. 모스크바에서 당신에게 일어난 일은 틀림없이 불행입니다. 나는 그것을 잘 압니다'라고 말하는 듯했다. "나는 그 일을 정말 유감스럽게 생각하고 있습니다, 선생."

피예르는 얼굴을 붉히며 다급하게 침대에서 발을 내리고 부자연스럽고 머뭇거리는 미소를 지으며 노인 쪽으로 몸을 기울였다.

"난 호기심에서 이런 말을 하는 것이 아닙니다, 선생, 좀더 중요한 이유가 있습니다." 그는 피예르를 시선에서 놓지 않고 잠시 입을 다물었고, 소파 한쪽으로 움직여 자리를 내며 피예르에게 옆에 앉으라는 뜻을 전했다. 피예르는 이 노인과 이야기하는 것이 왠지 꺼림칙해졌지만, 자기도 모르게 그의 뜻대로 다가가서 옆에 앉았다.

"당신은 불행한 사람입니다, 선생." 그는 말을 이었다. "당신은 젊고, 나는 늙었습니다. 그래서 나는 내 힘이 닿는 데까지 당신을 돕고 싶습니다."

"아, 그러십니까." 피예르는 부자연스러운 미소를 지으며 말했다. "정말 고맙습니다…… 그런데 당신은 어디서 오시는 길입니까?" 나그네의 얼굴은 상냥하지 않고 냉정하고 엄격해 보이기까지 했지만, 그럼에도 새로 알게 된 그의 말투와 얼굴은 거부하기 힘든 매력으로 피예르를 끌어당겼다.

"그러나 어떤 이유이든 나와 이야기하는 게 불편하다면," 노인은 말했다. "부디 서슴지 말고 말해주시오, 선생" 하고 그는 갑자기 아버지 같은 부드러운 미소를 지었다.

"아, 아닙니다, 천만에요, 저는 당신을 알게 되어 무척 기쁩니다" 하고 말한 뒤 피예르는 새로 알게 된 사람의 손을 보았고, 가까이에서 반지를 다시 보았다. 그는 프리메이슨의 표지인 아담의 머리를 보았다.

"실례지만, 묻겠습니다." 그는 말했다. "당신은 프리메이슨입니까?"

"그렇습니다, 나는 자유석공형제단에 속한 사람입니다." 나그네는 점점 더 깊이 피예르의 눈을 들여다보며 말했다. "그래서 나는 개인으로서, 또 우리 형제단을 위해 당신에게 형제로서 손을 내밀고 있습니다."

"제가 두려운 건," 피예르는 미소지으며 말했지만, 이 늙은 프리메이슨의 인품이 그에게 준 신뢰감과 프리메이슨의 신념에 대해 냉소하던 습관 사이에서 망설이고 있었다. "제가 두려운 건, 당신을 이해하기에는 제가 너무 거리가 먼 인간이라서 말이죠. 뭐라고 말하면 좋을까요, 저는 두렵습니다, 우주 전체에 대한 제 생각은 당신의 생각과는 너무도 반대라서 우리가 서로를 이해할 수 없지 않을까 하고 말입니다."

"당신이 어떤 생각을 하는지 나는 알고 있습니다." 프리메이슨은 말했다. "당신은 그 생각이 자신의 정신 활동의 결과라고 생각하겠지만, 그건 세인들의 일반적인 생각이며, 오만과 나태와 무지에서 비롯된 천편일률적인 결과일 뿐입니다. 실례지만 선생, 만약 내가 당신의 생각을 몰랐다면, 이렇게 당신과 이야기하지 않았을 겁니다. 당신의 생각은 슬픈 망상입니다."

"마찬가지로 저 역시, 당신이 망상에 빠져 있다고 생각할 수 있지 않겠습니까." 피예르는 희미하게 미소지으며 말했다.

"나는 내가 진리를 알고 있다고 감히 말하지 않습니다." 프리메이슨은 명료하고 단호한 말투로 더욱 피예르를 놀라게 하며 말했다. "혼자서는 누구도 진리에 도달할 수 없으며, 만인이 협력해 하나하나 돌을 쌓아올리면서 인류의 아버지 아담에서부터 오늘에 이르기까지 수백만의 세대를 거쳐야 비로소 위대한 하느님이 사시기에 부끄럽지 않은 신전이 지어지는 것입니다." 프리메이슨은 말하고 눈을 감았다.

"당신에게 분명히 말씀드려야겠군요, 저는 믿지 않습니다, 신을······ 믿지 않습니다." 피예르는 진실을 말해야 한다고 느끼고, 유감스러워하며 간신히 말했다.

프리메이슨은 주의깊게 피예르를 바라보며 미소지었고, 그것은 마치 수백만 루블을 가진 부자가 5루블만 있으면 행복해질 수 있다고 하소연하는 가난한 자에게 보일 것 같은 미소였다.

"그것을 모르니까 선생은," 프리메이슨은 말했다. "당신은 하느님을 모릅니다. 당신은 그것을 모르기 때문에 불행한 겁니다."

"네, 그렇습니다. 저는 불행합니다." 피예르는 시인했다. "하지만 제가 무엇을 할 수 있습니까?"

"당신은 하느님을 모릅니다, 선생, 그렇기 때문에 몹시 불행합니다. 당신은 하느님을 모르지만, 하느님은 여기, 내 안에, 나의 말 속에, 또 당신 안에, 아니 당신이 지금 한 그 불경한 말 속에 계십니다." 엄하고 떨리는 목소리로 프리메이슨은 말했다.

그는 잠시 말을 멈추고, 분명 마음을 가라앉히려는 듯이 한숨을 내쉬었다.

"만약 하느님이 없다면," 그는 나지막이 말했다. "우리도 하느님에 대해 이야기하지 않았을 겁니다, 선생. 우리는 무엇에 대해, 누구에 대해 이야기하고 있습니까? 당신은 누구를 부정하고 있습니까?" 그는 갑자기 목소리에 환희에 찬 위엄과 힘을 담으며 말했다. "하느님이 없는데 누가 그것을 생각해냈단 말입니까? 알 수 없는 존재가 있다는 상상이 어떻게 당신 마음속에 생겼습니까? 어떻게 당신을 비롯한 온 세상 사람들이 그 이해하기 어려운 존재, 전지전능하고 영원무궁한 존재를 상상했단 말입니까?……" 그는 말을 멈추고 한동안 침묵했다.

피예르는 그 침묵을 깨뜨릴 수 없었고 그러고 싶지도 않았다.

"하느님은 있지만, 그것을 이해하기는 어렵습니다." 프리메이슨은 피예르의 얼굴을 보지 않고 자기 앞을 바라보며 말하기 시작했고, 그의 노인다운 손은 내적인 흥분 때문인지 가만있지 못하고 책장을 뒤적거렸다. "당신이 존재를 의심하는 그것이 만약 인간이라면, 나는 그의 손을 잡고 데려와 당신에게 보여줬을 겁니다. 그러나 눈이 멀었거나, 하느님을 보지 않으려고 하거나, 이해하지 않으려고 하거나, 혹은 자신의 추악함과 부덕함을 보지 않고 이해하지 않으려고 눈을 감아버린 자에게 어떻게 나같이 보잘것없고 필멸인 자가 하느님의 전능과 영원성과 자비를 모두 보여줄 수 있겠습니까?" 그는 잠시 침묵했다. "당신은 누구입니까? 당신은 무엇입니까? 당신은 그런 불경한 말을 할 수 있는 자신을 똑똑하다고 생각할지 모르지만," 그는 음울하고 경멸하는 듯한 엷은 미소를 띠고 말했다. "그것은 정교하게 만들어진 시계의 작은 부품을 만지작거리면서, 이 시계의 용도를 모르니까 이것을 만든 직공도 믿지 않는다고 예사롭게 말하는 어린애보다 더 어리석고 더 무지한 겁니다. 하느님을 인식하기는 어렵습니다. 우리는 인류의 아버지인 아담에서부터 오늘에 이르는 수세기 동안 그것을 인식하기 위해 노력해왔지만, 이 목적을 달성하기는 참으로 요원합니다. 그러나 하느님을 인식할 수 없다는 것은 우리 인간의 약점과 하느님의 위대함을 나타내는 반증이기도 합니다……"

피예르는 심장이 멎는 듯한 기분으로 두 눈을 반짝이며 프리메이슨의 얼굴을 바라보았고, 말을 막지도 묻지도 않고 귀담아들으며 이 낯선 사람의 말을 진심으로 믿었다. 프리메이슨의 이야기 속에 나타나는 조리 있는 논거를 믿은 것인지, 그의 억양과 신념과 진정성과 때때로 거의 말을 멈춰야 할 만큼 떨리는 강한 목소리를 믿은 것인지, 혹은 신념을 품고 늙어버린 것 같은 번뜩이는 그의 노인다운 눈빛을 믿은 것인지, 혹은 이 프리메이슨의 존재에서 방사되어 방심과 절망 상태인 피예르의 마음을 특히 강하게 움직인 침착과 확신과 사명의 자각을 아이처럼 믿은 것인지는 모르지만, 피예르는 진심으로 믿고 싶었고 또 믿었으며, 평온과 갱생, 다시 삶으로 돌아온 것 같은 즐거운 기분을 맛보고 있었다.

"하느님은 이지理智로 이해되는 것이 아니라, 살아가는 것에 의해 이해되는 것입니다." 프리메이슨은 말했다.

"저는 이해가 가지 않습니다." 피예르는 마음속에서 고개 들기 시작한 의심을 느끼며 말했다. 피예르는 상대방이 말하는 논거의 불명료함과 빈약함이 염려스러웠고, 아무래도 그가 하는 말을 믿지 못할 것만 같았다. "저는 이해가 가지 않습니다." 그는 말했다. "어째서 인간의 지력으로는 지금 당신이 말씀하신 그 인식에 다다를 수 없는 겁니까?"

프리메이슨은 아버지 같은 부드러운 미소를 지었다.

"최고의 지혜와 진리는 우리가 마시고 싶어하는 가장 깨끗한 액체와도 같습니다." 그는 말했다. "이 깨끗한 액체를 더러운 그릇에 담아놓고 깨끗함을 판단할 수 있겠습니까? 오직 자신의 내적 정화가 이뤄져야만 그 액체를 받아들일 수 있습니다."

"그렇군요, 그렇군요, 그건 그렇군요!" 피예르는 기쁜 듯이 외쳤다.

"최고의 지혜는 단순히 이성이나 인간의 세분화된 지식들인 물리, 역사, 화학 등의 세속적인 과학에 기반을 둔 것이 아닙니다. 최고의 지혜는 하나입니다. 최고의 지혜는 하나의 과학을 가지고 있으며, 그것은 만물의 과학, 즉 우주 전체와 그 속에 자리잡은 인간의 위치를 천명하는 과학입니다. 이 과학을 받아들이기 위해서는 자기 안의 존재를 정화하고 갱신해야 하며, 인식하기 전에 믿고, 스스로를 완성할 필요가 있습니다. 그리고 이러한 목적을 달성하기 위해 우리 마음속에는 양심이라고 불리는 하느님의 빛이 있는 것입니다."

"그렇군요, 그렇군요." 피예르는 인정했다.

"마음의 눈으로 자기 안의 존재를 바라보고, 자기 자신에게 만족하는지 물어보십시오. 이성으로만 인도되던 당신은 무엇을 얻었습니까? 당신은 무엇입니까? 당신은 젊고, 당신은 부자이고, 당신은 똑똑하고 교양이 있습니다. 선생. 당신은 자신에게 주어진 이러한 은혜로 무엇을 했습니까? 당신은 자신과 자신의 생활에 만족합니까?"

"아닙니다, 저는 제 생활을 증오합니다." 피예르는 얼굴을 찌푸리며 말했다.

"증오한다면, 그 생활을 바꿔 자신을 정화하고, 정화를 통해 지혜를 얻을 수 있습니다. 당신의 생활을 잘 살펴보십시오, 선생. 당신은 지금까지 어떤 생활을 해왔습니까? 사회로부터 은혜를 받기만 했지 사회에 아무런 기여도 하지 않고 요란한 향연과 방탕 속에 지내지 않았습니까. 당신은 재산을 얻었습니다. 당신은 그것을 어떻게 썼습니까? 이웃을 위해 무엇을 했습니까? 몇만이나 되는 당신의 농노에 대해 생각해본 적이 있습니까? 육체적으로나 정신적으로 그들을 도와준 적이 있습니까? 없습니다. 당신은 방탕한 생활을 위해 그들의 노고를 이용했습니다. 그것이 당신이 한 일입니다. 당신은 이웃에게 이익을 주기 위해 일자리를 가져본 적이 있습니까? 없습니다. 당신은 무위하게 지냈습니다. 그뒤 당신은 결혼을 했습니다, 선생, 젊은 여성을 이끌 책임을 스스로 맡았지만, 당신은 무엇을 했습니까? 진리의 길을 찾도록 돕기는커녕 그녀를 허위와 불행의 구렁텅이로 몰아넣지 않았습니까. 남이 당신을 모욕했다는 이유로 그를 죽이려 했으면서도 당신은 하느님을

122

모른다. 자신의 생활을 증오한다고 말하고 있습니다. 여기에 지혜로운 것은 하나도 없습니다. 선생!"

이렇게 말하고 프리메이슨은 긴 대화에 지친 듯, 또다시 소파 등받이에 기대 눈을 감았다. 피예르는 엄하고 움직임이 없고 늙고 마치 죽은 사람 같은 그 얼굴을 바라보고 소리 없이 입술을 움직였다. 그렇습니다, 비열하고 게으르고 방탕한 삶이었습니다, 라고 그는 말하고 싶었으나 감히 이 침묵을 깨뜨릴 수 없었다.

프리메이슨은 목쉰 소리로 노인다운 기침을 하고 하인을 불렀다.

"말은 어떻게 됐나?" 그는 피예르 쪽은 보지도 않고 물었다.

"갈아탈 말이 준비됐습니다." 하인이 대답했다. "이제 쉬지 않으시고요?"

"아니, 썰매에 매라고 이르게."

'이 사람은 정말 가버리려는 걸까, 이야기를 끝맺지도 않고, 나를 돕겠다는 약속도 하지 않고, 나를 혼자 남겨두고?' 피예르는 일어나서 고개를 떨어뜨리고 방안을 걸었고, 이따금 프리메이슨을 바라보며 생각했다. '그렇다, 나는 생각해보지는 않았지만, 경멸스러울 만큼 방탕한 생활을 해왔다, 하지만 나는 그것을 좋아하지 않았고 원하지도 않았다.' 피예르는 생각했다. '그런데 이 사람은 진리를 알고 있고, 만약 마음이 내키면 내게 그것을 계시해줄 수도 있을 것이다.' 피예르는 프리메이슨에게 이 말을 하고 싶었으나 그럴 수가 없었다. 나그네는 노인다운 익숙한 손놀림으로 물건들을 챙기고 모피 외투의 단추를 채웠다. 다 끝내자 그는 베주호프 쪽으로 돌아서더니 무심하고 정중한 어조로 말했다.

"이제 어디로 갑니까, 선생?"

"저 말입니까?…… 저는 페테르부르크로." 피예르는 아이처럼 결단성 없는 어조로 대답했다. "감사합니다. 저는 모든 점에서 당신의 말씀에 동의합니다. 그러나 저를 그렇게 바보라고 생각지는 말아주십시오. 저도 당신이 말씀하신 그런 인간이 되고 싶다고 진심으로 바랐습니다만, 지금까지 아무도 도와주는 사람이 없었기 때문에…… 하기야 모든 잘못은 무엇보다 저 자신에게 있습니다. 도와주십시오, 가르쳐주십시오……" 피예르는 더이상 말을 잇지 못하고 코를 훌쩍이며 고개를 돌려버렸다.

프리메이슨은 생각에 잠긴 듯 오랫동안 말이 없었다.

"도움은 하느님만이 주실 수 있습니다." 그는 말했다. "그러나 우리 기사단이 할 수 있는 범위에서 도와줄 수 있을 겁니다, 선생. 페테르부르크에 가면 이것을 빌라르스키 백작에게 전하십시오(그는 지갑을 꺼내 네 번 접은 큰 종이에 몇 자 적었다). 충고 한마디 하겠습니다. 수도에 도착하면 처음 며칠은 고독, 즉 자기성찰에 바치되, 전과 같은 생활의 길에 들어서지 말아야 합니다. 그럼, 무사한 여행을 빌겠소, 선생." 그는 하인이 방에 들어온 것을 알아채고 이렇게 말했다. "그리고 성공을……"

피예르가 역참지기의 명부로 알아보니, 그 나그네는 오시프 알렉세예비치 바즈데예프였다. 바즈데예프는 이미 노비코프* 시대부터 가장 유명한 프리메이슨의 한 사람이자 마르티니스트**였다. 그가 떠난 뒤 피

* N. I. 노비코프(1744~1818). 러시아 계몽사상가, 작가, 저널리스트, 출판업자이자 프리메이슨의 중심인물. 1792년에 체포되어 15년간 투옥됐다.
** 프랑스의 생마르탱이 창시한 프리메이슨 일파를 따르는 자.

예르는 오랫동안 침대에 눕지도 않고 말을 독촉하지도 않고 역참의 방을 서성이며 방탕했던 과거를 회상했다. 완벽하고 선하고 행복한 미래를 상상하고, 또 그 미래가 쉽게 실현될 수 있다고 생각하며 갱생의 환희를 머릿속에 그려보았다. 자신이 그토록 방탕했던 것은 선善이 얼마나 좋은 것인지를 어쩌다 잊었기 때문이라는 생각까지 했다. 그의 마음속에서 여태까지의 의심은 흔적도 없이 사라져버렸다. 그는 선의 길을 향해 서로 도울 목적으로 결합한 사람들의 형제애가 가능하다는 것을 믿었고, 그 가능성을 프리메이슨에서 보았다.

3

페테르부르크에 도착한 피예르는 자기가 온 것을 아무에게도 알리지 않고, 아무 데도 나가지 않고, 누구에게 얻었는지 기억도 나지 않는 토마스 아 켐피스*의 책을 매일같이 탐독하며 지냈다. 이 책을 읽으며 피예르가 이해한 것은 오직 하나였는데, 자기완성의 가능성과 오시프 알렉세예비치가 계시한, 인간 상호 간의 형제애와 실천적인 사랑의 가능성을 믿는 것이 자신이 일찍이 알지 못하던 기쁨이라는 것이었다. 도착하고 일주일이 지난 어느 저녁, 페테르부르크 사교계에서 표면적으로만 알던 젊은 폴란드인 백작 빌라르스키가 마치 돌로호프와의 결투 때 입회자가 들어왔을 때처럼 형식적이고 엄숙한 낯으로 피예르의

---

* 1380~1471. 독일 성직자, 종교사상가. 『그리스도를 본받아』(1418)를 썼다.

방을 찾아왔고, 그는 등뒤로 문을 닫고 방안에 피예르 말고 아무도 없는 것을 확인하자 이렇게 말했다.

"나는 그분에게 의뢰와 제안을 받고 당신을 만나러 왔습니다, 백작." 그는 앉지도 않고 말했다. "우리 형제단에서 상당히 높은 지위에 계신 어떤 분이 당신을 정해진 기일보다 빨리 가입시킬 것을 주선하시면서 내게 당신의 보증인이 되라고 제안하셨습니다. 나는 그분의 뜻을 이행하는 것을 신성한 의무라고 생각합니다. 어떻습니까, 당신은 나의 보증 아래 자유석공형제단에 가입하길 바라십니까?"

피예르는 이 신사가 여러 야회에서 거의 언제나 화사한 여자들에 둘러싸여 상냥한 미소를 짓는 것만 봐왔기에 그의 냉정하고 엄격한 어조에 놀랐다.

"네, 그렇습니다." 피예르는 말했다.

빌라르스키는 고개를 숙였다.

"한 가지 질문이 더 있습니다, 백작." 그는 말했다. "이 질문에 대해 당신은 미래의 프리메이슨으로서가 아니라, 정직한 인간galant homme으로서 성실하게 대답해주십시오. 당신은 종전의 신념을 포기하십니까, 하느님을 믿습니까?"

피예르는 생각에 잠겼다.

"네…… 네, 나는 하느님을 믿습니다." 그는 말했다.

"그렇다면……" 빌라르스키가 말을 시작하려 하자, 피예르는 가로막았다.

"네, 나는 하느님을 믿습니다." 피예르는 되풀이했다.

"그럼 함께 갑시다." 빌라르스키가 말했다. "내 마차로 가시죠."

가는 동안 빌라르스키는 말이 없었다. 피예르가 무엇을 해야 하고 어떤 대답을 해야 하느냐고 묻자, 그는 자기보다 훌륭한 형제들이 시험을 할 것이며, 진실을 말하는 것 외에는 아무것도 필요 없다고만 대답했다.

그들은 집회소가 있는 큰 저택으로 들어가, 캄캄한 층층대를 올라 불이 켜진 작은 곁방으로 갔고, 하인의 도움 없이 모피 외투를 벗었다. 그리고 또다른 방으로 갔다. 특이한 옷차림을 한 누군가가 문가에 나타났다. 빌라르스키는 그에게 다가가서 프랑스어로 나직이 말하고 작은 장롱으로 다가갔고, 장롱 안에는 피예르가 처음 보는 옷들이 있었다. 빌라르스키가 장롱에서 손수건을 꺼내 피예르의 눈을 가리고 뒤에서 묶었는데, 매듭에 머리털이 끼여 아팠다. 그는 피예르를 자기 쪽으로 숙이게 해 키스하더니 손을 잡고 어디론가 데려갔다. 피예르는 매듭에 낀 머리털 때문에 얼굴을 찡그리기도 하고, 왠지 쑥스러워 히죽웃기도 했다. 두 팔을 늘어뜨린 채 얼굴을 찡그리기도 하고 히죽거리기도 하면서 덩치 큰 피예르는 위태롭고 머뭇거리는 걸음으로 빌라르스키를 따라갔다.

손을 잡고 열 걸음쯤 가다가 빌라르스키는 발을 멈췄다.

"당신에게 무슨 일이 일어나든," 그는 말했다. "우리 형제단에 가입하기로 굳게 결심했다면, 모든 것을 용기 있게 견뎌야 합니다. (피예르는 고개를 끄덕였다.) 노크 소리가 들리면 눈을 가린 것을 푸십시오." 빌라르스키는 덧붙였다. "당신의 용기와 성공을 빕니다." 그는 말하고 피예르의 손을 꼭 잡았다가 나갔다.

혼자 남은 뒤에도 피예르는 여전히 웃음짓고 있었다. 한두 번 어깨를 으쓱하고, 눈을 가린 손수건을 풀려는 듯 손을 올렸다가 내렸다. 눈을 가리고 있는 오 분이 한 시간처럼 느껴졌다. 손이 붓고, 다리가 후들거리고, 왜 그런지 피로를 느꼈다. 그는 몹시 복잡하고 어수선한 감정을 경험하고 있었다. 그는 지금 자기에게 일어나고 있는 일이 두려웠지만, 이 두려움의 기색이 드러나는 것은 더 두려웠다. 대체 자신에게 무슨 일이 일어날지, 무슨 계시가 있을지 궁금했지만, 오시프 알렉세예비치와 만난 이후 그가 꿈꿔온 갱생과 실천적인 덕행의 길로 들어가는 때가 마침내 왔다는 것이 무엇보다도 기뻤다. 세찬 노크 소리가 들렸다. 피예르는 눈을 가린 손수건을 풀고 주위를 둘러보았다. 방안은 칠흑처럼 어두웠고, 다만 한쪽에서 등불이 하얀 물체 속에서 타고 있었다. 다가가서 보니, 등불은 책이 펼쳐져 있는 검은 탁자 위에 놓여 있었다. 책은 복음서이고, 등불이 들어 있는 하얀 것은 치아와 안공이 있는 인간의 두개골이었다. "한처음에 말씀이 계셨고 말씀은 하느님과 함께 계셨다.*" 복음서의 첫머리를 읽으며 피예르는 탁자 주위를 걸었고, 뭔가가 가득 든 열려 있는 궤가 눈에 띄었다. 뼈가 든 관이었다. 피예르는 그것을 보고도 놀라지 않았다. 이전과는 완전히 다른 새로운 삶을 시작하길 바라는 그는 모든 기이한 것, 지금 본 것보다 더 기이한 것을 예기하고 있었기 때문이다. 두개골, 관, 복음서—그는 자신이 이런 것을 모두, 아니 더한 것을 예기하고 있었다는 생각이 들었다. 그는 마음속에 감동을 환기하려 애쓰며 주위를 둘러보았다. '신, 죽음, 사랑, 형제애.' 그는 이 말들을 막연하지만 어떤 즐거운 공상과 결부해보

---

* 「요한복음」 1장 1절 참조.

려 하며 되뇌었다. 문이 열리고, 누군가 들어왔다.

희미하지만 피예르에게는 이미 익숙해진 불빛 속에, 키가 작은 사람이 보였다. 밝은 곳에서 어두운 곳으로 들어와서인지 그는 잠시 멈칫했고, 이윽고 신중한 걸음걸이로 탁자로 다가가 가죽장갑을 낀 작은 두 손을 그 위에 얹었다.

키가 작은 사람은 하얀 가죽 에이프런을 둘러 가슴과 다리 일부를 가리고 있고, 목에 목걸이 같은 것을 걸고, 목 뒤쪽에서부터 흰색의 자보*가 아래쪽에서 비치는 불빛을 받고 있는 길쭉한 얼굴을 둘러싸고 있었다.

"당신은 이곳에 무슨 일로 왔습니까?" 들어온 사람이 피예르의 옷자락 스치는 소리가 난 쪽으로 몸을 돌리며 물었다. "광명의 진리를 믿지 않고, 광명을 보려 하지도 않는 당신이 무슨 일로 이곳에 왔고, 우리에게서 무엇을 구하려고 합니까? 지혜입니까, 덕행입니까, 계몽입니까?"

문이 열리고 낯선 사람이 들어온 순간, 피예르는 어렸을 때 고해하면서 경험했던 것과 유사한 공포와 경건함을 느꼈고, 생활의 조건에서 보면 아무 인연이 없지만, 인류의 형제애라는 점에서는 지극히 친숙한 사람과 대면하고 있다는 느낌이 들었다. 피예르는 숨막히는 격렬한 심장의 고동을 느끼면서, 리토르(구하는 사람, 즉 프리메이슨에 가입하려는 자를 준비시키는 형제를 이렇게 불렀다) 쪽으로 다가갔다. 더 가까이 다가갔을 때 피예르는 이 리토르가 그가 아는 스몰리야니노프라는

---

* 풀을 먹인 높은 주름 칼라.

것을 알았지만, 지금 들어온 사람이 자기가 아는 사람이라고 생각하는 것은 실례이며, 그는 다만 형제이자 덕이 높은 지도자일 뿐이라고 생각했는데, 피예르가 한참 동안 아무 말도 하지 못하자 리토르는 질문을 되풀이하지 않을 수 없었다.

"네, 나는…… 나는…… 갱생을 원합니다." 피예르는 간신히 이렇게 말했다.

"좋습니다." 스몰리야니노프는 말하고 바로 이었다. "당신은 신성한 우리 기사단이 당신의 목적 달성을 돕기 위해 어떤 방법을 취하는지 알고 있습니까?……" 리토르는 침착하지만 빠르게 말했다.

"내가…… 바라는 것은…… 갱생을 위한…… 지도와…… 도움입니다." 피예르는 떨리는 목소리로 힘들게 말했는데, 그것은 흥분 때문이기도 하고, 이런 추상적인 문제에 대해 러시아어로 말하는 습관이 들지 않아서이기도 했다.

"당신은 프리메이슨에 대해 어떻게 생각합니까?"

"프리메이슨은 도덕적 목적을 지닌 사람들의 형제애와 평등을 의미한다고 생각합니다." 피예르는 말을 할수록 자기가 하는 말이 이 순간의 엄숙한 분위기와 어울리지 않는다는 것을 느끼고 부끄러워하며 말했다. "내가 이해하는 바로는……"

"좋습니다." 분명 이 대답에 아주 만족한 듯 리토르는 서둘러 말했다. "당신은 그 목적을 달성하는 방법을 종교에서 구해본 적이 있습니까?"

"아닙니다. 나는 종교를 올바르지 않다고 생각했기 때문에 그런 적이 없습니다." 피예르의 목소리가 너무 작아서 알아듣지 못한 리토르가 뭐라고 말했느냐고 물었다. "나는 무신론자였습니다." 피예르는 대답했다.

"당신이 진리를 구하는 것은 생활에서 그 법칙을 따르고 싶기 때문이며, 따라서 당신이 구하는 것은 지혜와 덕입니다. 그렇습니까?" 리토르는 잠시 침묵한 뒤 물었다.

"네, 그렇습니다." 피예르는 인정했다.

리토르는 기침을 하고, 장갑 낀 양손을 가슴 앞에서 포개고 말하기 시작했다.

"이제 나는 우리 기사단의 중요한 목적을 당신에게 분명하게 말할 것입니다." 그는 말했다. "만약 이 목적이 당신의 목적과 일치한다면, 우리 기사단에 가입하는 것은 당신에게 도움이 될 것입니다. 가장 중요한 목적이자 우리 기사단의 토대로서 어떤 인간의 힘으로도 뒤집을 수 없는 첫번째 목적은, 어떤 중대한 신비를 지키고 그것을 후대에 전하는 일입니다…… 이 신비는 아주 오랜 옛날, 아니 최초의 인류에서부터 오늘날의 우리에게 전해진 것이며, 그것을 지키고 전할 수 있느냐 없느냐 하는 문제는 인류의 운명에까지 관계되는 것인지도 모릅니다. 그런데 이 신비는 오랫동안 부단한 자기정화를 통해 단련하지 않으면 누구도 그것을 알거나 이용할 수 없기 때문에, 누구나 그것을 빨리 획득하기를 바라기는 어렵습니다. 그래서 우리는 두번째 목적을 가지며, 이것은 우리 회원들을 되도록 단련하고, 정신을 바로잡으며, 이성을 정화하고 계몽하는 일이고, 이 신비의 탐구를 위해 노력한 선인들이 전하는 방법으로써 신비를 감득하도록 회원들을 단련하는 것입니다.

우리 회원들을 정화하고 바로잡는 한편 우리는 세번째 목적으로서,

온 인류까지 바로잡기 위해 노력하고 있으며, 회원들로 하여금 경건과 미덕의 모범을 보이게 함으로써 세상을 지배하는 악과 온 힘을 다해 싸우고자 합니다. 이것을 잘 생각해보십시오, 나중에 다시 오겠습니다." 그는 말하고 방을 나갔다.

"세상을 지배하는 악과 싸운다……" 피예르는 되풀이했고, 그러자 그런 일을 하는 자신의 미래가 그려졌다. 이 주일 전의 그와 똑같은 사람들이 마음속에 떠올랐고, 그는 그들에게 설교하고 경고하는 모습도 상상했다. 그는 그런 언행으로 자신이 도운 죄 많고 불행한 사람들을 상상했고, 박해자에게서 희생자를 구출하는 것도 상상했다. 리토르가 말한 세 가지 목적 중 마지막 목적, 즉 온 인류를 바로잡는다는 것이 피예르에게는 특히 와 닿았다. 리토르가 말한 어떤 중대한 신비라는 것은 흥미를 끌긴 하나 본질적인 것으로는 생각되지 않았고, 두번째 목적인 정화하고 바로잡는 것도 그다지 흥미를 끌지는 못했는데, 왜냐하면 그는 이 순간 자신이 지금까지의 악에서 완전히 벗어나 교정되어 이제 오로지 선만을 행할 준비가 됐다고 느끼며 기뻐하고 있었기 때문이다.

삼십 분 후, 리토르는 솔로몬 신전의 일곱 계단에 해당하는 일곱 가지 미덕, 즉 프리메이슨이 저마다 마음속에서 키워야 하는 일곱 가지 미덕을 탐구자에게 전하기 위해 돌아왔다. 그것은 다음과 같다. 1)겸손, 기사단의 비밀 준수, 2)기사단의 윗사람에 대한 복종, 3)온후, 4)인류에 대한 사랑, 5)용기, 6)관용, 7)죽음에 대한 사랑.

"일곱번째는," 리토르는 말했다. "죽음에 대해 거듭 사색함으로써 마침내 그것이 당신에게 두려운 적이 아니라 친구…… 말하자면 덕을 구하는 노력에 지친 넋을 괴로운 현세에서 해방시켜 보상과 위무慰撫의 장소로 이끄는 친구라고 느끼게 될 때까지 단련해야 한다는 것입니다.”

'그렇다, 그렇게 해야 한다.' 리토르가 이 말을 하고 또다시 피예르를 고독한 명상 속에 남겨두고 떠났을 때, 피예르는 생각했다. '그렇게 해야 한다, 그러나 나는 여전히 약한 인간이므로 내 삶을 사랑한다, 이제야 겨우 삶의 뜻을 조금씩 깨닫게 됐으니까.' 그러나 손가락을 꼽아가며 생각해낸 나머지 다섯 가지 미덕, 즉 용기, 관용, 온후, 인류에 대한 사랑, 복종은 모두 그의 마음속에 있는 것 같았고, 특히 복종은 미덕이라기보다 행복 그 자체라고 생각되었다. (그는 이제 독단에서 벗어나 확실한 진리를 아는 사람들에게 자신의 의지를 내맡기는 것이 더없이 기뻤던 것이다.) 그러나 일곱번째 미덕은 도무지 생각나지 않았다.

리토르가 세번째, 아까보다 더 빨리 들어와서 피예르에게 아직 의지가 확고한지, 모든 요구를 받아들일 결심이 섰는지 물었다.

“나는 어떤 일도 각오하고 있습니다.” 피예르는 말했다.

“당신에게 한 가지 더 말해둘 것이 있습니다.” 리토르는 말했다. “우리 기사단에서는 교의를 말로만 가르치는 것이 아니라 어떠한 방법을 사용하는데, 이것은 지혜와 덕을 진실로 구하는 탐구자에게는 말로 하는 설명보다 더 큰 효과를 미칩니다. 보시다시피 이 방의 장식도, 만약 당신의 마음이 성실하다면, 말로 설명하는 것 이상의 무언가를 당신에게 설명해주었을 것이며, 아마 이러한 설명의 형태는 앞으로 당신의 입회가 진행되는 동안에도 보게 될 것입니다. 즉, 우리 기사단은 상형문자로써 그 교의를 보여준 고대의 결사를 모방하고 있습니다. 상형문자란,” 리토르는 말했다. “감각에 종속되지 않으면서, 회화와도 같은 성질을 지닌 것을 말합니다."

피예르는 상형문자가 어떤 것인지 잘 알고 있었지만, 감히 말하지는 않았다. 그는 모든 일로 미루어보아 이제 곧 시험이 시작되리라고 느끼며 묵묵히 리토르의 말을 듣고 있었다.

"만약 당신의 결심이 확고하다면, 이제부터 당신을 가입시키는 의식을 시작하겠습니다." 리토르는 피예르에게 다가서며 말했다. "관용의 표시로 귀중품 일체를 내주십시오."

"그런데 나는 지금 아무것도 가지고 있지 않습니다." 피예르는 소유한 모든 것을 내놓으라는 줄 알고 이렇게 말했다.

"몸에 지니고 있는 것 말입니다, 시계나 돈, 반지 같은……"

피예르는 재빨리 지갑과 시계를 내놓았고, 두툼한 손가락에서 결혼반지를 빼려 했으나 좀처럼 빠지지 않았다. 이 일이 끝나자 프리메이슨이 말했다.

"복종의 표시로 옷을 벗으십시오." 피예르는 리토르의 명령대로 연미복과 조끼, 왼쪽 구두를 벗었다. 프리메이슨은 피예르의 셔츠 왼쪽 가슴 쪽을 젖히더니 몸을 숙여 바지 왼쪽을 무릎 위까지 걷어올렸다. 피예르는 알지도 못하는 사람에게 수고를 끼치지 않으려고 급히 오른쪽 구두를 벗고 바지 한쪽도 마저 걷어올리려 했지만, 그는 그럴 필요 없다고 말하고는 피예르에게 왼발 슬리퍼 한쪽만 건넸다. 자기 생각과는 달리 얼굴에 떠오른 스스로에 대한 조소, 의심과 수치심이 뒤섞인 아이 같은 미소를 지으며 피예르는 손을 늘어뜨리고 다리를 벌린 채 형제인 리토르 앞에서 새 명령을 기다리며 서 있었다.

"그럼 끝으로, 정직함의 표시로 당신의 주된 욕망을 고백해주십시오." 그는 말했다.

"내 욕망 말입니까! 그건 무척 많이 있었습니다." 피예르는 대답했다.

"선의 길을 가려는 당신을 가장 망설이게 하는 욕망 말입니다." 프리메이슨은 말했다.

피예르는 생각에 빠져 잠시 말없이 있었다.

'술? 포식? 무위? 게으름? 신경질? 증오? 여자?' 그는 자신의 악덕을 마음의 저울에 달아보았으나 무엇이 가장 중한지 알 수 없었다.

"여자입니다." 피예르는 간신히 들리는 나지막한 목소리로 말했다. 프리메이슨은 이 대답을 들은 뒤 한참 동안 꼼짝도 하지 않고 말도 하지 않았다. 마침내 그는 피예르 쪽으로 다가가 탁자 위에 있던 손수건을 집어 다시 그의 눈을 가렸다.

"마지막으로 다시 한번 말씀드립니다만, 모든 주의를 자신에게 집중하고, 당신의 감정에 사슬을 채우고 욕정이 아니라 자신의 마음속에서 행복을 찾으십시오…… 행복의 원천은 우리의 밖이 아니라 안에 있으니까요……"

피예르는 그의 영혼을 희열과 부드러운 감정으로 가득 채워주는 이 상쾌한 행복의 원천을 이미 자기 안에서 느끼고 있었다.

4

그뒤 곧 피예르를 데리러 어두운 방으로 들어온 사람은 아까 그 리토르가 아니라 보증인 빌라르스키라는 것을 피예르는 목소리로 알아챘다. 의지가 확고한지 다시 질문을 받자, 피예르는 이렇게 대답했다.

"네, 네, 동의합니다." 그러고는 아이같이 빛나는 미소를 짓고, 살찐 가슴을 드러내고, 한쪽은 신을 신고 한쪽은 신을 신지 않은 채 머뭇거리며 고르지 못한 걸음걸이로, 그의 드러낸 가슴에 칼을 들이댄 빌라르스키보다 앞서 걸어갔다. 방을 나온 그는 앞뒤로 빙빙 돌며 복도를 따라갔고, 마침내 집회소 방문 앞에 이르렀다. 빌라르스키가 기침을 하자, 프리메이슨의 망치 소리가 답하더니 앞에서 문이 열렸다. 누군가의 낮은 목소리가(피예르의 눈은 여전히 가려져 있었다) 당신은 누구인가, 언제 어디서 태어났는가 등을 물었다. 그리고 여전히 눈이 가려진 채 다시 어딘가로 따라가는 동안 피예르는 여행길의 노고에 대해, 신성한 우정에 대해, 개벽 이전의 창조주에 대해, 고난과 위험을 감내하는 데 필요한 용기에 대한 갖가지 알레고리를 들었다. 그러는 동안 피예르는 자신이 때로는 구하는 사람, 때로는 고행하는 사람, 때로는 요구하는 사람이라 불리고 있다는 것, 그때마다 그들이 망치와 칼을 두드리며 온갖 소리를 내고 있다는 것을 알았다. 무언가의 옆으로 끌려갔을 때는 지도자들 사이에 동요와 혼란이 일어난 것 같았다. 주변에 있는 사람들이 속삭이듯 입씨름을 하고, 한 사람이 융단 위로 데려가야 한다고 주장하는 소리가 들렸다. 그리고 한 사람이 피예르의 오른손을 잡아 무언가의 위에 얹더니, 왼손으로 컴퍼스를 잡고 왼쪽 가슴에 대라고 명령했고, 다른 한 사람이 그에게 기사단의 규약을 준수하겠다는 서약을 하도록 시켰다. 이것이 끝나자 사람들은 촛불을 껐고, 피예르도 냄새로 분간되는 알코올에 불을 붙이더니, 그에게 작은 불빛이 보일 거라고 말했다. 눈을 가린 손수건이 벗겨지고, 피예르는 알코올의 희미한 불빛 속에서 리토르와 같은 에이프런을 두른 몇 사람이 정면에서 그의 가슴 앞에 칼을 들이대고 있는 모습을 마치 꿈속에서처럼 보았다. 그들 사이에 피 묻은 흰색 셔츠를 입은 남자가 서 있었다. 이 모습을 보고 피예르는 칼이 꽂히길 바라는 듯 가슴을 내밀었다. 그러나 칼은 그를 피했고, 그의 눈은 다시 가려졌다.

"지금 당신은 작은 불빛을 보았습니다." 누군가 그에게 말했다. 다시 촛불이 켜지고, 이번에는 완전한 불빛을 보아야 한다고 말하더니 또다시 손수건을 벗겼는데, 열 명이 넘는 사람들의 목소리가 갑자기 *"속세의 영광은 이렇게 지나간다**" 하고 말했다.

피예르는 서서히 정신을 차리면서, 자기가 있는 방과 그 안에 있는 사람들을 둘러보기 시작했다. 검은 천이 덮인 긴 탁자 주위에 아까 보았던 사람들과 같은 옷차림을 한 열두 명가량이 앉아 있었다. 몇몇은 페테르부르크 사교계에서 피예르가 아는 사람들이었다. 단장석에는 독특한 십자가를 목에 건 낯선 젊은 남자가 앉아 있었다. 그의 오른쪽에는 이 년 전 피예르가 안나 파블로브나의 야회에서 보았던 이탈리아인 신부가 앉아 있었다. 또 지위가 상당한 고관과 전에 쿠라긴가에 살았던 스위스인 가정교사도 있었다. 모두 엄숙하게 침묵하고, 손에 망치를 든 단장의 말을 기다리고 있었다. 벽에는 불타는 모양의 별이 박혀 있었고, 탁자 위 한쪽에는 다양한 무늬가 있는 작은 융단이, 다른 한쪽에는 복음서와 두개골을 올려둔 제단 같은 것이 있었다. 탁자 주위에 교회에서 쓰는 것 같은 커다란 촛대가 일곱 개 세워져 있었다. 두

---

* sic transit gloria mundi. 라틴어 경구.

형제가 피예르를 제단 쪽으로 데려가 발을 직각으로 벌리게 하더니, 이제부터 신전의 문 앞에 엎드린다고 말하고 그에게 엎드리라고 명령했다.

"그전에 흙손을 쥐어야 합니다." 한 형제가 속삭이듯 말했다.

"아! 제발, 조용히 하시오." 다른 사람이 말했다.

피예르는 명령에 따르지 않고 근시의 눈으로 멍하니 사방을 둘러보았고, 갑자기 의심에 사로잡혔다. '나는 어디에 있는가? 나는 무엇을 하고 있는가? 이들이 나를 조롱하는 건 아닐까? 나중에 이 일을 떠올리면 수치스럽지 않을까?' 하지만 의심은 한순간뿐이었다. 그는 자신을 둘러싼 사람들의 진지한 얼굴을 보고 이미 해온 것들을 상기하고는 도중에 그만둘 수 없다는 것을 깨달았다. 그는 자신의 의심에 스스로 움찔했고, 이전의 감동을 불러일으키려 애쓰며 신전의 문 앞에 엎드렸다. 그러자 정말 아까보다 강한 감동이 솟구쳤다. 잠시 엎드려 있자 일어나라는 명령이 들렸고, 그에게도 다른 사람들과 같은 하얀 가죽 에이프런이 둘리고 흙손과 장갑 세 켤레가 주어졌고, 이어 그랜드마스터*가 말했다. 그는 피예르에게 불굴과 순결을 상징하는 에이프런의 순백을 결코 더럽히지 않도록 노력하라고 말했고, 그 뜻을 알 수 없는 흙손에 관해서는, 이것으로 마음에서 악덕을 없애고 관용으로 이웃을 위안하라고 말했으며, 첫번째 남성용 장갑에 대해서는 그 의미를 알려줄 수는 없지만 소중히 간직해야 하고, 두번째 남성용 장갑은 집회에 출석할 때 껴야 한다고 했으며, 마지막 세번째 여성용 장갑에 대해서는 다

---

* 기사단 단장.

138

음과 같이 말했다.

"사랑하는 형제여, 이 여성용 장갑은 당신에게 주는 것입니다. 이것을 당신이 가장 존경하는 여성에게 주십시오. 이 선물로써 당신이 반려자로 선택한 여성, 즉 석공의 아내로서의 자격이 있는 여성에게 당신 마음의 순결을 증명하십시오." 그는 잠시 멈췄다가 덧붙였다. "그러나 사랑하는 형제여, 이 장갑이 더러운 손을 장식하는 일이 없도록 주의하십시오." 이 마지막 말을 할 때 피예르는 그랜드마스터가 당황한 것처럼 보였다. 피예르는 더 당황하여 울음을 터뜨릴 것 같은 아이처럼 얼굴을 붉히고 걱정스레 주위를 둘러보았고, 어색한 침묵이 이어졌다.

이 침묵은 한 형제 때문에 깨졌는데, 그는 피예르를 융단 쪽으로 데려가 그 위에 그려져 있는 태양, 달, 망치, 연추, 흙손, 자연 그대로의 입방체 돌, 기둥, 세 개의 창문 등의 형상에 대한 설명이 적힌 수첩을 꺼내 읽기 시작했다. 그러고는 피예르에게 자리를 지정해주고, 집회소의 휘장을 보여주고, 암호를 가르쳐준 뒤에야 앉게 해주었다. 그랜드마스터는 규약을 읽기 시작했다. 규약은 무척 길었고, 피예르는 기쁨과 흥분과 부끄러움 때문에 머리에 잘 들어오지 않았다. 용케 마지막 구절은 들을 수 있었고, 이 구절만은 기억에 남았다.

"이 신전에서 우리는," 그랜드마스터는 읽었다. "덕행과 악행 사이에 존재하는 단계 외에 다른 단계를 알지 못한다. 평등을 깨뜨릴 수 있는 차별을 삼가라. 모두가 형제의 구조에 매진하고, 길 잃은 자를 인도하며, 넘어진 자를 일으켜주고, 형제에게 절대 분노와 적의를 품지 마라. 상냥하고 정중하라. 만인의 가슴에 미덕의 불을 지펴라. 이웃과 행복을 나누고, 시기심으로 이 순수한 즐거움을 더럽히지 마라.

당신의 원수를 용서하고, 보복하지 말고, 선만을 행하라. 이렇게 최고의 규칙을 지킴으로써 당신은 당신 스스로가 잃어버렸던 과거의 위대한 행적을 발견하게 될 것이다." 그는 낭독을 끝내자 피예르를 껴안고 키스했다.

피예르는 환희의 눈물을 흘리면서, 주위에서 사람들이 건네는 축복의 말과 친목을 새로이 다지는 인사에 어떻게 대답해야 할지 몰라 두리번거렸다. 그는 알던 사람이건 아니건 일절 생각지 않고 모두를 형제로서만 보았고, 그들과 더불어 당장 일에 착수하고 싶은 조바심에 불탔다.

그랜드마스터가 망치를 두드리자 모두 자리에 앉았고, 한 사람이 겸양의 필요성에 대한 교훈을 낭독했다.

그랜드마스터는 이윽고 마지막 의무를 이행하자고 제안했고, 희사금 모으는 역할을 맡은 고관이 형제들 사이를 돌기 시작했다. 피예르는 자기가 가진 재산 전부를 기부 대장에 쓰고 싶었지만, 거만하게 비칠까봐 다른 사람들과 같은 금액을 써넣었다.

집회가 끝나고 집으로 돌아온 피예르는 마치 몇십 년 만에 먼 여행길에서 돌아온 듯, 완전히 변해버리고 이전의 생활 질서와 습관에서 멀어진 기분이 들었다.

5

집회소에서 가입한 다음날 피예르는 집에 틀어박혀 책을 읽으며 사각형의 뜻을 이해하려고 노력했는데, 사각형의 첫째 변은 신, 둘째 변은 정신, 셋째 변은 육체, 넷째 변은 그 결합을 나타내는 것이었다. 이따금 그는 책과 사각형에서 눈을 떼고 마음속으로 새로운 생활 계획을 짜보았다. 어제 집회소에서 피예르는 결투 소문이 황제의 귀에까지 들어갔으니 잠시 페테르부르크를 떠나 있는 편이 현명할 거라는 이야기를 들었다. 피예르는 남쪽에 있는 자기 영지로 가서 농민들과 같이 지내볼까 하고 생각했다. 그가 기쁜 마음으로 이 새로운 생활에 대해 생각하고 있을 때, 뜻밖에도 바실리 공작이 방으로 들어왔다.

"여보게, 모스크바에서 대체 무슨 짓을 한 건가? 여보게, 왜 룔랴하고 다퉜나? 자넨 오해하고 있어." 바실리 공작이 방으로 들어오며 말했다. "나는 다 알고 있고, 자네에게 확실하게 말할 수 있어, 옐렌은 자네에게 유대인 앞에 선 그리스도처럼 결백하네."

피예르가 대답하려 하자, 그는 말을 가로막았다.

"그리고 왜 자네는 내게, 친구로서 내게 직접 솔직하게 얘기해주지 않았나? 나는 다 알고 다 이해하네." 그는 말했다. "자네는 자신의 명예를 존중하는 사람답게 행동했어, 조금 성급하긴 했지만 그걸 가지고 이러쿵저러쿵하지는 않겠네. 다만 하나 자네가 헤아려줘야 할 것은, 자네 때문에 우리 부녀가 사교계뿐만 아니라 궁중에서도 형편없는 위치에 서게 됐다는 것일세." 그는 목소리를 낮추며 덧붙였다. "옐렌은 모스크바에 있고 자네는 여기 있으니까 말이야. 여보게 친구, 알겠나?" 그는 피예르의 손을 잡고 아래로 잡아당겼다. "그건 오해에 지나지 않아, 아마 자네도 느끼고 있을 거라 생각하네. 그러니 지금 나와 같이 편지를 쓰지 않겠나, 그러면 그애가 여기로 오고, 소문도 싹 사라지겠지만, 그러지 않는다면 자네는 분명 공연한 괴로움을 겪게 될 걸세, 친구."

바실리 공작은 의미심장한 눈빛으로 피예르를 바라보았다.

"확실한 데서 들었는데, 황후께서 이 일로 몹시 걱정하고 계시다고 해. 자네도 알다시피 황후께서는 옐렌을 몹시 아끼시거든."

피예르는 몇 번이나 말문을 열려고 했으나 한편으로는 바실리 공작이 못하게 했고, 또 한편으로는 굳게 결심했으면서도 장인에게 단호한 거절과 반대의 뜻을 말하는 것이 두려워 하지 못했다. 게다가 '상냥하고 정중하라'고 한 프리메이슨의 규약도 떠올랐다. 그는 얼굴을 찌푸리고 붉히고 의자에서 일어섰다 앉았다 하며 그의 인생에서 가장 어려운 일을 해치우려 했는데, 그 일이란 상대방이 누가 됐든 면전에 대고 예기치 못한 불쾌한 말을 꺼내는 것이었다. 그는 바실리 공작의 무신경하고 자신만만한 말투에 순종하는 것에 너무 익숙해져 있었기 때문에 이번에도 그것에 저항할 수 없을 거라고 느끼면서도, 지금 자기가 하려는 말 한마디로 자신의 온 미래가 걸린 운명 전체가 좌우된다고, 즉 지금까지의 낡은 길을 가느냐, 프리메이슨이 계시한 매력적인 새로운 길을 가느냐가 결정될 거라 느꼈고, 이 새 길에서 비로소 새 삶으로 향하는 부활을 발견할 거라 굳게 믿었다.

"자, 나의 친구," 바실리 공작은 농담조로 말했다. "'네'라고 말해주게, 그러면 편지는 내가 쓸 것이고, 우리는 살진 송아지를 잡게 될 걸세*." 그러나 바실리 공작이 이 농담을 끝내기도 전에 피예르는 그의 죽은 아버지를 연상시키는 광포한 표정을 띠며 상대방의 눈을 보지도 않고 낮게 속삭이듯 말했다.

"공작, 저는 당신을 부른 일이 없습니다. 나가십시오, 제발 나가십시오!" 그는 벌떡 일어나 문을 열었다. "나가시란 말입니다." 그는 스스로도 자기가 한 말을 믿지 못하면서, 바실리 공작의 얼굴에 떠오른 당황과 공포를 내심 통쾌해하며 말했다.

"왜 그러나? 자네 어디 아픈가?"

"나가십시오!" 피예르는 위협적인 목소리로 되풀이했다. 바실리 공작은 아무런 설명도 듣지 못한 채 나갈 수밖에 없었다.

일주일 뒤 피예르는 새 벗들인 프리메이슨들과 작별 인사를 하고, 그들에게 거액을 기부하고 자기 영지로 떠났다. 그의 새 형제들은 키예프와 오데사의 프리메이슨에게 보내는 소개장을 써주고, 앞으로 그에게 편지를 쓰고 새로운 활동을 지도해주겠다고 약속했다.

6

피예르와 돌로호프의 사건은 어물쩍 무마돼 당시 황제가 결투에 대해 엄격했음에도 불구하고 쌍방의 당사자는 물론 입회자들까지도 불문에 부쳐졌다. 그러나 피예르 부부의 불화로 확인된 결투의 경위는 사

---

* 탕아였던 아들이 뉘우치고 가족의 품으로 돌아오자 아버지가 기뻐하며 "그리고 살진 송아지를 끌어내다 잡아라. 먹고 즐기자!"(「누가복음」, 15장 23절)라고 말한다.

교계에 퍼지고 말았다. 사람들은 피예르가 사생아였을 때는 너그럽고 감싸주는 눈으로 그를 보았고, 러시아제국에서 최고의 신랑감이었을 때는 좋아하고 치켜세워주었지만, 그가 결혼해 신붓감들과 어머니들의 기대가 없어지자 사교계에서 완전히 평판을 잃어버렸다. 게다가 그는 사교계에서 호감을 얻는 데 서툴렀고, 그것을 바라지도 않았다. 그 사건에서도 사람들은 그만을 비난하며 질투나 하는 바보라느니, 아버지처럼 광포한 발작을 일으킨다느니 하며 입방아를 찧었다. 그래서 피예르가 떠난 뒤 페테르부르크로 돌아온 옐렌은 이번 불행에 관련해 단순한 친절뿐만 아니라 존경의 빛마저 띤 모든 지인의 환대를 받았다. 이야기가 남편에 미칠 때마다 옐렌은 타고난 기지로 몸에 지니게 된 그 품위 있는 표정을—자신도 그 표정의 의미를 모르지만—지어 보였다. 그 표정은 마치, 나는 푸념하지 않고 이 불행을 참기로 결심했고, 남편은 하느님이 내게 보내신 십자가입니다, 라고 말하는 듯했다. 바실리 공작은 한층 더 노골적으로 자신의 의견을 말했다. 그는 화제가 피예르에 미치면, 어깨를 으쓱하고 이마를 가리키며 이렇게 말했다.

"반미치광이입니다. 제가 늘 말했다시피."

"저도 전에 말한 일이 있어요." 안나 파블로브나도 피예르에 대해 말했다. "저는 그때 곧바로(그녀는 누구보다 자기가 먼저 말했다고 강조했다) 그랬어요, 시대의 타락한 사상에 젖은 무모한 젊은이라고요. 외국에서 막 돌아온 그에게 모두가 매혹되어 있을 때, 왜 언젠가 우리 야회에서 그가 마치 마라*라도 되는 것처럼 굴었을 때 제가 말하지 않

---

* 장폴 마라(1743~1793). 프랑스혁명의 주동자 중 한 사람. 1793년, 왕당파의 샤를로트 코르데에게 살해당했다.

던가요. 그 결과가 어떻습니까? 저는 그때 이 결혼을 바라지 않았고, 어떻게 될지 다 예언했어요."

안나 파블로브나는 한가할 때는 여전히 전처럼 집에서 야회를 열었고, 그 야회는 그녀와 같은 재능 없이는 할 수 없는 것이었는데, 무엇보다도 이곳에 그녀의 말대로 하자면 *진짜 상류사회의 크림crème*, *페테르부르크 사교계의 지적인 에센스의 꽃*이 모이기 때문이었다. 이러한 사실 외에도 안나 파블로브나의 야회가 지닌 또하나의 특색은 야회 때마다 반드시 흥미로운 새 인물이 모두에게 제공된다는 것, 그리고 이 야회에서는 궁정과 밀접한 정통적 페테르부르크 사회의 분위기를 보여주는 정치적 온도계의 눈금이 다른 어느 곳에서보다 뚜렷하고 명확하게 나타난다는 것이었다.

1806년 말, 안나 파블로브나가 집에서 야회를 열었을 때는 프로이센군이 예나와 아우어슈테트에서 나폴레옹군에 참패하고, 프로이센의 요새 대부분이 백기를 들었다는 슬픈 소식이 입수되고,[9] 아군이 이미 프로이센으로 진출해 제2차 나폴레옹전쟁이 벌어진 무렵이었다.[10] 이날 밤 모인 *진짜 상류사회의 크림*은 남편에게 버림받은 불행하지만 매력적인 옐렌, 모르트마르 자작, 최근 빈에서 돌아온 매력적인 이폴리트 공작, 두 외교관, 백모, 사교계에서 *굉장한 재사才士*라 불리는 젊은이, 신임 여관과 그녀의 어머니, 그 밖에 별로 대단치 않은 몇 사람이었다.

이날 밤 여주인이 손님 대접에 쓴 새로운 얼굴은 어느 고관의 부관으로 프로이센 군대에서 급사로 막 이곳에 도착한 보리스 드루베츠코이였다.

이 야회에서 모든 사람에게 보인 정치적 온도계의 눈금은 다음과 같았다. 유럽의 황제들과 사령관들이 합심해 나에게, 그러니까 전체적으로 우리에게 불쾌와 슬픔을 주려고 아무리 보나파르트의 횡포를 묵과한다 해도 보나파르트에 대한 우리의 의견은 변하지 않는다. 우리는 이 점에 관해 정직한 생각을 표명하는 것을 중단하지 않을 것이며, 프로이센 왕과 그 밖의 사람들에게 해줄 말은 이것이 전부다. '그래봐야 이롭지 못합니다. 이건 당신의 자업자득이에요, 조르주 당댕*.' 이것이 안나 파블로브나 야회의 정치적 온도계가 가리키는 것이었다. 손님 대접에 쓰일 보리스가 객실에 들어왔을 때는 거의 모든 손님이 모여 있었고, 안나 파블로브나가 오스트리아와의 외교 관계와 양국의 동맹에 대한 기대를 화제로 한 대화를 주도하고 있었다.

보리스는 멋진 부관 제복을 입고, 홍안에 씩씩하고 의젓해진 모습으로 거리낌없이 객실에 들어와 우선 백모에게 인사하기 위해 안내되어 갔다가, 다시 그룹을 이룬 사람들 쪽으로 인도됐다.

안나 파블로브나는 자신의 마른 손에 키스하게 하고, 그와 안면이 없는 몇몇을 소개하고는 한 사람 한 사람에 대한 평가를 속삭이듯 곁들였다.

"이폴리트 쿠라긴 공작, 매력적인 젊은이예요. 므시외 크루그, 코펜하겐의 대리공사로 대단히 총명한 사람입니다." 그리고 한 젊은이에 대해서는 "므시외 시토프, 굉장한 재사"라고 간단히 말했다.

보리스는 근무하는 동안 어머니 안나 미하일로브나의 노력과 자신

---

* 자신이 열렬히 바랐던 결혼 때문에 불행에 빠진 귀족 남자의 운명을 그린 몰리에르의 발레 희극 『조르주 당댕』의 주인공.

의 분별력과 타고난 침착함 덕택에 군에서 더없이 유리한 지위에 오를 수 있었다. 그는 몹시 유력한 인물의 부관이 되어 상당히 중요한 임무를 띠고 프로이센에 갔다가 급사로 이제 막 돌아온 것이었다. 그는 올뮈츠에서 무척 마음에 드는 불문율을 완전히 터득하게 됐는데, 이것에 의하면 소위보라 할지라도 장군과는 비교도 되지 않을 만큼 높은 자리를 차지할 수 있고, 또한 근무상의 성공에 필요한 것은 노력도, 고생도, 용기도, 불굴의 정신도 아닌 단지 논공행상의 권리를 가진 사람들을 잘 대하는 요령뿐이라는 것이었으며, 그래서 그는 자신의 빠른 출세에 이따금 놀라고, 다른 사람들이 그 이치를 깨닫지 못하는 것에도 놀랐다. 이 발견으로 그의 생활 방식도, 이전 지인들과의 관계도, 미래의 계획도 완전히 바뀌어버렸다. 그는 부자는 아니지만 남보다 나은 옷차림을 하기 위해 마지막 한 푼까지 아끼지 않았고, 초라한 마차를 타고 낡은 군복을 입고 페테르부르크 거리를 다니느니 기꺼이 다른 많은 즐거움을 포기했다. 그는 자기보다 높은 사람, 즉 자기에게 도움이 될 수 있는 사람에게만 접근하고, 친숙해지길 바랐다. 그리고 페테르부르크를 사랑하고 모스크바를 멸시했다. 로스토프가나 나타샤에 대한 유치했던 사랑의 기억은 불쾌할 정도였으므로, 군문에 들어간 후로는 한 번도 로스토프가에 가지 않았다. 그는 안나 파블로브나의 야회에 참석하는 것을 근무상의 중요한 승격이라 생각하고, 이 객실에서의 자기 역할을 깨달았으므로 자기 안에 있는 모든 흥미를 안나 파블로브나가 이용하도록 내맡긴 채, 한 사람 한 사람을 주의깊게 관찰하고 그들에게 접근하여 얻을 이익과 그 가능성을 따지고 있었다. 그는 아름다운 옐렌 옆에 마련된 자기 자리에 앉아 공통의 대화를 들었다.

"'빈에서는 제안된 조약의 기초를 전혀 불가능한 거라 생각하고,[11] 여간 혁혁한 승리가 계속되지 않는 한 달성될 수 없다고 생각하며, 우리에게 그와 같은 승리를 거둘 수 있는 수단이 있는지 의심스러워하고 있습니다.' 이건 빈 내각에서 실제로 나온 말입니다." 코펜하겐의 대리 공사가 말했다.

"간사한 의심입니다!" 총명한 사람이 엷은 미소를 지으며 말했다.

"하지만 빈 내각과 오스트리아 황제는 구별할 필요가 있습니다." 모르트마르가 말했다. "오스트리아 황제는 절대로 그렇게 생각하고 있지 않습니다, 그건 다만 내각이 하는 말일 뿐입니다."

"아, 친애하는 자작," 안나 파블로브나가 거들고 나섰다. "우롭은 (그녀는 프랑스인과 말할 때는 그래야 특별히 멋스럽다고 생각하는지 유럽을 l'Urope이라 발음했다), 우롭은 절대 우리의 진정한 동맹자가 되지 않을 겁니다."

뒤이어 안나 파블로브나는 보리스를 대화에 끌어들이기 위해 프로이센 왕의 용기와 강인함으로 화제를 돌렸다.

보리스는 자기 차례가 오길 기다리며 사람들의 이야기를 유심히 듣고 있었지만, 옆자리에 앉은 아름다운 옐렌을 몇 번 돌아볼 여유는 있었고, 그녀도 미소지으며 여러 번 젊고 잘생긴 부관의 시선을 맞았다.

프로이센의 동태를 이야기하며 안나 파블로브나는 자못 자연스러운 어조로 보리스에게, 글로가우에 갔던 일과 거기서 본 프로이센군의 동태*를 이야기해달라고 부탁했다. 보리스는 당황하지 않고 깔끔하고 정

---

* 글로가우는 프로이센의 요새가 있던 도시로, 이 요새는 전투도 없이 프랑스군에 항복했다.

확한 프랑스어로 군대와 궁정에 관한 흥미진진한 사실들을 상세히 이야기했고, 그러면서 어떤 부분에 대해서도 자기 의견을 말하는 것은 피했다. 보리스는 잠시 모두의 관심을 끌 수 있었고, 안나 파블로브나는 이 새로운 손님을 대접한 것이 다른 모든 손님에게 유쾌하게 받아들여졌다는 것을 느꼈다. 보리스의 이야기에 누구보다도 관심을 집중한 사람은 엘렌이었다. 그녀는 몇 번이나 그 여행의 세부 사항에 대해 물었고, 프로이센군의 동태에도 무척 관심을 보였다. 그가 이야기를 마치자마자 그녀는 특유의 미소를 지으며 말했다.

"저를 꼭 만나러 와주셔야 합니다." 그녀의 어조는 마치 보리스는 모르는 무슨 사정이 있으니 반드시 그렇게 해야 한다는 암시로 들렸다. "화요일 여덟시에서 아홉시 사이에 와주세요. 당신이 와주신다면 더없이 기쁠 거예요."

보리스가 그녀의 청을 받아들여 약속하고 다시 무슨 이야기인가 시작하려던 순간, 안나 파블로브나가 와서 백모가 그의 이야기를 듣고 싶어한다는 구실을 대며 그를 불러냈다.

"당신도 그녀의 남편을 알고 있겠죠?" 안나 파블로브나는 눈을 감고 침울한 손짓으로 엘렌을 가리키며 말했다. "아아, 그녀는 정말 불행한 미인이에요! 그녀 앞에서 그 사람 이야기는 하지 말아줘요. 너무 괴로운 일이니까요!"

7

보리스와 안나 파블로브나가 사람들이 있는 자리로 돌아왔을 때는 이폴리트 공작이 대화를 이끌어가고 있었다. 그는 안락의자에 앉아 몸을 앞으로 내밀며 말했다.

"프로이센 왕!" 하고 말하고 그는 웃기 시작했다. 모두 그에게로 고개를 돌렸다. "프로이센 왕?" 이폴리트는 묻는 듯이 되풀이하고 다시 웃더니, 정색하며 유유히 안락의자에 깊숙이 앉았다. 안나 파블로브나는 잠시 이폴리트의 말을 기다렸지만 그가 이야기할 기미를 보이지 않자, 불경한 보나파르트가 포츠담에서 프리드리히 대왕의 검을 훔친 이야기를 시작했다.

"그 프리드리히 대왕의 검은, 내가……" 그녀가 이야기를 시작하려고 하자, 이폴리트가 그 말을 잘랐다.

"프로이센 왕이……" 사람들이 다시 그에게로 얼굴을 돌리자, 그는 사과를 하더니 입을 다물어버렸다. 안나 파블로브나는 얼굴을 찡그렸다. 이폴리트의 친구인 모르트마르가 단호하게 말했다.

"대체 그 프로이센 왕이 어쨌다는 겁니까?"

이폴리트는 마치 자기의 웃음이 부끄러운 것처럼 웃었다.

"아니, 아무것도 아닙니다, 내가 말하려는 것은…… (그는 전에 빈에서 들었던 농담을 되풀이해보려고 이날 저녁 줄곧 기회를 살피고 있었다.) 난 그저 우리가 프로이센 왕을 위해 헛되이* 싸우고 있다고 말하

---

* '프로이센 왕을 위해'라는 뜻의 프랑스어 'pour le Roi de Prusse'는 '무보수의, 헛된 것을 위해'라고도 해석된다.

고 싶었을 뿐입니다."

보리스는 조심스럽게 미소지었는데, 이 미소는 사람들이 그 농담을 어떻게 받아들이느냐에 따라 조소로도 찬동으로도 해석할 수 있는 것이었다. 모두는 웃음을 터뜨렸다.

"당신의 농담은 별로 좋지 않아요, 아주 재치 있지만, 알맞지는 않아요." 안나 파블로브나는 나무라듯 주름진 손가락을 흔들며 말했다. "우리는 절대로 프로이센 왕을 위해 싸우고 있는 게 아닙니다. 훌륭한 대의를 위해서예요. 아, 정말 짓궂은 분이군요, 이폴리트 공작은!" 그녀는 말했다.

대화는 주로 정치적 사건들에 집중되어 밤이 깊도록 그칠 줄 몰랐다. 야회가 끝날 즈음 황제가 하사하는 포상 이야기가 나오자, 대화는 유난히 활기를 띠었다.

"작년에 NN.은 초상이 세공된 담뱃갑을 하사받지 않았습니까?" 총명한 사람이 말했다. "그런데 어째서 SS.는 똑같은 포상을 받을 수 없는 것일까요?"

"실례입니다만, 황제의 초상이 세공된 담뱃갑은 보상이지 딱히 훈공은 아니라고 생각합니다." 외교관은 말했다. "오히려 선물이죠."

"전에도 사례가 있었습니다, 슈바르첸베르크가 그랬죠."

"그럴 리가 없습니다." 다른 사람이 반박했다.

"내기를 해도 좋습니다. 대수장人綬章이라면 이야기가 다르지만……"

모두가 돌아가려고 일어섰을 때, 이날 저녁 내내 별로 말이 없었던 옐렌이 다시 보리스에게 화요일에 방문해달라고 상냥하고도 의미심장한, 명령인지 부탁인지 모를 어조로 말했다.

"꼭 그러셔야 할 이유가 있어요." 옐렌은 안나 파블로브나 쪽을 돌아보고 미소지으며 말했고, 그러자 안나 파블로브나는 자기의 고귀한 보호자인 황태후 이야기를 할 때 늘 떠올리는 슬픈 미소로 옐렌의 희망을 부추겼다. 옐렌은 이날 밤 보리스가 프로이센군에 관해 이야기하던 중에 나온 어떤 말 때문에 갑자기 그와 만날 필요를 발견한 듯했고, 그가 화요일에 오면 설명하겠다고 약속하는 것 같았다.

그래서 보리스는 화요일 저녁에 옐렌의 화려한 살롱을 방문했지만, 왜 만나야 하는지 뚜렷한 설명을 얻지는 못했다. 다른 손님도 있어 백작부인과는 별로 말을 나누지도 못했는데, 그가 그녀의 손에 키스하고 작별 인사를 하려고 하자, 그녀는 미소가 가신 야릇한 표정으로 갑자기 속삭이듯 말했다.

"내일 밤에 식사하러 와주세요. 꼭 밤에 오셔야 해요⋯⋯ 꼭."

이번에 페테르부르크에 머물면서 보리스는 베주호바 백작부인의 친밀한 사람이 되었다.

8

전쟁은 치열해지고, 그 무대는 차츰 러시아 국경과 가까워졌다. 곳곳에서 인류의 적 보나파르트에 대한 저주의 목소리가 들리고, 지방에서는 민병과 신병이 소집되고, 전쟁의 무대로부터는 언제나 그렇듯이 갖가지 곡해되고 모순된 거짓 소식이 들려왔다.

볼콘스키 노공작과 안드레이 공작과 마리야 공작영애의 생활에도

1805년부터 커다란 변화가 일어났다.

　1806년에 노공작은 당시 전 러시아에 걸쳐 임명된 여덟 명의 민병대 사령관 중 한 사람으로 임명됐다. 노공작은 아들이 전사했다고 생각한 때부터 눈에 띄게 노쇠해졌지만, 국가가 내린 직무를 물리칠 수는 없다고 생각했고, 눈앞에 새로 펼쳐진 일은 그를 고무하고 굳건하게 만들었다. 그는 자신이 관할하는 세 개의 도를 늘 순시했는데, 고지식하리만큼 직무에 충실하고, 가혹하리만큼 부하에게 엄격하고, 아주 사소한 일에까지 간여했다. 공작영애 마리야는 아버지에게 받던 수학 수업을 이미 중단했지만, 그가 집에 있을 때는 아침마다 유모와 함께 니콜라이 소공작(할아버지는 이렇게 불렀다)을 데리고 그의 서재로 갔다. 젖먹이 공작인 니콜라이는 유모이자 보모인 사비시나와 죽은 어머니 공작부인이 쓰던 방에서 지냈고, 공작영애 마리야도 거의 온종일을 이 방에서 지내며 어린 조카를 어머니 대신 정성껏 돌봐주었다. 부리엔 양도 이 아이를 무척 귀여워했기 때문에 공작영애 마리야는 작은 천사(그녀는 조카를 이렇게 불렀다)를 달래기도 하고 함께 놀기도 하는 즐거움을 이따금 그녀의 친구에게도 양보해주었다.

　리시예 고리 교회 제단 가까이, 몸집이 작은 공작부인의 묘지 위쪽 예배당에 있는 이탈리아산 대리석 비석에는 날개를 펴고 승천하는 천사의 형상이 새겨져 있었다. 천사의 윗입술은 위로 조금 들려 있고 곧 미소라도 지을 것 같아 보였는데, 언젠가 안드레이 공작과 공작영애 마리야는 예배당을 나오면서 그 천사의 얼굴이 이상하게도 고인의 얼굴을 상기시킨다고 서로에게 털어놓은 적이 있었다. 그러나 누이동생에게 말하지는 않았지만 안드레이 공작에게는 그것보다 더 이상한 것이 있었는데, 조각가가 어쩌다 이 천사의 얼굴에 새긴 표정에서 전에 죽은 아내의 얼굴에서 읽었던, '아아, 당신들은 왜 나를 이렇게 만드셨나요?……' 하는 조용한 비난을 읽었던 것이다.

안드레이 공작이 돌아오자 노공작은 곧 아들에게 리시예 고리에서 40베르스타 떨어진 곳에 있는 광대한 영지인 보구차로보를 주었다. 리시예 고리와 결부된 아픈 기억을 잊기 위해, 또 이따금 아버지의 성벽을 견디기 어려울 때가 있는데다 고독한 시간도 필요했던 안드레이 공작은 보구차로보에 집을 지으며 거기서 대부분의 시간을 보냈다.

안드레이 공작은 아우스터리츠 회전 이래 다시는 군에 복무하지 않겠다고 굳게 결심했기 때문에, 전쟁이 시작되어 모두가 총동원될 때 실전에 나가는 것을 피하기 위해 아버지의 부하로 민병 모집 일을 맡았다. 1805년의 전쟁 후 노공작과 아들은 마치 서로 역할을 바꾼 것 같았다. 노공작은 자기의 활동에 고무되어 이번 전쟁에서 좋은 면만 기대하고 있었고, 반대로 안드레이 공작은 전쟁에 참가하지 않고 내심 그것을 유감스럽게 여기면서 좋지 않은 면만 보고 있었다.

1807년 2월 26일, 노공작은 군관구 내 순찰에 나섰다. 안드레이 공작은 아버지가 없을 때는 대개 리시예 고리에서 지냈고, 이때도 여기 남아 있었다. 소공작 니콜루시카는 벌써 나흘 전부터 몸이 좋지 않았다. 노공작을 태우고 갔던 마부들이 시내에서 돌아와 안드레이 공작에게 서류와 편지를 가져왔다.

편지를 든 시종은 젊은 공작이 서재에 없자 공작영애 마리야의 방으로 갔지만, 거기에도 그는 없었다. 시종은 공작이 아이방에 갔다는 얘기를 들었다.

"각하, 잠시 나와주시겠습니까, 페트루샤가 편지를 가져왔습니다."
유모를 거드는 하녀가 안드레이 공작에게 말했을 때, 그는 작은 어린
이용 의자에 앉아 얼굴을 찌푸린 채 떨리는 손으로 물이 반쯤 든 컵에
병의 물약을 따르고 있었다.

"뭔가?" 그는 화난 듯이 말했는데, 한 손을 살짝 움직이는 바람에 물
약이 몇 방울 더 들어가버렸다. 그는 그것을 바닥에 쏟아버리고는 물
을 다시 가져오라고 말했다. 하녀가 가져다주었다.

방안에는 어린이용 침대와 궤짝 두 개, 의자 두 개, 큰 탁자와 어린
이용 탁자, 그리고 안드레이 공작이 앉아 있는 어린이용 의자가 있었
다. 모든 창문에 커튼이 드리워졌고, 탁자 위에는 초 한 자루가 타고
있었는데 침대에 불빛이 비치지 않게 제본된 악보로 둘러싸여 있었다.

"오빠." 침대 옆에 서 있던 공작영애 마리야가 오빠에게로 얼굴을
돌리며 말했다. "좀 기다리는 게 나아요…… 이따가……"

"아아, 제발 그만해라, 너는 미련한 소리만 하는구나, 네가 기다리라
고만 하니까 결국 이렇게 된 거잖아." 안드레이 공작은 누이동생을 책
망하고 싶은 듯 화난 목소리로 속삭였다.

"오빠, 아니에요, 정말 깨우지 않는 편이 나아요, 이제 막 잠이 들었
잖아요." 공작영애는 애원하는 목소리로 말했다.

안드레이 공작은 일어서서 컵을 든 채 발뒤꿈치를 들고 침대로 걸어
갔다.

"역시 깨우지 않는 편이 나을까?" 그는 주저하며 말했다.

"마음대로 해요, 정말…… 나는 그렇게 생각하지만…… 마음대로
해요." 공작영애 마리야는 자기 의견이 이긴 것을 오히려 쑥스럽게 여

기는 듯 머뭇거리며 말했다. 그리고 낮은 목소리로 그를 부르고 있는 하녀 쪽을 가리켰다.

그들이 열이 난 갓난애를 돌보며 한숨도 자지 못한 것이 벌써 이틀째였다. 그 이틀 밤낮 동안, 가족의 주치의가 미덥지 않아 일부러 시내까지 가서 불러오는 의사를 초조하게 기다리며 그들은 혹시나 하고 이런저런 치료법을 써보았다. 수면 부족과 불안에 지친 두 사람은 제각기 슬픔의 책임을 상대에게 전가하고, 서로를 책망하고 말다툼했다.

"페트루샤가 어르신의 서류를 가져왔습니다." 하녀가 속삭였다. 안드레이 공작은 방을 나왔다.

"이게 뭔데!" 그는 화가 나서 말한 뒤, 아버지가 전한 말을 듣고 봉투와 편지를 건네받고는 아이방으로 돌아왔다.

"어때?" 안드레이 공작이 물었다.

"마찬가지예요. 제발 좀더 기다려요. 카를 이바니치도 늘 잠이 가장 중요하다고 말하니까요." 공작영애 마리야는 한숨지으며 속삭였다. 안드레이 공작은 아이에게 다가가 만져보았다. 열이 있었다.

"너나 너의 그 카를 이바니치나 둘 다 어디로 좀 가 있어!" 그는 약을 따른 컵을 들고 다시 다가섰다.

"앙드레, 그러지 마요!" 공작영애 마리야가 말했다.

그러나 그는 표독스러우면서도 괴로운 듯 누이동생을 쏘아보고, 컵을 들고 아이 위로 몸을 구부렸다.

"내가 이렇게 하고 싶다잖니" 하고 그는 말했다. "자, 부탁이니 이걸 먹여다오."

공작영애 마리야는 어깨를 으쓱했지만, 순순히 컵을 받아들고 유모를 불러 약을 먹이기 시작했다. 아이는 목구멍에서 끓는 소리를 내며 울기 시작했다. 안드레이 공작은 얼굴을 찌푸리고 두 손으로 머리를 감싸며 방을 나가 옆방의 소파에 앉았다.

편지는 여전히 그의 손에 들려 있었다. 그는 기계적으로 뜯어 읽기 시작했다. 노공작은 파란색 종이에 여느 때처럼 크고 길쭉한 필체로 군데군데 약어略語를 써가며 다음과 같이 써놓았다.

"방금 급사로부터 몹시 기쁜 소식을 받았다. 만약 이것이 오보가 아니라면, 베니히센*이 프로이슈-아일라우에서 보나파르트에게 큰 승리를 거둔 모양이다.[12] 페테르부르크에서는 모두가 기뻐하고, 군으로는 끝없이 보상이 오고 있다. 그는 비록 독일인이지만, 어쨌든 축하할 일이다. 코르체바 시장市長 한드리코프인지 뭔지 하는 자는 무엇을 하고 있는지 통 알 수가 없구나. 여태까지 보충병도, 양식도 보내오지 않고 있다. 네가 당장 그에게 달려가서 일주일 내로 모든 것을 갖추지 못하면 내가 목을 잘라버린다고 전해라. 프로이슈-아일라우 전투에 관해서는 페텐카**에게서도 편지를 받았는데, 그 녀석도 이 전투에 참가했으니 전부 사실일 것이다. 변변찮은 놈들이 간섭하고 방해하지만 않는다면 독일인도 부오나파르테를 쳐부술 수 있는 것이다. 듣기로는 혼비백산해 패주 중이라고 한다. 한시도 지체 말고 코르체바로 달려가서 실행해!"

안드레이 공작은 한숨을 내쉬고 다른 봉투를 뜯었다. 두 장의 편지지에 깨알처럼 써넣은 빌리빈의 편지였다. 그는 그것을 읽지도 않고 도로 접고는 "코르체바로 달려가서 실행해!"로 끝난 아버지의 편지를

---

* L. L. 베니히센(1745~1826). 독일 태생의 러시아 기병대 장군.
** 페트루시카의 애칭.

다시 읽었다.

'안 됩니다, 용서해주십시오, 아이가 나을 때까지는 아무데도 가지 않겠습니다' 하고 생각하고 그는 문으로 다가가서 아이방을 들여다보았다. 공작영애 마리야는 여전히 침대 옆에 서서 조용히 아이를 토닥여주고 있었다.

'그래, 뭔가 불쾌한 말이 써 있었는데?' 안드레이 공작은 아버지의 편지 내용을 되새겨보았다. '그래, 내가 군에 복무하고 있지 않은 이때, 보나파르트에게 승리를 거뒀다는 것이었다. 그래, 그렇다, 모두 나를 조롱하고 있다…… 뭐, 상관없다, 잘하기나 해라……' 하고 생각하고 그는 프랑스어로 쓰인 빌리빈의 편지를 읽기 시작했다. 그는 반쯤은 뜻도 이해하지 못하고 읽었는데, 그것은 너무도 길고 고통스러웠던 생각에서 잠시나마 벗어나기 위해 읽었기 때문이었다.

9

현재 총사령부 소속 외교관으로 근무하는 빌리빈의 편지는 프랑스어로 쓰이고 프랑스식 익살과 표현이 사용됐지만, 자책과 자조를 띤 순러시아적 태도로 기탄없이 온 전국戰國을 묘사하고 있었다. 빌리빈은 자신이 외교관으로서의 조심성 때문에 고통받고 있으며, 군대에서 일어나는 일을 보면, 마음속에 쌓인 답답함을 모두 털어놓을 수 있는 안드레이 공작 같은 성실한 편지 친구가 있다는 것이 행복하다고 썼다. 편지는 프로이슈-아일라우 전투 전에 쓴 것이었다.

"친애하는 공작, 아우스터리츠에서의 우군의 빛나는 전승 이래" 하고 빌리빈은 썼다. "내가 쭉 총사령부를 떠나지 않고 있다는 것을 당신도 아실 겁니다. 물론 나는 전쟁의 재미에 푹 빠졌고 또 무척 만족스럽습니다. 최근 석 달 동안 내가 본 것은, 믿을 수 없는 일이었습니다.

그럼 발단부터 쓰겠습니다. 당신도 잘 아시는 인류의 적은 프로이센군을 공격하는 중입니다. 프로이센군은 삼 년 동안 겨우 세 번밖에 우리를 속이지 않았던 성실한 동맹군이죠. 우리는 그들을 감싸주고 있습니다. 그런데 어떻습니까, 인류의 적은 우리의 훌륭한 제언에도 아랑곳하지 않고 그 무례하고 야만적인 방법으로 프로이센군에 덤벼들어, 모처럼 시작된 열병식을 끝낼 틈도 주지 않은 채 그들을 분쇄하고 포츠담 궁전을 점거해버렸습니다.

'나의 가장 큰 바람은,' 프로이센 왕은 보나파르트에게 보낸 친서에 이렇게 썼습니다. '나의 궁전에서 황제께서 가장 흐뭇한 환대를 받으시는 것이고, 이를 위해 각별한 배려를 다해 사정이 허락하는 한에서 필요한 모든 조치를 했으니 바라건대, 좋은 결과를 기대합니다!' 프로이센 장군들은 마치 자랑스럽기라도 한 듯 프랑스군에게 공손한 태도를 보이면서, 그들의 첫번째 요구에 곧바로 무기를 내려놓고 있습니다.

만 명의 병사를 거느린 글로가우의 수비대장은 프로이센 왕에게 이렇게 물었습니다. 만약 적이 항복을 요구하면 어떻게 해야 합니까?……이것은 모두 명백한 사실입니다.

요컨대 우리는 우리의 전투태세로 그들에게 위협만 가할 작정이었으나, 결과적으로는 우리 국경에서 아군을 전쟁에 휩쓸려 들어가게 하고, 그러한 부질없는 일 때문에 프로이센 왕을 위해 그와 협동하게 된 것입니다. 우리에게는 모든 것이 풍족하지만, 단 한 가지 조금 부족한 것이 있다면 그건 총사령관입니다. 만약 총사령관이 그렇게 젊지 않았다면 아우스터리츠의 전과戰果는 더욱 결정적이었을 것이라는 게 판명됐으므로, 우리는 팔십대의 장군들을 물색했고, 그 결과 프로조롭스키*와 카멘스키 중 후자가 선택됐습니다. 그 장군이 수보로프식으로 말한 필이 끄는 포장마차로 도착하자, 우리는 기쁨과 승리의 환호로 맞았습니다.

4일에 페테르부르크에서 첫번째 급사가 왔습니다. 모든 일을 몸소 하길 좋아하는 원수의 서재로 몇 개의 트렁크가 옮겨졌습니다. 원수는 편지를 정리하고 또 우리 앞으로 온 것들도 추려내기 위해 나를 불렀습니다. 원수는 이 일을 우리에게 맡기고, 우리를 지켜보며 자기에게 온 봉투를 기다리고 있었습니다. 우리는 찾았지만, 도무지 보이지 않았습니다. 원수는 초조해하며 급기야 직접 찾기 시작했고, 황제 폐하가 T백작과 V공작, 그 밖의 사람에게 보내신 편지를 발견했습니다. 그는 창백해지며 분노했습니다. 그리고 그 편지들을 움켜쥐더니, 황제 폐하가 다른 사람에게 보내신 편지를 열고 말았습니다. 아, 황제는 나를 이렇게 생각하시는군. 나를 전혀 신뢰하시지 않아! 아, 나를 감시하라는 명령이군, 좋아, 자, 자네들은 물러가게! 그래서 원수는 베니히센 앞으로 그 유명한 다음의 명령을 쓴 것입니다.

'나는 부상으로 말을 탈 수 없고, 따라서 군을 지휘하는 것도 불가능합니다. 귀관은 격파된 휘하 군단을 풀투스크로 인솔했지만, 그곳은

---

* A. A. 프로조롭스키(1733~1809). 러시아 원수.

무방비 상태인데다 연료도 마량도 없어 지원이 필요하므로, 귀관이 어제 북스게브덴 백작에게 몸소 보고했던 대로 우리 국경으로 퇴각하는 것을 고려해야 하고, 그것은 오늘 곧 실행해야 할 것입니다.'

'소신은 빈번한 승마로 인해,' 그는 황제에게 다음과 같이 상소했습니다. '안장에 거듭 스치며 상처를 입고 지난번 이동 때보다 승마가 더욱 어려워져 대군을 지휘하는 일은 도저히 불가능하게 되었기에, 소신 다음으로 고참 장군인 북스게브덴 백작에게 지휘권과 모든 막료와 이에 따르는 일체를 이관하고 식량이 떨어지면 프로이센 안쪽 깊숙이로 퇴각하도록 권고해두었습니다만, 식량은 겨우 하루 치 남았고, 오스테르만과 세드모레츠키 두 사단장의 성명에도 있다시피 연대에 따라서는 전혀 없는 부대도 있는데, 이는 농민들이 모두 먹어치웠기 때문입니다. 소신은 완치될 때까지 오스트롤렌카의 병원에 남겠습니다. 또한 삼가 아뢰고 싶은 것은, 만약 군이 현재의 야영지에서 십오 일을 더 머문다면, 오는 봄까지 성한 자는 한 명도 남지 않으리라는 것입니다.

바라옵건대, 발탁해주셨지만 위대하고 영광스러운 사명을 수행할 수 없을 만큼 부끄러운 몸이 되어버린 이 노인을 하야시켜주십시오. 이에 대한 칙허를 여기 병원에서 기다리려 하는데, 그것은 소신이 군에서 지휘관이 아닌 서기 노릇을 하고 싶지 않기 때문입니다. 소신이 군을 떠나더라도 장님이 군을 떠난 것만큼의 작은 동요도 없을 것입니다. 소신 같은 자는 러시아에 수천이 있습니다.'

원수는 황제에게 화를 내고 우리에게 마구 분통을 터뜨렸는데, 참으로 논리적이지 않습니까!

이것이 제1막입니다. 극이 진행될수록 재미와 황당함이 더해간다는 것은 말할 필요도 없습니다. 원수가 떠난 뒤, 우리는 적의 시야에 들어 있는 것을 알았고, 교전을 피할 수 없게 된 것 같았습니다. 고참순으로 따지면 북스게브덴이 총사령관이 되어야 하지만, 베니히센 장군은 전연 동의하지 않았고, 더군다나 자기 군단을 거느리고 적의 시야 안에 있었으므로 그 기회에 단독으로 교전하는 기회를 얻고 싶어했습니다. 그는 마침내 그것을 시작했습니다. 이것이 아군의 대승리라고 여겨지는 풀투스크 전투*입니다만, 내 생각은 전혀 다릅니다. 우리 민간인들은, 잘 아시다시피 전투의 승패를 판단하는 데 있어 몹시 나쁜 습관을 가지고 있습니다. 우리는 전투 뒤에 후퇴하는 편을 패자라고 말하므로, 이 논리로 보자면 풀투스크 전투에서 패한 것은 아군입니다. 한마디로 하자면, 우리는 전투 뒤에 후퇴했는데 페테르부르크에는 급사를 보내 승전보를 전한 것이며, 베니히센 장군은 이 승리에 대한 보답으로 페테르부르크로부터 총사령관 임명 소식이 올지도 모른다고 기대했기 때문에 더더욱 군의 지휘권을 북스게브덴에게 넘겨주지 않으려 했던 것입니다. 이 공백기에 우리는 실로 독창적이고 재미있는 일련의 연습을 시작했습니다. 우리의 목적이 마땅히 적을 피하거나 공격하는 데 있는 것이 아니라, 고참순에 의해 당연히 우두머리가 되어야 할 북스게브덴 장군을 피하는 데 있었던 것입니다. 우리는 맹렬한 기세로 이 목적을 추구하면서, 여울도 없는 강을 건너기도 하고, 다리를 소각

---

* 1806년 12월 26일, 베니히센의 러시아군과 란의 프랑스군 사이에 전투가 벌어졌다. 오전 열한시에 시작된 전투는 저녁까지 계속됐고, 베니히센은 모든 전선에서 적이 퇴각할 수밖에 없도록 몰아붙였다. 어둠과 눈보라가 추격을 방해했지만 프랑스군의 손실은 러시아군보다 훨씬 컸다. 그러나 러시아군은 프랑스군 주력부대의 포위가 두려워 밤의 장막 아래서 싸움터를 버리고 노브고로드로 후퇴했다.

하기도 하고, 적으로부터 멀어지려고도 했는데 그 적이라는 것이 보나파르트가 아니라 북스게브덴이었단 말입니다. 우리를 적으로부터 구해준 이 같은 훌륭한 연습의 한 결과로, 북스게브덴 장군은 우세한 적군의 공격을 받아 하마터면 포로가 될 뻔했습니다. 북스게브덴은 우리를 추격하고 우리는 달아납니다. 그가 강을 건너면 우리는 곧바로 그 반대쪽으로 옮겨갑니다. 그러나 결국 우리의 적 북스게브덴이 우리를 포착하고 맹렬히 공격해왔습니다. 마침내 협상을 하게 됐지만, 두 장군은 서로 화만 내다가 마침내 북스게브덴이 결투를 도발하고, 베니히센이 간질 발작을 일으키는 소동이 벌어지지 않았겠습니까. 그러나 다행히도 그 위급한 순간, 페테르부르크로 승전보를 전하러 갔던 급사가 돌아와 총사령관 임명 소식을 전하자 제1의 적이었던 북스게브덴이 패하게 되었고, 그제야 우리는 제2의 적인 보나파르트에 대해 생각할 수 있게 됐습니다. 그러나 그 순간 우리 앞에 제3의 적인 정교도 병사들이 느닷없이 출현하더니, 고성을 울리며 빵이니 쇠고기니 건빵이니 건초니 귀리니 그 밖의 온갖 것을 달라고 요구했습니다! 가게는 텅 비었고, 길은 지나다닐 수도 없는 상태였습니다. 정교도 병사들은 약탈을 시작했고, 그것은 요즘 전투에서는 도저히 상상도 할 수 없을 지경에까지 이르렀습니다. 연대의 반수는 제멋대로 작당해서 지방을 돌며 닥치는 대로 약탈하고, 주민들은 완전히 영락하고, 병원은 환자로 들어차고, 가는 곳마다 굶주림이 판쳤습니다. 총사령부에도 두 번인가 약탈자 무리가 몰려왔고, 총사령관은 그들을 쫓아내기 위해 부득이 1개 대대 병사를 소집할 수밖에 없었습니다. 나도 한 번의 습격 때 빈 트렁크와 가운을 빼앗겼습니다. 황제께서는 전 사단장에게 폭도를 사살하는 권한을 주려 하시지만, 나는 이것으로 군의 절반이 나머지 절반을 사살하게 되는 것은 아닌지 두렵습니다."

안드레이 공작은 처음에는 그저 눈으로만 훑었지만, 자기도 모르게 (빌리빈의 말을 어느 정도까지 믿어야 할지는 잘 알고 있었지만) 점점 그 내용에 사로잡혔다. 그는 여기까지 읽고 편지를 구겨서 내던졌다. 편지의 내용 때문이 아니라, 현재의 자신과 아무런 연관도 없는 먼 곳의 일이 자신을 동요시킨다는 것이 못마땅했기 때문이다. 그는 지금 읽은 것에 대한 모든 관심을 쫓아버리려는 듯이 눈을 감고, 한 손으로 이마를 문지르고, 아이방의 동정에 귀를 기울였다. 갑자기 문 안쪽에서 이상한 소리가 난 것 같았다. 두려움이 엄습했고, 편지를 읽는 사이에 아이에게 무슨 일이 일어난 게 아닌지 무서웠다. 그는 발뒤꿈치를 들고 아이방으로 걸어가 문을 열었다.

그가 들어선 순간 유모는 놀란 얼굴로 뭔가를 감췄고, 침대 옆에 있었던 공작영애 마리야는 보이지 않았다.

"오빠." 등뒤에서 공작영애 마리야의 절망적인 속삭임 같은 것이 들렸다. 오랜 불면과 흥분 뒤에 흔히 있는 일이지만, 그는 까닭 모를 공포에 사로잡혀, 아이가 죽은 건가 하고 생각했다. 그가 보고 들은 것 전부가 이 두려움을 확증하는 것 같았다.

'모든 것이 끝났다'라고 생각하자 이마에 식은땀이 배었다. 침대는 비어 있고 유모가 감춘 것은 아이의 시신일 거라고 확신하며 그는 망연자실한 채 침대로 걸어갔다. 커튼을 걷었지만 겁먹고 핏발 선 그의 눈은 한참 동안 아이를 발견할 수 없었다. 그러다 마침내 그는 볼그레한 얼굴에 팔다리를 벌리고 베개 옆으로 머리를 떨어뜨린 채 자는 아이를 발견했고, 잠든 아이는 입술을 오물대고 쪽쪽 소리를 내며 새근 거리고 있었다.

안드레이 공작은 마치 잃어버렸던 아이를 찾은 것처럼 기뻐했다. 그는 몸을 굽히고 누이가 가르쳐준 대로 아이에게 열이 있는지 확인하기 위해 입술을 대보았다. 부드러운 이마는 축축했고, 손으로 아이의 머리를 만져보자 머리도 축축했다. 몹시 땀을 흘렸던 것이다. 아이는 죽지 않았을 뿐만 아니라 분명 위기를 넘기고 회복되고 있었다. 안드레이 공작은 작고 무력한 생명체를 꼭 붙잡고 가슴에 누르고 싶었으나, 그러지 못했다. 그는 담요 위로 드러나 보이는 아이의 머리와 팔과 다리를 둘러보며 옆에 서 있었다. 바로 옆에서 옷자락 스치는 소리가 들리더니, 침대 커튼 밑으로 그림자가 어른댔다. 그는 돌아보지 않고 아이의 얼굴을 바라보며 고른 숨소리에 귀를 기울였다. 어두운 그림자는 공작영애 마리야였고, 그녀는 소리 없이 침대로 다가와 커튼을 올리고 들어와 등뒤로 그것을 내렸다. 안드레이 공작은 돌아보지 않았지만, 그녀라는 것을 알고 손을 내밀었다. 그녀가 그의 손을 잡았다.

"땀이 났구나." 안드레이 공작이 말했다.

"나도 그 말을 하려고 오빠에게 가려고 했어요."

아이는 잠결에 몸을 살짝 움직이더니 미소를 띠고 베개에 이마를 비벼댔다.

안드레이 공작은 누이동생을 바라보았다. 공작영애 마리야의 반짝이는 눈은 행복한 눈물을 머금은 채 커튼 안의 희미한 빛 속에서 어느 때보다 빛나고 있었다. 공작영애 마리야는 오빠 쪽으로 몸을 기울이고 커튼을 살짝 잡으며 키스했다. 두 사람은 서로 주의를 주는 시늉을 하고,

온 우주에서 셋만 격리된 듯한 이 세계에서 떠나고 싶지 않은 듯 커튼 안 희미한 빛 속에 잠시 서 있었다. 먼저 안드레이 공작이 모슬린 커튼에 머리털을 헝클어뜨리며 침대에서 물러났다. '그래, 이것이야말로 지금 내게 남은 유일한 것이다.' 그는 한숨과 함께 자신에게 말했다.

10

피예르는 프리메이슨에 가입한 뒤 곧바로, 영지에서 해야 할 일에 관해 상세한 지시를 써준 프리메이슨의 편지를 가지고 자신의 농민 대부분이 모여 있는 키예프 도로 갔다.

키예프에 도착한 피예르는 관리인들을 모두 가장 큰 사무소로 불러 그들에게 자기의 의도와 희망을 설명했다. 농노적 종속관계에서 농민을 완전히 해방하기 위한 방법을 즉시 강구할 것, 그때까지는 당분간 농민에게 지나친 노동을 시키지 말 것, 아이가 있는 부녀자에게는 일을 시키지 말 것, 농민을 원조할 것, 처벌은 훈계로 그치고 체형은 금할 것, 각 영지에 병원과 고아원과 학교를 설립할 것 등이었다. 몇몇 관리인은(그중에는 거의 문맹인 청지기도 있었다) 젊은 백작이 자기들의 관리 소홀과 돈을 착복하는 데 불만을 품은 거라고 해석하고 겁을 먹은 채 피예르의 말을 들었다. 또 처음에는 두려워하다가 피예르의 떠듬거리는 말투와 처음 들어보는 새로운 이야기에 흥미를 느낀 무리도 있었고, 주인의 이야기를 듣는 것만으로 그저 만족하는 세번째 무리도 있었는데, 총관리인을 포함한 네번째 무리에 해당하는 가장 슬기로운 자들은 자기들의 목적을 달성하기 위해 주인을 어떻게 대해야 할지를 그의 이야기를 들으면서 깨달았다.

총관리인은 피예르의 의도에 크게 동조하는 태도를 보였으나, 개혁도 좋지만 현재 상태가 좋지 않은 일반 사무부터 처리해야 한다고 지적했다.

베주호프 백작의 재산은 막대했고, 피예르는 그것을 상속받아 사람들이 말하길 50만이라는 연수年收를 받게 됐지만 전에 아버지에게 해마다 1만 루블씩 받던 때보다 자신이 부유하지 못하다고 느끼고 있었다. 그는 자신의 재정 상태를 대략 다음과 같이 막연하게 파악하고 있었다. 각 영지에서 위원회에 내는 약 8만, 모스크바 교외와 시내에 있는 저택의 유지비와 공작영애들의 생활비로 약 3만, 연금 1만 5천, 자선 기관에도 그와 비슷한 액수, 아내 옐렌의 생활비 15만, 부채 이자 약 7만, 진행중인 교회 건축에 지난 이 년 동안 해마다 1만 루블씩 나갔고, 어디로 나가는지도 모르게 나머지 약 10만 루블이 나가, 거의 매년 빚을 지지 않을 수 없었다. 게다가 해마다 총관리인은 불이 났다느니, 흉작이라느니, 공장과 제분소 개축이 필요하다느니 하며 편지를 써보냈다. 그러니 그가 가장 먼저 착수해야 하는 일은, 그가 가장 자신 없고 하기도 싫어하는 사무 정리였다.

피예르는 총관리인과 매일같이 일했다. 그러나 자신이 사무를 한걸음도 진척시키지 못한다고 느꼈다. 그는 자기가 하는 일이 사무와 아무 관계도 없고, 사무에 밀착되지도 그것을 추진시키지도 못한다고 느꼈다. 한편 총관리인은 영지 상황에 대한 최악의 경우를 상정하며, 부채를 반제하고 농노들의 노동력으로 새로운 사업을 시작해야 한다고 제안했지만 피예르는 동의하지 않았다. 반면 피예르가 농노해방에 관련해 실행을 요구하자, 총관리인은 그보다 우선 후견원*에 부채를 반제해야 하므로 조속한 실행은 불가능하다고 했다.

총관리인은 그것이 절대 불가능하다고는 말하지 않았으나, 그 목적을 달성하기 위해 우선 코스트로마 도의 숲과 하류의 저지대, 크림의 영지를 매각하라고 제안했다. 그러나 이러한 계획은 모두 규제 철회나 허가 신청 등의 복잡한 절차가 얽혀 있어 피예르는 무슨 말을 해야 할지 몰라 그저 "그래, 그래, 그렇게 하시오"라고 말할 수밖에 없었다.

피예르에게는 직접 사무에 매진할 만한 실제적인 끈기가 없고 사무를 좋아하지도 않았기에 관리인 앞에서 그저 하는 척할 뿐이었다. 또한 관리인은 백작 앞에서 이런 일은 주인에게는 정말 유익하지만 자신에게는 그저 난감한 일일 뿐이라는 듯이 굴었다.

이 대도시에는 그가 아는 사람들도 있었지만, 모르는 사람들까지도 이 지방에서 첫째가는 대지주이자 새로 온 부호인 그와 앞다퉈 친숙해지길 바라고 기꺼이 환영해주었다. 피예르가 집회소에서 입회할 때 고백했던, 그의 가장 큰 약점을 건드리는 유혹도 대단히 강렬해서 저항할 수 없을 정도였다. 다시금 피예르의 생활은 매일, 매주, 매월이 페테르부르크에 있을 때와 마찬가지로 정신을 차릴 겨를조차 없이 야회, 만찬회, 조찬회, 무도회 속에서 어수선하고 분망하게 흘러갔다. 그는 늘 바라왔던 새로운 생활 대신 전과 똑같은 생활을 했으며, 달라진 것은 환경뿐이었다.

---

* 과부와 고아, 빈민, 장애인 등을 보호하고, 귀족에게 부동산을 담보로 대부 등의 후원을 하던 국가기관.

피예르는 프리메이슨의 세 가지 사명 중 도덕적 삶의 모범이 되라는 사명을 아직 실행하지 못하고 있다는 것과, 일곱 가지 미덕 중 온후와 죽음에 대한 사랑, 이 두 가지가 자기 안에 전혀 없다는 것을 깨달았다. 그 대신 그는 다른 사명, 즉 자신이 인류의 교화를 실행하고 있으며, 또다른 미덕인 인류에 대한 사랑과 특히 관용을 가지고 있다고 자위했다.

1807년 봄, 피예르는 페테르부르크로 돌아가기로 마음먹었다. 그는 돌아가는 길에 자기 영지에 모두 들러 명령한 일이 얼마나 실행됐는지, 또 신이 자신에게 맡기고 자신도 은혜를 베풀어주기 위해 노력했던 농민들이 현재 어떤 상태인지 직접 확인할 생각이었다.

총관리인은 젊은 백작의 계획이 전부 무모하다고, 즉 자기에게도 피예르에게도 농민에게도 모두 무익하다고 생각했지만 물러섰다. 해방은 여전히 불가능한 일이라고 계속 말하면서도 그는 온 영지에 학교와 병원과 피난소 등의 큰 건물을 세우도록 했고, 주인의 도착에 대비해서는, 화려하고 성대한 환영은 피예르가 좋아하지 않으리라는 것을 알고 있었기 때문에 성상과 빵과 소금을 내놓는 종교적이고 감사에 찬 환영을 하도록 도처에 준비시켰는데, 이렇게 하면 백작을 얼버무려 그의 눈을 속일 수 있을 거라고 생각했던 것이다.

남쪽의 봄, 빈Wien식 사륜포장마차로 가는 빠르고도 편안한 여행, 노정의 고독은 피예르를 흐뭇하게 만들었다. 아직 가본 적 없는 영지는 갈수록 그림 같았으며, 농민들은 곳곳에서 평온한 나날을 보내고, 그가 베푼 은혜에 진심으로 감사하는 듯했다. 곳곳에서의 환영은 피예르를 당황하게도 했지만, 마음속에 즐거운 느낌을 불러일으켰다. 어느 곳에서는 농민들이 빵과 소금, 베드로와 바오로의 성상을 바치며 그의 수호성인인 베드로와 바오로를 기념하고, 그의 은혜에 대한 사랑과 감사의 표시로 교회에 자비로 새 부제단副祭壇을 세우고 싶다고 청했다. 어느 곳에서는 아기를 안은 부녀자들이 마중나와 그에게 과중한 부역을 면제해준 것에 감사를 표했다. 또 어느 곳에서는 십자가를 든 사제가 백작 덕분에 읽기 쓰기와 종교를 공부하게 된 아이들에게 둘러싸여 그를 맞았다. 모든 영지에서 피예르는 똑같은 설계로 지어졌거나 지어지고 있는 병원, 학교, 빈민구호소 등의 석조 건물이 곧 문을 열게 된 것을 눈으로 확인했다. 들른 모든 곳에서 피예르는 전에 비해 부역이 감소되었다는 관리인들의 보고서를 받았고, 푸른 카프탄을 입은 농민 대표들의 감격에 찬 말을 들었다.

피예르는 자신에게 빵과 소금을 바치고 베드로와 바오로의 부제단을 세운다고 했던 곳이 상업 마을이라 성 베드로 축일마다 장이 서고, 부제단도 마을의 부유한 농민들, 즉 그를 맞으러 나왔던 농민들이 이미 오래전에 세운 것이며, 그 마을 농민의 9할은 극심한 빈곤 상태에 있다는 것을 몰랐다. 또 그는 그의 명령으로 아기가 있는 부녀자들의 부역은 중지됐지만 그녀들이 집에서 전보다 더 힘든 일을 강요받고 있다는 것을 몰랐다. 십자가를 들고 그를 맞은 사제가 가혹하게 헌금을 강요하며 농민들을 괴롭히고 있다는 것을, 거기에 나온 아이들은 부모들이 눈물을 흘리며 사제에게 보낸 것이며 큰돈을 치러야만 아이를 다시 데려올 수 있다는 것을 몰랐다. 그의 계획에 따라 세워진 석조 건물들이 사실은 농민들의 노동에 의한 것이었으므로 서류상으로는 감소된 부역이 실제로는 늘었다는 것도 그는 몰랐다. 또 관리인이 그의 뜻에 따라 연공을 삼분의 일로 감했다며 장부를 보여준 마을에서 사실은 전보다 부역이 5할이나 더 늘었다는 것을 그는 몰랐다. 그래서 피예르는 영지를 순회하는 여행의 기쁨에 취하고, 페테르부르크를 떠났을 때와 똑같은 박애적인 감상에 젖어, 그가 지도자-형제라고 부르는 그랜드 마스터에게 환희에 넘치는 편지를 써보냈다.

'이런 적은 노력으로 이렇게 많은 선행을 실천할 수 있다니, 이 얼마나 손쉬운 일인가' 하고 피예르는 생각했다. '그런데 왜 우리는 이런 일에 도무지 마음을 쓰지 않는 걸까!'

그는 자신에게 바쳐진 감사에 행복을 느꼈지만, 감사를 받을 때는 부끄러운 기분이 들었다. 그 감사는 그에게 그처럼 순박하고 선량한 사람들에게 더 많은 은혜를 베풀 수 있다는 생각을 하게 만들었기 때문이다.

몹시 어리석지만 교활한 총관리인은 머리는 좋지만 순진한 백작을 훤히 들여다보고 장난감처럼 가지고 놀면서, 미리 준비한 환영이 피예르에게 어떤 작용을 했는지 보자 더욱 단호하게 농노해방의 불가능성, 아니 불필요성을 논증하며 농민들은 그렇지 않아도 아주 행복하다고 말했다.

피예르는 내심 관리인의 말에 동의하면서 그 농민들보다 더 행복한 사람들을 상상하기도 어렵고, 그들을 자유롭게 해준다 해도 어떤 운명이 기다리고 있을지 알 수 없다고 생각했으나, 그래도 자기가 옳다고 생각하는 것을 주장했다. 관리인은 백작의 뜻을 수행하기 위해 노력을 다하겠다고 약속했는데, 그것은 백작이 숲과 영지의 매각을 위해, 즉 후견원의 채무 반제를 위해 그가 최선을 다했는지 조사하는 일이 장래에 없을 것이고, 새로 지은 건물이 빈 채로 방치되고 농민들이 다른 영지에서처럼 부역도 조세도 줄지 않고 있는 대로 착취를 당한다 해도 백작이 묻지도 않고 알지도 못할 것임을 분명히 간파하고 있었기 때문이다.

11

더없이 행복한 기분으로 남쪽 여행에서 돌아오는 도중 피예르는 이 년이나 만나지 못한 친구 볼콘스키한테 들른다는 오래된 계획을 실행했다.

마지막 역을 앞두고 피예르는 안드레이 공작이 리시예 고리가 아니라 그의 새로운 영지에 있다는 것을 알고 그곳으로 갔다.

보구차로보는 편평한 땅 위로 밭이 있고, 벌채된 곳과 벌채되지 않은 곳이 있는 전나무와 자작나무 숲이 에워싸고 있는 볼품없는 평범한 마을이었다. 지주의 저택은 한길을 따라 똑바로 뻗은 마을 끝에 있었는데, 주위에 아직 풀도 나지 않은 새로 판 연못에는 물이 가득 고여 있고, 커다란 소나무 몇 그루가 있는 갓 조성된 숲에 둘러싸여 있었다.

저택은 창고들과 별관들, 마구간, 목욕탕, 곁채, 그리고 아직 건축중인 정면이 반원형인 커다란 석조 가옥으로 구성되어 있었다. 집 둘레에 새 뜰이 꾸며져 있었다. 울타리도 문도 아직 튼튼한 새것이고, 처마 밑에 소방용 호스 두 개와 녹색으로 칠한 물통이 놓여 있었으며, 길은 곧게 뻗어 있고, 난간이 달린 다리는 튼튼해 보였다. 어디를 보나 꼼꼼

하고 능숙한 경영의 흔적이 엿보였다. 지나치다 만난 하인들은 공작이 어디 있느냐는 피예르의 물음에 연못 가장자리에 있는 조그마한 신축 곁채를 가리켰다. 안드레이 공작의 늙은 하인 안톤이 피예르를 부축해 마차에서 내려주고, 공작은 집에 있다고 알리고는 깨끗하고 아담한 현관방으로 안내했다.

피예르는 페테르부르크에서 마지막으로 만났을 때 이 친구를 둘러싸고 있던 화려함을 떠올리고는 작고 청결한 이 집의 검소함에 놀랐다. 그는 아직 소나무 향기가 풍기는, 석회도 바르지 않은 작은 홀로 서둘러 들어가 그대로 앞으로 가려고 했으나 안톤이 발뒤꿈치를 들고 앞질러가서 문을 두드렸다.

"그래, 무슨 일인가?" 날카롭고 언짢은 듯한 목소리가 들렸다.

"손님이십니다." 안톤이 대답했다.

"기다리시라고 하게." 의자 끄는 소리가 들렸다. 피예르는 빠른 걸음으로 문 쪽으로 다가갔고, 조금 늙은 듯하고 잔뜩 인상을 찌푸리며 걸어나오는 안드레이 공작과 문에서 마주쳤다. 피예르는 그를 포옹하고, 안경을 들어올려 뺨에 키스한 다음 가까이에서 바라보았다.

"이거 정말 뜻밖이군, 정말 기쁘네." 안드레이 공작은 말했다. 피예르는 아무 말 없이, 놀란 듯이 눈을 떼지 않고 그의 얼굴을 바라보았다. 그는 안드레이 공작에게 일어난 변화에 놀랐다. 그가 하는 말은 부드럽고, 입술과 얼굴에는 미소가 떠올라 있었지만, 눈빛은 죽은 듯이 생기가 없고 분명 친구를 바라보면서도 기쁘고 반가운 빛을 띨 수 없는 것 같았다. 야위었다거나 안색이 나빠졌다거나 원숙해진 것이 아니라 오랫동안 무엇인가 한 가지 생각에 골몰하고 있었다는 것을 나타내는 눈빛과 이마의 잔주름이 피예르를 놀라게 했고, 그것에 익숙해질 때까지 그를 어색하게 만들었다.

긴 시간 떨어져 있다 만나면 누구나 흔히 그렇지만, 대화는 하나의 화제에 오래 머무르지 않았고, 두 사람은 더 오래 이야기할 필요가 있다고 생각되는 일에 대해서도 간단히 묻고 대답했다. 마침내 대화는 그때까지 단편적으로 주고받은 이야기들, 즉 과거의 생활과 미래의 계획, 피예르의 여행과 일, 전쟁 등에 조금씩 머물기 시작했다. 피예르가 안드레이 공작의 눈빛에서 알아챈, 무엇인가 한 가지 생각에 골몰한 듯한 생기 없는 표정은 그의 말을 들으며 안드레이 공작이 짓는 미소에 더욱 강하게 나타났고, 특히 피예르가 과거나 미래에 관해 환희와 감격에 찬 목소리로 말했을 때 유난히 두드러졌다. 마치 피예르의 말에 공감하고는 싶지만 그럴 수 없는 것 같았다. 피예르는 안드레이 공작 앞에서 행복이니 덕행의 기쁨이니 꿈이니 희망을 이야기하는 것이 실례같이 느껴졌다. 새로이 갖게 된 프리메이슨의 사상, 특히나 이번 여행으로 마음속에서 더욱 갱신되고 환기된 사상을 모두 털어놓는 것이 쑥스러웠다. 그는 철부지로 보일까봐 두려워 자제하면서도, 페테르부르크에 있을 때와는 완전히 다른, 더 훌륭해진 자신을 친구에게 보이고 싶은 욕망을 억누를 수 없었다.

"요즘 제가 얼마나 많은 경험을 했는지, 이루 다 말할 수 없을 정도입니다. 제가 저 자신을 몰라볼 지경입니다."

"그렇군, 그후로 우리는 너무나, 너무나 변했어." 안드레이 공작은 말했다.

"그런데 당신은?" 피예르는 물었다. "당신의 계획은요?"

"계획?" 안드레이 공작은 비아냥대듯 되풀이했다. "내 계획?" 그 말에 놀랐다는 듯이 그는 말했다. "그래, 보다시피 건축을 하고 있어, 내년에 완전히 이사 오려고……"

피예르는 안드레이 공작의 나이들어 보이는 얼굴을 잠자코 바라보았다.

"아니, 제가 묻고 싶은 건" 하고 피예르가 말을 꺼내자, 안드레이 공작은 가로막았다.

"내 얘긴 해서 뭐하겠어…… 그보다는 자네의 그 여행 이야기나 들려주게, 영지에서 어떤 일들을 했나?"

피예르는 그들에 대한 개선 중 자신이 한 몫에 대해서는 되도록 감추려고 노력하며 영지에서 무슨 일을 했는지 이야기하기 시작했다. 안드레이 공작은 피예르가 한 일을 이미 다 알고 있다는 듯이 몇 번이나 그가 이야기하려는 것을 자신이 먼저 말해버렸고, 흥미를 보이지 않았을 뿐만 아니라 피예르의 이야기를 부끄럽게 생각하는 것 같았다.

피예르는 이 친구와 함께 있는 것이 갑갑하고 심지어 불편해지기 시작했다. 그는 입을 다물었다.

"그래 글쎄, 여보게." 안드레이 공작도 분명 이 손님과 마주앉아 있는 것이 불편하고 거북한 듯이 말했다. "여기서 나는 거의 야영이나 다름없는 생활을 하고 있어, 잠깐 둘러보러 왔거든. 그리고 곧 누이한테 갈 생각이야. 자네에게 가족을 소개하겠네. 아니, 자넨 이미 알고 있지." 그는 더이상 아무런 공감도 느낄 수 없는 손님의 마음을 끌려는 듯이 말했다. "점심식사 후에 가지. 지금은 이 저택이라도 둘러보겠나?" 두 사람은 밖으로 나왔고, 별로 친하지 않은 사이처럼 정치 뉴스나 서로가 아는 사람에 대해 이야기하며 식사 때까지 걸어다녔다. 안드레이 공작이 그나마 활기와 흥미를 띠는 것은 건축중인 저택과 건물에 관해 말할 때뿐이었는데 그마저도 발판 위에 서서 피예르에게 미래의 자기 집의 배치를 설명하다가 느닷없이 말을 끊었다. "그런데 이건 통 재미가 없군, 식사나 하러 가세, 그러고 나서 출발하지." 식사 도중 화제가 피예르의 결혼에 미쳤다.

"나는 그 이야기를 듣고 깜짝 놀랐어." 안드레이 공작은 말했다.

피예르는 그 이야기가 나오자 언제나처럼 얼굴을 붉히며 황급히 말했다.

"일이 왜 그렇게 됐는지는 나중에 기회가 되면 이야기하겠습니다. 하지만 당신도 아시다시피, 다 끝난 일입니다, 영원히."

"영원히?" 안드레이 공작은 물었다. "영원히란 절대 있을 수 없어."

"그런데 그 결말이 어떻게 났는지 아십니까? 결투 얘기는 들으셨어요?"

"그래, 자네도 결투를 해봤단 말이군."

"오직 한 가지 하느님께 감사드리는 것은, 제가 그 사내를 죽이지 않았단 겁니다." 피예르는 말했다.

"대체 왜?" 안드레이 공작은 말했다. "사나운 개는 죽이는 게 오히려 낫지 않나."

"아닙니다, 사람을 죽이는 건 좋지 않습니다, 옳지 않아요⋯⋯"

"왜 옳지 않지?" 안드레이 공작은 물었다. "옳다, 옳지 않다는 인간이 판단할 일이 아니야. 인간은 언제나 잘못 생각해왔고, 앞으로도 그럴 것이고, 더욱이 옳다, 옳지 않다 판단하는 것만큼 심한 오류도 없어."

"옳지 않다는 건 곧 남에게 악인 것입니다." 피예르는 자신이 도착한 이래 안드레이 공작이 비로소 활기를 띠며 말하고, 또 그가 자신이 지금처럼 변해버린 이유를 모두 털어놓으려 한다는 것을 기쁘게 느끼며 말했다.

"하지만 남에게 악이란 게 뭔가, 누가 그런 걸 가르쳐줬나?" 그는 물었다.

"악이요? 악?" 피예르는 말했다. "자신에게 무엇이 악인지는 우리 모두가 알고 있습니다."

"그래, 모두가 알고 있지. 그러나 내가 알고 있는 악은 남에게 저지를 수 없는 거야." 안드레이 공작은 분명 자신의 새로운 생각을 피예르에게 이야기하고 싶은 듯 한층 활기를 띠며 말했다. "*내가 아는 한 실제의 악은 두 가지야, 양심의 가책과 질병. 행복은 이 두 가지가 없는 상태지. 이 두 가지 악을 피하고, 자신을 위해 사는 것, 이것이 현재 내가 깨달은 전부야.*"

"이웃에 대한 사랑, 자기희생은요?" 피예르는 말했다. "아니요, 저는 당신의 생각에 동의할 수 없습니다! 다만 후회하지 않기 위해, 악한 일을 하지 않기 위해 사는 것만으로는 부족해요. 저는 그렇게 살았고, 오직 저만을 위해 살다가 인생을 망쳤습니다. 그리고 간신히 지금에야 남을 위해 살게 되어, 아니 그러려고 노력하게 되어(피예르는 겸손한 마음에서 살짝 고쳐 말했다) 겨우 인생의 모든 행복을 깨달았습니다. 아니요, 저는 당신의 생각에 동의하지 않고, 당신도 지금 당신이 말씀하신 걸 진심으로 생각하진 않잖습니까." 안드레이 공작은 말없이 피예르를 바라보며 비웃듯이 미소지었다.

"이따가 내 누이 공작영애 마리야를 만날 걸세. 그애하고라면 말이 통할 거야." 그는 말했다. "어쩌면 자네 말도 자네에게는 옳은 거겠지." 그는 잠시 침묵하다가 말을 이었다. "하지만 누구나 자신의 방식대로 살아가거든. 자네는 자신만을 위해 살다가 인생을 망칠 뻔했고 남을 위해 살게 되면서 비로소 행복을 깨달았다고 말했지. 그러나 내가 경험한 것은 그 반대야. 나는 명예를 위해 살았지. (그런데 명예가 뭔가? 남에 대한 사랑, 남을 위해 무엇인가를 하고 싶고, 남에게 칭찬받고 싶다는 욕망 아닌가.) 그렇게 나는 남을 위해 살았지만 거의, 아니 완전히 내 인생을 망쳐버렸어. 그뒤 나는 나 자신만을 위해 살게 되자, 마음이 안정됐어."

"하지만 어떻게 자기 자신만을 위해 살 수 있습니까?" 피예르는 발끈하며 물었다. "아들은요, 누이는요, 아버님은요?"

"그들은 모두 나야, 남이 아니라." 안드레이 공작은 말했다. "자네나 공작영애 마리야가 말하는 남이니 이웃이니 동포니 하는 것들이 그릇된 생각과 악의 주요한 근원이야. 동포란 자네가 선을 베풀려고 하는 그 키예프의 농민들이겠지."

그러고는 비웃는 듯한 도발하는 눈빛으로 피예르를 바라보았다. 그는 분명 피예르를 도발하고 있었다.

"농담이시겠죠." 피예르는 차츰 열을 올리며 말했다. "제가 선을 베풀기를 바라고(물론 아주 보잘것없고 대단치도 않지만), 아무튼 그것을 바라고 조금이나마 실천한 것이 뭐가 그릇된 생각이며 악이라는 거죠? 우리와 같은 인간이면서 신과 진리에 관해서는 의식과 무의미한 기도 외에는 아무 이해도 없이 성장하고 죽어가는 우리 농민들같이 불행한 사람들이 내세에서 받을 보상이니 응보니 위로니 하는 위안이 되는 신앙을 배우는 것이 대체 왜 악입니까? 병에 걸린 사람들이 도움도 받지 못하고 죽어가고, 나는 그들을 쉽게 도울 수 있으니까 의사와 병원을 제공하고 노인에게 양로원을 만들어주려는 것인데 그것이 왜 그릇된 생각이며 악입니까? 낮이고 밤이고 쉴 겨를도 없는 농민과 아이가 있는 부녀자에게 휴식과 여가를 주려는 것인데, 그것이 의심의 여지가 없는 명백한 선이 아니란 말입니까?⋯⋯" 피예르는 성급히 떠듬떠듬 말했다. "저는 비록 보잘것없고 미미할지라도 그것을 위해 무언가를 했고, 그렇기 때문에 당신은 선행을 했다는 제 신념을 바꿀 수 없으며, 또 당신이 그런 것에 대해 생각지도 않고 있다는 제 확신을 깰 수도 없습니다. 중요한 건," 피예르는 계속했다. "제가 알고 있다는 겁니다. 선을 베푸는 즐거움이 삶의 유일하고 진정한 행복이라는 것을 말입니다."

"좋아, 그런데 이렇게 문제를 제기한다면 이야기는 또 달라질 걸세." 안드레이 공작은 말했다. "나는 집을 짓고 정원을 만들고, 자네는 병원을 짓고 있어. 어느 쪽이나 시간 때우는 데는 도움이 되지. 그러나 무엇이 옳고 무엇이 선이냐 하는 문제는, 그 판단은, 모든 것을 아는 사람에게 맡겨야지 우리가 할 일이 아니야. 그래, 만약 자네가 토론을 하고 싶다면," 그는 덧붙였다. "그래, 해보세." 그들은 식탁에서 물러나 발코니를 대신하는 입구 층층대에 앉았다.

"자, 토론해볼까" 하고 안드레이 공작은 말했다. "자네는 학교라고 말했지." 그는 손가락을 꼽으며 말을 이었다. "학교니 교육이니 하면서 말하자면 자네는 저 사내를," 그는 모자를 벗고 그들 옆을 지나가는 농민을 가리키며 말했다. "동물적인 상태에서 끌어내 정신적인 욕구를 일깨우려고 하는 거지. 하지만 나는 유일하게 가능한 행복이란 동물적인 행복뿐이라고 생각하는데, 자네는 그에게서 그것을 뺏으려 하는 거야. 나는 그가 부러울 뿐인데 자네는 그를 나 같은 인간으로 만들려 하고 있어, 나만큼의 지력도, 나만큼의 감각도, 나만큼의 재력도 주지 않고. 다음으로, 자네는 그의 노동을 덜어준다고 말했네. 그러나 내 생각에 육체노동은 나나 자네에게 정신노동이 필요한 것과 마찬가지로 그에게는 존재의 필요조건이야. 자네도 생각하지 않고 있을 수 없을 거야. 나는 두시가 지나서야 잠자리에 들지만 온갖 생각이 떠올라서 뒤척이며 아침까지 잠들지 못하는데, 그건 내가 생각을 하기 때문에, 생각하지 않을 수가 없기 때문이고, 그건 저 사내가 밭을 갈고 풀을 베지 않을 수 없는 것과 같아. 그렇지 않으면 그는 술집에 들락거리거나 병이 날 거야. 나라면 그런 끔찍한 육체노동을 견디지 못하고 일주일 만에 죽을 거고, 그는 내가 누리는 육체적인 무위를 견디지 못하고 피둥피둥 살이 쪄서 죽을 거란 말일세. 세번째, 자네 무슨 이야기를 했었지?"

안드레이 공작은 셋째 손가락을 꼽았다.

"아아 그래, 병원, 약이었지. 그가 발작을 일으켜 죽어가는데 자네가 사혈을 하게 해서 살려낸다면, 그는 불구가 되어 모두에게 부담을 주며 한 십 년쯤 빈둥빈둥 살게 될 거야. 죽는 편이 훨씬 편하고 간단한데 말이야. 다른 이들이 태어날 거고, 그런 자는 얼마든지 있으니까. 만약 자네가 남아도는 일꾼 하나도—나는 그자를 그렇게 생각하네—아깝게 여긴다면 다른 문제겠지만, 자네는 그에 대한 사랑으로 그를 치료해주려고 하거든. 정작 본인은 원치도 않는데 말이지. 게다가 의학이 언제 사람을 구한 적이 있었나, 그게 무슨 망상인가…… 죽이는 거면 몰라도—그렇지!" 그는 이렇게 말하고 불만스럽게 인상을 찌푸리며 피예르에게서 얼굴을 돌렸다.

안드레이 공작은 이러한 문제에 대해 적잖이 생각해왔다는 것을 분명히 알 수 있을 정도로 뚜렷하고 명확하게 의견을 밝혔고, 오랫동안 말을 하지 않았던 사람처럼 몹시 빠르게 말했다. 그의 의견이 비관적일수록 그의 눈은 점점 생기를 띠었다.

"아아, 끔찍합니다, 끔찍해요!" 피예르는 말했다. "당신이 어떻게 그런 생각을 가지고 살아갈 수 있는지 저는 이해가 되지 않습니다. 저도 그런 생각을 하던 때가 있었습니다. 최근이죠, 모스크바에서도, 여행중에도, 그럴 때 저는 살아 있다는 생각이 들지 않을 만큼 낙심했고, 모든 것이, 무엇보다 저 자신이 역겹고, 그래서 저는 먹지도 않고 세수도 하지 않았습니다…… 아, 당신은 어떻게……"

"왜 세수를 안 하나, 그러면 안 되지" 하고 안드레이 공작은 말했다. "반대로 자기 생활을 되도록 즐겁게 만들어야지. 나는 살아 있고, 그건 내 잘못이 아니야, 그 의미인즉 남에게 폐를 끼치지 않으면서 죽을 때까지 어떻게든 잘 살아가야 한다는 거야."

"하지만 당신을 살아가게 하는 것은 무엇입니까? 그런 생각을 하고 있다면 아무것도 하지 않고 꼼짝없이 앉아만 있어야 하잖습니까."

"인생이란 누구도 가만 내버려두질 않아. 아무것도 하지 않고 있을 수만 있다면 좋겠지만, 지금도 한편에서는 이 지역 귀족회에서 나를 회장으로 선출하는 영광을 안겨줬고, 나는 그것을 간신히 거절했네. 그들은 그런 일을 맡는 데 필요한 친절함과 세세한 데까지 신경쓸 수 있는 범속함이 내게 없다는 걸 몰랐던 거지. 그리고 바로 여기에, 나는 내가 평온하게 살 곳을 얻기 위해 집을 지어야 해. 민병대 일도 있고."

"왜 군에 복무하지 않으십니까?"

"아우스터리츠 후부터지!" 안드레이 공작은 침울하게 말했다. "아니, 고맙지만 아니야, 나는 더이상 러시아군에 복무하지 않겠다고 나자신에게 맹세했어. 그래서 하지 않는 걸세. 보나파르트가 당장 여기 스몰렌스크 근처까지 들이닥쳐서 리시예 고리를 위협한다 해도 절대로 군에 돌아가지는 않을 거야. 그런데 방금 얘기했던," 안드레이 공작은 마음을 진정시키며 계속했다. "지금 하는 민병대 일 말인데, 아버지가 제3관구 총사령관이시라 내가 군무에서 벗어나는 유일한 수단은 아버지 옆에 붙어 있는 거야."

"그럼 복무하고 있는 셈이군요?"

"그런 셈이지" 하고 그는 잠시 말을 멈췄다.

"그렇다면 당신은 왜 복무하십니까?"

"그건 이런 거야. 내 아버지는 그의 시대에서 가장 우수한 인사 중한 분이었어. 이제 나이가 드셨지만, 잔인할 정도는 아니어도 지나치게 정력적이시지. 무한한 권력에 익숙한 분이라 무섭지만, 이번에 황제로부터 민병대 총사령관이라는 권력을 부여받자 더욱 무서워지셨어. 이 주 전에는, 만약 내가 두 시간 늦었더라면 아버지는 유흐노프에서 한 기록원을 교수형시킬 뻔했어." 안드레이 공작은 웃으며 말했다. "그래서 내가 복무하는 거야, 내가 아니면 아버지에게 영향을 줄 만한 사람이 아무도 없기 때문에, 내가 있어야 나중에 후회하게 될지도 모르는 행위로부터 아버지를 구해줄 수 있기 때문에."

"아, 역시 그것 보십시오!"

"그래, 하지만 자네가 생각하는 그런 *의미는* 아니야." 안드레이 공작은 말을 이었다. "나는 민병대원들의 구두인지 뭔지를 훔친 기록원에게는 조금도 관심 없고, 지금도 그래, 도리어 그놈이 교수형 당하는 걸 봤다면 아주 기뻐했을 거야. 내가 불쌍하게 생각하는 건 내 아버지, 곧 나 자신이네."

안드레이 공작은 더욱 생기를 띠었다. 자신의 행위 속에 이웃에 대한 선의 같은 것은 없었다는 것을 피예르에게 납득시키려고 노력할 때 그의 눈은 열병에 걸린 것처럼 빛났다.

"그래, 자네는 농민을 해방하고 싶어하지." 그는 계속했다. "아주 훌륭하지만, 그것은 자네를 위한 것도 아니고(난 자네가 농민을 때린 적도, 시베리아로 추방한 적도 없을 거라 생각하지만) 농민을 위한 것은 더더욱 아니야. 나는 설령 때리거나, 채찍으로 갈기거나, 시베리아로 추방하더라도 그런 것으로는 그들이 더 나빠지지 않는다고 생각하거든. 시베리아에서도 그들은 역시 가축 같은 생활을 계속할 거고, 몸의 상처가 아물면 예전처럼 행복하게 살아갈 거야. 농노해방은 도덕적으로 몰락해가는 자신에 대해 후회를 느끼는 사람들에게나 필요한 거야. 그들은 그런 후회를 압살해버리고, 옳건 그르건 간에 사람을 벌할 수 있기 때문에 오히려 더 난폭해지니까. 나는 그런 사람들을 불쌍히 여기며, 그런 사람들을 위해서라면 나 역시 농노해방을 바라네. 자네는 아직 못 봤을지도 모르지만, 나는 무한한 권력이라는 전통 속에서 자라난 선한 사람들이 날이 갈수록 성마르고 잔인하고 난폭해지고, 스스로 그걸 알면서도 어쩌지 못하고 점점 더 불행해지는 것을 봐왔네."

안드레이 공작이 몹시 열을 올리며 이야기하는 것을 보자, 피예르는 그가 이렇게 된 것이 그의 아버지 노공작 때문이라는 생각을 떨칠 수 없었다. 그는 아무 말도 하지 않았다.

"결국 내가 불쌍히 여기는 것은 인간의 존엄성이라든가 양심의 평안이라든가 순결 같은 것이지 그자들의 등이나 이마가 아니야. 그런 건 아무리 때리고 깎아도* 여전히 같은 등, 같은 이마니까."

"아니요, 아닙니다, 천 번을 말하더라도 아닙니다! 전 당신의 말에 절대 동의하지 않습니다." 피예르는 말했다.

12

저녁이 되어 안드레이 공작과 피예르는 포장마차를 타고 리시예 고리로 향했다. 안드레이 공작은 피예르를 흘낏 보며 지금 자신이 기분이 좋다는 것을 증명하려는 듯 이따금 말을 걸어 침묵을 깨뜨렸다.

그는 들을 가리키며 자신의 농업경영에서 개선해야 할 점에 대해 이야기했다.

피예르는 우울한 얼굴로 침묵하다가 간단히 대꾸할 뿐 자기만의 생각에 잠겨 있는 듯했다.

피예르는 안드레이 공작이 불행하고, 길을 잘못 들었고, 참다운 광명을 모른다고 생각했고, 자신이 구원의 손길을 뻗어 그를 계몽하고

---

* 지주가 농노를 시베리아로 보낼 때는 탈주를 막기 위해 머리털 반쪽을 깎았다.

일으켜주어야 한다고 생각했다. 그러나 무슨 말을 어떻게 꺼내야 할지 생각하자, 안드레이 공작이 자신의 교의教義를 모두 일언지하에 물리칠 것 같은 예감이 들어 말을 꺼내기 두려웠고, 자신이 사랑하는 신성한 교의를 조소의 대상으로 내놓는 것도 두려웠다.

"안 됩니다. 왜 그런 생각을 하십니까?" 피예르는 갑자기 고개를 숙이더니 황소가 뿔로 들이받는 모양새로 말했다. "왜 그런 생각을 하십니까? 그렇게 생각하시면 안 됩니다."

"내가 무슨 생각을 한다는 건가?" 안드레이 공작은 놀란 듯이 물었다.

"인생에 대해, 인간의 사명에 대해 말입니다. 그럴 리가 없습니다. 저도 그렇게 생각했었지만, 구원받았습니다. 무엇이 구원해주었는지 아십니까? 프리메이슨입니다. 아뇨, 웃지 마십시오. 프리메이슨은 저도 전에는 그렇게 생각했지만, 종교적이거나 의례적인 종파가 아니라 인류의 가장 훌륭하고 영원불변하는 면에서의 가장 훌륭한 표현입니다." 그는 자신이 이해한 대로 프리메이슨에 대해 안드레이 공작에게 설명하기 시작했다.

프리메이슨이란 국가와 종교의 속박에서 해방된 기독교의 교의, 즉 평등과 형제애와 사랑의 가르침이라고 그는 설명했다.

"우리의 신성한 형제단만이 인생에서 진정한 의미를 지닐 뿐, 다른 모든 것은 꿈입니다." 피예르는 말했다. "친구여, 우리 연합 이외의 것은 모두 허위와 부정으로 가득차 있다는 것을 알아주십시오. 현명하고 선량한 사람은 다만 남에게 폐를 끼치지 않으려고 노력하면서 살아갈 수밖에 없다는 당신 말씀에 저도 동의합니다. 하지만 우리의 근본적인 신념을 체득하고, 우리 형제단에 가입하고, 우리가 당신을 인도할 수 있도록 당신을 전부 내맡겨주신다면, 당신도 제가 느낀 것처럼 곧 자신을 눈에 보이지 않는 거대한 사슬, 하늘에 가려져 그 시작이 눈에 보이지 않는 사슬의 일부라고 느끼게 될 겁니다." 피예르는 말했다.

안드레이 공작은 말없이 앞쪽을 바라보며 피예르의 이야기를 듣고 있었다. 그는 마차 소음 때문에 듣지 못한 말을 여러 번 피예르에게 되물었다. 피예르는 안드레이 공작의 침묵과 눈에 타오르는 유다른 광채를 보고 자기가 한 말이 헛되지 않았다는 것과 그가 말을 가로막거나 비웃지 않으리라는 것을 알아챘다.

마차는 눈이 녹아 범람한 강에 이르렀고, 그들은 나룻배로 건너야 했다. 마차와 말을 싣는 동안 두 사람은 나룻배에 올랐다.

안드레이 공작은 난간에 팔꿈치를 괴고, 석양에 반짝이는 범람한 강을 말없이 바라보았다.

"저, 당신은 그것에 대해 어떻게 생각하십니까?" 피예르는 물었다. "왜 아무 말이 없으십니까?"

"어떻게 생각하느냐고? 난 자네 얘길 듣고 있었잖은가. 모두 맞아." 안드레이 공작은 말했다. "그런데 자네는 우리 형제단에 가입하면 우리가 인생의 목적과 인간의 사명과 세계를 지배하는 법칙을 가르쳐주겠다고 했어. 그 우리가 누구지? ─인간 아닌가. 당신들은 어떻게 모든 것을 알고 있지? 왜 당신들은 보는데, 나는 볼 수 없는 걸까? 당신들은 이 지상에서 선과 진리의 왕국을 보는데, 왜 내게는 그것이 보이지 않지?"

피예르는 그의 말을 가로막았다.

"당신은 내세를 믿습니까?" 그는 물었다.

"내세?" 하고 안드레이 공작은 되물었지만, 피예르는 안드레이 공작이 이전부터 가졌던 무신론적인 신념을 알고 있었기 때문에 대답도 기다리지 않고 그의 되물음을 부정의 뜻으로 받아들였다.

"당신은 이 지상에서 선과 진리의 왕국을 볼 수 없다고 하셨죠. 저 또한 그것을 보지 못했고, 우리의 생활을 모든 것의 끝이라고 보는 한, 그것을 볼 수는 없습니다. 지상에는, 즉 이 땅 위에는(피예르는 들을 가리켰다), 어떤 진실도 없습니다. 모든 것이 허위와 악입니다. 하지만 세계에는, 온 세계에는 진리의 왕국이 있고, 우리는 지금 지상의 아이지만, 영원에서는 온 세계의 아이입니다. 저는 정말로 제가 이 거대하고 조화로운 전체의 일부라고 느끼지 못할까요? 신성—최고의 힘—을 증명하는 무수한 존재 속에, 하등생물에서부터 고등생물에 이르는 전체 속에 제가 하나의 사슬, 하나의 단계라고 느끼지 못할까요? 만약 제가 식물에서 인간에 이르는 계단을 본다면, 뚜렷이 본다면, 제가 아래의 끝을 보지 못하는 이 계단이 식물에서 사라진다고 상상할 수 있겠습니까. 이 계단이 저와 더불어 끊겨버리고 더 높은 존재자들에게로 계속 이어지지 않는다고 어떻게 가정할 수 있겠습니까. 이 세상에서 아무것도 소멸하지 않는 것처럼, 저도 절대 소멸하지 않고, 언제나 존재할 것이며, 또한 언제나 존재해왔다고 느끼고 있습니다. 또한 제 머리 위에 저 이외에도 영적인 것들이 살고 있다는 것, 이 세계에 진실이 있다는 것을 느낍니다."

"그래, 그건 헤르더*의 가르침이지." 안드레이 공작은 말했다. "하지만 여보게, 그런 것으로는 날 설득할 수 없어, 삶과 죽음, 나를 설득하

---

* J. G. 헤르더(1744~1803). 독일 철학자. 직관주의적, 신비주의적 신앙을 지지하고 칸트의 계몽주의적 이성주의 철학에 반대했다.

는 건 이런 거야. 내 눈앞에 소중한 사람, 나와 굳게 맺어진 사람이 있고, 나는 그 존재에게 죄를 지었다고 느껴 그것을 보상하고 싶은데(안드레이 공작은 떨리는 음성으로 말하며 고개를 돌렸다), 갑자기 그 존재가 고민하고 번민하다가 사라져버려…… 어째서일까? 대답이 없을 리가 없어! 나도 대답이 있다고 믿지…… 나를 지금도 설득하고 있고 이미 설득한 건 바로 이런 거야." 안드레이 공작은 말했다.

"네, 그래요, 그렇습니다." 피예르는 말했다. "제가 말하는 것과 똑같잖습니까!"

"아니야. 내 말은, 내게 내세의 필연성을 믿게 하는 것은 논증들이 아니란 거야, 손을 잡고 같이 인생을 걸어가던 사람이 갑자기 다른 곳으로 사라져버리고, 자신은 멈춰 서서 그 심연을 들여다본다는 사실. 나도 들여다보았어……"

"그래요, 그래서 뭐죠! 당신은 다른 곳이 존재한다는 것도, 누군가가 있다는 것도 아시잖습니까? 그곳은―내세입니다. 누군가는―하느님이고요."

안드레이 공작은 대답하지 않았다. 마차와 말은 이미 한참 전에 맞은편 강기슭으로 올라와 준비를 마쳤고, 해는 벌써 반쯤 기울어 나루터 옆 물구덩이를 뒤덮은 저녁 서리가 별처럼 반짝였지만, 피예르와 안드레이는 하인과 마부와 뱃사공이 놀랄 만큼 아직도 나룻배에 선 채 이야기하고 있었다.

"만약 하느님이 있고 내세가 있다면, 진리도 있고 선도 있으며, 인간의 최고 행복은 이것에 도달하기 위해 노력하는 데 있습니다. 살아야 합니다. 사랑해야 합니다. 믿어야 합니다." 피예르는 말했다. "지금 우리는 이 한덩어리의 땅 위에 살고 있지만, 저기서(그는 하늘을 가리켰다) 만물과 함께 살아왔고, 앞으로도 영원히 살아갈 겁니다." 안드레이 공작은 나룻배 난간에 팔을 괸 채 피예르의 이야기를 들으며 푸른 수면에 비치는 붉은 석양을 물끄러미 바라보았다. 피예르는 잠시 말을 멈췄다. 아주 고요했다. 물결만 이미 한참 전에 도착한 나룻배 바닥을 치며 희미한 소리를 낼 뿐이었다. 안드레이 공작에게는 그 물결 소리가 피예르의 말을 뒤따르듯 '그렇다, 믿어라'라고 속삭이는 것 같았다.

안드레이 공작은 한숨을 내쉬더니 아이 같고 부드러운 빛나는 눈길로, 환희에 젖어 볼이 상기된, 그러나 역시 자기보다 우월한 친구 앞에서 머뭇거리는 피예르의 얼굴을 바라보았다.

"그래, 그것이 정말 그렇다면!" 그는 말했다. "그나저나 이제 그만 가서 앉지." 안드레이 공작은 이렇게 덧붙이고, 나룻배에서 내리며 피예르가 가리켰던 하늘을, 아우스터리츠 전장에 쓰러져 바라보았던 이래 처음으로 그 드높고 영원한 하늘을 바라보았고, 그러자 오랫동안 마음속에 잠들어 있던 최상의 무엇인가가 느닷없이 기쁘고도 젊디젊게 그의 정신을 일깨웠다. 이 기분은 익숙한 생활환경으로 돌아오자 곧 사라졌지만, 그는 자신이 어떻게 키워야 할지 모르는 이 감정이 마음속에 살아 있다는 것을 알고 있었다. 피예르와의 만남은 안드레이 공작에게 하나의 계기가 되었고, 이 계기로 외면적으로는 변함없지만 내면세계에서는 새로운 삶이 시작되었다.

13

안드레이 공작과 피예르가 리시예 고리의 저택 현관 앞에 도착했을 때는 이미 황혼이 지고 있었다. 현관 앞에 마차를 대려고 할 때, 안드레이 공작은 미소를 지으며, 떠드는 소리가 들리는 뒤쪽 층층대 쪽으로 피예르의 주의를 돌렸다. 등에 바랑을 멘 허리가 굽은 노파와 머리가 길고 검은 옷을 입은 키 작은 사내가 마차가 들어오는 것을 보고 문쪽으로 재빨리 되돌아갔다. 뒤이어 두 여자가 달려나왔고, 네 사람 모두 마차 쪽을 돌아보며 놀란 듯이 뒤쪽 층층대를 달려올라갔다.

"마샤가 말하는 신의 사람들이야." 안드레이 공작은 말했다. "저들은 우리를 아버지로 안 거야. 그애가 아버지에게 순종하지 않는 건 이것뿐이지, 아버지는 저런 순례자들을 쫓아버리라고 하시는데 그애는 끌어들이거든."

"신의 사람이 뭐죠?" 피예르는 물었다.

안드레이 공작은 대답할 겨를이 없었다. 하인들이 마중나오자 그는 노공작이 어디 있는지, 곧 돌아오는지 물었다.

노공작은 아직 시내에 있었고, 모두 그가 돌아오기를 이제나저제나 기다리고 있었다.

안드레이 공작은 아버지의 집에서 언제나 말끔하게 치워진 상태로 그를 기다리는 자기 방으로 피예르를 안내한 뒤, 아이방으로 갔다.

"누이에게 가보세." 안드레이 공작이 피예르에게 돌아와서 말했다. "나도 아직 그애를 보지 못했지만, 아마 지금 몰래 신의 사람들과 함께 있을 거야. 물론 그애는 당황하겠지만, 내가 신의 사람들을 보여주지,

재미있을 거야, 분명히."

"대체 뭡니까, 신의 사람이라는 것이?" 피예르는 물었다.

"곧 알게 돼."

두 사람이 들어가자, 공작영애 마리야는 정말 당황해서 얼굴이 온통 붉은 얼룩으로 뒤덮였다. 그녀의 아늑한 방안에는 성상 앞에 성체등이 켜져 있고, 코가 크고 머리가 긴 앳된 젊은이가 수도복을 입고 사모바르가 앞에 있는 소파에 그녀와 나란히 앉아 있었다.

옆의 안락의자에는 주름투성이 여윈 노파가 아이 같고 부드러운 표정으로 앉아 있었다.

"앙드레, 왜 미리 알려주지 않았어요?" 그녀는 병아리를 지키는 어미 암탉처럼 순례자들 앞을 막아서며 부드러운 비난조로 말했다.

"정말 잘 오셨어요. 당신을 뵈니 무척 기뻐요." 피예르가 손에 키스할 때, 그녀는 말했다. 그녀는 그를 어렸을 때부터 알았고, 지금은 그와 안드레이의 우정, 그와 아내의 불행한 일까지 알고 있었는데, 무엇보다 그의 선량하고 소박해 보이는 얼굴에 마음이 끌렸다. 그녀는 아름답고 빛나는 눈으로 그를 바라보며 마치 '나는 당신을 정말 좋아하지만, 부디 내 사람들을 비웃지는 말아주세요'라고 말하는 것 같았다. 인사의 첫 몇 마디를 나눈 뒤 그들은 앉았다.

"아, 이바누시카도 있었군." 안드레이 공작이 젊은 순례자를 가리키며 웃는 얼굴로 말했다.

"앙드레!" 공작영애 마리야는 애원하듯 말했다.

"이래 보여도, 여자거든" 하고 안드레이 공작은 피예르에게 말했다.

"앙드레, 제발!" 공작영애 마리야는 되풀이했다.

순례자들에 대한 안드레이 공작의 놀리는 듯한 태도와 공작영애 마리야의 부질없는 옹호는 둘 사이의 굳어진 습관 같은 것임이 분명해 보였다.

　"하지만, 사랑하는 누이야." 안드레이 공작은 말했다. "나는 지금 너와 이 젊은이의 친교에 대해 피예르에게 설명하는 거니까, 넌 오히려 내게 고마워해야 해."

　"그렇습니까?" 피예르는 호기심에 찬 진지한 얼굴로(공작영애 마리야는 이 점이 특히 고마웠다) 이바누시카의 얼굴을 안경 너머로 바라보며 말했고, 이바누시카는 자기 이야기를 하고 있다는 것을 알자, 기민한 눈빛으로 모두를 둘러보았다.

　공작영애 마리야가 자기 사람들을 옹호하며 당황한 것은 전혀 쓸데없는 일이었다. 그들은 조금도 겁먹지 않았다. 노파는 눈을 내리깔았지만 들어온 사람들을 곁눈질하며 찻잔을 받침 위에 엎어놓고, 갉아먹던 설탕 덩어리를 옆으로 밀어놓고, 차를 한 잔 더 권해주기를 기다리며 안락의자에 가만히 앉아 있었다. 이바누시카는 잔 받침을 들고 천천히 차를 마시면서 기민하고 여성스러운 눈빛으로 두 청년을 바라보았다.

　"어디 갔었나, 키예프인가?" 안드레이 공작이 노파에게 물었다.

　"그렇습니다, 나리." 노파는 수다스럽게 대답했다. "마침 크리스마스 날에 성자님들께 하늘의 비밀들에 대한 이야기를 들었습니다. 이번에는 콜랴진*에서 왔습니다만, 나리, 거기서는 굉장한 기적이 있었지요……"

　"그래, 이바누시카도 같이?"

---

* 모스크바 북쪽의 소도시.

"저는 혼자 걸었습니다. 나리." 이바누시카는 낮은 목소리로 말하려고 애쓰며 대답했다. "그러다 유흐노프에서 이 펠라게유시카와 만났습니다."

펠라게유시카가 옆에서 동료의 말을 가로막았는데, 그녀는 자기가 본 것을 이야기하고 싶은 듯했다.

"콜랴진에서는, 나리. 굉장한 기적이 나타났습니다."

"그래, 새 성골聖骨이라도 나왔나?" 안드레이 공작이 물었다.

"그만해요, 안드레이" 하고 공작영애 마리야는 말했다. "그만해, 펠라게유시카."

"뭐 어때요, 아가씨, 왜 얘기하면 안 되는데요? 저는 나리를 좋아합니다. 좋은 분이세요. 하느님이 선택하신 분이고, 제게는 은인이며, 제게 10루블 주셨던 것도 기억하고 있습니다. 그런데 키예프에 있을 때 키류샤라는 바보 성자—여름이나 겨울이나 맨발로 걸어다니는 참된 하느님의 사람이 제게 말했습니다. 어째서 이런 당치도 않은 곳을 걷고 있나. 콜랴진에 가봐. 거기서 놀라운 기적의 상像이, 더없이 성스러운 성모마리아가 나타나셨어. 저는 이 말을 듣자 성자들과 헤어지고 찾아갔습니다⋯⋯"

모두 잠자코 있었고, 여자 순례자만 숨을 들이쉬며 고른 목소리로 말을 이었다.

"갔더니, 나리, 사람들이 말하더군요. 굉장한 은총이 나타났다, 성모마리아의 뺨에서 성유가 흘러내리고 있다⋯⋯"

"자, 그만 그만, 나중에 또 얘기해요." 공작영애 마리야는 얼굴을 붉히며 말했다.

"이 여자에게 물어보고 싶은데요." 피예르는 말했다. "자네가 직접 봤나?"

"그럼요, 나리, 직접 봤습니다. 얼굴에는 천상의 빛 같은 것이 빛나고, 성모마리아의 뺨에서 성유가 뚝뚝 떨어지고 있었어요……"

"그런 건 속임수야." 여자 순례자의 이야기를 주의깊게 듣고 있던 피예르가 천진하게 말했다.

"아이고 아버지, 그게 무슨 말씀입니까!" 펠라게유시카는 두려운 듯이 말하고, 지켜달라는 듯이 공작영애 마리야 쪽을 보았다.

"이 사람들을 속인 거야." 그는 말했다.

"주 예수그리스도여," 여자 순례자가 성호를 그으며 말했다. "오오, 그런 말씀 마세요, 나리. 어떤 장군도 그것을 믿지 않으시고 '수도사들이 속고 있다'고 하셨죠. 그런데 그 말을 하자마자 눈이 멀어버렸습니다. 그리고 그의 꿈에 페체르스카야 수도원의 성모님이 나타나셔서, '나를 믿으라, 그러면 네 눈을 고쳐주리라' 하고 말씀하셨습니다. 장군은 자신을 마리아께 데려가달라고 부탁했습니다. 제가 직접 본 거짓없는 사실을 말씀드리는 겁니다. 그들은 눈먼 사람을 데려갔고, 그는 대뜸 마리아님 앞으로 다가가 몸을 던지고 말했습니다. '고쳐주십시오! 황제께서 하사하신 모든 것을 당신께 바치겠습니다.' 그러자 나리, 성모마리아 몸에 별이 나타났습니다. 이 눈으로 봤어요. 글쎄, 그의 눈이 뜨이지 않았겠습니까! 그런 말씀 하시면 죄지으시는 거예요. 하느님이 벌을 내리실 겁니다." 그녀는 피예르에게 타이르듯이 말했다.

"어떻게 성상에 별이 나타났을까?" 피예르는 물었다.

"성모까지 장군으로 승진하셨나?" 안드레이 공작이 웃으며 말했다.

펠라게유시카는 당장에 창백해지며 손바닥을 마주 쳤다.

"나리, 나리, 벌받으십니다, 벌받으십니다. 아드님도 계시는데!" 창백해졌던 안색이 갑자기 붉어지며 그녀는 말했다.

"나리, 무슨 말씀을 하십니까. 하느님, 용서해주소서." 그녀는 성호를 그었다. "주님, 그를 용서해주소서. 아가씨, 이게 무슨 일입니까?……" 그녀는 공작영애 마리야에게 말했다. 그러더니 당장이라도 울음을 터뜨릴 것 같은 얼굴로 일어서서 바랑을 챙기기 시작했다. 그녀는 이런 말을 한 사람을 무서워하며 안타까워하는 것 같기도 했고, 이런 말을 하는 집에서 보시를 받는 것이 무섭고 부끄러운 것 같기도 했고, 앞으로 이 집의 보시를 받지 못하게 되는 것이 애석한 것 같기도 했다.

"대체 뭘 하고 싶은 거예요?" 공작영애 마리야는 말했다. "두 분은 여기 왜 오셨어요?……"

"아니, 난 농담한 거야, 펠라게유시카." 피예르가 말했다. "공작영애, 맹세코, 이 여자를 화나게 할 생각은 없었습니다, 그저 좀. 자네도 그렇게 받아들이지 말게, 농담했을 뿐이니까." 그는 민망한 듯 웃고는, 자기 죄를 보상하려는 듯이 이렇게 말했다.

펠라게유시카는 의심쩍은 듯 걸음을 멈췄지만, 피예르의 얼굴에 진심으로 후회하는 기색이 보이고 안드레이 공작도 아주 온화하고 점잖게 피예르와 펠라게유시카의 얼굴을 번갈아 바라보고 있었으므로 조금씩 마음을 가라앉혔다.

14

여자 순례자는 마음을 가라앉히고 또다시 이야기에 빠져, 오랜 신앙 생활로 손에서 향내가 난다는 암필로히 신부나, 최근 키예프를 순례할 때 알고 지내던 수도사들에게 동굴 열쇠를 빌려 거기서 건빵만 먹으며 성자들과 이틀 밤낮을 지냈던 일 등을 오랫동안 이야기했다. "한 성자께 기도를 올리고, 묵상하고, 다른 성자께 가지요. 한잠 자고, 다시 입을 맞추러 갑니다. 아가씨, 그곳은 참으로 고요하고 은총이 가득해서 세상으로 나오기 싫을 정도랍니다."

피예르는 진지하고 신중하게 그녀의 말을 듣고 있었다. 안드레이 공작은 방에서 나갔다. 그러자 공작영애 마리야는 천천히 마저 차를 마시라고 순례자들을 남겨두고 피예르를 객실로 안내했다.

"당신은 참 좋은 분이에요." 그녀는 말했다.

"아, 정말 그 여자를 모욕할 생각은 아니었습니다. 나는 그런 기분을 이해하고, 높이 평가합니다."

공작영애 마리야는 가만히 그를 바라보다가 부드럽게 미소지었다.

"나는 당신을 오래전부터 잘 알았고, 형제처럼 사랑하고 있어요." 그녀는 말했다. "당신은 안드레이를 어떻게 보셨어요?" 그녀는 이 상냥한 말에 대답할 겨를도 주지 않고 피예르에게 다급히 물었다. "나는 오빠가 몹시 걱정돼요. 겨울이 되고 건강을 회복하긴 했지만, 지난봄에는 상처가 도져서 의사 선생도 요양을 해야 한다고 말씀하셨거든요. 그리고 정신적인 면에서도 나는 오빠가 걱정돼요. 그는 우리 여자들처럼 자기 슬픔을 마음껏 슬퍼하지도, 울어서 떨쳐버리지도 못해요.

마음에 담아두는 성격이니까요. 오늘은 아주 명랑하고 활기가 있지만, 그건 당신이 오셨기 때문이고, 이런 날은 정말 드물어요. 차라리 외국에라도 가게 당신이 오빠를 설득해주면 좋겠어요! 오빠에게는 활동이 필요한데, 평온하고 조용한 생활이 오히려 그를 해치고 있어요. 다른 사람들은 모르지만 나는 알 수 있어요."

아홉시가 지나 노공작의 마차 방울 소리가 들려오자 하인들이 현관으로 달려갔다. 안드레이 공작과 피예르도 현관으로 나갔다.

"누구지?" 마차에서 내리며 피예르를 발견한 노공작이 물었다.

"아! 잘 왔네! 키스해주게." 낯선 청년이 누구인지 알아보고 그는 말했다.

노공작은 무척 기분이 좋았기 때문에 피예르에게도 다정했다.

저녁을 들기 전 아버지의 서재에 들른 안드레이 공작은 노공작과 피예르가 열띠게 논쟁중인 것을 보았다. 피예르는 앞으로 전쟁이 없는 시대가 올 거라고 주장했다. 노공작은 별반 화내는 기색은 없이 놀리듯이 반박하고 있었다.

"혈관에서 피를 빼고 물을 집어넣어봐, 그러면 전쟁도 사라지겠지. 여자의 잠꼬대야, 여자의 잠꼬대." 그는 이렇게 말했지만, 그래도 상냥하게 피예르의 어깨를 두드리고는, 안드레이 공작이 이야기에 끼지 않으려고 노공작이 시내에서 가져온 서류를 뒤적이고 있는 책상 옆으로 다가갔다. 노공작은 그에게 다가가 사무에 관해 이야기했다.

"귀족회장 로스토프 백작은 인원의 절반도 보내지 않았어. 그래놓고 시내로 찾아와 날 식사에 초대하려고 해서 나도 멋진 대접을 해줬다…… 이 친구 좀 봐라…… 그래, 형제," 니콜라이 안드레이치 공작은 피예르의 어깨를 두드리며 아들에게 말했다. "네 친구는 대단하구나, 내 마음에 쏙 든다! 나를 선동한단 말이야. 똑똑한 척 나불대는 녀석들도 있다만, 이 친구는 당치도 않은 소릴 늘어놓으면서도 이 늙은이를 선동하는구나. 자, 가게, 가보게." 그는 말했다. "나도 저녁을 들러 갈지 몰라. 그때 또 논쟁해보세. 내 바보 딸 공작영애 마리야를 귀여워해주게." 그는 문 안쪽에서 피예르에게 소리쳤다.

피예르는 이번에 리시예 고리에 와서 비로소 안드레이 공작과의 우정이 지닌 힘과 매력을 제대로 알게 되었다. 이 매력은 그와의 관계보다 그의 가족과 집안사람 전체와의 관계에서 나타났다. 피예르는 엄격한 노공작에 대해서도, 온화하고 소심한 공작영애 마리야에 대해서도 잘 알지 못했지만, 이내 그들에게 오랜 벗과 같은 감정을 느꼈다. 그들도 모두 그를 좋아했다. 순례자들에게 보인 부드러운 태도에 마음이 끌린 공작영애 마리야가 유난히 반짝이는 눈으로 그를 바라보았을 뿐만 아니라, 할아버지가 한 살배기 공작이라고 부르는 니콜라이도 웃으며 피예르의 품에 안겼다. 미하일 이바니치와 부리엔 양도 그가 노공작과 이야기하는 모습을 즐거운 듯이 미소지으며 바라보았다.

노공작은 저녁을 먹으러 나왔는데, 피예르를 위해 나온 것이 분명했다. 그는 피예르가 리시예 고리에 머무는 이틀 동안 아주 상냥했고, 자주 들르라고 말하기도 했다.

피예르가 떠난 뒤 온 가족이 모여 새로운 손님이 돌아간 후에 흔히 그렇듯이, 또 매우 드물게도 그에 대해 이야기했을 때도 가족들은 그의 좋은 점만 이야기했다.

15

이번 휴가를 마치고 돌아온 로스토프는 데니소프와 연대 전체와 자신이 얼마나 깊은 관계를 맺고 있었는지 비로소 처음으로 느끼고 이해할 수 있었다.

연대에 가까워질수록 로스토프는 전에 포바르스카야 가의 자기 집에 가까워질 때와 비슷한 기분을 느꼈다. 처음 그의 연대 경기병의 군복 가슴을 열어젖힌 모습을 보았을 때, 붉은 머리의 데멘티예프를 보았을 때, 말뚝에 매인 붉은 말을 보았을 때, 라브루시카가 자기 주인을 알아보고 "백작, 오셨습니까!" 하고 반갑게 소리치고, 침대에서 자던 데니소프가 머리를 헝클어뜨린 채 막사에서 뛰어나와 그를 끌어안고 장교들도 그를 맞으러 모여들었을 때, 로스토프는 마치 어머니와 아버지와 누이동생들이 껴안을 때와 똑같은 기분을 느끼고 기쁨의 눈물에 목이 메어 아무 말도 할 수 없었다. 연대 역시 집, 양친의 집과 다를 것 없는 사랑스럽고 소중한 집이었다.

연대장에게 이전의 중대로 배속 명령을 받고, 당직을 서고, 사료 징발을 나가고, 연대의 갖가지 사소한 일에 신경쓰고, 자유가 사라지고, 좁고 변화 없는 테두리에 갇혀버렸다고 생각했지만, 그러면서도 로스토프는 양친의 집 지붕 아래서 느꼈던 것과 똑같은 안정감과 든든함을, 여기가 내 집이고 내가 있어야 할 곳임을 느꼈다. 여기에는 자기가 있을 곳을 알지 못하고 언제나 잘못된 선택만 골라 하던 세상의 무질서가 없었고, 소냐가 없으니 해명을 해야 한다느니 그럴 필요 없다느니 하는 고민도 없었다. 어디를 가고 가지 않을 자유도, 다양한 방법으로 쓸 수 있는 하루 스물네 시간이라는 여유도, 유달리 가깝거나 먼 사람도, 헤아릴 수 없이 많은 사람도, 모호하고 불분명한 아버지와의 금전 관계도, 돌로호프와의 그 무서운 패배의 기억도 없었다! 이곳, 이 연대에서는 모든 것이 명확하고 단순했다. 이 세계는 불균등한 두 개의 부분—그가 속한 파블로그라드스키 연대와 그 밖의 모든 것—으로 나누어져 있었다. 그리고 그 밖의 모든 것에는 신경쓰지 않아도 됐다. 연대 안에서는 모든 것이 명료해서 누구는 중위, 누구는 대위, 누구는 착한 사람, 누구는 나쁜 사람이었으며, 무엇보다도 모두가 동료였다. 영내 매점에서는 외상을 주고 봉급은 넉 달 치를 한 번에 받았으므로 궁리하거나 선택할 필요가 없었고, 다만 파블로그라드스키 연대에서 나쁜 것으로 규정한 행동을 하지 않고 파견 때 분명하고 정확하게 주어진 임무를 완수하기만 하면 만사가 좋았다.

연대 생활이라는 정해진 생활환경 속으로 다시 들어가자 로스토프는 피로에 지친 사람이 쉬려고 누웠을 때 느끼는 기쁨과 평온을 느꼈다. 더욱이 돌로호프와의 카드놀이에서 진 후(가족 모두가 위로해줬지만, 그는 아무래도 자신을 용서할 수 없었다), 자기 죄를 보상하기 위해서라도 전과는 달리 훌륭하게 근무해서 나무랄 데 없는 우수한 장교이자 동료, 이른바 훌륭한 인간이 되어야겠다고 결심했는데, 이것은 세상에서는 어려운 일이지만 연대에서는 가능한 일 같았다.

로스토프는 패한 순간부터 그때 진 빚을 오 년 안에 갚기로 마음먹었다. 집에서 매년 1만 루블씩 부쳐줬는데, 이번부터는 2천 루블만 받고 나머지는 빚을 갚기 위해 양친에게 맡기기로 했던 것이다.

아군은 몇 차례 거듭된 후퇴와 공격, 풀투스크와 프로이슈-아일라우에서의 회전 이래 바르텐슈타인 부근에 집결했다. 황제의 도착을 기다렸다가 새로 일전을 벌이려고 대기하고 있었다.

파블로그라드스키 연대는 1805년의 원정군에 참가했던 부대 소속으로 러시아에서 병력을 보충받고 있었기 때문에 이번 전쟁의 첫 전투에는 늦어버렸다. 풀투스크 전투에도, 프로이슈-아일라우 전투에도 참가하지 못하고 전쟁 후반에야 간신히 본군에 합류해 플라토프* 지대 支隊에 배속되었다.

플라토프 지대는 본군과는 독립적으로 행동하고 있었다. 파블로그라드스키 연대는 여러 차례 적군과 교전을 벌였고, 포로들을 붙잡기도 하고, 우디노** 원수의 마차를 노획하기도 했다. 4월에 파블로그라드스키 연대는 완전히 짓밟힌 독일의 텅 비어버린 마을 부근에서 몇 주째 꼼짝도 하지 않고 주둔하고 있었다.

해동 때라 진창에, 추위에, 강의 얼음은 갈라지고 길은 걸어다닐 수 없었고, 며칠씩 말에게도 사람에게도 식량이 배급되지 않았다. 수송이 불가능했으므로 병사들은 감자를 찾아 버려진 텅 빈 마을들을 돌았지만, 이제 그것마저 거의 없었다.

식량은 동나고, 주민들은 도망치고, 남은 자들은 거지보다 더 비참한 상태여서 징발할 만한 것은 아무것도 없었는데, 동정심 없는 병사들조차도 그들에게서 빼앗는 대신 마지막 남은 것을 줄 정도였다.

---

* M. I. 플라토프(1751~1818). 돈 카자크 부대장. 1812년에 조국전쟁에 참가해 백작 칭호를 받았다.
** N. C. 우디노(1767~1848). 프랑스 장군이자 행정가.

파블로그라드스키 연대는 전투로는 두 명의 부상자를 냈을 뿐이지만, 굶주림과 질병으로는 거의 반수의 병력을 잃었다. 병원에 들어가면 틀림없이 죽어 나오게 되니, 형편없는 음식으로 인해 발열과 부종에 시달리는 병사들도 병원에 가느니 간신히 발을 끌면서라도 전선에 남는 편을 택했다. 봄이 되자 병사들은 땅속에서 싹을 내민 아스파라거스와 닮은 식물을 찾기 시작했는데, 무슨 이유에선지 병사들은 그것을 마시카의 단 뿌리라 부르면서 초원과 들에 흩어져 마시카의 단 뿌리(실은 매우 쓴맛이었다)를 찾아다니며, 먹지 말라는 명령에도 불구하고 군도 끝으로 이 독초를 파내 먹었다. 봄에는 병사들 사이에 손발과 얼굴이 붓는 새로운 병이 돌았는데, 군의관은 단 뿌리가 원인 같다고 말했다. 그럼에도 데니소프 중대의 파블로그라드스키 기병들은 금지 명령도 어기고 주로 마시카의 단 뿌리를 먹었는데, 그것은 마지막 남은 건빵으로 벌써 이 주일을 버티느라 배급이 되어도 한 사람에게 겨우 반 푼트*씩밖에 돌아가지 않았고, 최근에 수송된 감자는 얼거나 싹이 나 있었기 때문이다.

말들 또한 이 주일 넘게 지붕을 입혔던 짚만 먹어 몰골스럽게 여위었고, 아직 해묵은 겨울털로 덮여 있는데다가 군데군데 뭉텅뭉텅 털이 빠져 있었다.

이러한 곤궁 속에서도 병사와 장교의 생활은 평소와 다를 바 없었는데, 창백하고 부은 얼굴에 해진 군복을 입고 있기는 했지만 경기병들은 여전히 점호를 받기 위해 정렬하고, 징발을 나가고, 말과 탄약을 손

---

* 러시아의 무게 단위로, 1푼트는 약 410그램.

질하고, 건초 대신 지붕에서 짚을 걷어오고, 식사를 하기 위해 냄비 옆에 모여들어 지독한 음식과 자신의 허기를 헛웃음으로 넘기면서, 여전히 허기진 채 일어나 그 자리를 떴다. 비번인 병사들은 여느 때처럼 모닥불을 피워놓고 불 옆에서 벌거벗은 채 몸에 김을 쬐며 담배를 피우기도 하고, 싹이 터서 썩기 시작한 감자를 골라내 굽기도 하고, 포툠킨과 수보로프의 원정담이며, 협잡꾼 알료샤며 사제의 날품팔이꾼 미콜카* 이야기를 주고받기도 했다.

장교들은 여느 때처럼 둘씩 셋씩 모여 지붕이 벗겨진 반쯤 부서진 빈집에서 지냈다. 상급 장교들은 건초와 감자를 입수하는 일이며 병사 급식에 골머리를 앓고 있었지만, 하급자들은 여느 때와 다름없이 카드 놀이니(식량은 없었지만 돈은 많았다) 스바이카**니 고롯키*** 같은 천진한 놀이에 열중했다. 전국全局에 대해서는 별로 말하지 않았는데, 그것은 아무것도 확실하게 알지 못하기 때문이기도 했지만, 전국의 진행이 아군에게 불리하다는 것을 막연하게 느끼기 때문이기도 했다.

로스토프는 여전히 데니소프와 함께 지냈고, 두 사람은 휴가 이후로 더욱 가까워졌다. 데니소프는 로스토프의 가족에 대해 한 번도 이야기를 꺼내지 않았지만, 로스토프는 부하 장교인 자신에게 보이는 그의 친절한 우정을 통해, 나타샤에 대한 이 선임 경기병의 불행한 사랑이 우정을 굳건히 하는 데 일조하고 있다는 것을 느꼈다. 데니소프는 로스토프가 가능한 한 위험에 노출되지 않도록 애쓰는 듯했고, 그가 전

---

* 러시아 민담에 나오는 주인공들.
** 쇠고리 던지기 놀이.
*** 자치기와 유사한 놀이.

투에서 부상당하지 않고 무사히 돌아오면 유난히 기쁘게 맞아주었다. 로스토프는 언젠가 임무를 띠고 파견돼 식량 징발을 위해 들렀던 황폐한 마을에서 늙은 폴란드인과 그의 딸인 듯한 젖먹이를 안은 여자로 이루어진 가족을 발견했다. 그들은 입을 것이 부족하고, 허기지고, 걸어서 떠날 기력이 없는데다 탈것을 구할 돈도 없었다. 로스토프는 그들을 숙사로 데려와 노인이 건강을 회복할 때까지 몇 주 동안 자기 방에 살게 해주었다. 동료 하나가 여자 이야기를 하던 중에 로스토프에게, 자네는 누구보다 음흉해, 이번에 구해준 예쁜 폴란드 여자를 동료들에게 소개한다 해도 죄가 되지는 않을 거야, 라며 놀리기 시작했다. 로스토프는 이 농담에 모욕을 느끼고 발끈하며 심한 욕을 퍼부었는데, 데니소프가 말려서 간신히 결투까지는 이르지 않았다. 동료 장교가 돌아간 뒤 폴란드 여자와 로스토프의 관계가 어떤 것인지 모르는 데니소프가 그의 불같은 성질을 나무라자, 그는 이렇게 말했다.

"나를 어떻게 보고…… 그 여자는 마치 내 누이 같아, 그래서 그렇게 화가 났던 거야, 자네에게 말로는 설명할 수가 없어…… 왜냐하면 그…… 아, 왜냐하면……"

데니소프는 그의 어깨를 두드리고 로스토프 쪽은 보지도 않고 빠르게 방안을 걷기 시작했는데, 그것은 흥분했을 때 나오는 버릇이었다.

"자네 로스토프가 사람들은 어쩌면 그리 미련한가." 데니소프는 이렇게 말했고, 로스토프는 그의 눈에 맺힌 눈물을 보았다.

16

4월이 되자 군대는 황제가 도착한다는 소식에 활기를 띠었다. 로스토프는 황제가 바르텐슈타인에서 행한 사열식에는 참가하지 못했는데, 파블로그라드스키 연대가 바르텐슈타인보다 훨씬 앞쪽 전초선에 주둔해 있었기 때문이다.

그들은 야영을 하고 있었다. 데니소프와 로스토프는 병사들이 그들을 위해 판, 나뭇가지와 잔디를 덮은 토굴 막사에서 지내고 있었다. 토굴 막사는 당시 유행대로 다음과 같이 만들어졌다. 먼저 너비 1아르신 반, 깊이 2아르신, 길이 3아르신 반의 참호를 팠다. 참호 한끝에 층계가 만들어지고 이것이 입구, 즉 현관이 되었다. 참호 자체가 방이 되고, 중대장 등 운이 좋은 사람들 옆에는 층계 맞은쪽 네 개의 말뚝에 판자가 얹혀 탁자가 만들어졌다. 참호를 따라 1아르신쯤 흙을 깎아내면 침대 두 개 겸 소파가 됐다. 지붕은 한가운데서 사람이 설 수 있게 만들어지고, 탁자 쪽으로 조금 붙으면 침대에 사람이 앉을 수도 있었다. 기병 중대의 병사들이 잘 따라준 덕분에 그동안 편히 지내온 데니소프의 거처에는 지붕 앞면에 판자가 있고, 그 판자에는 깨지긴 했으나 풀을 발라 붙인 유리가 끼워져 있었다. 아주 추울 때는 병사들이 이 층계 쪽으로(데니소프는 이곳을 바라크라 불렀다) 구부러진 철판에 모닥불의 잉걸불을 얹어 가져다주었기 때문에 데니소프와 로스토프를 찾아온 장교들은 셔츠만 입고 있어도 늘 따뜻했다.

4월에는 로스토프가 당직이었다. 밤을 새우고 아침 일곱시가 지나 토굴 막사로 돌아온 그는 잉걸불을 가져오라 일러놓고, 비에 젖은 속옷을 갈아입고, 기도를 올리고, 차를 마시고, 불을 쬐고, 자기 거처와 탁자를 정리한 뒤 살이 터서 화끈대는 얼굴로 셔츠만 입고 드러누워 두 손을 머리 밑에 괴었다. 그는 최근에 한 정찰 공로로 곧 한 계급 승진하게 되는 것을 흐뭇하게 생각하면서, 외출한 데니소프가 돌아오기를 기다렸다. 로스토프는 그와 이야기하고 싶었다.

임시 막사 뒤에서 분명 격분한 듯한 데니소프의 외침이 들렸다. 로스토프는 그가 누구에게 화를 내는지 보려고 창가로 다가갔는데, 톱체옌코 기병 상사가 눈에 들어왔다.

"내가 병사들에게 그 뿌리, 그 마시카인지 뭔지를 먹지 말라고 명령했잖아!" 데니소프는 소리쳤다. "라자르추크가 들에서 뽑아오는 걸 이 눈으로 봤다고."

"저도 명령했습니다, 중대장님, 그런데 듣질 않습니다." 기병 상사가 대답했다.

로스토프는 다시 침대에 누워 태평한 기분으로 생각했다. '저 친구는 떠들고 걱정하라고 해, 나는 내 일을 끝내고 잔다—기분좋다!' 벽 너머에서는 기병 상사 외에 데니소프의 종졸인 민첩하고 교활한 라브루시카의 목소리도 들렸다. 라브루시카는 식량을 징발하러 나갔을 때 본 수송차와 건빵과 수소에 대해 이야기하고 있었다.

막사 뒤에서 데니소프의 외침 소리가 멀어지며 들렸다. "안장을 놔!…… 제2소대!"

'어딜 가려는 거지?' 로스토프는 생각했다.

오 분 뒤 데니소프는 바라크로 들어와 흙 묻은 발로 침대에 올라 화가 난 듯 파이프를 마저 빨고 자기 물건들을 몽땅 내동댕이치더니 채

찍과 사브르만 차고 토굴 막사에서 다시 나가려 했다. 로스토프가 어디 가나? 하고 물었지만 그는 화난 듯이, 볼일이 있다고만 모호하게 대답했다.

"신이건 위대한 황제건 날 심판하겠다면 하라고 해!" 데니소프는 나가며 말했고, 로스토프는 바라크 뒤에서 말 몇 마리가 진창을 밟는 소리를 들었다. 로스토프는 그가 어디에 가는지 신경쓰고 싶지 않았다. 구석의 자기 자리에서 몸을 녹인 그는 깊이 잠들었다가 저녁 전에야 밖으로 나왔다. 데니소프는 아직 돌아오지 않았다. 저녁 하늘은 활짝 개었고, 이웃 막사 옆에서는 두 장교와 견습사관이 낄낄거리며 질퍽거리는 진창에 무들을 심으며* 스바이카를 하느라 여념이 없었다. 로스토프도 합류했다. 놀이 도중 장교들은 그들 쪽으로 다가오는 수송차를 보았고, 열다섯 명가량의 경기병이 말을 타고 뒤따르고 있었다. 경기병들이 호위한 수송차는 말을 매어두는 곳으로 갔고, 경기병 무리가 일제히 그것을 둘러쌌다.

"아아, 데니소프가 계속 걱정했는데." 로스토프가 말했다. "드디어 식량이 왔나보군."

"그렇군!" 장교들은 말했다. "병사들이 기뻐 날뛰겠군!" 경기병들 조금 뒤에서 데니소프가 보병 장교 두 명과 이야기하며 말을 몰고 오는 것이 보였다. 로스토프는 그를 맞으러 갔다.

"미리 말씀드립니다만, 대위님." 마르고 키가 작은 장교가 성난 듯이 말했다.

---

* 무처럼 생긴 쇠말뚝을 땅에 던져 깊숙이 박는 것을 비유한 것.

"절대 못 돌려준다고 하지 않았나." 데니소프가 대답했다.

"당신이 책임지신다는 겁니까, 대위님. 이건 폭력입니다. 우군의 수송차를 가로채다니요! 우리 부대원들은 이틀이나 먹지 못했습니다."

"우리는 이 주나 먹지 못했어." 데니소프는 대꾸했다.

"이건 약탈입니다, 책임지십시오, 대위님!" 언성을 높이며 장교는 되풀이했다.

"왜 이렇게 귀찮게 구는 건가? 응?" 데니소프는 갑자기 벌컥 화를 내며 소리쳤다. "책임지는 건 나지 자네들이 아니야, 가만 놔둘 때 그만 징징대란 말이야. 가라!" 그는 장교에게 소리쳤다.

"좋습니다!" 키 작은 장교는 겁을 먹지도, 가지도 않고 외쳤다. "이건 약탈입니다, 그렇다면 우리도……"

"얻어터지기 전에 얼른 가는 게 좋을 거야." 데니소프는 그 장교 쪽으로 말 머리를 돌렸다.

"좋습니다, 좋습니다." 장교는 위협하듯이 말하고 말을 돌려세우더니 안장 위에서 몸을 들썩거리며 속보로 달려갔다.

"울타리 위의 개새끼, 울타리 위의 개새끼로군." 데니소프는 기병이 기마 보병에게 하는 가장 심한 욕을 뒤에서 내뱉고, 로스토프에게 다가와 큰 소리로 웃어젖혔다.

"보병한테서 뺏었어, 힘으로 수송차를 뺏은 거야!" 그는 말했다. "어쨌든 부하들을 굶겨 죽일 수는 없잖나?"

경기병이 몰고 온 수송차는 보병 연대로 가는 것이었는데 라브루시카에게 그 수송차가 호위 없이 가더라는 말을 들은 데니소프가 경기병들을 거느리고 가서 힘으로 약탈했던 것이다. 병사들은 건빵을 넉넉히 나누고, 다른 중대에까지 나눠줬다.

이튿날 연대장은 데니소프를 부르더니 손가락을 펼쳐 눈에 대고 말했다. "나는 이 일을 이렇게 보고 있다. 나는 아무것도 모르고, 일을 복잡하게 만들 생각도 없지만 일단 사령부 보급과에 가서 일을 원만히 해결할 것을 권고하고, 가능하다면 무슨 식량들을 받았는지 수령증을 써두고 오게—식량 청구는 보병 연대로 기입되어 있을 테니까—안 그러면 문제가 일어나 곤란한 일이 생길 수 있거든."

데니소프는 연대장의 권고를 성실히 실행할 생각으로 곧 사령부로 갔다. 저녁에 토굴 막사로 돌아온 데니소프는 로스토프가 이제까지 한 번도 본 적 없는 모습을 하고 있었다. 데니소프는 말도 못하고 씩씩거리기만 했다. 로스토프가 무슨 일이 있었느냐고 물어도 그저 갈라지고 힘없는 목소리로 알아들을 수 없는 욕과 위협하는 말만 지껄였다.

데니소프의 모습에 놀란 로스토프는 그에게 옷을 벗고 물을 마시게 한 뒤 군의관을 불렀다.

"나를 약탈죄로 재판한다는 거야—아아!—물 좀 더 줘—재판을 하든 마음대로 하라고 해. 나는 비열한 놈들을 계속 때려줄 거고, 황제께도 상주하겠어. 물 좀 줘." 그는 되풀이했다.

달려온 군의관은 사혈해야 한다고 말했다. 데니소프의 털이 무성한 팔에서 나온 검은 피가 바닥이 우묵한 접시를 가득 채웠고, 그제야 그는 비로소 오늘 있었던 모든 일을 이야기할 수 있었다.

"가서," 데니소프는 이야기했다. "'여봐, 여기 상관은 어디 있나?' 하고 말했어. '잠깐 기다려주십시오.'—'난 근무중인데 30베르스타나 되는 곳에서 왔어. 기다릴 시간 없어, 알려라.' 좋소 하며 그 도둑놈의 우두머리가 나와서 내게 또 설교하려는 거야. '그것은 약탈입니다!'—
'약탈은 부하 병사들을 위해 식량을 뺏는 것을 말하는 게 아니라, 자
기 호주머니를 채우기 위해 뺏는 것을 말한다!' 좋소. '수령증을 쓰시
오, 이 건은 사령부에 보고될 겁니다.' 나는 담당자에게 갔네. 갔더니
그 탁자에…… 누가 있었을 것 같나?! 아니, 생각 좀 해보게!…… 우
리를 굶긴 놈이 누군지." 데니소프는 막 사혈한 팔의 주먹으로 탁자를
세게 치며 외쳤고, 탁자가 기우뚱하며 위에 있던 컵이 흔들렸다. "텔랴
닌이었어!! '뭐야, 우리를 굶겨 죽이려던 게 네놈이었어!' 나는 철썩 상
판을 갈겼고, 멋지게 명중했네…… '아아!…… 이 개자식아……' 하
고 나는 또 패기 시작했어! 아무튼 후련했네, 참으로." 데니소프는 검
은 콧수염 밑으로 하얀 치아를 드러내며 통쾌함과 증오에 차서 소리쳤
다. "만약 나를 말리지 않았다면, 그놈을 죽여버렸을 거야."

"왜 그렇게 소리를 지르나, 진정해." 로스토프는 말했다. "이것 봐,
또 피가 나잖아. 기다려, 붕대를 갈아야겠어."

붕대를 갈아주고, 데니소프를 침대에 눕혔다. 이튿날 그는 명랑하고
침착한 모습으로 일어났다.

그러나 정오에 연대의 부관이 데니소프와 로스토프가 함께 쓰는 막
사로 심각하고 안타까운 듯한 얼굴로 찾아와 데니소프 소령 앞으로
온, 어제의 사건에 대한 심문이 예고된 연대장의 정식 서장을 자못 애
석하다는 듯이 내보였다. 부관의 보고에 의하면, 사태는 크게 악화될
것 같고, 군법회의 위원회가 구성되고, 현재 군의 약탈과 군기 문란에
대해 엄중한 조치가 취해지고 있기 때문에 잘 수습된다 해도 강등은
면치 못할 거라고 했다.

피해자측 신고에 의하면, 데니소프 소령은 수송차를 약탈한 뒤 소환하지도 않았는데 술에 취해 찾아와 보급과장에게 도둑놈이라 부르며 때리겠다고 위협하고, 방 밖으로 쫓겨나자 옆 사무실로 들어가 관리 둘을 때려 한 명의 팔을 탈구시켰다는 것이었다.

데니소프는 연신 캐묻는 로스토프에게, 그 자리에 다른 누군가 느닷없이 뛰어든 것은 확실하지만 그런 건 모두 쓸데없는 소리고 자기는 재판 따위에 아랑곳하지 않는다. 만약 그놈들이 이러쿵저러쿵하면 뼈저리게 느끼도록 해주겠다고 껄껄대며 대답했다.

데니소프는 이 사건을 대수롭지 않다는 듯이 말했지만, 그를 너무도 잘 아는 로스토프는 그가 (남에게 티를 내지는 않지만) 재판을 걱정하고 있고, 분명 나쁜 결과를 초래할 게 뻔한 이 사건에 대해 애태우고 있다는 것을 알아챘다. 심문 서류와 법정 출두장이 매일같이 왔고, 5월 1일에는 중대를 차석 장교에게 맡기고 사단 사령부로 출두해 보급과 폭행 사건에 대해 답변하라는 호출장이 왔다. 그 전날 밤에 플라토프는 카자크 2개 연대와 경기병 2개 중대를 거느리고 적을 정찰하러 나갔다. 데니소프는 언제나처럼 용맹을 떨치며 전군의 선두에서 말을 몰았다. 그러다가 프랑스 저격병이 쏜 탄환이 그의 허벅지에 명중했다. 다른 때라면 그 정도의 경상으로 연대를 떠나지 않았겠지만 데니소프는 그 기회를 이용해 사단 사령부에 출두하지 않고 그대로 병원으로 가버렸다.

17

6월에 프리들란트 전투가 있었지만[13] 파블로그라드스키 연대는 참
가하지 않았고, 뒤이어 휴전이 선언되었다. 친구가 떠난 후 아무 소식
도 듣지 못하고 그의 부재로 무거운 기분에 잠겨 있던 로스토프는 사
건과 부상의 경과가 걱정되던 차에 휴전이 되자 데니소프를 문병할 수
있는 허가를 얻었다.

병원은 러시아와 프랑스 군대에 의해 두 번이나 파괴된 프로이센의
작은 마을에 있었다. 지붕과 담이 무너지고, 거리는 지저분하고, 누더
기를 걸친 주민들과 주정뱅이들, 부상병들이 서성이는 작은 마을은 풍
광이 유난히 아름다운 여름이었기에 더욱 음산해 보였다.

부서진 담장의 잔해들로 둘러싸인 뜰 안에 창틀과 군데군데 유리창
이 깨진 석조 가옥이 있고, 그곳이 야전병원으로 쓰이고 있었다. 붕대
를 감은 창백하고 부은 병사 몇몇이 햇볕을 쬐며 뜰을 거닐거나 앉아
있었다.

로스토프가 문 안으로 한발 들어서자 시체 썩는 냄새와 병원 냄새가
코를 찔렀다. 계단 위에 여송연을 문 러시아인 군의관이 보였다. 러시
아인 간호병이 뒤따르고 있었다.

"내 몸을 둘로 나눌 순 없잖나." 군의관이 말했다. "저녁에 마카르
알렉세예비치에게 와, 나도 거기 가 있을 테니까." 그러자 간호병은 또
다시 그에게 뭔가를 요청했다.

"제기랄! 자네 마음대로 해! 어쨌든 마찬가지 아닌가?" 군의관은 계
단을 올라오는 로스토프를 보았다.

"무슨 일로 오셨습니까, 장교님?" 군의관이 물었다. "무슨 일로 오셨습니까? 총알을 피하니까 티푸스라도 걸리고 싶은 겁니까? 여봐요. 여기는 격리병원입니다."

"뭐라고요?" 로스토프는 물었다.

"티푸스 말입니다. 여봐요. 누구든 여기 오기만 하면 죽음이라고요. 나는 마케예프와 둘이서(그는 간호병을 가리켰다) 눈코 뜰 새 없습니다. 동료 군의관이 벌써 다섯이나 죽어나갔으니까요. 새로 사람이 와도 일주일이면 뻗어버리죠." 군의관은 자랑이라도 하는 듯이 말했다. "프로이센 군의관들에게도 도움을 요청했습니다만. 동맹국 사람들도 이런 건 내키지 않는 모양입니다."

로스토프는 이곳에 입원한 경기병 데니소프 소령을 만나러 왔다고 말했다.

"모르겠는데요. 전혀 모르겠습니다. 장교님. 좀 생각해보십시오. 나 혼자서 담당하는 병원이 세 곳이고, 환자만 400명이 넘습니다! 그나마 프로이센의 자선가 귀부인들이 매달 커피와 린트*를 2푼트씩 보내주니까 숨통이라도 트이지만, 그것마저 끊기면 두 손 들어야 합니다." 그는 웃기 시작했다. "400명이란 말입니다. 장교님. 게다가 새로운 환자가 계속해서 들어옵니다. 400명 되지? 응?" 그는 간호병을 돌아보았다.

간호병은 피로해 보였다. 그는 분명 이 수다스러운 군의관이 빨리 물러가기를 짜증스럽게 기다리는 듯했다.

"데니소프 소령," 로스토프는 되풀이했다. "몰리텐 부근에서 부상당

---

* 붕대 등을 만드는 천.

했습니다."

"아마 죽었을 겁니다. 그렇지, 마케예프?" 군의관은 무심한 어조로 간호병에게 말했다.

그러나 간호병은 그의 말에 맞장구치지 않았다.

"그 사람, 큰 키에 빨간 머리입니까?" 군의관은 물었다.

로스토프는 데니소프의 용모를 설명했다.

"있었습니다, 그런 사람이 있긴 했습니다." 군의관은 기쁘기라도 한 듯 말했다. "그 사람은 분명 죽었습니다, 그러나 일단 확인해보죠, 우리한테 명부가 있으니까. 마케예프, 자네가 가지고 있나?"

"명부는 마카르 알렉세이치에게 있습니다." 간호병은 말했다. "하지만 장교 병동에 가서 직접 보실 수 있습니다." 그는 로스토프 쪽으로 몸을 돌리고 덧붙였다.

"아, 거기는 가지 않는 게 좋을 겁니다." 군의관은 말했다. "안 그러면 당신이 거기 남지 않으리라고 장담할 수 없으니까요!" 그러나 로스토프는 군의관에게 가볍게 절하고, 간호병에게 안내를 부탁했다.

"나중에 날 원망하지나 마십시오." 군의관은 계단 밑에서 외쳤다.

로스토프는 간호병과 함께 복도로 들어섰다. 어두컴컴한 복도에서 풍기는 악취에 로스토프는 코를 감싸쥐고 걷다가 멈추고, 다시 걷기 위해서는 힘을 모아야만 했다. 오른쪽의 문이 열리더니 얼굴이 누렇고 여윈 사내가 속옷 바람으로 맨발에 목발을 짚고 얼굴을 내밀었다. 그는 문기둥에 기대어 부러운 듯 눈을 반짝이면서 지나가는 사람들을 바라보았다. 로스토프가 문 안을 들여다보니, 부상병들이 마룻바닥 위에 볏짚이나 외투를 깔고 누워 있었다.

"여기는 어딘가?" 그는 물었다.

"병사 병실입니다." 간호병은 대답했다. "어쩔 수 없습니다" 하고 그는 변명하듯 덧붙였다.

"들어가서 봐도 괜찮은가?" 로스토프는 물었다.

"무엇을 보려고 그러십니까?" 간호병은 말했다. 그는 분명 들여놓고 싶지 않은 듯이 말했지만, 로스토프는 병사 병실로 들어갔다. 이미 복도에서 간신히 익숙해졌던 냄새가 한층 더 고약했다. 더 선명하고 더 찌르는 듯했고, 이곳이 냄새의 진원지임을 알 수 있었다.

커다란 창문으로 햇살이 눈부실 만큼 밝게 비쳐드는 기다란 병실에는 부상병들이 벽 쪽으로 머리를 두고 한가운데 통로를 남긴 채 두 줄로 누워 있었다. 대부분은 의식이 없어 사람이 들어와도 주의를 돌리지 않았다. 하지만 의식이 있는 자들은 모두 일어나 앉거나 여위고 누런 얼굴을 쳐들었고, 한결같이 도움과 희망, 타인의 건강에 대한 비난과 질투의 표정을 띠며 로스토프에게서 눈을 떼지 않았다. 로스토프는 병실 한가운데로 가서 인접한 양쪽 방으로 통하는 열려 있는 문에서 안을 들여다보았는데, 양쪽 광경이 똑같았다. 그는 걸음을 멈추고 묵묵히 주위를 둘러보았다. 이런 광경을 보게 되리라고는 생각지 못했다. 그의 바로 앞에는 통로 가운데를 거의 가로지르듯 부상병이 맨바닥에 널브러져 있었는데, 활새머리*로 보아 카자크 같았다. 카자크는 큼직한 손과 발을 뻗은 채 등을 대고 누워 있었다. 얼굴은 검붉고, 눈동자는 흰자위만 보일 만큼 완전히 까뒤집히고, 팽팽한 밧줄처럼 핏줄

---

* 아래만 돌려 깎는 더벅머리.

이 두드러진 맨팔과 맨다리 역시 온통 붉었다. 그는 바닥에 뒤통수를 찧으며 목쉰 소리로 무슨 말인가 지껄이고 되풀이하기 시작했다. 로스토프는 그 소리를 듣다가 되풀이되는 단어를 알아들었다. 목말라―목말라―목말라! 로스토프는 이 환자를 원래 자리로 데려가 물을 줄 사람이 있는지 찾으려고 주위를 둘러보았다.

"여기 환자들을 돌봐주는 사람은 누군가?" 그는 간호병에게 물었다. 이때 옆방에서 병원 사환으로 일하는 수송병이 나오더니, 발을 맞추며 로스토프에게 와서 차렷 자세를 취했다.

"건강을 빕니다, 대장님!" 병사는 로스토프를 향해 눈을 부릅뜨고 외쳤는데, 로스토프를 병원장으로 착각한 게 분명했다.

"이 환자를 제자리로 데려가서 물을 줘라." 로스토프는 카자크를 가리키며 말했다.

"알겠습니다, 대장님." 병사는 더욱 눈을 부릅뜨고 자세를 바로잡고 기쁜 듯이 말했으나, 자리에서 움직이려고 하지 않았다.

'아니, 여기서는 어쩔 수가 없어.' 로스토프는 눈을 내리뜨고 이렇게 생각하며 밖으로 나가려고 했는데, 그때 오른쪽에서 자기에게 쏠린 의미심장한 시선을 느끼고 그쪽을 돌아보았다. 거의 맨 구석 쪽에 해골처럼 여윈 누렇고 엄한 얼굴에, 깎지 않은 회색 수염이 턱을 덮은 노병이 외투를 깔고 앉아 로스토프를 집요하게 바라보고 있었다. 그 옆에 있는 사내가 로스토프를 가리키며 노병에게 속삭였다. 로스토프는 노인이 자신에게 뭔가 부탁하려 한다고 생각하고 가까이 갔다. 그는 한쪽 다리를 구부리고 앉아 있었고, 다른 한쪽 다리는 무릎 아래부터 없었다. 노인 옆 꽤 떨어진 곳에 누군가가 고개를 젖히고 꿈쩍도 않고 누위 있었는데, 그는 아직 젊고, 들창코에 주근깨투성이 얼굴은 밀랍처럼 창백하고, 눈꺼풀 아래 눈을 부릅뜨고 있었다. 로스토프는 들창코의 병사를 바라보았고, 오한이 등골을 스쳤다.

"내 생각에 이 병사는……" 그는 간호병에게 말했다.

"이미 여러 번 부탁했습니다. 장교님," 노병은 아래턱을 떨며 말했다. "이미 아침나절에 죽었습니다. 그래도 같은 인간입니다. 개가 아니라……"

"사람을 보내 치우겠습니다, 치우겠습니다." 간호병은 서둘러 말했다. "가시죠, 장교님."

"가지, 가지!" 로스토프는 서둘러 말하고 눈을 내리뜨며 몸을 움츠렸고, 양쪽에서 쏟아지는 비난하는 것 같기도 하고 부러워하는 것 같기도 한 시선들을 애써 외면하며 병실을 빠져나왔다.

18

복도를 지나 간호병은 문이 열린 세 개의 방이 있는 장교 병실로 로스토프를 안내했다. 모든 방에 침대가 있고, 병들거나 부상당한 장교들이 침대에 눕거나 앉아 있었다. 환자 가운을 입고 방안을 걸어다니는 자도 있었다. 장교 병실에서 로스토프가 처음 마주친 사람은 마르고 몸집이 작고 한쪽 팔이 없는 자였는데, 실내모를 쓰고 환자 가운을 입고 파이프를 입에 문 채 첫번째 방을 거닐고 있었다. 로스토프는 그를 바라보며 전에 어디서 봤는지 기억해내려 애썼다.

"여기서 만나다니 정말 뜻밖입니다." 몸집이 작은 남자가 말했다. "투신입니다, 투신. 쇤그라벤에서 당신을 태워줬었는데, 기억하십니까? 나도 약간 잘렸습니다, 그래서……" 그는 디룽디룽하는 가운의 한쪽 빈 소매를 가리키며 웃으면서 말했다. "바실리 드미트리치 데니소프를 찾습니까? 같은 방에 있습니다." 그는 로스토프가 찾는 사람이 누군지 알고 있었다. "여깁니다, 여기." 투신은 사람들의 시끄러운 웃음소리가 들려오는 다음 방으로 그를 안내했다.

'이 사람들은 어떻게 이렇게 웃고, 어떻게 이런 데서 지낼 수 있는 걸까?' 하고 로스토프는 생각했고, 병사 병실에서 맡았던 시체 냄새가 느껴지고, 양쪽에서 그를 바라보던 병사들의 부러운 듯한 시선과 눈을 부릅뜬 채 죽은 젊은 병사의 얼굴이 아직도 선했다.

열한시가 넘었지만 데니소프는 머리까지 담요를 뒤집어쓰고 침대에서 자고 있었다.

"아아! 로스토프! 오랜만이야! 잘 있었나!" 그는 연대에 있을 때와 똑같은 목소리로 외쳤지만, 그 태평함과 활기 뒤에 낯설고 불길하고 숨겨진 어떤 감정이 표정과 억양과 어휘에 나타나는 것을 로스토프는 마음 아프게 알아챘다.

경미한 부상이었지만 육 주나 흘렀는데도 아직 상처가 아물지 않고 있었다. 그의 얼굴은 병원에 있는 다른 모든 사람과 마찬가지로 창백하고 부어 있었다. 그러나 로스토프가 놀란 것은 그것 때문이 아니라, 자신이 찾아온 것을 보고도 데니소프가 기뻐하지 않는 듯하고 부자연스러운 미소를 지었기 때문이었다. 데니소프는 연대에 대해서도, 전국 전반에 대해서도 묻지 않았다. 로스토프가 그것에 대해 이야기할 때도 그는 귀기울이지 않았다.

　로스토프는 데니소프가 연대뿐만 아니라 병원이 아닌 다른 곳에서의 자유로운 생활을 상기시키는 것을 불쾌하게 여긴다는 것을 알아챘다. 그는 이전의 생활을 잊으려는 듯했고, 자기와 보급과 관리들 사건에만 관심을 보였다. 그 사건은 지금 어떻게 되었느냐고 로스토프가 묻자, 대뜸 그는 위원회에서 받은 서류와 자기의 답변서를 베개 밑에서 꺼냈다. 답변서를 읽기 시작하면서 그는 활기를 띠었고, 특히 상대방에 대한 독설을 로스토프가 알아듣게 하려고 애썼다. 데니소프와 한 병실을 쓰는 사람들은 로스토프―자유로운 세계에서 온 새로운 인물―를 둘러싸고 있었는데, 데니소프가 답변서를 읽기 시작하자 뿔뿔이 흩어졌다. 로스토프는 모두의 얼굴에서 그들이 이 이야기를 싫증날 정도로 듣고 또 들었다는 것을 알아챘다. 옆 침대의 뚱뚱한 창기병이 침울하게 얼굴을 찌푸린 채 파이프를 빨며 앉아 있고, 한 팔이 없는 왜소한 투신이 동의할 수 없다는 듯이 고개를 저으며 듣고 있을 뿐이었다. 읽는 도중 창기병이 데니소프를 가로막았다.

　"내 생각에는 말입니다." 그는 로스토프 쪽을 돌아보며 말했다. "그냥 황제께 특사를 청원해야 합니다. 이번 행상은 아주 크다고 하니까 분명 사면될 겁니다……"

　"나더러 황제께 청원하라는 건가!" 데니소프는 예전처럼 목소리에 힘과 열정을 담으려 했지만, 부질없는 초조함만 감돌았다. "뭘 말인가? 만약 내가 강도라면 자비를 빌 수도 있겠지만, 나는 도둑놈들 소행을 폭로했다는 이유로 재판받고 있어. 마음대로 재판하라고 해. 나는 누구도 두렵지 않고, 황제와 조국을 위해 성심껏 일했을 뿐이며, 도둑질한 적 없어! 그런 나를 강등시키다니, 게다가…… 들어보게, 나는 그놈들에게 단도직입적으로 써보냈어, '만약 내가 관물을 횡령했다면……'"

"훌륭하게 썼습니다, 더 말할 것도 없이," 투신은 말했다. "하지만 문제는 그게 아닙니다, 바실리 드미트리치," 그는 로스토프에게로 얼굴을 돌리고 말했다. "고개 숙일 필요가 있는데, 바실리 드미트리치는 그것이 싫다고 한다는 겁니다. 법무관도 이 사건은 당신 쪽이 불리하다고 말하잖습니까."

"뭐, 불리해도 상관없어." 데니소프는 말했다.

"법무관이 모처럼 당신을 위해 청원서를 써줬으니," 투신은 계속했다. "거기 서명하고, 이런 분을 통해 제출해야 합니다. 이런 분은(그는 로스토프를 가리켰다) 분명 사령부 안에도 연줄이 있을 테니까요. 다시없는 기회입니다."

"아까부터 말하지만, 난 비겁한 짓은 하지 않겠어." 데니소프는 그의 말을 가로막고 또다시 답변서를 읽어내려갔다.

로스토프는 투신과 다른 장교들이 권하는 방법이 가장 확실하다고 본능적으로 느끼기도 했고 또 자기가 도움이 되면 좋겠다고 생각했지만 데니소프의 꺾을 수 없는 고집과 고지식하고 격한 성정을 잘 알고 있었기 때문에 감히 그를 설득하지는 못했다.

한 시간 넘게 계속된 데니소프의 신랄한 답변서 낭독이 끝났을 때도 로스토프는 아무 말 하지 않았고, 다시금 그의 주위로 모여든 데니소프의 병실 동료들 틈에 끼여, 자기가 아는 것을 이야기하기도 하고 남의 이야기를 듣기도 하며 침울한 기분으로 남은 하루를 보냈다. 데니소프는 저녁 내내 어두운 얼굴로 침묵했다.

로스토프는 그날 밤늦게 떠날 채비를 하며 데니소프에게 시킬 일은 없는지 물었다.

"그래, 잠깐만." 데니소프는 이렇게 말하고 장교들 쪽을 돌아보며 베개 밑에서 서류를 꺼내더니 잉크병이 놓여 있는 창가로 가서 앉아 뭔가를 썼다.

"역시 힘 앞에서는 어쩔 수가 없군." 그는 창가에서 물러서서 로스토프에게 커다란 봉투를 건네며 말했다. 그것은 보급과의 죄상에 대해서는 일절 언급하지 않고 오로지 사면만을 호소하는, 황제에게 올리기 위해 법무관이 써준 청원서였다.

"전해주게, 역시……" 그는 끝까지 말하지 않고 병적이고 가장된 미소를 지으며 웃었다.

19

로스토프는 연대로 돌아와 데니소프 사건이 어떤 상황인지 연대장에게 보고한 뒤, 황제에게 올릴 청원서를 가지고 틸지트로 떠났다.

6월 13일에 프랑스와 러시아의 두 황제는 틸지트에서 회견했다.[14] 보리스 드루베츠코이는 틸지트에서 편성될 시종무관단에 자기를 넣어 달라고 직속상관에게 간청했다.

"저는 그 위인을 보고 싶습니다." 지금까지 늘 다른 사람들처럼 나폴레옹을 부오나파르테[15]라 부르던 그가 말했다.

"부오나파르테 말인가?" 장군은 미소지으며 말했다.

보리스는 의아한 눈으로 장군을 바라보았지만, 곧 그것이 시험 삼아 해본 농담이라는 것을 눈치챘다.

"공작, *저는 나폴레옹 황제를 말한 것입니다.*" 그는 대답했다. 장군은 미소지으며 그의 어깨를 두드렸다.

"자네는 크게 출세할 거야." 그는 이렇게 말하고, 보리스를 데려가기로 했다.

두 황제가 만나는 날, 보리스는 네만 강변에 있던 소수의 사람 틈에 끼여, 머리글자를 엮어 장식한 뗏목과 강 건너편의 프랑스 근위대 옆을 지나가는 나폴레옹을 보았고, 나폴레옹이 도착하기를 기다리며 네만 강변의 주막에 조용히 앉아 있는 알렉산드르 황제의 생각에 잠긴 얼굴도 보았으며, 두 황제가 작은 배에 타는 것도, 먼저 탄 나폴레옹이 빠른 걸음으로 걸어나가 알렉산드르 황제를 맞으며 손을 내미는 것도, 두 황제가 천막 안으로 사라지는 것도 보았다. 상류사회에 발을 들여놓은 이래, 보리스는 주위에서 일어나는 일을 주의깊게 관찰하고 적어두는 습관을 들이게 됐다. 틸지트 회견 때도 그는 나폴레옹을 수행한 사람들의 이름이며 그들이 입은 제복들에 대해 묻고, 대관들의 말에 주의를 기울였다. 두 황제가 천막 안으로 들어가는 순간 그는 자기 시계를 보았고, 알렉산드르 황제가 다시 천막에서 나왔을 때도 잊지 않고 시계를 보았다. 회견은 한 시간 오십삼 분간 계속됐는데, 그는 그날 밤 이것을 역사적 의미를 지닌 다른 사실과 함께 기록해두었다. 황제의 시종무관단은 극소수였기 때문에 이 회견 때 틸지트에 있었다는 것은 근무상의 출세를 중시하는 사람에게는 매우 중요한 일이었고, 보리스 역시 틸지트에 와서 자신의 지위가 확고해졌다고 느꼈다. 그는 이름만 알려진 것이 아니라, 누구나 알고 누구에게나 친숙한 인물이 되었다. 그는 두 번이나 직접 황제에게 가는 임무를 수행해 황제에게도 얼굴을 알리게 되었고, 측근들도 전과 달리 그를 낯선 얼굴이라 여기고 거리를 두지 않았을 뿐만 아니라, 그가 보이지 않으면 이상하게 생각할 정도가 되었다.

보리스는 다른 부관인 폴란드인 질린스키 백작과 동숙했다. 질린스키는 파리에서 자란 부유한 폴란드인으로 프랑스인을 무척 좋아했는데, 그래서 틸지트에 머무는 동안 프랑스 근위대와 참모본부의 장교들이 거의 매일같이 질린스키와 보리스의 숙사로 찾아와 아침과 점심을 함께했다.

6월 24일 저녁, 보리스의 동숙자 질린스키 백작은 프랑스인 지인들을 위해 만찬회를 열었다. 이 자리의 손님은 나폴레옹의 부관, 근위 장교 몇 명, 프랑스의 유서 깊은 명문가 출신인, 나폴레옹의 어린 시종이었다. 바로 이날 로스토프는 남의 눈에 띄지 않게 어둠을 틈타 평복 차림으로 틸지트에 도착해 질린스키와 보리스의 숙사로 갔다.

적에서 갑자기 친구가 된 나폴레옹과 프랑스인들에 대해 총사령부와 보리스가 보인 태도의 변화는, 로스토프와 그가 떠나온 군대 내에서는 아직 이루어질 겨를이 없는 것이었다. 일반 군대에 있는 사람들은 여전히 보나파르트와 프랑스인들에게 증오와 경멸과 두려움이 뒤섞인 감정을 품고 있었다. 바로 얼마 전에도 로스토프는 플라토프 지대의 카자크 장교와 이야기하면서, 만약 나폴레옹을 생포하면 황제가 아니라 전범戰犯으로 다뤄야 한다고 논쟁한 일이 있었다. 또 얼마 전 이동중에 프랑스의 부상당한 대령과 마주쳤을 때는 정당한 계승자인 황제와 범죄자 보나파르트 사이에 화평 같은 건 있을 수 없다고 몹시 분개하며 논쟁하기도 했다. 그래서 지금까지 측면 방위선에서 전혀 다른 눈으로 봐왔던 프랑스 장교들이 똑같은 군복을 입고 보리스의 숙사에 있는 것을 보자, 로스토프는 놀랍고 이상했다. 문 앞에서 불쑥 얼굴을 내민 프랑스 장교의 모습이 눈에 들어오자, 전장에서 적을 발견했을 때와 같은 적개심이 순간 그를 휘감았다. 그는 입구에서 걸음을 멈추고, 여기가 드루베츠코이의 숙사가 맞느냐고 러시아어로 물었다. 현관방에 있던 보리스가 낯선 목소리가 들리자 맞으러 나왔다. 로스토프인 것을 안 첫 순간, 그의 얼굴에는 유감의 빛이 떠올랐다.

"아, 너였군, 잘 왔어, 정말 잘 왔어." 그는 웃으며 상대방에게 다가가 인사했다. 그러나 로스토프는 상대방의 첫 움직임을 알아보았다.

"내가 때를 잘못 골랐나보군." 그는 말했다. "올 생각은 없었는데, 볼일이 생겨서." 그는 차갑게 말했다······

"아냐, 나는 네가 어떻게 부대에서 나왔는지 놀랐을 뿐이야―*금방 가겠습니다.*" 그는 자기를 부르는 소리가 난 쪽을 향해 대답했다.

"아무래도 때를 잘못 골랐는데." 로스토프는 되풀이했다.

유감의 표정을 이미 지운 보리스는 분명 깊이 생각한 끝에 어떻게 해야 할지 결심한 듯 유난히 차분하게 로스토프의 두 손을 잡고 옆방으로 이끌었다. 로스토프를 응시하는 차분하고 흔들림 없는 보리스의 눈은 뚜껑 같은 것이 덮여 있는 듯했는데, 마치 공동체라는 푸른 색안경을 쓴 것 같았다. 로스토프에게는 그렇게 보였다.

"아, 제발, 무슨 소리야, 때를 잘못 골랐다니, 그럴 리가 있나." 보리스는 말했다. 보리스는 만찬이 준비된 방으로 그를 데려가 그의 이름을 말하고 문관이 아니라 경기병 장교이자 자기의 오랜 친구라고 설명하더니 손님들을 소개했다. "질린스키 백작, *N. N.* 백작, *S. S.* 대위" 하고 그는 손님들의 이름을 알려주었다. 로스토프는 얼굴을 찌푸린 채 프랑스인들을 바라보고, 마지못해 인사만 하고는 입을 다물어버렸다.

질린스키는 새로운 러시아인을 자기들 그룹에 들이는 것이 달갑지 않은 듯 로스토프에게는 한마디도 하지 않았다. 보리스는 새로운 손님으로 인해 어색해진 분위기를 알아채지 못한 것 같았고, 로스토프를 맞을 때처럼 유쾌하고, 차분하고, 뚜껑이 덮인 것 같은 눈으로 좌담에 활기를 불어넣으려 애썼다. 한 프랑스인이 고집스럽게 입을 다물고 있는 로스토프에게 프랑스어 특유의 정중한 말투로, 틸지트에 온 것은 황제를 보기 위해서냐고 물었다.

"아닙니다, 나는 볼일이 있습니다." 로스토프는 짧게 대답했다.

로스토프는 보리스의 얼굴에 떠오른 불만의 빛을 보자 기분이 나빴고, 기분 나쁜 사람이 흔히 그렇듯 어쩐지 모두가 자기를 적대시하고, 모두가 자기를 방해꾼으로 생각하는 것만 같았다. 실제로도 그는 모두에게 방해가 됐고, 다시 시작된 공통의 대화에서 그만 홀로 떨어져 있었다. '저 사람은 왜 여기 앉아 있지?' 그들의 시선이 이렇게 묻는 듯했다. 그는 일어나서 보리스에게 다가갔다.

"역시 내가 있으면 너도 불편할 테니까," 그는 나직이 말했다. "잠깐 저쪽으로 가서 용건만 말하고 갈게."

"아니, 전혀 그렇지 않아." 보리스는 말했다. "그러나 피곤한 거라면 내 방에 가서 좀 쉬어."

"그렇긴 하지……"

두 사람은 보리스가 침실로 쓰는 작은 방으로 갔다. 로스토프는 앉지도 않고 느닷없이 격렬한 어조로—보리스가 무슨 잘못이라도 한 것처럼—데니소프 사건에 대해 말하기 시작하더니, 보리스가 속한 시종무관단의 직속장군을 통해 황제에게 청원서를 올리고 데니소프를 위해 탄원해줄 수 있는지, 그것이 가능한지 물었다. 단둘이 되자 로스토프는 보리스의 눈을 바라보는 것이 불편하다는 것을 새삼 깨달았다. 보리스는 다리를 꼬고 왼손으로 가는 오른손가락을 어루만지며 마치 부하의 보고를 듣는 장군처럼 다른 데로 시선을 돌리기도 하고, 뚜껑이 덮인 것 같은 눈으로 로스토프의 눈을 똑바로 바라보기도 하면서 들었다. 그럴 때마다 로스토프는 불편해져서 눈길을 떨어뜨렸다.

"그 사건에 대해서는 나도 들었지만, 황제께서 그런 일에 몹시 엄격하셔서 말이야. 내 생각에는 폐하의 귀에 들어가지 않는 편이 좋을 것 같아. 차라리 군단장에게 직접 청원하는 게 나을 것 같은데…… 그야 일반적으로 생각해보자면 나도……"

"아무것도 해줄 생각이 없다는 말이군, 그럼 그렇다고 말해!" 로스토프는 보리스의 눈을 보지 않으려 하며 외치듯이 말했다.

보리스는 미소지었다.

"천만에, 나는 내가 할 수 있는 일이라면 하겠어, 하지만 내 생각에는……" 이때 문가에서 보리스를 부르는 질린스키의 목소리가 들렸다.

"그래, 가봐, 가봐……" 로스토프는 이렇게 말하고는 저녁식사를 사양하고 작은 방에 혼자 남아 오랫동안 서성거리며 옆방에서 흘러나오는 명랑한 프랑스어 대화 소리를 들었다.

로스토프가 틸지트에 도착한 날은 데니소프의 일을 청원하기에는 가장 좋지 않은 때였다. 그는 연미복을 입고 있었고, 상관의 허가도 없이 틸지트에 왔기 때문에 당직 장군을 직접 찾아갈 수 없었고, 또한 보리스가 돕겠다고 했더라도 로스토프가 도착한 다음날부터는 그럴 수도 없었다. 그다음날, 즉 6월 27일에 강화의 첫 조항이 조인됐기 때문이다.* 두 황제는 서로 훈장을 교환했는데, 알렉산드르 황제는 레지옹 도뇌르 훈장을, 나폴레옹은 안드레이 1급 훈장을 받았고, 또 이날 프랑스 근위 대대는 프레오브라젠스키 대대를 위해 연회를 베풀었다. 두 황제도 연회에 참석했다.

로스토프는 보리스를 대하기가 너무 어색하고 불편해서 만찬 후에 보리스가 들여다보러 왔을 때는 자는 척했고, 다음날에도 그와 마주치지 않으려고 아침 일찍 숙사를 나왔다. 연미복에 둥근 모자를 쓴 니콜라이는 프랑스인들과 그들의 제복을 보기도 하고, 두 황제의 숙사를 둘러보기도 하며 거리를 걸어다녔다. 광장에서는 연회용 탁자들이 가지런히 준비되어 있는 모습을 보았고, 거리에서는 러시아와 프랑스 국기 색으로 만든 휘장들과 *A*와 *N*으로 만든 커다란 모노그램**을 보았다. 집집의 창가에도 역시 휘장과 모노그램이 있었다.

'보리스는 나를 도울 생각이 없고, 나도 그에게 부탁하고 싶지 않다. 이것만은 확실하다.' 니콜라이는 생각했다. '우리 관계는 이것으로 끝

---

* 실제로 조인된 날은 6월 26일이었다.
** 두 개 이상의 글자를 합쳐 한 글자 모양으로 도안한 것.

이지만, 나는 데니소프를 위해 할 수 있는 일을 다 하기 전에는, 무엇보다도 황제께 청원서를 올리기 전에는 이곳을 떠날 수 없다. 황제?! 오오, 여기 계신다!' 로스토프는 무심결에 다시 알렉산드르 황제의 숙사 쪽으로 다가가며 생각했다.

숙사 옆에 말 몇 필이 대기하고 있고, 시종무관들이 분명 황제의 외출에 대비하는 듯 모여 있었다.

'지금 당장 그분을 뵐 수 있을지도 모른다.' 로스토프는 생각했다. '만약 내가 직접 황제께 청원서를 올리고 모든 것을 상주할 수 있다면…… 연미복을 입었다고 체포될까? 그럴 리 없다! 황제는 어느 쪽이 옳은지 알아주실 것이다. 황제는 모든 것을 이해하시고 모든 것을 알고 계신다. 어느 누가 황제보다 더 공평하고 관대할 수 있을까? 그러니 설령 내가 여기서 체포된다 하더라도 무엇이 두려울까?' 황제의 숙사로 들어가는 장교를 보며 그는 생각했다. '저기, 사람들이 들어가지 않는가. 쳇! 아무려면 어떤가. 가서 황제께 청원서를 올리자. 드루베츠코이가 곤란해질지도 모르지만 나를 이렇게 만든 건 그 녀석이니까.' 그러고는 문득, 자신도 예기치 못했던 결의를 품고 호주머니 속의 청원서를 더듬어보고는 황제의 숙사로 곧장 걸어갔다.

'아니, 이번에는 기필코, 아우스터리츠 때처럼 기회를 놓치진 않겠다.' 그는 황제를 만나기를 매 순간 기대하고, 그때마다 심장으로 피가 몰리는 것을 느끼며 생각했다. '폐하의 발밑에 엎드려 간청하리라. 폐하는 나를 일으키시고, 물으시고, 어쩌면 내게 고마워하실지도 모른다.' '짐은 선정善政을 베풀 수 있을 때 행복하지만, 부정을 바로잡는 것은 최대의 행복이다.' 로스토프는 황제가 할 것 같은 말을 상상해보았다. 그리고 호기심에 찬 눈으로 자기를 바라보는 사람들을 지나쳐 황제의 숙사 현관을 향해 걸어갔다.

현관의 넓은 층층대가 위층으로 뻗어 있고, 오른쪽에 닫힌 문이 보였다. 층층대 밑에는 아래층으로 통하는 문이 있었다.

"누구를 만나러 오셨습니까?" 누군가가 물었다.

"청원서를 올리려고 합니다. 폐하께 청원이 있습니다." 니콜라이는 떨리는 목소리로 대답했다.

"청원이라면 당직 장교에게 가십시오. 이리 오십시오(그는 아래층으로 통하는 문을 가리켰다). 하지만 받아들여지지 않을 겁니다."

이 냉담한 목소리를 듣자 로스토프는 자기가 하고 있는 짓에 대해 두려움을 느꼈고, 언제 어느 때 황제를 만날지 모른다는 데 몹시 마음이 끌리기도 하고 그래서 무섭고 달아나고 싶은 마음이 들기도 했지만, 궁정관이 당직 장교실 문을 열어주자 그는 안으로 들어갔다.

서른 살쯤 되어 보이는 땅딸막한 남자가 흰색 바지에 기병 장화를 신고 방금 입은 듯한 바티스트* 루바시카 차림으로 방안에 서 있고, 그의 뒤에서 시종이 비단으로 수놓은 훌륭한 새 멜빵바지의 단추를 채워주고 있었는데, 로스토프는 왠지 이 멜빵바지에 눈길이 갔다. 남자는 옆방에 있는 누군가와 이야기하고 있었다.

"몸매도 좋고 청초하거든요." 남자는 말하다가 로스토프를 보자 말을 멈추고 눈살을 찌푸렸다.

"무슨 일로 왔습니까? 청원입니까?……"

---

* 희고 얇은 고급 삼베.

"무슨 일인가요?" 옆방에 있는 누군가가 물었다.

"또 청원입니다." 멜빵바지의 남자가 대답했다.

"나중에 오라고 말해주시오. 이제 나오실 테니, 우리는 나가봐야 합니다."

"나중에, 나중에, 내일 오시오. 오늘은 늦었으니까……"

로스토프는 돌아서서 나가려 했으나, 멜빵바지의 남자가 그를 불러 세웠다.

"누구 것입니까? 당신은 누굽니까?"

"데니소프 소령의 것입니다." 로스토프는 대답했다.

"당신은 누굽니까? 장교인가요?"

"중위, 로스토프 백작입니다."

"대담하군! 대대를 통해서 제출하십시오. 어쨌든 나가세요, 나가요……" 그는 이렇게 말하고 시종이 내민 제복을 입기 시작했다.

로스토프가 다시 복도로 나오자 현관방에는 대례복을 입은 장교와 장군이 많이 서 있었고, 그는 그 옆을 지나가야 했다.

그는 자신의 무모함을 저주했고, 언제 어느 때 황제를 만날지도 모르고 여러 사람 앞에서 모욕을 당하고 체포될지도 모른다는 생각에 가슴이 철렁했으며, 자신의 행동이 부적절했음을 똑똑히 자각하자 후회가 밀려와 눈길을 내리고 화려한 막료 무리가 둘러싼 숙사에서 슬그머니 빠져나가려고 했으나, 그때 귀에 익은 목소리가 그를 부르고 누군가 그의 손을 붙잡았다.

"여보게, 연미복 차림으로 여기서 뭐하는 건가?" 낮은 목소리로 누군가가 물었다.

그는 이번 전투에서 세운 공로로 황제의 특별한 총애를 받은 기병 장군으로, 로스토프가 전에 근무했던 사단의 사단장이었다.

로스토프는 당황해서 변명하기 시작했지만, 장군의 선량하고 익살 맞은 얼굴을 보자 옆으로 물러서서 흥분된 목소리로 사정을 속속들이 털어놓고, 장군도 알고 있는 데니소프를 도와달라고 간청했다. 장군은 로스토프의 말을 다 듣더니 진지하게 고개를 내저었다.

"안됐군, 그 씩씩한 젊은이가 안됐어. 청원서를 줘보게⋯⋯"

로스토프가 즉시 청원서를 건네고 데니소프 사건에 대해 이야기를 끝냈을 때, 박차를 단 구두의 다급한 울림이 충충대 쪽에서 들려왔고, 장군은 충충대로 다가갔다. 황제의 막료들은 충충대를 달려내려와 말 쪽으로 갔다. 아우스터리츠 전장에도 갔었던 조마사 예네가 황제의 말을 끌고 왔고 충충대를 따라 가볍게 삐걱거리는 발소리가 들려오자, 로스토프는 그것이 누구의 발소리인지 단번에 알아챘다. 그는 눈에 띌 위험도 잊은 채 호기심 강한 주민들과 현관 쪽으로 다가갔고 이 년 만에, 더없이 존경하는 그 똑같은 용모, 똑같은 얼굴, 똑같은 눈매, 똑같은 걸음걸이, 똑같은 위엄과 온화함이 하나가 된 표정을 다시금 보았다⋯⋯ 그러자 황제에 대한 사랑과 환희가 전과 다름없이 로스토프의 마음속에서 되살아났다. 황제는 프레오브라젠스키 대대의 제복을 입고, 흰색 레깅스에 기병 장화를 신고, 로스토프가 본 적 없는 별(레지옹 도뇌르 훈장이었다)을 달고, 모자를 옆에 끼고, 장갑을 끼며 현관 충충대로 나왔다. 그는 주위를 둘러보고 그 시선으로 주위를 밝히며 걸음을 멈췄다. 황제는 장군들에게 몇 마디 건넸다. 그는 로스토프의 전 사단장을 알아보고 미소지으며 손짓으로 불렀다.

막료들은 모두 뒤로 물러섰고, 로스토프는 이 장군이 꽤 오랫동안 황제에게 무엇인가 이야기하는 것을 보았다.

황제는 장군에게 몇 마디 하고 말 쪽으로 걸어갔다. 또다시 막료 무리와 로스토프도 낀 거리의 군중이 황제 쪽으로 밀려들었다. 황제는 말 옆에서 걸음을 멈추고 한 손으로 안장을 잡고 그 기병 장군 쪽을 돌아보며 모두에게 분명히 들려주려는 듯 큰 소리로 말했다.

"그건 안 되오, 장군, 왜냐하면 법이 나보다 강하기 때문이오." 황제는 말하고 등자에 한쪽 발을 올렸다. 장군은 공손하게 고개를 숙였고, 황제는 말에 올라 속보로 거리를 달려갔다. 로스토프는 감격에 겨워 자신도 잊고 군중과 함께 그 뒤를 따라 달렸다.

21

황제가 말을 달려 간 광장에는 오른쪽에 프레오브라젠스키 대대가, 왼쪽에 곰가죽 모자를 쓴 프랑스 근위 대대가 마주보고 정렬해 있었다.

황제가 받들어총을 한 대대의 대열 측면으로 다가갔을 때 반대쪽 측면으로도 또다른 무리가 말을 타고 달려왔고, 로스토프는 선두에 있는 나폴레옹을 알아보았다. 절대 다른 사람일 리 없었다. 그는 작은 모자를 쓰고, 안드레이 대수장을 어깨에 가로질러 걸고, 흰색 조끼에 앞을 열어젖힌 푸른 제복을 입고 있었고, 금실로 자수된 새빨간 방석을 간, 보기 드문 순종의 잿빛 아라비아말을 타고 구보로 다가왔다. 알렉산드르에게 가까워지자 그는 모자를 살짝 들어올렸는데, 이 동작을 본 기병 로스토프는 나폴레옹의 승마 솜씨가 서툴고 불안정하다는 것을 알아채지 않을 수 없었다. 두 대대는 '우라'와 '황제 만세!'를 외쳤다. 나폴레옹이 알렉산드르에게 무엇인가 말했다. 두 황제는 말에서 내려 손을 잡았다. 나폴레옹의 얼굴에 불쾌하고 부자연스러운 미소가 떠올랐다. 알렉산드르는 상냥한 표정으로 그에게 무엇인가 말하고 있었다.

프랑스 헌병의 말이 군중을 막기 위해 발을 구르며 돌아다녔지만 로스토프는 알렉산드르 황제와 보나파르트의 움직임을 하나도 놓치지 않고 주시했다. 그는 알렉산드르가 보나파르트와 대등하게 행동하는 것, 보나파르트가 친한 사이라도 되는 양 러시아 황제를 익숙하고 자연스럽게, 아주 편하게 대하는 것을 보고 뜻밖의 일인 것처럼 놀랐다.

알렉산드르와 나폴레옹은 막료들의 긴 행렬을 거느리고 거기 서 있던 군중 쪽을 마주보며 프레오브라젠스키 대대의 오른쪽 측면으로 다가갔다. 두 황제가 뜻밖에도 군중 앞에 서자, 앞줄에 서 있던 로스토프는 혹시 자기가 눈에 띌까봐 겁이 날 지경이었다.

"폐하, 허락해주신다면 폐하의 병사 가운데 가장 용감한 자에게 레지옹 도뇌르 훈장을 주고 싶습니다." 한마디 한마디 또렷하게 발음하는 날카롭고 정확한 음성이 들렸다.

키 작은 보나파르트가 알렉산드르의 눈을 올려다보며 한 말이었다. 알렉산드르는 주의깊게 듣고 가볍게 고개를 끄덕이더니 기분좋은 미소를 지었다.

"이번 전쟁에서 누구보다 용감했던 병사에게 말입니다." 로스토프에게는 밉살스럽기까지 한 침착함과 자신감을 드러내며 그는 자기 앞에서 받들어총을 한 부동자세로 제 나라 황제의 얼굴을 주시하고 있는 병사들의 대열을 바라보면서 한마디 한마디 새기는 듯한 어조로 덧붙였다.

"폐하, 허락해주신다면 대대장에게 의견을 구하고 싶군요." 알렉산드르는 이렇게 말하고 대대장 코즐롭스키 공작을 향해 빠르게 몇 걸음 다가갔다. 그사이 보나파르트는 작고 흰 손에서 장갑을 벗더니 갈기갈기 찢어서 내던졌다. 뒤에서 부관이 급히 달려나와 그것을 주웠다.

"누구에게 주면 되겠소?" 알렉산드르 황제는 코즐롭스키에게 러시아어로 나지막이 물었다.

"누구에게 주시겠습니까, 폐하."

황제는 못마땅한 듯 눈살을 찌푸리고 뒤를 둘러보며 말했다.

"어쨌든 대답해야 하지 않겠소."

코즐롭스키는 굳게 결심한 표정으로 대열을 둘러보았고, 그 시야에는 로스토프도 있었다.

'혹시 나일까?' 로스토프는 생각했다.

"라자레프!" 대령이 미간을 찌푸리며 호령하자, 대열의 첫 줄에 서 있던 병사 라자레프가 씩씩하게 앞으로 나섰다.

"어딜 가나? 거기 서 있어!" 어디로 가야 할지 모르는 라자레프를 보고 속삭이는 목소리들이 들렸다. 라자레프는 깜짝 놀라 대대장을 곁눈질하며 걸음을 멈췄고, 대열 앞으로 불려나온 병사들이 흔히 그렇듯 그의 얼굴은 떨리고 있었다.

나폴레옹은 고개를 약간 뒤로 돌리고 뭔가를 잡으려는 듯 작고 토실토실한 한 손을 등뒤로 뻗었다. 막료들은 무슨 뜻인지 바로 알아채고 서로에게 뭔가를 연신 넘기며 떠들썩하게 속닥였고, 어젯밤 로스토프가 보리스의 숙사에서 본 소년 시종이 앞으로 달려나와 공손히 몸을 숙이며 조금도 지체 없이 빨간 리본이 달린 훈장을 그의 손에 올려놓았다. 나폴레옹은 그것을 보지도 않고 두 손가락을 붙였다. 훈장은 손가락 사이에 끼워져 있었다. 나폴레옹은 눈을 부릅뜨고 고집스럽게 제 나라 황제만 마냥 바라보고 서 있는 라자레프에게 다가가, 자신이 지금 하려는 일이 동맹자를 위한 것임을 알리려는 듯 다시 알렉산드르 황제 쪽을 돌아보았다. 훈장을 든 작고 흰 손이 병사 라자레프의 단추에 닿았다. 나폴레옹은 마치 이 병사가 영원히 행복해지고, 포상을 받고, 온 세계의 누구보다 훌륭한 사람이 되기 위해서는 자신, 즉 나폴레옹의 한 손이 가슴에 닿기만 하면 된다는 듯이 라자레프의 가슴에 훈장을 댔다. 그는 손을 뗐고, 이 십자훈장이 라자레프의 가슴에 붙으리라는 것을 안다는 듯이 알렉산드르에게로 얼굴을 돌렸다. 십자훈장은 정말로 붙었는데, 그것은 프랑스와 러시아의 충성스러운 손들이 순식간에 그 십자훈장을 붙잡아 군복에 달아주었기 때문이다. 라자레프는 자기에게 뭔가를 해준 손이 희고 몸집이 작은 사람을 침울한 눈으로 흘끗 바라보았으나, 여전히 받들어총을 한 부동자세로 다시금 알렉산드르의 눈을 바라보기 시작했고, 그 모습은 마치 여기에 계속 서 있어야 합니까, 돌아가야 합니까, 아니면 또 무언가를 해야 합니까? 하고 알렉산드르에게 묻는 것 같았지만, 아무런 명령도 없었으므로 그는 꽤 오랫동안 그대로 부동자세를 취해야 했다.

두 황제는 말을 타고 떠났다. 프레오브라젠스키의 병사들은 대열을 풀고 프랑스 근위병들과 뒤섞여 준비된 식탁에 자리잡았다.

라자레프는 상석에 앉아 러시아와 프랑스 장교들의 포옹을 받고 축하의 말을 듣고 악수를 나누었다. 장교들과 사람들이 라자레프를 보기 위해 무리지어 몰려왔다. 러시아어와 프랑스어 이야기 소리와 웃음소리가 광장의 식탁 주위에 요란했다. 얼굴이 벌건 유쾌하고 행복해 보이는 두 장교가 로스토프 옆을 지나갔다.

"어때, 형제, 굉장한 대접 아닌가, 그릇도 다 은이야." 한 사람이 말했다. "라자레프를 봤나?"

"봤지."

"내일은 프레오브라젠스키에서 프랑스군을 대접한다는군."

"그나저나 라자레프는 정말 복 받은 놈이야! 1200프랑의 종신연금을 받게 됐으니까."

"이봐, 이 모자 좀 봐!" 프레오브라젠스키 대대의 한 병사가 프랑스 병사의 털모자를 써보며 외쳤다.

"정말 좋은데, 멋지군!"

"자네, 암호가 뭔지 들었나?" 한 장교가 다른 사람에게 말했다. "그저께는 *나폴레옹, 프랑스, 용감*이었고 어제는 *알렉산드르, 러시아, 위대*였는데, 오늘 우리 폐하가 암호를 내면 내일은 나폴레옹이 내는 식이지. 내일은 우리 황제가 가장 용감한 프랑스 근위병에게 게오르기 훈장을 주실 거야. 안 그럴 수가 없거든! 동등한 보답을 해야 하니까."

보리스도 동료 질린스키와 함께 프레오브라젠스키 대대의 연회에 왔다. 그는 돌아가는 길에 어느 집 모퉁이에 서 있는 로스토프를 발견했다.

"로스토프! 안녕, 오늘은 보지 못했군." 그는 이렇게 말하고는 로스토프에게 무슨 일이 있는지 묻지 않을 수 없었는데, 그만큼 로스토프의 얼굴은 이상하게 어둡고 혼란의 빛이 감돌고 있었다.

"아무것도, 아무것도 아냐." 로스토프는 대답했다.

"들르겠나?"

"응, 그러지."

로스토프는 이 모퉁이에 서서, 연회를 벌이는 사람들을 한참 동안 먼발치에서 바라보았다. 그의 마음속에서는 도저히 결말이 나지 않는 괴로운 투쟁이 벌어지고 있었다. 마음속에 무서운 의혹이 일었다. 얼굴이 완전히 달라지고 아집도 사라진 데니소프, 팔다리가 잘린 사람들과 오물과 질병으로 가득한 병원의 광경이 떠올랐다. 그 병원에서 맡았던 시체 냄새가 아직도 너무 생생해서 대체 어디서 냄새가 나는지 사방을 두리번거렸을 정도였다. 그러자 이번에는, 이제 황제가 되어 알렉산드르 황제의 존경과 사랑을 받는 손이 희고 자기만족에 빠진 보나파르트가 떠올랐다. 팔다리가 잘린 사람들이나 전사자들은 대체 뭐 때문에 그렇게 된 것일까? 포상을 받은 라자레프와 처벌을 받고 사면되지 않은 데니소프도 떠올랐다. 그는 이렇게 이상한 상념에 잠긴 자신을 깨닫고 자기도 모르게 움찔했다.

프레오브라젠스키 대대 연회의 음식 냄새와 허기가 그를 그 상태에서 깨웠고, 출발하기 전에 뭐라도 먹어두어야 했다. 그는 아침에 봐뒀던 호텔 쪽으로 걸어갔다. 호텔은 그처럼 평복을 입은 장교들과 민간인들로 붐벼서 그는 간신히 식사할 수 있었다. 로스토프는 같은 사단의 두 장교와 함께 먹었다. 대화는 자연스럽게 강화* 문제에 미쳤다. 로

---

* 틸지트조약을 말한다.

스토프의 동료인 이 장교들도 군대 내 대부분의 사람들과 마찬가지로 프리들란트 전투 후에 체결한 이 강화에 불만을 느끼고 있었다. 그들은 우리가 조금만 더 버텼다면 건빵이건 탄약이건 이미 다 떨어진 나폴레옹은 파멸을 면치 못했을 거라고 말했다. 니콜라이는 말없이 먹고, 주로 마셨다. 그는 혼자서 와인을 두 병이나 비웠다. 마음속 투쟁은 여전히 결말이 나지 않은 채 그를 괴롭히고 있었다. 그는 자기 생각에 골몰하는 것이 두려웠지만, 그것을 떨쳐버릴 수도 없었다. 프랑스인을 보면 화가 난다는 한 장교의 말에 로스토프는 돌연 발끈하며 쏘아붙이기 시작했고, 그럴 만한 계제가 아니었기 때문에 장교들은 몹시 놀랐다.

"그건 자네들이 판단할 일이 아니야. 자네들이 어떻게 그런 판단을 할 수 있어!" 그는 느닷없이 핏발 선 얼굴로 외쳤다. "어떻게 황제께서 하시는 일에 이러쿵저러쿵할 수 있나. 우리에게 그럴 권리가 어디 있어?! 우리 따위가 황제 폐하의 목적이며 하시는 일을 알기나 하나!"

"아니, 나는 폐하에 대해서는 한마디도 안 했어." 로스토프의 흥분을 취기 때문이라고밖에 달리 이해할 수 없던 장교가 변명했다.

그러나 로스토프는 그 말을 듣지 않았다.

"우리는 외교관이 아니라 일개 병사지 그 이상은 아무것도 아니야." 그는 계속했다. "죽으라면—죽고, 벌을 내리면—죄를 지은 거야. 우리가 판단해선 안 돼. 폐하가 보나파르트를 황제로 인정하고 그와 동맹을 맺는 게 좋으시다면—그럴 필요가 있는 거야. 우리가 그런 식으로 판단하려 든다면 신성한 건 남지 않을 거고, 그렇게 되면 결국엔 신도, 어떤 것도 없다고 하게 될 거야." 니콜라이는 탁자를 치며 소리쳤는데. 대화하는 상대에게는 지극히 온당치 않은 말이었지만, 그의 일관된 생각의 흐름으로 보면 지극히 온당한 말이었다.

"우리가 할 일은 자기 의무를 다하고 적을 베고 아무것도 생각하지 않는 것, 그것뿐이야." 그는 말을 맺었다.

"그리고 마시고." 논쟁을 좋아하지 않는 한 장교가 말했다.

"그렇지, 그리고 마시고." 니콜라이가 맞장구쳤다. "어이, 이봐! 한 병 더!" 하고 그는 소리쳤다.

제3부

1

    1808년 알렉산드르 황제는 나폴레옹 황제와 다시 회견을 갖기 위해 에르푸르트로 떠났고,[16) 페테르부르크 상류사회에는 이 성대한 회견 이 갖는 중요한 의의에 대한 이야기가 자자했다.

    1809년이 되자 세계의 두 통치자라 불리던 나폴레옹과 알렉산드르 의 친교는 절정에 이르러, 이해에 나폴레옹이 오스트리아에 선전포고 를 하자 러시아 군단이 이전의 적이던 보나파르트를 도와 이전의 동맹 자이던 오스트리아 황제에 대항하기 위해 국경을 넘었을 정도였고,[17) 상류사회에서는 알렉산드르 황제의 누이 한 명과 나폴레옹이 혼인할 지도 모른다는 소문까지 돌고 있었다. 그러나 이런 대외정책 문제 외 에 당시 러시아 사회의 관심은 국정 전반에 걸쳐 차차 실시되기 시작 한 내정 개혁에 특히 민감하게 집중되고 있었다.

그러나 그러는 동안에도 건강, 질병, 노동, 휴식이라는 본질적 관심, 그리고 사상, 학문, 시, 음악, 사랑, 우정, 증오, 욕망이라는 관심을 지닌 사람들의 실제 생활은 여느 때와 다름없이, 나폴레옹 보나파르트와의 정치적 접근과 반목, 그 밖의 온갖 개혁과는 아무런 관계 없이 독자적으로 이어지고 있었다.

안드레이 공작은 이 년 동안 시골에 칩거하고 있었다. 피예르가 스스로 계획하고 끊임없이 시도했지만 아무런 성과도 없이 끝나버린 영지 개혁은, 누구에게 보이려는 것도 아니고 또 눈에 띄게 노력한 것도 아니지만 안드레이 공작에 의해 모두 실행됐다.

피예르에게 부족한 실천적인 끈기가 강한 그는 대단한 행동이나 노력 없이도 일을 추진해갔던 것이다.

그의 영지 한 곳에서는 300명의 농노가 자유농이 됐다(이것은 러시아에서 이루어진 선례 중 하나였다).[18] 그의 또다른 영지에서는 부역이 연공으로 바뀌었다. 보구차로보에는 임산부를 위해 그가 경비를 대 교육받은 조산원을 보냈고, 사제가 봉급을 받으며 농민과 하인의 자녀에게 글을 가르치게 되었다.

안드레이 공작은 절반의 시간을 리시예 고리에서 아직은 아버지와 유모의 손에 맡겨진 아들과 함께 지냈고, 나머지 절반의 시간은 아버지가 수도원이라 부르는 보구차로보에서 지냈다. 그는 피예르에게 표면적인 세상일에는 관심 없다고 말했지만 실은 세상일을 열심히 주시하며 많은 책을 읽었고, 페테르부르크라는 생활의 소용돌이 속에서 그나 아버지를 찾아오는 새로운 인물들이 내외 정세의 온갖 추이에 관한 지식 면에서 시골에 틀어박혀 사는 그보다 훨씬 뒤진다는 것을 알고 놀라기도 했다.

영지의 일과 아주 광범위한 독서 외에 안드레이 공작은 그 무렵 러시아의 불운했던 지난 두 전투를 비판적으로 분석하고, 육군 법규와 규정의 개정안 작성에도 몰두하고 있었다.

1809년 봄에 안드레이 공작은 랴잔에 있는 아들의 영지에 갔는데, 그는 이 영지의 후견인이었다.

안드레이 공작은 마차에 앉아 봄 햇살에 몸을 녹이며 파릇파릇한 풀과 자작나무의 어린잎과 맑고 푸른 하늘 곳곳에 공처럼 뭉친 봄날의 흰구름을 바라보았다. 그는 아무것도 생각하지 않았고, 그저 기분좋게 멍하니 사방을 둘러보았다.

일 년 전 피예르와 이야기를 나눴던 그 나루터도 지나갔다. 지저분한 마을, 타작마당, 가을보리 새싹, 다리 옆 잔설이 있는 비탈길, 눈이 녹은 진흙 언덕길, 그루터기만 남은 밭과 군데군데 파랗게 수놓인 듯한 덤불을 지나 길 양옆으로 자작나무가 우거진 숲으로 들어갔다. 숲속은 바람 소리도 들리지 않고, 오히려 더울 정도였다. 미끈미끈한 푸른 새싹으로 뒤덮인 자작나무는 미동도 없고, 푸릇푸릇한 새 풀과 엷은 보랏빛 꽃이 해묵은 낙엽을 쳐들고 얼굴을 내밀고 있었다. 자작나무 숲속 여기저기 흩어져 있는 어린 전나무는 볼품없는 상록 빛깔로 겨울을 불쾌하게 되새기게 하고 있었다. 숲속에 들어서자 말들은 콧바람을 내며 더욱 눈에 띄게 땀을 흘렸다.

하인 표트르가 마부에게 무슨 말을 하자, 마부는 끄덕이며 대답했다. 그러나 분명 표트르는 마부의 동의만으로는 흡족하지 않은 듯 마부대에서 주인 쪽을 돌아보았다.

"각하, 참 좋습니다!" 그는 공손하게 미소지으며 말했다.

"뭐?"

"좋습니다, 각하."

'이 사람이 대체 무슨 말을 하는 거지?' 안드레이 공작은 생각했다. '그래, 봄 말이구나, 그렇지' 하고 그는 주위를 둘러보며 생각했다. '그래, 이제 완전히 푸르구나…… 정말 빠르기도 하지! 자작나무도, 귀룽나무도, 오리나무도 이제 벌써…… 그런데 떡갈나무가 보이지 않는데. 아, 저기, 저기 있구나.'

길섶에 떡갈나무 한 그루가 서 있었다. 숲을 이룬 자작나무보다 열 배는 해묵은 듯한 이 나무는 보통 자작나무보다 열 배 굵고, 키는 갑절로 컸다. 두 아름이나 됨직하고, 오래전에 꺾인 듯한 가지와 묵은 상처로 뒤덮인 껍질에 옹이가 불거진 거대한 나무였다. 거대하고 볼품없고 고르지 않게 뻗은 손과 손가락을 가진 이 고목은 미소짓는 자작나무들 사이에 화를 잘 내고 남을 깔보는 늙은 불구자처럼 서 있었다. 오직 그만이 봄의 황홀한 유혹에 순종하지 않고 봄을 맞지도 태양을 보지도 않으려 하는 것 같았다.

'봄, 사랑, 행복!' 떡갈나무가 이렇게 말하는 것 같았다. '너희는 어쩌면 그렇게 한결같이 부질없고 무의미한 기만에 싫증을 내지도 않는 거냐. 언제나 똑같고, 언제나 기만할 뿐인데! 여기에는 봄도, 태양도, 행복도 없다. 봐라, 저기 짓눌려서 죽은 언제나 같은 모습으로 웅크리고 있는 전나무들이 있을 뿐이고, 나도 꺾이고 상처 난 내 손가락들이 등에서건 옆구리에서건 제멋대로 뚫고 나가 돋는 동안 이렇게 서 있어야 할 뿐이다. 나는 너희의 희망과 기만을 믿지 않는다.'

안드레이 공작은 숲을 지나며 뭔가를 기대하는 것처럼 그 떡갈나무를 몇 번이나 돌아보았다. 꽃과 풀은 그 나무 밑에도 있었으나, 떡갈나무는 여전히 찌푸리고 추한 몰골로 고집스럽게 한복판에 서 있을 뿐이었다.

'그렇다, 그 녀석이 옳다, 떡갈나무가 옳다.' 안드레이 공작은 생각했다. '다른 젊은 녀석들이야 이 기만에 속든 말든 마음대로 할 일이다. 그러나 우리는 인생을 알고 있다—우리의 인생은 다 끝난 것이다!' 그 떡갈나무에서 비롯된 절망적이지만 우울한 쾌감을 수반하는 일련의 상념이 안드레이 공작의 마음속에 솟구쳤다. 이번 여행 동안 그는 자신의 인생을 다시 한번 생각하게 된 것 같았고, 역시 자신은 이제 아무것도 새로 시작할 필요가 없고, 그저 나쁜 일을 하거나 조바심 내거나 무언가를 바라지 않고 살아내면 될 뿐이라는 이전과 다름없는 안정적이고 절망적인 결론에 도달한 것 같았다.

2

랴잔의 영지 후견에 관한 일로 안드레이 공작은 이 지방의 귀족회장을 만나야 했다. 귀족회장은 일리야 안드레예비치 로스토프 백작이었는데, 안드레이 공작은 5월 중순에 그를 찾아갔다.

봄이지만 벌써 더웠다. 숲은 완전히 옷을 입었고, 먼지가 자욱했으며, 물가를 지날 때는 뛰어들고 싶어질 만큼 뜨거웠다.

안드레이 공작은 귀족회장을 만나면 물어볼 것을 생각하며 생기 없고 골몰한 얼굴로 오트라드노예에 있는 로스토프가의 저택을 향해 정원의 가로숫길을 따라 마차를 달렸다. 오른쪽 나무 뒤쪽에서 명랑한 외침이 들리더니, 소녀들이 그의 포장마차 앞을 가로질러 뛰어갔다. 놀랄 만큼 아주 깡마르고 검은 눈동자에 검은 머리의 소녀가 가장 먼저 공작의 포장마차 쪽으로 달려왔는데, 소녀는 노란색 사라사 원피스를 입고, 흰 손수건으로 묶은 머리 타래 밑으로 머리칼이 비주룩이 삐져나와 있었다. 소녀는 뭐라고 외쳤지만, 그가 낯선 사람임을 알자 얼굴을 돌리고 웃으며 되돌아갔다.

안드레이 공작은 왠지 갑자기 마음이 아팠다. 날은 화창하고 햇살도 밝고 주위의 모든 것이 들떠 있는데, 깡마르고 귀여운 소녀는 그의 존재 같은 것은 알지도 알려고 하지도 않고 자기만의—분명 별것 아니겠지만—즐겁고 행복한 생활에 만족하고 행복해하고 있었다. '저 소녀는 뭐가 저렇게 좋은 걸까? 무슨 생각을 하는 걸까? 육군의 법규니 랴잔의 연공 정리 같은 것은 아니겠지, 대체 무슨 생각을 하고 있을까? 뭐가 저렇게 행복한 걸까?' 안드레이 공작은 호기심이 들어 무심코 자신에게 물어보았다.

1809년, 일리야 안드레이치 백작은 오트라드노예에서 전과 마찬가지로 사냥이니 연극이니 만찬회니 음악회니 하며 거의 온 지방 사람들을 초대하며 살고 있었다. 그는 새로운 손님을 맞을 때면 언제나 그렇듯이 안드레이 공작을 반갑게 맞고 거의 억지로 집에서 묵게 했다.

그 지루한 하루 동안 안드레이 공작은 연장자인 주인 부부와, 마침 노백작의 본명 축일이 가까워서 이 집 객실을 메우고 있던 손님들 중에서도 중요한 사람들의 접대를 받았고, 다른 젊은 사람들 틈에 끼여 재미있다는 듯이 웃는 나타샤 쪽을 여러 번 바라보면서 계속 생각했다. '저 소녀는 무슨 생각을 하고 있을까? 뭐가 저렇게 행복한 걸까?'

그날 밤, 낯선 곳에 혼자 있게 된 그는 좀처럼 길게 잠들지 못했다. 책을 읽은 뒤 촛불을 껐다가, 다시 켰다. 안의 덧창이 닫혀 있어 방안은 더웠다. 그는 필요한 서류를 아직 시내에서 다 가져오지 못했다며 자기를 억지로 붙든 멍청한 늙은이(그는 로스토프를 이렇게 생각했다)가 원망스럽고, 이렇게 발이 묶인 자신에게 짜증이 났다.

안드레이 공작은 일어나서 창문을 열기 위해 창가로 다가갔다. 덧창을 열자, 마치 오래 기다렸다는 듯 달빛이 방안으로 쏟아졌다. 그는 창문을 열었다. 밤은 상쾌하고 고요하고 밝았다. 창 바로 앞에는 한쪽은 검게 그늘지고 다른 한쪽은 은빛으로 반짝이는 가지치기된 나무들이 늘어서 있었다. 나무 밑에는 이슬을 촉촉하게 머금은 풀들이 우거져 있고, 군데군데 잎과 줄기가 은빛으로 반짝이고 있었다. 거뭇한 나무 저쪽에는 이슬에 반짝이는 지붕이 보이고, 그 오른쪽에는 하얀 줄기와 가지가 빛나는 크고 울창한 나무가 솟아 있고, 그 위에 보름달에 가까운 달이 별도 거의 없는 봄의 밤하늘을 밝히고 있었다. 안드레이 공작은 창틀에 팔꿈치를 괴고 하늘을 바라보았다.

안드레이 공작의 방은 이층에 있고 그 위층에도 사람이 있었는데, 아직 잠들지 않은 것 같았다. 그는 위층에서 울리는 여자들의 목소리에 귀를 기울였다.

"딱 한 번만 더 하자." 위층의 여자 목소리가 말했고, 안드레이 공작은 그녀가 누군지 바로 알아챘다.

"아니 정말, 잠은 언제 자려고?" 다른 목소리가 대답했다.

"난 안 잘 거야, 잠이 오지 않는데 어쩔 수 없잖아! 자, 그럼 마지막으로……"

두 여자는 어떤 가곡의 마지막 부분인 듯한 구절을 부르기 시작했다.

"아아, 정말 좋아! 자, 자야지, 이게 마지막이야."

"언니는 자, 난 안 되겠어." 첫번째 목소리가 창가로 다가와서 대답했다. 옷자락 스치는 소리와 숨소리까지 들리는 것으로 보아 그녀는 창밖으로 몸을 한껏 내민 것이 분명했다. 달도, 그 빛도 그림자도 모두 화석처럼 고요했다. 안드레이 공작은 자신이 뜻하지 않게 이곳에 있는 것을 알아챌까봐 움직이는 것조차 조심했다.

"소냐! 소냐!" 첫번째 목소리가 또다시 울렸다. "아, 어떻게 잘 수가 있어! 좀 봐, 정말 아름다워! 아아, 정말 아름다워! 좀 일어나보라니까, 소냐." 그녀는 거의 울먹이는 소리로 말했다. "이렇게 아름다운 밤은 절대, 절대 흔치 않아."

소냐는 마지못해 뭐라고 대답했다.

"아니, 저것 좀 봐, 멋진 달이잖아!…… 아아, 어쩜 저렇게 아름다울까! 이리 와봐, 나의 소냐, 내 사랑, 이리 와보라니까. 자, 보이지? 이렇게, 여기 이렇게 앉아서 나처럼 무릎을 끌어안아봐—더 꼭, 최대한 꼭—그리고 나는 날 거야. 이렇게!"

"그만해, 그러다 떨어지겠어."

승강이하는 소리와 짜증을 내는 소냐의 목소리가 들렸다.

"벌써 한시가 넘었어."

"아, 언니가 다 망쳤어. 좋아, 가, 가라고."

주위는 다시 고요해졌지만, 안드레이 공작은 그녀가 아직 거기 앉아 있는 것을 알았고, 이따금 조용한 움직임 소리와 한숨 소리를 들었다.

"아아, 세상에! 세상에! 이렇게 좋은데!" 그녀는 문득 외쳤다. "이런데 자야 한다니!" 그러고는 창문을 탁 닫아버렸다.

'내 존재 같은 건 알지도 못한다!' 왜 그런지 그녀가 자기에 대해 이야기할 것 같아 기대와 두려움을 품고 귀기울이던 안드레이 공작은 문득 이렇게 생각했다. '또 그 소녀다! 마치 일부러 이러는 것 같다!' 그는 생각했다. 별안간 마음속에서 그의 생활 전반과 모순되는 젊은 상념과 희망이 예기치 않게 얽히며 솟구치는 것을 느꼈고, 그는 자신의 상태를 이해할 수 없다고 느끼며 이내 잠이 들었다.

3

이튿날 안드레이 공작은 여자들이 일어나 나올 때까지 기다리지 않고 백작에게만 작별 인사를 하고 집을 나섰다.

집으로 돌아가는 중에 안드레이 공작은 나무옹이가 불거진 늙은 떡갈나무가 이상하게도 기억에 아로새겨졌던 자작나무 숲으로 다시 마차를 몰았다. 벌써 6월 초라 숲은 한 달 반 전보다 더 울창해지고 무성하게 그늘이 졌고, 말방울 소리가 한층 더 먹먹하게 울렸으며, 숲속에 흩어져 있는 어린 전나무들도 전체의 아름다움을 방해하지 않고 전체의 정경에 어울리는 신록을 솜털이 덮인 새순에 물들이고 있었다.

온종일 덥고 하늘은 뇌우라도 몰아칠 듯했지만, 약간의 비구름이 먼지 덮이고 물기를 머금은 길 위의 나뭇잎들 위로 후두두 빗방울을 뿌렸을 뿐이었다. 숲 왼쪽은 그늘져 어두웠고, 오른쪽은 햇빛에 반짝이고 바람에 너울거렸다. 모든 것이 절정에 이르러 있었고, 꾀꼬리는 가까이로 멀리로 옮겨다니며 울었다.

'그래, 여기다, 내가 공감했던 그 떡갈나무는 이 숲에 있었다.' 안드레이 공작은 생각했다. '그런데 어디쯤이었지?' 안드레이 공작은 길 왼쪽을 바라보며 또다시 생각했고 자기도 모르게, 그것인지 알아채지도 못한 채 어느 틈에 자기가 찾던 그 떡갈나무를 빨려들듯 바라보고 있었다. 완전히 모습이 달라진 늙은 떡갈나무는 물기를 듬뿍 머금은 짙푸른 잎을 천막처럼 펼치고 저녁 햇빛 속에서 가볍게 흔들리며 무심히 서 있었다. 구부러진 손가락도, 상처도, 늙은이다운 불신도, 슬픔도, 아무것도 보이지 않았다. 백 년 묵은 나무껍질 속에서 가지도 없이 물기를 머금은 어린잎이 돋아난 광경은, 이 늙은이가 만들어낸 거라고는 도저히 믿을 수 없을 정도였다. '그래, 이것이 그 떡갈나무다' 하고 안드레이 공작은 생각했고, 환희와 갱생의 까닭 모를 봄기운이 자신을 휘감는 것 같았다. 지금까지의 인생에서 가장 훌륭했던 순간들이 불현듯 한꺼번에 떠올랐다. 아우스터리츠의 높은 하늘, 비난하는 듯한 아내의 죽은 얼굴, 나룻배 위의 피예르, 밤의 아름다움에 설레던 소녀, 그 밤, 그 달―모든 것이 갑자기 떠올랐다.

'아니다, 인생은 서른한 살에 끝나는 것이 아니다.' 안드레이 공작은 갑자기 최종적으로, 변치 않을 결단을 내렸다. '내 안에 있는 모든 것을 나 혼자 아는 것만으로는 부족하다, 나는 그것을 모든 사람에게 알려줘야 한다, 피예르에게도, 하늘을 날고 싶어하는 소녀에게도, 모두에게 알려줘야 한다. 내 생활이 나만을 위해 영위되어 그들이 내 생활과 아무런 관계도 없이 살아서는 안 되며, 내 생활이 모든 사람에게 반영되어야 하고 나도 모두와 더불어 살아가야 한다!'

여행에서 돌아오자 안드레이 공작은 가을에 페테르부르크에 가기로 결심하고, 이 결심의 이유를 필요에 따라 이용할 수 있도록 이것저것 궁리해두었다. 페테르부르크로 가서 근무까지 해야 하는 타당하고 합리적인 이유는 얼마든지 있었고, 그는 봉직할 준비가 되어 있었다. 한 달 전만 해도 마을을 떠나는 것이 상상조차 할 수 없는 일이었듯이 지금은 생활을 적극적으로 영위해야 할 필요성을 의심하는 것이 상상조차 할 수 없는 일이었다. 그는 자신의 인생 경험이 아무리 풍부하더라도 생활을 적극적으로 영위하고 이에 적용하지 않는다면 분명 모든 것이 헛되이 사라지고 무의미하게 끝나버릴 거라고 느끼고 있었다. 또한 자신 역시 인생에서 교훈을 얻으면서, 남에게 도움이 될 수 있다든가 행복과 사랑이 가능하다고 믿으면 타락할 거라고, 어떻게 그런 빈약한 논리로 단정해버렸는지 스스로가 이해되지 않았다. 이제 이성은 그것과는 전혀 다른 것을 속삭이고 있었다. 그 여행 뒤 안드레이 공작은 시골 생활이 지루해졌고, 전에 하던 일에 흥미를 갖지 못했으며, 혼자 서재에 앉아 있다가 거울로 다가가 종종 오랫동안 자기 얼굴을 들여다보곤 했다. 그러다가 눈길을 돌려 금테 액자 속에서 *그리스풍의 구불거리는 머리를 하고* 상냥하고 즐겁게 그를 바라보는 리자의 초상을 바라보았다. 이제 그녀는 남편에게 전처럼 무서운 말을 하지 않았고, 그저 단순히 즐거움과 호기심에 찬 표정으로 바라볼 뿐이었다. 그러면 안드레이 공작은 뒷짐을 지고 눈살을 찌푸리거나 미소를 지으며 오랫동안 방안을 거닐었고, 피예르와 명예와 창가의 소녀와 떡갈나무와 여자의 아름다움과 사랑과 결부된, 그의 온 생활을 뒤바꿀 어리석고, 말로 형언할 수 없고, 범죄처럼 비밀스러운 상념에 골몰했다. 이런 때 누가 방안으로 들어오면 그는 유달리 무뚝뚝하고 엄격하고 단호해지고, 특히 불쾌하리만큼 논리적이 되었다.

"오빠." 이런 때 공작영애 마리야가 들어와서 곧잘 말했다. "니콜루시카는 오늘 산책 나가면 안 돼요. 날이 너무 추워요."

"그야 따뜻하다면," 이런 때 안드레이 공작은 누이에게 유달리 차갑게 대꾸했다. "루바시카만 입고도 나가겠지만, 추우면 따뜻하게 입히면 되지, 옷은 그러라고 있는 거니까. 춥다는 사실에서 나오는 결론은 이것뿐이고, 바깥공기가 필요한 아이를 집안에만 잡아두는 건 틀린 결론이야." 그는 마음속에서 일어난 비밀스럽고 비논리적인 정신 활동에 대해 마치 누군가를 대신 벌하려는 것처럼 더욱 논리적으로 말했다. 공작영애 마리야는 이런 정신 활동이 남자를 무미건조하게 만든다고 생각했다.

4

안드레이 공작은 1809년 8월 페테르부르크에 도착했다. 젊은 스페란스키*의 명성과 그가 주도하는 개혁의 에너지가 절정에 달한 때였

---

* M. M. 스페란스키(1772~1839). 러시아 정치가. 자유주의적 국가 개혁안을 작성했다.

다.[19] 이 8월에 황제는 포장마차를 타고 가다 굴러떨어져 한쪽 다리를 다쳐 삼 주 동안 페테르고프*에 머물렀는데, 그동안 매일같이 스페란스키에게만 접견을 허락했다. 이때는 궁중의 관등 폐지와 5등관과 8등관 임용시험이라는 상류사회를 떠들썩하게 한 유명한 두 개의 칙령[20]뿐만 아니라, 위로는 국가평의회에서 아래로는 읍사무소에 이르기까지 사법, 행정, 재정 등 현행 제도 일체를 개혁할 헌법 개정까지 추진되고 있었다. 알렉산드르가 즉위할 때부터 품었던 자유주의적인 막연한 공상이 그가 농담삼아 *사회 구제 위원*이라 부르던 차르토리스키, 노보실초프, 코추베이**, 스트로가노프 등 보좌들의 힘을 빌려 이제야 구체화되고 실현되려 하고 있었다.

그러나 이제 민사民事에서는 스페란스키가, 군사軍事에서는 아락체예프가 그들의 자리를 꿰차고 있었다. 안드레이 공작이 도착하고 얼마 후 그는 시종으로서 궁중에 들어가 황제를 알현했다. 황제는 그를 두 번이나 만났지만 말 한마디 건네지 않았다. 안드레이 공작은 전부터 늘 황제가 자기의 얼굴, 아니 자기의 전 존재를 불쾌하게 여긴다고 느꼈었다. 황제의 냉담하고 무관심한 시선을 보며 안드레이 공작은 이를 더욱 확신했다. 조신들은 황제가 안드레이 공작에게 냉담한 것은, 그가 1805년 이래 군에 복무하지 않는 것을 불만스럽게 여기기 때문이라고 설명했다.

'좋고 싫은 것은 자신도 어쩌지 못하는 일이라는 걸 나도 잘 알고 있

---

* 현재의 페트로드보레츠. 페테르부르크 인근으로 황제의 궁전이 있다.
** V. P. 코추베이(1768~1834). 알렉산드르 1세의 '젊은 벗들' 중 한 사람이자 '비밀위원회' 멤버. 1802~1807년, 1819~1823년에 내무대신을 지냈다.

다.' 안드레이 공작은 생각했다. '그러니 육군 규정에 대한 내 개인적인 의견서를 황제에게 제출해봐야 소용없겠지만, 일 자체가 말해줄 것이다.' 그는 아버지의 친구인 늙은 원수에게 의견서에 대한 이야기를 전했다. 원수는 만날 시간을 정해 친절하게 그를 맞이하고, 황제에게 상주해주겠다고 약속했다. 며칠 후 안드레이 공작은 육군대신 아락체예프 백작에게서 출두하라는 통지를 받았다.

지정된 날 오전 아홉시에 안드레이 공작은 아락체예프 백작의 응접실로 갔다.

안드레이 공작은 개인적으로 아락체예프를 모르고 만난 적도 없으나, 그가 그리 존경받는 사람이 아니라는 것은 알고 있었다.

'그는 육군대신이고 황제의 신임을 받는 사람이므로 그의 개인적인 특성 같은 건 상관할 바 아니다. 그는 내 의견서의 심사를 위임받은, 말하자면 내 의견서를 채택할 수 있는 사람 중 하나일 뿐이다.' 아락체예프 백작의 응접실에서 유명 무명의 많은 사람 틈에서 기다리며 안드레이 공작은 생각했다.

안드레이 공작은 주로 부관으로 근무하는 동안 명사들의 응접실을 수없이 봐왔기 때문에 이런 응접실들이 갖는 다양한 성격을 명확히 알고 있었다. 아락체예프 백작의 응접실은 전혀 색다른 성격을 띠었다. 이 응접실에서 접견 차례를 기다리는 무명의 사람들 얼굴에는 굴욕과 순종의 빛이 감돌았고, 비교적 지위가 높은 사람들 얼굴에는 어색함이 비쳤는데, 이것은 자기 자신과 지금의 상황, 곧 만날 상대에 대한 무시하고 조소하는 듯한 표정 아래 숨겨져 있었다. 생각에 잠긴 얼굴로 이리저리 걸어다니는 사람도 있고, 속삭이며 웃는 사람들도 있었는데, 안드레이 공작은 '실라 안드레이치*'라는 별명과 '아저씨한테 혼난다'라는 말을 들었고, 이것은 모두 아락체예프 백작을 두고 하는 말이었다. 어떤 장군(유명한 자였다)은 너무 오래 기다려야 하는 것이 불쾌했는지 앉아서 다리를 계속 바꿔 꼬며 스스로를 비웃는 듯한 미소를 지었다.

그러나 문이 열리자, 모두의 얼굴에는 두려움만 떠올랐다. 안드레이 공작은 당직에게 자신의 방문을 한번 더 전해달라고 부탁했지만, 비웃는 듯한 눈길과 기다리면 당신 차례도 온다는 말만 들었다. 몇 사람이 부관의 안내를 받아 대신의 서재로 들고난 뒤 그 무시무시한 문으로 한 장교가 들어갔는데, 기가 죽고 몹시 겁먹은 듯한 그의 얼굴은 안드레이 공작을 놀라게 했다. 이 장교의 접견은 오랫동안 계속됐다. 갑자기 문 안쪽에서 폭발하는 듯한 거친 목소리가 들리더니 창백해진 장교가 입술을 떨며 나와 머리를 감싸고 응접실을 빠져나갔다.

뒤이어 안드레이 공작이 문으로 안내됐고, 당직은 속삭이듯 "오른쪽, 창문 쪽으로" 하고 말했다.

안드레이 공작은 검소하지만 산뜻하게 꾸며진 서재로 들어갔고, 갸름한 얼굴에 짧은 머리, 갈색이 도는 초록색 탁한 눈동자에 붉은 매부리코, 굵은 주름이 있고, 상체가 긴 마흔 살쯤 되어 보이는 남자가 미간을 찌푸리고 책상 앞에 앉아 있었다. 아락체예프는 안드레이 공작 쪽으로 고개를 돌렸으나 그를 보지는 않았다.

* 실라는 '권력'이라는 뜻이고, 안드레이치는 아락체예프의 부칭이다.

"무슨 청원입니까?" 아락체예프는 물었다.

"아닙니다…… 청원할 것은 없습니다, 각하." 안드레이 공작은 조용히 말했다. 아락체예프의 눈이 그를 향했다.

"앉으시오." 아락체예프는 말했다. "볼콘스키 공작."

"청원은 없습니다. 황제께서 제가 올린 의견서를 각하에게 보내셨다기에……"

"그래요, 친애하는 공작, 나는 당신의 의견서를 읽었습니다." 그는 처음 몇 마디를 부드럽게 말하고 상대의 얼굴을 보지도 않고 말을 끊더니 차츰 퉁명스럽고 경멸하는 듯한 어조로 말했다. "새 군규를 제출하셨죠? 군규는 많지만, 기존 군규조차 제대로 실행하는 사람이 없습니다. 요즘은 너 나 할 것 없이 법안을 써대고 있습니다만, 그건 쓰는 것이 실행하는 것보다 쉽기 때문이죠."

"저는 황제 폐하의 뜻에 따라, 각하가 그 의견서를 어떻게 처리하실 생각인지 알기 위해 왔습니다만?" 안드레이 공작은 정중하게 말했다.

"당신의 의견서는 결재해서 위원회로 보냈습니다. 나는 찬성하지 않습니다." 아락체예프는 말하고 일어서더니 책상에서 종이 한 장을 꺼냈다. "여기 있습니다" 하고 그는 안드레이 공작에게 내밀었다.

종이에는 표제도 없고, 맞춤법도 구두점도 무시한 다음과 같은 글이 연필로 쓰여 있었다. "작성 근거 없음. 프랑스 육군 법규와 유사하고, 자국의 군 복무규정을 불필요하게 위반하므로 부적절함."

"어느 위원회로 보내셨습니까?" 안드레이 공작은 물었다.

"군규제정위원회로 보냈고, 당신을 위원으로 추천해두었습니다. 단, 무급입니다."

안드레이 공작은 쓴웃음을 지었다.

"저는 그런 것은 바라지 않습니다."

"무급 위원입니다" 하고 아락체예프는 되풀이했다. "그럼 실례하겠소. 이봐! 다음 사람! 또 누가 있나?" 그는 안드레이 공작에게 끄덕이며 소리쳤다.

5

위원 임명 통지를 기다리는 동안 안드레이 공작은 옛 지인들, 특히 자기에게 힘이 되어줄 수 있는 유력자들과의 관계를 새롭게 다지는 데 힘썼다. 그가 지금 페테르부르크에서 느끼는 감정은 전투 전야에 경험했던 감정과 비슷했는데, 그는 불안하고 호기심에 마음을 졸이면서도 수백만의 운명을 좌우하는 미래가 만들어지는 최상의 영역에 불가항력적으로 끌려들었다. 노인들의 분개, 풋내기들의 호기심, 관계자들의 냉정함, 모든 이의 조급함과 우려, 매일같이 새로 구성된다고 하는 숱한 위원회와 위원단 등 바야흐로 1809년 페테르부르크에서는 어떤 엄청난 내전이 준비되고 있었고, 그 총사령관은 신비스럽고 그가 잘 알지 못하는, 천재라고 생각되는 그 사람—스페란스키라는 것을 감지했다. 안드레이 공작에게는 아직 막연한 개혁과 그 주도자 스페란스키는 매우 비상한 흥미를 불러일으키기 시작했고, 따라서 군규에 대한 일은 이내 그의 의식에서 두번째 자리로 밀려나고 말았다.

안드레이 공작은 당시 페테르부르크 사회의 다양한 상류 그룹으로

부터 환영받기에 아주 유리한 위치에 있었다. 개혁파는 그가 총명하고 박식하다고 평하면서 농노해방으로 이미 자유주의자라는 평을 받는 그를 열렬히 환영하고 그에게 손을 뻗으려 했다. 불평가인 노인들 일파는 개혁을 비판하면서도 마치 아버지가 아들을 대하듯 솔직하게 그에게 공감을 구했다. 여성들의 사회인 사교계에서도 부유하고 이름난 집안의 독신자이자 전사戰死 오보와 아내의 비극적 죽음에 얽힌 로맨틱한 이야기의 후광에 싸인 새로운 인물로서 그를 기꺼이 환영했다. 또한 전부터 그를 알던 사람들은 이구동성으로 그가 최근 오 년 동안 훌륭하고 부드럽고 성숙해지고, 전처럼 가식적인 태도도, 오만하고 비웃는 태도도 사라지고 나이가 들면서 차분해졌다고 평했다. 모두가 그에 대해 이야기하고, 관심을 가지고, 그를 만나고 싶어했다.

아락체예프 백작을 방문한 이튿날 저녁, 안드레이 공작은 코추베이 백작의 연회에 갔다. 그는 실라 안드레이치(코추베이도 안드레이 공작이 육군대신의 응접실에서 보았던 것과 같은 희미한 조소를 지으며 아락체예프를 이 별명으로 불렀다)와 접견한 일을 이야기했다.

"공작," 코추베이는 말했다. "당신은 이 문제에서도 역시 미하일 미하일로비치*를 피할 수 없습니다. 그는 *대단한 수완가*니까요. 내가 그에게 말해주겠습니다. 오늘밤 여기 오기로 했거든요……"

"하지만 스페란스키가 군규와 무슨 관계가 있단 말입니까?" 안드레이 공작은 물었다.

코추베이는 볼콘스키의 순진함에 놀랐다는 듯이 웃으며 고개를 저

---

* 스페란스키의 이름과 부청.

었다.

"나는 그와 며칠 전에 당신에 대해 이야기했습니다." 그는 말을 이었다. "당신의 자유 경작에 대해⋯⋯"

"그게 공작 당신이었소, 농민들을 해방시켰다는 사람이?" 예카테리나 여제 시대의 한 노인이 볼콘스키를 경멸하듯 돌아보며 말했다.

"손바닥만한 영지에서는 수입이랄 것이 없어서 말입니다." 안드레이 공작은 공연히 노인을 자극할 필요는 없다고 생각하고 부드럽게 대하려고 애쓰며 대답했다.

"당신들은 *뒤떨어질까봐 걱정하고 있군요*." 노인은 코추베이를 바라보며 말했다.

"한 가지 이해되지 않는 게 있소만," 노인은 말을 이었다. "만약 그들에게 자유를 준다면 대체 토지는 누가 경작하게 되는 거요? 법률을 쓰는 건 쉽지만, 다스리기는 어렵습니다. 결국 지금과 마찬가지가 될 겁니다, 백작. 이것도 물어보고 싶소만, 모두가 시험을 치게 된다면 관청의 수장은 누가 되는 겁니까?"

"그야 시험에 합격한 사람이겠죠." 코추베이는 다리를 꼬고 앉아 주위를 둘러보며 말했다.

"내 밑에서 일하는 사람 중에 프랴니치니코프라는 뛰어난 인재가 있습니다만, 벌써 예순인데 이런 사람도 시험을 치러야 한단 말이오?⋯⋯"

"글쎄, 그건 좀 어렵겠군요, 교육이 그리 보급되어 있지는 않으니까요, 그러나⋯⋯" 코추베이 백작은 말을 끝맺지 않았다. 그는 일어나서 안드레이 공작의 팔을 잡고, 때마침 들어온 키가 훤칠하고 금발머리가 약간 벗어지고 기묘하리만큼 희고 긴 얼굴과 넓은 이마를 드러낸 마흔 살쯤 되어 보이는 남자를 맞으러 갔다. 들어온 사람은 파란색 연미복을 입고 목에는 십자훈장을, 왼쪽 가슴에는 별 모양 훈장을 늘어뜨리고 있었다. 스페란스키였다. 안드레이 공작은 곧바로 그를 알아보았고, 인생의 중요한 순간에 그렇듯이 문득 마음속에서 무엇인가가 움찔했다. 그것이 존경인지 부러움인지 기대인지 그는 알 수 없었다. 스페란스키의 풍모는 한눈에 알아볼 수 있을 만큼 독특했다. 어눌하고 둔한 몸가짐에 깃든 침착함과 자신감은 안드레이 공작이 몸담은 사회의 누구에게서도 볼 수 없는 것이었고, 반쯤 감기고 살짝 젖은 듯한 두 눈과 빈틈없으면서도 부드러운 시선, 아무 의미도 없어 보이는 굳은 미소와 섬세하고 부드럽고 침착한 목소리, 무엇보다도 희고 부드러운 얼굴과 약간 넓적하고 유난히 통통하고 보들보들하고 하얀 손은 누구에게서도 본 적이 없었다. 안드레이 공작은 이토록 희고 부드러운 얼굴은 병원에서 오래 누워 지낸 병사에게서만 보았을 뿐이었다. 바로 이 사람이 내무대신이자 황제의 보고자이자 에르푸르트에서 황제의 측근으로서 나폴레옹과도 여러 번 회견했던 스페란스키였다.

스페란스키는 많은 사람 속으로 끼어들었을 때 누구나 자기도 모르게 그러듯 이 얼굴 저 얼굴로 재빨리 눈을 옮기지 않았고, 서둘러 말을 꺼내지도 않았다. 그는 상대방이 자기 말을 들어줄 거라는 확신을 가지고 조용히 말하고, 말하는 동안에도 상대방의 얼굴만 바라보았다.

안드레이 공작은 스페란스키의 언동 하나하나를 유달리 주의깊게 살폈다. 자기 주위의 사람들을 까다롭게 판단하는 사람이 흔히 그렇듯 안드레이 공작도 새로운 사람, 더욱이 스페란스키같이 명성 있는 인물을 만나자, 그에게서 인간으로서의 완성된 자질을 발견하게 되기를 기대했다.

스페란스키는 코추베이에게 궁정에서 붙들려 더 빨리 올 수 없었던 것이 유감이라고 말했다. 그는 황제에게 붙들렸다고는 말하지 않았다. 안드레이 공작은 이 꾸며진 겸손도 알아챘다. 코추베이가 안드레이 공작을 소개하자, 스페란스키는 예의 그 미소를 지으며 조용히 볼콘스키 쪽으로 눈길을 돌리고 잠자코 바라보기 시작했다.

"뵙게 되어 대단히 기쁩니다. 나도 다른 분들처럼 당신에 대해 듣고 있었습니다." 그는 말했다.

코추베이는 아락체예프가 볼콘스키에게 취한 태도에 대해 몇 마디 했다. 스페란스키는 더욱 부드럽게 미소지었다.

"군규제정위원회 위원장이 내 친구인 마그니츠키*니까," 그는 음절과 단어를 끊어 명확히 발음하며 말했다. "원하면 만나게 해드리죠. (그는 구두점에서 잠시 말을 멈췄다.) 분명 마그니츠키의 공감을 얻으실 거고, 그가 사리에 어긋나지 않는 일에 대해서는 원조를 아끼지 않는다는 것도 아시게 될 겁니다."

스페란스키의 주위에는 금세 그룹이 만들어졌고, 프랴니치니코프라는 부하 이야기를 했던 노인 역시 스페란스키에게 무엇인가 물었다.

안드레이 공작은 대화에 끼어들지 않았고, 바로 얼마 전까지만 해도 한낱 신학생에 불과했던 스페란스키가 지금은―그 희고 통통한 손안에―러시아의 운명을 쥐고 있다고 생각하며 그의 행동 하나하나를 지

---

* M. L. 마그니츠키(1778~1855). 스페란스키가 신임한 반동적 정치가.

켜보았다. 안드레이 공작은 노인의 물음에 답하는 스페란스키의 예사롭지 않고 멸시하는 듯한 냉정한 태도에 놀랐다. 마치 한없이 높은 곳에서 관대한 말을 내려주기라도 하는 것 같았다. 노인이 지나치게 큰 소리로 말하기 시작하자, 스페란스키는 히죽 웃더니 황제의 뜻에 합당한 일에 이해득실을 논할 수는 없다고 말했다.

사람들 속에서 잠시 이야기한 뒤, 스페란스키는 일어나서 안드레이 공작에게 다가오더니 그를 객실 맞은편 구석으로 데려갔다. 그는 분명 볼콘스키를 상대해줄 필요가 있다고 느낀 듯했다.

"저 노인이 끌어들이는 바람에 열 올리며 이야기하느라 당신과 이야기할 겨를이 없었습니다. 공작." 그는 부드럽지만 경멸하는 듯한 미소를 띠며 말했는데, 자기가 방금 상대해준 사람들의 시시함을 안드레이 공작과 마찬가지로 자기도 잘 알고 있다는 것을 나타내려는 것 같았다. 이 호소에 안드레이 공작은 우쭐했다. "난 오래전부터 당신을 알고 있었습니다. 첫째, 농노에 대한 당신의 조처, 그것은 우리 나라의 첫 본보기였고, 그런 일에 더 많은 추종자가 생기길 바라며, 둘째, 당신은 이번 궁정 관리에 대한 새 칙령에 모욕을 느끼지 않는 시종 중 한 사람이죠. 그 칙령이 지금 사뭇 소문과 악평을 불러일으키고 있어서 말입니다."

"네," 안드레이 공작은 말했다. "아버지는 그런 권한을 행사하는 것을 원치 않으시기 때문에, 나는 하급직에서부터 근무를 시작했습니다."

"당신의 아버님은 구시대 분이지만, 너무도 당연한 정의를 바로잡는 이번 법안을 그토록 떠들썩하게 비난하는 동시대 사람들보다 분명 뛰어나십니다."

"하지만 나는 그 비난에도 나름의 근거는 있다고 생각합니다." 안드레이 공작은 자신이 느끼기 시작한 스페란스키의 영향력과 싸우려고 애쓰며 말했다. 그는 덮어놓고 스페란스키에게 맞장구치는 것이 불쾌해서 반대해보고 싶었던 것이다. 여느 때라면 편하게 잘 이야기했겠지만, 지금 안드레이 공작은 스페란스키와 이야기하는 데 표현의 어려움을 느끼고 있었다. 너무나 유명한 이 인물을 관찰하는 데 마음을 뺏기고 있었기 때문이다.

"개인적인 명예욕을 위한 근거쯤은 있을지도 모르죠." 스페란스키는 조용히 덧붙였다.

"국가를 위한 면도 어느 정도 있습니다." 안드레이 공작은 말했다.

"그건 무슨 의미입니까?……" 스페란스키는 눈을 내리깔며 조용히 말했다.

"나는 몽테스키외를 숭배합니다." 안드레이 공작은 말했다. "그리고 군주정치의 원리는 명예라는 그의 사상*은 논박의 여지가 없다고 생각합니다. 저는 귀족계급의 권리와 특권은 어느 정도 이 감정을 유지하는 수단이라고 생각합니다."

스페란스키의 하얀 얼굴에서 미소가 사라졌고, 그러자 그의 용모는 한결 나아 보였다. 그는 분명 안드레이 공작의 사상에 흥미를 느낀 것 같았다.

"당신이 이 문제를 그런 관점에서 보고 계시다면" 하고 그는 프랑스

---

* 프랑스 계몽주의 시대의 정치철학자 몽테스키외(1689~1755)는 『법의 정신』에서 "공화정치의 원리는 미덕이고, 군주정치의 원리는 명예이며, 독재정치의 원리는 공포"라고 말했다.

어 발음에 분명 어려움을 느끼는 듯 러시아어를 할 때보다 천천히 말했지만 태도는 그지없이 침착했다. 그는 명예란 근무하는 데 해가 되는 특전 같은 것으로 유지될 수 있는 것이 아니며, 명예, 명예란 비난받을 행위를 하지 않는다는 소극적인 개념, 아니면 상찬이나 그 표현인 보상을 받기 위한 경쟁의 한 근원에 지나지 않는다고 말했다.

그의 논거는 간결하고 단순하고 명료했다.

"이 명예, 즉 경쟁의 근원을 유지하는 방식은 나폴레옹 대제의 *레지옹 도뇌르* 훈장처럼, 근무상의 성공을 방해하기는커녕 오히려 촉진하고, 계급적이지도 않으며, 궁정 내 지위의 특전도 아닙니다."

"논쟁하자는 건 아닙니다만, 궁정의 특전도 같은 목적을 달성한다는 것은 부정할 수 없습니다." 안드레이 공작은 말했다. "조신들은 누구나 자기 신분에 맞게 지위를 유지하는 것을 의무처럼 생각하니까요."

"그러나 공작, 당신은 그것을 이용하길 원치 않으셨잖습니까" 하고 스페란스키는 이 어색한 논쟁을 호의의 말로 끝내고 싶다는 뜻으로 미소지으며 "수요일에 우리집에 와주신다면" 하고 덧붙였다. "나는 마그니츠키와 이야기해서 당신이 관심을 가질 만한 소식을 전해드릴 수 있으리라 생각하며, 또한 당신과 더욱 소상한 이야기를 나누고 싶습니다." 그는 눈을 감고 프랑스식으로 인사하고, 작별의 말 없이 눈에 띄지 않게 슬그머니 홀을 떠났다.

6

페테르부르크에서의 처음 며칠 동안, 안드레이 공작은 고독한 생활을 하면서 발전시켰던 자신의 사상 체계가 이곳에 와서 사로잡힌 사소한 일들 때문에 완전히 흐려졌다고 느꼈다.

저녁에 집에 돌아오면, 그는 꼭 가야 하는 네댓 군데의 *회합*과 방문을 지정된 시간에 따라 비망록에 기록해두었다. 어디서나 시간을 어기지 않도록 하루를 배분하는 생활의 메커니즘이 그의 생활 에너지 대부분을 앗아갔다. 그는 아무것도 하지 않았고, 무엇에 대해서도 생각하지 않았으며, 생각할 겨를도 없었고, 그저 지껄이기만 했는데, 그것은 전에 시골에서 생활할 때 생각하던 것을 입담 좋게 주워대는 것에 지나지 않았다.

때때로 그는 같은 날 여러 회합에서 자신이 똑같은 말을 되풀이하고 있는 것을 자각하고 몹시 기분이 불쾌했다. 하지만 매일같이 분주하다 보니 자신이 아무것도 하지 않고 있다는 것을 돌이켜볼 겨를도 없었다.

스페란스키는 코추베이의 집에서 처음 만났을 때와 마찬가지로 그 후 수요일에 그의 집에서 다시 만났을 때도 흉금을 터놓고 오랫동안 이야기했고, 안드레이 공작에게 강렬한 인상을 남겼다.

안드레이 공작은 세상의 수많은 사람을 멸시하고 대부분을 보잘것없는 존재라고 생각하면서도, 자신이 바라는 완성된 살아 있는 이상理想을 누군가에게서 발견하고픈 갈망에 급급해 스페란스키에게서 이성적이고 도덕적인 인간의 이상을 보았다고 경솔하게 믿어버리고 말았다. 만약 스페란스키가 안드레이 공작과 같은 계급 출신이고 같은 교육을 받고 같은 도덕적 습관을 지닌 사람이었다면 볼콘스키는 이내 그에게서 약한 인간으로서 영웅적이지 않은 면을 발견했겠지만, 지금은 자신에게 낯설게 느껴지는 스페란스키의 논리적인 사고의 방식을 확실히 이해할 수 없었던 만큼 더욱 존경을 품게 되었던 것이다. 또한 스페란스키는 안드레이 공작의 재능을 높이 사기 때문인지, 아니면 그를 자기편으로 끌어들일 필요를 느끼기 때문인지 아무튼 타고난 공평무사하고 침착한 이성으로 안드레이 공작에게 아첨하고, 자부심이 뒤섞인 미묘한 아부로 안드레이 공작을 우쭐하게 만들었는데, 그것은 자신의 대화 상대와 자신만이 다른 모든 사람의 우매함과 자신들의 지성과 생각의 깊이를 이해할 수 있는 사람이라는 것을 암묵적으로 인정하는 것이었다.

수요일 밤, 두 사람의 긴 대화중에 스페란스키는 여러 차례 "우리는 뿌리깊게 고착된 습관의 일반적 수준을 벗어난 모든 것에 주목합니다만……"이라거나, 미소를 머금으며 "하지만 우리는 늑대도 배부르고 양도 무사하길 바랍니다……"라거나, "그들은 이것을 이해할 수 없습니다……"라고 하며 '우리, 즉 당신과 나는, 그들이니 우리니 하는 사람이 누구를 가리키는지 잘 알고 있다'고 단언하는 듯한 표정을 지었다.

이 최초의 긴 대화는 안드레이 공작이 처음 그를 봤을 때 받은 느낌을 굳혔을 뿐이었다. 그가 본 스페란스키는 이성적이고 엄밀하게 사고하는 위대한 지식인이자, 정력과 끈기로 잡은 권력을 오직 러시아의 복지를 위해서만 행사하는 사람이었다. 인생의 모든 현상을 합리적으로 설명하고, 합리적인 것만을 현실적이라고 인정하며, 모든 것에 합리성의 자를 댈 수 있는 사람, 말하자면 안드레이 공작이 추구하는 인물상이었다. 스페란스키의 설명은 뭐든 단순명료했으므로 안드레이 공작은 자기도 모르는 사이에 동의하게 되었다. 간혹 반박하거나 다른 의견을 내세우기도 했지만, 자신에게 자주적인 데가 있다는 것을 보여 주고, 덮어놓고 스페란스키의 의견에만 따르지 않는다는 것을 보이기 위한 것에 지나지 않았다. 만사가 이렇고 흠잡을 데가 없었으나 다만 한 가지 안드레이 공작을 괴롭힌 것은, 자기의 영혼 속으로 들어오는 것을 거부하는 듯한 거울 같고 냉정한 스페란스키의 눈빛과 희고 부드러운 손이었다. 누구든 보통은 권력을 쥔 사람의 손을 보게 되는데, 안드레이 공작도 그 흰 손을 보았다. 그의 거울 같은 눈빛과 부드러운 손은 왜 그런지 안드레이 공작을 초조하게 만들었다. 또한 안드레이 공작이 스페란스키에게서 발견한 다른 사람에 대한 지나친 멸시와 자기 의견을 확증하는 데 사용하는 갖가지 증명 방법은 불쾌감을 주었다. 그는 비유를 제외한 사고의 무기를 최대한 사용하고, 지나치게 대담하다 싶을 만큼 이 무기에서 저 무기로 옮겨다녔다. 때로는 실제적인 활동가의 입장에서 공상가를 공격하는가 하면, 때로는 풍자가의 입장에서 반대자를 빈정거리며 비웃고, 때로는 엄격하게 논리적이 되었다가, 느닷없이 형이상학의 세계로 비약하기도 했다. (그는 이 마지막 논증의 무기를 가장 자주 사용했다.) 그는 문제를 형이상학의 높이로 끌어올려 공간과 시간과 사유의 정의定義로 옮아가고, 거기서 반론을 끌어내 다시금 논쟁의 지반으로 내려섰다.

요컨대 안드레이 공작을 놀라게 한 스페란스키의 지성의 주요한 특성은 이성의 힘과 타당성에 대한 확고부동한 신념이었다. 분명 스페란스키는, 사람은 자신이 생각하고 있는 것을 전부 표현할 수 없다는 안드레이 공작에게는 지극히 예사로운 생각, 즉 내가 생각하는 것과 믿는 모든 것이 전부 부질없는 것은 아닐까? 하는 의문을 가져본 적이 없는 것 같았고, 이 같은 특별한 사고방식이 무엇보다 안드레이 공작의 마음을 사로잡았던 것이다.

스페란스키를 알고 처음 얼마 동안 안드레이 공작은 전에 보나파르트에 대해 품었던 것과 비슷한 열렬한 감정에 빠졌다. 스페란스키가 사제의 아들이어서, 사제의 아들이 우매한 인간들한테 흔히 당하듯 사제 놈의 자식이다 뭐다 하는 멸시를 받았을 수도 있다는 사정 때문에 안드레이 공작은 그에 대한 감정을 유달리 신중히 다루고 무의식적으로 그것을 강화시켰던 것이다.

볼콘스키가 처음 그의 집에서 보낸 날 저녁에 스페란스키는 안드레이 공작에게 법률제정위원회 이야기를 하며 빈정거리듯이, 법률제정위원회는 백오십 년이나 존속했고 수백만 루블을 썼지만 한 일은 아무것도 없고 로젠캄프*가 비교법比較法의 전 조항에 표지標識만 붙였을 뿐이라고 말했다.

"그것뿐이죠, 그것을 위해 국가는 수백만 루블을 지불한 겁니다!" 그는 말했다. "우리는 오래전부터 원로원에 새로운 사법권을 주려고 하고 있습니다만, 이 나라에는 법이란 것이 없습니다. 그러니까 당신 같은 분이 이런 때 일을 하지 않는 건 죄입니다, 공작."

안드레이 공작은 그 일을 하려면 법률적 소양이 필요한데 자신에게는 그것이 없다고 말했다.

---

* G. A. 로젠캄프(1762~1832). 러시아 법학자. 법률제정위원회 서기장이었다.

"그런 건 아무에게도 없습니다. 대체 당신이 바라는 건 무엇입니까? 그것은 순환논증*입니다. 그런 데서 벗어나도록 노력해야죠."

일주일 뒤 안드레이 공작은 군규제정위원회 위원이 되고, 뜻밖에도 법률제정위원회의 한 분과위원장에도 임명됐다. 스페란스키의 요청으로 그는 당시 편집중이던 민법 제1부를 맡아 *나폴레옹 법전***과 *유스티니아누스 법전****을 참조해 인권편 작성에 착수했다.

7

이 년 전, 즉 1808년 영지 시찰 여행에서 페테르부르크로 돌아온 피예르는 어느덧 페테르부르크 프리메이슨의 중심인물이 되었다. 그는 프리메이슨의 회식이나 장례 행사를 주도하고, 새로운 회원을 모집하고, 다양한 그룹의 결합과 정통의 교전教典을 얻기 위해 애썼다. 그는 회장 설치에 자비를 대기도 하고, 대부분의 회원이 잘 내놓지 않는 기부금을 보충해넣기도 했다. 그는 페테르부르크의 프리메이슨이 세운 빈민원을 자비를 들여 거의 혼자서 유지하고 있었다.

한편으로 그의 생활은 여전히 탐닉과 방종 속에 흘러갔는데, 그는 미식과 음주를 즐기고 그것을 부도덕하고 천한 일이라고 생각하면서

---

* 논증되어야 할 명제를 논증의 근거로 하는 잘못된 논증. 순환논법.
** 나폴레옹 1세가 1804년에 제정한 법전. 평등과 자유를 기본 원칙으로 하여 세계의 시민법에 큰 영향을 미쳤다.
*** 동로마제국의 유스티니아누스 1세가 529~534년에 제정한 로마 법전. 공법과 사법을 분리하여 근대법 정신의 원류가 되었다.

도 자기가 교류하고 있는 독신자 친구들의 환락을 자제하지 못했다.

일 년쯤 지나자 일과 탐닉의 혼돈 속에서 그는 자기가 서 있는 프리메이슨의 지반이 단단히 디디고 서려 할수록 더 깊이 꺼져들어가는 것을 느끼게 됐다. 그리고 발아래가 더 깊이 꺼져들수록 자신이 무의식 중에 더욱 그것에 결부되는 것을 느꼈다. 프리메이슨에 가입하자마자 그는 마치 평평한 늪의 표면에 아무 의심 없이 한 발을 들여놓은 기분을 느꼈었다. 한 발을 올려놓자, 쑥쑥 빠져들어갔다. 딛고 선 지반의 견고함을 확실히 알아보기 위해 다른 한 발마저 내딛자 더 깊이 빠져버렸고, 이제는 꼼짝없이 무릎까지 빠진 채 늪 속을 걸어다니고 있었던 것이다.

이오시프 알렉세예비치는 페테르부르크에 없었다. (그는 최근 페테르부르크의 집회소에서 멀어져 모스크바에만 틀어박혀 있었다.) 형제들, 즉 집회소의 회원들은 피예르가 실생활에서도 아는 사람들이었기 때문에, 실생활에서는 대부분 나약하고 하찮고 생각하던 B공작이니 이반 바실리예비치 D 같은 사람을 단순히 석공조합 형제로서만 보는 것은 어려웠다. 그는 프리메이슨의 에이프런과 휘장 밑에서, 그들이 실생활에서 얻어낸 십자훈장과 제복을 보았다. 그리고 그는 기부금을 낼 때도 열 명 중에 반이 자기처럼 부자인데도 대부분 고작 20루블, 30루블을 차용으로 기재하는 것을 보고 이웃을 위해 전 재산을 쾌척하겠다고 약속하는 프리메이슨의 선서를 떠올렸고, 마음속에서 갖가지 의혹이 자주 고개를 들었지만, 생각하지 않으려고 애썼다.

피예르는 자기가 아는 모든 프리메이슨을 네 부류로 나누었다. 첫째 부류는 프리메이슨의 일에도 세상일에도 적극적으로 참여하지 않고 기사단의 신비적 교의에 골몰하고, 신의 세 칭호라든가 물질의 삼원소인 유황, 수은, 소금이라든가, 솔로몬 신전의 네모꼴의 의미나 온갖 도형의 의미 같은 것에만 열중하는 형제들이었다. 주로 나이든 형제들인데, 피예르가 생각하기에는 이오시프 알렉세예비치도 그중 한 사람이었고, 그는 이 부류를 존경하지만 흥미를 공유할 수는 없었다. 프리메이슨의 신비주의적인 면에는 마음이 기울지 않았던 것이다.

둘째 부류에는 피예르 자신, 그리고 자신과 같은 형제들을 포함시켰는데 이들은 늘 동요하면서도 프리메이슨으로 통하는 직접적이고 명확한 길을 찾고 있는, 아직 그것을 발견하지는 못했지만 그 희망을 가진 사람들이었다.

셋째 부류는(가장 많았다), 외형과 의식 이외에는 아무것도 인정하지 않고, 이 외형의 엄격한 실행만 중시할 뿐 그 내용이나 의미에는 아랑곳하지 않는 형제들이었다. 빌라르스키를 비롯해 본부의 그랜드마스터도 이 부류에 속했다.

끝으로 넷째 부류에도 많은 형제가 속했는데, 특히 최근에 입회한 사람들이 속했다. 피예르의 관찰에 의하면 그들은 아무것도 믿지 않고 바라지도 않고, 집회소에 꽤 있는 젊고 부유하고 유력한 연고를 가진 형제들에게 접근하기 위해 입회한 사람들이었다.

피예르는 자신의 활동에 불만을 느끼기 시작했다. 프리메이슨은, 적어도 그가 여기서 알고 있는 프리메이슨은 그저 외형만을 기반으로 서 있는 것처럼 느껴질 때가 종종 있었다. 그는 프리메이슨 그 자체를 의심하지는 않았으나, 러시아의 프리메이슨은 본류에서 이탈해 허위의 길로 빠진 것이 아닐까 의심했다. 그래서 피예르는 연말에 기사단의 최고 신비를 탐구하기 위해 외국으로 떠났다.

1809년 여름, 피예르는 페테르부르크로 돌아왔다. 국내의 프리메이슨과 외국의 프리메이슨 사이에 오간 서한에 의하면, 베주호프가 외국에서 많은 간부의 신임을 얻고, 많은 신비를 탐구해 최고 지위에 오르고, 러시아 석공조합 사업의 일반 복리를 위해 많은 수확을 가지고 돌아온 것이 분명했다. 페테르부르크의 프리메이슨들은 그의 환심을 사기 위해 너나없이 찾아왔고, 모두 그가 은밀히 뭔가를 준비하고 있다고 생각했다.

제2급 지부의 집회 날짜가 정해지고, 피예르는 기사단의 최고 지도자들이 페테르부르크 형제들에게 보낸 전달 사항을 그 자리에서 보고하겠다고 약속했다. 집회는 대만원을 이루었다. 일반 의식이 끝나자 피예르는 일어나서 연설을 시작했다.

"친애하는 형제 여러분." 그는 한 손에 연설 원고를 든 채 얼굴을 붉히고 말을 더듬으며 시작했다. "고요하고 엄숙한 집회소 안에서 우리의 신비를 지키는 것만으로는 충분하지 않습니다. 행동해야 합니다…… 행동해야 합니다. 우리는 잠을 자는 상태입니다, 그러나 우리는 행동해야 합니다." 피예르는 노트를 들고 읽기 시작했다.

"순수한 진리의 보급과 선의 승리를 위해서는," 그는 읽었다. "우리는 사람들을 편견에서 구하고, 시대정신에 알맞은 규범을 펼치고, 청년들을 교육하고, 최고의 지식인들과 굳게 결합해 미신과 불신과 우매를 대담하고 현명하게 극복하고 우리에게 귀의시켜 같은 목적 아래 결합하고, 권력과 세력을 가진 사람들을 모아야 합니다.

이 목적을 달성하기 위해서는 선으로 악을 정복하고, 청렴한 사람이 이 세상에서 자기의 덕행에 대한 영원한 보답을 받을 수 있도록 해야 합니다. 그러나 우리의 이 위대한 의도를 크게 방해하는 것은 실로 오늘날의 정치제도입니다. 이와 같은 정세 속에서 우리는 대체 무엇을 해야 할까요? 혁명을 추진하고, 모든 것을 전복시키고, 힘으로써 힘을 몰아내야 할까요?…… 아닙니다, 우리는 그러한 생각과는 아주 멀리 떨어져 있습니다. 폭력적인 개혁은 비판받아 마땅합니다. 현재와 같은 상태에 있는 한 인간은 절대로 악을 바로잡을 수 없으며, 지혜에는 폭력이 필요 없기 때문입니다.

기사단의 모든 계획은 확고하고, 덕망 있고, 같은 신념으로 결합한 사람들을 만들어내는 것을 근본으로 삼아야 하며, 그 신념이란 어떠한 곳에서도 전력을 다해 악덕과 우매를 몰아내고, 재능과 덕행을 옹호하는 것, 즉 먼지 속에서 하느님의 아들을 가려내 우리 형제단에 들어오게 하는 것입니다. 그때 비로소 우리 기사단은 유력해지고, 무질서를 옹호하는 자들의 손을 슬그머니 잡아매어 그들이 알아채지 못하는 사이에 그들을 지배할 수 있게 되는 것입니다. 한마디로, 온 세계를 지배하는 보편적인 정치 형태를 수립해야 하는 것이며, 이것은 시민적 연대를 파괴하는 일 없이 온 세계에 보급되어야 하고, 그때 모든 정치는 종전대로 계속 운영되고 우리 기사단의 위대한 목적, 즉 악에 대한 선의 승리를 방해하는 것을 제외한 모든 것을 할 수 있어야 합니다. 이 목적이야말로 기독교의 가르침입니다. 그리스도는 사람들에게 현명하고 선량하라고 가르치고, 스스로를 돕기 위해 훌륭한 현자들의 모범과 가르침을 따르라고 하셨습니다.

모든 것이 어둠에 잠겨 있을 때는 진리의 새로움이 진리에 특별한 힘을 부여했기 때문에 설교만으로도 충분했지만, 오늘날 우리에게는 그것보다 훨씬 강력한 방법이 요구되고 있습니다. 자신의 감정에 지배되는 인간은 이제 선 속에서 감각적인 매력을 발견해야 합니다. 욕망을 근절할 수는 없으므로 그것을 고귀한 목적으로 돌려 각자가 덕행의 범위 안에서 자신의 욕망을 만족시켜야 하고, 우리 기사단은 그 방법을 제공해야 합니다.

머지않아 우리가 각국에서 훌륭한 사람들을 조금씩 확보하고, 그 한 사람 한 사람이 다시 새로운 두 사람을 확보해 모두 긴밀히 결합하는 날에는, 그때야말로 이미 지금까지 인류의 행복을 위해 뒤에서 많은 일을 해온 우리 기사단은 어떠한 일도 할 수 있게 될 것입니다."

이 연설은 집회에서 강렬한 인상을 주었을 뿐만 아니라 동요를 불러일으켰다. 이 연설에서 일루미나티*의 위험한 사상을 발견한 대부분의 형제들은 피예르에게 놀랄 만큼 냉담한 태도를 보였다. 그랜드마스터는 피예르에게 반론을 제기했다. 피예르는 더욱 열성적으로 자기 소신을 개진하기 시작했다. 이처럼 소란한 집회는 전에 없었다. 갖가지 당파가 형성되고, 일루미나티에 빠져 있다고 비난하며 피예르를 공격하는 사람도 있었고, 그를 지지하는 사람도 있었다. 피예르는 이 집회에서 처음으로 어떠한 진리도 두 인간에게 똑같이 받아들여지지 않을 만큼 인간의 견해라는 것이 한없이 다양하다는 것을 비로소 깨닫고 깜짝 놀랐다. 그가 자기편이라고 생각했던 회원들 중에도 그의 말을 제멋대

---

* Bavarian Illuminati, 바이에른 광명회라고도 부른다. 1776년 독일에서 결성된 급진적 비밀결사로, 절대왕정을 전복시키고 자유와 평등 사상을 바탕으로 유토피아를 꿈꾸었다.

로, 온갖 제한과 변경을 덧붙여 이해하는 자들이 있었는데, 피예르는 기본적으로 자기 사상을 자기가 이해한 그대로 다른 사람에게 전달하고 싶었기 때문에 그들에게 동의할 수 없었다.

집회가 끝나자 그랜드마스터는 적의와 야유가 어린 어조로 베주호프의 성급함을 지적했고, 그런 논쟁으로 이끌린 데는 선에 대한 사랑만이 아니라 호전적인 기분도 있었을 거라고 빈정거렸다. 피예르는 그말에는 대꾸하지 않았고, 다만 자기 제안을 받아들일지 받아들이지 않을지만 물었다. 부정의 답변을 듣자, 그는 의례적 절차를 기다리지 않고 집회소에서 나와 집으로 갔다.

8

또다시 피예르는 그토록 두려워하던 우울에 사로잡혔다. 집회소에서 연설한 후 그는 사흘 동안 아무도 만나지 않고 아무데도 나가지 않고 집의 소파에서 누워 지냈다.

그사이 그는 아내의 편지를 받았는데, 그녀는 만나달라고 간청하며, 그를 생각하며 슬픔에 젖어 있고, 평생을 그에게 바치고 싶다고 쓰고 있었다.

편지 끝에는 며칠 안에 외국에서 페테르부르크로 돌아간다고 알리고 있었다.

이 편지에 뒤이어 피예르의 고독을 위협한 것은 그가 별로 존경하지 않는 어느 프리메이슨 형제였는데, 그는 피예르의 부부관계로 말머리를 돌리더니, 형제로서 조언하는데 아내에 대한 피예르의 가혹한 태도는 부당하며, 뉘우치는 자를 용서하지 않는 것은 프리메이슨의 가장 근본적인 계율에 어긋난다고 말했다.

이 무렵 장모인 바실리 공작의 아내가 사람을 보내, 아주 중요한 문제를 상의하고 싶으니 단 몇 분만이라도 만나러 와달라고 부탁했다. 피예르는 자기에 대한 음모가 있다는 것, 즉 그들이 자기와 아내를 재결합시키려 한다는 것을 알아챘지만, 지금 같은 상태에서는 불쾌하지 않았다. 그는 아무래도 상관없었고 인생에서 중요한 일은 아무것도 없다고 생각했으며, 무엇보다 우울에 사로잡혀 자기의 자유도, 아내를 끝까지 벌주려던 마음도 중요하지 않은 것 같았다.

'올바른 사람도 아무도 없고 죄지은 사람도 아무도 없다면, 그녀에게도 죄가 없다.' 그는 생각했다. 피예르는 아내와의 재결합에 대해 바로 승낙의 뜻을 비치지는 않았지만, 그것은 당시 그가 우울에 사로잡혀 어떤 것도 결행할 기력이 없었던 데 지나지 않았다. 만약 아내가 찾아왔더라도 그는 쫓아내지 않았을 것이다. 당시 피예르의 마음을 사로잡고 있던 문제에 비하면 아내와 같이 살 것인가, 살지 않을 것인가? 하는 것은 아무래도 상관없는 일이었다.

아내에게도 장모에게도 답장을 하지 않고 피예르는 밤늦게 여행 채비를 하고, 이오시프 알렉세예비치를 만나러 모스크바로 떠났다. 피예르는 일기에 썼다.

모스크바, 11월 17일
지금 막 은인한테서 돌아왔고, 나는 내가 경험한 일을 빠짐없이 적어

두려 한다. 이오시프 알렉세예비치는 가난하게 살고, 무서운 수종水腫 때문에 삼 년이나 고생하고 있다. 그러나 그의 신음 소리나 불평을 들은 사람은 아무도 없다. 몹시 검소한 식사를 하는 시간을 빼면 그는 아침부터 밤늦게까지 학문에 몰두한다. 그는 나를 친절히 맞아주고 자기가 쓰는 침대에 앉히고, 내가 동방 예루살렘 기사처럼 절하자 똑같이 답례한 뒤 겸손한 미소를 띠며 내게 프로이센과 스코틀랜드의 집회소에서 무엇을 알고 얻었는지 물었다. 나는 내가 페테르부르크의 집회소에서 발표했던 근본 사상에 대해 되도록 자세히 전하고, 사람들이 보인 냉담한 태도와 형제들과 나 사이에 생긴 불화에 대해서도 이야기했다. 이오시프 알렉세예비치는 꽤 오랜 시간 말없이 생각에 잠겨 있다가 의견을 말했는데, 순간 그것은 나의 모든 과거와 내 앞에 놓인 미래의 길을 밝혀주었다. 그는 기사단의 세 가지 목적을 기억하느냐고 물어 나를 놀라게 했는데, 그것은 1) 신비의 보존과 인식, 2) 이것에 도달하기 위한 자기정화와 교정, 3) 자기정화 노력을 거친 후의 인류 교정이었다. 이 세 가지 중 가장 중요하고 우선하는 목적은 무엇일까? 물론 자기정화와 교정이다. 우리가 환경에 관계없이 언제나 노력할 수 있는 것은 이 목적뿐이다. 그러나 동시에 이 목적은 우리에게 가장 많은 노력을 요구하기 때문에, 자신이 깨끗하지 않으면 결코 도달할 수 없는데도 잘못된 자부심에 이 목적을 놓친 채 신비의 연구에 착수하거나, 자기 자신이 추악과 방탕의 전형이면서 인류의 교정에 손을 대는 것이다. 일루미나티가 순수한 가르침이 아닌 이유는 사회 활동에 골몰하고, 자부심으로 뭉쳐 있기 때문이다. 이러한 이유로 이오시프 알렉세예비치는 나의 연설과 내 모든 활동을 비판했다. 나는 마음속 깊이 그에게 동감했다. 내 가정 문제에 이야기가 미치자, 그는 내게 말했다. "언젠가 이야기했던 것처럼, 참된 프리메이슨의 주요한 의무는 자기완성입니다. 우리는 흔히 우리가 인생의 온갖 곤란을 물리치기만 하면 곧바로 이 목적을 달성할 수 있을 거라고 생각하지만, 선생, 그것은 전혀 그렇지 않습니다." 그는 내게 말했다. "속세의 격동 속에서만 우리는 이 세 가지 주요한 목적을 달성할 수 있습니다. 1) 자기인식, 인간은 비교를 통해서만 자기를 알 수 있고, 2) 자기완성, 이것은 투쟁으로써만 얻을 수 있으며, 3) 주요한 덕성, 이것은 죽음에 대한 사랑에 도달하는 것입니다. 인생의 변전變轉만이 우리에게 인생의 허무를 가르쳐주고, 피할 수 없는 죽음에 대한 우리의 사랑이나 새로운 삶의 부활에 대한 사랑을 도와주기 때문입니다." 이런 말들이 더욱 의미 깊게 생각된 것은 이오시프 알렉세예비치가 격심한 육체적 고통에도 결코 인생을 괴로운 것으로 생각하지 않고, 죽음까지 사랑하며, 순결하고 고매한 내면을 가졌음에도 아직 죽음에 대해 각오가 충분하지 않다고 생각하고 있기 때문이었다. 그리고 이 은인은 세계 창조의 위대한 네모꼴의 의미를 세세히 설명해주고, 3과 7이라는 숫자는 모든 것의 기초라고 가르쳐주었다. 그는 내게 페테르부르크 형제들과의 교제를 피하지 말고, 집회소에서는 제2급의 직무에만 종사하고 노력해서, 형제들을 오만의 심연으로부터 구해내 자기인식과 자기완성의 올바른 길로 돌려주길 바란다고 말했다. 그 밖에 나 개인을 위해서는 우선 자기 자신을 응시하라고 충고하고, 그 목적을 위해서 쓰라고 노트를 주었는데, 지금 쓰고 있는 이 노트가 그것이며, 여기에 앞으로도 내 모든 행위를 기록하려 한다.

페테르부르크, 11월 23일

나는 다시 아내와 살고 있다. 장모는 눈물을 머금은 채 나를 찾아와, 옐렌이 여기 와 있다. 조금이라도 자기 말을 들어달라고 애원한다. 그녀는 결백하다. 나한테 버림받고 몹시 불행해한다. 그 밖에도 많은 이야기를 했다. 그녀와 만나는 것을 나 자신에게 허용한다면, 내가 그녀의 희망을 물리치지 못하리라는 것을 잘 알고 있었다. 나는 망설였지만, 누구에게 충고와 도움을 구해야 할지 알 수 없었다. 그 은인이 여기 있다면 무슨 말이라도 해주었겠지만. 나는 내 방에 가서 이오시프 알렉세예비치의 편지를 다시 읽고 그와 나눈 대화를 상기했고, 구하는 자를 물리쳐서는 안 된다고, 모두에게, 특히 나와 관계가 있는 사람에게는 구원의 손길을 뻗어야 한다는, 나는 나의 십자가를 져야 한다는 결론에 도달했다. 만약 도의상 내가 그녀를 용서한다면, 나와 그녀의 결합도 하나의 정신적인 목적을 가져야 한다. 나는 이렇게 결심하고 이오시프 알렉세예비치에게 편지를 썼다. 나는 아내에게 지난 일은 다 잊으라고, 내가 지었을지도 모를 죄를 용서해달라고, 그녀에 대해 내가 용서할 것은 아무것도 없다고 말했다. 그녀에게 이 말을 하는 것이 나는 기뻤다. 다시 그녀를 보는 것이 얼마나 괴로운 일인지는 그녀에게 알리지 않을 생각이다. 나는 커다란 저택 이층에 자리잡고 갱생의 행복감에 잠겨 있다.

9

늘 그랬듯이, 당시 상류사회는 궁중이나 대무도회 같은 곳에서는 서로 결속했지만, 실은 고유의 색을 띤 몇 그룹으로 나뉘어 있었다. 그중에서도 루만체프 백작과 콜랭쿠르* 등의 나폴레옹당이 있는 프랑스파 그룹이 가장 컸다. 옐렌은 남편과 함께 페테르부르크에 정주하게 되자 곧바로 이 그룹에서 가장 눈에 띄는 자리를 차지했다. 프랑스 대사관 사람들과 이들 중에서도 재치 있고 친절하기로 유명한 많은 사람이 줄곧 그녀의 집을 드나들었다.

옐렌은 두 황제의 유명한 회견 때 에르푸르트에 있었고, 유럽에서 이름을 떨치던 나폴레옹당 명사들과의 관계는 그곳에서 얻어 돌아온 것이었다. 에르푸르트에서 그녀는 빛나는 성공을 거두었다. 나폴레옹도 극장에서 그녀를 보고 누구인지 묻고, 그녀의 아름다움을 높이 평가했을 정도였다. 그녀는 해가 갈수록 더욱 아름다워지고 있었기 때문에, 피예르는 아름답고 우아한 여성으로서의 그녀의 성공에는 놀라지 않았다. 그러나 이 이 년 동안 아내가 '*아름다움에 못지않게 총명하고 매력적인 여성*'이라는 평판을 얻었다는 데는 놀랐다. 유명한 *리뉴 공작***은 그녀에게 여덟 장이나 되는 장문의 편지를 보냈다. 빌리빈은 베주호바 백작부인에게 첫선을 보이려고 *명구*를 간직해두었다. 베주호바 백작부인의 살롱에 가는 것은 지성의 면허장을 받은 것처럼 여겨졌는데, 젊은 사람들은 옐렌의 살롱에서 할 이야깃거리를 위해 미리 책

---

* A. 콜랭쿠르(1773~1827). 1807~1811년 페테르부르크 주재 프랑스 대사.
** C. J. 리뉴(1735~1814). 벨기에 태생의 오스트리아 장군.

을 읽었고, 대사관 서기관들과 공사들까지 외교상의 비밀을 털어놓았기 때문에 옐렌은 일종의 세력을 이루고 있었다. 그녀가 몹시 우매하다는 것을 아는 피예르는 정치며 문학이며 철학이 화제가 되는 아내의 야회나 만찬회에 이따금 참석할 때마다 의혹을 느끼고 때로는 두렵기까지 했다. 그는 속임수가 언제 탄로날지 몰라 걱정하는 요술사가 느낄 법한 기분을 경험했다. 그러나 이런 야회를 여는 데 우매함이 필수인 것인지 아니면 사람들이 속는 것에 만족을 느끼는 것인지 아무튼 속임수는 드러나지 않았고, 아름답고 총명한 부인이라는 평판은 옐레나 바실리예브나 베주호바에게 아주 꼭 달라붙어 그녀가 아무리 쓸데 없고 어리석은 말을 하더라도 모든 사람이 그 한마디 한마디에 감탄하고, 그녀 자신은 생각하지도 않았던 깊은 뜻을 그 속에서 찾아내는 것이었다.

피예르는 이러한 화려한 사교계 부인에게 꼭 필요한, 가장 알맞은 남편이었다. 그는 아무도 방해하지 않았고, 객실 전체의 고상한 인상을 해치지도 않았을 뿐만 아니라, 아내의 우아함이나 기지와는 정반대되는 몸가짐으로 오히려 그녀의 유리한 배경이 되어주는 넋 빠진 기인寄人이자 귀족 남편이었다. 피예르는 요 이 년 동안 줄곧 무형의 흥미에만 골몰하고 다른 모든 일에는 진심으로 경멸을 품었기 때문에, 자신에게 흥미도 없는 아내의 친구들 사이에 낄 때도 모두에게 무심하고 태연하고 너그러웠고, 결코 억지로 꾸밀 수 없고 저절로 몸에 익은 이러한 기품으로 자기도 모르는 사이에 사람들에게 존경심을 불러일으켰다. 그는 극장에 가는 것처럼 아내의 객실로 들어가 누구에게도 친근하고, 누구와도 함께 기뻐하고, 누구에게나 무심했다. 이따금 흥미를 끄는 이야기에는 끼어들기도 했는데, 그런 때는 *대사관 사람들*이 있건 없건 아랑곳없이, 그 자리 분위기와 전혀 어울리지 않아도 자신의 의견을 중얼거렸다. 하지만 *페테르부르크에서 가장 훌륭한 여성*의 남편이 기인이라는 평판은 이미 굳어져 있었기 때문에 그의 엉뚱한 언행을 *진지하게* 받아들이는 사람은 없었다.

매일같이 옐렌의 집을 찾던 많은 젊은이 중 하나인 보리스 드루베츠코이는 이미 근무에서 눈에 띄는 성공을 거두었는데, 옐렌이 에르푸르트에서 돌아온 후로 베주호프가와 가장 가까운 인물이 되었다. 옐렌은 그를 *나의 시동侍童*이라 부르며 아이 대하듯 했다. 옐렌은 그에게도 다른 모든 사람에게 보이는 똑같은 미소를 지었지만, 피예르는 종종 그 미소가 불쾌했다. 보리스는 당당하기도 하고 쓸쓸하기도 한 특유의 정중한 태도로 피예르를 대했다. 그 정중함도 피예르를 불안하게 했다. 피예르는 삼 년 전 아내가 주었던 모욕으로 고통을 맛보았기 때문에 지금은 모욕의 가능성에서 스스로를 구하기 위해 첫째, 자신은 옐렌의 남편이 아니라고 생각했고, 둘째, 자기 자신에게 의심을 허락지 않으려 했다.

'아니다, 이제는 이미 블루스타킹*이 됐으니까 전처럼 빠지는 일은 없을 것이다' 하고 그는 생각했다. '블루스타킹이 애욕에 빠진 예는 없었으니까.' 어디서 끌어냈는지 모르는 규칙을 완전히 믿으며 그는 스스로에게 되풀이했다. 하지만 이상하게도, 아내의 객실에 있는 보리스의 존재는(그는 거의 언제나 거기 있었다) 피예르에게 생리적인 작용

---

* 18세기 런던에서 전통적으로 여자가 하는 일보다 사상과 학문에 관심이 많은 여자를 조롱조로 이르던 말.

을 일으켜 그의 사지를 묶어버리고, 동작의 자연스러움과 자유로움을 잃어버리게 했다.

'참으로 이상한 혐오감이다' 하고 피예르는 생각했다. '전에는 도리어 아주 좋아했는데.'

세상 사람의 눈에 비치는 피예르는 대부호이자, 유명한 아내를 둔약간 눈이 먼 우스꽝스러운 남편, 영리하고 괴상한 사람, 아무것도 하지 않지만 누구에게도 해가 되지 않는 선량한 호인이었다. 그러는 동안 피예르의 마음속에서는 복잡하고 어려운 내적 발전이 이루어졌고, 그 발전은 많은 것에 눈뜨게 하고, 많은 정신적인 의혹과 기쁨으로 그를 이끌었다.

10

그는 일기를 계속 쓰고 있었고, 이 무렵 다음과 같이 썼다.

11월 24일

여덟시에 일어나 성경을 읽었다. 그러고 나서 출근하고(피예르는 은인의 충고대로 어느 위원회 일을 맡았다), 식사 전에 돌아와 혼자 식사하고(아내한테는 나를 불쾌하게 하는 많은 손님이 있었으므로), 적당히 먹고 마신 뒤, 형제들을 위한 문장을 발췌했다. 밤에 아내에게 가서 B에 관한 우스운 이야기를 했다. 그리고 모두가 폭소를 터뜨렸을 때에야 이런 짓을 하면 안 된다는 것을 깨달았다.

행복하고 평안한 기분으로 잠자리에 든다. 위대하신 주여, 당신의 길을 따르게 도우소서. 1) 평온과 여유를 통한 분노의 극복, 2) 절제와 혐오를 통한 육욕의 극복, 3) 속세의 잡일 멀리하기, 단 a) 국무, b) 가사, c) 친구 관계, d) 경제활동은 소홀히 하지 않는다.

11월 27일

느지막이 잠에서 깬 뒤에도 게으름부리며 침대에 한참 누워 있었다. 나의 하느님, 당신 뒤를 따를 수 있게 저를 도우시고 굳건하게 해주소서. 성경 읽기. 읽었으나 응당한 감흥은 없었다. 형제 우루소프가 찾아와 이 세상의 허무에 대해 이야기했다. 그가 황제의 새 계획을 들려주었다. 나는 비난하려다가 나의 계율과 은인의 말을 상기했는데, 참된 프리메이슨은 국가가 참여를 요구할 때 열성적인 실행자가 되고, 그렇지 않은 일에 대해서는 냉정한 관찰자가 되라는 것이었다. 나의 혀는 나의 적이다. 형제들 G와 V와 O가 방문해서 새 형제를 받아들이는 것에 대해 논의했다. 그들은 내게 리토르의 의무를 부여했다. 나는 나 자신이 약하고 자격이 없다고 느낀다. 그리고 화제는 신전의 칠주七柱, 칠계七階, 칠학七學, 칠덕七德, 칠악七惡 및 성령의 칠부七賦 해석으로 옮아갔다. 형제 O의 웅변은 대단했다. 밤에 입회식이 있었다. 새로 설비한 회관은 의식의 광경에 장엄함을 실어주었다. 입회자는 보리스 드루베츠코이였다. 그를 추천한 내가 리토르를 맡았다. 어두운 신전에서 그와 얼굴을 마주한 동안, 기묘한 감정이 내 속에서 물결쳤다. 나는 그에 대한 증오의 상념을 내 속에서 발견하고, 이것을 억누르려는 헛된 노력을 했다. 그를 악에서 구해 진리의 길로 인도하길 진심으로 원하면서도 그에 대한 나쁜 생각이 나를 떠나지 않았기 때문이다. 그가 형제단에 입회한 목적은 사람들에게 접근해 우리 집회소에 있는 이들의 환심을 사려는 것이 아닐까 생각했다. 그는 이 집회소에 N.과 S.는 없느냐고 여러 번 물었고(나는 대답할 수 없었다), 내가 보기에 그는 우리의 신성한 기사단에 존경을 느낄 수 없는 것 같았고, 영적인 향상을 바란다기에는 너무나 외적인 인간에만 관심을 두고 또 외적인 존재로서의 자신에게 만족하는 것 같았는데, 이러한 이유 외에는 그를 의심할 근거를 조금도 갖고 있지 않았지만 내 눈에 그는 성실하지 않은 것처럼 비쳤고, 어두운 신전에 마주서 있는 동안 내 말을 비웃고 있다고 느껴졌으며, 나는 그에게 겨누고 있던 칼로 그의 드러난 가슴팍을 푹 찔러버리고 싶었다. 나는 웅변에 능하지 않기 때문에 내 의심을 형제들과 그랜드마스터에게 솔직하게 전할 수 없었다. 자연의 위대한 건축가시여, 이 허위의 미로에서 벗어날 참된 길을 찾을 수 있게 도와주소서.

이후로 석 장의 공백이 있고, 다음과 같이 쓰여 있었다.

형제 V와 교훈적인 이야기를 길게 나누었는데, 그는 형제 A에게 의지하라고 충고했고, 부족한 데가 있긴 하지만 나는 많은 계시를 받은 것 같다. 아도나이*는 세계를 창조한 자의 이름이다. 엘로힘**은 모든 것을 지배하는 자의 이름이다. 세번째 이름은 일컬을 수 없는 이름이며, 모든 것이라는 뜻을 지니고 있다. 형제 V와의 대화는 나를 격려하고,

---

* '나의 주'라는 뜻의 히브리어.
** '신, 신들'이라는 뜻의 히브리어.

새롭게 하고, 선의 길로 인도했다. 그 앞에서는 의심의 여지가 없다. 사회과학의 빈약한 학설과, 모든 것을 포함하는 우리의 신성한 교의의 차이가 내게 더욱 분명해진다. 인간의 과학은 이해하기 위해 모든 것을 분석하고, 관찰하기 위해 모든 것을 파괴한다. 기사단의 신성한 교의는 모든 것을 하나로, 모든 것을 전체이고 삶이라 인식한다. 삼위일체—물질의 삼원소—는 유황과 수은과 소금이다. 유황은 기름과 불의 성질을 가지고 있고, 소금과 결합하면 열성熱性이 소금에게 갈망을 일으켜 수은을 끌어당겨 붙잡고 억눌러서 함께 다른 물체를 만든다. 수은은 액상液狀이며, 휘발하기 쉬운 영적 본질—그리스도, 성령, 바로 그분이시다.

12월 3일

늦게 일어나서 성경을 읽었다. 감흥은 없었다. 나와서 홀을 거닐었다. 사색하려 했지만 내 상상은 사 년 전에 일어났던 사건을 그리고 있었다. 돌로호프 씨는 그 결투 뒤 모스크바에서 나와 만났을 때 내게, 지금 비록 부인과 함께 계시지는 않지만 완전한 마음의 평화를 누리시길 바랍니다 하고 말했다. 나는 아무 대답도 하지 않았었다. 나는 그 만남의 모든 것을 기억해내고 속으로 온갖 독설과 신랄한 대답을 그에게 퍼부었다. 분노에 불타는 자신을 알아채고서야 간신히 정신을 차리고 이 생각을 멈췄지만, 별로 후회하지는 않았다. 그후 보리스 드루베츠코이가 찾아와서 이런저런 이야기를 시작했는데, 나는 그가 온 순간부터 이 방문이 불만스러웠기 때문에 귀에 거슬리는 말을 퍼부었다. 그는 반박했다. 나는 격분해서 더 불쾌하고 심지어 난폭한 말까지 쏟아냈다. 그는 입을 다물었지만, 내가 깨달았을 때는 이미 늦었다. 아아, 나는 그 사내를 제대로 다루지 못하고 있다! 자존심 때문이다. 나는 자신을 그보다 높은 데 둠으로써 오히려 그보다 못한 인간이 되고 말았는데, 그는 나의 폭언에도 관대하나 정작 나는 그에게 경멸을 품었기 때문이다. 주여, 그 앞에서는 내가 더욱 나의 비천함을 볼 수 있게 해주시고, 그에게 이로움을 주는 행동을 할 수 있도록 도와주소서. 식후에 한잠 잤는데, 잠이 드는 순간 왼쪽 귓전에서 "너의 날이다" 하는 음성이 똑똑히 들렸다.

나는 꿈을 꾸었는데, 어둠 속을 걷던 중 갑자기 개들에게 에워싸였지만 겁먹지 않고 걸어가다가 느닷없이 작은 개가 내 왼쪽 허벅지를 물고 놔주지 않는 꿈이었다. 나는 두 손으로 그놈을 짓누르기 시작했다. 간신히 그놈을 떼어내자 곧바로 더 큰 놈이 내 가슴에 달려들었다. 나는 그놈을 뿌리쳤고, 세번째 더 큰 놈이 달려들어 물었다. 내가 들어올리려고 할수록 그놈은 더욱 커지고 무거워졌다. 그런데 별안간 형제 A가 나타나 내 손을 잡고 어느 건물로 데려갔는데, 건물 안으로 들어가려면 좁은 널빤지 위를 건너가야 했다. 발을 디디자 널빤지가 휘더니 떨어져버렸고, 나는 간신히 손이 닿는 담장을 기어오르기 시작했다. 안간힘을 다해 몸을 끌어올려 다리는 한쪽에, 상체는 반대쪽에 늘어뜨린 자세가 됐다. 돌아보니 형제 A는 담장 위에 서서 내게 큰 가로숫길과 정원을 가리키고 있었는데, 정원에는 크고 아름다운 건물이 있었다. 꿈에서 깼다. 하느님, 자연의 위대한 건축가시여! 저를 도우셔서 이 개들—저의 번뇌, 과거에 품었던 모든 욕정의 힘으로 뭉친 이 최후의 욕정을 쫓아내주시고, 꿈속에서 보았던 선의 전당으로 들어갈 수 있게 도와주소서.

12월 7일

꿈에서 이오시프 알렉세이치가 내 집에 앉아 있었고, 나는 몹시 기뻐하며 환대하려고 했다. 나는 옆 사람과 연신 지껄이고 있었던 것 같고, 문득 이러는 것이 그의 마음에 들 리 없다고 생각하고 다가가서 그를 껴안으려 했다. 그러나 내가 다가가자마자 그의 얼굴이 젊게 변하더니 나지막이, 나지막이 기사단의 교의를 이야기하기 시작했는데, 너무 나지막해서 똑똑히 알아들을 수 없었다. 우리는 방에서 나온 것 같았고, 기묘한 일이 일어났다. 우리는 마룻바닥에 앉기도 하고 눕기도 했다. 그는 내게 무슨 말인가 하고 있었다. 나는 나의 민감함을 그에게 보이고 싶어져서 그의 말에는 귀를 기울이지 않고, 내 안의 인간의 상태와 나를 감싸고 있는 하느님의 은총을 생각했다. 그러자 내 눈에 눈물이 고였고, 그가 이것을 알아채자 만족스러웠다. 그러나 그는 못마땅한 듯이 나를 바라보고 말을 끊더니 훌쩍 일어섰다. 나는 겁이 나서 지금 하신 이야기가 저에 대한 것이었습니까 하고 물었지만 그는 말없이 상냥한 표정을 지었고, 갑자기 우리는 더블베드가 놓인 내 침실에 들어와 있었다. 그는 침대 한쪽에 누웠고, 나는 그에게 응석을 부리고 싶은 욕망이 솟구쳐 그의 곁에 누웠다. 그러자 그가 내게 이렇게 물은 것 같았다. "솔직히 말해주시오, 당신의 주된 욕망은 무엇입니까? 당신은 그것을 알고 있습니까? 나는 당신이 이미 알고 있다고 생각합니다." 그러자 나는 당황해서 나의 주된 욕망은 태만이라고 대답했다. 그는 미심쩍은 듯 고개를 저었다. 그래서 나는 더 당황했고, 그의 충고대로 아내와 함께 살고 있지만 그녀의 남편으로서 살고 있는 것은 아니라고 대답했다. 그러자 그는 아내를 애무해주지 않는 것은 좋지 않다고 반박했고, 오히려 그것이 나의 의무라고 암시했다. 그러나 내가 그것은 부끄럽다고 대답하자, 갑자기 모든 것이 사라져버렸다. 나는 잠을 깼고, 머릿속에서 다음의 성경 구절을 발견했다. 생명은 사람들의 빛이었다. 그 빛이 어둠 속에서 비치고 있다. 그러나 어둠이 빛을 이겨본 적이 없다.* 이오시프 알렉세예비치의 얼굴은 젊고 밝았다. 이날 나는 부부생활의 의무에 대해 쓴 은인의 편지를 받았다.

12월 9일

꿈을 꾸다가 깨어보니 심장이 몹시 두근거렸다. 꿈에서 나는 모스크바 집의 커다란 소파가 있는 방에 있는 것 같았는데, 객실에서 이오시프 알렉세예비치가 나왔다. 나는 그에게 갱생의 작용이 일어났음을 즉시 알아채고 그를 맞으러 달려나갔다. 내가 그의 얼굴과 손에 키스하자 그는 말했다. "내 얼굴이 변한 것을 알아챘습니까?" 나는 그를 껴안은 채 그의 얼굴을 보았는데, 얼굴은 젊지만 머리털이 없고 용모도 완전 딴판이었다. 나는 그에게 "우연히 만나도 바로 알아볼 수 있습니다"라고 말했지만, 속으로는 '과연 그럴까?' 하고 생각했다. 갑자기 나는 주검처럼 누워 있는 그를 보았고, 그는 차츰 정신을 차리더니 알렉산드리아지로 만든 큰 책을 들고 나와 함께 커다란 서재로 들어갔다. 나는 "제가 쓴 겁니다"라고 말한 것 같았다. 그는 대답 대신 고개를 끄

* 「요한복음」 1장 4~5절.

덮였다. 나는 모든 페이지에 아름다운 그림이 그려진 그 책을 펼쳤다. 그 그림들이 어느 영혼과 그의 애인이 편력한 정사情事를 나타낸 것임을 나는 아는 것 같았다. 어느 페이지에는 투명한 육체를 가진 처녀가 투명한 옷을 입고 구름을 향해 날고 있는 아름다운 그림이 있었다. 나는 그것이 「아가서」*를 그린 것임도 아는 것 같았다. 나는 그러면 안 된다고 느끼면서도 그 그림에서 물러설 수가 없었다. 하느님, 저를 도와주소서! 아아, 만약 저를 버리시는 것이 주님의 뜻이라면 그 뜻에 따를 수밖에 없지만, 만약 그 원인이 저에게 있다면 어떻게 해야 하는지 가르쳐주소서. 당신이 저를 버리신다면, 저는 제 음탕함 때문에 파멸할 수밖에 없습니다.

11

로스토프가의 재정은 시골에서 살림을 한 이 년 동안에도 전혀 나아지지 않았다.

니콜라이 로스토프가 자기 결심을 굳건히 지키고, 비교적 돈을 아끼며 벽지의 연대에서 근무하고 있었음에도 오트라드노예에서 이 가정의 생활 상태는 여전했고, 특히 미텐카의 미숙한 경영 탓에 빚은 해마다 걷잡을 수 없이 늘기만 했다. 유일한 구제책은 근무밖에 없다고 생각한 노백작은 일자리를 찾기 위해 페테르부르크로 올라왔는데, 그의

---

* 구약성경의 한 편으로, 남녀 간의 아름다운 연애를 찬양한다.

말에 의하면 그것은 일자리를 찾는 동시에 마지막으로 한번 더 딸들을 즐겁게 해주기 위해서이기도 했다.

로스토프가가 페테르부르크로 오고 얼마 지나지 않아 베르그는 베라에게 청혼했고, 청혼은 받아들여졌다.

모스크바에서 로스토프가는 자신들이 어떤 계급에 속하는지 몰랐고 또 생각해본 적도 없었지만 어쨌든 상류사회에 속해 있었는데, 페테르부르크에서의 그들의 교제 사회는 뒤죽박죽이어서 확실하지가 않았다. 페테르부르크에서 그들은 시골뜨기 취급을 당했고, 모스크바에서 신분 같은 것은 묻지도 않고 차별 없이 대해주던 사람들까지도 여기서는 그들을 가까이하려고 하지 않았다.

로스토프가는 페테르부르크에서도 모스크바에서와 마찬가지로 손님 접대를 좋아해서 만찬에는 오트라드노예 마을 이웃이던 가난한 영주와 그의 딸들, 여관_{女官} 페론스카야, 피예르 베주호프, 시골 우체국장의 아들이자 페테르부르크에서 근무하는 남자 등 실로 온갖 사람들이 모여들었다. 남자들 중 페테르부르크의 로스토프가에서 곧 집안 식구처럼 지내게 된 사람은 노백작이 거리에서 만나 그대로 집으로 끌고 온 피예르, 그리고 보리스와 베르그였는데, 베르그는 거의 매일 이 집에 붙어 있다시피 했고, 백작의 맏딸 백작영애 베라에게 청혼하려는 젊은 남자가 아니면 할 수 없는 세심한 주의를 기울였다.

베르그가 아우스터리츠 전투에서 부상당한 오른손을 모두에게 보이며 공연히 왼손으로 사브르를 꽉 쥐고 있었던 데는 그만한 이유가 있었다. 베르그는 모두에게 실로 끈질기고 의미심장하게 그 사건에 대해 이야기했는데, 모두는 그의 행동이 정당하고 적합했다고 믿게 되었고,

결국 그는 아우스터리츠 전투로 두 개의 포상을 받기에 이르렀다.

핀란드 전쟁* 때도 그는 역시 남의 눈에 띄는 데 성공했다. 총사령관 옆에 서 있던 부관을 죽인 유탄의 파편을 주워 총사령관에게 가져갔던 것이다. 그리고 아우스터리츠 전투 뒤에 했던 그대로 모두가 그것이 필요한 행동이었다고 믿을 때까지 오랫동안 끈질기게 이야기해서, 이때도 두 개의 포상을 받았다. 1809년, 그는 많은 훈장을 가진 근위 대위로서 페테르부르크에서 특별히 유리한 위치를 차지하고 있었다.

베르그의 훌륭함에 대한 이야기가 나올 때마다 반체제적인 사고를 지닌 몇몇은 조소를 띠기도 했지만, 그가 성실하고 용감한 장교이고, 상관에게도 잘 보여 출셋길이 열려 있을 뿐만 아니라 사회에서 확고한 지위를 차지한 겸손하고 도덕적인 청년이라는 것은 인정하지 않을 수 없었다.

사 년 전 모스크바의 어느 극장 아래층 좌석에서 동료인 독일인을 만났을 때, 베르그는 베라 로스토바를 가리키며 "저 여자는 내 아내가 될 사람이야" 하고 독일어로 말했었다. 그 순간부터 그는 베라와 결혼할 것을 결심했다. 그리고 이번에 로스토프가가 페테르부르크에 오자, 로스토프가와 자기의 위치를 따져보고 때가 왔다고 판단하고 청혼을 했던 것이다.

베르그의 청혼은 처음에는 당혹스러움을 불러일으키며 그 자신에게는 별로 유쾌하지 않게 받아들여졌다. 요컨대 정체 모를 괴이한 리플란트 귀족**의 아들이 로스토프가 백작영애에게 청혼하는 것이 처음에

---

* 1808~1809년에 러시아가 핀란드를 합병하기 위해 스웨덴과 벌인 전쟁. 러시아가 승리했다.

는 석연찮게 받아들여진 것인데, 베르그의 품성이 무척 소박하고 선량한 이기주의였으므로, 마침내 로스토프가 사람들도 본인이 그렇게 좋은 일이라고, 사뭇 좋은 일이라고 확신하는 걸 보면 분명 좋은 일일 거라고 어느덧 생각하게 되었다. 게다가 로스토프가의 재정은 상당히 어려웠고 이 신랑감도 그것을 모를 리 없었으며, 무엇보다 베라는 벌써 스물네 살이고 여러 사교계에 출입하고 외모도 머리도 뛰어난데 지금까지 청혼한 사람이 아무도 없었다. 승낙이 떨어졌다.

"좀 보게," 베르그는 자기가 친구라고 부르는 남자에게 말했는데, 그것은 다만 누구에게나 친구가 있으니까 그도 그러는 것뿐이었다. "좀 보게, 난 이 일에 대해 충분히 생각했어. 만약 내가 충분히 생각하지 않았거나 무슨 나쁜 일이라도 있었다면 나도 결혼하려고 하지 않았을 걸세. 하지만 지금은 그와 반대로 내 부모님의 생활이 안정되고, 오스트제*** 연안에 임대할 수 있는 땅도 사드렸으니까 나는 페테르부르크에서 내 봉급과 그녀의 재산, 내 착실함으로 생활하면 돼. 잘 살 수 있어. 나는 돈 때문에 결혼하려는 게 아니야, 그런 건 비열하다고 생각하지만, 아내는 아내대로 남편은 남편대로 자기 것을 가져올 필요는 있다고 생각해―내게는 일이 있고 그녀에게는 연고와 적지만 재산이 있지. 그리고 이것은 지금 세상에서는 나름 의미가 있고, 그렇지 않나? 하지만 가장 중요한 건 그녀가 아름답고 존경할 만한 아가씨이고, 나를 사랑한다는 거야……"

** 발트 연안의 주지배층이던 독일의 명문이 아니라는 뜻. 리플란트는 리보니아의 별칭으로, 지금의 라트비아와 리투아니아의 일부다.
*** Ostsee. 동쪽 바다를 뜻하는 독일어. 발트 해를 가리킨다.

베르그는 얼굴을 붉히고 씩 웃었다.

"나도 그녀를 사랑해. 그녀는 분별력이 있는 아주 훌륭한 성격을 가졌으니까. 그녀의 동생 하나는 같은 집안에서 났는데도 전혀 딴판으로 불쾌한 성격에 지성이란 것이 없어. 뭐랄까, 알겠나?…… 한마디로 불쾌해…… 하지만 내 신부는…… 언제 우리집에 한번 오게……" 베르그는 이렇게 계속했고, 식사라도 하러 오라고 말하려다가 다시 생각하고는 "차라도 마시러"라고 말한 뒤, 불쑥 혀를 내밀어 담배연기를 뿜으며 그 행복의 공상을 완벽하게 표상하는 듯한 작은 고리를 만들었다.

처음 베르그의 청혼이 그녀의 부모에게 불러일으킨 당혹스러움이 사라지자, 이런 경우에 흔히 볼 수 있는 들뜬 기쁨의 공기가 온 집안을 채웠지만, 그 기쁨은 진심에서 우러나온 것이 아니라 표면적인 것에 지나지 않았다. 이 혼담에 대한 집안사람들의 감정에는 당혹스러움과 부끄러움이 엿보였다. 그들은 지금까지 베라를 그다지 사랑하지 않았고, 지금도 마치 성가신 것을 떼어버리는 것처럼 되었기 때문에 몹시 부끄러웠다. 가장 당혹스러워한 것은 노백작이었다. 그는 자신이 왜 당혹스러운지 그 이유를 꼬집어 말할 수 없었지만, 사실 그 이유는 그 자신의 재무 상태였다. 그는 자기 재산이 얼마이고 빚은 얼마인지, 또 베라에게 지참금으로 얼마나 줄 수 있는지 아무것도 몰랐다. 딸들이 태어났을 때는 한 사람 앞에 300명의 농노를 지참금으로 할당해놓았지만, 마을들 중 하나는 이미 팔았고, 하나는 저당을 잡혔는데 기한을 넘겨버려 내놓아야 했으므로 영지를 나눠줄 수 없게 되었다. 게다가 돈도 없었다.

베르그와 약혼하고 벌써 한 달 이상이 지나 결혼식까지 불과 일주일이 남았지만, 백작은 지금까지도 지참금 문제를 해결하지 못했고, 아내와 상의하지도 않았다. 베라에게 랴잔의 영지를 나눠줄지, 아니면 숲을 팔지, 아니면 어음으로 돈을 빌릴지 백작은 이것저것 궁리했다. 결혼식을 며칠 앞둔 어느 날, 베르그는 아침 일찍 백작의 서재에 들어와 유쾌한 미소를 지으며 미래의 장인에게 백작영애 베라의 몫으로 무엇을 받게 될지 알려줄 수 있느냐고 공손하게 물었다. 오래전부터 예기하던 질문이었지만 백작은 완전히 당황해서 우선 머리에 떠오른 대로 경솔하게 말해버렸다.

"고맙네, 여러 가지로 걱정해줘서 고마워, 자네가 만족할 수 있게 해주겠네……"

그는 베르그의 어깨를 두드리고 이야기를 끝내려고 일어섰다. 그러나 베르그는 유쾌하게 미소지으며, 만약 베라의 지참금으로 무엇을 받게 될지 정확히 알 수 없고, 또 그 일부라도 미리 받지 못한다면 자기는 이 결혼을 깰 수밖에 없다고 말했다.

"왜냐하면 말입니다, 백작, 만약 제가 아내를 부양하는 데 필요한 어느 정도의 재산도 없이 결혼한다면, 저는 비열한 짓을 하는 것이 되기 때문입니다……"

결국 이 이야기는 백작이 관대함을 보여주고 싶고, 또 더이상 새로운 요구를 받지 않기 위해 어음으로 8만 루블을 주겠다고 말함으로써 끝이 났다. 베르그는 유순한 미소를 지으며 백작의 어깨에 키스하고, 대단히 감사하지만 현금으로 3만 루블을 받지 못한다면, 요즘은 도저히 새살림을 차리기 어렵다고 말했다.

"적어도 2만 루블은 있어야 합니다, 백작" 하고 그는 덧붙였다. "그러면 어음은 6만 루블이 되겠지요."

"그래, 그래, 알았네" 하고 백작은 다급히 말했다. "그런데 여보게, 미안하지만 현금으로는 2만 루블을 주고, 어음은 그것과는 별도로 8만 루블을 주겠네. 자, 키스해주게."

12

나타샤는 열여섯 살이 되었고, 이해는 그녀가 사 년 전 보리스와 키스했을 때 이래 손꼽아 헤아려오던 1809년이었다. 그후로 그녀는 보리스를 만나지 못했다. 나타샤는 소냐나 어머니 앞에서 보리스 이야기가 나와도 그건 옛이야기이고 모두 어린 마음에서 한 짓이며, 이야기할 만한 것도 못 되는 벌써 오래전에 잊어버린 거라고 이미 끝난 일처럼 사뭇 거리낌없이 말했다. 그러나 실은 보리스와 한 약속이 그저 농담이었는지, 아니면 서로를 속박하는 중요한 약속이었는지 그녀는 은근히 깊이 고민하고 있었다.

보리스는 1805년 모스크바를 떠나 군대에 들어간 뒤 로스토프가 사람들과는 만나지 않았다. 여러 번 모스크바에 왔고 오트라드노예 근처를 지나가기도 했지만 로스토프가에 들르지는 않았다.

나타샤는 그가 자기를 만나고 싶어하지 않는다고 이따금 생각했고, 이 짐작은 손윗사람들이 그의 이야기를 할 때 나타나는 침울한 어조로 확인할 수 있었다.

"요즘 세상에 옛친구를 기억하는 사람이 어디 있어요." 보리스 이야기가 나오면 백작부인은 이렇게 말하곤 했다.

안나 미하일로브나도 최근에는 로스토프가를 거의 찾지 않았는데, 그녀는 늘 어딘지 모르게 사뭇 거만한 태도로 아들의 장점이나 현재의 빛나는 출세에 대해 감사와 희열에 차서 이야기했다. 로스토프가가 페테르부르크로 옮겨왔을 때, 보리스는 의례적으로 이 가족을 방문했다.

그는 얼마쯤 설레는 마음으로 로스토프가로 갔다. 나타샤와의 일은 보리스에게 가장 시적인 추억이었기 때문이다. 하지만 동시에 자기와 나타샤의 어릴 적 관계는 그에게도 그녀에게도 아무런 의무도 지울 수 없다는 것을 그녀는 물론 그 양친에게도 명백히 느끼게 해주어야겠다는 확고한 생각을 품고 있었다. 그는 베주호바 백작부인과의 친교 덕택에 사교계에서 빛나는 자리를 차지하게 됐고, 또 절대적으로 그를 신임하는 어느 고관의 후원으로 근무에서도 견고한 지위를 차지하게 됐으므로 내심 페테르부르크에서 손꼽히는 부잣집 아가씨와 결혼한다는 새로운 계획을 세우고, 그만한 일쯤은 아주 쉽게 실현될 거라고 생각했다. 보리스가 로스토프가의 객실에 들어갔을 때, 나타샤는 자기 방에 있었다. 그녀는 보리스가 왔다는 것을 알자마자 홍당무가 된 채 부드러움 그 이상의 미소를 지으며 거의 뛰어들다시피 객실로 갔다.

보리스의 기억 속에 남아 있던 것은 짧은 드레스를 입고 고수머리 밑으로 새까만 눈을 빛내며 앳되게 웃던 사 년 전의 나타샤였기 때문에, 완전히 달라진 나타샤가 들어오자 그는 어리둥절했다. 이 표정이 나타샤를 기쁘게 했다.

"어때, 말괄량이 소꿉친구 소녀를 알아보겠어?" 백작부인이 말했다. 보리스는 나타샤의 손에 키스하고, 그녀의 달라진 모습에 깜짝 놀랐다고 말했다.

"정말 예뻐졌군요!"

'그럼요!' 나타샤의 웃는 눈이 대답했다.

"하지만 아버지는 늙으셨죠?" 그녀는 물었다. 나타샤는 자리에 앉아 백작부인과 보리스의 대화에는 끼어들지 않고 잠자코 자기의 어릴 적 신랑감을 구석구석 관찰했다. 보리스는 부드러우나 집요한 이 시선에 부담을 느끼며 이따금 그녀 쪽을 바라보았다.

보리스의 제복이며 박차며 넥타이며 머리 모양은 전부 최신 유행을 따른 훌륭한 것이었다. 나타샤는 그것을 곧 알아차렸다. 그는 백작부인 옆에 있는 안락의자에 비스듬히 앉아 왼손에 낀 아주 깨끗하고 꼭 맞는 장갑을 오른손으로 만지면서, 입술을 유달리 세련되게 다물고, 페테르부르크 상류사회의 즐거움에 대해 말하고, 은근한 조소를 띠며 이전 모스크바 시절의 일과 모스크바의 지인들 이야기를 했다. 하지만 나타샤가 느끼기에, 그가 최고의 귀족까지 들먹이며 자기가 참석했던 공사의 무도회나 *NN*과 *SS*에게 초대받은 이야기를 시작한 것은 결코 무심결에 한 것이 아니었다.

나타샤는 줄곧 말없이 그를 곁눈질하며 앉아 있었다. 그 시선은 점점 더 보리스의 마음을 어지럽히고 흔들어놓았다. 그는 자주 나타샤 쪽을 바라보고 이야기를 멈추곤 했다. 그리고 십 분쯤 앉아 있다가 곧 일어나서 작별 인사를 했다. 호기심 가득하고 도전하는 듯한, 약간 비웃는 것 같은 눈이 여전히 그를 향해 있었다. 보리스는 이 첫 방문 후에 나타샤는 전과 다름없이 매력적이지만 이 감정에 져서는 안 된다고 생각했는데, 그녀처럼 재산이 거의 없는 아가씨와 결혼하는 것은 자기 앞길을 망치는 일이며, 그렇다고 결혼이라는 목적도 없이 옛 관계를 되살리는 것은 점잖지 못한 일 같았기 때문이다. 보리스는 이 만남을 피하겠다고 결심했지만, 며칠 후 다시 방문했고, 자주 찾아가서 진종일 로스토프가에서 보내는 날이 많아졌다. 그는 나타샤에게 우리의 옛일은 모두 잊어야 하고, 여러 가지 사연이 있지만…… 그녀는 자기의 아내가 될 수 없고, 자기에게는 재산이 없어서 그녀의 부모님이 절대 딸을 주시지 않을 거라고 꼭 이야기하려고 마음먹었다. 하지만 그는 이 말을 하기가 쑥스러워 결국 하지 못했다. 날이 갈수록 그는 더욱 혼란에 빠졌다. 어머니와 소녀가 보기에 나타샤는 전처럼 보리스를 사랑하는 것 같았다. 그녀는 그가 좋아하는 노래를 불러주고, 앨범을 보여주고, 거기에 뭔가를 쓰게 하고, 옛날보다 새로운 지금이 얼마나 아름다운지 깨닫게 해주려는 듯 옛일은 결코 상기시키지 않으려 했는데, 그래서 보리스는 결심했던 것을 말하지 못하고, 자기가 무엇을 하고 있고 왜 찾아오는지, 어떻게 결말이 날지 알지 못한 채 매일 얼떨떨한 마음으로 돌아가곤 했다. 보리스는 옐렌을 찾아가는 것을 그만두었고, 매일같이 옐렌에게서 원망 어린 편지를 받으면서도 여전히 로스토프가에서 나날을 보냈다.

13

어느 밤, 콥토치카를 걸친 노백작부인이 헤어피스를 풀고 성긴 머리털 한줌을 흰색 옥양목 보닛 밑으로 비주룩이 드러내고, 한숨을 쉬고 기침하며 융단에 이마가 닿을 정도로 몸을 숙여 밤 기도를 올릴 때, 삐걱 소리와 함께 문이 열리더니 맨발에 슬리퍼를 신고 역시 콥토치카에 머리에 컬페이퍼를 만 나타샤가 뛰어들어왔다. 백작부인은 돌아보고 눈살을 찌푸렸다. 그녀는 기도의 마지막 구절인 "이 잠자리가 나의 관이 될 것인가?"를 외고 있었는데, 기도할 기분이 사라져버렸다. 얼굴이 상기되고 활기가 넘치는 나타샤는 어머니가 기도중이었던 것을 알자 걸음을 멈추고 자신을 나무라듯 자기도 모르게 혀를 내밀었고, 어머니가 기도를 이어가자 발끝을 세우고 침대 쪽으로 달려가 조그마한 두 발을 빠르게 비벼 슬리퍼를 벗어던지고는 백작부인이 자기의 관이 될지도 모른다고 두려워하던 침대 위로 뛰어올랐다. 침대에는 푹신하고 두툼한 깃털 이불이 덮여 있고, 큰 것에서 작은 것 순으로 다섯 개의 쿠션이 놓여 있었다. 나타샤는 깃털 이불에 몸을 파묻고 벽 쪽으로 돌아눕더니 느긋하게 엎드려 있기도 하고, 무릎을 턱밑까지 구부리기도 하고, 두 다리를 차올리기도 하며 이불 속에서 수선을 떨기 시작했고, 머리까지 이불을 뒤집어썼다가 어머니 쪽을 힐끗거리며 소리 죽여 킥킥 웃었다. 백작부인은 기도를 끝낸 뒤 엄한 얼굴로 침대 쪽으로 다가갔지만, 나타샤가 머리까지 이불을 뒤집어쓰고 있는 것을 보자 언제나처럼 그 선량하고 맥없는 미소를 지었다.

"자, 자, 자" 하고 어머니는 말했다.

"엄마, 잠깐 얘기해도 되죠, 네?" 나타샤가 말했다. "그럼, 그 목덜미에 키스하게 해주세요, 아니, 한 번만 더, 이제 됐어요." 그녀는 어머니의 목을 껴안고 턱밑에 키스했다. 어머니에 대한 나타샤의 태도는 언뜻 몹시 거칠어 보이지만, 본래 민감하고 영리한 나타샤는 이렇게 껴안아도 상대가 아픔이나 불쾌감이나 거북함을 느끼지 않게 하는 요령을 알고 있었다.

"그래, 오늘은 무슨 이야기니?" 어머니는 쿠션에 기대 눕더니, 나타샤가 두 번쯤 몸을 굴려 한이불 속으로 들어와 두 팔을 밖으로 내밀고 정색하는 표정을 지을 때까지 기다렸다가 물었다.

백작이 클럽에서 돌아오기 전에 이루어지는 나타샤의 야간 방문은 모녀가 다른 어떤 것보다 좋아하고 즐거워하는 일과 중 하나였다.

"그래, 오늘은 무슨 이야기지? 나도 네게 해야 할 말이……"

나타샤는 한 손으로 어머니의 입을 막았다.

"보리스 얘기죠…… 전 알아요." 그녀는 정색하며 말했다. "제가 온 것도 그것 때문이에요. 말씀하지 마세요, 전 알아요. 아니, 말씀하세요!" 그녀는 손을 뗐다. "말씀하세요, 엄마. 그 사람 귀엽죠?"

"나타샤, 넌 벌써 열여섯 살이고, 난 네 나이에 결혼했어. 너는 보리스가 귀엽다고 하는구나. 그야 나도 친자식처럼 귀엽긴 하다만, 그래, 넌 대체 어쩔 셈이지?…… 무슨 생각을 하고 있어? 네가 그애 혼을 쏙 빼놓았어, 나는 다 안다……"

이렇게 말하며 백작부인은 딸을 돌아보았다. 나타샤는 침대의 네 귀퉁이에 새겨진 마호가니의 스핑크스 중 하나를 꼼짝도 않고 바라보며 똑바로 누워 있었기 때문에 옆얼굴만 보였다. 어딘가 독특하고, 생각에 잠긴 그녀의 심각한 표정을 보고 백작부인은 놀랐다.

나타샤는 귀를 기울이며 생각에 잠겨 있었다.

"음, 그래서요?" 그녀는 말했다.

"네가 그애 혼을 쏙 빼놓았어, 왜 그랬지? 그애에게 뭘 바라는 거야? 네가 그애와 결혼할 수 없다는 건 너도 알잖니?"

"왜요?" 자세를 바꾸지 않고 나타샤는 말했다.

"그애가 아직 어리고, 가난하기 때문이지, 게다가 친척이고…… 더구나 넌 그애를 사랑하지도 않잖니."

"엄마는 어떻게 그걸 아세요?"

"알다마다. 얘야, 그건 좋지 않아."

"그렇지만 제가 원한다면……" 나타샤는 말했다.

"바보 같은 소리 그만해라……" 백작부인은 말했다.

"제가 원한다면……"

"나타샤, 난 진심으로……"

나타샤는 백작부인이 끝까지 말하지 못하게 그녀의 큼직한 손을 잡아당겨 손등에 키스하고, 손바닥에 키스하고, 또다시 뒤집어 손가락 관절에 키스하기 시작했고, 관절 사이에, 다시 관절에 키스하며 속삭이는 목소리로 말했다. "1월, 2월, 3월, 4월, 5월."

"말씀해주세요, 엄마, 왜 아무 말도 안 하세요? 말씀해주세요." 그녀는 어머니를 돌아보며 이렇게 말했는데, 어머니는 상냥한 눈으로 딸을 바라보았고, 그러느라 하려던 말도 모두 잊어버린 듯했다.

"그런 짓은 하면 안 된다, 얘야. 너희가 소꿉친구라는 걸 모두가 아는 건 아니잖니, 그러니 그애와 그렇게 친한 것이 우리집에 오는 젊은 사람들 눈에는 이상하게 비칠지도 모르거든, 게다가 무엇보다도 그애에게 공연한 괴로움을 주는 거잖니. 그애도 자기에게 알맞은 부잣집 배필을 찾을 수 있을 텐데, 지금은 꼭 미친 사람 같더구나."

"미쳤다고요?" 나타샤는 되풀이했다.

"내 이야기를 들려주마. 나도 *사촌*이 있었는데……"

"알아요—키릴 마트베이치, 하지만 그분은 할아버지 아녜요?"

"옛날부터 할아버지는 아니었지. 그런데 나타샤, 내가 보랴와 얘기해볼까 해. 이렇게 자주 오면 안 된다고……"

"왜 안 된다는 거죠, 만약 그 사람이 원한다면요?"

"그건, 그래봤자 어떻게 되지 않는단 걸 알기 때문이야."

"그걸 어떻게 아시는데요? 안 돼요, 엄마, 그 사람에게 말씀하지 마세요. 그런 말씀은 할 생각도 하지 마시라고요. 그런 바보 같은 소리가 어디 있어요!" 나타샤는 마치 자기 물건을 빼앗긴 사람 같은 어조로 말했다. "그래요, 결혼하지 않을 테니까 그 사람을 집에 오게 해주세요, 그 사람도 나도 즐거우니까요." 나타샤는 생글거리며 어머니를 바라보았다.

"결혼하지 않을 테니까, 이대로요." 그녀는 되풀이했다.

"그게 무슨 말이니, 얘야?"

"이대로요. 그래요, 전 결혼 같은 건 필요 없어요. 그저…… 이대로요."

"이대로라니, 이대로라니." 백작부인은 이렇게 말하고 온몸을 흔들면서 선량하고 자기도 모르게 나오는 노인다운 웃음을 터뜨렸다.

"그만 웃으세요, 그만요." 나타샤는 외쳤다. "침대가 온통 흔들려요. 엄마도 저랑 똑같이 정말 웃음이 많으세요…… 잠깐만요……" 그녀는 어머니의 두 손을 잡고, 한 손 새끼손가락 관절에 키스하고 "6월" 하더니, "7월, 8월" 하며 다른 데에 계속 키스했다. "엄마, 그 사람이 정말 저를 사랑하는 걸까요? 엄마에게는 어떻게 보여요? 엄마도 그렇게 사랑받았어요? 정말 귀여워요, 정말, 정말 귀여워요! 다만 어딘가 제 취향에 맞지 않는 구석이 있어요—갑갑해요, 탁상시계처럼…… 모르시겠어요? 갑갑하고, 그리고 회색이에요, 밝은 회색……"

"무슨 바보 같은 소리냐?" 백작부인은 말했다.

나타샤는 계속했다.

"엄마는 모르시겠어요? 니콜렌카라면 알 텐데…… 베주호프—그 사람은 푸른색이에요, 빨강이 섞인 짙은 푸른색, 그리고 사각四角이에요."

"너는 그 사람 마음도 끌어보려는 거냐." 백작부인은 웃으며 말했다.

"아니에요. 그는 프리메이슨이에요. 전 알아요. 그는 훌륭해요, 빨강이 섞인 짙은 푸른색의…… 어떻게 설명해야 아실지……"

"부인," 백작의 목소리가 문 너머에서 들렸다. "아직 안 잤소?" 나타샤는 맨발로 뛰어 일어나 두 손에 슬리퍼를 움켜쥐고 자기 방으로 달려갔다.

그녀는 오랫동안 잠을 이룰 수 없었다. 그녀는 자기가 이해하고 있는 것, 자기 마음속에 있는 것을 그대로 알아주는 사람은 아무도 없다고 줄곧 생각하고 있었다.

'소냐는?' 커다랗게 땋은 머리를 늘어뜨리고 자는 고양이를 보며 그녀는 생각했다. '아니야, 어림도 없어! 소냐는 정숙한 여자잖아. 소냐는 니콜렌카를 사랑하고부터 다른 사람은 거들떠보지도 않아. 엄마도 이해 못하시는걸. 이상한 일이야, 나는 이렇게 영리하고 이렇게…… 그녀는 정말 귀여워' 하고 그녀는 자기를 삼인칭으로 부르면서, 아주 총명한 남자가, 누구보다 총명하고 누구보다도 훌륭한 남자가 자기 이야기를 한다고 상상했다…… '모든 것, 그녀는 모든 것을 갖췄어.' 그 낮선 남자가 말을 이었다. '보기 드물게 영리하고, 귀엽고, 아름다워, 뛰어나게 아름답고, 재주가 있어—수영도 잘하고, 말도 잘 타고, 그리고 그 목소리! 정말 놀라운 목소리라고 말할 수 있지!' 그녀는 케루비니*의 오페라 중 좋아하는 한 소절을 부르고는 침대로 뛰어들었고, 곧 잠이 올 것 같자 갑자기 즐거운 마음에 웃고는 두냐샤를 불러 촛불을 꺼달라고 했고, 두냐샤가 미처 방에서 나가기도 전에 벌써 다른, 더 행복한 꿈 세계로 옮아갔는데, 그곳에서도 현실과 마찬가지로 모든 것이 경쾌하고 아름다웠지만, 사정이 다른 만큼 더한층 아름다웠다.

이튿날 백작부인은 보리스를 자기 방으로 불러 이야기를 나누었고, 그날 이후 그는 로스토프가에 발길을 끊었다.

14

12월 31일, 1810년 새해를 하루 앞두고 예카테리나 시대 어느 고관의 저택에서 송년 무도회가 열렸다. 그 자리에는 외교단과 황제도 참석하기로 되어 있었다.

영국강변 거리에 있는 이 유명한 귀족의 저택은 무수한 조명에 빛나고 있었다. 붉은 나사천이 깔린 환한 현관 앞 마차 대는 곳 옆에 경관들이 서 있고, 헌병들뿐만 아니라 서장을 비롯해 수십 명의 간부급 경

---

* L. 케루비니(1760~1842). 이탈리아 작곡가. 오페라 〈이틀간의 사건〉은 당시 러시아에서 큰 인기를 끌었다.

관이 현관에 서 있었다. 마차가 한 대 한 대 물러나고, 또 새로운 마차가 붉은 정복을 입거나 깃털 단 모자를 쓴 하인들과 함께 들어왔다. 제복에 별과 리본을 단 남자들이 속속 유개마차에서 내리고, 공단 옷에 담비 외투를 걸친 여자들은 요란스럽게 내려진 발판에 조심스럽게 내려서서 마차 대는 곳에 깔린 나사천 위를 소리도 내지 않고 지나갔다.

새로운 마차가 현관 앞으로 다가설 때마다 군중 속에서는 거의 언제나 속삭임이 줄달음치고 모자가 벗겨졌다.

"황제신가?…… 아니, 대신이다…… 황태자다…… 공사다…… 저 깃털 안 보이나?……" 이런 속삭임이 군중 속에서 계속 들려왔다. 그중에서도 다른 사람들보다 좀 나은 옷차림을 한 남자가 모든 사람의 얼굴을 아는 양 고관들의 이름을 일일이 대고 있었다.

이미 손님은 삼분의 일가량 와 있었지만, 역시 이 야회에 참석하게 된 로스토프가에서는 아직 치장이 한창이었다.

이 무도회를 위해 로스토프가에서는 갖가지 토의와 준비에 분망했고, 만약 초대받지 못한다면, 의상이 준비되지 않는다면, 모든 필요한 채비가 갖춰지지 않는다면 하는 걱정으로 안절부절못했다.

로스토프가는 백작부인의 친구이자 친척인 마리야 이그나티예브나 페론스카야와 함께 이 무도회에 가기로 했는데, 황태후를 모시는 마르고 얼굴이 노란 이 여관은 시골에서 온 로스토프가 사람들을 페테르부르크 상류사회로 안내하는 역할을 맡고 있었다.

로스토프가 사람들은 밤 열시까지 타브리체스키 공원으로 여관을 맞으러 가기로 했지만, 열시 오 분 전까지 아가씨들은 아직 옷도 차려입지 못한 상태였다.

나타샤는 대무도회에 가는 것이 난생처음이었다. 그녀는 아침 여덟 시에 일어나 열병이라도 걸린 듯 하루종일 불안스럽게 움직였다. 그녀는 아침 일찍부터 온 식구—자신과 엄마와 소냐—의 몸치장을 가장 훌륭하게 꾸미는 데 온 힘을 쏟았는데, 소냐도 백작부인도 그녀에게 모든 것을 내맡겼다. 백작부인은 자홍색 벨벳 드레스를, 두 아가씨는 분홍색 실크 보디스에 성기고 얇은 하얀 비단 드레스를 입기로 했다. 허리에 장미 코르사주를 달고, 머리는 *그리스풍으로* 하기로 했다.

중요한 것은 모두 끝났는데, 무도회에 가기 위해 발과 손과 목과 귀를 정성 들여 씻었고, 향수를 뿌리고 분을 바르고, 성긴 실크 스타킹과 리본 달린 하얀 새틴 구두를 신고 머리 손질도 마쳤다. 소냐는 옷을 다 입었고, 백작부인도 다 입었지만, 모두를 챙기느라 나타샤는 채비가 늦었다. 그녀는 가냘픈 어깨에 화장옷을 걸친 채 아직 거울 앞에 앉아 있었다. 이미 옷을 다 입은 소냐는 방 한가운데 서서, 핀 밑에서 바스락거리는 마지막 리본을 조그마한 손가락이 아플 정도로 조이며 달고 있었다.

"그게 아니야, 그게 아니야, 소냐!" 나타샤는 빗고 있는 머리를 돌리더니, 하녀가 붙잡고 있던 머리채를 미처 놓을 틈도 주지 않고 그것을 두 손으로 누르며 말했다. "그렇게 달면 안 돼, 이리 와봐." 소냐가 옆으로 와서 앉았다. 나타샤는 리본 핀을 다시 꽂았다.

"어머나, 아가씨, 이러시면 안 돼요." 나타샤의 머리채를 잡고 있던 하녀가 말했다.

"아아, 이런, 그럼 이따가 해! 이렇게 말이야, 소냐."

"이제 끝나가니?" 백작부인의 목소리가 들렸다. "벌써 열시다."

"다 됐어요, 다 됐어요. 준비 끝났어요, 엄마?"

"토크*에 핀만 꽂으면 돼."

"저 없이 하지 마세요" 하고 나타샤는 외쳤다. "엄마는 못해요!"

"벌써 열시래도."

무도회는 열시 반까지 가기로 했지만, 그전에 나타샤가 옷을 입어야 하고, 타브리체스키 공원에도 들러야 했다.

머리 손질을 마친 나타샤는 무도화가 드러나는 짧은 스커트에 어머니의 콥토치카를 걸치고 소녀에게 뛰어가 그녀를 살펴본 뒤, 어머니에게 달려갔다. 그녀는 어머니의 머리를 옆으로 살짝 돌려 핀으로 모자를 고정한 다음 희끗희끗한 그 머리에 키스하고, 다시 자기의 스커트 밑단을 꿰매고 있는 하녀 쪽으로 달려갔다.

시간을 지체시키는 것은 너무 긴 나타샤의 스커트였는데, 두 하녀가 바쁘게 실을 물어 끊으며 밑단을 안으로 꿰매 올리고 있었다. 백작부인 옆에 있던 세번째 하녀가 입술과 이로 핀을 문 채 소녀 쪽으로 뛰어갔고, 네번째 하녀는 성긴 비단 드레스를 한 손으로 높이 추켜들고 있었다.

"마브루샤, 빨리 해줘, 내 사랑!"

"거기 골무 좀 집어주세요, 아가씨."

"곧 끝나나, 다 됐어?" 백작이 문 뒤에서 들어오며 말했다. "향수 가져왔다. 페론스카야가 애태우며 기다리신다."

"됐습니다, 아가씨." 하녀는 꿰맨 비단 드레스를 두 손가락에 걸어

---

* 여성용 작은 모자.

올리고 입으로 불어서 뭔가를 털며 마치 자기가 집어든 옷이 가볍고 산뜻하다는 것을 알리려는 듯이 말했다.

나타샤는 드레스를 입기 시작했다.

"곧 끝나요, 곧, 아직 들어오지 마세요, 아버지!" 성긴 비단 드레스를 뒤집어써 얼굴이 가려진 채 나타샤는 문을 열려는 아버지에게 외쳤다. 소냐가 문을 닫았다. 잠시 후 백작은 방에 들어갈 수 있었다. 그는 푸른색 연미복에 스타킹과 단화를 신고, 향수를 뿌리고, 머리에 포마드를 바른 상태였다.

"아빠, 정말 훌륭해요, 근사하세요!" 나타샤는 방 한가운데 서서 성긴 비단 드레스의 주름을 펴며 말했다.

"잠깐만요, 아가씨, 잠깐만요." 하녀는 무릎을 꿇고 드레스를 잡아당기며 혀끝으로 핀을 입술 다른 끝으로 옮기며 말했다.

"어떡하지!" 소냐는 나타샤의 드레스를 보고 절망적으로 외쳤다. "어떡해, 아직도 길어!"

나타샤는 거울을 보기 위해 조금 뒤로 물러섰다. 드레스는 길었다.

"걱정 마세요, 아가씨, 조금도 길지 않습니다." 아가씨 뒤를 쫓아 마룻바닥을 기어다니며 마브루샤가 말했다.

"자, 길면 줄여드릴게요, 금방 됩니다." 두냐샤가 정색하면서 가슴의 손수건에서 바늘을 뽑아 또다시 마룻바닥 위에서 바느질을 시작하며 말했다.

이때 토크를 쓰고 벨벳 드레스를 입은 백작부인이 수줍은 듯 조용한 걸음걸이로 들어왔다.

"오오! 아름답소!" 백작이 외쳤다. "누구보다 아름답구려!……" 그는 부인을 껴안으려 했지만 그녀는 옷이 구겨질까봐 얼굴을 붉히며 옆으로 물러섰다.

"엄마, 토크를 더 옆으로 쓰시는 게 좋겠어요." 나타샤가 말했다. "제가 핀을 다시 꽂아드릴게요" 하고 그녀는 뛰어나갔는데, 하녀들이 뒤따라가지 못해 성긴 비단 드레스 한쪽 끝이 조금 찢어졌다.

"어떡해! 이게 무슨 일이람? 내 잘못이 아니야……"

"걱정 마세요, 꿰매드릴게요, 꿰매면 안 보여요." 두냐샤가 말했다.

"아름다우셔라, 여왕 같습니다!" 문으로 들어온 유모가 말했다. "소냐 아가씨도 예쁘시고, 모두 정말 아름다우세요!"

열시 십오분에 일동은 마침내 사륜유개마차를 타고 집을 떠났다. 하지만 타브리체스키 공원에 들러야 했다.

페론스카야는 이미 채비를 마쳤다. 그녀는 늙고 아름답지도 않지만 여기서도 로스토프가와 똑같은 일이 벌어졌고, 그렇게 부산하지는 않았지만(그녀에게는 익숙한 일이었으므로) 늙고 아름답지 않은 그녀 역시 씻기고, 향수가 뿌려지고, 분이 발리고, 귀 뒤도 정성껏 씻겼고, 그녀가 황태후의 시프르를 단 노란 드레스를 입고 나오자 로스토프가와 마찬가지로 늙은 하녀가 감탄해서 넋을 잃고 바라보았다. 페론스카야는 로스토프가 사람들의 화장을 칭찬했다.

로스토프가 사람들도 그녀의 취향과 화장을 칭찬했고, 머리와 드레스를 조심하며 열한시에 마차를 나눠 타고 출발했다.

15

나타샤는 이날 아침부터 일 분의 틈도 없었으므로 어떤 일이 자기를 기다리고 있는지 생각해볼 시간이 없었다.

습하고 차가운 공기를 쐬고, 비좁고 흔들리는 마차의 어스름 속에 잠기자 비로소 그녀는 무도회의 휘황한 홀에서 자기를 기다리고 있을 것들―음악, 꽃, 춤, 황제, 온 페테르부르크의 빛나는 젊은이들― 을 생생하게 그려볼 수 있었다. 그녀를 기다리고 있는 그것들은 정말 존재할 거라고 믿어지지 않을 만큼 아름답고, 춥고 비좁고 어두운 마차 안의 인상과는 판이한 것이었다. 마차 대는 곳에 깔린 붉은 나사천 위를 걸어 현관으로 들어가 모피 외투를 벗고, 소냐와 나란히 서서 어머니보다 앞에서 반짝이는 계단과 꽃들 사이로 걸어갔을 때에야 나타샤는 비로소 자기를 기다리고 있는 모든 것을 깨달았다. 그녀는 그제야 무도회에서의 몸가짐을 상기하고, 무도회에서 아가씨에게 꼭 필요하다고 생각되는 정숙한 태도를 취하려고 노력했다. 그러나 다행히도, 그녀는 자기의 눈망울이 바삐 움직이는 것을 느꼈고, 아무것도 똑똑히 볼 수 없고, 맥박은 일 분에 백 번이나 뛰고, 피는 심장 근처에서 요동치기 시작했다. 그 덕분에 그녀는 오히려 우스꽝스럽게 보일지도 모르는 태도를 취하지 않을 수 있었고, 흥분 때문에 숨이 막힐 것 같은 모습만은 감추려고 애쓰며 걸어갔다. 그리고 이것이 실은 무엇보다 그녀에게 어울리는 태도였다. 그녀들 앞뒤로도 역시 무도복을 입은 손님들이 나직한 목소리로 이야기하며 들어갔다. 계단 여기저기에 걸린 거울들은 흰색, 하늘색, 분홍색 드레스를 입고 드러낸 손과 목에 다이아몬드와 진주를 장식한 숙녀들을 비추고 있었다.

나타샤는 거울을 보았지만, 비친 모습 속에서는 자기와 다른 사람을 분간할 수 없었다. 모든 것이 하나의 빛나는 행렬에 녹아들었다. 첫 번째 홀에 들어가려 했을 때, 말소리와 발소리와 인사 소리의 규칙적인 술렁임이 나타샤의 귀를 멀게 하고, 등불과 반짝임은 더한층 그녀의 눈을 멀게 했다. 벌써 삼십 분이나 문가에 서서 들어오는 손님들에게 "어서 오십시오" 하고 똑같은 말을 되풀이하던 주인 내외는 로스토프가와 페론스카야 일행도 똑같이 맞이했다.

똑같이 하얀 드레스에 똑같이 장미꽃을 검은 머리에 꽂은 두 아가씨가 함께 자리에 앉았지만, 여주인의 눈은 자기도 모르게 날씬한 나타샤에게 오래 머물렀다. 여주인은 나타샤를 찬찬히 바라보며, 여주인으로서의 미소 외에 뭔가 다른 미소를 더했다. 어쩌면 그녀를 보며 황금 같았던, 다시는 돌아오지 않을 자신의 처녀 시절과 첫 무도회를 떠올렸을지도 모른다. 주인도 나타샤를 눈으로 전송하며 백작에게 어느 쪽이 영애입니까? 하고 물었다.

"매력적이군요!" 그는 자기 손가락 끝에 키스하며 말했다.

홀의 입구는 황제를 기다리는 손님들로 붐볐다. 백작부인은 이 무리의 맨 앞줄에 서 있었다. 나타샤는 자기에 대해 묻는 목소리들을 듣고, 그들이 자기를 바라보는 것을 느꼈다. 그녀는 자기에게 관심을 보이는 사람들이 모두 자기를 마음에 들어한다는 것을 알아챘고, 이러한 관찰은 그녀를 진정시켜주었다.

'우리 같은 사람들도 있고, 더 못한 사람들도 있구나.' 그녀는 생각했다.

페론스카야는 이 무도회에 온 가장 이름난 사람들을 백작부인에게 알려주고 있었다.

"저 사람이 네덜란드 공사예요. 보세요, 저 흰머리의." 페론스카야는 머리가 세고 숱 많은 고수머리의 몸집 작은 노인을 가리키며 말했는데, 그는 귀부인들에게 둘러싸여 무슨 말인가로 그녀들을 웃기고 있었다.

"그리고 저 사람은 페테르부르크의 여왕, 베주호바 백작부인이에요." 때마침 들어온 옐렌을 가리키며 그녀는 말했다.

"정말 아름답군요! 마리야 안토노브나*에게도 뒤지지 않겠어요. 보세요, 젊은이고 노인이고 그녀 뒤를 따라다니잖습니까. 아름답고 총명한 사람이에요. 듣자하니, 대공이…… 저 사람에게 빠져 있다더군요. 그리고 저기 두 여자, 미인은 아니지만 많은 사람에게 둘러싸여 있군요."

그녀는 아주 못생긴 딸과 함께 홀을 가로질러가는 부인을 가리켰다.

"저 아가씨는 백만장자 신붓감이죠" 하고 페론스카야는 말했다. "신랑 후보들이 무척 많아요."

"저 사람은 베주호바 백작부인의 오빠 아나톨 쿠라긴이에요." 페론스카야는 고개를 높이 쳐들고 여자들의 머리 너머로 어딘가를 바라보며 그 옆을 유유히 지나가는 잘생긴 근위 기병을 가리키며 말했다. "정말 근사해요! 그렇죠? 저 사람을 저 부자 딸과 결혼시키려고 한다는군요. 당신의 *사촌* 드루베츠코이도 굉장히 열심인 모양이에요. 재산이 수백만이니까요. 저 사람은 프랑스 공사예요." 그녀는 콜랭쿠르를 가

---

* 나리키시나 부인(1779~1854)은 알렉산드르 1세의 총희였다.

리키며 누구냐고 묻는 백작부인에게 대답했다. "보세요, 마치 왕 같지 않은가요. 하지만 애교가 있는 사람이에요, 역시 프랑스인들은 애교가 있지요. 사교 면에서 프랑스인처럼 애교 많은 사람들도 없어요. 그녀가 왔군요! 아니, 마리야 안토노브나는 역시 누구보다 아름답군요! 옷차림도 얼마나 단아한가요. 아름다워요!"

"그리고 저기 안경 쓴 뚱뚱한 남자는 세계적인 파르마존*이에요." 페론스카야는 베주호프를 가리키며 말했다. "부인과 나란히 세워놓으면, 어릿광대가 따로 없지요!"

피예르는 뚱뚱한 몸을 뒤뚱거리며 마치 시장의 사람들 사이를 뚫고 지나듯 무리를 헤치면서, 좌우를 향해 되는대로 친절하게 고개를 끄덕였는데, 분명 누군가를 찾고 있는 것 같았다.

나타샤는 페론스카야가 어릿광대라고 한 피예르의 낯익은 얼굴을 기쁜 마음으로 바라보았고, 그가 그녀의 가족, 특히 자신을 찾고 있다는 것을 알아챘다. 피예르가 무도회에서 춤 상대를 소개해주겠다고 약속했었기 때문이다.

그러나 베주호프는 그들 옆으로 오기 전에, 별과 리본을 단 키 큰 사람과 이야기하며 창가에 서 있던 흰색 제복을 입은 중키에 머리가 검은 미남 옆에서 발을 멈췄다. 나타샤는 흰색 제복을 입은 중키의 젊은 남자를 곧 알아보았는데, 그는 볼콘스키였고, 나타샤는 그가 전보다 훨씬 젊고 활기차고 한결 잘생겨 보인다고 생각했다.

"아는 분이 저기 또 계시네요, 볼콘스키예요, 보이세요, 엄마?" 나타

---

* 프리메이슨의 프랑스어 franc-maçon을 파르마존(фармазон)이라 틀리게 말하고 있다.

샤는 안드레이 공작을 가리키며 말했다. "기억나시죠, 오트라드노예에서 우리집에 묵으셨잖아요."

"아, 저 사람을 아세요?" 페론스카야가 말했다. "나는 저 사람이 싫어요. *비가 오든 날이 개든 전부 그에게 달려 있다**는 말을 듣고 있죠. 그리고 끝도 없이 거만해요! 아버지를 닮아가는 거예요. 스페란스키와 달라붙어서 무슨 법안을 쓰고 있다고 하더군요. 보세요, 부인들을 대하는 태도를! 그녀들이 무슨 얘기를 하는데도 무시하고 있잖아요." 그녀는 그를 가리키며 말했다. "만약 내게도 저 부인들에게 하는 태도를 보인다면, 아주 혼을 내줄 거예요."

16

갑자기 모든 것이 움직이기 시작했고, 군중은 웅성거리며 밀려들었다가 곧 사방으로 흩어졌고, 옆으로 물러선 사람들의 두 줄 사이로 음악 소리와 함께 황제가 들어왔다. 주인 내외가 그 뒤를 따랐다. 황제는 환영의 첫 순간에서 조금이라도 빨리 벗어나려는 듯 좌우에 가볍게 인사하며 빠르게 걸어갔다. 악사들은 황제를 찬미하는 가사를 붙인, 잘 알려진 폴로네즈를 연주했다. 그 가사는 "알렉산드르여, 옐리자베타**여, 당신은 우리를 황홀케 하시고"로 시작되었다. 황제가 객실에 들어가자 군중은 문가로 밀어닥쳤고, 안색이 변해 허둥지둥 그 객실을 드

---

* 모든 일을 좌지우지할 만큼 성공한 사람을 비유하는 프랑스 속담.
** 황후의 이름.

나드는 사람들도 있었다. 황제가 여주인과 이야기하며 객실에서 나오자, 군중은 다시 물러섰다. 한 젊은 남자가 당황한 얼굴로 여자들 쪽으로 오더니 물러서달라고 부탁했다. 몇몇 여자는 사교계의 관습을 까맣게 잊은 듯한 낯으로, 드레스가 망가지는데도 아랑곳없이 앞으로 밀려들었다. 남자들은 여자들 옆으로 다가가서 폴로네즈를 추기 위해 짝을 짓기 시작했다.

모두는 물러섰고, 황제는 미소를 지으며 음악의 박자에 맞추지 않고 여주인의 손을 잡고 객실 문에서 걸어나왔다. 그 뒤를 이어 남주인과 M. A. 나리키시나, 이어서 공사들, 대신들, 장군들이 나왔고, 페론스카야는 연신 그들의 이름을 가르쳐주었다. 여자들의 반 이상이 짝을 구해 폴로네즈를 추러 나갔거나 나갈 준비를 하고 있었다. 나타샤는 어머니와 소냐와 함께 벽 쪽으로 밀린 채, 폴로네즈를 추러 나가지 못한 소수의 여자들에 끼어 있다고 느꼈다. 그녀는 가느다란 팔을 늘어뜨리고, 어렴풋이 윤곽이 드러나는 가슴을 규칙적으로 들먹이며 숨을 죽인 채 놀란 듯한 눈을 반짝이면서, 극도의 기쁨도 극도의 슬픔도 각오한 듯한 표정으로 앞쪽을 바라보고 있었다. 황제도, 페론스카야가 일러준 고관들도 그녀의 주의를 끌지 못했다. 그녀는 오직 하나만 생각했다. '정말 아무도 내게 와주지 않는 걸까, 정말 첫번째 춤을 추지 못하게 되는 걸까, 나는 저 남자들 눈에 띄지 않는 걸까, 저들은 나를 보지 않는 것 같아, 보고 있다고 해도 마치 이렇게 말하는 것 같아. "아아, 저 여자는 아니야, 볼 것도 없어!" 아니야, 그럴 리 없어!' 그녀는 생각했다. '내가 얼마나 춤을 추고 싶어하는지, 내가 얼마나 잘 추는지, 나와 추는 것이 얼마나 즐거운지 저들은 꼭 알아야 해.'

꽤 오래 계속된 폴로네즈 소리는 이제 나타샤의 귀에 구슬프고, 추억처럼 들리기 시작했다. 그녀는 울고 싶었다. 페론스카야는 그들 옆에서 떨어져 움직였다. 백작은 홀의 다른 쪽 끝에 있었고, 백작부인과 소냐와 그녀만이 누구의 관심도 끌지 못하고, 필요 없는 존재처럼, 마치 숲속에 있는 것처럼 타인뿐인 군중 속에 외따로 서 있었다. 안드레이 공작이 한 여자와 짝을 지어 옆을 지나갔지만, 그들을 알아보지 못한 것 같았다. 미남 아나톨은 미소지으며 춤 상대인 여자에게 이야기하고, 마치 벽을 보듯 나타샤의 얼굴을 힐끗 바라보았다. 보리스는 두 번이나 그들 옆을 지나쳤지만, 그때마다 외면했다. 춤추러 나가지 않은 베르그 부부가 그들에게 다가왔다.

나타샤는 이런 무도회에서 가족끼리 모여 있는 것이, 마치 이런 데가 아니면 가족이 모여 대화할 곳이 없는 것처럼 구는 것이 굴욕같이 느껴졌다. 그녀는 베라가 자기 녹색 드레스에 대해 하는 말을 듣지 않으려 했고, 그쪽을 보지도 않았다.

마침내 황제가 마지막 상대인 부인 옆에서 발을 멈추자(그는 세 사람과 추었다), 음악이 멈추고 부관이 당황한 얼굴로 로스토프가 사람들 쪽으로 달려와 이미 벽 쪽에 있는데도 더 물러서달라고 부탁했고, 악대석에서 또렷하고 신중하고 매혹적이면서도 리드미컬한 왈츠의 선율이 들려오기 시작했다. 황제는 미소지으며 홀 쪽을 바라보았다. 일 분이 지났지만, 춤을 시작하는 사람은 없었다. 무도회 담당 부관은 베주호바 백작부인에게 다가가 춤을 청했다. 그녀는 생긋 웃고, 상대방을 쳐다보지도 않고 그의 어깨에 한 손을 얹었다. 무도회 담당 부관은 이 무도의 명수인데, 부인을 꼭 끌어안고 자신 있고 신중하고 고르게 스텝을 밟으며 글리사드*로 원의 테두리를 따라 나아가다 홀의 구석에서 상대의 왼손을 잡고 사뿐히 한 바퀴 돌렸다. 차차 빨라지는 음악에 맞춰 부관의 날렵하고 재치 있고 규칙적인 발 박자 소리만 들렸고, 세 박자에 한 번씩 돌 때마다 부인의 벨벳 드레스가 휘날렸다. 나타샤는 그들을 보며 첫번째 왈츠를 추는 사람이 자기가 아님을 생각하자 금방이라도 울음이 터질 것 같았다.

안드레이 공작은 흰색 대령(기병의) 제복을 입고, 스타킹에 단화를 신고, 활기차고 즐거운 모습으로 로스토프가 사람들에게서 그리 멀지 않은 원의 맨 앞줄에 있었다. 피르고프 남작이 내일 열릴 제1차 참의원 회의에 대해 그에게 이야기했다. 안드레이 공작은 스페란스키의 측근이고 법률제정위원회 일에도 참여하고 있었으므로 구구한 소문이 도는 내일의 회의에 대해 정확한 정보를 줄 수 있는 사람이었다. 그러나 그는 피르고프의 말에 귀를 기울이지 않고 황제 쪽을 바라보거나, 춤출 준비가 됐지만 원 안으로 과감히 끼어들지 못하고 망설이는 남자들을 바라보았다.

안드레이 공작은 황제 앞에서 망설이고 있는 남자들과, 춤 신청을 고대하며 마음 졸이고 있는 여자들을 관찰하고 있었다.

피예르가 안드레이 공작에게 다가와 그의 손을 잡았다.

"당신은 언제나 춤을 추시죠. 저기 나의 *피보호자*인 로스토프의 누이동생이 있는데, 그녀에게 춤을 청해주시겠습니까?" 그는 말했다.

"어디에?" 볼콘스키는 물었다. "실례합니다" 하고 그는 남작 쪽을 돌

---

* 활보(滑步). 한 발로 바닥을 구르며 다른 한 발을 미끄러지듯 옮기는 것.

아보고 말했다. "그 이야기는 다른 자리에서 매듭지으시죠. 무도회에
서는 춤을 춰야 하니까요." 그는 피예르가 가리킨 쪽으로 걸어갔다. 나
타샤의 절망적이고 애태우는 얼굴이 곧 안드레이 공작의 눈에 들어왔
다. 그는 그녀가 누구인지 알아보았고, 그녀의 기분을 이해했고, 사교
계에 갓 나왔다는 것도 알아챘고, 언젠가 창가에서 들었던 그녀의 말소
리도 떠올라 밝은 표정으로 로스토바 백작부인 쪽으로 다가갔다.

"제 딸을 소개하겠습니다." 백작부인은 얼굴을 붉히며 말했다.

"영애가 기억하고 계신지는 모르겠습니다만, 저는 알고 있습니다."
그는 나직한 목소리로 말하며 나타샤에게 다가가 페론스카야의 좋지
않은 평가와는 딴판으로 정중하게 인사하고, 춤을 신청한다는 말을 끝
내기도 전에 벌써 그녀의 허리를 껴안으려고 한 팔을 내밀었다. 그는
왈츠를 한 번 청했다. 절망으로도, 기쁨으로도 기울 수 있을 것 같았던
나타샤의 애태우는 얼굴에 행복과 감사에 찬 아이 같은 미소가 반짝
였다.

'난 당신을 무척 기다렸어요.' 놀라고 행복에 겨운 소녀는 당장이라
도 눈물을 쏟을 것 같은 눈으로 미소지으며 이렇게 속삭이는 듯했고,
안드레이 공작의 어깨에 손을 올렸다. 그들은 원 안으로 들어간 두번
째 커플이었다. 안드레이 공작은 한때 누구보다 춤을 잘 추는 사람 중
하나였다. 나타샤도 아름답게 추었다. 새틴 무도화를 신은 그녀의 귀
여운 발은 가볍고 경쾌하고 자유롭고 민첩하게 움직였고, 그녀의 얼굴
은 행복의 기쁨에 빛났다. 드러낸 목덜미와 손은 엘렌에 비하면 여위
고 볼품없었다. 가냘픈 어깨에 가슴도 아직 빈약하고, 팔도 가늘고, 엘
렌의 살결이 그 육체 위를 미끄러져간 수없이 많은 시선으로 옻칠이라

도 한 느낌을 주었다면, 나타샤는 처음으로 살결을 드러낸, 누구나 다 이렇게 하는 거라고 일러주지 않았다면 자못 부끄러워했을 것 같은 소녀 같은 느낌을 주었다.

안드레이 공작은 본래 춤을 좋아하는데다가, 사람들이 그에게 걸어오는 정치적이고 지적인 대화에서 벗어나고 싶고, 황제의 참석으로 조성된 이 혼미하고 난처한 공기를 깨버리고 싶어 춤추러 나선 것이었는데, 피예르가 추천하고 또 처음 그의 눈에 띈 미인이라 선택했을 뿐인 나타샤의 가냘프고 민첩하고 떨리는 몸을 껴안고 있는 사이, 바로 앞에서 움직이며 바로 앞에서 미소짓는 그녀의 매력이 내뿜는 와인이 그의 머리를 때렸다. 그녀와 떨어져 한숨 돌리며 춤추고 있는 사람들을 바라보았을 때, 그는 활기 넘치는 젊음을 되찾은 자신을 느꼈다.

17

안드레이 공작에 뒤이어 보리스가 나타샤에게 다가와 춤을 청했고, 맨 처음 춤을 시작한 그 무도가인 부관이 왔고, 그 밖에도 여러 젊은이가 몰려오자 나타샤는 넘치는 신청을 소냐에게 넘겨주고, 행복하고 상기된 얼굴로 밤이 깊도록 멈추지 않고 춤을 추었다. 그녀는 이날 무도회에서 자신이 모두의 이목을 끌고 있다는 것을 전혀 몰랐고, 관심을 두지도 않았다. 황제가 프랑스 공사와 오랫동안 이야기를 나눈 것도, 그가 어느 귀부인과 유달리 부드럽게 대화한 것도, 황태자들이 뭘 하고 무슨 이야기를 했는지도, 엘렌이 굉장한 평판을 받으며 어떤 사람의 특별한 시선을 끈 것도 알아채지 못했을 뿐만 아니라, 황제마저도 눈에 띄지 않았고, 황제가 돌아간 뒤 무도회가 한층 활기를 띠자 그제 야 비로소 황제가 돌아간 것을 알았을 정도였다. 안드레이 공작은 저 녁식사 전에 흥겨운 코티용* 한 번을 나타샤와 다시 추었다. 그는 오트 라드노예의 가로숫길에서 그녀를 처음 보았던 일과 그녀가 달밤에 잠 을 이루지 못했던 것, 뜻하지 않게 그녀의 혼잣말을 엿들었던 일을 이 야기했다. 나타샤는 그 이야기를 듣자 얼굴을 붉혔고, 안드레이 공작 이 자기도 모르게 엿들었던 그때의 감정에 무슨 부끄러운 것이라도 있 었던 것처럼 변명하려고 애썼다.

안드레이 공작도 사교계에서 성장한 다른 모든 사람처럼, 사교계 냄 새가 풍기지 않는 사람을 사교계에서 만나는 것을 좋아했다. 그리고 놀라움과 기쁨, 수줍음, 프랑스어 실수에 이르기까지 나타샤야말로 바 로 그런 여자였다. 그는 그녀를 각별히 부드럽고 조심스럽게 대하며 이야기를 나눴다. 그녀 곁에 앉아 사뭇 단순하고 사소한 이야기를 하 며 안드레이 공작은 이야기 때문이 아니라 내면의 행복 때문에 피어오 르는 그녀의 기쁜 듯이 반짝이는 눈과 미소에 마음을 빼앗기고 있었 다. 나타샤가 다른 이의 선택을 받아 미소를 머금으며 일어나서 춤을 추러 걸어가는 동안에도 그는 그 수줍은 듯한 우아함에 감탄했다. 코 티용을 추던 나타샤는 도중에 한 파트를 끝내고 가쁜 숨을 몰아쉬며 자리로 돌아갔다. 그러자 새로운 상대가 그녀에게 춤을 청했다. 그녀 는 지쳐서 헉헉거렸는데, 분명 거절할 것 같았지만 곧 다시금 상대의

---

* 네 명 또는 여덟 명이 한 조로 추는 프랑스의 궁정 무도로, 빠른 템포의 왈츠와 유사하다.

어깨에 손을 올리더니 안드레이 공작을 향해 미소를 지었다.

'나는 당신 옆에 앉아서 쉬고 싶어요, 지쳤거든요, 하지만 보다시피 많은 분이 나를 선택해주셔서 기뻐요, 그래서 행복해요, 그래서 모두가 좋아요, 나도 당신도 다 알다시피.' 그리고 이 미소는 더 많은 것을 말하고 있었다. 상대 남자가 놔주자, 나타샤는 한 조에 필요한 두 여자를 데려오기 위해 홀을 가로질러 달려갔다.

'만약 그녀가 먼저 사촌에게 간 다음 다른 여자에게 가면, 그녀는 내 아내가 될 것이다.' 안드레이 공작은 나타샤를 바라보며 정말 느닷없이 자신에게 말했는데, 그녀는 사촌에게 먼저 갔다.

'별 시시한 생각을 다 하는군!' 안드레이 공작은 생각했다. '그러나 한 가지 틀림없는 사실은 저렇게 귀엽고 저렇게 특별한 아가씨는 이런 데서 춤을 춘 지 한 달도 되지 않아 결혼해버린다는 것이다…… 이런 데서는 보기 드문 여자다.' 그가 이런 생각을 하고 있을 때, 나타샤가 허리에 단 기울어져 있던 장미 코르사주를 바로잡으며 그의 옆에 와서 앉았다.

코티용이 끝날 무렵, 푸른색 연미복을 입은 노백작이 춤추는 사람들 쪽으로 다가왔다. 그는 안드레이 공작을 집에 초대하고, 딸에게 재미있었니? 하고 물었는데, 나타샤는 대답하지 않고 '그런 걸 물으실 필요가 있을까요?' 하고 핀잔하는 것 같은 미소만 생긋 지었다.

"이렇게 재밌었던 적은 여태까지 없었어요!" 그녀는 이렇게 말했고, 마른 두 팔이 아버지를 껴안으려고 재빨리 올라갔다가 금세 내려오는 것을 안드레이 공작은 보았다. 나타샤는 인생에서 한 번도 느껴보지 못한 커다란 행복을 느꼈다. 그녀는 사람이 완전히 선량하고 친절해지고 악과 불행과 슬픔이 있다는 것을 믿지 않을 때 느끼는 행복의 절정에 있었다.

피예르는 이 무도회에서 처음으로, 사교계에서 아내가 차지하고 있는 지위 때문에 모욕을 느꼈다. 그는 멍하고 침울했다. 이마에 깊은 주름이 잡힌 채 그는 창가에 서서 특별히 누구를 주시하지는 않고 안경 너머로 바라보고 있었다.

나타샤는 저녁을 하러 가다가 그의 옆을 지나쳤다.

그녀는 피예르의 침울하고 불행한 얼굴을 보고 놀랐다. 그녀는 그 앞에 멈춰 섰다. 그를 도와주고, 자신에게 넘치는 행복을 나눠주고 싶었다.

"정말 즐거워요, 백작" 하고 그녀는 말했다. "그렇지 않으세요?"

피예르는 무슨 말인지 분명 이해하지 못하면서 멍하니 미소지었다.

"그래요, 나도 아주 즐겁습니다." 그는 말했다.

'이들에게도 뭔가 불만이 있을까?' 나타샤는 생각했다. '더욱이 베주호프처럼 훌륭한 사람이?' 나타샤의 눈에는 이 무도회에 온 모두가 선량하고 친절하고 서로를 사랑하는 훌륭한 사람들로 보였고, 남을 모욕하는 사람은 있을 수 없으며, 따라서 모두가 행복해야만 했다.

18

다음날 안드레이 공작은 어제의 무도회를 상기했으나, 그리 오래 생각하지는 않았다. '그래, 아주 화려한 무도회였어. 그리고…… 그래, 로스토바가 정말 사랑스러웠지. 그녀에게는 신선하고 특별하고 페테르부르크답지 않은, 뭔가 다른 점이 있었다.' 무도회에 대한 생각은 이 것뿐이었고, 그는 차를 다 마시자 곧 일에 착수했다.

그러나 피로 때문인지 불면 때문인지 이날은 일이 손에 잡히지 않았고, 안드레이 공작은 전에도 자주 그랬듯 아무것도 하지 않고 줄곧 자신의 일에 대해 비판만 했는데, 누군가가 찾아왔다는 말을 듣자 왠지 기뻤다.

손님은 여러 위원회에서 근무하고, 페테르부르크의 각종 단체에 출석하고, 새로운 사상과 스페란스키의 열렬한 신봉자이자 페테르부르크에서 수다스러운 허풍선이로 알려진 비츠키였는데, 사상도 옷차림처럼 유행에 따라 선택하기 때문에 그 방면의 열렬한 파르티잔처럼 보이는 인물이기도 했다. 그는 뭔가 걱정이 있는 사람처럼, 모자를 벗기도 전에 안드레이 공작의 방으로 뛰어들어와 대뜸 지껄이기 시작했다. 그는 오늘 아침 황제가 연 참의원 회의의 전말을 막 듣고 왔다며 열을 올리며 이야기했다. 황제의 연설은 비범했다. 그것은 입헌군주라야만 할 수 있는 연설이었다. "황제는 참의원과 원로원은 국가적인 계급이라고 직접 말씀하셨습니다. 통치는 자의적이 아니라 어디까지나 확고한 원리를 기초로 해야 한다고 말입니다. 그리고 재정을 개혁하여 결산을 공표해야 한다고도 말씀하셨지요." 비츠키는 특정 단어를 강조하고 의미심장하게 눈을 부릅뜨며 말했다.

"아무튼 오늘의 사건은 획기적이에요, 우리 역사상 가장 획기적인 사건입니다" 하고 그는 결론을 내렸다.

안드레이 공작은 자신이 그토록 초조하게 기대하고 중대한 의미가 있다고 인정했던 참의원 회의에 대해 듣는데도 그것이 실행되려는 지금 자신이 조금도 감동하지 않을 뿐만 아니라 무의미함을 넘어 부질없다고까지 생각한다는 데 놀랐다. 그는 비츠키가 득의에 차서 하는 이야기를 조용히 냉소를 지으며 들었다. 아주 단순한 생각이 그의 머리에 떠올랐다. '황제가 참의원 회의에서 무슨 말씀을 하셨건 그것이 나나 비츠키와 무슨 관계지? 그것이 나를 보다 좋고 행복하게 해주기라도 한단 말인가?'

돌연하고 단순한 이 생각이 진행중인 개혁에 관해 안드레이 공작이 가졌던 여태까지의 모든 관심을 순식간에 깨버렸다. 이날 안드레이 공작은 스페란스키의 집에서 열리는 만찬에 가기로 했었고, 그를 초대한 주인은 이 만찬회를 '소위원회'라 부르고 있었다. 진심으로 존경하는 스페란스키의 가족적이고도 친절한 만찬회는 지금까지 그의 가정생활을 본 적이 없었던 만큼 한층 강하게 안드레이 공작의 흥미를 끌었지만, 지금은 가고 싶은 마음이 들지 않았다.

하지만 안드레이 공작은 약속 시간에 맞춰 타브리체스키 공원 근처에 있는 스페란스키의 작은 집에 들어섰다. 집은 예사롭지 않을 만큼 아주 청결했고(수도원의 청결함을 연상시켰다), 세공한 조각나무를 깐 식당에 안드레이 공작이 조금 늦게 들어가 보니, 아직 다섯시인데도 스페란스키의 가까운 지인들, 즉 소위원회 사람들은 모두 와 있었다. 여자라고는 스페란스키의 어린 딸(아버지처럼 얼굴이 긴)과 그녀의 가정교사밖에 없었다. 손님은 제르베*와 마그니츠키, 스톨리핀**이었다. 현관에서부터 안드레이 공작은 큰 목소리와 마치 무대에서 나는 것 같은 쨍쨍 울리는 또렷한 웃음소리를 들었다. 누군가 스페란스키와 비슷한 목소리로 끊어가며 하, 하, 하 웃고 있었다. 스페란스키의 웃음소리를 들어본 적 없는 안드레이 공작에게는 대정치가의 쨍쨍 울리는 가는 웃음소리가 놀랄 만큼 기이했다.

안드레이 공작은 식당으로 들어갔다. 일동은 두 창문 사이에 있는 안주가 놓인 작은 탁자 주위에 서 있었다. 스페란스키는 회색 연미복에 별 모양의 훈장을 달고, 분명 그 유명한 참의원 회의에 입고 나갔을 것 같은 흰색 조끼에 높은 흰색 넥타이 차림으로 즐거운 표정을 지으며 탁자 옆에 서 있었다. 손님들이 그를 둘러싸고 있었다. 마그니츠키는 미하일 미하일로비치에게 어떤 일화를 이야기하고 있었다. 스페란스키는 마그니츠키의 이야기를 들으며 그가 말을 다 하기도 전에 지레짐작으로 웃었다. 안드레이 공작이 식당으로 들어갔을 때, 마그니츠키의 말소리는 다시 웃음소리에 묻히고 말았다. 스톨리핀은 치즈를 얹은 빵 조각을 씹으며 굵고 나직한 목소리로 이야기하고, 제르베는 목쉰 소리로 조용히 웃고, 스페란스키는 날카롭고 또렷한 소리로 웃고 있었다.

스페란스키는 여전히 웃으며 안드레이 공작에게 희고 부드러운 손을 내밀었다.

"잘 오셨습니다, 공작" 하고 그는 말했다. "잠시만요……" 그는 마그니츠키 쪽을 보며 그의 말을 가로막았다. "우리는 오늘 약속했습니다, 식사를 즐기되 일 이야기는 하지 않기로요." 그는 이야기하던 사람 쪽으로 몸을 돌려 다시 웃기 시작했다.

---

* A. A. 제르베(1773~1832). 스페란스키의 친척이자 정치가.
** A. A. 스톨리핀(1778~1825). 작가이자 원로원 의원.

안드레이 공작은 놀라움과 환멸의 비애를 느끼며 스페란스키의 웃음소리를 듣고 그의 웃는 얼굴을 바라보았다. 스페란스키는 다른 사람 같이 보였다. 전에는 신비스럽고, 그래서 매력적으로 생각됐던 모든 것이 갑자기 명확히 보이면서 매력을 잃어버렸다.

식탁에서도 대화는 잠시도 멈추지 않았는데, 마치 우스운 일화집이라도 펼쳐놓은 것 같았다. 마그니츠키가 이야기를 끝내기도 전에 벌써 다른 사람이 더 우스운 이야기를 꺼내려 들었다. 대부분 관계官界나 거기서 근무하는 인사들에 관한 것이었다. 이 자리에서는 그런 사람들의 시시함이 이미 명백히 판명난 것이라 그들에 대해서는 악의 없는 희극적인 태도를 취할밖에 다른 수가 없는 것처럼 보였다. 스페란스키는 오늘 아침 회의에서 어느 귀머거리 고관이 의견에 대한 질문을 받자, 나도 같은 의견이라고 대답했다는 이야기를 했다. 제르베는 관계자 전원의 난센스 같은 말이 두드러졌던 어느 감사監査의 자초지종을 이야기했다. 스톨리핀이 떠듬거리면서 끼어들어 구제도의 남용에 대해 열을 띠며 논하자, 사람들은 좌담이 심각한 분위기로 흐를까봐 불안을 느끼는 것 같았다. 마그니츠키는 스톨리핀의 열띤 모습을 놀리기 시작했다. 제르베가 농담을 던지자, 이야기는 다시 이전의 유쾌한 방향을 되찾았다.

스페란스키는 일을 끝마치고 허물없는 지인들 틈에 끼여 기분 전환하며 쉬고 싶었고, 손님들은 모두 그의 기분을 알아채고 그를 즐겁게 해주고 자기들도 즐기려고 애썼다. 그러나 이 즐거움이 안드레이 공작에게는 마음 무겁고 불쾌했다. 스페란스키의 가는 음성이 불쾌하게 뇌리를 자극하고, 끊임없는 웃음소리는 가식적인 음조로 왜 그런지 안드레이 공작의 감정을 모욕했다. 안드레이 공작은 웃지 않지만, 자신이 이 자리의 따분한 존재가 될까봐 두렵기도 했다. 그러나 아무도 전체의 분위기에 동화되지 못하는 그의 태도를 알아채지 못했다. 다들 무척 즐거운 듯했다.

그는 여러 차례 대화에 껴보려고 했으나, 그때마다 그의 말은 물속에 던져진 코르크처럼 밖으로 퉁겨나왔고, 그는 그들과 함께 농담할 수 없었다.

그들이 하는 이야기는 나쁜 것도 아니고 이 자리에 어울리지 않는 것도 아니고 전부 재치 있고 우스꽝스럽다고까지 할 수 있는 것인지도 모르지만, 이러한 기분 전환에 곁들이는 중요한 무언가가 빠져 있었을 뿐만 아니라, 그들은 그런 것이 있는지조차 몰랐다.

식사가 끝나자 스페란스키의 딸과 가정교사는 자리에서 일어났다. 스페란스키는 흰 손으로 딸을 어루만지고 키스했다. 이 동작까지도 안드레이 공작에게는 부자연스럽게 보였다.

남자들은 영국식으로 식탁에 남아 포트와인을 마셨다. 나폴레옹의 스페인 원정[21] 이야기가 시작되고 모두가 이 전쟁에 찬동하는 뜻을 표했을 때, 안드레이 공작은 반대 의견을 말하기 시작했다. 스페란스키는 히죽 웃더니 이런 이야기는 피하고 싶은 듯 아무 관련이 없는 일화를 이야기했다. 모두 잠시 입을 다물었다.

스페란스키는 식탁 앞에 앉아 있다가 와인 병에 마개를 끼우더니 "요즘 좋은 와인은 장화를 신고 다니거든요*" 하며 일어나서 하인에게 건

---

* 비싸다는 뜻.

넸다. 모두가 일어나 역시 왁자하게 이야기하며 객실로 갔다. 하인이 급사가 가져온 두 개의 봉투를 스페란스키에게 건넸다. 그는 그것을 들고 서재로 갔다. 그가 나가자마자 즐거운 분위기는 사라지고, 손님 들은 나직한 목소리로 논쟁적인 이야기를 주고받기 시작했다.

"자, 이제 낭독입니다!" 스페란스키가 서재에서 나오며 말했다. "놀 라운 재주거든요!" 그는 안드레이 공작을 향해 말했다. 마그니츠키는 곧 일어나서 자세를 취하더니, 페테르부르크의 명사들을 풍자한 프랑 스어로 쓴 자작시를 낭독하기 시작했는데, 낭독은 박수 때문에 몇 번 이나 중단될 뻔했다. 안드레이 공작은 낭독이 끝나자 스페란스키에게 다가가 작별 인사를 했다.

"이렇게 빨리 어디 가십니까?" 스페란스키가 물었다.

"만찬 약속이 있습니다……"

두 사람은 침묵했다. 안드레이 공작은 그의 거울 같고 남의 접근을 허용하지 않는 눈을 가까이에서 바라보았고, 그러자 자신이 스페란스 키와 관련된 활동에서 어떻게 무언가를 기대할 수 있었는지, 또 어떻 게 스페란스키의 일을 중대시할 수 있었는지 우습기만 했다. 그 빈틈 없고 불쾌할 뿐인 웃음소리는 스페란스키의 집을 떠난 뒤에도 한참이 나 안드레이 공작의 귓전을 울렸다.

집으로 돌아온 안드레이 공작은 페테르부르크에서 보낸 지난 넉 달 의 생활을 무슨 새로운 일이라도 되는 듯 회상하기 시작했다. 그는 자 신의 노력과 청원, 군규 법안에 대해, 참고로 채택되기는 했지만 훨씬 조잡한 다른 법안이 이미 작성되어 황제에게 제출됐기 때문에 모두가 약속이나 한 듯 입을 다물고 있는 법안에 대해 생각했고, 베르그도 위원으로 속한 어느 위원회의 회의가 늘 회의의 형식이니 절차만 기를 쓰고 끝없이 논의할 뿐 사건의 본질에 관한 것은 되도록 간단히 해치우려 했다는 것을 떠올렸다. 그는 입법에 관해 자기가 했던 일도 상기했는데, 로마와 프랑스의 법전 조문을 얼마나 열심히 러시아어로 옮겼던가를 생각하자 부끄러운 마음이 들었다. 그리고 보구차로보와 시골에서의 자기 일, 랴잔 여행 등을 생생하게 떠올리며 농민이나 촌장 드론 같은 사람들에게 자신이 항목별로 분류한 인권人權을 적용해보고는, 이런 부질없는 일에 어떻게 그렇게 오랫동안 골몰할 수 있었는지 어처구니가 없었다.

19

다음날 안드레이 공작은 아직 가본 적 없는 몇 집을 방문했고, 지난 무도회에서 옛정을 새롭게 한 로스토프가도 다시 찾았다. 예의상 방문할 필요도 있었지만, 그는 자신에게 유쾌한 인상을 남긴 특별하고 생기발랄한 아가씨가 집에서 어떻게 지내는지 보고 싶었다.

맨 먼저 그를 맞은 사람들 중에 나타샤도 있었다. 그녀는 푸른색 평상복을 입고 있었는데, 안드레이 공작에게는 무도회 때보다 더 아름다워 보였다. 그녀와 로스토프가의 온 가족이 안드레이 공작을 옛친구로서 편하고 친절하게 맞아주었다. 한때 그는 이 가족을 엄격히 비판했지만, 지금은 그저 아름답고 소박하고 선량한 사람들이라고 생각되었다. 노백작의 환대와 호인다움은 페테르부르크에서 특히 기분좋게 느껴지고 놀라울 정도여서, 결국 안드레이 공작도 만찬 초대를 거절할 수 없었다. '그래, 정말 선량하고 훌륭한 사람들이다.' 볼콘스키는 생각했다. '물론 그들은 나타샤 속에서 빛나고 있는 보물을 털끝만큼도 이해 못하지만, 시적이고도 생명력 넘치는 아름다운 아가씨를 돋보이게 하는 실로 완벽한 배경이 되는 사람들이다!'

안드레이 공작은 나타샤 속에 그와 전혀 인연이 없는 특별한 세계, 그에게는 미지인 희열이 넘치는 세계, 언젠가 오트라드노예의 가로숫길과 달밤의 창가에서 그를 몹시 초조하게 만들었던 별세계가 존재한다는 것을 느꼈다. 그러나 지금은 그 세계도 그를 초조하게 만들지 않았고 낯선 세계도 아니었으며, 그는 그 세계에 들어가 그 속에서 자신을 위해 새로운 즐거움을 발견하고 있었다.

식사 후 나타샤는 안드레이 공작의 요청으로 클라비코드 쪽으로 다가가 노래를 부르기 시작했다. 안드레이 공작은 창가에 서서 여자들과 이야기를 나누며 노래를 들었다. 가사를 듣던 안드레이 공작은 갑자기 입을 다물었고, 뜻하지 않은 눈물이 솟구치려는 것을 어렴풋이 느꼈는데, 이 눈물의 중요성을 그는 알 수 없었다. 그는 노래하는 나타샤를 바라보았고, 마음속에 새로운 행복 같은 것이 샘솟았다. 그는 행복한 동시에 슬펐다. 울 일은 전혀 없었지만, 당장이라도 울음이 터질 것 같았다. 이게 무엇일까? 옛사랑? 몸집이 작은 공작부인? 자기환멸?⋯⋯ 미래에 대한 기대? 그것만은 아니었다. 그가 울고 싶어진 중요한 이유는 그의 마음속에 있는 한없이 위대하고 포착하기 어려운 무언가와, 그 자신과 그녀에 의해 구체적으로 표현되고 있는 좁고 육체적인 무언가 사이에 가로놓인 무서운 모순이 느닷없이 생생하게 자각됐기 때문

이었다. 이 모순은 그녀가 노래를 부르는 동안 그를 괴롭혔고, 기쁘게
도 했다.

나타샤는 노래를 끝내자 곧 그의 곁으로 오더니, 내 목소리가 마음에
드세요? 하고 물었다. 그녀는 물은 뒤에야 이런 것을 물으면 안 된다고
깨닫고 당황했다. 그는 그녀의 얼굴을 바라보며 빙긋 웃었고, 그녀의
노래는 그녀가 하는 모든 것과 마찬가지로 마음에 든다고 대답했다.

안드레이 공작은 밤늦게 로스토프가에서 나왔다. 그는 습관대로 잠
자리에 누웠지만 이내 자신이 잠들 수 없다는 것을 알았다. 그는 촛불
을 켜고 침대에 앉아보기도 하고 일어서보기도 하고 다시 누워보기도
했지만, 잠이 오지 않는 것이 조금도 괴롭지 않았고 마치 숨막히는 방
에서 자유로운 세계로 나온 것처럼 마음은 기쁨과 새로움으로 가득했
다. 로스토바에게 반했다고 생각한 것은 아니었다. 그는 그녀에 대해
생각하는 것이 아니었다. 그녀의 모습을 잠시 떠올리는 것만으로도 자
신의 인생 전체가 새롭게 보이는 것 같았다. '인생이, 기쁨으로 충만한
모든 인생이 내 앞에 펼쳐져 있는데, 나는 이 막히고 비좁은 틀 안에서
무엇을 두려워하고 조바심내고 있을까?' 그는 자신에게 말했다. 그는
오랜만에 미래의 행복한 계획을 세우기 시작했다. 그는 적당한 양육자
를 구해 아들의 교육을 일임하기로 결정했고, 사임하고 외국으로 나가
영국과 스위스와 이탈리아를 둘러보고 오기로 마음먹었다. '젊음과 체
력이 이토록 넘치게 느껴질 때 나는 내 자유를 누려야 한다.' 그는 자
신에게 말했다. '행복해지기 위해서는 행복의 가능성을 믿어야 한다고
했던 피예르의 말은 진리이고, 나도 지금은 그것을 믿는다. 죽은 자를
묻는 일은 죽은 자에게 맡겨야 하며, 생명이 있는 한 살아서 행복해져

야 한다'고 그는 생각했다.

20

어느 아침, 갓 지은 산뜻한 제복을 입고 알렉산드르 파블로비치 황제처럼 포마드를 바른 살쩍을 쓸어올린 아돌프 베르그 대령이 피예르를 찾아왔는데, 모스크바와 페테르부르크의 모든 사람을 아는 피예르는 그도 물론 알고 있었다.

"나는 지금 백작부인, 당신의 부인을 뵈었지만 불행히도 내 청을 들어주시지 않았습니다. 바라건대 백작, 당신은 틀림없이 나를 기쁘게 해주실 거라 기대합니다."

"무슨 일입니까, 대령? 내가 해드릴 수 있는 일이라면."

"실은 백작, 이제는 나도 새집에 완전히 자리를 잡았기에," 이런 이야기는 누가 들어도 불쾌할 리 없다고 확신하는 듯한 어조로 베르그는 말했다. "나와 아내의 지인들을 위해 작은 야회를 열고 싶습니다. (그는 더욱 유쾌하게 미소지었다.) 그저 차 한잔…… 식사뿐이지만, 백작부인과 당신이 와주셨으면 합니다."

백작부인 옐레나 바실리예브나는 베르그 같은 자와 자리를 함께하는 것은 체면이 깎이는 일이라 생각하고 단호히 초대를 거절했다. 그러나 피예르는 베르그가 자신이 왜 소수의 훌륭한 사람들을 집에 초대하고 싶은지, 그것이 왜 자신에게 즐거운 일이고 자신이 왜 카드놀이 같은 부질없는 일에 돈을 아끼면서 훌륭한 사람들과 함께하기 위해서라면 돈을 아끼지 않는지를 너무도 명확하게 설명하자, 거절하지 못하고 가겠다고 약속하고 말았다.

"그러나 백작, 감히 부탁드립니다만 너무 늦지 않도록 여덟시 십 분 전까지는 와주십시오. 카드놀이라도 하시면 어떻습니까. 우리 장군도 오십니다. 그분은 나를 무척 친절히 대해주시죠. 식사도 하시고요, 백작. 그럼 잘 부탁드립니다."

지각하는 버릇이 있는 피예르는 이날 여덟시 십 분 전이 아니라 십오 분 전에 베르그의 집에 도착했다.

베르그 부부는 야회 준비를 모두 마치고 이미 손님을 맞고 있었다.

작은 흉상들과 그림들로 장식되고 새 가구가 놓인 새롭고 깨끗하고 밝은 서재에 베르그와 그의 아내가 앉아 있었다. 베르그는 단추를 채운 갓 지은 제복 차림으로 아내 옆에 앉아, 사람과 교제할 때는 늘 자기보다 높은 사람을 선택하는 것이 좋고, 당연히 그래야 하며, 그래야 교제의 묘미를 알 수 있다고 아내에게 설명하고 있었다.

"뭔가 보고 배울 게 있고, 부탁을 할 수도 있거든. 나를 봐, 내가 임관 후에 어떻게 살아왔는지(베르그는 자기 일생을 연수가 아니라 황제가 하사한 훈장들로 계산하고 있었다). 내 동료들은 아직 보잘것없는데, 나는 벌써 연대장 자리가 나기만 기다리고 있고, 행복하게도 당신 남편이 됐지(그는 일어나서 베라의 손에 키스했는데, 그녀에게 다가가던 중에 접혀 있던 융단의 귀퉁이를 바로잡았다). 내가 이런 것들을 모두 어떻게 얻었다고 생각해? 요컨대 지기를 선택하는 수완이 있었기 때문이야. 물론 덕망도 있고 착실해야 하지만······"

베르그는 나약한 여자에 대한 우월감에 미소지었고, 이 귀여운 아내도 남자의 진가를 이루는 모든 요소, 남자라는 것*ein Mann zu sein*을 이해하지 못하는 나약한 여자일 뿐이라고 생각하고 잠시 입을 다물었다. 동시에 베라 역시 남편에 대한 우월감에 미소지었는데, 그가 덕망 있고 훌륭한 남자이긴 하지만 역시 다른 모든 남자와 마찬가지로 인생을 잘못 이해하고 있다고 생각했기 때문이다. 베르그는 자기 아내를 기준으로 모든 여자를 나약하고 어리석은 존재라고 생각했다. 베라는 자기 남편 한 사람을 기준으로 하는 판단에서 나아가, 모든 남자는 이성을 자기들의 것이라고 생각하지만 실은 아무것도 이해 못하는 오만한 이기주의자들이라고 생각했다.

베르그는 자리에서 일어나 레이스 달린 비싼 케이프가 구겨지지 않게 조심스레 아내를 껴안고 입술 중앙에 키스했다.

"다만 아이만은 너무 일찍 갖고 싶지 않군." 베르그는 무의식적인 연상을 하고서 이렇게 말했다.

"그래요." 베라는 대답했다. "나도 그건 조금도 바라지 않아요. 우리는 사회에 이바지하며 살아야 하니까요."

"유수포바 공작부인 것도 이것과 똑같았지." 베르그는 케이프를 가리키며 말하고 행복하고 선량한 미소를 지었다.

이때 베주호프 백작의 방문이 알려졌다. 부부는 저마다 이 방문의 영광을 자기 공으로 생각하고 자족의 미소를 띠며 얼굴을 마주보았다.

'이것이 바로 훌륭한 교제의 요령이란 거지' 하고 베르그는 생각했다. '능숙한 처세라는 것!'

"하지만 내가 손님을 응대하고 있을 때는, 제발," 베라가 말했다. "내 말을 가로막지 말아줘요, 어떤 손님을 어떻게 대해야 하는지, 어떤 자리에서 어떤 이야기를 해야 하는지쯤은 나도 아니까요."

베르그는 다시 미소지었다.

"그건 안 돼, 때로 남자들끼리만 하는 남자들의 대화라는 게 있거든." 그는 말했다.

피예르는 대칭과 청결과 질서를 깨뜨리지 않고는 어디 앉을 자리도 없을 것처럼 정리되어 있는 새 객실로 안내되었고, 베르그는 손님에게 안락의자와 소파의 대칭을 깨뜨릴 것을 너그럽게 권하면서도 분명 그 자신은 병적이리만큼 망설였기 때문에, 이 문제의 해결을 손님의 선택에 맡긴 것도 무리가 아님을 충분히 이해할 수 있었다. 피예르가 의자를 끌어당겨 대칭을 깨뜨리자, 베르그와 베라가 서로의 말을 가로막으며 손님을 응대했고, 야회는 이렇게 시작되었다.

베라는 피예르의 흥미를 끌려면 프랑스 대사관 이야기가 좋겠다고 속으로 정하고 곧 그 이야기를 시작했다. 남자들만의 대화도 필요하다고 판단한 베르그는 아내의 말을 가로막고 오스트리아와의 전쟁을 언급했는데, 그러다가 자기도 모르게 공통된 화제에서 벗어나 자기가 이 전쟁에 참가하라는 권고를 받았으나 받아들일 수 없었던 이유 같은 개인적인 이야기로 새고 말았다. 대화는 몹시 산만해졌고, 베라는 대화에 남자의 요소가 끼어든 것이 화가 났지만, 그래도 부부는 비록 손님은 한 명뿐이지만 야회가 아주 훌륭하게 시작되었다고, 이 야회의 좌담, 차, 촛불 등 모든 것이 다른 야회와 똑같다고 느끼고 감격했다.

이윽고 베르그의 오랜 친구인 보리스가 왔다. 그는 약간의 우월감과 보호자연하는 태도로 베르그와 베라를 대했다. 보리스에 이어 귀부인이 대령과 함께 왔고, 뒤이어 주빈인 장군과 로스토프가 사람들이 나타나자 야회는 이제 완전히 의심의 여지 없이 여느 야회와 똑같아졌다. 베르그와 베라는 객실의 움직임을 보고 지리멸렬한 이야기 소리와 옷자락 스치는 소리, 인사 소리를 듣자 기쁨의 미소를 감추지 못했다. 모든 것이 여느 야회와 똑같았고, 더욱이 장군은 으레 그렇듯이 집을 칭찬하고, 베르그의 어깨를 가볍게 두드리기도 하고, 아버지 같은 허물없는 태도로 보스턴용 탁자 배치를 지시하기도 했다. 장군은 자기 다음가는 명사인 일리야 안드레이치 백작 옆에 자리잡았다. 늙은 사람은 늙은 사람들끼리, 젊은 사람은 젊은 사람들끼리, 그리고 여주인은 파넌가의 야회 때 나온 것과 똑같은 쿠키가 든 은 바구니가 있는 탁자 앞에 앉아 있었고, 모든 것이 여느 야회와 똑같았다.

21

피예르는 귀빈의 한 사람으로서 일리야 안드레이치와 장군, 대령과 더불어 보스턴용 탁자 앞에 앉게 되었다. 보스턴용 탁자에서 피예르는 나타샤와 마주앉았는데, 그 무도회 이래 그녀의 내면에 일어난 이상한 변화는 그를 놀라게 했다. 나타샤는 말이 없었고, 무도회 때만큼 아름답지도 않았는데, 만약 모든 사람에 대해 그토록 얌전하고 무관심한 표정을 짓지 않았다면 추해 보인다고 할 정도였다.

'어찌된 일일까?' 피예르는 그녀를 바라보며 생각했는데, 그녀는 언니와 나란히 다탁 앞에 앉아 옆에 앉은 보리스의 얼굴을 보지도 않고 마지못해 대답하고 있었다. 피예르가 같은 문양의 카드를 전부 물리치고 5트릭*으로 파트너를 기쁘게 하고 있을 때, 누군가를 맞이하는 인사 소리와 객실로 들어오는 발소리가 들렸고, 피예르는 다시 나타샤를 바라보았다.

'무슨 일이 있었던 걸까?' 그는 더욱 놀라며 혼잣말을 했다.

안드레이 공작은 위로하는 듯한 상냥한 표정으로 그녀 앞에 서서 이야기했다. 그녀는 새빨개진 채 고개를 들고 그를 바라보았고, 가쁜 숨을 억누르려고 애쓰는 것 같았다. 지금까지 꺼져 있던 마음의 불이 다시금 밝게 타올랐던 것이다. 그녀는 완전히 바뀌었다. 추해 보이던 얼굴은 그 무도회 때와 같아졌다.

안드레이 공작은 피예르에게 다가왔고, 피예르는 친구의 얼굴에서도 새롭고 젊음이 깃든 표정을 보았다.

피예르는 카드놀이를 하는 동안 몇 번인가 자리를 바꿔 때로는 나타샤에게 등을 돌리고, 때로는 정면에 앉기도 하며 삼판 승부를 여섯 번 하는 내내 그녀와 친구를 자세히 관찰했다.

'두 사람 사이에 뭔가 중대한 일이 일어나고 있다'고 생각하자, 기쁘면서도 쓰라린 감정이 그를 흔들어 승부를 잊게 했다.

여섯 번의 삼판 승부가 끝나자 장군은 이래서는 도저히 승부가 나지 않는다며 일어났고, 그제야 피예르는 자유를 얻었다. 나타샤는 한구석에서 소냐와 보리스와 이야기하고 있었다. 베라는 엷은 미소를 지으며 안드레이 공작과 이야기하고 있었다. 피예르는 친구 곁으로 다가가 비

---

* 18~19세기 유럽에서 유행한 트릭테이킹(Trick-taking) 카드놀이에서는 선이 낸 카드와 같은 문양의 카드를 모두가 내놓고, 가장 높은 카드를 낸 사람이 그 카드 무더기를 가져가는 것을 1트릭이라 한다.

밀 이야기를 하느냐고 묻고, 두 사람 옆에 앉았다. 베라는 나타샤에 대한 안드레이 공작의 감정을 눈치채자 야회에서는, 진정한 야회에서는 사랑의 감정을 은근하게 암시할 필요가 있다고 생각하고 안드레이 공작이 혼자 있는 때를 틈타 그에게 감정에 관한 일반론과 자기 동생에 대해 이야기하기 시작했다. 그녀는 이 슬기로운 손님(그녀는 안드레이 공작을 이렇게 생각했다)을 상대로 자기의 외교적 수완을 실제로 시험해볼 필요가 있었던 것이다.

피예르가 두 사람에게 다가갔을 때, 베라는 혼자 만족스러운 듯 이야기에 열중하고 있었고, 안드레이 공작은(그에게는 참으로 드문 일이지만) 당황한 것 같았다.

"당신은 어떻게 생각하세요?" 베라는 묘한 미소를 지으며 말했다. "공작, 당신은 참으로 통찰력이 있어서 사람을 단번에 꿰뚫어보시죠. 나탈리는 어떤가요, 그애는 자기 사랑을 끝까지 지킬 수 있을까요, 다른 여자들처럼(베라는 자기를 말한 것이었다) 사랑하는 사람에게 끝까지 정절을 지킬 수 있을까요? 나는 그것이 참된 사랑이라고 생각해요. 당신은 어떻게 생각하세요, 공작?"

"나는 당신의 여동생에 대해 잘 모릅니다." 안드레이 공작은 당황한 것을 숨기려고 조소를 띠며 대답했다. "그런 미묘한 문제는 답하기가 어렵지만, 내가 보기에는 인기 없는 여성일수록 정절을 지키는 것 같습니다" 하고 덧붙이고 그는 마침 곁으로 다가온 피예르를 바라보았다.

"네, 맞는 말씀이에요, 공작, 이 시대는," 베라는 말을 이었다(평범한 사람들은 이 시대라는 말을 즐겨 쓰고, 그런 사람일수록 자기가 시대의 특징을 잘 알고 또 평가할 수 있다고, 인간의 본성은 시대에 따라 변한다고 생각한다). "이 시대는 젊은 여성에게 너무 많은 자유가 주어지다보니 아첨을 받는 즐거움이 진실한 감정을 억누르는 수가 있죠. 솔직히 말하자면 나탈리도 그런 데 굉장히 민감하답니다." 다시 나탈리 이야기로 돌아가자 안드레이 공작은 불쾌한 듯 얼굴을 찌푸렸고, 그가 일어서려 하자 베라는 더한층 묘한 미소를 지으며 계속했다.

"나는 그애만큼 아첨을 받는 사람도 없다고 생각해요." 베라는 말했다. "하지만 아주 최근까지만 해도 그애는 누구를 진심으로 사랑한 적이 없어요. 공작, 당신도 알고 계시는," 그녀는 피예르에게로 얼굴을 돌리며 말했다. "우리의 사랑스러운 사촌 보리스 또한 그렇습니다. 우리끼리 하는 이야기지만, 그는 그야말로 사랑의 나라에 들어가서……" 그녀는 유행이었던 사랑의 지도를 암시하며 말했다.

안드레이 공작은 얼굴을 찌푸리고 말없이 있었다.

"당신은 보리스와 친하시죠?" 베라는 그에게 물었다.

"네, 그를 압니다……"

"그가 당신에게 어린 시절 자신과 나타샤의 사랑에 대해서 이야기했겠죠?"

"어린 시절에 사랑이 있었습니까?" 안드레이 공작은 별안간 자기도 모르게 얼굴을 붉히며 물었다.

"네. 사촌 사이의 친밀함이 흔히 사랑이 되곤 하잖아요. 사촌은 위험한 이웃이에요. 그렇지 않은가요?"

"오, 물론 그렇습니다" 하고 말하고 안드레이 공작은 갑자기 부자연스러운 활기를 띠며 자기도 쉰 살이나 된 모스크바의 사촌들과의 교제에 신중해야겠다고 피예르에게 농담을 했고, 도중에 일어서서 피예르의 손을 잡고 옆으로 데려갔다.

"왜 그러십니까?" 이상할 만큼 흥분한 친구의 모습을 놀란 눈으로 바라보던 피예르는 그가 일어서며 나타샤에게 던진 눈빛을 눈치채고 이렇게 물었다.

"나는, 나는 자네에게 꼭 해둘 말이 있어." 안드레이 공작은 말했다. "자네도 아는 그 여성용 장갑 말인데(사랑하는 여성에게 주라고 신입 형제에게 나누어주는 프리메이슨의 장갑을 말하는 것이었다). 나는…… 아니, 아니야, 나중에 이야기하지……" 그러고는 이상한 눈빛을 반짝이며 침착하지 못한 모습으로 나타샤에게 다가가 옆에 앉았다. 피예르는 안드레이 공작이 그녀에게 무엇인가를 묻자 그녀가 얼굴을 붉히며 대답하는 모습을 보았다.

이때 베르그가 피예르에게 다가와서, 스페인 공략에 관해 장군과 대령이 벌이고 있는 논쟁에 동참해달라고 집요하게 부탁했다.

베르그는 흐뭇하고 행복했다. 그의 얼굴에서는 기쁨의 미소가 사라지지 않았다. 야회는 무척 성공적이었고, 그가 봐온 다른 야회와 똑같았다. 모든 것이 같았다. 여자들의 세련된 회화도, 카드놀이도, 목소리를 높이며 카드놀이를 하는 장군도, 사모바르도, 쿠키도 다 똑같았으나, 그가 다른 야회에서 늘 봐왔고 꼭 해보고 싶었던 한 가지가 아직 부족했다. 남자들 사이에서 큰 소리로 일어나는, 무엇인가 중요하고 지적인 것에 대한 논쟁이 없었던 것이다. 그런데 마침 장군이 그런 대화를 시작하자, 베르그는 피예르를 끌어들였다.

22

다음날 안드레이 공작은 일리야 안드레이치 백작의 초대로 로스토 프가에 식사하러 가서 온종일을 보냈다.

안드레이 공작이 누구 때문에 찾아오는 것인지 온 집안사람들이 짐 작했고, 그도 별로 감추지 않고 종일 나타샤와 모든 것을 함께하려 애 썼다. 겁을 내면서도 행복하고 들뜬 나타샤의 마음속에서뿐만 아니라 온 집안에서도 이제부터 일어날 어떤 중대한 일에 대한 두려움이 느껴 졌다. 백작부인은 안드레이 공작이 나타샤와 이야기하고 있을 때는 슬 픔이 어린 엄중하리만큼 진지한 눈으로 그를 지켜보았지만, 그가 자기 쪽을 돌아보면 머뭇거리면서 가장된 어조로 얼른 잡담을 늘어놓았다. 소냐는 나타샤를 혼자 남겨두는 것이 걱정됐으나, 옆에서 방해가 되는 것도 걱정했다. 나타샤는 잠시라도 그와 단둘이 마주앉게 되면, 무서 운 기대 때문에 창백해졌다. 안드레이 공작의 수줍음도 나타샤를 놀라 게 했다. 그녀는 그가 자신에게 무슨 말을 하려 하는데 그 말을 털어놓 을 결심을 하지 못하고 있다는 것을 느꼈다.

그날 밤 안드레이 공작이 돌아가자, 백작부인은 나타샤에게 다가가 속삭였다.

"그래 어땠니?"

"엄마! 제발, 지금은 제게 아무것도 묻지 마세요. 도무지 말을 할 수 가 없어요" 하고 나타샤는 말했다.

그러나 그날 밤 나타샤는 잔뜩 흥분한 채 두려워하며 한곳에 시선을 고정하고 오랫동안 어머니의 침대에 누워 있었다. 그녀는 어머니에게 안드레이 공작이 자기를 칭찬해준 일이며, 그가 외국 여행을 계획하고 있다는 것, 그녀의 가족은 올여름 어디서 지낼 계획이냐고 물었던 것, 보리스에 대해서 물었던 것 등을 이야기했다.

"하지만 이런 일은, 이런 일은…… 지금까지 제게 한 번도 없었던 일이에요!" 그녀는 말했다. "다만 저는 그 사람 옆에 있는 것이 두려워요. 그 사람 옆에 있으면 늘 그래요. 이게 무슨 뜻이죠? 그러니까, 이게 그 진짜 사랑이란 거겠죠. 그렇죠? 엄마, 주무세요?"

"아니, 얘야, 나도 두렵다." 어머니는 대답했다. "가거라."

"어차피 가도 자지 못할 거예요. 자다니요, 말도 안 돼요! 엄마, 엄마, 이런 일은 정말 처음이에요!" 그녀는 자신의 내면에서 의식되는 어떤 감정에 놀라움과 두려움을 느끼며 말했다. "정말 생각지도 못했던 일이에요!……"

나타샤는 오트라드노예의 가로숫길에서 처음 그를 봤을 때 이미 사랑에 빠졌던 것 같은 느낌이 들었다. 그녀는 그때 이미 자신이 선택했던 사람을 지금 다시 만났고(그녀는 그렇다고 굳게 믿었다), 그가 자기에게 무관심하지 않다는, 그 묘하고 생각지 못했던 행복에 놀란 것 같았다. '그래서 그 사람은 우리가 페테르부르크에 있는 동안 여기 와야 했던 것이다. 무도회에서도 우리는 만나야 했던 것이다. 이것은 모두 운명이다. 분명 운명이다. 모든 것이 이렇게 돼야 했던 것이다. 처음 그 사람을 봤을 때부터 나는 특별한 무언가를 느꼈다.'

"그리고 그가 또 무슨 이야기를 하더냐? 그건 무슨 시니? 읽어보렴……" 어머니는 안드레이 공작이 나타샤의 앨범에 쓴 시에 대해 물으며 생각에 잠긴 듯한 어조로 말했다.

"엄마, 그가 홀아비인 게 부끄러울 건 없죠?"

"그만해라, 나타샤. 기도라도 하렴. 결혼은 하늘이 정하시는 거란다."

"내 사랑, 엄마, 전 엄마가 정말 좋아요, 너무 행복해요!" 행복과 흥분이 어린 눈물을 흘리며 그녀는 어머니를 껴안고 외쳤다.

이때 안드레이 공작은 피예르의 방에 앉아 나타샤에 대한 사랑을 고백하고, 그녀와 결혼하겠다는 굳은 결심을 말하고 있었다.

이날 백작부인 옐레나 바실리예브나의 집에서는 성대한 야회가 열려, 프랑스 공사며 최근 자주 백작부인의 집을 찾게 된 대공이며 그 밖의 많은 화려한 신사숙녀가 모여 있었다. 피예르는 아래층으로 내려와 홀을 걸어다녔는데, 손님들은 깊은 생각에 잠긴 멍하고 어두운 그의 얼굴을 보고 놀랐다.

피예르는 무도회 이래 우울증의 발작이 다가오는 것을 느끼고, 그것을 물리치기 위해 필사적으로 애쓰고 있었다. 대공이 아내와 친해진 후 피예르는 뜻하지 않게 시종으로 임명됐고, 그때부터 그는 사교계에 나가면 괴로움과 수치를 느끼게 됐고, 세상이 허무하다는 전부터 품어왔던 암울한 생각이 자주 떠오르게 됐다. 바로 이 무렵 그는 자기의 피보호자인 나타샤와 안드레이 공작 사이의 감정을 알아챘고, 자기와 안드레이 공작의 사정이 정반대라는 것을 생각할수록 더욱 우울해졌다. 그래서 그는 아내에 대해서도, 나타샤에 대해서도, 안드레이 공작에 대해서도 일절 생각하지 않으려 애썼다. 다시 모든 것이 영원에 비하면 보잘것없는 것으로 생각되고 또다시 '왜?'라는 의문이 고개를 들었다. 그리고 그는 밀려오는 사념을 쫓아버리기 위해 아침부터 밤까지 억지로 프리메이슨 일에 몰두했다. 열두시 가까이 되어 백작부인의 방에서 나온 피예르가 담배연기가 자욱하고 천장이 낮은 이층의 자기 방에서 낡은 가운 차림으로 탁자 앞에 앉아 스코틀랜드 프리메이슨의 강령을 베껴 적고 있을 때, 누군가 방으로 들어왔다. 안드레이 공작이었다.

"아아, 당신이군요." 피예르는 멍하고 시무룩한 얼굴로 말했다. "저는 일을 하고 있습니다." 그는 불행한 사람들이 자기 일을 바라볼 때 떠올리는, 이 세상의 불행에서 구원되길 바라는 듯한 표정으로 노트를 가리키며 말했다.

안드레이 공작은 빛나고 환희에 찬, 인생을 새출발하는 얼굴로 피예르 앞에서 발을 멈췄고, 자기 행복의 이기심에 상대방의 슬픈 얼굴을 알아채지 못하고 미소를 지었다.

"자, 여보게." 그는 말했다. "실은 어제 자네에게 얘기하려 했는데, 오늘은 그 일 때문에 일부러 왔네. 나는 지금까지 한 번도 이런 적이 없었지. 여보게, 나는 사랑에 빠졌네."

피예르는 갑자기 무거운 한숨을 내쉬고 안드레이 공작 옆에 있는 소파에 육중한 몸을 던졌다.

"나타샤 로스토바에게, 그렇죠?" 그는 말했다.

"응, 응, 그럼 누구겠나? 나도 도저히 믿기지 않지만, 이 감정은 나를 압도해. 나는 어제도 고민하고 고통스러워했지만, 이건 세상 그 무엇과도 바꿀 수 없는 고민이야. 나는 지금까지 살고 있지 않았어. 이제 비로소 살기 시작했는데, 그녀 없이는 살 수가 없어. 그런데 그녀가 날 사랑할 수 있을까?…… 나는 그녀에 비해 나이가 너무 많고…… 자네 왜 아무 말도 하지 않나?……"

"저요? 저 말입니까? 제가 무슨 할말이 있겠습니까." 피예르는 일어나 방안을 거닐다가 불쑥 말했다. "저는 줄곧 이렇게 생각했습니다……
그 아가씨는 대단한 보물이라고요, 대단한…… 그런 아가씨는 보기
드물죠…… 소중한 친구여, 제발 쓸데없이 따지거나 의심하지 말고
결혼하십시오, 결혼, 결혼하십시오…… 저는 당신보다 행복한 사람은
없을 거라 확신합니다."

"하지만 그녀는?"

"그녀도 당신을 사랑하고 있습니다."

"말도 안 되는 소리 하지 말게……" 안드레이 공작은 미소짓고 피
예르의 눈을 들여다보며 말했다.

"사랑하고 있습니다, 저는 압니다." 피예르는 화난 듯이 소리쳤다.

"아니, 좀 들어주게" 하고 안드레이 공작은 그의 손을 잡으며 말했
다. "자네는 내가 지금 어떤 상태인지 아나? 누구한테든 전부 이야기
해야만 해."

"자, 자, 이야기하십시오, 전 정말 기쁘게 생각합니다." 피예르는 이
렇게 말했고, 실제로 표정이 변하며 굵은 주름살이 사라지고 기쁜 듯
이 안드레이 공작의 이야기에 귀를 기울였다. 안드레이 공작도 전혀
다른 새로운 사람이 된 듯했고, 사실이 그랬다. 그의 우수, 삶에 대한
경멸과 환멸은 어디로 사라져버린 걸까? 피예르는 안드레이 공작이 속
마음을 털어놓고 싶은 유일한 사람이고, 그렇기에 마음속의 모든 것을
남김없이 털어놓았다. 그는 서슴지 않고 대담하게 먼 장래의 계획을
세웠고, 아버지의 변덕에 자신의 행복을 희생할 수는 없으므로 어떡하
든 아버지의 승낙을 얻어내고 그녀를 사랑하게 만들 것이며, 만약 아
버지의 승낙이 없더라도 개의치 않을 거라고 말했고, 지금 자신을 사

로잡은 감정이 이상하고 자기와 아무 상관이 없는 별개의 감정이라는 듯이 놀라워했다.

"예전 같으면 내가 이런 사랑에 빠질 거라고 누가 말했더라도 절대 믿지 않았을 거야." 안드레이 공작이 말했다. "한 번도 느껴보지 못했던 감정이야. 지금 내게는 온 세계가 둘로 나뉘어 있어. 하나는 그녀가 있는, 온갖 행복과 희망과 빛이 있는 곳이고, 다른 하나는 그녀가 없는, 우울과 어둠뿐인 곳이지……"

"어둠과 암흑이죠" 하고 피예르는 말했다. "그렇습니다, 그렇습니다, 저도 이해합니다."

"나는 빛을 사랑하지 않을 수 없었어, 그건 내 잘못이 아니야. 그래서 난 너무도 행복해. 내 기분을 알겠나? 자네가 기뻐해준다는 걸 나는 알아."

"그럼요, 그럼요." 피예르는 감격과 우울이 깃든 눈으로 친구를 바라보며 맞장구쳤다. 안드레이 공작의 운명이 빛나 보일수록 그 자신의 운명은 더욱 우울해 보였다.

23

결혼하려면 아버지의 승낙이 필요했기 때문에 안드레이 공작은 다음날 아버지를 만나러 갔다.

아버지는 겉으로는 침착해 보였지만 내심 분노를 느끼며 아들의 이야기를 들었다. 그는 자기 인생이 거의 끝나가는 때에 누군가가 그것을 바꾸고 새로운 것을 집어넣으려 하는 것을 용납할 수 없었다. '살아 있는 동안은 내가 원하는 방식대로 살게 놔둬, 그뒤에 원하는 걸 하란 말이다.' 노인은 자신에게 말했다. 그러나 상대가 아들인지라, 그는 중요한 경우에 쓰는 외교적인 수단을 썼다. 그는 냉정한 태도로 이 일을 곰곰이 따져보았다.

첫째, 이 결혼은 문벌, 재산, 지위를 따질 때 훌륭하달 수 없다. 둘째, 안드레이 공작은 이미 한창때를 지나 몸도 약한데(노인은 특히 이 점을 강조했다), 여자는 몹시 젊다. 셋째, 이쪽에는 아이가 있는데, 아이를 어린 처녀에게 맡기는 건 못할 노릇이다. 끝으로 넷째, 아버지는 비웃는 눈으로 아들을 바라보며 말했다. "부탁한다만, 이 이야기는 일 년 후에 하기로 하고, 외국에 나가보는 게 어떻겠니, 치료도 받고, 네가 원하던 대로 니콜라이 공작을 위해 독일인 가정교사도 구하고, 그런 다음에도 그 사랑인지 정열인지 집착인지, 아무튼 뭐가 됐든 그런 것이 여전히 대단하거든, 그때 결혼해라. 이것이 내 마지막 말이다, 알겠니, 마지막이야……" 공작은 어떤 것도 이 결심을 바꿀 수 없다는 듯한 어조로 말을 맺었다.

안드레이 공작은 노인이 아들과 신부가 될 여자의 감정이 일 년의 시련을 이겨내지 못할 거라 생각하고 있고, 어쩌면 그전에 노공작 자신이 죽을 거라고 예상한다는 것을 분명히 깨달았으므로 아버지 뜻에 따르기로 결심했고, 청혼은 하되 결혼은 일 년 미루기로 했다.

로스토프가에서 보낸 마지막 밤으로부터 삼 주가 지나 안드레이 공작은 페테르부르크로 돌아왔다.

어머니에게 고백한 다음날, 나타샤는 하루종일 볼콘스키를 기다렸지만 그는 오지 않았다. 다음날도 그다음날도 마찬가지였고, 피예르도 오지 않았으므로, 안드레이 공작이 아버지에게 갔다는 것을 모르는 나타샤는 그가 오지 않는 이유를 설명할 수 없었다.

그렇게 삼 주가 흘렀다. 나타샤는 아무데도 가고 싶지 않고 아무것도 손에 잡히지 않았고, 풀 죽은 모습으로 그림자처럼 이 방 저 방을 돌아다녔으며, 밤이면 남몰래 눈물을 흘리고, 밤마다 어머니를 찾아가던 것도 그만두었다. 그녀는 줄곧 얼굴을 붉힌 채 짜증을 부렸다. 모두가 자기의 실망을 알고, 웃으면서 가엾어하는 것만 같았다. 내면의 슬픔에 허영심에서 비롯된 슬픔이 더해져 고통은 더욱 심해졌다.

어느 날 그녀는 백작부인에게 무슨 말을 하려다가 느닷없이 눈물을 쏟았다. 그녀의 눈물은 왜 벌을 받는지도 모르고 혼나는 아이의 눈물 같았다.

백작부인은 나타샤를 달래기 시작했다. 나타샤는 처음에는 어머니의 말에 귀를 기울였으나, 갑자기 그녀의 말을 가로막았다.

"그만하세요, 엄마, 전 아무렇지 않고, 생각하고 싶지도 않아요! 그래요, 잠깐 다니다가 관뒀을 뿐이에요, 관뒀을 뿐이라고요……"

그녀의 목소리는 떨리고 당장이라도 울 것 같았지만, 마음을 가라앉히고 조용히 말을 이었다.

"그리고 전 정말 결혼할 마음이 없어요. 그 사람이 두려워요. 지금 전 완전히 안정됐어요……"

이런 이야기가 오간 다음날 아침, 나타샤는 입으면 기분이 좋아져서 유난히 정답게 느껴지는 낡은 옷을 꺼내 입고, 무도회 이래 돌아보지도 않았던 이전의 생활 방식을 아침부터 따랐다. 그녀는 차를 마신 뒤, 공명이 잘돼서 유독 좋아하는 홀로 가서 솔페지오(성악 연습)를 부르기 시작했다. 첫 곡을 부른 뒤 홀 한가운데서 발을 멈추고는 아주 좋아하는 곡의 한 악절을 되풀이했다. 그녀는 다양한 음색으로 홀의 공간을 꽉 채웠다가 천천히 사라지는(마치 이것을 예상하지 못한 듯이) 소리의 황홀함에 즐겁게 귀기울였고, 그러자 갑자기 즐거워졌다. '그 일을 너무 생각할 필요는 없어, 이대로도 좋기만 한걸.' 그녀는 자신에게 이렇게 말하고, 세공한 조각나무를 깐 잘 울리는 마룻바닥의 홀을 평소처럼 걷지 않고 발뒤꿈치에서 발끝으로 내디디며(그녀는 좋아하는 새 구두를 신고 있었다) 이리저리 거닐기 시작했고, 뒤꿈치에서 규칙적으로 울리는 뚜벅거리는 소리와 발끝에서 울리는 또각거리는 소리를 자신의 노랫소리처럼 즐겁게 듣고 있었다. 그녀는 거울 옆을 지나다가 힐끔 들여다보았다. '저게 바로 나야!' 자기를 바라보는 그녀의 표정은 이렇게 말하는 것 같았다. '그래, 훌륭해. 나는 아무도 필요 없어.'

하인이 홀을 청소하러 들어오려고 했으나 나타샤는 들이지 않았고, 하인이 돌아가자 다시 문을 닫고 계속 거닐었다. 이날 아침 그녀는 자신에 대한 사랑으로, 자신에 대한 환희로, 자신이 좋아하는 그 감정 상태로 되돌아갔다. "나타샤는 어쩌면 그렇게 아름다울까!" 그녀는 또다시 자신을 삼인칭으로 부르며 남자 말투로 말했다. "아름답고, 목소리도 좋고, 젊고, 남에게 피해를 주지 않지. 제발 이 아가씨 좀 가만 내버려두게." 그러나 아무리 가만 내버려두어도 그녀는 가만있을 수 없었고, 자신도 곧 그것을 느꼈다.

현관방 쪽 문이 열리더니 누군가 계십니까? 하고 묻는 소리에 이어 발소리가 들렸다. 나타샤는 거울을 보고 있었지만, 자기 모습은 눈에 들어오지 않았다. 그녀는 현관방 쪽에서 나는 소리에 귀를 모았다. 그리고 자기 모습을 보았는데, 얼굴이 창백했다. 그가 온 것이었다. 닫힌 문 저쪽에서 목소리만 어렴풋이 들렸지만, 틀림없다고 확신했다.

나타샤는 창백하고 당황한 얼굴로 객실로 달려갔다.

"엄마, 볼콘스키가 오셨어요!" 그녀는 말했다. "엄마, 난 무서워요, 견딜 수가 없어요! 난 싫어요…… 고민하는 건! 어떡해야 하죠?……"

백작부인이 대답도 하기 전에 벌써 안드레이 공작이 근심 어린 심각한 얼굴로 객실에 들어왔다. 나타샤를 보자 그의 얼굴은 금세 환해졌다. 그는 백작부인과 나타샤의 손에 키스하고, 소파 한쪽에 앉았다……

"참 오래간만입니다……" 백작부인이 말문을 열자, 안드레이 공작은 그 물음에 대답하는 동시에 자신이 해야 할 말을 서둘러 하려는 듯 부인의 말을 가로막았다.

"오랫동안 들르지 못했던 것은, 실은 아주 중요한 문제를 말씀드리기 위해 아버지께 다녀왔기 때문입니다. 저는 어젯밤에 돌아왔습니다." 나타샤의 얼굴을 바라보며 그는 말했다. "상의드릴 일이 있습니다, 백작부인." 잠시 침묵한 뒤 그는 덧붙였다.

백작부인은 무거운 한숨을 내쉬고 눈길을 떨어뜨렸다.

"말씀하세요." 그녀는 말했다.

나타샤는 자리를 피해야 하는 것을 알았지만 그럴 수가 없었고, 무언가로 목을 죄는 듯한 기분을 느끼면서 무례하게도 눈을 휘둥그레 뜨고 똑바로 안드레이 공작을 바라보았다.

'지금? 지금 여기서!…… 아냐, 그럴 리는 없어!' 그녀는 생각했다.

그는 다시 그녀를 바라보았고, 이 눈길은 그녀의 생각이 틀리지 않았다는 것을 확신시켰다. 그렇다, 지금 이 순간, 그녀의 운명이 결정되려 하고 있었다.

"자리를 피해주렴, 나타샤, 나중에 부를 테니까." 백작부인은 속삭이듯 말했다.

나타샤는 겁에 질리고 애원하는 듯한 눈빛으로 안드레이 공작과 어머니를 바라보고 방에서 나갔다.

"백작부인, 저는 따님에게 청혼하기 위해 왔습니다." 안드레이 공작이 말했다.

백작부인은 별안간 얼굴을 붉혔고, 한참 동안 아무 말도 하지 않았다.

"당신의 청혼은……" 마침내 백작부인이 침착하게 말하기 시작했다. 그는 그녀의 눈을 바라보며 잠자코 있었다. "당신의 청혼은…… (그녀는 주춤거렸다) 우리는 기쁩니다, 그리고…… 나는 당신의 청혼을 수락합니다, 기쁘군요. 바깥주인도…… 아마…… 하지만 이런 일은 본인 뜻에 달려 있으니까……"

"전 부인의 승낙을 얻고 나서 본인에게 말할 생각입니다…… 허락해주시겠습니까?" 안드레이 공작은 말했다.

"네." 백작부인은 대답하고 손을 내밀었고, 안드레이 공작이 그녀의 손 위로 몸을 굽혀 키스하자, 그녀는 서먹함과 상냥함이 뒤섞인 기분으로 그의 이마에 입술을 갖다 댔다. 그녀는 그를 아들처럼 사랑해주고 싶었으나, 왜 그런지 그가 낯설고 무서운 사람처럼 느껴졌다.

"바깥주인도 허락하시리라 믿습니다만," 백작부인은 말했다. "당신의 아버님은……"

"아버지께 제 계획을 말씀드렸더니, 결혼을 일 년 안에 하지 않는 것을 승낙의 전제 조건으로 제의하셨습니다. 이것도 미리 알려드리려고 했습니다."

"나타샤가 아직 어리기는 합니다만, 그건 너무 길군요!"

"이것만은 어쩔 수가 없었습니다." 안드레이 공작은 한숨지으며 말했다.

"그럼 그애를 당신에게 보내겠어요." 백작부인은 말하고 방에서 나갔다.

"주여, 우리에게 자비를 베푸소서." 백작부인은 딸을 찾으며 연신 되풀이했다. 소냐가 나타샤는 침실에 있다고 알렸다. 나타샤는 창백한 얼굴로 침대에 앉아 메마른 시선으로 성상을 바라보며 빠르게 성호를 긋고 입속말을 중얼거리고 있었다. 어머니를 보자 그녀는 벌떡 일어나 달려갔다.

"뭐예요? 엄마?…… 뭐예요?"

"가봐라, 그 사람한테 가봐. 그 사람이 네게 청혼했다." 나타샤는 이렇게 말하는 어머니의 어조가 냉랭하다고 느꼈다…… "가봐…… 가봐." 어머니는 달려가는 딸 뒤에서 슬픔과 비난이 어린 목소리로 말하고 무겁게 한숨을 내쉬었다.

나타샤는 자신이 객실까지 어떻게 왔는지 몰랐다. 문 안으로 들어가 그를 보자, 그녀는 멈췄다. '정말 이 낯선 타인이 이제부터 나의 전부가 되는 걸까?' 그녀는 자신에게 물었고, 즉시 대답했다. '그래, 전부이고, 이제부터 내게는 이 사람만이 세상에서 가장 소중해.' 안드레이 공작은 눈길을 떨어뜨린 채 그녀에게 다가갔다.

"나는 처음 본 순간부터 당신을 사랑했습니다. 희망을 가져도 될까요?"

그는 그녀를 바라보았고, 열정이 깃든 그녀의 진지한 얼굴을 보고 놀랐다. 그녀의 얼굴은 이렇게 말하고 있었다. '왜 그런 걸 묻죠? 모를 수 없는 걸 왜 의심하죠? 느끼는 것을 말로 표현할 수도 없으면서 왜 말을 하나요.'

그녀는 그에게 다가가 멈춰 섰다. 그는 그녀의 손을 잡고 키스했다.

"당신은 나를 사랑합니까?"

"네, 네." 나타샤는 안타까운 듯이 대답하고 큰 소리로 한숨을 내쉬었고, 다시 한번, 또 한번 하더니 마침내 울음을 터뜨리고 말았다.

"왜 그래요? 무슨 일입니까?"

"아아, 난 정말 행복해요." 그녀는 이렇게 말하고 눈물을 글썽이며 미소지었고, 그에게 더 가까이 다가가, 이렇게 해도 괜찮을지 자문하듯 잠시 생각하더니 갑자기 그에게 키스했다.

안드레이 공작은 그녀의 두 손을 잡고 눈을 들여다보았으나, 자신의 마음속에서 그녀에 대한 지금까지의 사랑을 찾을 수 없었다. 그의 마음은 별안간 완전히 바뀌어, 예전의 시적이고 신비로운 희망의 매혹이 사라진 자리에, 그녀의 여성스럽고 아이 같은 연약함을 가련해하는 마음, 그녀의 헌신과 믿음에 대한 두려움, 그녀를 자신과 영원히 결합시킨다는 괴로우면서도 기쁜 의무의 자각이 들어섰다. 예전처럼 환하고 시적인 것은 아니었지만, 이 감정은 한결 진지하고 강력했다.

"일 년 내에는 할 수 없다고 어머님이 말씀하셨습니까?" 여전히 그녀의 눈을 들여다보며 안드레이 공작은 물었다.

'이게 정말 내가 맞을까, 그 말괄량이 소녀가 맞을까(모두들 나에 대해 그렇게 말하니까),' 나타샤는 생각했다. '내가 정말 이 순간부터, 내 아버지도 존경하는 이 사람과, 지금까지 나와 아무런 인연도 없었던 친절하고 총명한 이 사람과 동등한 권리를 갖는 아내가 되는 걸까? 정말 그것이 사실일까? 이제부터는 인생을 장난처럼 살 수 없어, 나는 이제 어른이니까 앞으로는 내 모든 말과 행동에 책임을 져야겠지? 아, 내게 뭘 물으셨는데?'

"아니요" 하고 그녀는 대답했으나 실은 뭘 물었는지 몰랐다.

"미안하지만," 안드레이 공작은 말했다. "당신은 너무 젊고, 나는 이미 삶을 많이 경험했죠. 나는 당신이 걱정됩니다. 당신은 자기 자신을 모르니까요."

나타샤는 주의를 집중해서 들었지만, 그 말의 의미를 이해할 수 없었다.

"내 행복을 연기하는 이 일 년은 내게 무척 괴롭겠지만," 안드레이 공작은 말을 이었다. "당신에게는 자신을 확인할 수 있는 시간이 될 겁니다. 부디 일 년 뒤에 내게 행복을 주길 바라지만, 나는 우리의 약혼을 비밀에 부칠 것이며, 당신은 자유로운 몸이니 만약 나를 사랑하지 않는다는 확신이 서거나 혹시 다른 사람을……" 안드레이 공작은 부자연스러운 미소를 지으며 말했다.

"왜 그런 말을 하세요?" 나타샤는 그의 말을 가로막았다. "당신이 처음 오트라드노예에 오셨던 그날부터 내가 당신을 사랑했다는 걸 아시잖아요." 그녀는 자기가 하는 말이 진실이라고 굳게 믿으며 말했다.

"일 년 동안 당신은 자신을 알게 될 겁니다……"

"일 년이나요!" 이제야 비로소 결혼이 일 년 연기된 것을 알고 그녀는 불쑥 외쳤다. "어째서 일 년이에요? 왜 일 년이나요?……" 안드레이 공작은 연기된 이유를 설명하기 시작했다. 그러나 나타샤는 그의 말을 듣고 있지 않았다.

"다른 방법은 없나요?" 그녀는 물었다. 안드레이 공작은 아무 대답도 하지 않았지만, 그의 얼굴은 이 결정을 자기 힘으로는 바꿀 수 없다고 말하고 있었다.

"그건 무서운 일이에요! 아니에요, 그건 무서운 일이에요, 무서운 일이에요!" 그녀는 갑자기 이렇게 외치고 흐느끼기 시작했다. "일 년이나 기다린다면 난 죽고 말 거예요, 그럴 순 없어요, 무서운 일이에요." 그녀는 약혼자의 얼굴을 바라보았고, 그의 얼굴에 떠오른 연민과 혼란의 빛을 보았다.

"아니에요, 아니에요, 난 무슨 일이든 하겠어요." 갑자기 울음을 그치고 그녀는 말했다. "난 정말 행복해요!"

아버지와 어머니가 방으로 들어와 신랑 신부를 축복했다.

이날부터 안드레이 공작은 약혼자로서 로스토프가에 드나들었다.

24

약혼식은 없었고, 볼콘스키와 나타샤의 약혼 사실은 아무에게도 알리지 않았는데, 그러자고 주장한 것은 안드레이 공작이었다. 그는 연기된 원인이 자신에게 있으니 그 괴로움도 자신이 짊어져야 한다고 말했다. 자신은 자신의 말로 영원히 자신을 속박하지만 나타샤를 속박할 생각은 없으며, 그녀에게 완전한 자유를 준다고도 했다. 만약 반년 후에 그녀가 자기를 사랑하지 않는다고 거절하더라도, 그것은 당연한 그녀의 권리라고 말했다. 물론 나타샤도 양친도 그런 말은 들으려고도 하지 않았지만, 안드레이 공작은 계속해서 주장했다. 안드레이 공작은 날마다 방문했지만, 나타샤에게 약혼자처럼 행동하지 않고 당신이라고 부르고 키스도 손에만 했다. 그러나 청혼한 날부터 안드레이 공작과 나타샤는 이전과는 전혀 다른 친밀하고 허물없는 사이가 되었다. 마치 지금까지 서로를 모르던 사이 같았다. 그도 그녀도 그들이 아무 사이도 아니었을 무렵에 서로를 어떻게 생각했는지 즐겨 회상했는데, 지금은 스스로를 전혀 다른 사람처럼 느끼고 있고, 그때는 어색했지만 지금은 편안하고 진지한 사이가 되었다고 생각했다. 처음에는 안드레이 공작이 전혀 다른 세계에서 온 사람 같아 불편해하던 가족들도 나타샤가 오랜 시간에 걸쳐 가족들과 안드레이 공작이 친해지도록 애쓰고, 그가 좀 특별한 데가 있어 보이지만 사실 우리 모두와 똑같은 인간이라고, 자신은 그가 두렵지 않고 다른 사람들 역시 그럴 필요 없다고 자못 자랑스러운 듯이 말하자 설득되었다. 며칠 지나 가족들은 그에게 익숙해져서 그가 있을 때도 전처럼 부담 없이 생활하게 됐으며, 안드레이 공작도 그들과 함께했다. 그는 백작과는 집안 재정에 대해 이야기하고, 백작부인과 나타샤와는 의상에 대해 이야기하고, 소냐와는 앨범과 자수에 대해 이야기할 수 있었다. 때때로 로스토프가 사람들은 가족끼리 있건 안드레이 공작이 있건 이번 일의 경위를 이야기하며 분명한 징조가 있었다고 다시금 신기하게 여겼는데, 안드레이 공작이 오트라드노예를 방문한 일이며, 로스토프가가 상경한 일이며, 안드레이 공작이 처음 왔을 때 유모가 알아챈 안드레이 공작과 나타샤의 유사점이며, 1805년에 안드레이와 니콜라이가 충돌했던 일 등 그 밖에도 몇 가지 징조를 찾아냈다.

약혼한 남녀가 있는 자리에 반드시 뒤따르기 마련인 시적인 지루함과 침묵이 집안을 지배하고 있었다. 모여 앉아 모두가 침묵을 지킬 때도 종종 있었다. 때때로 모두 일어나 나가고 약혼한 남녀만 남아도 침묵은 여전했다. 미래에 대해 이야기하는 일도 별로 없었다. 안드레이는 그런 말을 꺼내기가 두렵고 쑥스러웠다. 나타샤는 그의 감정을 전부 헤아리고 있었으므로, 그 기분도 알고 있었다. 나타샤는 그에게 아들에 관해 물은 적이 있었다. 안드레이 공작은 곧잘 얼굴을 붉혔고, 나타샤는 그것이 유독 정겨웠는데, 그때도 그는 얼굴을 붉히며 아들은 그들과 함께 살지 않을 거라고 말했다.

"어째서요?" 나타샤는 깜짝 놀라서 물었다······

"할아버지한테서 그애를 뺏을 수 없고 게다가······"

"내가 정말 사랑해줄 텐데요!" 이내 그의 마음을 헤아린 나타샤는 이렇게 말했다. "하지만 알겠어요, 당신은 당신과 내가 남들의 비난을 살 만한 구실을 만들고 싶지 않은 거겠죠."

노백작은 이따금 안드레이 공작 곁으로 와서 키스하고는, 페탸의 교육과 니콜라이의 근무에 대해 조언을 구했다. 노백작부인은 그들을 바라보며 한숨을 내쉬었다. 소냐는 줄곧 그들에게 방해가 되지 않을까 염려하면서 그럴 필요가 없을 때도 두 사람만 남겨둘 구실을 찾느라 애썼다. 나타샤는 안드레이 공작이 무슨 이야기를 하면(그는 이야기를 아주 잘했다) 자랑스러운 듯이 귀를 기울였고, 자신이 이야기할 때 그가 주의깊게 시험하는 듯이 골똘히 바라보는 것을 알아채고는 기쁨과 두려움을 느꼈다. 그녀는 당황하며 자신에게 물었다. '그는 내 안에서 무엇을 찾는 걸까? 저 시선은 무엇을 찾는 걸까? 저 시선이 찾는 것이 내게 없으면 어떡하지?' 이따금 그녀는 천성인 듯한 정신없이 들뜬 기분에 사로잡힐 때가 있었고, 그럴 때 안드레이 공작의 웃음과 웃음소리를 보고 듣는 것이 좋았다. 안드레이 공작은 잘 웃지 않았지만 한번 웃음이 터지면 온몸으로 웃는 듯했고, 나타샤는 그런 웃음 뒤에는 언제나 그와 더 가까워진 느낌이 들었다. 차차 다가오는 이별을 생각하는 마음이 그녀를 위협하지 않았다면 그녀는 더없이 행복했을 것이다.

페테르부르크를 떠나기 전날 안드레이 공작은 무도회 후로 한 번도 로스토프가를 찾지 않았던 피예르를 데리고 왔다. 피예르는 당황해서 얼떨떨한 얼굴을 하고 있었다. 그는 어머니와 이야기를 나눴다. 나타샤는 소냐와 함께 체스 탁자 앞에 앉아, 그것을 구실로 안드레이 공작을 자기 옆으로 부르려고 했다. 안드레이 공작이 그쪽으로 다가갔다.

"당신은 전부터 베주호프를 알고 있었죠?" 그는 물었다. "그를 좋아합니까?"

"그럼요. 좋은 분이죠, 하지만 무척 우스꽝스러워요."

그리고 그녀는 피예르에 대해 말할 때 늘 그랬듯 그의 산만함에 관한 일화들을 이야기했는데, 그중에는 그녀가 지어낸 이야기도 있었다.

"실은 그에게 우리의 비밀을 모두 이야기했습니다." 안드레이 공작은 말했다. "나는 어렸을 때부터 그를 알았어요. 그는 황금 같은 마음씨를 지닌 사람입니다. 나는 당신에게 부탁이 있어요, 나탈리" 하고 그는 갑자기 진지한 얼굴로 말했다. "나는 떠납니다. 앞으로 어떤 일이 생길지는 신만이 아실 겁니다. 어쩌면 당신의 사랑이 식어서…… 아, 이런 말은 하면 안 되는데 그랬군요. 다만 말해두고 싶은 건, 내가 없는 동안 어떤 일이 생긴다면……"

"어떤 일이 생긴다는 거예요?……"

"어떤 슬픔이 있더라도," 안드레이 공작은 계속했다. "마드무아젤 소피, 당신에게도 부탁합니다. 설령 어떤 일이 생기더라도, 그에게만은 도움과 조언을 구하도록 해요. 무척 산만하고 우스꽝스럽긴 하지만 정말 황금 같은 마음씨를 지닌 사람이니까요."

약혼자와의 이별이 나타샤에게 어떤 영향을 줄 것인지는 아버지도 어머니도 소냐도, 안드레이 공작 자신도 예측할 수 없었다. 이날 그녀는 얼굴이 상기되고, 흥분하고, 메마른 눈으로 집안을 걸어다니면서 자기 눈앞에 닥친 일이 무엇인지 이해하지 못한 듯이 아무 쓸모도 없는 일에 손을 댔다. 그가 작별 인사를 하며 마지막으로 그녀의 손에 키스했을 때도 그녀는 울지 않았다.

"가지 마세요!" 그녀는 이렇게만 말했지만, 안드레이 공작은 자기도 모르게 정말 그냥 머물러야 할지 생각했고, 그후로도 오랫동안 이 음성을 기억했다. 그가 떠났을 때도 나타샤는 울지 않았고, 며칠 동안 울지도 않고 방에 틀어박혀 모든 일에 흥미를 잃은 듯한 얼굴로 그저 이따금 '아아, 왜 그는 떠나버렸을까?' 하고 혼잣말을 할 뿐이었다.

그러나 그가 떠나고 이 주 후, 주위 사람들에게도 뜻밖의 일이었지만 그녀는 마음의 상처를 완전히 극복한 듯 예전의 그녀로 돌아갔는데, 오랜 병상에서 일어난 아이의 안색이 변하는 것처럼 그녀의 마음의 모습도 변해 있었다.

25

　니콜라이 안드레이치 볼콘스키 공작의 건강과 성격은 아들이 떠난 그해부터 눈에 띄게 나빠졌다. 그는 전보다 더 화를 잘 냈고, 까닭 모를 분노의 폭발은 주로 공작영애 마리야에게 떨어졌다. 그는 마치 되도록 잔인하게 딸을 정신적으로 괴롭히기 위해 아픈 데를 찾아내려는 것 같았다. 공작영애 마리야에게는 두 가지 열정, 즉 조카인 니콜루시카와 종교라는 두 가지 즐거움이 있었는데, 이 두 가지가 모두 공작에게는 공격과 조소의 표적이 되었다. 그는 무슨 이야기가 나오든 곧바로 노처녀의 미신이라느니, 아이를 버릇없게 만든다는 것으로 말머리를 돌렸다. "너는 저애(니콜루시카)를 너 같은 노처녀로 만들고 싶은 모양이지만, 그건 안 된다. 안드레이 공작에게 필요한 건 아들이지 계집애가 아니거든" 하고 그는 말했다. 혹은 공작영애 마리야가 보는 앞에서 *부리엔* 양에게 러시아 사제들과 성상을 좋아하느냐고 묻고 빈정댔다……

　그는 공작영애 마리야를 끊임없이 지독하게 모욕했지만, 딸은 아버지를 용서하려고 일부러 애쓰지 않았다. 대체 아버지가 딸에게 나쁜 짓을 할 수 있을까, 딸을 사랑하는 아버지가(그녀도 그것을 알고 있었다) 불공평한 일을 할 수 있을까? 그리고 대체 공평이 무엇인가? 공작영애는 공평이라는 오만한 말에 대해 생각해본 적이 없었다. 인류의 온갖 복잡한 법칙도 그녀에게는 한낱 단순하고 명백한 법칙—사랑과 헌신—에 집약되어 있었고, 그것은 인류를 위해 사랑으로 고통을 받은 존재인 신이 우리에게 가르쳐준 것이었다. 사람들 사이의 공평과 불공평 같은 것이 그녀와 무슨 상관이 있을까? 그녀는 몸소 고통받고 또한 사랑해야 한다고 생각하고 그것을 실행하고 있었던 것이다.

겨울이 되어 안드레이 공작은 리시예 고리에 왔고, 그는 공작영애 마리야가 오랫동안 보지 못했다고 생각했을 만큼 쾌활하고 상냥하고 부드러웠다. 그녀는 오빠에게 무슨 일이 있었다고 짐작했지만, 그는 자기의 사랑에 대해서는 아무 말도 하지 않았다. 떠나기 전 안드레이 공작은 아버지와 오랫동안 이야기를 했고, 공작영애 마리야는 두 사람이 서로에게 불만이 있다는 것을 알아챘다.

안드레이 공작이 떠난 뒤 곧 공작영애 마리야는 리시예 고리에서 페테르부르크에 있는 친구 쥘리 카라기나에게 편지를 보냈는데, 처녀들이 흔히 그렇듯 공작영애 마리야가 오빠의 아내로 상상해오던 쥘리는 당시 터키에서 전사한 오빠의 상중이었다.

사랑스럽고 다정한 친구 쥘리, 슬픔은 우리의 공통된 운명 같습니다.

당신의 상심을 생각하면 너무나 무섭지만, 그것은 당신과 당신의 훌륭하신 어머님을 시험하시려는—당신들을 사랑하시는—하느님의 특별한 자비라고밖에 달리 설명할 수가 없습니다. 아아, 나의 벗이여, 우리를 절망에서 구하는 것은 종교이고, 아니 종교뿐이고, 오직 종교만이 위로가 된다고 할 수는 없지만 종교의 도움 없이는 우리 인간에게 이해되지 않는 것들을 설명할 수가 없으며, 삶 속에서 행복을 발견할 줄 알고, 아무에게도 해를 끼치지 않고, 남의 행복을 위해서는 없어서는 안 될 선량하고 고결한 사람들이 하느님 곁으로 불려가고, 악하고 무익하고 해만 끼치는 인간과 자신에게도 남에게도 무거운 짐이 되는 사람들만이 살아남는 이유를 설명해줄 수 있는 것도 종교뿐입니다. 내가 처음으로 목격했고 절대로 잊을 수 없는 죽음, 사랑하는 올케의 죽음도 내게 그런 인상을 남겼습니다. 당신도 그 훌륭한 오빠가 왜 죽어야 하느냐고 운명을 책망하겠지만, 나역시 남에게 나쁜 짓을 한 적이 없고 마음속에 선량한 생각 말고는 가져본 적도 없었던 그 천사 리자가 왜 죽어야 하느냐고 하느님에게 물었었습니다. 하지만 나의 벗이여, 어떤가요? 그로부터 오 년이 지난 지금은 별로 슬기롭지 못한 나도 이제 그녀가 무엇 때문에 죽어야 했는지, 어째서 그 죽음이 창조주의 그지없는 자비의 표현인지를 명백히 깨닫기 시작했어요. 창조주의 행위는 우리에게는 대부분이 이해되지 않지만, 그것은 자기 창조물에 대한 무한한 사랑의 표현이라는 것을요. 리자는 어머니로서 짊어져야 하는 모든 의무를 지기에는 지나칠 만큼 천사처럼 순결한 사람이었다고 나는 생각합니다. 젊은 아내로서는 흠잡을 데 없었지만, 어머니가 될 수는 없었던 사람이라고요. 그녀는 우리에게, 특히 안드레이 공작에게 더없이 순결한 애도와 추억을 남겨놓았을 뿐만 아니라, 분명 저세상에서도 나 같은 사람은 감히 바랄 수도 없는 지위를 받았을 거예요. 굳이 그녀를 언급하지 않더라도 이 같은 무서운 요절은 슬픈 일이지만, 나와 오빠에게 아주 좋은 영향을 미쳤습니다. 그녀를 잃은 당시에는 이런 생각을 떠올릴 수 없었고, 떠올랐더라도 겁에 질려 멀리 쫓아버렸을 테지만, 지금은 너무나 명백하고 확실합니다. 나의 벗이여, 내가 이런 글을 쓰는 것은 하느님의 의지 없이는 머리카락 한 올도 사람의 머리에서 그냥 떨어지지 않는다는, 내게는 삶의 계율이 된 복음서의 진리를 당신에게 납득시키고 싶기 때문입니다. 그리고 하느님의 의지는 우리에 대한 무한한 사랑에 의해서만 인도되므로, 설령 무슨 일이 일어나더라도 우리에게 일어나는 모든 일은 우리의 행복입니다. 당신은 우리가 올겨울에 모스크바에서 지내느냐고 물으셨죠? 당신을 보고 싶은 마음은 간절하지만, 나는 그것을 생각지도 바라지도 않습니다. 그 이유가 부오나파르테라고 하면 당신은 아마 깜짝 놀라겠죠. 이유는 아버지의 건강이 눈에 띄게 나빠지고, 남의 말대꾸를 참지 못하고, 몹시 화를 내시기 때문입니다. 그 화는 아시다시피 주로 정치 문제를 향하고 있습니다. 아버지는 부오나파르테가 유럽의 모든 황제, 특히 예카테리나 여제의 손자이신 우리 황제와 동등한 듯이 행동하려는 것을 못마땅해하십니다! 아시다시피 정치에 무관심한 나도 아버지 말씀이나 아버지와 미하일 이바노비치의 대화를 듣고 지금 세상에서 일어나는 모든 일, 특히 부오나파르테가 커다란 존경을 받고 있다는 것을 알게 됐지만, 그 사람도 온 지구상에서 이 리시예 고리에서만큼은 아직 위인으로 인정받지 못하며, 프랑스 황제로서는 더더구나 인정받지 못하는 것 같습니다. 아버지는 이것을 참지 못하시는 거예요. 아버지는 당신의 정치적 견해도 있고 누구 앞에서든 거리낌없이 의견을 말씀하시는 분이라 분명 충돌을 피할 수 없을 거라 예상하시고, 모스크바로 가는 것을 망설이고 계신 것 같습니다. 모스크바에 간다면, 아버지는 모처럼 얻은 요양의 효과를 틀림없이 일어날 부오나파르테에 대한 논쟁으로 분명 모두 잃으시고 말 거예요. 어쨌든 이건 곧 결정될 겁니다. 우리 가족의 생활은 안드레이 오빠가 돌아온 것을 빼놓고는 전과 똑같습니다. 언젠가도 썼듯, 그는 요즘 정말 많이 달라졌어요. 그 슬픔 이래, 금년에야 비로소 오빠는 정신적으로 완전히 소생했습니다. 오빠는 내가 어렸을 때 알았던 그 친절하고 상냥하고 비길 사람이 없을 만큼 황금 같은 마음씨를 지닌 사람으로 돌아왔습니다. 그는 자기 인생이 아직 끝나지 않았다는 것을 깨달은 것 같아요. 그러나 이 정신적인 변화와 더불어 육체적으로는 몹시 쇠약해졌습니다. 전보다 더 여위고 신경질적이 되었죠. 그래서 걱정하던 차에, 오빠가 전부터 의사가 권했던 외국 여행을 가기로 결심하자 나는 무척 기뻤습니다. 나는 이 여행이 오빠의 건강을 되찾아줄 거라 기대합니다. 당신의 편지를 보니, 페테르부르크에서는 오빠를 누구보다 활동적이고 교양 있고 총명한 젊은이의 한 사람으로 생각하는 모양이더군요. 육친을 자랑하는 것 같아 죄송하지만, 나는 지금까지 한 번도 그것을 의심해본 적이 없습니다. 여기서 그가 우리 농민들뿐만 아니라 귀족에 이르기까지 모든 사람에게 베푼 선행은 이루 헤아릴 수 없을 정도입니다. 그렇기 때문에 페테르부르크에서 얻은 평판도 나는 오히려 당연한 거라고 생각합니다. 그런데 대체 어떻게 페테르부르크에서 모스크바로 온갖 소문이 퍼지는 걸까요. 특히 당신이 편지로 알려주었던, 오빠가 로스토프의 둘째누이와 결혼한다는 근거도 없는 소문을 듣고 정말 놀랐습니다. 상대가 누가 됐든, 안드레이가 특히 그녀와 결혼한다는 건 생각할 수도 없는 일입니다. 그 이유는 첫째, 오빠는 죽은 아내 이야기를 거의 하지 않지만 이 슬픔은 오빠의 마음속에 깊이 뿌리박혀 있어, 우리의 작은 천사에게 계모를 맞게 하는 일은 절대 하지 않으리란 것을 나는 알기 때문입니다. 둘째, 내가 아는 한 그 아가씨는 안드레이 공작이 좋아할 만한 분이 아니므로 그녀를 아내로 선택했을 리 없고, 솔직히 말하면 나도 그것을 바라지 않습니다. 그런데 너무 장황했군요, 벌써 두 장이 끝나가고 있어요. 안녕, 나의 소중한 벗이여, 하느님께서 당신을 성스럽고 힘찬 보호 아래 지켜주시기를. 나의 사랑하는 벗 *마드무아젤 부리엔*도 당신에게 안부를 전하는군요.

마리

26

한여름에 공작영애 마리야는 스위스에 있는 안드레이 공작으로부터 엉뚱하고 예기치 못한 소식을 알리는 편지를 받았다. 안드레이 공작이 로스토프가 영애와의 약혼을 알렸던 것이다. 그의 편지는 온통 약혼자에 대한 환희와 누이에 대한 부드러운 우의와 믿음으로 가득했다. 그는 지금까지 이러한 사랑을 해본 적이 없고, 이제야 비로소 인생이란 것을 깨닫고 또 알았다고 썼다. 그는 리시예 고리에 갔을 때 이 결심을 아버지에게만 알리고 누이에게 고백하지 않았던 것을 사과했다. 공작영애 마리야에게 말하지 않았던 것은 그녀가 알면 아버지에게 승낙해

달라고 간청했을 것이고, 그랬다면 어차피 이루지도 못할 일로 공연히 아버지의 화를 사 그 불만이 고스란히 그녀를 덮칠 거라고 생각했기 때문이었다고 했다. 그러나 그때는 지금처럼 확실히 결정된 상태는 아니었다고 그는 썼다. "그때 아버지는 내게 일 년이라는 기한을 정해주셨는데, 지금 이미 육 개월, 즉 정한 기한의 절반이 지났지만 내 결심은 전보다 더 굳건해졌다. 만약 의사가 이 온천에 날 붙잡아두지만 않았다면 나는 이미 러시아로 돌아갔겠지만 지금으로서는 삼 개월 뒤로 귀국을 미뤄야 한다. 너는 나에 대해서도, 아버지와 나의 관계에 대해서도 알고 있겠지만, 나는 아버지에게 아무것도 요구하지 않을 것이고, 전과 마찬가지로 앞으로도 독립적으로 살아갈 생각이다. 그러나 아버지와 함께 살 날이 그리 길지도 않을 텐데 공연히 뜻을 거역해 노여움을 산다면 내 행복의 반을 망치게 될 것이다. 이 일에 대해 지금 아버지에게도 편지를 쓰고 있으니, 기회를 봐서 아버지에게 내 편지를 건네드리고, 아버지가 이 일을 어떻게 생각하시는지, 그리고 기한을 삼 개월 줄이는 것에 동의해주실 가망이 있는지 알려주기 바란다."

오랜 망설임과 의문과 기도 끝에 공작영애 마리야는 아버지에게 편지를 건넸다. 다음날 노공작은 조용히 그녀에게 말했다.

"오빠에게 전해라, 내가 죽을 때까지 기다리라고…… 오래 걸리진 않을 거다, 곧 자유로워질 거라고 해……"

공작영애는 무슨 말로든 반박하려 했지만, 아버지는 이를 허용하지 않고 더욱 언성을 높였다.

"결혼해라, 결혼해, 친구여…… 훌륭한 친척이 생기겠구나!…… 똑똑한 사람들이겠지, 응? 부자고 말이야, 엉? 그렇지. 니콜루시카에게도 좋은 새엄마가 생기겠구나. 내일이라도 결혼하라고 써보내라. 니콜루시카의 새엄마가 그 아가씨라니, 난 부리엔카하고 결혼해야겠구나!…… 하, 하, 하, 내 아들에게도 새엄마가 있어야 하지 않겠니! 한마디 해둔다만, 내 집에 더이상 여자는 필요 없다, 결혼해도 상관없지만 같이 살 생각은 말라고 해. 아마 너도 그애 쪽으로 옮겨가겠지?" 그는 공작영애 마리야에게 말했다. "좋을 대로 해, 시원하다 시원해…… 시원해!……"

이 폭발 뒤 공작은 이 일에 대해 다시는 입 밖에 내지 않았다. 그러나 아들의 무분별함에 대한 억누른 울분이 딸을 대하는 태도에 나타났다. 새로운 조소의 구실이 하나 더 늘었는데, 그것은 계모 이야기와 부리엔 양에 대한 총애였다.

"나라고 그 여자와 결혼 못할 이유는 없지 않겠니?" 그는 딸에게 말했다. "아주 훌륭한 공작부인이 될 거야!" 그리고 공작영애 마리야는 최근 아버지가 실제로 이 프랑스 여자를 더욱 가까이하는 것을 놀라움과 의아심을 느끼며 인식하게 되었다. 공작영애 마리야는 아버지가 편지를 받고 어땠는지 안드레이 공작에게 편지를 써서 알렸고, 아직 아버지를 설득시킬 희망은 있다고 오빠를 위로했다.

니콜루시카와 이 아이의 양육, 앙드레와 종교만이 공작영애 마리야의 위안이요 기쁨이었지만, 누구에게나 자기만의 희망이 필요하듯 그녀에게도 이것들 외에 생활에 큰 위안이 되는 비밀스러운 공상과 희망이 마음속 깊이 숨겨져 있었다. 그녀에게 위안이 되는 공상과 희망을 주는 것은 하느님에게 봉사하는 사람들—노공작의 눈을 피해 찾아오는 바보 성자들과 순례자들이었다. 공작영애 마리야는 인생을 살아

갈수록, 인생을 경험하고 관찰할수록 이 세상에서 쾌락과 행복을 찾는 사람들의 근시안에 점점 더 놀랐는데, 그들은 있을 수 없고, 허상 같고, 죄 많은 행복을 얻기 위해 몸부림치고 고민하고 싸우다 서로 악행을 저지르고 있었다. '안드레이 공작은 아내를 사랑했지만 그녀가 죽자 부족함을 느끼고, 자신의 행복을 다른 여자의 행복과 결속하려고 한다. 아버지는 안드레이를 위해 더 훌륭한 가문에 부유한 배필을 바라기 때문에 그 결혼을 원하지 않는다. 이렇듯 그들은 모두 다투고 괴로워하고 고민하고, 한순간의 행복을 얻기 위해 자기의 영혼, 영원한 자기의 영혼을 해치고 있다. 우리 자신도 알고, 하느님의 아들 그리스도도 지상에 내려와 이 세상의 삶은 순간이며 시련이라고 말씀하셨는데도 우리는 여전히 이 삶에 집착하고 그 속에서 행복을 찾으려 하고 있다. 왜 아무도 이것을 깨닫지 못하는 걸까?' 공작영애 마리야는 생각했다. '이것을 깨달은 것은 오직 그 멸시받는 신의 사람들, 아버지에게 혼날까 두려워서가 아니라 그를 죄짓게 하지 않으려고 그의 눈을 피해 어깨에 바랑을 메고 뒷문으로 나를 찾아오는 그들뿐이다. 그들은 어떤 것에도 집착하지 않고, 해진 대마 셔츠를 걸치고 가명假名으로 이곳저곳을 떠돌아다니면서, 사람들에게 피해를 주지도 않고, 자신을 박해하는 사람이든 보호하는 사람이든 모두를 위해 기도하며 살기 위해 가족도, 고향도, 이 세상의 행복에 뒤따르는 고민도 서슴지 않고 내버린다. 이 진리와 이 생활보다 더 나은 진리와 생활은 없다!'

그중 삼십 년 넘게 맨발로, 더구나 무거운 족쇄를 달고 다니는, 곰보에 왜소하고 조용한 성격의 쉰 살쯤 된 페도시유시카라는 여자 순례자가 있었다. 공작영애 마리야는 유달리 이 여자를 사랑했다. 언젠가 페도시유시카가 성체등 불빛만 희미하게 밝혀진 어두운 방에서 자기 이 야기를 할 때, 올바른 인생의 길을 발견한 사람은 이 여자뿐이라는 생 각이, 이 여자는 스스로 방랑을 떠나기로 결심했다는 생각이 느닷없이 맹렬한 힘으로 공작영애 마리야의 머릿속에 떠올랐다. 페도시유시카 가 자러 간 뒤 공작영애 마리야는 오랫동안 이 생각에 골몰했고, 참으 로 이상한 일이지만, 자기도 순례의 길을 떠나야겠다고 결심했다. 그 녀는 이 결심을 고해 신부인 아킨피에게만 고백했고, 신부도 그녀의 뜻에 찬성했다. 공작영애 마리야는 순례자들에게 선물한다는 구실로 루바시카며 짚신이며 카프탄, 검은 두건 등 순례에 필요한 복장을 빠 짐없이 챙겼다. 공작영애 마리야는 종종 이것들을 넣어둔 옷장에 다가 가 이미 자신의 계획을 실행에 옮길 때가 된 것은 아닌지 망설이며 서 있곤 했다.

그녀는 가끔 순례자들의 이야기를 듣다가 소박한 그들에게는 기계 적인 말이지만 자신에게는 심오한 의미로 가득한 이야기에 자극받아 모든 것을 내버리고 집을 나가려고 각오한 적이 한두 번이 아니었다. 공상 속에서는 벌써 페도시유시카와 나란히 허름한 옷을 입고 지팡이 를 짚고 바랑을 멘 채 먼지투성이 길을 걸어가는 자기 모습을, 인간적 인 사랑도 부러움도 희망도 없이 성인들에게서 성인들에게로 순례를 계속하다 결국은 슬픔도 한탄도 없는 영원한 기쁨과 행복의 나라를 향 해 가는 자기 모습을 그리고 있었다.

'한 장소에 도착하면 기도를 올린다, 익숙해지고 애착이 생기기 전 에 다시 나아간다. 그러다 다리에 힘이 빠져 쓰러지고, 어딘가에서 숨 을 거두어 마침내 슬픔도 한탄도 없는 영원하고 고요한 안식의 장소에 도착할 때까지 나는 걷고 또 걸을 것이다!……' 공작영애 마리야는 생각했다.

그러나 그런 뒤에 아버지나 특히 어린 코코*를 보면 결심이 흔들려서 남몰래 울며 스스로를 죄 많은 여자라고 생각했는데, 역시 그녀는 신보다 아버지나 조카를 더 사랑했던 것이다.

* 니콜루시카의 애칭.

제4부

1

　성서의 전설에 의하면, 노동을 하지 않는 것—무위—은 타락하기 전 최초의 인류에게는 행복의 조건이었다고 한다. 무위를 좋아하는 마음은 타락한 인간 속에 그대로 남았지만, 신의 저주가 끊임없이 인간에게 압박을 가하기 때문에 우리는 이마에 땀을 흘리며 스스로 빵을 얻지 않으면 안 된다는 이유뿐만 아니라 정신적인 이유 때문에도 아무 일도 하지 않고는 편히 있을 수 없는 것이다. 내면의 목소리는 무위에 대해 책임져야 한다고 우리에게 속삭인다. 만약 인간이 아무 일도 하지 않으면서 자신을 유익한 인간, 의무를 다하는 인간이라고 느낄 수 있는 상태를 발견한다면 그는 원시적 행복의 일면을 발견한 셈이다. 그리고 그와 같은 의무적이고도 비난받지 않는 무위의 상태를 향유하는 커다란 하나의 계급은 바로 군인 계급이다. 의무적이고도 비난받지 않는 무위야말로 군무의 주된 매력이고, 앞으로도 그러할 것이다.

1807년부터 파블로그라드스키 연대에서 근무하고 지금은 이미 데니소프에게서 일개 중대를 인계받아 지휘하고 있는 니콜라이 로스토프는 이 행복을 만끽하고 있었다.

로스토프는 모스크바의 지인들에게 악질이라는 말을 들을 만큼 거친 사내가 되어버렸지만, 동료와 부하와 상관에게 사랑과 존경을 받고 자기 생활에도 만족하고 있었다. 최근 1809년 들어 그는 집에서 온 편지들에서 집안 재정이 날로 악화되고 있으니 이제 그만 집으로 돌아와 늙은 부모를 기쁘게 하고 안심시켜달라는 어머니의 푸념을 보게 되었다.

이런 편지를 읽을 때마다 니콜라이는 속세의 번거로움에서 떨어져 조용하고 평온하게 살고 있는 자기를 이 환경에서 또 끌어내려 한다 생각하고 두려움을 느꼈다. 그는 조만간 다시 그 생활의 소용돌이 속으로, 즉 재정 혼란과 그 정리, 지배인들의 계산서, 다툼, 음모, 인간관계, 사교계, 소냐와의 사랑과 약속으로 들어가야 한다고 느끼고 있었다. 이런 일은 모두 복잡하고 몹시 까다롭게 얽혀 있었기 때문에 그는 어머니에게 언제나 *사랑하는 어머니*로 시작해서 *당신의 온순한 아들*로 끝나는 냉정하고 판에 박은 듯한 편지로 답하고, 언제 돌아갈지에 대해서는 일절 언급하지 않았다. 1810년에는 나타샤와 볼콘스키의 약혼과 노공작의 반대로 결혼이 일 년 연기된 것을 알리는 편지를 받았다. 이 소식은 니콜라이를 유감스럽고 화나게 했다. 첫째, 그는 가족 중에 누구보다 사랑하는 나타샤가 집을 떠나는 것이 섭섭했고, 둘째, 기병의 관점에서 자신이 그 자리에 없었던 것이 유감스러웠는데, 볼콘스키와의 결혼은 결코 그리 영광스러운 일이 못 되며, 나타샤를 사랑한다면 그런 미치광이 같은 아버지의 승낙 따위는 없어도 된다는 것을 지적해주고 싶었기 때문이다. 그는 약혼한 나타샤를 만나기 위해 휴가를 낼까 잠시 생각했으나 때마침 훈련이 다가왔고, 소냐와 그 밖의 갖가지 번거로운 일이 떠올라 다시금 귀향을 늦췄다. 그러나 이해 봄 어머니가 백작 몰래 보낸 편지를 받고 마침내 돌아갈 결심을 굳혔다. 어머니는 편지에 만약 니콜라이가 돌아와서 재정 정리를 해주지 않으면 영지는 전부 경매에 부쳐지고 온 가족이 거리로 나앉을 판이라고 썼다. 너무 마음이 약한 백작이 미텐카를 과신했고, 사람이 너무 좋아서 늘 속고 있었기 때문에 모든 상황이 더욱 악화되고 있다고 했다. "제발 어서 돌아와주렴, 네가 나와 우리 가족 모두를 불행에 빠뜨리고 싶지 않다면" 하고 백작부인은 썼다.

이 편지는 니콜라이의 마음을 움직였다. 그는 무엇을 해야 하는지 알려줄 수 있는, 상식을 지닌 평범한 사람이었다.

이제는 제대를 하지 않더라도 휴가를 얻어 돌아가야 했다. 왜 돌아가야 하는지는 몰랐지만, 식후에 한숨 푹 잔 뒤 그는 오랫동안 조련하지 않은 사나운 회색 수말 마르스에 안장을 얹으라고 지시했고, 땀에 흠뻑 젖은 말을 타고 돌아와 라브루시카(데니소프의 하인이 니콜라이한테 남아 있었다)와 그날 밤 모인 동료들에게 휴가를 얻어 집에 돌아간다고 말했다. 그는 이번 훈련으로 자신이 대위로 승진하고 안나 훈장을 타게 될지, 유난히 관심이 가는 그 문제에 대해 사령부의 답을 듣기도 전에 떠난다고 생각하자 몹시 괴롭고 기분이 묘했고, 게다가 일전에 폴란드의 골루호프스키 백작이 그가 가진 세 필의 로운*값을 어림했을 때, 로스토프는 틀림없이 2천 루블에 팔아 보이겠다고 내기까지 걸었는데 그것을 하지 못하고 떠나는 것도 기분이 묘했으며, 언젠가 판나** 보르조조프스카를 위해 무도회를 베풀었던 창기병들에게 지지 않으려고 경기병들이 판나 프샤즈데츠카를 위해 열기로 한 무도회가 자기가 없는 사이에 열리게 되는 것도 마치 있을 수 없는 일처럼 생각 되었지만, 그럼에도 그는 이 명랑하고 훌륭한 세계를 뒤로하고 혼란과 우둔의 세계로 가야 한다는 것을 알고 있었다. 일주일 뒤 그는 휴가를 얻었다. 연대뿐만 아니라 전 여단의 동료들이 로스토프를 위해 15루블 씩 추렴해 두 악단이 연주하고 두 합창대가 노래하는 송별연을 베풀어 주었고, 로스토프는 바소프 소령과 트레파크를 추었고, 취한 장교들은 로스토프를 꺼안기도 하고 행가래 치다 떨어뜨리기도 했으며, 제3중대 병사들은 다시 그를 행가래 치며 우라! 하고 외쳤다. 그뒤 로스토프는 썰매에 태워져 첫 역참까지 전송을 받았다.

언제나 흔히 있는 일이지만, 크레멘추크에서 키예프***까지, 즉 여행 길 중반까지 로스토프의 상념은 아직 후방─중대에 있었지만, 중반을 지나자 세 필의 로운도, 기병 상사도, 판나 보르조조프스카도 잊고 오 트라드노예에 도착한 후에 마주치게 될 것을 불안한 마음으로 자문자 답하게 되었다. 가까워질수록 그는 점점 더 강하게(인간의 감정도 역 제곱 법칙을 따르는 듯) 자기 집을 생각했고, 오트라드노예에 도착하 기 전 마지막 역참에서 그는 마부에게 보드카값으로 3루블을 쥐여주고 어린애처럼 숨을 헐떡이며 자기 집 현관으로 달려갔다.

---

* loan. 털색이 두 가지 이상인 동물, 특히 밤색에 흰색 또는 회색 털이 섞인 말을 가리킴.
** 폴란드어로 부인에 대한 경칭.
*** 우크라이나의 도시들.

재회의 기쁨, 예상과는 다른 묘한 불만을 거쳐(여전하구나, 나는 뭐때문에 이렇게 서둘러 왔을까!) 니콜라이는 자기 집이라는 이전의 세계에 익숙해졌다. 아버지 어머니는 나이가 더 들었을 뿐 전과 다름없었다. 새로운 것이라면 그들에게서 전에는 없었던 불안이 보이고 때때로 불화가 있다는 것이었는데, 그것이 기울어진 재정 때문임을 니콜라이는 알아챘다. 소냐는 벌써 스무 살이 되었다. 완전히 물오른 미모는 앞으로 그 이상의 아름다움을 약속할 수 없을 정도였다. 그것만으로 충분했다. 그녀는 니콜라이가 돌아온 후 온몸이 행복과 사랑으로 충만했고, 그녀의 성실하고 흔들리지 않는 사랑은 그에게 즐거운 영향을 주었다. 페탸와 나타샤는 누구보다 니콜라이를 놀라게 했다. 페탸는 올해 열세 살의 덩치 크고 잘생긴 명랑하고 영리한 장난꾸러기로 벌써 변성기를 맞고 있었다. 나타샤에 대해서는 그저 한참 바라보며 놀라움에 웃기만 했다.

　"딴사람이 됐구나." 그는 말했다.

　"왜요, 미워졌다는 거예요?"

　"천만에, 그런데 왠지 품위가 있는데요, 공작부인?" 그는 속삭이듯이 말했다.

　"그럼요, 그럼요, 그럼요." 나타샤는 기쁜 듯이 말했다.

　나타샤는 그에게 안드레이 공작과의 연애, 그가 오트라드노예를 방문했던 이야기를 하고 최근에 받은 편지도 보여주었다.

　"어때요, 오빠도 기쁘죠?" 나타샤는 물었다. "난 지금 정말 편안하고 행복해요."

　"무척 기쁘다." 니콜라이는 대답했다. "그는 훌륭한 사람이지. 그래,

그를 많이 사랑하니?"

"뭐라고 말하면 좋을까요?" 나타샤는 대답했다. "난 보리스나 선생님이나 데니소프도 사랑했었지만 이번에는 전혀 달라요. 안심이 되고 확신이 서요. 그보다 더 훌륭한 사람은 없다는 걸 알기 때문에 지금은 편안하고 만족스러워요. 전과는 전혀 달라요……"

니콜라이가 나타샤의 결혼이 일 년 연기된 것에 대해 불만을 이야기하자, 나타샤는 발끈하고 나서더니 그건 그럴 수밖에 없었던 일이고, 아버지 뜻을 거역하면서까지 그 집안에 들어가는 것은 좋지 못하며, 자기도 그러기는 싫다고 설명했다.

"오빠는 절대, 절대 몰라요." 그녀는 말했다. 니콜라이는 말없이 그녀의 말에 동의했다.

오빠는 누이를 바라보며 이상하다고 생각하곤 했다. 약혼자와 떨어져 있는 사랑에 빠진 신부다운 구석이 조금도 보이지 않았기 때문이다. 그녀는 전과 똑같이 평온하고 차분하고 명랑했다. 그래서 니콜라이는 놀랐을 뿐만 아니라, 볼콘스키의 구혼까지도 의아하게 생각되었다. 더구나 그는 그녀와 안드레이 공작이 같이 있는 것을 보지 못했기 때문에 그녀의 운명이 결정됐다는 것을 믿기 어려웠다. 그래서 줄곧 이 결혼에 석연치 않은 뭔가가 있는 것처럼 생각되었다.

'뭐 때문에 연기했지? 왜 약혼식도 올리지 않았을까?' 그는 생각했다. 그는 언젠가 누이 일로 어머니와 이야기하던 중 어머니 역시 간혹 내심 이 결혼을 석연치 않게 생각한다는 것을 알아채고 놀라기도 하고 약간 만족스럽기도 했다.

"여기 이런 편지가 와 있다." 그녀는 미래의 행복한 결혼생활을 앞둔 딸에게 여느 어머니들이 품는 심술궂은 감정을 숨긴 채 안드레이 공작의 편지를 아들에게 보여주며 말했다. "12월보다 빨리 오지는 못한다고 적혀 있어. 대체 무슨 일이 그를 붙잡고 있을까? 보나마나 병이겠지! 몸이 무척 약한 사람이니까. 나타샤에게는 말하지 마라. 그리고 그애가 들떠 있다고 나무라지 말아다오. 그애는 마지막 처녀 시절을 보내고 있고, 나는 안다. 그애가 그 사람 편지를 받을 때마다 어떻게 되는지. 하지만 아무쪼록 모든 일이 잘 풀리면 좋겠구나" 하고 말했고, 언제나 이 말로 끝을 맺었다. "그는 훌륭한 사람이니까."

2

돌아오고 나서 처음 얼마 동안 니콜라이는 진지했고, 따분하기까지 했다. 그는 어머니가 자신을 부른 목적인 골치 아픈 집안일에 관여해야 한다고 생각하자 괴로웠다. 이 무거운 짐을 빨리 어깨에서 벗어버리기 위해 돌아와 사흘째 되던 날 그는 어디 가느냐는 나타샤의 물음에 대답도 하지 않고 화난 듯이 눈살을 찌푸리며 미텐카가 지내는 딴채로 가 모든 회계를 보자고 요구했다. 모든 회계가 무엇인지는 두려움과 당혹에 사로잡힌 미텐카보다 니콜라이 쪽이 훨씬 더 몰랐다. 미텐카의 대답과 계산은 오래 계속되지 않았다. 딴채의 문간방에서 기다리던 농민 대표와 자치회의 서기는 젊은 백작이 언성을 차츰 높이며 노호하는 것을 공포와 만족을 느끼며 듣고 있었고, 잇달아 퍼붓는 맹렬한 욕설도 들었다.

"도둑놈! 은혜도 모르는 놈!…… 베어버리겠다, 개자식…… 아버지 몰래…… 많이도 해먹었군…… 쓰레기 같은 놈."

뒤이어 그들은 젊은 백작이 온통 얼굴을 붉히고 핏발 선 눈으로 미텐카의 멱살을 움켜잡고 끌어내는 것을 조금 전 못지않은 공포와 만족을 느끼며 바라보았고, 젊은 백작은 소리치는 사이사이 등뒤에서 발과 무릎으로 아주 재빠르게 미텐카를 걷어차며 말했다. "썩 꺼져! 빌어먹을 자식, 이 집에서 네놈 냄새만 나도 용서하지 않겠다!"

미텐카는 전속력으로 층층대를 여섯 개나 뛰어내려가 화단 속으로 달아났다. (이 화단은 오트라드노예에서 죄지은 자들의 은신처로 잘 알려져 있었다. 미텐카도 시내에서 취해 돌아오면 이 화단에 숨었고, 미텐카를 피하려는 오트라드노예의 많은 사람도 이 화단이 지닌 구원의 효력을 알고 있었다.)

미텐카의 아내와 그녀의 자매들은 깨끗한 사모바르가 끓고 있고 헝겊 조각을 잇대 꿰맨 솜이불이 깔린 지배인의 높은 침대가 있는 방의 문가에서 겁먹은 얼굴로 복도 쪽을 바라보고 있었다.

젊은 백작은 헉헉거리면서 그녀들에게는 눈길도 주지 않고 단호한 걸음걸이로 옆을 지나 본채로 돌아갔다.

백작부인은 딴채에서 일어난 일을 하녀를 통해 곧 알았고, 앞으로 재정이 차츰 나아지리라 안심하면서도 한편으로는 아들이 그것을 어떻게 지탱해갈지 걱정이 되었다. 그녀는 여러 번 발뒤꿈치를 들고 아들의 방으로 다가가서 그가 연거푸 파이프를 빠는 소리를 들었다.

다음날 노백작은 아들을 불러 겸연쩍은 미소를 지으며 말했다.

"너도 알겠지만, 얘야, 그렇게 흥분할 것까진 없었다! 미텐카에게

다 들었어."

'그러면 그렇지.' 니콜라이는 생각했다. '이런 바보 같은 세계에서 나는 절대 아무것도 이해할 수 없다.'

"너는 그 700루블을 적지 않았다고 화를 냈더구나. 그런데 그건 이월移越로 기입돼 있었는데 네가 다음 장을 보지 않은 거야."

"아버지, 그놈은 악당입니다. 도둑놈이에요. 전 알고 있습니다. 어쨌든 한 일은 한 일이잖습니까. 하지만 아버지가 원하지 않으시면 저는 그놈에게 아무 말도 하지 않겠습니다."

"아니다. 얘야. (백작은 크게 당황했다. 그는 자신이 아내의 재산 관리인으로서 잘못했다고 생각하고 아이들에게도 죄스러움을 느꼈지만, 그것을 해결할 수 있는 방법을 몰랐다.) 아니야, 네가 이 일을 맡아주길 바란다. 나는 늙었고, 나는……"

"아닙니다. 아버지, 기분 상하게 해드렸다면 용서해주십시오, 저는 아버지보다 못하니까요."

'그런 놈들이니 농민이니 돈이니 다음 장 이월이니 내가 알 게 뭐냐.' 그는 생각했다. '카드 한쪽 귀를 접으면 두 배 내기니 여섯 배 내기라는 건 나도 알지만, 다음 장 이월이라니 무슨 소린지 모르겠군' 하고 생각했고, 그후로는 더이상 집안일에 관여하지 않으려 했다. 그러던 어느 날 백작부인이 아들을 거실로 불러, 안나 미하일로브나에게 받은 2천 루블짜리 어음을 어떻게 처분하면 좋겠냐고 물었다.

"이러면 어떨까요." 니콜라이는 대답했다. "어머니는 제 생각에 달렸다고 말씀하셨죠, 저는 안나 미하일로브나도 보리스도 별로 좋아하지 않지만, 그들과 사이가 좋았던 적도 있고, 그들은 가난합니다. 그러니 이렇게 하시죠!" 하고 그는 어음을 찢어버렸고, 이 행동은 노백작부인으로 하여금 환희의 눈물을 흘리게 했다. 그후 젊은 로스토프는 더이상 집안일에 참견하지 않았고, 노백작이 대규모로 하던, 아직 그에게는 새로운 일인 개사냥에 몰두하기 시작했다.

3

벌써 겨울이 와 아침 서리가 가을비에 젖은 땅을 꽁꽁 얼리고, 푸른 풀은 어지럽게 흐트러지고, 가축에게 짓밟힌 진갈색 가을 파종 작물과 붉은 줄무늬 같은 메밀의 연황색 봄 파종 작물의 무늬가 대조되어 선명한 녹색으로 뚜렷이 드러났다. 8월 말에는 가을 파종 밭과 추수가 끝난 밭의 검은 들 사이에서 아직 푸른 섬을 이루고 있던 언덕과 숲이 선명하고 푸른 가을 파종 밭 속에서 황금색으로 찬란하게 빛나는 새빨간 섬이 되어 있었다. 산토끼는 벌써 반쯤 엷어지고(털갈이하고), 새끼 여우들은 흩어지기 시작하고, 어린 늑대들은 개보다 커졌다. 사냥하기에 최적기였다. 로스토프가의 젊고 열렬한 사냥개들은 이미 사냥에 알맞은 체격이 됐지만, 너무 달려서 발이 상한 상태였으므로 사냥꾼 회의에서는 사흘간 개를 쉬게 하고, 9월 16일에 출발해 아직 손댄 적 없는 어린 늑대들이 있는 두브라바*에서부터 사냥을 시작하기로 결정했다.

9월 14일의 상황은 이러했다.

---

* '떡갈나무 숲'이라는 뜻도 있다.

이날 사냥개들은 종일 집에 있었고, 살을 에는 듯이 추웠다가 저녁부터 구름이 끼며 얼음이 녹기 시작했다. 9월 15일 아침, 젊은 로스토프가 가운을 걸친 채 창밖을 내다보니 사냥하기에 더없이 좋은 날씨였고, 마치 하늘이 녹아서 바람도 없는데 땅 위로 내려오는 것 같았다. 공중에 보이는 유일한 움직임은 짙은 안개 또는 현미경으로나 보일 것 같은 물방울이 위에서 아래로 내려오는 것뿐이었다. 뜰의 앙상한 나뭇가지에 투명한 물방울이 맺혔다가 갓 떨어진 나뭇잎에 방울방울 떨어지고 있었다. 채마밭의 흙은 양귀비 씨앗처럼 반질반질하게 젖어 까맣게 보였으나, 좀더 가까이에서 보면 엷은 빛깔의 축축한 안개의 베일에 싸여 있었다. 니콜라이가 진흙이 달라붙은 젖은 현관 층층대로 나가자, 시들어가는 숲 내음과 개냄새가 풍겼다. 커다랗고 검은 눈알이 불거지고 엉덩이가 크고 검은 얼룩이 있는 암캐 밀카가 주인을 보고 일어나 뒷다리를 뻗고 기지개를 켜더니 토끼처럼 앉았다가 갑자기 벌떡 일어나 앞에서 주인의 코와 콧수염을 핥았다. 다른 개 보르조이는 화단 사이 오솔길에 있다가 주인을 보자 등을 구부리고 현관 층층대로 달려와 프라빌로*(꼬리)를 세우고 니콜라이의 다리에 몸을 비벼댔다.

"오 호이!" 이때 굵은 베이스와 가는 테너 소리를 합친 것 같고 흉내내기도 어려운 사냥꾼의 독특한 부르는 소리가 들리고 집 모퉁이에서 사냥개 관리인이자 감독인 다닐로가 나왔는데, 우크라이나풍 활새머리를 한 백발의 주름투성이 이 사냥꾼은 사냥할 때 쓰는 휜 채찍을 손에 들고, 사냥꾼에게서 흔히 볼 수 있는, 세상 모든 것에 대한 멸시와

---

* 보르조이 사냥개의 꼬리를 뜻하는 러시아 사냥꾼 용어.

독립독보獨立獨步의 표정을 짓고 있었다. 그는 주인 앞에서 체르케스*풍 모자를 벗고 멸시하는 듯이 상대방을 바라보았다. 하지만 주인은 기분이 상하지 않았는데, 아무리 모든 것을 멸시하고 모든 것 위에 서 있는 것처럼 굴어도 다닐로는 주인이 고용한 사냥꾼에 지나지 않는다는 것을 알고 있었기 때문이다.

"다닐라**!" 니콜라이는 이 날씨, 이 개들, 이 사냥꾼을 보는 사이 사냥에 대한 열정이 억누를 수 없을 만큼 용솟음치는 것을 두려울 정도로 느끼며 말했는데, 이 감정에 휩싸이면 마치 좋아하는 여자 앞에 선 남자처럼 여태까지 마음먹었던 것을 깡그리 잊게 되었다.

"각하, 무슨 분부라도?" 개를 부르느라 목이 쉬어버린 다닐로는 보제장輔祭長 같은 낮은 목소리로 물으며 반짝이는 까만 두 눈으로 입을 다문 주인의 얼굴을 비스듬히 바라보았다. '어때요, 못 참겠죠?' 그의 눈은 이렇게 말하는 것 같았다.

"좋은 날씨 아닌가, 응? 쫓고 달리기에, 응?" 밀카의 귀 뒤를 긁어주며 니콜라이는 말했다.

다닐로는 대답하지 않고 눈만 깜박거렸다.

"동틀 무렵 우바르카를 보내봤는데요." 잠시 침묵한 뒤 그는 낮은 목소리로 계속했다. "오트라드노예의 사냥 금지 구역***으로 옮겨갔다고 합니다." (옮겨갔다는 것은 두 사람이 다 아는 암늑대가 집에서 2베르스타쯤 떨어진 좁지만 사냥하기에는 둘도 없는 그들의 사냥지 오트라

---

* 캅카스산맥 북쪽의 흑해 연안.
** 다닐로의 애칭.
*** 사유 영지에서는 허가 없이 사냥할 수 없었다.

드노예의 숲으로 새끼를 옮겨놨다는 뜻이었다.)

"그럼 가야겠지?" 니콜라이는 말했다. "우바르카를 내 방으로 데려와줘."

"그렇게 하겠습니다!"

"먹이 주는 건 좀 기다리게."

"알겠습니다."

오 분 후, 다닐로는 우바르카를 데리고 니콜라이의 커다란 서재에 서 있었다. 다닐로는 별로 키가 크지 않은데도 방안에서 보면 말이나 곰을 가구와 인간 생활의 조건 속에서 보는 것 같은 인상을 주었다. 그 자신도 그것을 느끼는지 언제나 최대한 문 가까이에 서서 가능하면 조용히 이야기하고, 주인의 방을 망가뜨릴까봐 꼼짝도 하지 않으며 얼른 할말만 하고 이 천장 밑에서 탁 트인 하늘 밑으로 나가려고 애썼다.

니콜라이는 몇 가지 질문을 끝내고 개도 괜찮다는 다닐로의 의견을 확인한 뒤(다닐로도 가고 싶어했다), 안장을 얹으라고 일렀다. 그러나 다닐로가 나가려 할 때, 아직 머리도 빗지 않고 옷도 갈아입지 않은 나타샤가 유모의 커다란 플라토크*를 몸에 두른 채 총총걸음으로 방으로 들어왔다. 페탸도 뛰어들어왔다.

"가는 거예요?" 나타샤는 물었다. "그럴 줄 알았어요! 소냐는 못 갈 거라고 했지만요. 난 갈 줄 알았어요. 이런 날씨에는 안 갈 수가 없다고요."

"가야지" 하고 니콜라이는 마지못해 대답했는데, 오늘은 본격적인

---

* 여성용 숄 또는 머릿수건.

사냥을 해볼 작정이어서 나타샤와 페탸를 데려가고 싶지 않기 때문이었다. "하지만 늑대 사냥이라 넌 지루할 거야."

"그것이 나의 가장 큰 즐거움이라는 걸 알잖아요." 나타샤는 말했다. "너무해요. 오빠 말에 안장을 얹으라고 하면서 우리한테 아무 말도 안 하다니."

"러시아 사람에게는 어떤 장애도 소용없습니다, 가요!" 페탸가 소리쳤다.

"하지만 넌 안 돼. 어머니가 너는 안 된다고 말씀하셨잖아." 니콜라이가 나타샤에게 말했다.

"아니, 난 갈 거예요, 꼭 갈 거예요." 나타샤는 단호하게 말했다. "다닐라, 우리 안장도 얹으라고 해줘요. 미하일로에게는 우리 개를 데려오라고 하고." 그녀는 사냥개 관리인에게 말했다.

다닐로는 이렇게 방안에 있는 것조차 버릇없고 괴로운 일이라 느끼고 있었고, 게다가 아가씨와 접촉하는 것은 있을 수도 없는 일이라고 생각했다. 그는 눈길을 내린 채 마치 자신이 아가씨를 다치게 할까봐 조심하는 듯이, 이런 일은 자신과 아무 관계도 없다는 듯이 부랴부랴 방에서 나갔다.

4

노백작은 오랫동안 많은 사냥꾼과 사냥개를 감독해왔는데 최근 아들에게 이를 전부 맡겼고, 이날 9월 15일에는 잔뜩 들떠서 함께 나가려고 준비했다.

한 시간 뒤 사냥개들은 전부 현관 층층대 옆에 모였다. 니콜라이는 부질없는 일에 얽매여 있을 틈이 없다는 듯 엄하고 정색한 얼굴로, 말을 붙이려는 나타샤와 페탸 옆을 지나쳤다. 그는 사냥개를 꼼꼼하게 점검하고, 이 무리와 사냥꾼을 돌아가는 길로 먼저 출발시키고, 도네츠산産 붉은 말에 올라 자기 개를 휘파람으로 부르며 타작마당을 지나 오트라드노예의 사냥 금지 구역으로 통하는 들을 향해 출발했다. 노백작 전용의 밤색 거세마 비플랸카는 말구종이 끌고 가고, 그는 그를 위해 남겨놓았다는 짐승의 통로로 드로시키*를 타고 직접 가기로 했다.

사냥개는 쉰네 마리가 끌려나왔고, 사냥개 감독과 조수들까지 여섯 명이 뒤따랐다. 주인들을 제외하고 보르조이 사육인이 여덟, 그 뒤에 마흔 마리가 넘는 보르조이들이 따르고 있었으니, 주인들의 사냥개와 합치면 백삼십 마리가 넘는 개와 스무 명가량의 승마 사냥꾼이 들로 나선 것이었다.

사냥개들은 각기 자기 주인과 주인의 부르는 소리를 알고 있었다. 사냥꾼들도 각기 자기 일과 맡은 위치와 임무를 알고 있었다. 일단 울타리를 벗어나자, 모두 소리를 죽이고 말소리도 내지 않고 오트라드노예의 숲으로 통하는 길과 들로 조용히 일사불란하게 퍼지며 나아갔다.

말들은 푹신푹신한 융단 위를 걷듯 들로 나아갔고, 때로 길을 가로지를 때는 물구덩이에서 철벅철벅 소리를 냈다. 안개 낀 하늘은 일정한 속도로 조용히 땅 위로 내려오는 것 같았고, 정적에 싸인 대기는 따

---

* 사륜무개마차.

뜻하고 괴괴했다. 이따금 사냥꾼의 휘파람 소리, 말의 콧바람 소리, 채찍질 소리, 제 위치를 벗어나 달리던 개가 짖는 소리가 들렸다.

1베르스타쯤 갔을 때 로스토프네 사냥 무리는 안개 속에서 개를 데리고 나타난, 말에 탄 다섯 명의 사냥 무리와 마주쳤다. 앞장선 자는 흰 콧수염이 풍성한 활기차고 잘생긴 노인이었다.

"안녕하십니까, 아저씨?" 노인이 다가오자 니콜라이가 말했다.

"그럼 그렇지!…… 이럴 줄 알았다." 아저씨는 말했다(그는 로스토프가의 먼 친척이자 이웃 마을의 가난한 지주였다). "도저히 가만있을 수 없을 거라고 생각했지. 잘들 왔다. 그럼 그렇지! (이것은 아저씨의 입버릇이었다.) 숲을 차지해야 하고말고, 우리 기르치크가 일라긴네 패들이 개를 데리고 코르니키에 갔다고 하던데─그럼 그렇지!─그 패들이 네 눈앞에서 새끼들을 잡아버릴 수도 있어."

"물론 저희도 거기로 갑니다. 어떠세요, 개를 합칠까요?" 니콜라이는 물었다. "합치면……"

몰이개들을 합치고, 아저씨와 니콜라이는 나란히 말을 몰았다. 플라토크를 둘러쓴 나타샤는 그 밑으로 반짝이는 눈과 활기찬 얼굴을 보이며 두 사람 쪽으로 말을 달렸고, 그 뒤에 바짝 붙어 페탸와, 유모가 딸려 보낸 사냥꾼이자 조마사인 미하일로가 왔다. 페탸는 무슨 일인가로 웃어대며 말을 채찍질하기도 하고 고삐를 당기기도 했다. 나타샤는 능숙하고 자신만만하게 검정말 아랍치크에 올라앉아 정확한 손놀림으로 수월하게 말을 몰았다.

아저씨는 못마땅한 듯이 페탸와 나타샤를 돌아보았다. 그는 사냥이라는 진지한 일을 아이 장난처럼 대하는 것을 좋아하지 않았다.

"안녕하세요, 아저씨, 우리도 가요." 페탸가 소리쳤다.

"안녕도 안녕이다만, 개를 밟지 않게 조심해야 한다." 아저씨는 엄격한 어조로 말했다.

"니콜렌카, 트루닐라는 참 훌륭한 개예요! 나를 알아봤어요." 나타샤는 자기 마음에 든 사냥개에 대해 말했다.

'트루닐라는 그냥 개가 아니라 사냥개란 말이야' 하고 생각하며 니콜라이는 이런 경우에는 둘 사이에 거리가 있다는 것을 느끼게 하려는 듯 엄격한 눈으로 그녀를 바라보았다. 나타샤도 그것을 알아챘다.

"저, 아저씨, 우리가 누굴 방해하러 왔다고 생각진 말아주세요." 나타샤는 말했다. "우리는 제자리를 잘 지키고 있을 거니까요."

"그래 좋아, 백작 아가씨." 아저씨는 말했다. "그저 말에서 떨어지지만 마라" 하고 그는 덧붙였다. "그러면―그럼 그렇지!―업어줄 사람이 없을 테니까."

오트라드노예의 섬 같은 사냥 금지 구역이 100사젠쯤 앞쪽에 보이고, 몰이개 담당들이 그쪽으로 접근하고 있었다. 로스토프는 몰이개들을 어디서 풀지 아저씨와 최종적으로 결정하고, 나타샤에게 서 있을 장소와 절대 달려서는 안 되는 장소를 가르쳐준 뒤 골짜기 위 돌아가는 길 쪽으로 갔다.

"자, 조카야, 다 큰 늑대가 목표다." 아저씨는 말했다. "그래, 놓치면 안 된다."

"바로 해치워야죠." 로스토프는 대답했다. "카라이, 이리 와!" 그는 아저씨의 말에 응하듯 호령했다. 카라이는 텁수룩하고 못생긴 늙은 수캐인데 혼자서 다 큰 늑대를 잡은 것으로 유명했다. 모두 각자의 위치에 자리잡았다.

　노백작은 아들의 사냥 열정을 알고 있었으므로 늦지 않으려고 서둘러 몰이개 담당들이 아직 사냥터에 닿기도 전에, 혈색 좋은 쾌활한 얼굴로 검정말을 채운 마차에서 흔들리고 뺨을 흐늘흐늘 떨면서 초지草地를 통과해, 그를 위해 남겨놓은 늑대의 통로에 도착했고, 모피 외투를 매만지고 사냥구를 챙기고는 자기처럼 백발이 섞이고 반질반질하게 손질되고 영양 상태가 좋고 순하고 길이 잘 든 비플랸카에 올라탔다. 드로시키는 돌려보내졌다. 일리야 안드레이치 백작은 진정한 사냥꾼은 아니지만 사냥의 법칙은 숙지하고 있었으므로, 자기가 서 있던 덤불 언저리로 말을 몰고 가서 고삐를 죄고 안장 위에서 자세를 바로잡고 준비는 끝났다는 듯이 흐뭇하게 웃으며 사방을 둘러보았다.

　그의 옆에는 왕년에 기수였으나 이제는 몸이 무거워진 시종 세묜 체크마리가 서 있었다. 그는 그의 주인이나 말처럼 살이 오른 사나운 몰이개 세 마리를 가죽끈에 매어 붙들어 쥐고 있었다. 영리해 보이는 늙은 개 두 마리는 가죽끈에 매이지 않고 누워 있었다. 백 걸음쯤 떨어진 앞쪽 덤불 언저리에는 백작의 말구종이자 대담한 기수이고 사냥을 몹시 즐기는 미티카가 서 있었다. 백작은 오래된 습관대로 사냥 전에 사냥꾼용 향료가 든 브랜디를 은잔으로 한 잔 들이켰고, 안주를 한입 먹고 즐겨 마시는 보르도 와인을 반병쯤 비웠다.

　일리야 안드레이치는 음주와 승마 때문에 얼굴이 불그레해지고 눈은 젖어 유달리 빛났는데, 모피 외투를 걸치고 안장에 앉은 그의 모습은 마치 산책에 끌려나온 어린애 같았다.

　마르고 볼이 홀쭉한 체크마리는 자기 일을 정리하자 삼십 년이나 일

심동체로 모셔온 주인의 얼굴을 흘끗거렸고, 주인의 기분이 좋다는 것을 알아채자 즐거운 이야기가 나오기를 기다렸다. 다른 한 사내가 숲속에서 조심스럽게 말을 몰고 다가와(분명 이미 알고 온 듯했다) 백작 뒤에서 멈춰 섰다. 그는 턱수염이 하얀 노인으로, 여성용 윗옷을 입고 높은 콜파크를 쓰고 있었다. 광대 나스타시야 이바노브나*였다.

"이봐, 나스타시야 이바노브나." 백작은 그에게 윙크하고 속삭이듯 말했다. "짐승을 쫓아 보내는 짓은 하면 안 된다. 다닐로에게 혼날 거야."

"저도…… 수염 난 어른입니다." 나스타시야 이바노브나는 대답했다.

"쉿!" 백작은 제지하고 세묜 쪽을 돌아보았다.

"나탈리야 일리니치나를 보았나?" 그는 세묜에게 물었다. "그애는 어디 있지?"

"아가씨는 표트르 일리치 나리와 자로프 들판에 계셨습니다." 세묜은 웃으며 대답했다.

"여성이지만 사냥을 무척 좋아하시더군요."

"그래, 세묜 너도 그애의 승마 솜씨에 놀랐겠지…… 응?" 백작은 말했다. "남자라고 해도 좋을 정도야!"

"놀라지 않을 수 있겠습니까? 대담하고, 솜씨 좋고!"

"니콜라샤**는 어디 있지? 라돕스키 언덕인가, 그런가?" 백작은 여전히 속삭이듯 물었다.

"네, 맞습니다. 나리는 어딜 지켜야 할지 잘 아십니다. 말 타는 법도 어찌나 잘 아시는지 저도 다닐로도 이따금 깜짝깜짝 놀라고 있습죠."

---

* 여자 이름을 쓰고 있다.
** 니콜라이의 애칭.

주인의 비위를 맞추는 법을 아는 세묜이 말했다.

"잘 타지, 응? 말 타는 모습은 어떤가, 응?"

"그림 같습니다! 일전에 자바르진스키 초원에서 여우를 몰 때도 그랬죠. 유리한 곳에서 마구 달리시는데 어찌나 훌륭하던지—말은 천금이지만, 기수는 값을 매길 수 없을 정도였습죠! 아니, 정말 그렇게 훌륭한 분은 찾으려야 찾을 수도 없습니다!"

"찾으려야……" 세묜의 이야기가 이처럼 빨리 끝나버린 것이 아쉬운 듯 백작은 되풀이했다. "찾으려야" 하고 말하고 그는 외투 자락을 들춰 코담뱃갑을 꺼냈다.

"요전에는 또 훈장을 잔뜩 달고 미사에 나오셨는데, 미하일 시도리치 따위는……" 세묜은 고요한 대기 속에서 두어 마리의 몰이개가 짖으면서 쫓아가는 소리를 뚜렷이 듣고는 말을 끝내지 않고 입을 다물었다. 그는 고개를 숙이며 말없이 주인에게 조심하라는 몸짓을 했다. "새끼들 있는 데를 발견했나봅니다……" 그는 속삭였다. "곧장 랴돕스키 쪽으로 쫓아갔습니다."

백작은 얼굴에서 미소를 거두는 것도 잊고 앞쪽의 숲속 오솔길을 바라보며 코담배를 맡지도 않고 들고만 있었다. 개 짖는 소리에 이어 다닐로가 늑대를 유인하기 위해 부는 나직한 뿔피리 소리가 들리고, 개들은 처음 세 마리에 합류해, 늑대를 쫓을 때 내는 높거나 낮은 독특한 소리로 짖어대기 시작했다. 사냥개 감독들은 이제 개를 추기지 않았고, 모든 목소리 속에서 다닐로의 낮지만 찢어지는 듯한 날카로운 목소리가 두드러지게 들렸다. 다닐로의 목소리는 숲속을 가득 채우고 멀리 들판에까지 울리는 듯했다.

백작과 말구종은 몇 초 동안 가만히 귀기울이다가 이윽고 몰이개들이 두 무리로 갈라진 것을 확신했는데, 유난히 짖어대던 큰 쪽 무리는 멀어져갔고, 다른 무리는 숲을 따라 백작 옆을 달려가더니 그쪽에서 개를 추기는 다닐로의 목소리가 들렸다. 이 두 무리가 추격하는 소리가 하나로 합쳐지며 술렁이다가 모두 잦아들었다. 세묜은 한숨을 내쉬고 젊은 수캐의 엉켜버린 끈을 풀어주기 위해 몸을 숙였다. 백작도 한숨을 내쉬었고 문득 손에 든 코담뱃갑을 의식하자, 뚜껑을 열어 조금 집었다.

　"돌아와!" 세묜이 숲 밖으로 달려간 수캐를 향해 소리쳤다. 백작은 깜짝 놀라 코담뱃갑을 떨어뜨렸다. 나스타시야 이바노브나가 말에서 내려 주우려고 했다.

　백작과 세묜은 그를 보고 있었다. 그때 갑자기, 흔히 있는 일이지만, 몰아대는 소리가 일순 가까워졌고, 마치 그들 눈앞에 개들의 짖어대는 주둥이와 소리치는 다닐로가 나타나기라도 한 것 같았다.

　백작은 오른쪽으로 돌아보다가 미티카를 보았는데, 그가 눈을 휘둥그레 뜨고 주인을 바라보며 모자를 쳐들고 앞쪽 반대 방향을 가리켰다.

　"조심하십시오!" 그는 이 한마디를, 마치 아까부터 밖으로 내보내달라고 몸부림치고 있었던 것처럼 내뱉었다. 그는 개를 푼 뒤 백작 쪽으로 달려왔다.

　백작과 세묜이 숲 가장자리로 달려나오자, 그들 왼쪽에서 늑대가 부드럽게 몸을 흔들며 조용하고 빠르게 그들이 있는 쪽으로 달려오는 것이 보였다. 잔뜩 사나워진 개들은 귀청이 찢어져라 짖어대더니 가죽끈을 끊고 말들의 다리 사이를 지나 늑대를 향해 돌진했다.

늘대는 달리던 발을 멈추고, 병든 두꺼비같이 흉한 모습으로 이마가 넓은 대가리를 개들 쪽으로 돌리고 여전히 부드럽게 몸을 흔들며 펄쩍펄쩍 두어 번 뛰어오르더니 폴레나*(꼬리)를 휙 젓고 숲 가장자리로 숨어버렸다. 그러자 반대쪽 숲에서 우는 듯한 짖는 소리와 함께 한 마리, 두 마리, 세 마리 몰이개가 어리둥절한 듯이 달려와 늑대가 숨은 곳을 향해 한 무리가 되어 들을 가로질러 달려갔다. 몰이개들에 이어 땀에 젖어 까맣게 보이는 다닐로의 밤색 말이 호두나무 덤불을 가르며 나타났다. 말의 긴 등에는 모자도 쓰지 않고 땀에 젖은 붉어진 얼굴에 흰머리가 흐트러진 다닐로가 몸을 구부리고 있었다.

　"울루루루, 울루루!……"그는 소리쳤다. 백작을 보자 그의 눈은 번득였다.

　"에잇……!"그는 채찍을 들어 백작을 위협하며 외쳤다.

　"놓쳤다…… 늑대를 놓치다니!…… 사냥꾼들이!"그는 당황하여 얼떨떨해진 백작에게는 더이상 말할 필요도 없다는 듯이 백작에게 드러냈던 분노를 전부 끌어모아 밤색 거세마의 움푹 들어간 축축한 옆구리를 채찍으로 힘껏 치더니 그대로 몰이개들 뒤를 쫓아 달려갔다. 백작은 죄지은 사람처럼 사방을 둘러보고 미소를 지으며, 그 미소로 세묜에게 자기 입장에 대한 동정을 구하려는 듯이 서 있었다. 그러나 세묜은 늑대를 다시 숲속으로 들여놓지 않으려고 덤불을 돌아 달려갔으므로 이미 거기에 없었다. 양쪽에서도 보르조이 사육인들이 짐승을 가로막으려 했다. 그러나 늑대는 덤불을 빠져나가 달아났고, 아무도 잡

---

* 늑대의 꼬리를 뜻하는 러시아 사냥꾼 용어.

지 못했다.

5

그사이 니콜라이 로스토프는 짐승을 기다리며 자기 자리를 지키고 있었다. 때로는 가까이 때로는 멀리서 들리는 짐승 모는 소리, 귀에 익은 개들 소리, 다가오기도 하고 멀어지기도 하고 높아지기도 하는 사냥개 감독들의 목소리로 그는 이 섬 같은 숲속에서 일어나는 일들을 느끼고 있었다. 그는 이 섬에 (어린) 늑대와 (늙은) 늑대가 있다는 것을, 몰이개들이 두 무리로 갈라진 것을, 어디선가 사냥감을 몰고 있다는 것을, 무엇인가 실수가 생겼다는 것을 알아챘다. 그는 짐승이 자기 쪽으로 오기를 매 순간 기다렸다. 짐승이 어느 쪽에서 나타날지, 어떻게 잡을지 온갖 가정을 해보고 있었다. 기대는 낙담으로 바뀌었다. 그는 늑대가 자기 쪽으로 오기를 몇 번이나, 흔히 사람들이 부질없는 일로 몹시 흥분했을 때 기도하듯이 열렬하면서도 쑥스러운 마음으로 하느님에게 빌었다. '아, 당신께 무슨 의미가 있겠습니까.' 그는 빌었다. '저를 위해 이런 일을 해주시는 것이! 압니다, 당신이 위대하시다는 것도, 이런 부탁이 죄스러운 일이라는 것도. 그러나 부디 제 앞에서 늙은 늑대가 튀어나오게, 그리고 저기서 바라보고 있는 아저씨 앞에서 카라이가 그놈의 숨통을 물고 늘어지게 해주십시오.' 그는 집요하고 긴장되고 불안스러운 눈초리로 반시간 동안 수도 없이, 낮은 사시나무 덤불 위로 떡갈나무 두 그루가 서 있는 숲 언저리며, 가장자리가 씻겨나간 골짜기며, 오른쪽 덤불 뒤로 조금 내다보이는 아저씨의 모자를 바라보고 있었다.

'아니다, 행운은 내게 오지 않는다.' 로스토프는 생각했다. '하느님 께는 아무 의미도 없는 일일 텐데! 아니 틀렸다! 나는 전쟁이든 카드놀이든 무얼 하든 언제나 운이 나쁘다.' 아우스터리츠와 돌로호프의 모습이 순간적으로 선명하게 그의 뇌리에 번갈아 스쳤다. '내 평생 한 번만이라도 다 큰 늑대를 잡을 수 있다면 더이상은 바라지도 않을 것이다!' 그는 눈과 귀를 집중해 왼쪽에서 다시 오른쪽으로 시선을 옮기고, 짐승을 모는 작은 기척에도 귀를 곤두세우며 생각했다. 그가 다시 오른쪽으로 시선을 돌렸을 때, 들판에서 그의 쪽으로 무언가가 달려오는 것이 보였다. '아니다, 그럴 리가 없다!' 오랫동안 고대해오던 것이 실현됐을 때 흔히 사람들이 그렇듯 그는 크게 한숨을 내쉬며 생각했다. 최대의 행복이 실현됐다—그것도 아주 간단히, 소란도 없이, 화려함도 없이, 표시도 없이 갑자기. 로스토프는 자기 눈을 믿을 수 없었고, 이 의혹은 일 분 이상 계속됐다. 늑대는 앞으로 달려오다 도중에 수레홈을 무겁게 뛰어넘었다. 등에 흰털이 섞여 있고, 배가 불그스름하고 잘 먹어 살이 오른 늙은 늑대였다. 늑대는 분명 아무도 자기를 보고 있지 않다고 확신하는 듯 유유히 달렸다. 로스토프는 숨을 죽이고 개들 쪽을 바라보았다. 개들은 늑대를 보지 못했는지 아무것도 모르고 누워 있거나 서 있었다. 늙은 카라이는 고개를 기울이고 누런 이빨을 드러낸 채 궁둥이를 들척거리며 화난 듯이 벼룩을 찾고 있었다.

"울루루루" 하고 로스토프는 입술을 내밀고 나직하게 소리냈다. 개들은 쇠사슬을 한바탕 흔들고 귀를 쫑긋 세우며 일어섰다. 카라이는 넓적다리를 긁고는 귀를 세우고 일어서서 늘어진 꼬리를 가볍게 흔들었다.

'놔줄까, 놔주지 말까?' 늑대가 숲에서 뛰어나와 자기 쪽으로 다가왔을 때 니콜라이는 자신에게 물었다. 갑자기 늑대의 낯이 변하며, 아마 지금까지 한 번도 본 적 없는 인간의 시선이 자기에게 쏠린 것을 알아채고 몸을 떤 것 같았고, 사냥꾼 쪽으로 살짝 고개를 돌리고 발을 멈췄다─뒤로 갈까, 앞으로 갈까, '에잇! 마찬가지다. 앞으로 가자!……' 늑대는 이렇게 정한 듯했고, 이제는 주위를 둘러보지도 않고 부드럽지만 성큼성큼, 자유롭지만 단호한 걸음걸이로 나아갔다.

"울루루!……" 니콜라이가 자기 목소리 같지 않은 목소리로 외치자, 그의 착한 말은 스스로 전속력으로 산을 달려내려가 늑대의 앞길을 막으려고 도랑을 뛰어넘었고, 그 뒤를 따르던 개들이 말을 앞질러 달려갔으며, 니콜라이는 자기의 외침도 듣지 못하고 자기가 달리는 것도 느끼지 못하고 자기가 어디로 달려가는지도 모르고 또 개들도 보지 못했지만, 방향을 바꾸지 않고 큰 골짜기를 달려가는 늑대는 보았다. 맨 먼저 궁둥이가 크고 검은 얼룩이 있는 밀카가 늑대 옆에 나타나더니 눈에 띄게 접근해갔다. 가까이, 더 가까이…… 마침내 따라잡았다. 늑대는 슬쩍 곁눈질했을 뿐이고, 밀카는 늘 그랬듯 덤비지는 않고 갑자기 꼬리를 세우고 앞발로 몸을 버텼다.

"울루루루루!" 니콜라이는 소리쳤다.

붉은 털의 류빔이 밀카 뒤에서 뛰어나와 맹렬히 덤벼들어 뒤쪽 가치*(넓적다리)를 물고 늘어지자 늑대는 순간 놀라 옆으로 뛰어 물러섰다. 늑대는 잠시 주저앉아 이빨을 덜덜 떨었지만, 다시 일어나 1아르신쯤 거리를 두고, 옆으로 다가서지는 못하는 개들에게 둘러싸이며 앞으로 달려갔다.

'달아나버린다! 안 돼, 그럴 순 없어.' 니콜라이는 목쉰 소리로 연방 외치며 생각했다.

"카라이! 울루루!……" 그는 이제 유일한 희망이 된 늙은 수캐를 눈으로 좇으며 외쳤다. 카라이는 늙마의 힘을 다해 최대한 몸을 뻗으며, 늑대에게서 눈을 떼지 않고 진로를 막으려고 옆에서 무겁게 달려갔다. 하지만 늑대의 빠른 발과 늙은 개의 느린 발을 보니, 카라이의 계산이 틀린 것이 분명했다. 니콜라이는 거기까지 달려가면 틀림없이 늑대가 달아나버릴 것 같은, 이제 그리 멀지 않은 앞쪽의 숲을 바라보고 있었다. 거의 정면인 앞쪽에서 사냥꾼들과 개들이 달려오는 것이 보였다. 아직 희망은 있었다. 누구의 개인지는 모르지만 갈색에 몸이 길쭉한 낯선 젊은 수캐가 정면에서 늑대에게 덤벼들어 넘어뜨린 것 같았다. 늑대는 믿기지 않을 만큼 재빨리 일어나더니 이빨을 갈며 갈색 수캐에게 덤벼들었고, 옆구리가 찢기고 피투성이가 된 수캐는 귀청을 찢는 듯한 비명을 지르며 땅에 머리를 처박았다.

"카라유시카**! 아저씨!……" 니콜라이는 울먹였다.

늙은 수캐 카라이는 넓적다리를 떨면서, 잠시 늑대가 멈춘 틈에 앞길을 막으려고 이미 다섯 걸음 옆까지 접근했다. 늑대는 위험을 감지한 듯 사타구니 사이로 꼬리를 감추더니 카라이를 힐끗 곁눈질하고 다시 달리기 시작했다. 그러자 카라이는—니콜라이에게는 카라이에게

---

* 곰이나 늑대 등의 넓적다리를 뜻하는 러시아 사냥꾼 용어.
** 카라이의 애칭.

무슨 일이 일어났다는 것만 보였지만— 순식간에 늑대 위에 올라타 한 덩어리가 되어 앞의 도랑으로 굴러떨어졌다.

개들이 도랑 속에서 늑대와 허우적거리고, 그 밑에서 늑대의 회색 털과 내뻗은 다리, 귀를 누이고 놀란 듯이 헐떡거리는 머리통을 보았을 때야말로(카라이가 목을 물고 있었다) 니콜라이 평생에 가장 행복한 순간이었다. 그가 말에서 내려 늑대를 찌르려고 안장의 앞 테를 붙잡으려 했을 때, 한데 뭉쳐졌던 개의 무리 속에서 짐승의 머리통이 불쑥 튀어나오고, 이어서 앞다리가 도랑 언저리에 걸렸다. 늑대는 이를 갈며(이제 카라이는 목을 물고 있지 않았다) 뒷발질로 도랑에서 뛰어나와 꼬리를 사타구니 사이에 만 채 또다시 개들에게서 물러나 앞쪽으로 돌진했다. 카라이는 털을 곤두세우고, 어딜 맞거나 다쳤는지 어렵사리 도랑에서 기어나왔다.

"아아! 어떻게 된 거지?……" 니콜라이는 절망적으로 외쳤다.

아저씨네 사냥꾼이 반대쪽에서 늑대의 앞길을 막으러 달려왔고, 다시 그의 개들이 늑대를 멈춰 세웠다. 늑대는 다시 포위됐다.

니콜라이와 그의 말구종, 아저씨와 사냥꾼들은 짐승을 둘러싸고 빙빙 돌면서 덤비라고 울루루 소리치며 개들을 추겨댔고, 늑대가 엉덩방아를 찧을 때마다 말에서 뛰어내리려 하다가도 늑대가 힘을 추스르고 일어나 자기를 구해줄 것이 분명한 숲으로 달아나려고 하면 그대로 그 뒤를 쫓았다.

이 사냥이 시작됐을 무렵, 다닐로는 개를 추기는 소리를 듣고 숲 가장자리로 달렸다. 카라이가 늑대를 잡은 것을 본 그는 이제 모두 끝났다고 생각하고 말을 세웠다. 그러나 사냥꾼들이 말에서 내리기도 전에 늑대가 힘을 추스르고 다시 달아나자, 다닐로는 밤색 말에 채찍을 휘둘러 늑대가 간 방향이 아니라 카라이처럼 짐승의 앞길을 막으려고 숲을 향해 곧장 몰았다. 이쪽으로 간 덕분에 늑대가 아저씨의 개들에게 두번째 저지를 당했을 때 그는 그곳으로 달려갈 수 있었다.

다닐로는 칼집에서 뺀 단도를 왼손에 들고, 긴장한 밤색 말의 옆구리에 도리깨처럼 채찍을 휘두르며 묵묵히 말을 달렸다.

니콜라이는 밤색 말이 자기 바로 옆을 가쁘게 헐떡이며 지나칠 때까지는 다닐로의 모습도 보지 못하고 목소리도 듣지 못했지만, 몸뚱이가 나동그라지는 것 같은 소리가 들려서 보자, 다닐로는 이미 개들 사이로 뛰어들어 늑대 궁둥이에 올라타 귀를 잡으려 하고 있었다. 이제는 개에게나 사냥꾼에게나 또 늑대에게나 일이 끝난 것은 분명해 보였다. 짐승은 놀란 듯이 귀를 누이고 일어나보려 애썼지만 개들이 달라붙었다. 다닐로는 몸을 조금 일으켜 한 발짝 내딛더니 마치 한숨 돌리려고 눕는 것처럼 온몸의 무게를 실어 늑대 위로 쓰러지면서 두 귀를 잡았다. 니콜라이는 칼로 찌르고 싶었지만, 다닐로는 "그러실 것 없습니다. 묶으시죠" 하고는 자세를 바꿔 한 발로 늑대의 목을 짓눌렀다. 늑대의 입에 재갈처럼 막대기가 물리고 말의 굴레를 씌우듯 가죽끈이 동여지고 네발이 묶이자 다닐로는 늑대를 두어 번 이리저리 굴렸다.

사람들은 모두 행복하면서도 지친 얼굴로 발을 구르며 콧바람을 불고 있던 말 등에 생포한 늙은 늑대를 올렸고, 사냥감을 보고 짖고 덤벼드는 개들을 데리고 모이기로 했던 장소로 갔다. 몰이개들은 어린 늑대 두 마리, 보르조이들은 세 마리를 잡았다. 사냥꾼들은 제각기 사냥거리와 자랑거리를 가지고 모여들어서는 모두 늙은 늑대를 보려고 다가갔는데, 늑대는 입에 막대기가 물리고 이마가 넓은 대가리를 떨어뜨린 채, 자기를 둘러싼 사람과 개 무리를 커다란 유리알 같은 눈으로 쳐다보았다. 그리고 손을 댈 때마다 묶인 다리를 떨며 거칠지만 단순한 눈빛으로 모두를 쳐다보았다.

일리야 안드레이치 백작도 말을 몰고 가 늑대를 만져보았다.

"오, 대단한데." 그는 말했다. "꽤 된 놈인데, 그렇지?" 그는 옆에 서 있는 다닐로에게 물었다.

"그렇습니다, 나리." 다닐로는 급히 모자를 벗으며 대답했다.

백작은 자기가 놓친 늑대와 아까 다닐로와 충돌했던 일을 떠올렸다.

"그런데 형제, 자네는 화를 잘 낸단 말이야." 백작은 말했다. 다닐로는 말은 하지 않고 그저 쑥스러운 듯 아이같이 순하고 유쾌한 미소를 지었다.

6

노백작은 집으로 돌아갔다. 나타샤와 페탸는 곧 돌아간다고 하고 남았다. 아직 시간이 일렀으므로 사냥은 계속되었다. 정오 무렵, 어린 나무가 울창한 숲의 골짜기에 몰이개들을 풀어놓았다. 니콜라이는 그루터기만 남은 밭에 서서 사냥꾼들을 바라보고 있었다.

니콜라이의 맞은편은 우거진 녹음이고, 그곳에 솟은 호두나무 아래 덤불 구덩이에 그의 사냥꾼이 서 있었다. 몰이개들을 풀자 니콜라이는 볼토른이 간간이 짖는 귀에 익은 소리를 들었고, 다른 개들도 이에 따라 잠잠하기도 하고 짖기도 했다. 일 분 후, 이 섬에서 여우를 유인하는 소리가 들려오자, 사냥개 무리는 모두 니콜라이 곁을 떠나 골짜기를 따라 녹지를 달려갔다.

그는 빨간 모자를 쓴 사냥개 감독들이 말을 타고 울창한 골짜기 가장자리로 달려가는 모습을 보았고, 개들도 보았으며, 반대쪽 녹지에 여우가 나타나기를 매 순간 기다렸다.

구덩이에 서 있던 사냥꾼이 움직이더니 개를 풀었고, 니콜라이는 키가 작고 괴상하게 생긴 붉은색 여우가 트루다*(꼬리)를 펴고 황급히 녹지 쪽으로 달려가는 것을 보았다. 개들이 여우를 향해 짖기 시작했다. 마침내 개들이 여우 가까이로 접근하자 여우는 개들 사이에서 원을 그리며 점점 빨리 돌더니 털이 다보록한 꼬리를 홱홱 내둘렀고, 누군가의 하얀 개와 뒤이어 검은 개가 덮쳐들자 전부 뒤엉키면서 제각각의 방향으로 궁둥이를 돌리고 별 모양으로 조금씩 꿈틀거리며 나란히 섰다. 빨간 모자를 쓴 사냥꾼과 녹색 카프탄을 입은 낯선 사냥꾼이 개들 쪽으로 달려갔다.

'뭐지?' 니콜라이는 생각했다. '저 사냥꾼은 어디서 난데없이 나타난 거지? 아저씨네 사람도 아닌데.'

사냥꾼들은 여우를 생포한 뒤에도 안장에 매달지 않고 그대로 한참 서 있었다. 그 주위에는 단단하게 고삐가 채워진 말이 불룩한 안장을 보이며 서 있었고, 개들은 엎드려 있었다. 사냥꾼들은 손을 휘두르며 여우를 놓고 뭔가 하고 있었다. 이윽고 어디선가 뿔피리 소리가 울렸

---

* 여우의 꼬리를 뜻하는 러시아 사냥꾼 용어.

다―그들 사이에 약속된, 싸움이 시작된다는 신호였다.

"일라긴네 사냥꾼과 우리 이반이 뭔가로 실랑이를 벌이고 있습니다." 니콜라이의 말구종이 설명했다.

니콜라이는 누이와 페탸를 부르러 말구종을 보내고, 사냥개 감독들이 몰이개들을 모으고 있는 곳으로 평보로 말을 몰았다. 몇몇 사냥꾼이 싸움이 벌어진 곳으로 달려갔다.

니콜라이는 말에서 내려, 거기 와 있던 나타샤와 페탸와 함께 몰이개들 옆으로 가 발을 멈추고는 싸움이 어떻게 끝났는지 보고하러 오길 기다렸다. 이윽고 숲 가장자리에서 싸우던 사냥꾼이 안장가죽에 여우를 잡아달고 나타나 젊은 주인에게 다가갔다. 그는 멀리서부터 모자를 벗어들고 와서 되도록 공손하게 말하려고 노력했으나 창백하고 헉헉거리고, 얼굴은 증오로 가득차 있었다. 한쪽 눈을 얻어맞았는데, 자신은 그것을 모르는 것 같았다.

"너희는 거기서 뭘 하고 있었나?" 니콜라이는 물었다.

"글쎄, 저놈이 우리 개를 쫓아내고 여우를 가로채려 했습니다! 우리 회색 암캐가 잡았는데 말입니다. 흥, 누구에게든 물어보십시오! 남의 여우를 가로채는 게 말이 되는지를요! 그래서 저도 그놈을 여우처럼 뒹굴려줬습니다. 보십시오, 안장가죽에 달아놓았습니다. 아니, 이거라도 받고 싶은 건가?" 사냥꾼은 아직도 상대방과 말다툼하는 기분인 듯 단검을 내보이며 말했다.

니콜라이는 사냥꾼에게는 아무 말 하지 않고 누이와 페탸에게 기다리라고 이른 뒤, 그 뻔뻔한 일라긴네 사냥 무리가 있는 곳으로 말을 몰았다.

의기양양한 사냥꾼은 동료 무리 속으로 말을 몰고 들어가, 동정과 호기심에 찬 눈에 둘러싸여 자기 공로를 떠벌리기 시작했다.

　사건의 경위는 이러했다. 이전부터 로스토프가와 사이가 좋지 않아 소송 문제까지 일으키던 일라긴은 로스토프가 소유의 사냥터에서 늘 사냥을 해왔는데, 이날도 마치 짐작이라도 한 것처럼 로스토프가 사람들이 사냥하고 있던 숲으로 자기 사람들을 보내, 남의 몰이개들을 쫓아내고 사냥거리를 잡으라고 시켰던 것이다.

　니콜라이는 한 번도 일라긴을 만난 적은 없지만 언제나 판단과 감정에서 중용을 모르는 성격인지라, 이 지주의 난폭함과 방자함에 관한 소문만 듣고 마음 깊이 그를 미워하고 최대의 원수로 여기고 있었다. 그는 가슴이 울렁거릴 만큼 격분해 긴 채찍을 움켜잡고, 자신이 이 원수에게 단호하고 위험한 어떤 행동을 할지도 모른다고 충분히 각오하며 말을 몰고 갔다.

　그가 숲의 턱진 곳으로 나서자마자 비버가죽 모자를 쓴 뚱뚱한 신사가 훌륭한 검정말을 타고 두 명의 말구종을 거느리고 오는 것이 보였다.

　니콜라이는 일라긴이 원수이기는커녕 오히려 젊은 백작과 친해지길 바라는 훌륭하고 공손한 지주라는 것을 알게 되었다. 일라긴은 로스토프가 가까이 오자 비버가죽 모자를 살짝 들고 몹시 미안하게 됐다, 남의 개를 쫓아내고 사냥하려 한 사냥꾼에게는 당장 벌을 주라고 일렀다, 하지만 이 일을 계기로 백작과 친해지길 바라며, 자기 사냥터를 그에게 제공하겠다고 말했다.

　나타샤는 오빠가 무슨 무서운 짓이라도 저지를까봐 마음을 졸이면서 뒤에 바짝 붙어 말을 몰고 따라갔다. 그녀는 두 원수가 정답게 인사를 나누는 것을 보고 옆으로 다가갔다. 일라긴은 아까보다 더 높이 비버가죽 모자를 들고 기분좋은 미소를 지으면서, 백작영애는 사냥에 대한 열정으로 보나 소문이 자자한 미모로 보나 영락없는 디아나*입니다 하고 말했다.

일라긴은 로스토프에게 자기 사냥꾼의 죗값을 치르고 싶다며 1베르스타쯤 떨어진 자기 영지의 어느 언덕으로 가자고 끈질기게 청했고, 그의 말에 따르면 그곳은 자기가 남겨둔 사냥터인데 토끼가 우글거린다고 했다. 니콜라이는 승낙했고, 그렇게 두 배로 늘어난 사냥꾼 일행은 앞으로 움직였다.

일라긴이 말한 언덕으로 가려면 들을 지나가야 했다. 사냥꾼들은 일렬로 나아갔다. 주인들은 나란히 나아갔다. 아저씨도, 로스토프도, 일라긴도 서로 상대방이 눈치채지 못하게 남의 개를 은근슬쩍 내려다보면서, 그중에 자기 개의 호적수는 없는지 불안한 마음으로 찾았다.

일라긴의 사냥개들 중 유다른 아름다움으로 로스토프를 놀라게 한 것은 십치**(주둥이)가 가늘고, 몸은 작지만 강철처럼 탄탄한 근육에 검은 눈이 불거지고 붉은 얼룩이 있는 치스톱소비 순종 암캐였다. 그도 일라긴의 개들이 빠르다는 말은 들었지만, 그 아름다운 암캐야말로 밀카의 호적수라는 것을 알아보았다.

일라긴이 금년 수확에 대해 진지한 이야기를 할 때, 니콜라이는 그 붉은 얼룩의 암캐를 가리켰다.

---

* 로마신화에 나오는 사냥의 여신.
** 개의 주둥이를 뜻하는 러시아 사냥꾼 용어.

"당신의 저 암캐는 훌륭하군요!" 그는 무심한 듯이 말했다. "빠르겠죠?"

"이 개 말입니까? 네, 아주 훌륭하죠, 잘 잡습니다." 일라긴은 붉은 얼룩이 있는 예르자에 대해 무덤덤하게 말했지만, 실은 일 년 전 이 개를 얻느라 세 세대의 농노를 이웃 지주에게 양도했었다. "그러면 백작, 당신네 수확은 신통치 않다는 겁니까?" 하고 그는 일단 시작한 이야기를 계속했다. 그리고 젊은 백작의 칭찬에 칭찬으로 답하는 것이 예의라 생각하고는 로스토프의 개들을 둘러보고 넓은 몸통이 눈에 띄는 밀카를 골라냈다.

"당신의 저 검은 얼룩개도 훌륭하군요, 좋은데요!" 그는 말했다.

"그렇죠, 나쁘지 않죠, 잘 달립니다." 니콜라이는 대답했다. '만약 지금 큰 토끼가 들을 달려간다면 이 개의 진가를 보여줄 수 있을 텐데!' 그는 생각했다. 그리고 말구종을 돌아보고는 누구든 엎드려 있는 토끼를 발견한 자에게는 1루블을 주겠다고 말했다.

"아무래도 이해가 안 됩니다" 하고 일라긴은 말을 이었다. "왜 다른 사냥꾼들은 사냥거리와 개를 부러워할까요. 나는 말입니다, 백작. 당신도 아시다시피 나는 이렇게 말을 타고 돌아다니는 것이 즐겁고, 더구나 이렇게 좋은 사람들을 만나면…… 그보다 더 행복한 일이 없지요(그는 나타샤를 향해 다시 비버가죽 모자를 들었다), 얼마나 잡았느냐 하는 건 아무래도 상관없습니다!"

"그건 그렇습니다."

"짐승을 잡은 것이 내 개가 아니라 남의 개라 해도 나는 아무래도 좋습니다, 나는 그저 사냥을 지켜보는 것만으로도 만족스러우니까요, 그렇지 않습니까, 백작? 그래서 내 생각에는……"

"아앗—있다!" 이때 서 있던 보르조이 사육인의 긴 외침 소리가 들렸다. 그는 그루터기만 남은 나지막한 언덕에 서서 채찍을 치켜들며 또다시 길게 되풀이했다. "아아앗—있다!" (이 소리와 치켜든 긴 채찍은 그가 엎드려 있는 토끼를 눈앞에서 발견했다는 표시였다.)

"아, 발견했나보군요." 일라긴은 무관심한 듯이 말했다. "어떻소, 백작, 한번 몰아볼까요."

"글쎄요, 일단 가까이 가보시죠…… 어떠십니까, 같이 몰아보는 것이?" 니콜라이는 예르자와 아저씨의 붉은 개 루가이를 바라보며 대답했는데, 그는 아직까지 이 두 호적수와 자기 개를 비교해볼 기회가 없었다. '자, 내 밀카를 이기는지 한번 두고보자!' 그는 일라긴과 아저씨와 나란히 말을 몰아 토끼 쪽으로 다가가며 생각했다.

"다 큰 놈인가?" 일라긴이 토끼를 발견한 사냥꾼에게로 다가가며 물었고, 약간 흥분한 듯 주위를 둘러보고는 예르자를 휘파람으로 불렀다……

"어떻게 하시겠습니까, 미하일 니카노리치?" 그는 아저씨에게로 얼굴을 돌렸다. 아저씨는 눈살을 찌푸린 채 말을 몰았다.

"내가 낄 수 있겠소! 두 사람의 개들이 워낙 대단해서—그럼 그렇지!—한 마리가 마을 하나에 맞먹으니, 수천 루블짜리잖습니까. 자기 개들이나 시험해보시게, 난 구경이나 할 테니까!"

"루가이! 자, 자!" 그는 외쳤다. "루가유시카!" 그는 이 애칭을 덧붙여 붉은 수캐에 대한 기대와 애정을 무의식적으로 드러냈다. 나타샤는 두 노인과 오빠가 감추고 있는 흥분을 알아채고 느끼면서 덩달아 흥분했다.

나지막한 언덕에 사냥꾼이 긴 채찍을 쳐들고 서 있고, 주인들은 평보로 말을 몰아 그쪽으로 가고, 지평선 위를 달리던 몰이개들은 토끼 옆으로 벗어나고, 주인들 이외의 사냥꾼들은 흩어지기 시작했다. 모든 것이 천천히 침착하게 움직였다.

"머리를 어느 쪽에 두고 있나?" 언덕에 서 있는 사냥꾼으로부터 백 걸음쯤 되는 곳에 이르렀을 때 니콜라이는 물었다. 그러나 사냥꾼이 미처 대답도 하기 전에 토끼는 마치 내일 아침의 추위를 예감하고 이렇게 엎드려 있을 수 없다는 것처럼 풀쩍 뛰어 일어났다. 매여 있는 몰이개들이 짖어대며 토끼를 쫓아 내리막을 돌진하고, 가죽끈에 매여 있지 않은 보르조이 무리는 사방에서 몰이개들과 토끼를 향해 몰려갔다. 지금까지 천천히 움직이던 사냥꾼들과 사냥개 감독들은 "섯!" 하고, 보르조이 사육인들은 "잡아!" 하고 개들을 추기며 들을 가로질러 달리기 시작했다. 침착하던 일라긴도, 니콜라이도, 나타샤도, 아저씨도, 자신이 어디로 어떻게 가는지도 모르는 채 그저 개와 토끼를 향해, 사냥감에서 잠시도 눈을 떼지 않고 날듯이 달렸다. 토끼는 큰 놈이고 날쌨다. 뛰어 일어나서 바로 달리지는 않고, 갑자기 사방에서 일어난 외침과 말발굽 소리에 귀기울이는 듯 귀를 쫑긋거렸다. 처음에는 개가 다가오는데도 서두르지 않고 열 발쯤 뛰다가, 마침내 위험을 알아채자 방향을 정하고 귀를 바짝 눕힌 채 전속력으로 달리기 시작했다. 토끼가 엎드려 있던 곳은 그루터기만 남은 밭이었지만 앞쪽은 질퍽한 녹지였다. 토끼를 발견한 사냥꾼의 개 두 마리가 가장 가까이에 있다가 맨먼저 토끼를 뒤쫓았지만, 얼마 따라붙기도 전에 뒤에서 일라긴의 붉은 얼룩개 예르자가 뛰어나와 개 한 마리 간격까지 접근하더니 토끼의 꼬리를 노리며 맹렬히 다가들었다. 그리고 잡았다고 생각한 듯 공처럼 굴렀지만, 토끼는 등을 둥글게 말며 더 빠르게 달렸다. 예르자 뒤에서 궁둥이가 크고 검은 얼룩이 있는 밀카가 나타나더니 재빨리 토끼를 따라잡았다.

"밀루시카*, 아주머니!" 니콜라이의 의기양양한 외침 소리가 들렸다. 밀카는 당장이라도 토끼에게 달려들어 잡을 것처럼 보였지만, 그대로 지나쳐버렸다. 토끼가 몸을 살짝 피한 것이다. 아름다운 예르자는 이번에는 실수 없이 넓적다리 뒤쪽을 물려고 다가들어 토끼 꼬리 바로 위로 목을 내밀었다.

"예르진카**! 누이!" 원래 목소리 같지 않은 일라긴의 울먹이는 소리가 들렸다. 그러나 예르자는 그의 애원을 들어주지 않았다. 분명 물었다고 생각한 순간, 토끼는 살짝 몸을 비켜 녹지와 그루터기만 남은 밭의 경계를 달리기 시작했다. 또다시 예르자와 밀카는 한 끌채에 매인 두 필의 말처럼 나란히 토끼를 쫓기 시작했는데, 밭둑을 달리는 데는 토끼가 유리했기 때문에 개는 앞지를 수 없었다.

"루가이! 루가유시카! 그럼 그렇지!" 이때 다른 목소리가 외쳤고, 아저씨의 등이 구부정한 붉은 수캐 루가이가 등을 구부렸다 폈다 하며 선두의 두 마리와 나란히 됐다가, 이내 앞질러 몸을 사리지 않는 무서운 기세로 토끼를 정면에서 덮쳐 밭둑에서 녹지로 몰아내고 한층 광포한 기세로 질척한 땅에 무릎까지 파묻혀가며 진흙투성이 녹지를 내

---

* 밀카의 애칭.
** 예르자의 애칭.

처 달려가 등이 진흙투성이가 되면서 토끼와 함께 공처럼 뒹구는 모습만 보였다. 개들이 별 모양으로 그것을 둘러쌌다. 잠시 후 그들은 몰려 있는 개들 옆에 서 있었다. 기뻐하는 아저씨만이 말에서 내려 토끼의 뒷발을 잘랐다. 그는 피를 빼기 위해 토끼를 흔들면서, 손발 둘 곳을 모르겠다는 듯이 눈알을 굴리며 불안한 듯 사방을 둘러보았고, 자기가 누구에게 무슨 말을 하는지도 모르는 것처럼 말했다. "정말 잘했다…… 이 개가…… 천금짜리 개들을 몽땅 물리치고 잡았어—그럼 그렇지!" 그는 마치 모두가 그의 적이고 그를 모욕했는데 드디어 그들에게 본때를 보였다는 듯이, 누군가를 욕하는 듯한 어조로 헐떡이고 증오에 찬 눈으로 사방을 둘러보며 말했다. "당신네 천금짜리 개들이 뭐 그렇지—그럼 그렇지!"

"루가이, 발이다." 그는 진흙이 달라붙은 토끼의 잘라낸 발을 던져주며 말했다. "상이다, 그럼 그렇지!"

"밀카는 녹초가 돼버렸어. 혼자서 세 번이나 따라잡았거든." 니콜라이 역시 누구의 말도 귀담아듣지 않고, 또 남이 자기 말을 듣든 말든 아랑곳없이 중얼거렸다.

"이건 가로채기입니다!" 일라긴의 말구종이 말했다.

"아쉽긴 하군, 그만큼 몰아넣었으면 집지기 개라도 잡을 수 있었을 거야." 달린데다가 흥분해서 얼굴이 새빨개진 채 숨을 몰아쉬던 일라긴이 동시에 말했다. 나타샤도 숨도 안 쉬고 귀가 먹먹할 만큼 높은 목소리로 유쾌하고 의기양양하게 외쳤다. 이 환성 또한 다른 사냥꾼들이 한꺼번에 쏟아낸 갖가지 말과 같은 뜻을 표현한 것이었다. 그리고 만약 다른 때였다면 그녀 자신도 그 거친 목소리를 쑥스러워하고 다른 사람들도 모두 깜짝 놀랄 만큼 괴상한 것이었다. 아저씨는 직접 토끼를 안장에 올리고, 다른 사람들을 비난하는 듯한 태도로 그것을 능숙하고 재빠르게 말 궁둥이 쪽으로 옮긴 뒤, 누구와도 말을 섞고 싶지 않다는 표정으로 밤색 말에 올라 그대로 가버렸다. 다른 사람들은 시무룩하고 모욕을 당한 듯한 표정으로 제각기 말을 몰고 갔고, 한참이 지나서야 겨우 전과 같은 냉정한 상태로 돌아갈 수 있었다. 사람들은 한참이나 붉은 개 루가이를 바라보았고, 루가이는 진흙투성이 등을 구부리고 쇠사슬을 철컥거리면서 승리자다운 모습으로 아저씨의 말을 뒤따라갔다.

'뭐, 나도 그런 때 말고는 다른 개나 다름없어요. 아, 하지만 그런 일이 벌어지면, 끝까지 물고 늘어져야죠!' 니콜라이는 그 개의 낯이 이렇게 말하는 것 같았다.

한참 후 아저씨가 말을 타고 니콜라이에게 다가와 말을 걸었는데, 니콜라이는 그런 일이 있었던 후인데도 아저씨가 자기에게 말을 걸어준 것이 흡족했다.

7

저녁에 일라긴과 작별했을 때 니콜라이는 자기가 집에서 너무 멀리 떨어져 있다는 것을 깨달았고, 그래서 그는 사냥을 끝내고 자기 영지의 마을인 미하일롭카에서 묵으면 어떠냐는 아저씨의 제안에 따르기로 했다.

"만약 네가 우리집에 들러준다면—그럼 그렇지!" 아저씨가 말했다. "그보다 좋은 일은 없지, 봐라, 날씨도 습하잖니." 아저씨는 말을 이었다. "잠깐 쉬었다가, 백작영애는 마차를 태워 보내면 될 거다." 니콜라이는 아저씨의 제안대로 한 사냥꾼을 오트라드노예로 보내 마차를 보내게 하라고 이르고, 나타샤와 페탸와 함께 아저씨 집으로 향했다.

어른과 아이를 합해 다섯 명쯤 되는 남자들이 주인을 맞으러 정면 현관으로 달려나왔다. 또 늙은이, 어른, 아이 할 것 없이 몇십 명의 여자들이 뒤쪽 현관에서 나와 말을 타고 온 사냥꾼들을 구경했다. 여자지만 말을 탄 나타샤를 보자 아저씨네 하인들의 호기심은 극에 달했고, 많은 사람이 아무 거리낌 없이 그녀에게 다가가 눈을 들여다보기도 하고, 무슨 말을 들어도 알아듣지 못하고 이해할 수도 없는 초인적이고 불가사의한 구경거리라도 되는 것처럼 눈앞에서 아무렇지도 않게 그녀를 평하기도 했다.

"아린카, 봐봐, 옆으로 타고 있어. 옷자락을 펄럭이며 앉아 있잖아…… 어머나, 뿔피리까지 있어!"

"에구머니나, 주머니칼까지!……"

"영락없는 타타르 여자야!"

"어떻게 굴러떨어지지 않았어요?" 그중 가장 대담한 여자가 벌써 직접 나타샤에게 묻고 있었다.

아저씨는 정원수가 무성한 목조 가옥의 현관 앞에서 말을 내리자, 하인들을 둘러보고는 볼일이 없는 자는 물러가서 손님들과 개들을 대접하라고 명령조로 소리쳤다.

모두 흩어졌다. 아저씨는 나타샤를 말에서 내려주고, 손을 잡고 현관의 흔들흔들하는 판자 계단으로 올라갔다. 회칠을 하지 않은 통나무 벽의 집은 별로 깨끗하다고 할 수 없었는데, 이 집 사람들이 집을 더럽히지 않으려고 유의하는 것 같지도, 그렇다고 아무렇게나 내버려두는 것 같지도 않았다. 현관에는 신선한 사과 향기가 감돌고, 늑대와 여우 가죽이 걸려 있었다.

아저씨는 현관방을 지나 접이탁자와 마호가니 의자가 놓인 작은 응접실로 손님들을 안내했고, 자작나무 원탁과 소파가 있는 객실을 지나, 해진 소파며 낡아빠진 융단이며 수보로프 장군의 초상이며, 주인의 양친과 그 자신의 군복 차림 초상 등이 있는 서재로 데려갔다. 서재에서는 담배 냄새와 강렬한 개냄새가 코를 찔렀다.

아저씨는 손님들에게 앉아서 편히 쉬라고 말하고는 나갔다. 아직 등이 더러운 루가이가 서재에 들어오더니 소파에 올라앉아 혀와 이로 털을 핥기 시작했다. 서재는 해진 커튼이 걸린 칸막이가 보이는 복도로 통하고 있었다. 칸막이 뒤에서 여자의 웃음소리와 속삭임이 들렸다. 나타샤와 니콜라이와 페탸는 외투를 벗고 소파에 앉았다. 페탸는 턱을 괴더니 곧 잠들어버렸고, 나타샤와 니콜라이는 말없이 앉아 있었다. 두 사람은 배가 많이 고팠지만 얼굴은 상기되고 아주 유쾌해 보였다. 그들은 서로를 마주보았고(이미 사냥도 끝나고, 집안에 있었으므로 니콜라이도 누이동생에 대해 남자로서 우월함을 보일 필요를 느끼지 않았다), 나타샤는 오빠에게 윙크했고, 두 사람은 웃을 구실을 생각해낼 겨를도 없이 큰 소리로 웃음을 터뜨렸다.

잠시 후 아저씨가 카자킨과 파란색 바지를 입고 작은 장화를 신은 차림으로 들어왔다. 나타샤는 언젠가 아저씨가 오트라드노예에 왔을 때 자신이 놀라움과 조롱을 품고 보았던 이 옷차림이 프록코트나 연미복에 뒤지지 않는 진짜 옷차림이라고 느꼈다. 아저씨도 즐거운 듯했는데, 그는 오누이의 웃음에도 불쾌해하지 않았을 뿐만 아니라(그는 자기의 생활이 남의 비웃음을 산다고는 꿈에도 생각지 않았다), 오히려 그들의 이유도 없는 웃음에 끼어들어 함께 웃었다.

"우리 젊은 백작영애 아가씨—그럼 그렇지—같은 여자는 본 적이 없어!" 그는 말했다. 그는 물부리가 긴 파이프를 로스토프에게 건네고, 짧게 자른 파이프는 익숙한 손놀림으로 자기 세 손가락 사이에 끼웠다.

"하루종일 말을 타고 돌아다닌데다가 남자도 힘들어하는 일을 하고도 끄떡없다니!"

아저씨가 들어오고 얼마 지나지 않아 문이 열리더니, 발소리를 들을 때는 맨발의 소녀인 줄 알았는데 마흔 살쯤 되어 보이는 뚱뚱하고 볼이 빨갛고 이중턱에 장밋빛 입술이 도톰한 아름다운 여자가 이것저것을 얹은 커다란 쟁반을 들고 들어왔다. 그녀는 눈빛도 동작도 상냥하고, 품위와 매력을 풍기며 손님들을 둘러보고는 유쾌한 미소를 머금고 공손하게 절했다. 보통 이상으로 뚱뚱해서 가슴과 배가 튀어나오고 머리는 뒤로 기울 지경이지만, 이 여자(아저씨네 집사)의 걸음걸이는 몹시 경쾌했다. 그녀는 탁자로 걸어가서 쟁반을 놓더니 토실토실하고 하얀 손으로 술병이며 안주며 음식을 요령 있게 탁자에 내놓았다. 그러고는 뒤로 물러서서 미소를 띤 채 문가에 섰다. '제가 여기 있습니다! 당신의 아저씨가 어떤 분인지 아시겠죠?' 그녀의 등장은 로스토프에게 이렇게 말하는 것 같았다. 어찌 모를 수 있겠는가, 로스토프뿐만 아니라 나타샤도 아저씨가 어떤 사람인지 알았고, 이 아니시야 표도로브나가 들어왔을 때 아저씨가 눈썹을 찌푸리고 입술을 가볍게 실그러뜨리며 행복하고 만족한 미소를 지었던 의미도 알 수 있었다. 쟁반에 가져온 것은 약초주와 과실주, 버섯, 유라가*를 넣어 만든 호밀 과자, 벌집에 든 꿀, 끓여서 거품이 일어난 꿀, 사과, 날 호두와 구운 호두와 꿀에 절인 호두 등이었다. 아니시야 표도로브나는 꿀과 설탕을 넣은 잼, 햄, 갓 구운 닭고기를 가지고 다시 왔다.

전부 아니시야 표도로브나가 키우고 수확해서 한 요리였다. 모든 것에 아니시야 표도로브나의 향기와 맛과 취향이 배어 있었다. 모든 것이 촉촉하고 깨끗하고 새하얗고, 기분좋은 미소 같은 느낌을 주었다.

"드세요, 백작영애 아가씨." 그녀는 나타샤에게 이것저것 권했다. 나타샤는 모두 먹어보았고, 유라가를 넣은 과자와 이런저런 맛의 잼과 꿀에 절인 호두와 닭고기는 먹어본 적은커녕 본 적도 없는 것 같았다. 아니시야 표도로브나는 나갔다. 로스토프와 아저씨는 체리주를 마시고 저녁을 먹으며 옛날과 미래의 사냥에 대해, 루가이와 일라긴의 개들에 대해 이야기했다. 나타샤는 소파에 다소곳이 앉아 눈을 반짝이며 두 사람의 이야기를 들었다. 그녀는 페탸에게 뭐라도 먹이려고 여러 번 깨웠지만, 페탸는 잠이 깨지 않는 듯 알아들을 수 없는 소리만 중얼거렸다. 나타샤는 진심으로 즐겁고, 이 새로운 환경이 무척이나 마음에 들었기 때문에 자기를 데리러 오는 드로시키가 너무 빨리 오지 않을까 걱정했다. 자기 집에 지인을 처음 초대할 때 흔히 있는 일이지만, 어쩌다가 침묵이 찾아들면 아저씨는 손님들 마음을 차지하고 있는 생

---

* 유청과 비슷한 것.

각에 대답하듯이 말문을 열었다.

"나는 이렇게 여생을 보내고 있단다…… 죽으면―그럼 그렇지!―
아무것도 남지 않거든. 그러니까 죄짓는 일은 할 수가 없어!"

이 말을 할 때 아저씨의 얼굴은 아주 의미심장하고 아름답기까지 했
다. 이때 문득 로스토프는 아버지와 이웃들에게서 들어왔던 아저씨에
대한 좋은 평판을 하나하나 떠올려보았다. 아저씨는 이 지방의 이웃들
에게 고결하고 욕심 없는 괴짜라는 평판을 듣고 있었다. 그는 가정 내
분쟁에 중재자로 불려가기도 하고, 유언 집행인이 되기도 하고, 비밀
고백을 듣기도 했으며, 조정관이나 그 밖의 자리에 선출되기도 했으나
공직은 언제나 완강히 거절했고, 봄가을에는 밤색 말을 타고 들에 나
가서 보내고, 겨울에는 집에서, 여름에는 나무가 무성한 뜰을 누비며
지냈다.

"왜 근무하지 않으세요, 아저씨?"

"근무했었지, 그런데 그만뒀어. 맞지가 않았거든. 그럼 그렇지, 나
는 아무것도 몰라. 그런 건 너희의 일이고, 내 머리로는 부족해. 그러
나 사냥이라면 문제가 다르지―그럼 그렇지! 이봐 문 열어" 하고 그
는 외쳤다. "왜 닫아놓는 거야!" 복도(아저씨는 콜리도르라고 말했다*)
끝에 있는 문은 독신자 방으로 통했는데, 사냥꾼들의 방을 이렇게 부
르고 있었다. 맨발로 바삐 걷는 소리가 들리고, 보이지 않는 손이 독신
자 방의 문을 열었다. 복도에서 그 방면의 명수인 듯한 사람이 발랄라
이카**를 타는 소리가 뚜렷하게 들려오기 시작했다. 나타샤는 이미 한참

---

* 복도를 뜻하는 코리도르(коридор)를 콜리도르(колидор)로 발음한 것.
** 기타와 유사한 삼각형의 현악기.

전부터 그 소리를 듣고 있었는데, 더 똑똑히 듣기 위해 복도로 나섰다.

"저건 우리집 마부 미티카야…… 내가 좋아해서, 좋은 발랄라이카를 사줬지." 아저씨는 말했다. 아저씨의 집에서는 그가 사냥에서 돌아오면 미티카가 독신자 방에서 발랄라이카를 타게 되어 있었다. 아저씨가 그 연주를 듣는 것을 좋아했기 때문이다.

"아주 잘 타는데요! 꽤 잘하네요." 니콜라이는 마치 그 소리에 자신이 넋을 잃은 것을 고백하기가 부끄러운 듯, 자기도 모르게 얕잡는 어조로 말했다.

"잘한다고요?" 나타샤는 오빠의 어조를 알아채고 나무라듯이 말했다. "저건 잘하는 정도가 아니라 이루 말할 수 없이 아름다운 거예요!" 아저씨가 대접한 버섯과 꿀과 과실주가 이 세상에서 최고라 느껴졌듯이, 나타샤는 이 노랫가락 역시 이 순간 음악이 가진 미의 극치로 생각되었다.

"좀더, 더 타주세요." 발랄라이카 소리가 그치자 나타샤는 문을 향해 말했다. 미티카는 음을 맞추고 〈귀부인〉이라는 곡을 떨리는 소리로 변주해가며 다시 힘차게 타기 시작했다. 아저씨는 고개를 숙이고 살며시 미소지으며 앉아서 듣고 있었다. 〈귀부인〉의 모티프는 백 번쯤 되풀이되었다. 그는 몇 번이나 발랄라이카의 음을 맞추고, 다시 같은 곡을 탔지만, 지루해지기는커녕 더욱더 듣고 싶어지기만 했다. 아니시야 표도로브나가 들어와서 문설주에 뚱뚱한 몸을 기댔다.

"듣고 계세요, 백작영애?" 그녀는 아저씨와 똑같은 미소를 띠며 나타샤에게 말했다. "저이는 정말 잘 탑니다." 그녀는 말했다.

"거긴 그렇게 하는 게 아니야." 아저씨가 갑자기 격렬한 몸짓을 하며 말했다. "거기는 트레몰로*로―그럼 그렇지―트레몰로로."

"아저씨도 탈 줄 아세요?" 나타샤가 물었다. 아저씨는 대답하지 않고 빙그레 웃었다.

"이봐 아니시유시카**, 줄이 괜찮을까, 기타 말이야, 한번 봐주겠나? 벌써 한참이나 손도 대지 않았어, 그럼 그렇지! 완전히 그만뒀거든."

아니시야 표도로브나는 기꺼이 주인의 명령을 수행하러 가벼운 발걸음으로 걸어가서 기타를 가지고 돌아왔다.

아저씨는 아무도 보지 않고 먼지를 불어 털더니 뼈대가 굵은 손가락으로 기타의 몸통을 탕 치고 음을 맞춘 뒤 안락의자에서 앉은 자세를 바로잡았다. 그러고는 기타 목 부분을 잡고(다소 연극적인 제스처로 왼쪽 팔꿈치를 뒤로 빼고) 아니시야 표도로브나에게 윙크하고 높고 맑은 화음을 한 번 울리더니 〈귀부인〉이 아니라 정확하고 침착하고 힘차게 〈포장도로를 걸어가면〉이라는 유명한 가곡을 아주 느리게 타기 시작했다. 기품 있고 명랑한 기분(아니시야 표도로브나의 온몸에서 숨쉬고 있는 듯한 기분과 같은 것이었다)에 맞춰, 니콜라이와 나타샤의 마음 깊은 곳에서도 그 주제가 울리기 시작했다. 아니시야 표도로브나는 얼굴을 온통 붉히고 웃더니 스카프로 얼굴을 가린 채 방에서 나갔다. 아저씨는 아니시야 표도로브나가 떠난 자리를 지금까지와는 다른 감격에 찬 눈으로 바라보며 열심히, 정력적으로, 힘차게 계속해서 훌륭히 탔다. 흰 수염이 덮인 얼굴 아랫부분이 살짝 웃고 있었는데, 곡이 고조되며 박자가 빨라지고 트레몰로 부분에서 무언가가 끊어진 듯했

* 빠르게 떨듯이 반복하는 연주법.
** 아니시야의 애칭.

을 때 그 웃음은 특히 눈에 띄었다.

"훌륭해요, 훌륭해요, 아저씨! 더요, 더!" 나타샤는 끝나자마자 소리쳤다. 그녀는 자리에서 발딱 일어나 아저씨를 껴안고 키스했다. "니콜렌카, 니콜렌카!" 하고 그녀는 오빠 쪽을 돌아보았는데, 마치 이렇게 말하는 것 같았다. 대체 어찌된 일이죠?

니콜라이도 아저씨의 연주가 무척 마음에 들었다. 아저씨는 다시 한 번 그 노래를 타기 시작했다. 아니시야 표도로브나의 웃는 얼굴이 또 다시 문가에 나타나고, 그녀 뒤에서 들여다보는 다른 얼굴들도 보였다.

차가운 샘 뒤쪽에서 ─
아가씨, 소리치네, 잠깐 기다려줘요! ─

연주를 계속하며 아저씨는 다시 재치 있게 트레몰로를 울리더니, 갑자기 손을 멈추고 어깨를 살짝 추어올렸다.

"아, 아, 사랑스러운 우리 아저씨!" 나타샤는 마치 그것에 자기 인생이 달려 있기라도 한 것처럼 애원하는 목소리로 외쳤다. 아저씨는 일어섰고, 그의 몸속에는 두 사람이 있는 것 같았다 ─ 한 사람이 익살꾼인 상대에게 정색한 미소를 짓자, 익살꾼은 춤추기 전에 순박하고 깔끔하게 익살맞은 포즈를 취했다.

"자, 나의 조카!" 아저씨는 화음을 타던 손을 멈추고 나타샤를 향해 흔들며 외쳤다.

나타샤는 덮고 있던 플라토크를 벗어던지고 아저씨 앞으로 달려가 양손을 허리에 짚고, 양어깨를 으쓱하고, 똑바로 섰다.

프랑스에서 이민 온 여자 가정교사에게 교육받은 이 백작영애가 자신이 호흡해온 러시아의 공기 속에서, 어디서, 언제, 어떻게 이런 흥을 빨아들이게 됐을까? 벌써 오래전에 파드샬 탓에 밀려나버린 이런 몸놀림을 어디서 익힌 것일까? 그러나 이런 흥과 몸놀림은 모방할 수도 배울 수도 없는 러시아적인 것이며, 아저씨도 그것을 그녀에게 기대하고 있었다. 니콜라이와 그 자리의 다른 모든 사람은 그녀가 엉뚱한 짓을 하지 않나 걱정했으나, 그녀가 벌떡 일어나서 의기양양하게, 도도하게, 교활하면서도 쾌활하게 미소짓자 걱정은 사라졌고, 사람들은 이미 그녀에게 넋을 잃고 있었다.

그녀는 기대에 어긋나지 않게 훌륭히 해냈고, 게다가 정확하게, 그보다 더할 수 없을 만큼 정확하게 추었으므로, 이 춤에 꼭 필요한 플라토크를 때맞춰 내밀어준 아니시야 표도로브나는 자신과는 조금도 인연이 없고, 비단과 벨벳 속에서 자란 화사하고 우아한, 아니시야에게도 아니시야의 아버지와 어머니에게도 백모에게도 있는 그것, 모든 러시아 사람의 마음속에 있는 그것을 완전히 이해하고 있는 백작영애를 바라보며 눈물을 머금고 미소지었다.

"아, 백작영애, 그럼 그렇지!" 춤이 끝나자 아저씨는 기쁘게 웃으며 말했다. "정말 훌륭한 조카야! 이제 남은 일은 훌륭한 신랑을 고르는 것뿐이구나, 그럼 그렇지!"

"벌써 골랐습니다." 니콜라이가 웃으며 말했다.

"오호?" 아저씨는 놀랍고 의외라는 듯이 나타샤를 바라보며 말했다. 나타샤는 행복한 미소를 띠고 고개를 끄덕였다.

"그분도 훌륭해요!" 그녀는 말했다. 그러나 이 말을 하자마자 그녀의 마음속에 새로운 생각과 감정의 흐름이 일었다. '"벌써 골랐습니다"라고 말할 때 오빠의 웃음은 어떤 뜻이었을까? 그 일을 기뻐하는 걸까, 그렇지 않은 걸까? 오빠는 나의 볼콘스키는 우리의 이런 기쁨을 이해하지도 못하고 인정하지도 않을 거라고 생각하는 것 같다. 아니다. 그는 이해할 것이다. 그런데 그는 지금 어디에 있을까?' 이런 생각이 들자 그녀의 얼굴은 갑자기 심각해졌다. 그러나 한순간뿐이었다. '생각하지 말자, 그런 생각을 하다니.' 그녀는 자신에게 말하고 또다시 생글거리면서 다시 아저씨 옆에 앉아 다른 곡을 더 타달라고 부탁했다.

아저씨는 다시 가곡과 왈츠를 탔고. 잠시 침묵하더니 헛기침을 하고 가장 좋아하는 사냥꾼 노래를 부르기 시작했다.

초저녁부터 첫눈이
아름답게 내려……

아저씨는 농민들처럼 소박한 확신을 가지고 노래를 불렀는데, 그래서 노래의 모든 의미는 단어 속에 있을 뿐이고, 가락은 저절로 달라붙어 따로 놀지 않으며 가사와 어우러지기 위해서만 필요한 것으로 들렸다. 그렇기 때문에 이 무의식적인 가락은, 아저씨의 노래는, 새의 노래처럼 비범하게 훌륭했다. 나타샤는 아저씨의 노래에 빠져들었다. 그녀는 하프 배우는 것을 그만두고 자기도 기타를 타야겠다고 마음먹었다. 그리고 아저씨에게 기타를 빌려 곧 노래에 화음을 맞췄다.

아홉시가 지나, 나타샤와 페탸를 데리러 리네이카*와 드로시키, 그리고 젊은 주인들을 찾아 데려오라는 명령을 받은 심부름꾼 셋이 말을 타고 도착했다. 심부름꾼은 백작과 백작부인이 그들의 행방을 몰라 몹시 걱정하고 있다고 전했다.

페탸는 시체처럼 들려 리네이카에 태워졌고, 드로시키에는 나타샤와 니콜라이가 탔다. 아저씨는 나타샤를 옷으로 잘 감싸주었고, 헤어질 때는 여태까지와는 전혀 다른 새로운 상냥함을 보였다. 그는 걸어서 다리 근처까지, 앞이 여울이라 건너서 돌아가야 하는 지점까지 그들을 배웅했고, 사냥꾼들에게 등불을 들고 앞장서 가라고 일렀다.

"안녕, 사랑하는 조카!" 어둠 속에서 그가 외치는 소리가 들려왔는데, 나타샤가 이전에 알던 목소리가 아니라 〈초저녁부터 첫눈〉을 부른 그 목소리였다.

일행이 지나가는 마을에는 빨간 불이 보이고, 연기 냄새가 정겹게 풍겼다.

"아저씨는 정말 매력적이에요!" 큰길로 나섰을 때 나타샤가 말했다.

"그래" 하고 니콜라이는 대답했다. "너 춥지 않니?"

"아뇨, 난 좋아요, 좋아요, 기분이 정말 좋아요." 스스로도 의아하다는 듯이 나타샤는 말했다. 두 사람은 한동안 침묵했다.

밤은 어둡고 습했다. 말은 보이지 않고 철벅철벅 진창을 밟는 소리만 들렸다.

인생의 온갖 인상을 속속들이 포착해 욕심스럽게 자기 것으로 만든 이 천진난만하고 감수성 풍부한 그녀의 마음속에서 대체 무슨 일이 일어나고 있었을까? 그 모든 인상은 마음속에 어떻게 간직되었을까? 그

---

* 6~8인승 사륜의 대형 유람마차.

녀는 너무나 행복했다. 집 가까이에 이르렀을 때 그녀는 갑자기 〈초저녁부터 첫눈〉의 한 소절을 부르기 시작했는데, 오는 내내 골똘히 생각하다가 마침내 떠올린 것이었다.

"떠올랐니?" 니콜라이가 말했다.

"지금 무슨 생각 했어요, 니콜렌카?" 나타샤가 물었다. 그들은 곧잘 이렇게 서로에게 묻는 것을 좋아했다.

"나?" 니콜라이는 생각하며 말했다. "글쎄, 처음에는 그 붉은 수캐루가이가 아저씨를 닮았다고 생각했고, 만약 그 개가 인간이었어도 분명 아저씨를 곁에 뒀을 거라고 생각했어. 사냥 때문이 아니라 그 사람 됨됨이 때문이라도 꼭 곁에 붙들어둘 것 같아. 아저씨는 정말 호인이니까! 그렇지 않니? 그럼, 너는?"

"나요? 잠깐만, 잠깐만요. 그래요. 나는 처음에 이런 생각을 했어요, 우리는 마차를 타고 집으로 돌아가고 있는데 어두워서 어디로 가고 있는지 모르다가 문득 도착해 정신을 차려보니, 오트라드노예가 아니라 마법의 왕국에 와 있다고요. 그리고 또…… 아니, 그것뿐이에요."

"난 알아. 넌 분명 그 사람을 생각했어." 니콜라이는 웃으며 말했고, 나타샤는 그 목소리를 듣고 그가 웃고 있다는 것을 알았다.

"아니에요." 나타샤는 이렇게 대답했지만, 실은 이때 안드레이 공작을 생각하고, 아저씨가 그의 마음에 들지 어떨지 생각하고 있었다. "아, 그리고 오는 내내 마음속으로 되풀이했지만, 아니시유시카의 태도는 훌륭했고, 정말 좋았어요……" 나타샤는 말했다. 니콜라이는 그녀의 높고 까닭 모를 행복한 웃음소리를 들었다.

"알겠지만," 그녀는 갑자기 말했다. "지금처럼 행복하고 평온한 마음은 다시는 갖지 못할 것 같아요."

"부질없는 소리, 바보 같은 소리, 헛소리야." 니콜라이는 이렇게 말하고 생각했다. '우리 나타샤는 정말 귀여운 아가씨야! 이런 친구는 지금도 없고, 앞으로도 없을 것이다. 누이는 왜 결혼해야 하지? 이대로 계속 둘이 타고 가고 싶다!'

'오빠는 정말 좋은 사람이야!' 나타샤도 생각했다.

"아! 객실에 아직도 불이." 벨벳같이 축축한 밤의 어둠 속에서 아름답게 반짝이고 있는 집의 창문을 가리키며 그녀가 말했다.

8

일리야 안드레이치 백작은 귀족회장을 사임했는데, 이 자리에 너무도 막대한 경비가 뒤따랐기 때문이다. 그러나 그의 재정은 조금도 나아지지 않았다. 나타샤와 니콜라이는 이따금 부모님이 걱정스러운 얼굴로 남몰래 대화하는 모습을 보았고, 선대가 물려준 로스토프가의 호사한 저택과 모스크바 근교의 집을 내놓는다는 소문도 돌았다. 귀족회장직에서 물러나자 거창한 접대를 할 필요도 없어졌으므로, 지난 몇 년에 비해 오트라드노예에서의 생활도 조용히 흘러갔지만, 광대한 본채와 몇 채의 딴채는 여전히 손님들로 가득했고, 식탁에는 언제나 스무 명 이상의 사람들이 모여 앉았다. 이들은 주로 오랫동안 이 집에 살면서 거의 가족이나 다름없어진 사람들이거나, 어째선지 반드시 백작의 집에 살아야 한다고 생각되던 사람들이었다. 악사 디믈레르와 그의 아내. 무도 교사 이오겔 일가와 이들과 같이 사는 노처녀 벨로바, 그 밖에도 페탸의 가정교사들, 아가씨들의 이전 가정교사, 심지어 그 저 여기서 사는 것이 자기 집에 사는 편보다 낫거나 유리하다고 생각 하는 사람들이 있었다. 예전처럼 손님이 아주 많이 몰려오지는 않았지 만 이 가족의 생활은 여전했고, 백작 부부는 다른 생활은 상상조차 할 수 없었다. 니콜라이가 온 뒤 사냥개는 더 늘었지만 여전히 전과 똑같 이 마구간을 채우고 있는 쉰 필의 말과 열다섯 명의 마부가 있었고, 전 과 똑같이 값비싼 본명 축일 선물과 온 군㗻을 통틀어 초대하는 호화스 러운 만찬회가 있었으며, 전과 똑같이 휘스트와 보스턴을 하고, 그때 마다 일리야 안드레이치 백작은 모두가 볼 수 있도록 자기 패를 부채 처럼 펼쳐두어, 그와 카드놀이하는 것을 무엇보다도 유리한 임대수익 처럼 생각하는 사람들에게 매일 수백 루블씩 따게 해주었다.

백작은 거대한 그물에 걸린 사람이 그렇듯 자신이 그물에 걸렸다는 것을 믿지 않으려 했지만, 한 걸음 내디딜 때마다 더욱 얽혀들었고, 자 신에게는 그 그물을 끊을 힘도, 신중하고 끈기 있게 얽힌 곳을 찾아 풀 어낼 힘도 없다고 느끼고 있었다. 백작부인은 자식들이 가난으로 내몰 리고 있다는 것을, 그러나 백작이 나쁜 것은 아니며 그는 지금과 다른 사람이 될 수 없고 또 그도 자기와 아이들이 파산한다는 의식 때문에 (그것을 숨기고는 있었지만) 고민하고 있다는 것을 애정 어린 마음으 로 느끼면서 가세에 도움이 될 방법을 찾고 있었다. 여자의 관점에서 볼 때 유일한 해결책은 니콜라이가 부유한 집안 아가씨와 결혼하는 것 이었다. 그녀는 이것이 마지막 희망이며, 만약 그녀가 찾아준 상대를 니콜라이가 거절한다면 가세를 만회할 희망은 영영 단념해야 할 거라고 생각하고 있었다. 그 상대란 양친 모두 훌륭하고 덕망이 높고, 어렸을 적부터 로스토프가와 알고 지냈으며, 이번에 하나 남은 오빠가 죽은 부유한 신붓감 쥴리 카라기나였다.

백작부인은 모스크바에 있는 카라기나 부인에게 직접 편지를 보내 그녀의 딸과 자기 아들의 혼담을 제의했고, 긍정적인 답변을 받았다. 카라기나 부인은 자기는 찬성하지만, 모든 것은 딸의 마음에 달려 있다는 답변을 보내왔다. 그리고 그녀는 니콜라이를 모스크바로 초대했다.

백작부인은 눈물을 글썽이며 몇 번이나 아들에게, 두 딸은 이미 혼처가 정해졌고 이제 남은 자신의 유일한 희망은 그의 결혼뿐인데, 그것만 정해지면 자신은 안심하고 관에 들어갈 수 있다고 말했다. 그러고는 자신이 마음에 둔 아름다운 처녀가 있다는 것을 내비치며 결혼에 대한 아들의 의중을 떠보려 했다.

다른 이야기를 하던 중에 백작부인은 쥴리를 칭찬하더니 니콜라이에게 축일에 모스크바에 다녀오라고 권했다. 니콜라이는 그 말에 숨은 진의를 눈치챘고, 다시 그런 이야기가 나오자 어머니를 유도해 속셈을 털어놓게 했다. 그녀는 그와 카라기나의 결혼에 가세를 만회할 희망을 걸고 있다고 털어놓았다.

"그럼 만약 제가 재산이 없는 여자를 사랑한다면, *어머니는 제게 재산을 위해 감정이나 명예를 희생하라고 요구하실 건가요?*" 그는 이 질문의 가혹함은 깨닫지 못한 채 그저 자신의 고결함을 보이고자 어머니에게 물었다.

"아니야, 너는 내 마음을 몰라." 어머니는 뭐라고 변명해야 할지 몰라 이렇게 대답했다. "너는 내 마음을 몰라, 니콜렌카. 난 네가 행복하길 바라는 거야" 하고 덧붙였으나 내심으로는 자신이 거짓말을 하고 있고 당황하고 있다고 느꼈다. 그녀는 울기 시작했다.

"어머니, 울지 마시고 원하는 걸 말씀해주세요. 아시겠지만 전 어머니를 위해서라면 목숨이라도 바칠 수 있으니까요." 니콜라이는 말했다. "어머니를 위해서라면 뭐든지, 제 감정이라도 희생하겠습니다."

그러나 백작부인은 아들의 희생을 원치 않았고, 도리어 자신이 아들을 위해 희생하고 싶었으므로 그런 식으로 문제를 끌고 가고 싶지 않았다.

"아니야, 너는 내 마음을 몰라. 이 이야기는 그만하자꾸나." 백작부인은 눈물을 닦으며 말했다.

'그래, 어쩌면 나는 가난한 아가씨를 사랑하고 있는지도 모른다.' 니콜라이는 자신에게 말했다. '그럼, 재산을 위해 감정이나 명예를 희생해야 한단 말인가? 놀라운 일이다. 어머니는 어떻게 내게 그런 말을 하실 수 있었을까. 소냐는 가난하니까.' 그는 생각했다. '나는 그녀를 사랑하면 안 되고, 그녀의 성실하고 헌신적인 사랑에도 보답할 수 없단 말인가? 하지만 소냐와 결혼하는 것이 쥘리처럼 그저 인형 같은 아가씨와 결혼하는 것보다는 훨씬 행복할 것이다. 난 내 감정에 명령할 수 없다.' 그는 자신에게 말했다. '만약 내가 소냐를 사랑하고 있다면, 그 감정이 내게는 무엇보다 강하고, 높은 것이다.'

니콜라이는 모스크바에 가지 않았고, 백작부인은 다시 결혼 이야기를 꺼내지 않았지만, 아들과 지참금도 없는 소냐가 점점 더 가까워지는 기미를 슬픈 눈으로, 때로는 분노에 찬 눈으로 지켜보았다. 백작부인은 스스로를 책망하면서도, 이따금 아무 이유도 없이 소냐를 붙들어놓고 '당신, 내 사랑' 하고 부르면서 투덜거리고 흠을 잡지 않을 수 없었다. 선량한 백작부인이 소냐에게 화를 낸 것은 무엇보다도 이 가난한 검은 눈의 조카딸이 너무도 얌전하고, 착하고, 은인에게 진심으로 감사하며, 성실하고 헌신적으로 한결같이 니콜라이를 사랑하는데다가 어느 면으로 보나 흠잡을 데가 없었기 때문이다.

니콜라이는 휴가 동안 줄곧 양친 곁에서 지냈다. 나타샤의 약혼자 안드레이 공작의 네번째 편지가 로마에서 왔는데, 이미 오래전에 귀국길에 올라야 했지만 갑작스럽게 따뜻해진 기후 때문에 상처가 벌어져 부득이 내년 초로 출발을 연기할 수밖에 없게 되었다고 쓰여 있었다. 나타샤는 여전히 약혼자를 사랑하고, 여전히 그 사랑에 안심하고, 또 여전히 인생의 온갖 기쁨에 민감하게 반응했지만 그와 헤어지고 넉 달이 지날 무렵부터는 저항할 수 없는 슬픔의 순간이 찾아들기 시작했다. 그녀는 자신이 가여웠고, 얼마든지 사랑하고 사랑받을 수도 있을 이 세월을 누구를 위해서도 아무것도 하지 않으며 무의미하게 보내는 것이 안타깝기만 했다.

로스토프가는 명랑하지 못했다.

9

크리스마스 주간이라 해도 의례적인 장엄한 미사, 이웃들과 하인들의 지루한 축복 인사, 모두가 새 옷을 입고 있다는 것 외에는 이 주간을 기념할 만한 특별한 것이 아무것도 없었으나, 바람이 불지 않는 영하 20도의 추위와 눈부시도록 밝은 대낮의 햇빛, 별이 총총한 겨울 밤 하늘에서는 이 주간을 기념하길 바라는 기분이 느껴졌다.

축일 주간 사흘째 되던 날, 집안 식구들은 식사 후 모두 각자의 방으로 흩어졌다. 하루 중 가장 지루한 시간이었다. 오전에 이웃들을 방문하고 돌아온 니콜라이는 소파가 있는 방에서 잠이 들었다. 노백작은 서재에서 쉬고 있었다. 소냐는 객실의 둥근 탁자 앞에 앉아 수본繡本을 뜨고 있었다. 백작부인은 카드를 펼쳐놓고 있었다. 광대 나스타시야 이바노브나는 슬픈 표정으로 두 노파와 함께 창가에 앉아 있었다. 나타샤가 들어와 소냐 곁으로 가서 뭘 하는지 보다가 어머니 곁으로 가 조용히 멈춰 섰다.

"너는 왜 집 없는 떠돌이처럼 서성거리니?" 어머니는 말했다. "뭐 필요한 거라도 있어?"

"저는 그이가 필요해요…… 지금, 바로 지금, 그이가 필요해요." 나타샤는 눈을 반짝이며 웃지도 않고 말했다. 백작부인은 고개를 들고 딸을 골똘히 바라보았다.

"보지 마세요, 엄마, 보지 마세요, 금방이라도 울음이 터질 것 같단 말이에요."

"앉아라, 내 옆에 앉아보렴." 백작부인은 말했다.

"엄마, 저는 그이가 필요해요. 뭐 때문에 저는 이렇게 공연히 세월만 보내고 있을까요, 엄마?……" 목소리가 끊기며 눈에서 눈물이 솟구쳤고, 그녀는 눈물을 감추려고 휙 돌아서서 그대로 나가버렸다. 그녀는 소파가 있는 방 쪽으로 가다가 걸음을 멈춰 생각하더니 하녀 방으로 들어갔다. 추워서 숨을 헐떡이며 방으로 뛰어들어온 소녀에게 늙은 하녀가 잔소리를 하고 있었다.

"작작 좀 쏘다녀라" 하고 노파는 말했다. "모든 일에는 다 때가 있는 법이야."

"용서해줘요, 콘드라티예브나" 하고 나타샤는 말했다. "가봐, 마브루샤, 가봐."

마브루샤를 보내주고서 나타샤는 홀을 가로질러 현관방으로 갔다. 늙은 하인 하나와 젊은 하인 둘이 카드놀이를 하고 있었다. 그들은 아가씨가 들어오자 멈추고 일어섰다. '이 사람들을 어떻게 할까?' 하고 나타샤는 생각했다.

"그래, 니키타, 좀 다녀와줘요…… ─'그런데 어디로 보내지?'─그래, 뒷마당에 가서 수탉을 가져다줘요, 음, 미샤는 귀리를 가져오고."

"귀리는 조금만 가져올까요?" 미샤는 활기차고 반가운 듯이 물었다.

"가, 얼른 가." 늙은 하인이 확인해주며 말했다.

"표도르는 분필을 가져다줘요."

식기방食器房 옆을 지나면서는 아직 시간도 안 됐는데 사모바르를 준비하라고 지시했다.

식당 하인인 포카는 집안에서 가장 화를 잘 내는 사람이었다. 나타샤는 그에게 자신의 위력을 시험해보기를 좋아했다. 그는 그녀의 말이 믿기지가 않자 직접 와서 사실입니까? 하고 물었다.

"아가씨도 참!" 하며 포카는 나타샤에게 짐짓 싫은 기색을 보였다.

집안에서 나타샤만큼 많은 하인을 사방으로 심부름 보내거나 일을 시키는 사람은 없었다. 하인들을 어딘가로 심부름 보내지 않고는 평온한 기분으로 보고 있을 수가 없었다. 마치 그중 누가 자신에게 화를 내거나 부루퉁한지 시험이라도 하는 것 같았지만, 하인들은 누구보다 나타샤의 명령을 고분고분하게 따랐다. '무엇을 해야 할까? 어디로 가야 할까?' 느릿느릿 복도를 거닐며 나타샤는 생각하고 있었다.

"나스타시야 이바노브나, 나한테서 태어나는 건 뭐지?" 그녀는 쿠차베이카*를 입고 앞에서 걸어오는 광대에게 물었다.

"아가씨한테서 태어나는 건 벼룩과 잠자리와 귀뚜라미죠." 광대는 대답했다.

'아아, 아아, 모든 것이 똑같아! 아, 나는 어디로 가면 좋을까? 대체 어떻게 해야 할까?' 그녀는 급히 발소리를 내면서, 이오겔 부부가 지내는 이층으로 계단을 뛰어올라갔다. 이오겔의 방에는 여자 가정교사 둘이 앉아 있었는데, 탁자 위 접시에 건포도와 호두와 아몬드가 담겨 있었다. 가정교사들은 모스크바와 오데사 중 어디서 사는 것이 생활비가 적게 드는지 이야기하고 있었다. 나타샤는 자리에 앉아 진지하고 깊은 생각에 잠긴 얼굴로 두 사람의 이야기를 듣다가 일어섰다.

"마다가스카르 섬이죠" 하고 그녀는 말했다. "마-다-가스-카르." 그녀는 한 음절씩 또렷하게 되풀이하고, 쇼스 부인이 무슨 말을 하는지 묻는데도 대꾸도 하지 않고 방을 나와버렸다.

남동생 페탸도 이층에 있었는데, 그는 하인과 함께 밤에 쏘아올릴 꽃불을 만들고 있었다.

"페탸! 페티카**!" 그녀는 동생에게 소리쳤다. "날 아래층까지 업어다 줘." 페탸는 그녀에게 달려가 등을 내밀었다. 그녀가 등에 뛰어올라

* 모피가 달린 짧은 저고리 형태의 러시아 여성용 전통 의상.
** 페탸의 애칭.

목을 껴안자 그는 껑충껑충 뛰었고, 그녀는 "됐어, 이제 됐어…… 마다가스카르 섬" 하고 말하고 그의 등에서 뛰어내려 아래층으로 갔다.

나타샤는 마치 자기의 왕국을 순찰하듯, 자신의 위력을 시험해보고자 모두가 자기에게 순종하는지 확인하며 돌아다녔으나 허전한 마음은 여전히 가시지 않았고, 홀로 나가 기타를 들고 찬장 뒤쪽 어두운 구석에 앉아 언젠가 페테르부르크에서 안드레이 공작과 함께 본 오페라에서 기억에 남은 한 소절을 불러보며 낮은 소리로 줄을 퉁겼다. 다른 사람에게는 그녀가 퉁기는 기타 소리가 아무 뜻도 없이 들렸겠지만, 그녀의 마음속에서는 갖가지 추억이 되살아났다. 그녀는 찬장 뒤쪽에 앉아 식기방 문틈으로 비치는 한줄기 빛에 시선을 고정하고 자신의 연주를 들으며 과거를 회상했다. 그녀는 완전히 회상에 잠겼다.

소냐가 잔을 들고 홀을 가로질러 식기방으로 들어왔다. 나타샤는 식기방 문틈으로 그녀를 흘끗 보았는데, 식기방 문틈으로 빛이 들어오는 것도, 소냐가 잔을 들고 지나간 것도 모두 추억 속의 일처럼 느껴졌다. '그래, 이것과 똑같았어' 하고 나타샤는 생각했다.

"소냐, 이게 뭐지?" 나타샤는 굵은 줄을 손가락으로 퉁기며 큰 소리로 물었다.

"아, 거기 있었구나!" 소냐는 깜짝 놀라며 말하고 옆으로 다가와 귀를 기울였다. "나도 잘 모르겠어. 〈폭풍〉?" 그녀는 틀릴까봐 머뭇거리며 말했다.

'그래, 전에 이랬을 때도 이렇게 깜짝 놀라고, 옆으로 다가와 머뭇거리며 미소지었었어.' 나타샤는 생각했다. '그리고 그때도…… 나는 소냐에게 뭔가 부족한 데가 있다고 생각했었어.'

"아냐, 〈물지게꾼〉*에 나오는 합창이야, 들어볼래?" 나타샤는 말하고 소냐가 알 수 있게 합창의 모티프를 끝까지 불러주었다.

"어디 갔었어?" 나타샤는 물었다.

"잔의 물을 갈러 왔지. 곧 수본이 끝나가."

"소냐는 늘 바쁘구나. 난 그게 되질 않아." 나타샤는 말했다. "니콜렌카는 어디 있어?"

"자는 것 같던데."

"소냐, 가서 오빠를 좀 깨워줘." 나타샤는 말했다. "내가 같이 노래 부르자고 한다고 전해줘." 그녀는 자리에 앉아, 전에도 이런 일이 있었던 것처럼 느껴지는 이유가 뭘까 생각해봤지만, 그 의문이 채 풀리기도 전에 조금도 애석해하지 않고 다시금 공상의 날개를 펴서 그 무렵, 그가 그녀와 같이 있고 사랑에 찬 눈으로 그녀를 바라보았던 시절로 날아갔다.

'아아, 빨리 돌아오면 좋겠어. 영 돌아오지 않을까봐 두려워! 그리고 중요한 건, 내가 나이를 먹고 있다는 거야! 지금 내 안에 있는 것들이 사라질 테니까. 어쩌면 오늘 돌아올지도 몰라, 바로 지금. 이미 돌아와서 저 객실에 앉아 있는지도 몰라. 어쩌면 어제 돌아왔는데, 내가 그걸 잊어버렸는지도 몰라.' 그녀는 일어나서 기타를 내려놓고 객실로 갔다. 남녀 교사와 손님들과 더불어 온 집안 식구가 이미 다탁 앞에 앉아 있었다. 사람들이 탁자 둘레에 서 있었지만, 안드레이 공작은 보이지 않았고, 변한 것은 아무것도 없었다.

---

* L. 케루비니의 오페라 〈이틀간의 사건〉에 나오는 노래.

"아, 너도 왔구나." 일리야 안드레이치가 들어오는 나타샤를 보고 말했다. "자, 내 옆에 앉아라." 나타샤는 뭔가를 찾는 듯이 주위를 둘러보다가 어머니 옆에 멈춰 섰다.

"엄마!" 그녀는 말했다. "제게 그이를 주세요, 주세요, 엄마, 얼른요, 얼른." 그녀는 다시 솟구치려는 울음을 간신히 참았다.

그녀는 다탁 앞에 앉아, 역시 다탁으로 다가온 니콜라이가 어른들과 나누는 이야기를 들었다. '아, 아아, 늘 같은 얼굴, 늘 같은 이야기, 아버지도 언제나처럼 찻잔을 들고 차를 불고 계시고!' 나타샤는 이런 생각이 들었고, 늘 같다는 이유로 온 집안 식구들에 대한 혐오가 치밀었다는 것을 느끼고 움찔했다.

차를 마신 후 니콜라이와 소냐와 나타샤는 소파가 있는 방으로, 그들이 가장 좋아하는 공간이자 허물없는 대화가 시작되는 곳으로 갔다.

10

"오빠도 그런 적 있나요." 그들이 소파가 있는 방에 자리잡자 나타샤가 물었다. "오빠도 그럴 때가 있나요, 미래에는 아무것도, 아무것도 없다, 좋은 일은 다 지나가버렸다 하는 기분이 들 때가 있나요? 지루하다기보다 슬픈 기분이 들 때가?"

"있다마다!" 그는 말했다. "나도 종종 그런 기분이 들어, 모든 것이 훌륭하고, 모두가 즐거운데 문득 나는 모든 것에 싫증이 나고, 결국은 우리 모두 죽는다는 생각이 떠올라. 부대에 있을 때 놀러나가지 않은 날이 있었거든. 음악 소리가 들리는데…… 갑자기 시시하다는 생각이 들었어……"

"아, 알 것 같아요. 알아요, 알아요" 하고 나타샤는 그의 말을 가로챘다. "나도 어렸을 때 그런 적이 있었어요. 기억하겠지만, 언젠가 자두 때문에 벌을 받고, 모두가 춤을 추러 가는데 나만 공부방에 남아 흐느껴 운 적이 있었어요. 그때 혼자 흐느껴 운 일을 절대 잊지 못해요. 슬프고 나 자신이 불쌍하고 다른 모든 사람도 불쌍했어요. 게다가 무엇보다 그건 내가 잘못한 것이 아니었거든요." 나타샤는 말했다. "기억나죠?"

"기억나지." 니콜라이는 말했다. "나중에 널 위로해주려고 갔는데 쑥스러웠던 기억이 나. 우린 정말 우스꽝스러운 아이들이었어. 그때 내가 갖고 있던 웃기는 인형을 네게 주려고 했었는데. 너 기억나니?"

"그것도 기억나요?" 나타샤는 깊은 생각에 잠긴 듯한 미소를 띠며 말했다. "아주 오래전, 우리가 아주 어렸을 때 백부님이 우리를 서재로 부르셨어요. 아직 옛집에 살 때였는데, 어두침침한 그곳에 가보니 생뚱하게 거기……"

"흑인이 있었지." 니콜라이는 즐거운 듯이 미소를 머금고 말을 받았다. "기억하고말고. 나는 거기 정말 흑인이 있었는지, 우리가 꿈을 꾼 것인지, 아니면 이야기로 들은 것인지 아직도 모르겠어."

"잿빛의 사람이 하얀 치아를 드러내고 우리를 바라보던 게 기억나요……"

"소냐도 기억해?" 니콜라이가 물었다.

"그럼요, 그럼요, 나도 뭔가 기억이 나요." 소냐가 수줍게 대답했다.

"난 그 흑인에 대해 아빠 엄마에게도 물어봤는데," 나타샤가 말했다. "그런 흑인은 집에 있었던 적이 없다고 하셨어요. 하지만 오빠도 그걸 기억하고 있었네요!"

"물론이지, 그자의 치아까지 기억나는걸."

"정말 이상해요. 꼭 꿈속처럼요. 난 이런 게 좋아요."

"그리고 이런 일도 있었어. 우리가 홀에서 달걀을 굴리고 있었는데 갑자기 할머니 두 분이 나타나서 융단 위를 구르기 시작했잖아. 그 일이 정말로 있었던 일일까? 나는 기억나지만, 아무튼 정말 즐거웠어……"

"그럼요. 기억나요. 아버지가 푸른 외투를 입고 현관 층층대에서 총을 쏘았잖아요?" 두 사람은 추억을 더듬으며 미소지었고, 늙은이의 추억처럼 슬픈 것이 아니라 시적이고 젊은 추억을, 꿈과 현실이 뒤섞여버린 아주 먼 과거의 인상을 되새기며 낮은 소리로 함께 웃었다.

소냐도 그들과 공통된 추억을 가지고 있었지만 언제나처럼 끼어들지는 못했다.

소냐는 그들이 회상하는 것 중에 기억하지 못하는 것이 많았고, 그나마 기억하는 것도 두 사람이 느끼는 것처럼 시적 감정을 불러일으키지는 못했다. 그녀는 다만 그들이 기쁨을 누리도록 얼러맞추면서 그들의 기쁨을 즐기고 있을 뿐이었다.

두 사람이 소냐가 처음 왔을 때의 추억을 이야기하기 시작하자 비로소 그녀도 끼어들었다. 소냐는 니콜라이의 윗옷에 장식 끈이 달려 있었는데, 유모가 그녀를 그 끈에 꿰매버리겠다고 했기 때문에 그가 무서웠다고 말했다.

"난 소냐가 양배추에서 태어났다고 들었던 것이 기억나." 나타샤가 말했다. "나는 그때 그 말을 믿지 않을 수 없었지만, 사실이 아니라는 걸 알았기 때문에 시큰둥했었어."

이런 대화가 오갈 때, 소파가 있는 방 뒤쪽 문에서 하녀가 머리를 불쑥 내밀었다.

"아가씨, 수탉을 가져왔다고 하는데요." 하녀가 속삭이듯 말했다.

"필요 없어, 폴랴, 가지고 돌아가라고 해." 나타샤가 말했다.

소파가 있는 방에서 한창 이야기할 때, 디믈레르가 들어오더니 한구석에 놓여 있던 하프 쪽으로 다가갔다. 그가 나사천을 벗기자 조율되지 않은 하프 소리가 울렸다.

"예두아르트 카를리치*, 제발 내가 좋아하는 모시예 필드**의 〈야상곡〉을 타주시게." 객실에서 노백작부인의 목소리가 들려왔다.

디믈레르는 조율을 한 뒤, 나타샤와 니콜라이와 소냐 쪽을 향해 말했다.

"젊은 분들이 사이좋게 나란히 앉아 계시군요!"

"네, 우리는 철학적인 대화를 나누고 있어요." 나타샤는 살짝 돌아보며 말하고는 이야기를 계속했다. 이제 화제는 꿈으로 옮아갔다.

디믈레르가 연주를 시작했다. 나타샤는 발끝을 세우고 살금살금 탁자로 다가가 양초를 들고 조용히 자리로 돌아와 앉았다. 방안은, 특히 그들이 앉아 있는 소파 주위는 어두웠지만, 커다란 창문에서 보름달의 은빛이 마루로 떨어지고 있었다.

---

* 디믈레르의 이름과 부칭.

** 존 필드(1782~1837). 영국 작곡가. 1804~1831년까지 러시아에 있었다.

"있잖아요, 나는 이런 생각이 들어요." 디믈레르가 마침 한 곡을 끝내고 그만할지 새 곡을 시작할지 망설이는 듯 그대로 앉아 약하게 줄을 타고 있을 때, 나타샤는 니콜라이와 소냐에게 다가앉으며 속삭이듯 말했다. "이렇게 추억을 거듭 떠올리고, 떠올리고, 나중에는 내가 이세상에 태어나기 전의 일이 떠오를 때까지 떠올리다보면······"

"그건 메템프시호제*야" 하고 언제나 열심히 공부하고 무엇이든 잘기억하는 소냐가 말했다. "이집트인들은 인간의 영혼은 원래 동물 속에 있고, 죽으면 다시 동물 속으로 돌아간다고 믿었어."

"아니, 난 우리가 동물이었다고 믿지 않아." 이제 음악은 그쳤지만 나타샤는 여전히 속삭이듯 말했다. "나는 확실히 알아, 우리는 저쪽 세상 어딘가에서 천사였고, 이 세상에 있었던 적도 있을 거야, 그래서 다 기억하는 거지······"

"제가 껴도 괜찮을까요?" 디믈레르가 조용히 다가와 말하더니 그들 옆에 앉았다.

"우리가 천사였다면, 왜 세상으로 떨어진 거지?" 니콜라이가 말했다. "아니야, 그럴 리가 없어!"

"떨어진 게 아니에요, 누가 떨어졌다고 했어요?······ 내가 그전에 무엇이었는지 어떻게 알겠어요." 나타샤는 확신이 담긴 어조로 반박했다. "하지만 영혼은 불멸이잖아요······ 그 말인즉, 내가 영원히 산다는 것이고, 그전에도 영원히 살아왔다는 얘기예요."

"그렇죠, 하지만 영원을 상상하는 건 우리에게는 어려운 일이에요."

---

* '윤회'를 뜻하는 독일어.

온화하면서도 비웃는 듯한 미소를 띠며 젊은 사람들에게 다가왔던 디플레르가 지금은 그들처럼 조용하고 진지한 어조로 말했다.

"영원을 상상하는 것이 왜 어려워요?" 나타샤는 말했다. "오늘이 있고, 내일이 있고, 항상 그럴 것이며, 또 어제가 있었고, 그저께도 있었고……"

"나타샤! 이번은 네 차례다. 뭐든 한 곡 불러다오." 백작부인의 목소리가 들렸다. "왜 거기 공모자들처럼 모여 앉아 있어."

"엄마! 저는 하고 싶지 않아요." 나타샤는 이렇게 대답했지만, 곧 일어섰다.

모두가, 별로 젊지 않은 디플레르까지도 이야기를 멈추고 소파가 있는 방 한구석에서 자리를 뜨고 싶지 않았지만, 나타샤는 일어났고, 니콜라이는 클라비코드 앞에 앉았다. 나타샤는 언제나처럼 홀 가운데로 가서 가장 반향이 좋은 곳에 자리를 잡은 뒤, 어머니가 좋아하는 곡을 부르기 시작했다.

그녀는 노래하고 싶지 않다고 말했지만, 이날 밤처럼 부른 적은 오래전에도, 그후에도 오래도록 없었다. 미텐카와 이야기하며 서재에서 딸의 노래를 듣던 일리야 안드레이치 백작은 마치 빨리 공부를 끝내고 놀러가려고 조바심치는 학생처럼 지배인에게 명령을 내리다가 말을 실수하기도 하더니 결국 입을 다물었고, 미텐카 역시 귀를 기울이며 미소를 머금고 백작 앞에 서 있었다. 니콜라이는 누이에게서 눈을 떼지 않았고, 호흡까지 그녀와 맞추는 듯했다. 소냐는 노래를 들으며 자기는 이 친구와 매우 큰 차이가 있고, 이 사촌만큼 매력적인 아가씨가 되지 못할 거라고 생각했다. 노백작부인은 행복하면서도 쓸쓸한 미소를 지으며 눈물을 머금고 앉아 이따금 고개를 흔들었다. 그녀는 나타샤의 일과 자신의 젊은 시절을 떠올렸고, 임박한 나타샤와 안드레이 공작의 결혼에 어딘지 모르게 부자연스럽고 무서운 데가 있다는 생각을 하고 있었다.

디플레르는 백작부인 옆에 앉아 눈을 감고 듣고 있었다.

"저, 백작부인." 마침내 그는 입을 열었다. "저쯤 되면 유럽에서 통할 재능입니다. 이제 배우실 것도 없습니다. 저 부드러움, 사랑스러움, 힘……"

"아! 난 저애가 걱정이에요, 정말 걱정돼요." 백작부인은 누구와 이야기하는지도 잊고 말했다. 어머니로서의 본능은 나타샤에게 무엇인가가 너무 많고, 그래서 행복하지 못할 거라고 속삭이고 있었다. 나타샤가 노래를 다 끝내기도 전에 열네 살의 페탸가 가장행렬이 왔다며 신이 나서 뛰어들어왔다.

나타샤는 갑자기 노래를 멈췄다.

"바보!" 나타샤는 남동생에게 소리치고 의자로 달려가서 쓰러지더니 크게 흐느끼기 시작했고, 한동안 눈물을 멈추지 못했다. "아무것도 아니에요, 엄마, 아무것도 아니에요, 그저 페탸가 놀라게 해서 그런 거예요." 그녀는 미소지으려고 애쓰며 말했지만, 눈물이 하염없이 흐르고 흐느낌에 목이 메었다.

곰, 터키인, 선술집 주인, 마님 등 무섭거나 우스꽝스럽거나 제멋대로 차리고 나선 하인들의 가장행렬이 추위와 쾌활함을 몰고 집안으로 들어와 머뭇거리며 현관방에 떼 지어 있다가 마침내 서로 숨으려는 듯이 홀로 밀려나왔고, 처음에는 수줍어했지만 점점 활기를 띠며 화기애

애하게 노래를 부르고, 춤을 추고, 윤무輪舞를 하고, 크리스마스 놀이를 시작했다. 백작부인은 가장한 사람들의 얼굴을 알아보고 활짝 웃으며 객실로 물러갔다. 일리야 안드레이치 백작은 만면에 미소를 띠고 그들의 가장을 칭찬하며 홀에 앉아 있었다. 젊은 사람들은 어딘가로 사라졌다.

삼십 분쯤 지나 가장한 사람들 사이에 끼여 나타난 파딩게일*을 입은 귀부인은 니콜라이였다. 터키 소녀는 페탸였다. 어릿광대는 디믈레르, 경기병은 나타샤이고, 체르케스인으로 분장한 소냐는 코르크를 태워 콧수염과 눈썹을 그렸다.

가장에 참가하지 않은 사람들이 그들을 알아보지 못하겠다고 인정하고 놀라며 칭찬하자, 젊은 사람들은 자기들의 분장이 그토록 성공적이라면 다른 사람들에게도 보여야겠다고 생각했다.

자기 트로이카**에 모두를 태우고 얼어붙은 큰길을 멋지게 달리고 싶었던 니콜라이는 가장한 하인을 열 명가량 데리고 아저씨한테 가겠다고 했다.

"안 된다, 뭐 때문에 그 노인을 번잡하게 하려는 거니!" 백작부인이 말했다. "게다가 거긴 좁아서 움직일 데도 없잖니. 차라리 가려면 멜류코바네가 낫지."

멜류코바는 터울이 다양한 자식이 여럿 있는 미망인으로, 역시 남녀 가정교사들과 함께 로스토프네에서 4베르스타쯤 떨어진 곳에 살고 있었다.

---

* 철사나 고래수염, 등나무 등을 원추형으로 엮은 버팀대를 댄 속치마.
** 세 필의 말이 끄는 썰매.

"그렇지, 얘야, 그게 좋겠다." 활기를 띠기 시작한 노백작이 이어받아 말했다. "그럼 나도 차려입고 함께 가야겠다. 나도 한번 파셰타*를 감격시켜볼까."

그러나 백작부인은 백작이 가는 것을 만류했는데, 요즘 백작의 다리가 성치 않았기 때문이다. 그래서 일리야 안드레이치는 갈 수 없었지만, 루이자 이바노브나(쇼스 부인)가 동행하는 조건으로 아가씨들은 갈 수 있게 되었다. 겁 많고 수줍음 많은 소냐가 누구보다 집요하게 루이자 이바노브나에게 거절하지 말아달라고 부탁했다.

소냐의 가장이 누구보다 훌륭했다. 콧수염과 눈썹은 그녀와 아주 잘 어울렸다. 모두가 소냐에게 아주 훌륭하다고 하자, 그녀는 본래의 그녀답지 않게 생기 있고 활기가 넘쳤다. 그녀 내면의 목소리가 오늘이야말로 네 운명이 결정되는 날이라고 속삭였고, 남장한 그녀는 마치 다른 사람 같았다. 루이자 이바노브나가 승낙하자 삼십 분 뒤 크고 작은 방울들을 단 네 대의 트로이카가 얼어붙은 눈길 위에 바닥 쇠붙이의 날카로운 소리를 울리며 현관 층층대 앞에 도착했다.

나타샤는 크리스마스 주간의 흥겨움을 가장 먼저 느꼈고, 이 흥겨움은 잇따라 다른 사람에게로 전해져 더욱 강해졌으며, 마침내 모두가 추위 속으로 나가 서로 이야기하고, 부르고, 웃고 소리치며 썰매에 올라탔을 때는 절정에 달했다.

두 대의 트로이카는 일상용이고, 한 대는 오룔산産 준마를 가운데에 채운 노백작 전용, 다른 한 대는 키가 작고 털이 더부룩한 검정말을 가

---

* 작은 손가방을 뜻하는 프랑스어 pochette에서 유래한 단어로 아주머니, 부인 등을 뜻한다.

446

운데에 채운 니콜라이 전용이었다. 니콜라이는 귀부인 의상에 띠가 달린 경기병 외투를 입고 자기 썰매 가운데에 서서 고삐를 잡았다.

밖은 무척 환해서 달빛에 빛나는 마구의 금속이며 말의 눈이 잘 보였고, 말들은 마차 대는 곳의 차양 밑 어두운 곳에서 와자하게 떠들어 대는 말 탄 사람들을 놀란 듯이 둘러보고 있었다.

니콜라이의 썰매에는 나타샤와 소냐, 쇼스 부인과 두 하녀가 탔다. 노백작의 썰매에는 디믈레르 부부와 페탸가 타고, 나머지 두 대에는 가장한 하인들이 나누어 탔다.

"먼저 가, 자하르!" 니콜라이는 도중에 기회를 봐서 추월할 생각을 하면서 아버지의 마부에게 소리쳤다.

디믈레르와 가장한 사람들이 탄 노백작의 트로이카는 눈에 얼어붙는 것처럼 활주부를 삐걱거리고 나직하게 방울 소리를 울리며 먼저 움직이기 시작했다. 좌우의 부마副馬는 끌채에 바싹 붙어서 설탕처럼 굳어 반짝이는 눈을 갈아엎듯 말굽을 파묻었다.

선두의 트로이카에 뒤이어 니콜라이가 출발하고, 뒤에 남은 두 대도 요란한 소리를 내며 달리기 시작했다. 처음에는 가벼운 속보로 좁은 길을 나아갔다. 정원을 지나는 동안은 벌거숭이 나무들의 그늘이 이따금 길에 가로누워 밝은 달빛을 가렸지만, 울타리 밖으로 나가자 곧 검푸른 반사를 머금은 다이아몬드처럼 반짝이는 설원이 달빛에 흠뻑 젖어 미동도 없이 사방으로 펼쳐졌다. 덜거덩거리며 앞의 썰매가 구덩이에 빠지고 다음 것도 그다음 것도 똑같이 빠졌지만, 썰매들은 얼어붙은 밤의 정적을 대담하게 깨뜨리며 줄을 지어 나아갔다.

"토끼 발자국이 잔뜩 있어요!" 얼어붙은 혹한의 대기 속에서 나타샤의 목소리가 울렸다.

"정말 보여요, 니콜라!" 소녀의 목소리가 들렸다. 니콜라이는 소녀를 흘끗 돌아보고 더 가까이에서 얼굴을 분간하려고 몸을 숙였다. 눈썹과 콧수염이 까맣고, 완전히 다른 사람처럼 보이는 귀여운 얼굴이 달빛을 받으며 검은담비 목도리 속에서 가까워졌다 멀어졌다 하며 내다보고 있었다.

'이것이 원래 소냐의 모습일까.' 니콜라이는 생각했다. 그는 그녀를 더 가까이에서 들여다보고 빙그레 웃었다.

"왜요, 니콜라?"

"아무것도 아냐." 그는 말하고 다시 말 쪽으로 몸을 돌렸다.

트로이카 활주부에 칠한 기름이 스미고 편편하게 다져진, 달빛 아래서도 말굽에 긁힌 자국들이 보이는 큰길로 나서자, 말들은 스스로 고삐 줄을 당기며 속도를 올리기 시작했다. 왼쪽 부마는 고개를 숙이고 뛰어오르며 쭉쭉 줄을 끌어당겼다. 가운데 주마主馬는 '시작해볼까, 아니 너무 이른가?' 하고 묻는 듯이 귀를 움직이고 흔들리며 뛰고 있었다. 앞쪽에서는 이미 상당히 멀어진 자하르의 검은 트로이카가 나직하게 방울 소리를 울리며 하얀 눈 위로 가는 것이 또렷이 보였다. 그 썰매에서 가장한 사람들의 외침 소리와 웃음소리와 이야기 소리가 들려왔다.

"자, 가볼까, 친구!" 니콜라이는 한 손으로 고삐를 쥐고, 채찍을 든 다른 손을 뒤로 당기며 외쳤다. 그리고 기세를 더하는 듯한 맞바람과 쭉쭉 뻗으며 점점 속력을 올리는 부마들이 고삐를 끌어당기는 느낌만으로도 트로이카가 날듯이 질주하기 시작했다는 것을 알 수 있었다.

니콜라이는 뒤를 돌아보았다. 다른 트로이카도 환성과 금속성을 울리고 채찍을 휘둘러 주마를 열심히 추기며 따라오고 있었다. 주마는 힘을 뺄 생각이 없는 듯하고, 필요하면 더 속력을 낼 수도 있다는 듯이 멍에 밑에서 믿음직스럽게 몸을 놀리고 있었다.

니콜라이는 선두의 트로이카를 따라잡았다. 그들은 어느 산을 내려가, 강을 따라 펼쳐진 초원의 바퀴 자국이 널찍이 난 길로 들어섰다.

'우리는 어디를 달리고 있는 걸까?' 니콜라이는 생각했다. '코소이 초원이겠지. 아니다, 거기가 아니다. 지금까지 한 번도 와본 적 없는 새로운 곳이다. 코소이 초원도, 돔키나 언덕도 아니고 전혀 모르는 곳이다! 어쩐지 새롭고 마치 마법 같구나. 그래, 어딘들 어떠랴!' 그는 말에게 소리치고 선두의 트로이카를 우회하기 시작했다.

자하르는 고삐를 늦추며, 벌써 눈썹까지 허옇게 서리가 엉긴 얼굴을 돌렸다.

니콜라이는 말을 달리게 했고, 자하르도 양손을 뻗으며 혀를 차더니 말을 달리게 했다.

"자, 꼭 잡으십시오, 나리!" 그는 외쳤다. 두 트로이카는 한층 더 속도를 높여 나란히 날듯이 달려가고, 질주하는 말들의 다리가 어지러울 만큼 엇갈렸다. 니콜라이가 앞서기 시작했다. 자하르는 뻗은 손의 위치를 바꾸지 않고 고삐 쥔 한 손을 올렸다.

"절 속이셨습니다, 나리." 그는 니콜라이를 향해 소리쳤다. 니콜라이는 세 마리의 말을 전속력으로 몰아 자하르를 앞질러버렸다. 말들은 건조한 눈가루를 두 기수의 얼굴에 흩뿌렸고, 귓가에서 방울 소리가 마구 울리고, 뒤처지는 트로이카의 그림자와, 빠르게 움직이는 말의 다리가 엇갈리고 있었다. 눈길에 미끄러지는 활주부의 휙휙 하는 소리와 여자들이 내지르는 비명이 사방에서 들려왔다.

니콜라이는 또다시 말을 세우고 주위를 둘러보았다. 사방은 여전히 달빛에 잠겨 있고 온통 별을 뿌려놓은 마법의 땅 같았다.

'자하르는 왼쪽으로 돌라고 소리치고 있지만, 왜 왼쪽으로 가는 걸까?' 니콜라이는 생각했다. '정말 멜류코바네로 가고 있는 걸까? 여기가 멜류코바가의 영지일까? 우리가 지금 어디로 달려가는지, 어떻게 되어가고 있는지 모르겠다. 그러나 어떻게 되어가고 있는지 모른다는 건 정말 기이하고 멋지다.' 그는 썰매 안을 돌아보았다.

"봐요, 콧수염이고 눈썹이고 온통 새하얘요." 썰매 안에 앉아 있던, 가느다랗게 눈썹과 콧수염을 그린 기묘하고 아름답고 낯설어 보이는 사람들 중 하나가 외쳤다.

'저 사람은 나타샤 같은데.' 니콜라이는 생각했다. '저 사람은 쇼스 부인, 아니다, 어쩌면 아닐지도 모른다, 저기 저 콧수염이 있는 체르케스인은 누군지 모르겠지만 사랑스럽다.'

"모두들 춥진 않습니까?" 그는 물었다. 그녀들은 대답하지 않고 웃었다. 디믈레르가 뒤쪽 썰매에서 외쳤는데, 아마 우스운 이야기였을 테지만 그는 알아들을 수 없었다.

"네, 네." 그녀들이 웃으며 대답했다.

그러는 사이, 검은 그림자와 반짝이는 다이아몬드가 뒤섞인 마법의 숲 같은 것이 보이고, 대리석 층층대와 은색 지붕이 얹힌 마법의 저택이 나타나고, 짐승의 날카로운 울음소리가 들려왔다. '이곳이 정말 멜류코바가의 영지라면, 우리가 그런 기이한 곳을 지나 멜류코바네에 도착했다는 것은 더 기묘하다.' 니콜라이는 생각했다.

바로 거기가 멜류코바의 저택이었고, 남녀 하인들이 촛불을 들고 반가운 얼굴로 마차 대는 곳으로 달려나왔다.

"누구세요?" 마차 대는 곳에서 묻는 목소리가 들렸다.

"백작 댁 가장한 분들이지. 말을 보면 알 수 있잖아." 다른 목소리가 대답했다.

11

펠라게야 다닐로브나 멜류코바는 어깨가 넓은 정력적인 여성으로, 안경을 쓰고 윗옷 앞섶을 열어젖힌 채 딸들에게 둘러싸여, 그들을 지루하지 않게 하려 애쓰며 앉아 있었다. 그들이 촛농을 조금씩 흘려 나타나는 갖가지 모양으로 점을 치고 있을 때, 현관방으로 들어온 사람들의 발소리와 말소리가 왁자하게 들려왔다.

경기병, 귀부인, 마녀, 어릿광대, 곰 등이 현관방에서 기침을 하기도 하고, 추위에 하얗게 성에가 낀 얼굴을 닦기도 하다가 서둘러 불을 켠 홀로 들어왔다. 어릿광대인 디믈레르와 귀부인인 니콜라이가 춤으로 먼저 개시했다. 소리를 질러대는 딸들에게 둘러싸인 가장한 무리는 얼굴을 감추고 목소리를 바꿔서 각자 안주인에게 인사하고 방 여기저기에 자리를 잡았다.

"아, 누가 누군지 알아볼 수가 없어! 아, 나타샤인가! 보자, 누굴 닮았는데! 분명 닮은 것 같은데. 예두아르트 카를리치가 맞다면, 정말 멋지군요! 난 누가 누군지 모르겠어요. 이렇게 춤까지 추다니! 오, 이런, 체르케스인이 있네, 소뉴시카*한테 정말 잘 어울려요. 저이는 또 누굴까? 아, 이런 기쁨을 주다니! 니키타, 바냐, 탁자 좀 치워줘. 우린 정말 쓸쓸하게 앉아 있던 참이었는데!"

"하-하-하!…… 경기병이다, 경기병! 그냥 사내아이 같은데, 저 발도!…… 보고 있을 수가 없군……" 하는 목소리도 들렸다.

멜류코바가 딸들의 인기를 모았던 나타샤는 그들과 함께 안쪽 방으로 사라졌고, 코르크와 여러 가지 가운과 남자 옷들을 가져오라고 하인들에게 시키고는 그들이 가져오자, 아무것도 걸치지 않은 소녀다운 손이 문 사이로 나와 그것들을 건네받았다. 십 분 후 멜류코바가 젊은 이들도 모두 가장한 무리에 합류했다.

펠라게야 다닐로브나는 손님들을 위해 자리를 치우게 하고 주빈들과 하인들의 접대에 대해 지시한 뒤, 안경도 벗지 않은 채 웃음을 참으며 가장한 무리 속을 걸어다녔는데, 바싹 다가가서 얼굴을 들여다보면서도 한 사람도 알아맞히지 못했다. 그녀는 로스토프가 사람들과 디믈레르를 가려내지 못했고, 자기 딸들은 물론 딸들이 걸친 남편의 가운과 제복조차 알아보지 못했다.

"이 사람은 대체 누구지?" 그녀는 자기 집 여자 가정교사에게 말했고, 카잔**의 타타르인으로 분장한 자기 딸의 얼굴을 보면서는 "이건 로스토프가 사람 같은데요? 아, 경기병, 당신은 어느 연대에 근무하세

---

* 소냐의 애칭.
** 볼가 강 연안의 도시. 카타르공화국의 수도.

요?" 하고 나타샤에게 물었다. "이 터키 아가씨에게 파스틸라*를 드리게." 그녀는 음식을 돌리고 다니는 식당 하인에게 말했다. "이 정도라면 그들의 법에 금지된 것도 아닐 테니까."

춤을 추는 사람들은 가장한 자기들을 아무도 알아보지 못한다고 확신하고 거리낌없이 괴상하고 우스꽝스러운 스텝을 밟았고, 이 모습을 바라보며 펠라게야 다닐로브나는 이따금 플라토크로 얼굴을 가리고 뚱뚱한 몸을 흔들며 참을 수 없는 듯이 선량하고 노인다운 웃음을 터뜨렸다.

"우리 사시네트가, 사시네트 좀 봐!" 그녀는 말했다.

러시아 춤과 윤무가 끝나자, 펠라게야 다닐로브나는 주빈들과 하인들을 한데 모아 하나의 커다란 원을 만들고, 반지와 밧줄과 1루블 은화를 가져오게 해서 다 같이 놀이를 시작했다.

한 시간쯤 지나자, 모두의 의상은 구겨져 엉망이 되어버렸다. 코르크를 태워 그린 콧수염과 눈썹은 땀에 젖은 흥거운 얼굴에 온통 번졌다. 그러자 펠라게야 다닐로브나는 차차 가장한 사람들의 정체를 알아채게 되었는데, 가장이 훌륭하고, 그중에서도 특히 아가씨들의 가장이 좋았다고 감탄하며 덕분에 아주 즐거웠다고 모두에게 감사 인사를 했다. 손님들은 저녁을 먹기 위해 객실로 이동했고, 하인들은 홀에서 대접을 받게 되었다.

"아니요, 점은 목욕탕에서 쳐보세요, 정말 소름끼치거든요!" 이 집에 사는 한 노처녀가 저녁 자리에서 말했다.

---

* 과즙과 꿀, 사탕 등으로 만든 과자.

"어째서요?" 멜류코바가의 맏딸이 물었다.

"당신은 못 가실걸요, 용기가 필요하거든요……"

"나는 가보겠어요." 소냐가 말했다.

"말해줘요, 그래서 그 아가씨가 어떻게 됐어요?" 멜류코바가의 둘째딸이 말했다.

"그래요, 그렇게 해서, 한 아가씨가 갔었죠." 노처녀가 말했다. "그리고 수탉 한 마리와 두 사람분의 식기를 준비하고, 규칙대로 자리에 앉았어요. 잠시 앉아 있는데 문득 무슨 소리가 들려와요, 누군가 오는 소리가…… 썰매가 종과 방울을 울리며 다가오는 소리였어요. 그리고 사람의 발소리가 들리더니, 인간과 똑같은 모습을 한 장교가 걸어들어와 그 아가씨와 나란히 한 벌의 식기 앞에 앉았어요."

"어머! 어머!……" 나타샤는 무서운 듯 눈이 휘둥그레지며 외쳤다.

"어떻게 그럴 수가, 그리고 말도 했나요?"

"네, 인간과 똑같아요. 그가 이런저런 말을 지껄이기 시작하자 닭이 울 때까지 그의 말상대를 할 수밖에 없는 아가씨는 무서워지기 시작했고, 그저 무서운 마음에 양손으로 얼굴을 가려버렸죠. 그러자 그가 그녀를 붙잡았어요. 다행히 그때 하녀가 달려와서……"

"이런, 아가씨들이 겁먹겠어요!" 펠라게야 다닐로브나가 말했다.

"엄마도 점을 치신 적이 있잖아요……" 딸이 말했다.

"창고에서 치는 점은 어떻게 하는 거예요?" 소냐가 물었다.

"그거라면 지금 당장이라도 할 수 있어요. 창고 안에서 가만히 귀를 기울여요. 만약 문에 못을 박는 것 같은 두드리는 소리가 들리면 나쁜 징조, 낟알 뿌리는 소리가 들리면 좋은 징조인데, 때에 따라서는……"

"엄마, 말씀해주세요. 창고에 가셨을 때 어땠어요?"

펠라게야 다닐로브나는 미소지었다.

"글쎄 어땠더라. 다 잊어버려서……" 그녀는 말했다. "너희 중에는 갈 사람이 없는 거니?"

"아니요, 제가 가보겠어요, 펠라게야 다닐로브나, 제가 가겠어요, 제가 가요." 소냐가 말했다.

"그래요, 그럼, 무섭지만 않다면."

"루이자 이바노브나, 가도 괜찮죠?" 소냐는 물었다.

반지와 밧줄과 은화 놀이를 할 때도, 또 지금처럼 이야기를 할 때도 니콜라이는 소냐 곁을 떠나지 않고, 완전히 다른 새로운 눈으로 그녀를 바라보고 있었다. 그는 코르크를 태워 그린 콧수염 덕분에 이제야 비로소 그녀를 완전히 안 것 같은 느낌이 들었다. 확실히 이날 저녁 소냐는 이제까지 니콜라이가 본 적이 없었으리만큼 명랑하고 활발하고 아름다웠다.

'소냐는 이런 여자였어. 난 왜 그렇게 바보였을까!' 반짝이는 눈, 콧수염 옆에 보조개가 파인 행복하고 기쁨에 넘치는 지금까지 본 적 없었던 그녀의 미소를 바라보며 그는 생각했다.

"전 조금도 무섭지 않아요." 소냐가 말했다. "지금 가도 될까요?" 그녀는 말하고 일어섰다. 사람들은 소냐에게 창고의 위치를 알려주고, 가만히 서서 귀를 기울이고 있으라고 말한 뒤 모피 외투를 내주었다. 그녀는 모피 외투를 머리에서부터 덮어쓰고 니콜라이 쪽을 바라보았다.

'어쩌면 저렇게도 매력적일까!' 그는 생각했다. '나는 지금까지 무슨 생각을 하고 있었던 걸까!'

소냐는 창고로 가기 위해 복도로 나왔다. 니콜라이는 덥다고 말하고 서둘러 정면 현관 쪽으로 나갔다. 사실 집안은 사람들로 가득해 숨이 막혔다.

바깥은 여전히 얼어붙을 것처럼 춥고 아까와 똑같은 달이 떠 있었지만 달빛은 한층 밝았다. 달빛이 매우 강해 눈 위에 수많은 별이 반짝이고 있었기 때문에 하늘을 올려다볼 생각이 들지 않았고 게다가 진짜 별은 보이지 않았다. 하늘은 검고 쓸쓸하지만, 지상은 즐거워 보였다.

'바보, 나는 바보다! 나는 지금까지 무엇을 기다리고 있었을까?' 니콜라이는 이렇게 생각하고 층층대를 달려내려가 뒤쪽 층층대로 통하는 오솔길을 따라 집 모퉁이를 꺾어들었다. 그는 소냐가 여기로 지나갈 것을 알고 있었다. 도중에 몇 사젠 높이의 장작더미가 눈에 덮인 채 땅에 그림자를 던지고 있었고, 그 위와 옆에도 발가벗은 늙은 보리수가 엉키듯 눈과 오솔길에 그림자를 드리우고 있었다. 오솔길은 창고로 이어졌다. 창고의 통나무 벽과 눈 덮인 지붕은 마치 보석으로 장식해 놓은 것처럼 달빛 속에서 반짝이고 있었다. 뜰에서 툭 하고 나뭇가지 부러지는 소리가 나더니, 다시금 고요해졌다. 가슴은 공기가 아니라 영원히 젊은 힘과 기쁨을 호흡하고 있는 것만 같았다.

하녀 방 입구의 층층대에서 내려오는 발소리가 들리고 눈이 쌓인 맨 아래 층계가 삐걱거리더니, 노처녀의 목소리가 들렸다.

"곧장, 이리로 곧장 가세요, 아가씨. 돌아보시면 안 돼요!"

"난 무섭지 않아요." 소냐는 대답하고 니콜라이가 있는 쪽으로 볼이 아주 좁은 구두를 신은 작은 발로 뽀드득뽀드득 소리를 내며 걸어갔다.

소냐는 모피 외투를 덮어쓰고 있었다. 그녀는 두어 걸음 떨어진 데까지 와서야 비로소 니콜라이를 알아보았는데, 그녀의 눈에도 니콜라이는 그녀가 알고 언제나 약간의 두려움을 느끼던 그가 아니었다. 그는 여자 옷을 입고, 머리를 헝클어뜨리고, 소냐가 전에 보지 못했던 행복한 미소를 머금고 있었다. 소냐는 재빨리 그의 곁으로 달려갔다.

'전혀 다른 사람 같으면서도 역시 그 소냐다.' 그는 달빛에 비친 그녀의 얼굴을 구석구석 바라보며 생각했다. 그는 소냐가 덮어쓴 모피 외투 속으로 두 손을 넣어 끌어안고, 불에 태운 코르크 냄새가 나는 콧수염 아래 입술에 키스했다. 소냐도 그의 입술 한가운데에 입을 맞추고, 귀여운 두 손을 내밀어 그의 양쪽 뺨을 만졌다.

"소냐!…… *니콜라!*……" 그들은 이 말만 했다. 그들은 창고로 달려갔고, 각자 나왔던 문으로 되돌아갔다.

12

모두가 펠라게야 다닐로브나의 집에서 떠나려 할 때, 언제나 무엇이든 꿰뚫어보고 알아채는 나타샤는 자기와 루이자 이바노브나는 디믈레르와 같은 썰매에 타고, 소냐는 하녀들과 함께 니콜라이의 썰매에 타도록 배치했다.

니콜라이는 돌아가는 길에는 경주를 하지 않고 적당한 속도로 달렸고, 묘한 달빛 속에서 줄곧 소냐의 얼굴을 바라보며, 모든 것을 바꿔버리는 빛 속에서, 눈썹과 콧수염의 그늘에서 이전의 소냐와 지금의 소냐를 찾으며 이제 절대로 그녀와 헤어지지 않으리라 결심했다. 그는 그녀의 얼굴을 찬찬히 바라보며 이전과 똑같은 사람이면서도 다른 사람 같은 그녀를 알아보았고, 키스의 느낌과 뒤섞인 코르크 냄새를 떠올리고는 가슴 가득 얼어붙은 공기를 들이마셨고, 멀어져가는 지면과 찬란한 하늘을 바라보자 또다시 마법의 나라에 온 듯한 느낌이 들었다.

"소냐, 당신은 기분이 좋아?" 그는 이따금 물었다.

"네," 소냐는 대답했다. "당신은요?"

절반쯤 왔을 때 니콜라이는 마부에게 고삐를 맡기고 잠시 나타샤가 탄 썰매로 뛰어가 가로대에 올라섰다.

"나타샤" 하고 그는 속삭이듯 프랑스어로 말했다. "실은 나, 소냐에 대해 결심했어."

"소냐에게 말했어요?" 나타샤는 갑자기 온몸을 기쁨으로 반짝이며 물었다.

"아, 콧수염과 눈썹을 그린 널 보니 정말 이상하다, 나타샤! 너도 기쁘니?"

"정말 기뻐요, 정말 기뻐요! 나는 오빠에게 화가 나 있었으니까요. 말은 안 했지만, 오빠는 소냐에게 잘못했어요. 그녀의 마음은 순결해요, *니콜라*, 나는 정말 기뻐요! 나는 때때로 나쁜 마음을 먹기도 하지만, 소냐를 두고 나만 행복해지는 건 마음에 걸렸거든요." 나타샤는 계속했다. "이제 나는 마음이 놓여요. 자, 그녀에게 달려가요."

"아니, 잠깐만, 아, 네 모습은 정말 우습구나!" 니콜라이는 그녀를 바라보다가, 전에 그가 보지 못했던 새롭고 이상하고 매력적인 상냥함을 발견하고는 말했다. "나타샤, 무슨 마법에라도 걸린 것 같다. 그렇지?"

"그래요" 하고 그녀는 대답했다. "아무튼 정말 잘했어요."

'만약 누이의 마음이 이렇다는 걸 알았다면,' 니콜라이는 생각했다. '나는 벌써 오래전에 어떻게 해야 할지 누이와 상의했을 것이고, 누이가 하라는 대로 했을 것이며, 그랬다면 모든 것이 잘됐을 텐데.'

"그럼 너는 기뻐해주는 거니, 내가 잘했단 거야?"

"네, 그럼요! 나는 얼마 전 이 일로 엄마와 말다툼을 했어요. 엄마는 소냐가 오빠를 유혹하고 있다고 말씀하셨어요. 어떻게 그런 말씀을 하실 수 있죠! 난 엄마에게 대들 뻔했어요. 나는 누구건 소냐에 대해 조금이라도 나쁘게 말하거나 생각하는 걸 그냥 보고 있을 수 없어요. 그녀는 언제나 좋은 사람이니까요."

"그럼 좋단 말이지?" 니콜라이는 누이의 말이 사실인지 확인하려는 듯 다시 한번 그녀의 표정을 살피며 묻고, 장화를 절거덕거리며 썰매 가로대에서 뛰어내려 자기 썰매로 달려갔다. 거기에는 여전히 콧수염을 그린 채 눈을 반짝거리며 행복하게 미소짓고 있는 체르케스인이 검은담비 카포르*를 쓰고 앉아 있었는데, 이 체르케스인은 소냐, 분명 그의 미래의 행복한 아내가 될 사람이었다.

집으로 돌아와 어머니에게 멜류코바네에서 무엇을 했는지 말한 뒤, 아가씨들은 각자의 방으로 물러갔다. 옷을 벗지도, 코르크를 태워 그린 콧수염도 지우지 않은 채 두 아가씨는 각자의 행복에 대해 이야기를 주고받으며 오랫동안 앉아 있었다. 결혼해서 어떻게 살 것이라느니, 남편들도 서로 의좋게 교제할 것이라느니, 행복하게 살 것이라느

---

* 아이나 여자가 쓰는 털모자.

니 하는 이야기가 오갔다. 나타샤의 탁자에는 저녁때부터 두냐샤가 준비해놓은 거울들이 놓여 있었다.*

"그런데 모든 일이 언제 그렇게 될까? 난 두려워. 그런 날이 오지 않을까봐…… 그건 너무도 좋은 일이니까!" 나타샤가 일어나서 거울로 다가가며 말했다.

"앉아봐, 나타샤, 어쩌면 그를 볼 수 있을지도 몰라." 소냐가 말했다. 나타샤는 초를 켜고 앉았다.

"콧수염 난 사람이 보이는데." 나타샤는 자기 얼굴을 보며 말했다.

"웃으시면 안 돼요, 아가씨." 두냐샤가 말했다.

나타샤는 소냐와 하녀의 도움으로 적당한 위치를 찾아 거울을 놓고, 진지한 표정으로 잠자코 있었다. 그녀는 거울들 속에서 멀어져가는 듯한 촛불의 열께을 바라보며(소문으로 들은 이야기를 상상하며) 어렴풋이 한데 녹아드는 것처럼 보이는 맨 안쪽 사각형 속에 때로는 관이 보이고, 때로는 그가, 안드레이 공작의 얼굴이 보일 거라 기대하며 꼼짝도 않고 앉아 있었다. 아주 작은 반점만 나타나도 사람이나 관의 형상으로 보리라 마음먹고 있었지만 아무것도 보이지 않았다. 그녀는 차차 눈을 깜박거리다가 마침내 거울에서 물러섰다.

"다른 사람에게는 보이는데 왜 나는 아무것도 보이지 않지?" 그녀는 말했다. "자, 앉아봐, 소냐, 오늘은 소냐가 꼭 앉아야 해." 그녀는 말을 이었다. "그저 나 대신에…… 난 지금 너무 무서워!"

소냐는 거울 앞에 앉아 위치를 잡고 바라보았다.

---

* 크리스마스 밤에 미혼 여성이 초를 켜놓고 거울을 보면 미래의 남편이 보인다는 미신이 있었다.

"소피야 알렉산드로브나*는 꼭 보실 거예요." 두냐샤가 나지막이 말했다. "아가씨는 웃고만 계시니까요."

소냐는 이 말을 들었고, 나타샤가 이렇게 속삭이는 말도 들었다.

"나도 그렇게 생각해, 소냐라면 보일 거야. 작년에도 봤으니까."

삼 분쯤 아무도 말이 없었다. "틀림없어!" 하고 나타샤가 속삭였고…… 말을 끝맺기도 전에 소냐는 붙잡고 있던 거울을 갑자기 밀치고 한 손으로 눈을 가렸다.

"아아, 나타샤!" 소냐는 외쳤다.

"봤어? 봤어? 무엇을 봤어?" 나타샤도 외쳤다.

"거봐요, 제가 보일 거라고 했잖아요." 두냐샤가 거울을 받치며 말했다.

소냐는 아무것도 보지 못했고, 눈을 깜빡이고 일어서려고 했을 때, "틀림없어!" 하고 외친 나타샤의 음성을 들었을 뿐이었다…… 그녀는 두냐샤도 나타샤도 속이고 싶지 않았으므로 앉아 있는 것이 괴로워졌다. 그러나 한 손으로 눈을 가렸을 때 왜 그런 외침이 터져나왔는지 자신도 알지 못했다.

"그를 봤어?" 소냐의 팔을 잡으며 나타샤가 물었다.

"응. 잠깐…… 나는…… 그를 봤어." 소냐는 자기도 모르게 대답했는데, 나타샤가 말한 그가 누구인지, 그가 니콜라이인지 안드레이인지 모르고 말한 것이었다.

'그런데 왜 봤다고 말하면 안 되지? 다른 사람도 봤다고 하는데! 게

---

* 소냐의 이름과 부칭.

다가 내가 정말 봤는지 못 봤는지 그건 누구도 알 수 없는 거잖아.' 이 생각이 소냐의 머리를 스쳐갔다.

"응, 나는 그를 봤어." 그녀는 말했다.

"어떻게? 어떡하고 있었어? 누워 있었어?"

"아니, 내가 본 건…… 아무것도 보이지 않다가 갑자기 보였어, 그가 누워 있는 모습이."

"안드레이가 누워 있었다고? 아파서?" 겁에 질린 얼굴로 친구를 뚫어져라 응시하며 나타샤는 물었다.

"아니, 그 반대야, 반대, 유쾌한 얼굴을 하고 내 쪽으로 얼굴을 돌리셨어." 이렇게 말하는 동안 그녀는 방금 자신이 말한 것을 그대로 본 것같이 느껴졌다.

"그래 그러고는, 소냐?"

"더이상은 분간할 수 없었어, 뭔가 파란 것과 빨간 것이……"

"소냐! 그이는 언제 돌아올까? 언제 만나게 될까! 아아! 난 두려워, 내 일도, 그의 일도, 모든 것이 두려워……" 나타샤는 이렇게 말하고 소냐의 위로에는 대꾸도 하지 않고 잠자리에 들었는데, 촛불을 끈 뒤에도 한참 동안 눈을 뜨고 가만히 침대에 누운 채 꽁꽁 언 창문 너머로 얼어붙은 것 같은 달빛을 바라보았다.

13

크리스마스 주간이 끝나고 얼마 지나지 않아 니콜라이는 어머니에게 소냐에 대한 사랑과 그녀와 결혼하겠다는 굳은 결심을 이야기했다. 백작부인은 소냐와 니콜라이 사이를 벌써 오래전에 눈치채고 또 언젠가 이런 이야기를 할 거라 예상하고 있었으므로 묵묵히 아들의 이야기를 다 들은 뒤, 누구나 좋은 상대와 결혼하는 것은 좋지만 자신과 아버지는 이 결혼을 축복해줄 수 없다고 잘라 말했다. 니콜라이는 어머니가 자신에 대해 불만이고, 아무리 자신을 사랑하더라도 이 일에서만큼은 절대 물러서지 않으리라는 것을 처음으로 비로소 절감했다. 그녀는 냉담한 태도로 아들 쪽은 보지도 않고 남편을 불러오게 했고, 백작이 오자 니콜라이 앞에서 짧고 냉담하게 이야기하려고 했지만 견디지 못하고 분을 참지 못해 눈물을 흘리더니 울면서 방을 나가버렸다. 노백작은 우물쭈물하며 니콜라이를 타이르고, 결심을 바꿔달라고 부탁했다. 니콜라이는 약속을 저버릴 수 없다고 대답했고, 아버지는 한숨을 내쉬더니 분명 당황한 낯으로 급히 이야기를 끊고 백작부인에게 가버렸다. 그는 아들과 충돌할 때마다 집안의 재정이 엉망이 된 책임이 자신에게 있다는 죄의식이 늘 머릿속에서 떠나지 않았으므로, 부유한 아가씨와의 혼담을 물리치고 지참금도 없는 소냐를 택한 아들을 나무랄 수 없었고, 그저 이 경우 만약 집안 재정이 엉망만 아니었다면 아들에게 소냐보다 더 나은 배필을 바랄 수도 없다는 것을 알고 있었으며, 어려워진 재정의 책임은 지배인 미텐카에게 모든 것을 일임해버리고, 어쩔 수 없는 습관을 고치지 못한 자기 한 사람에게 있다는 것을 곰곰 되새길 뿐이었다.

　아버지와 어머니는 이 일에 대해 더이상 아들과 이야기하지 않았지만, 며칠 뒤 백작부인은 소냐를 불러 그녀 자신도 소냐도 예상치 못한

격한 어조로, 배은망덕하게도 아들을 유혹했다고 조카를 비난했다. 소냐는 눈을 떨군 채 말없이 백작부인의 잔인한 비난을 들었으나, 자신에게 어떻게 하라는 것인지 알 수 없었다. 그녀는 은인을 위해 모든 것을 희생할 각오가 되어 있었다. 그녀는 자기희생을 한다는 생각이 마음에 들었다. 그러나 이 경우, 대체 누구를 위해 무엇을 희생해야 하는지 알 수 없었다. 그녀는 백작부인을 비롯해 로스토프가 온 가족을 사랑하지 않을 수 없었고, 니콜라이를 사랑하지 않을 수 없었으며, 자신의 행복이 이 사랑에 달려 있음을 생각하지 않을 수도 없었다. 그녀는 조용하고 침울했으며, 아무 대답도 하지 않았다. 니콜라이는 더이상 이런 상태를 참을 수 없다고 생각하고 결론을 짓기 위해 어머니에게 갔다. 그는 어머니에게 자기와 소냐를 용서하고 결혼을 허락해달라고 매달리기도 하고, 앞으로도 소냐를 괴롭힌다면 곧장 비밀 결혼을 해버리겠다고 위협하기도 했다.

백작부인은 아들이 지금까지 한 번도 본 적 없었던 냉담한 얼굴로, 너도 이제 성년이 되었고 안드레이 공작도 아버지의 승낙 없이 결혼하려 하니 네가 그러겠다 해도 어쩔 수 없지만, 나는 절대로 그런 음모자를 내 딸로 인정하지 않는다 하고 대답했다.

음모자라는 말에 발끈한 니콜라이는 목소리를 높여, 어머니가 이렇게 억지로 자신의 감정을 팔도록 강요하리라고는 꿈에도 생각지 못했습니다. 그래서 마지막으로 말씀드리지만…… 하고 그 두려운 한마디, 그의 안색으로 보건대 어머니가 두려움을 품고 기다리던, 아마 모자 사이에 영원히 참혹한 기억으로 남을지도 모를 한마디를 꺼내려 했다. 그러나 문가에서 엿듣고 있던 나타샤가 창백해진 심각한 얼굴로 방안으로 뛰어들어와 그 말을 끝맺지 못하게 했다.

"니콜렌카, 왜 그런 부질없는 말을 해요, 입 다물어요, 입 다물어요! 입 다물라고 말하잖아요!……" 그녀는 그의 목소리를 묻으려는 듯 외치듯이 말했다.

"엄마, 내 사랑, 그런 이야기가 아니에요…… 내 사랑, 가엾은 엄마" 하고 그녀는 어머니에게 말했고, 백작부인은 자신이 파열의 문턱에 다다랐음을 느끼며 두려움에 사로잡혀 아들을 바라보고 있었지만 고집과 싸움에 이끌리고 있었기에 이제 와서 굽힐 생각도 없었을뿐더러 물러설 수도 없었다.

"니콜렌카, 이따가 잘 설명할 테니까 당신은 나가요…… 사랑하는 엄마, 좀 들어보세요." 나타샤는 어머니에게 말했다.

그녀의 말은 의미가 없었지만, 그래도 그녀가 바란 효과는 있었다.

백작부인은 애절하게 울며 딸의 가슴에 얼굴을 묻었고, 니콜라이는 일어서서 머리를 감싸고 방을 나가버렸다.

나타샤는 두 사람을 화해시키기에 착수했는데, 어머니에게는 소냐를 괴롭히지 않겠다는 언질을 받아내고 니콜라이에게는 절대로 부모에게 숨기지 않겠다는 약속을 받아냈다.

니콜라이는 군대 일이 정리되는 대로 퇴직하고 귀향해 소냐와 결혼하겠다는 확고한 결심을 품고 1월 초에 연대로 돌아갔고, 부모와의 불화로 침울하고 심각한 기분이었지만 자신은 열렬한 사랑에 빠져 있다고 생각했다.

니콜라이가 떠난 뒤, 로스토프가는 여느 때보다 우울했다. 백작부인은 정신적 괴로움에 병이 들고 말았다.

소냐가 우울한 것은 니콜라이와 헤어진 탓도 있지만, 그보다는 백작부인의 적대적인 태도 때문이었다. 백작은 궁지에 몰린 재정 상태를 정리하기 위해 단호한 조치를 강구해야 할 처지에 놓이자 전보다 고민이 깊어졌다. 모스크바의 집과 근교의 영지를 팔아야 했고, 집을 팔려면 모스크바로 가야 했다. 그러나 백작부인의 건강이 하루하루 출발을 지연시켰다.

나타샤는 약혼자와의 이별을 처음에는 홀가분한 마음으로 오히려 명랑하게 견뎠지만, 이즈음 날이 갈수록 동요하며 초조해했다. 그에 대한 사랑에 바칠 수 있는 가장 좋은 시절이 누구를 위해서도 아닌 채 헛되이 사라져간다는 생각이 끊임없이 그녀를 괴롭혔다. 또한 그의 편지들은 대부분 그녀를 화나게 할 뿐이었다. 그녀는 그만 생각하며 사는데, 그는 자신이 흥미를 느끼는 새로운 지역들과 새로운 사람들을 보며 참된 생활을 하고 있다고 생각하자 모욕감마저 들었다. 그의 편지가 재미있을수록 그녀는 화가 났다. 그에게 편지를 써도 별로 위안이 되지 않았을 뿐만 아니라 오히려 지루하게 느껴지고 위선적인 의무 같다는 생각이 들었다. 그녀는 편지를 잘 쓰지 못했는데, 편지로는 목소리와 미소와 눈빛으로 표현할 수 있었던 것의 천분의 일도 제대로 표현할 수 없었기 때문이다. 그녀가 그에게 보낸 편지는 스스로도 가치를 인정하지 않는 것이었고, 초고 때 어머니 백작부인이 틀린 철자만 바로잡아준, 낡고 단조롭고 무미건조한 편지일 뿐이었다.

백작부인의 건강은 아직 회복되지 않았지만 더이상 모스크바행을 늦출 수 없었다. 지참금을 마련해야 하고, 집을 팔아야 하고, 게다가 안드레이 공작의 아버지 니콜라이 안드레이치가 올겨울 모스크바에서 지내고 있었기 때문에 그도 돌아오면 이곳부터 들를 것 같았기 때문이고. 나타샤는 벌써 그가 모스크바에 와 있을 거라고 굳게 믿고 있었다.

　백작부인은 시골에 남고, 백작은 소냐와 나타샤를 데리고 1월 말에 모스크바로 떠났다.

제5부

1

안드레이 공작과 나타샤의 약혼 소식을 들은 후 피예르는 뚜렷한 이유도 없이 갑자기 자신이 종전과 같은 생활을 계속할 수 없다고 느꼈다. 은인이 계시해준 진리에 대한 신념은 전혀 흔들리지 않았고 대단한 열의를 품고 골몰했던 자기완성이라는 내면적인 일에 대한 열정도 처음에는 무척 감미로웠지만, 안드레이 공작과 나타샤의 약혼, 또 이와 거의 동시에 들려온 이오시프 알렉세예비치의 사망 소식 이후, 종전의 생활이 지닌 매력은 별안간 모두 사라졌다. 남은 것이라고는 그의 저택, 현재 어느 고귀한 인물의 총애를 받고 있는 그의 화려한 아내, 페테르부르크 전체에 걸친 교제, 더없이 지루하고 형식적인 근무 같은 생활의 골조뿐이었다. 이 종래의 생활이 갑자기 예기치 않은 혐오감과 함께 피예르의 마음에 떠올랐다. 그는 일기 쓰기를 중단하고 형제들과의 교제를 피하고 다시 클럽에 출입하기 시작했고, 폭음을 하고 독신자 패와 어울리며 백작부인 옐레나 바실리예브나까지도 따끔한 충고를 하지 않으면 안 된다고 생각했을 정도로 방탕한 생활을 시작했다. 피예르는 그녀의 말이 옳다고 느꼈으므로 아내의 명예를 손상시키지 않기 위해 혼자 모스크바로 떠났다.

모스크바의 거대한 저택에서 이제 미모가 시들었거나 시들어가는 공작영애들과 수많은 하인을 보았을 때, 마차를 타고 도시를 지나다 황금빛 제의 앞에 수많은 촛불이 밝혀진 이베르스카야 예배당을 보았을 때, 아직 마차 바퀴 자국도 나지 않은 눈 덮인 크렘린 광장이며 마부들이며 십체프 브라제크의 빈민촌을 보았을 때, 아무것도 바라지 않고 또 서둘러 가려고도 하지 않으며 여생을 보내는 모스크바의 노인들을 보았을 때, 노파들과 모스크바의 마나님들, 무도회와 모스크바의 영국클럽을 보았을 때 그는 자기 집으로, 조용한 은신처로 돌아온 기분을 느꼈다. 그는 모스크바에서 오래된 가운을 입은 것처럼 친근하고 따뜻하고, 익숙하면서도 지저분하다는 느낌을 받았다.

모스크바 사교계는 노인에서부터 어린아이에 이르기까지 언제나 자리를 비워놓고 기다리고 있었던 듯이 피예르를 맞아주었다. 모스크바에서 피예르는 무척 사랑스럽고 선량하고 슬기롭고 명랑하고 관대한 기인奇人이면서, 비록 조심성은 없으나 친절한, 옛 러시아식 나리로 통했다. 그의 지갑은 늘 비어 있었는데, 그것은 모두에게 늘 열려 있었기 때문이다.

베네피스*, 서툰 그림과 조각, 자선단체, 집시, 학교, 예약 연회, 주연酒宴, 프리메이슨, 교회, 책 등—누구도, 어느 것도 그에게서 거절당

472

하는 법이 없었기 때문에. 만약 그에게 막대한 빚을 지고 있으면서 그의 후견을 해주는 두 친구가 없었다면 그는 아마도 자기 재산을 송두리째 뿌려버렸을 것이다. 클럽에서도 그가 끼지 않는 연회나 야회는 없었다. 그가 마고 와인을 두 병이나 비운 뒤 소파의 자기 자리에 주저앉으면, 곧 그를 둘러싸고 잡담과 논쟁과 농담이 시작되었다. 논쟁이 벌어져도 그가 가서 예의 그 선량한 미소를 띠며 그 자리에 어울리는 농담을 던지면 중재가 되었다. 프리메이슨 집회소의 식당도 그가 없을 때는 따분하고 활기가 없었다.

독신자들의 만찬이 끝난 뒤 그가 쾌활한 패들의 간청에 못 이겨 그럼 어디 한번 가볼까 하며 예의 그 선량하고 감미로운 미소를 머금고 일어서면, 젊은이들 사이에서는 축제의 환성 같은 소리가 울렸다. 무도회에서 남자가 부족할 때는 춤을 추기도 했다. 젊은 부인들과 아가씨들은 딱히 누구한테 지분거리지도 않고, 특히 만찬 뒤에는 누구에게랄 것 없이 친절한 그를 좋아했다. "매력적인 분이지만, 남자인지 여자인지 모르겠어요" 하고 그녀들은 수군거렸다.

피예르는 모스크바에 우글우글한 족속. 즉 유유히 여생을 보내는 퇴직 시종관 중 한 사람일 뿐이었다.

만약 칠 년 전 그가 외국에서 갓 돌아왔을 때 누가 그에게 이제 아무것도 탐구하거나 생각할 필요가 없다. 당신이 나아갈 길은 이미 오래전에 굳게 다져지고 영원히 정해졌다. 아무리 버둥거려봐도 결국 당신도 당신과 같은 처지의 다른 모든 사람과 마찬가지일 것이다. 라고 말

---

* 은혜 등을 뜻하는 프랑스어에서 유래한 것으로. 배우를 후원하기 위해 여는 자선 공연을 뜻한다.

했다면 그는 얼마나 놀랐을까. 도저히 믿을 수 없었을 것이다. 러시아에 공화국을 건설하는 희망을 품었고, 한때 나폴레옹이 되길 바라고, 철학자가 되길 바라고, 나폴레옹을 능가하는 전술가를 꿈꾸던 그가 아니었던가? 타락한 인류를 교정하고 자기완성의 최고 단계까지 도달할 수 있다고 생각하고 그 가능성을 열망했던 그가 아니었던가? 학교와 병원을 짓고 농노를 해방하려 했던 그가 아니었던가?

그러나 지금 그는 그 모든 것 대신 부정한 아내를 둔 부유한 남편이자, 먹고 마시고 단추를 풀고 정부를 슬쩍슬쩍 씹어대길 좋아하는 퇴직 시종관이자, 모스크바의 영국클럽 회원이자, 모두의 호감을 사는, 모스크바 사교계의 일원이었다. 그는 현재의 자신이 칠 년 전 그가 그토록 멸시했던 모스크바 퇴직 시종관의 일원이 되었다는 것을 받아들일 수 없었다.

이따금 그는 잠시 이렇게 사는 것일 뿐이라고 자위했지만, 지금까지 많은 사람이 이와 머리털이 성했을 때 잠시만 하는 기분으로 이런 생활과 이런 클럽에 들어왔다가 이도 머리털도 다 빠진 채 나갔다는 사실을 떠올리자 소름이 끼쳤다.

자부심이 있을 때는 자신의 상황에 대해 나는 전혀 다르다. 특히 그 전부터 멸시했던 퇴직 시종관들과는 아주 다르다. 그들은 저속하고 우매하고 자기 처지에 만족하고 안주한다고 생각했다. '하지만 나는 늘 만족스럽지 않고, 인류를 위해 뭔가 하길 바란다.' 자부심이 있을 때는 이렇게 자신에게 말했다. '어쩌면 나의 동료들도 모두 나처럼 고투하고 인생 속에서 새로운 길을 찾고 있지만, 환경과 사회와 혈통 같은 자연의 어쩔 수 없는 힘에 휘둘려 나와 같은 처지에 몰린 것인지도 모른다.' 겸허한 기분일 때는 이렇게 생각했고, 잠시 모스크바에 사는 동안 그는 이 운명의 동반자들을 멸시하지 않게 되었을 뿐만 아니라 도리어 자기 자신처럼 그들을 사랑하고 존경하고 연민하게 되었다.

피예르는 예전처럼 절망과 우울, 삶에 대한 혐오에 휩싸이지 않게 되었지만, 전에 격렬한 발작처럼 나타나던 병은 이제 그의 안으로 들어와 잠시도 떠나지 않았다. '왜 그런가? 무엇 때문인가? 이 세상에서 어떤 일이 일어나고 있는가?' 그는 이렇게 물으면서 자기도 모르게 하루에도 몇 번씩이나 인생의 갖가지 현상이 갖는 의의에 대해 깊이 골몰하기 시작했지만, 이런 질문에 해답을 얻을 수 없다는 것을 이미 경험으로 알고 있었으므로, 서둘러 책을 들든 서둘러 클럽에 가든 혹은 항간의 소문이라도 지껄이려고 아폴론 니콜라예비치를 찾아갔다.

'옐레나 바실리예브나, 자기 육체 외에는 아무것도 사랑한 적 없는, 세상에서 가장 어리석은 여자 중 한 사람이.' 피예르는 생각했다. '세상 사람들에게 지성과 세련의 극치로 여겨지고, 사람들이 그녀 앞에서 무릎을 꿇고 있다. 나폴레옹 보나파르트는 위대했을 때는 만인의 멸시를 받았고, 불쌍한 일개 희극배우가 된 뒤에는 오스트리아 프란츠 황제로부터 딸을 첩으로 삼아달라는 제의를 받았다.[22] 스페인 국민은 6월 14일, 프랑스군에 승리한 감사의 표시로 가톨릭 성직자를 통해 하느님께 기도를 올렸고, 프랑스 국민 역시 6월 14일 이날에 스페인군을 격파했다며 가톨릭 성직자를 통해 기도를 올렸다. 우리 프리메이슨 형제들은 이웃을 위해 모든 것을 희생한다고 피로써 맹세해놓고도 빈민 구제 기금에 단돈 1루블도 내놓으려 하지 않고, 아스트라이아는 만나를 구하는 사람들*에 대한 음모를 꾸미고, 진짜 스코틀랜드의 융단**과, 쓴 본인조차 뜻을 모르고 누구에게도 쓸모없는 문서에만 정신이 팔려 있다. 우리는 죄를 용서하고 이웃을 사랑하라는 기독교의 계율을 믿고 그것을 위해 모스크바에 수많은 교회를 세웠지만, 어제는 탈주병이 채찍질을 당하고, 사랑과 용서의 계율을 따르는 사제는 사형을 앞둔 그 병사에게 십자가에 키스하게 했다.' 피예르는 이렇게 생각했고, 모든 사람에게 승인되고 있는 이 사회 전반의 허위는, 아무리 그가 그것에 어느 정도 익숙해졌다 해도 새로운 무엇처럼 번번이 그를 놀라게 했다. '나는 이 허위와 혼란을 알고 있다.' 그는 생각했다. '그러나 내가 알고 있는 것을 어떻게 해야 세상 사람들에게 전할 수 있을까? 나는 시도해보았지만, 언제나 알게 되는 것은 다른 사람들도 속으로는 나와 같은 것을 깨닫고 있지만 그것을 보지 않으려고 할 뿐이라는 것이다. 그렇다면, 정말 그렇게 해야 하는 것일까! 하지만 나는, 나는 어떻게 해야 하는 것일까?' 피예르는 생각했다. 그도 많은 사람들처럼, 특히 러시아인들의 불행한 능력, 즉 선과 진리의 가능성을 인정하고 또한 믿으면서 그 실현을 위해 진지하게 참여하기에는 너무도 뚜렷하게 인생의 악과 거짓을 보는 능력을 가진 사람이었다. 그의 눈에는 직업의 모든 영역이 악과 허위에 결부되어 있는 것처럼 보였다. 무엇을 시도하든 무슨 일에 착수하든 악과 허위는 그를 밀어젖히고 활동의 모든 길을 가로막았다. 그런 와중에도 살아가야 했고, 무언가를 해야 했다. 이런 해결되지 않는 인생의 문제가 주는 중압에 눌려 있는 것은 너무 끔찍했고, 그는 단지 그것을 잊기 위해 닥치는 대로 환락에 열중했다. 그

* 페테르부르크에 있던 프리메이슨 지부들.
** 각 프리메이슨 지부는 저마다 상징적인 그림이 있는 융단을 가지고 있었다.

는 온갖 회합에 나가고, 폭음을 하고, 그림을 사고, 건물을 짓고, 무엇보다 독서에 가장 탐닉했다.

그는 읽었고, 손에 잡히는 대로 다 읽었고, 집에 돌아와 하인이 외투를 벗기는 사이에 이미 책을 들고 읽었고, 독서에서 수면, 수면에서 객실과 클럽에서의 잡담, 잡담에서 술잔치와 여자, 술잔치에서 다시 잡담과 독서와 술로 옮겨갔다. 더욱이 음주는 그에게 육체적인 동시에 정신적인 요구가 되어버렸다. 의사는 그처럼 비만한 사람에게 술은 위험하다고 충고했지만, 그는 폭음을 했다. 자기도 모르게 술 몇 잔을 큼직한 입에 기울이면 몸속에 상쾌한 온기가 퍼지고, 주위의 모든 이에게 은근한 애정이 샘솟고, 갖가지 사상에 대해서도 그 본질을 캐지 않고 피상적으로 비판해도 괜찮다는 생각이 들면서 기분이 나아졌기 때문이다. 한 병 두 병 마시다보면 지금까지 두렵게 느껴졌던 복잡하고 무서운 인생의 얽힘도 생각만큼 무섭지 않은 것처럼 막연하게 의식되었다. 점심이나 저녁을 든 후 머릿속이 소란하게 울리는 것을 느끼면서 떠들거나 남들의 이야기를 듣거나 책을 읽거나 할 때 그는 반드시 그 얽힘을, 어떤 면으로든 그 얽힘의 일면을 보았다. 하지만 술에 거나해졌을 때는 이렇게 혼잣말을 했다. '그건 아무것도 아니다. 내가 풀면 된다. 이미 다 설명된 것이다. 지금은 그럴 겨를이 없을 뿐이다. 나중에 깊이 생각해보자!' 그러나 나중이라는 것은 한 번도 찾아오지 않았다.

아침이 되어 술기운이 사라지면 이전의 문제는 전과 같이 해결할 수 없는 무서운 것으로 여겨졌고, 그러면 피예르는 다급히 책을 손에 들었고, 만약 누가 찾아오기라도 하면 몹시 기뻐했다.

이따금 피예르는 언젠가 들었던 이야기를 떠올렸는데, 싸움터에서 적의 포탄 아래 엄폐호에 있는 병사들은 아무 일이 없을 때 그 상황을 조금이라도 쉽게 견디기 위해 악착같이 일을 찾는다는 것이었다. 피예르에게는 모든 사람이 다 이 병사들처럼 생활에서 도피하려는 것처럼, 누구는 허영으로, 누구는 카드놀이로, 누구는 법안 작성으로, 누구는 여자로, 누구는 장난감으로, 누구는 말馬로, 누구는 정치로, 누구는 사냥으로, 누구는 술로, 누구는 국무國務로 도피하려는 것처럼 보였다. '보잘것없는 것도 없고, 중요한 것도 없다. 다 마찬가지다. 그저 되도록 피하기만 하면 되는 것이다!' 피예르는 생각했다. '다만 그것을, 무서운 그것을 보지 않기만 하면 되는 것이다.'

2

초겨울에 니콜라이 안드레이치 볼콘스키 공작은 딸을 데리고 모스크바에 도착했다. 과거의 경력과 총명하고 독특한 성품 덕에, 특히 당시는 알렉산드르 1세의 통치에 대한 열광이 사그라지고 반프랑스적인 애국적 경향이 모스크바를 지배하던 때라 그는 곧 모스크바 사람들의 유다른 존경의 대상이자 모스크바 반정부 세력의 중심이 되었다.

공작은 이해에 부쩍 쇠약해졌다. 뚜렷한 노쇠의 징후들이 나타나기 시작했는데, 자기도 모르게 꾸벅꾸벅 졸고, 옛일은 기억하면서도 최근의 일은 잊어버리고, 유치한 허영심으로 모스크바 반정부 세력의 중심인물 역할을 맡기도 했다. 그럼에도 이 노인이 특히 저녁녘에 슙카*를 걸치고 머리분을 바른 가발을 쓰고 차를 마시러 나와 누군가의 권유로 두서없이 옛일을 이야기하거나, 혹은 보다 단편적이고 날카롭게 현상에 대한 비판을 시작하면 모두가 경의 어린 존경심을 느꼈다. 커다란 몸거울과 혁명 전의 가구들이 놓인 이 고택을 비롯해 머리분을 바른 하인들, 전세기前世紀의 완고하고 총명한 늙은 주인, 그를 숭배하는 겸손한 딸과 아름다운 프랑스 여자는 방문자들에게 위풍당당하고 흐뭇한 볼거리였다. 그러나 방문자들은 자신들이 보는 두세 시간 외에도 이 주인 일가족에게는 하루 스물두 시간이 더 남아 있고, 그동안 내밀한 가정생활이 이루어진다는 것을 생각하지 않았다.

모스크바에 온 뒤 이 가정에서의 생활은 공작영애 마리야에게 무척 괴로운 것이 되었다. 모스크바에 온 그녀는 자신의 더없는 기쁨, 즉 리시예 고리에서 그녀의 청량제가 됐던 신의 사람들과의 대화와 고독을 빼앗겼고, 도회지 생활의 혜택과 기쁨은 조금도 없었기 때문이다. 사교계에는 드나들지 않았는데, 아버지는 자신과 같이 가지 않는 한 딸을 내보내지 않았고, 그가 건강이 좋지 않아 나갈 수 없다는 것을 모두가 알고 있었으므로 아무도 그녀를 식사나 야회에 초대하지 않았기 때문이다. 공작영애 마리야는 결혼에 대한 기대도 완전히 접었다. 이따금 신랑감이 될 만한 젊은이들이 집에 오긴 했지만, 니콜라이 안드레이치 공작이 냉담하고 짓궂은 태도로 그들을 맞이하고 배웅하는 모습을 보였기 때문이다. 공작영애 마리야에게는 친구가 없었지만 모스크바에 와서 그나마 가까웠던 두 친구에게도 실망하고 말았는데, 흉금을 털어놓던 부리엔 양과는 진작 멀어져 지금은 그녀가 그지없이 불쾌하

---

* 짧고 가벼운 모피 외투.

고 몇 가지 이유로 거리를 두고 있었고, 오 년 동안 공작영애 마리야와 줄곧 편지를 주고받던 모스크바의 쥴리와 만나보니, 그녀는 완전히 남이었다. 이 무렵 쥴리는 오빠들의 죽음으로 모스크바에서 가장 부유한 상속녀 중 한 사람이 되어 세속적인 쾌락에 빠져 있었다. 쥴리는 젊은 사람들에 둘러싸여 지냈고, 그녀는 그들이 갑자기 자신의 진가를 알아보기 시작했다고 생각했다. 결혼이 늦은 상류사회 아가씨에게는 결혼할 수 있는 마지막 기회, 지금이야말로 자신의 운명을 결정해야 한다고 느껴지는 때가 있는데, 쥴리가 바로 그런 시기에 있었다. 공작영애 마리야는 목요일이 돌아올 때마다 이제 자신에게는 편지 쓸 상대도 없다는 것을 떠올리고 쓸쓸한 미소를 지었는데, 이제는 그녀에게 조금도 기쁘지 않은 존재가 되긴 했지만 쥴리가 여기에 살고 있어 매주 만났기 때문이다. 결혼해버리면 누구와 밤을 보내야 할지 모르게 되기 때문에 몇 년 동안 매일같이 밤을 함께한 귀부인과의 결혼을 거절한 나이든 망명객처럼, 마리야는 쥴리가 여기에 있기 때문에 편지를 보낼 사람이 없다는 것을 아쉬워했다. 모스크바에 온 뒤로 그녀는 말벗도, 슬픔을 나눌 사람도 없었고, 더욱이 이즈음에는 새로운 슬픔이 쌓였다. 안드레이 공작의 귀국과 결혼이 임박했지만 아버지의 마음을 풀어달라는 그의 부탁은 아직 이루어주지 못했고, 오히려 완전히 불가능한 것처럼 느껴지고 있었으며, 로스토바 백작영애 이름만 입에 올려도 그러잖아도 거의 언제나 기분이 좋지 않은 노공작은 벌컥 화를 냈다. 공작영애 마리야의 또 한 가지 새로운 슬픔은 그녀가 가르치는 여섯 살 된 조카의 공부였다. 그녀는 니콜루시카를 대하는 자신의 태도에서 아버지의 성급함을 발견하자 소름이 끼쳤다. 가르칠 때 절대 화를 내서는 안 된다고 수없이 자신을 타이르지만, 글자를 가리키는 막대기를 들고 프랑스어 초급 독본 앞에 앉기만 하면, 언제 어느 때 고모가 화를 낼지 몰라 겁먹은 아이에게 되도록 빠르고 쉽게 지식을 주입하기 위해 아이가 조금이라도 산만한 모습을 보이면 그녀는 당장에 몸을 부르르 떨고 급히 서두르기도 하고, 발끈 화를 내며 언성을 높이기도 하고, 때로는 아이의 손을 끌고 가 방 한구석에 세우기도 했다. 아이를 구석에 세워두고 그녀가 자신의 악하고 못된 성질을 한탄하며 울기 시작하면, 니콜루시카도 따라 울음을 터뜨리고 허락도 없이 구석에서 걸어나와 그녀의 얼굴에서 눈물에 젖은 손을 잡아떼고 위로해주었다. 하지만 공작영애 마리야에게 무엇보다 깊은 슬픔을 주었던 것은 요즘 들어 잔인하리만큼 언제나 그녀에게만 집중되는 아버지의 과민함이었다. 만약 아버지가 밤새도록 절을 하라고 시켰거나, 매질을 했거나, 장작이나 물을 지라고 시켰다면 그녀도 그렇게까지 자신의 처지를 괴롭게 여기지 않았을 테지만, 딸을 사랑하면서 오히려 그 때문에 자신과 딸을 괴롭힌다는 점에서 몹시도 잔인한 이 사랑의 박해자는 일부러 그녀를 폄하하고 창피를 주고 사사건건 비난하며 그녀의 잘못을 증명하려 했다. 최근 아버지에게 공작영애 마리야를 더욱 괴롭히는 새로운 성벽이 나타났는데, 그가 전에 없이 *부리엔* 양을 가까이하기 시작했다는 것이다. 처음 아들의 결혼 결심을 들었을 때 문득 그의 뇌리에 떠올랐던 농담 같은 생각이, 즉 만약 안드레이가 결혼한다면 자기도 *부리엔* 양과 결혼하겠다는 생각이 마음에 들었는지 그는 이즈음 오직 딸을 모욕하기 위해(공작영애 마리야에게는 이렇게 생각되었다) *부리엔* 양에게 유난히 친절과 애정을 보이는 것으로 딸에게 불만을 드러내고 있었다.

모스크바에서 지내던 어느 날, 노공작은 공작영애 마리야 앞에서(그녀는 아버지가 일부러 자기 앞에서 그러는 것 같았다) 부리엔 양의 손에 키스하고 잡아당겨 쓰다듬으며 껴안았다. 공작영애 마리야는 자기도 모르게 얼굴을 붉히고 방에서 뛰어나갔다. 몇 분 뒤 부리엔 양은 즐거운 목소리로 쾌활하게 지껄이며 방긋 웃는 얼굴로 공작영애 마리야의 방으로 들어왔다. 공작영애 마리야는 얼른 눈물을 닦고 결연한 걸음으로 부리엔 양에게 다가가, 자신이 뭘 하는지도 의식하지 못한 채 잔뜩 화가 나 허둥거리고 폭발하는 듯한 목소리로 프랑스 여자에게 소리치기 시작했다.

"남의 약점을 이용하는 건 구역질나고 비열하고 몰인정한 짓이에요……" 그녀는 끝까지 말을 잇지 못했다. "어서 내 방에서 나가요"라고 소리치고 그녀는 울음을 터뜨렸다.

이튿날 공작은 딸에게 아무 말도 하지 않는데, 딸은 저녁식사 때 아버지가 부리엔 양부터 요리를 나누라고 이르는 것을 알아챘다. 식사가 끝나 식당 하인 필리프가 원래 하던 대로 공작영애에게 먼저 커피를 내자, 공작은 느닷없이 격노하면서 그에게 지팡이를 내던지고 당장 그를 군대에 처넣으라고 명령했다……

"말이 안 들리나…… 두 번이나 말했잖아!…… 말이 안 들리나! 이 사람은 우리집에서 첫째가는 사람이야, 내 가장 가까운 친구" 하고 공작은 소리쳤다. "만약 네가 제멋대로 하고," 그는 비로소 공작영애 마리야에게로 얼굴을 돌리고 격분하며 외쳤다. "어제처럼 또다시…… 이 사람에게 감히 무례한 짓을 한다면, 이 집의 주인이 누군지 가르쳐주마. 나가! 내 눈에 띄지 마, 이 사람한테 사과해!"

공작영애 마리야는 아말리야 예브게니예브나*와 아버지에게 사과하고, 중재를 바라는 식당 하인 필리프를 위해서도 용서를 빌었다.

이런 순간이면 공작영애 마리야의 마음속에는 희생의 긍지와도 같은 감정이 솟구쳤다. 그러나 이럴 때 자기도 모르게 내심 비난하게 되는 아버지가, 그것도 그녀의 눈앞에서 안경을 찾으려고 계속 더듬거리면서도 못 찾거나, 방금 있었던 일을 잊어버리거나, 맥없는 걸음걸이로 비틀거리며 누가 자기의 쇠약을 알아채지는 않는지 주위를 두리번거리거나, 또 이것이 가장 나쁜 것인데, 식사 때 자기 기분을 북돋워주는 손님이 없으면 냅킨을 떨어뜨리고 갑자기 졸다가 떨리는 머리를 접시 위로 기울이는 모습을 보이는 것이었다. '늙고 쇠약해지신 아버지를 내가 감히 책망하다니!' 하고 그녀는 자신에게 혐오감을 느끼며 생각했다.

3

1811년, 모스크바에서 갑자기 유명세를 타기 시작한 프랑스인 의사가 있었는데, 그는 키가 훤칠하고 잘생기고 프랑스인답게 친절하고, 온 모스크바에서 기술이 아주 뛰어나다는 평판을 듣는 메티비에였다. 그는 상류사회 가정에 의사로서가 아니라 동등한 사람으로서 드나들었다.

---

* 부리엔의 러시아 이름과 부칭.

의학을 비웃던 니콜라이 안드레이치 공작도 최근 *부리엔* 양의 조언을 받아들여 이 의사의 출입을 허락했고, 그와 가까워졌다. 메티비에는 일주일에 두 번 공작을 찾아왔다.

성 니콜라이 축일은 공작의 본명 축일이기도 해서 그의 저택의 마차 대는 곳에는 모스크바 사람 전체가 모인 듯했지만, 공작은 아무나 들이지 말라고 분부하고 공작영애 마리야에게 명부를 주며 거기에 적힌 소수만 만찬에 초대하라고 일렀다.

아침에 그를 축하하러 온 메티비에는, 공작영애 마리야에게 한 말대로 하면, 의사로서는 그 분부를 어기는 것이 낫다고 생각하고 공작의 서재로 들어갔다. 그러나 공교롭게도 이 본명 축일 아침에 노공작은 유난히 기분이 좋지 않았다. 그는 아침 내내 집안을 둘러보고 다니며 모두에게 트집을 잡았고, 누구도 자신이 하는 말을 알아듣지 못하고, 자신도 남이 무슨 말을 하는지 모르겠다는 표정을 지었다. 공작영애 마리야는 이 고요하고 초조한 불만 상태가 언제나 분노의 폭발로 끝난다는 것을 너무도 잘 알고 있었으므로, 마치 총알을 재고 공이치기를 당긴 총 앞에 선 것처럼 피할 수 없는 발사를 기다리며 오전 내내 서성거렸다. 의사가 오기 전 아침 시간은 별일 없이 지나갔다. 의사를 들여보낸 뒤 공작영애 마리야는 책을 들고 서재에서 무슨 일이 일어나는지 모두 들을 수 있는 객실의 문가에 앉았다.

처음에는 메티비에의 음성만 들리다가 이윽고 아버지의 음성이 들리고 뒤이어 두 음성이 동시에 들리더니 문이 활짝 열리며 검은 앞머리를 세운 메티비에의 놀란 듯한 아름다운 모습과, 분노에 일그러진 얼굴에 눈을 내리뜬, 실내모를 쓰고 가운을 걸친 공작이 보였다.

"모른다고?" 공작은 외쳤다. "나는 잘 알고 있어! 프랑스 스파이! 보나파르트의 노예, 스파이, 이 집에서 썩 꺼져, 꺼지란 말이다!" 그는 문을 쾅 닫아버렸다.

메티비에는 외침 소리를 듣고 옆방에서 달려온 부리엔 양을 향해 어깨를 움츠리면서 다가갔다.

"공작은 상태가 좋지 않습니다. 담증痰症에 뇌충혈腦充血입니다. 걱정 마십시오, 내일 또 들르겠습니다." 메티비에는 손가락을 입술에 대며 허둥지둥 나갔다.

문 너머에서 슬리퍼 끄는 소리와 외침 소리가 들렸다. "스파이, 반역자, 온 사방에 반역자뿐이로군! 내 집인데도 잠시도 마음을 놓을 수가 없다니!"

메티비에가 돌아간 뒤 노공작은 딸을 불렀고, 그의 분노는 전부 그녀에게 쏟아졌다. 그자를 들여보낸 것이 잘못이라는 것이었다. 그는 명부에 이름이 없는 자는 들이지 말라고 이르지 않았느냐고 그녀에게 말했다. 어쩌자고 그런 더러운 놈을 들여보냈어! 전부 그녀 탓이었다. '저애 때문에 잠시도 마음을 놓을 수가 없어, 마음놓고 죽을 수도 없어.' 그는 자신에게 말했다.

"안 되겠다, 얘야, 헤어지자, 헤어져! 너도 이건 알아다오, 알아다오! 난 더이상 참을 수가 없다!" 그는 말하고 방에서 나가버렸다. 그러나 그녀가 자기 나름대로 위안을 찾을까 불안하기라도 한 양 그는 다시 돌아와 평정을 찾은 듯이 보이려고 애쓰며 덧붙였다. "내가 홧김에 말했다고 생각하지 마라, 냉정하게 깊이 생각하고 한 말이다. 반드시 그럴 거야, 헤어질 것이고, 그러니 네가 있을 곳을 찾아!……" 하지만 그는 견디지 못하고, 사랑하는 사람에게만 내비칠 수 있는 분노의 빛을 띠며 그 자신도 분명 고통스러운 듯 주먹을 떨며 이렇게 외쳤다.

"어떤 바보라도 좋으니 데려가주기만 하면 좋겠다!" 그는 문을 쾅 닫고 *부리엔* 양을 불렀고, 서재 안은 조용해졌다.

두시에는 선정된 여섯 명의 손님이 식사하러 모여들었다. 유명한 라스톱친 백작, 로푸힌 공작*과 그의 조카, 공작의 옛 전우인 차트로프 장군, 그리고 젊은 축으로 피예르와 보리스 드루베츠코이가 객실에서 공작을 기다리고 있었다.

며칠 전 휴가를 얻어 모스크바에 와 있던 보리스는 니콜라이 안드레이치 공작과 가까워지기를 바라며 그의 비위를 잘 맞춰, 지금까지 젊은 독신자들을 집에 들이지 않던 공작이 그에게만 예외를 두게 했다.

공작의 집은 '사교계'라고 불릴 만한 성질은 아닌 일종의 작은 서클로, 도시에 그리 알려져 있지는 않았지만 여기에 끼는 것은 무엇보다 자랑으로 생각되었다. 보리스는 이 사실을 일주일 전에 알았는데, 마침 그가 있는 자리에서 라스톱친 백작이 성 니콜라이 축일에 자신을 식사에 초대한 총사령관에게 갈 수 없다고 하며 이렇게 말했기 때문이다.

"이날에는 언제나 니콜라이 안드레이치 공작의 성골에 키스하러 갑니다.**"

"아아, 그렇군요, 그렇군요." 총사령관은 대답했다. "어떻게 지내십니까, 그분은?······"

오래된 가구들이 놓인 천장 높은 구석의 객실에 식사하기 전 소수

---

* P. V. 로푸힌(1753~1827). 러시아 정치가로, 법무대신을 지냈다.

** 성인의 유골에 키스하고 절하는 러시아정교회의 관습을 익살스럽게 표현한 것.

가 모여 있는 모습은 재판을 위해 모인 엄숙한 협의회의 모습과 비슷했다. 모두가 침묵했고, 이야기할 때도 목소리는 나직했다. 니콜라이 안드레이치 공작은 엄한 표정에 말이 없었다. 공작영애 마리야는 여느 때보다 더 조용하고 겁에 질린 듯 보였다. 손님들은 그녀가 말할 여유조차 없다는 것을 알아채고 말을 걸지 않았다. 라스톱친 백작이 시중의 일이며 정치 뉴스를 이야기하며 홀로 대화의 실을 쥐고 있었다.

로푸힌과 노장군이 가끔씩 대화에 끼어들었다. 니콜라이 안드레이치 공작은 마치 최고재판소의 판사가 보고를 듣는 듯이 이따금 음 또는 짧은 말로 그들의 보고를 참고삼아 들어둔다는 티를 내며 들었다. 대화의 어조를 들으면, 모두가 정계에서 행해지는 일에 찬동하지 않으며 그러는 것이 당연하다는 듯했다. 사태가 악화되고 있음을 확실히 증명하는 사건들에 이야기가 미쳤지만, 어떤 이야기나 논쟁도 황제의 인격에 관련된 데 이를라치면 스스로 말을 멈추든가 누군가 중지시키는 것이 뚜렷이 보였다.

식사하는 동안 화제는 최근의 정치 뉴스로, 나폴레옹의 올덴부르크 공국 점령, 러시아가 유럽 각국의 궁정에 보낸 나폴레옹 적대敵對 통첩으로 옮아갔다.[23)]

"유럽을 대하는 보나파르트의 태도는 마치 약탈한 배를 다루는 해적 같습니다." 이미 여러 번 써먹은 비유를 되풀이하며 라스톱친 백작은 말했다. "황제들의 참을성인지 맹목성인지 아무튼 놀라울 따름입니다. 지금은 일이 교황에게까지 미쳐 보나파르트는 뻔뻔하게도 가톨릭교의 수장까지 끌어내리려 하는데도* 모두들 잠자코 있지 않느냔 말입니다. 오직 우리 황제 폐하만이 올덴부르크공국 점령을 반대하고 항의하셨습다. 그리고 그것도……" 라스톱친 백작은 이제 더이상 논쟁해서는 안 되는 선에 이른 것을 느끼고 입을 다물었다.

"그러니까 올덴부르크공국 대신 다른 영토를 제공한 거지." 니콜라이 안드레이치 공작이 말했다. "마치 내가 농민들을 리시예 고리에서 보구차로보와 랴잔으로 옮긴 것과 마찬가지로 그자도 대공들을 움직이고 있는 거야."

"올덴부르크 대공은 놀랄 만한 성품과 인종忍從의 힘으로 자신의 불행을 견디고 있습니다" 하고 보리스는 공손하게 이야기에 끼어들었다. 그가 이렇게 말한 것은 페테르부르크에서 이곳으로 오는 도중 대공을 만나는 영광을 가졌기 때문이다. 니콜라이 안드레이치 공작은 그것에 대해 무슨 말을 하고 싶은 듯 이 젊은이의 얼굴을 바라보았지만, 그러기에는 상대방이 너무 어리다고 느끼고 마음을 바꾸었다.

"저는 올덴부르크 사건에 관한 우리측 항의 통첩을 읽었습니다만 그 조악한 문장에 정말 놀랐습니다." 라스톱친 백작은 잘 알고 있는 일을 비판하는 사람처럼 자연스럽게 말했다.

피예르는 통첩의 조악한 문장이 왜 마음에 걸리는 건지, 순진하게 놀라며 라스톱친을 바라보았다.

"통첩이야 어떻게 썼건 상관없는 것 아닙니까, 백작?" 그는 말했다. "그 내용만 힘차다면."

"여보게, 50만 군대를 가진 우리에게 훌륭한 문장쯤은 손쉬운 일 아니겠는가." 라스톱친 백작은 말했다. 피예르는 라스톱친 백작이 통첩

---

* 1809년 나폴레옹은 로마 시와 교황령을 프랑스에 합병한다는 칙령을 발표했고, 이를 거부한 교황 비오 7세를 강제 연행해 1814년까지 구금했다.

의 조악한 문장을 왜 마땅찮아하는지 이해했다.

"어설픈 문삿가 꽤 는 모양이야." 노공작은 말했다. "페테르부르크에서도 마구 써대는군. 통첩뿐만 아니라 새 법률까지도 마구 써대고 있어. 우리 안드류샤도 러시아를 위해서라며 두꺼운 법전을 썼거든. 요즘은 모두가 쓰고 있어!" 그는 이렇게 말하고 부자연스럽게 웃었다.

대화는 잠시 멈추었고, 노장군은 기침으로 일동의 주의를 끌었다.

"최근 페테르부르크 열병식에서 있었던 일을 들으셨습니까? 신임 프랑스 공사가 보인 태도 말입니다!"

"뭐? 그래, 나도 뭔가 들은 것 같은데, 그자가 폐하 앞에서 무슨 불쾌한 말을 했다던가."

"폐하가 그 공사에게 의식 행진을 하는 척탄병 사단 쪽을 가리켜 보이셨는데," 장군은 말을 이었다. "공사는 아무 관심 없다는 듯이, 우리 프랑스에서는 저런 사소한 것에는 주의를 돌리지 않는다고 대답했다는 겁니다. 폐하는 아무 말씀도 하지 않으셨습니다. 하지만 다음 사열 때 그 공사에게는 한마디도 건네지 않으셨다고 합니다."

모두가 침묵했는데, 황제의 개인적인 일에 대해서는 어떤 판단도 표명해서는 안 되기 때문이었다.

"건방진 놈들!" 공작이 말했다. "메티비에를 아나? 난 오늘 그놈을 내 집에서 쫓아버렸어. 그놈이 여길 왔더란 말이야. 아무나 들이지 말라고 일러뒀는데도 들여보냈기 때문이지." 공작은 화난 듯이 딸을 흘겨보며 말했다. 그러고는 프랑스 의사와 한 이야기며, 자기가 그를 스파이라고 생각하는 이유를 하나하나 이야기했다. 그 이유란 것이 극히 빈약하고 애매했지만, 반박하는 사람은 없었다.

고기 요리에 샴페인이 곁들여졌다. 손님들은 노공작을 축하하기 위해 자리에서 일어났다. 공작영애 마리야도 아버지 쪽으로 다가갔다.

그는 차갑고 심술궂은 눈초리로 딸을 보며 말끔하게 면도한 주름투성이 뺨을 그녀 쪽으로 내밀었다. 오늘 한 이야기를 잊지 않고 있으며, 자신의 결심은 여전히 굳건하지만 지금은 손님들이 있으니까 말하지 않을 뿐이라고 그의 얼굴이 그녀에게 이야기하고 있었다.

커피를 마시러 객실로 나가, 노인들은 함께 앉았다.

니콜라이 안드레이치 공작은 더욱 활기를 띠었고, 다가올 전쟁에 대한 견해를 표명했다.

그는 우리가 독일과 동맹하려고 애쓰거나 틸지트 평화조약에 질질 끌려 유럽의 정정政情에 참견한다면, 우리와 보나파르트의 전쟁은 불행으로 끝날 뿐이라고 말했다. 또한 우리는 오스트리아와 한편으로건 적으로건 싸울 필요가 없었다고 말했다. 우리의 정책은 모두 동방을 향하고 있으므로 보나파르트에 대해서는 국경 방비와 굳건한 정책만 갖춘다면, 그들이 1807년처럼 러시아 국경을 넘는 짓은 결코 할 수 없을 거라고도 했다.

"어떻게 우리가 프랑스인들과 싸울 수 있단 말입니까, 공작!" 라스톱친 백작은 말했다. "우리 스승과 하느님에게 어떻게 무기를 치켜들수 있겠습니까? 우리의 젊은이들이나 여성들을 보십시오. 우리의 하느님은 프랑스인, 우리의 천국은 파리입니다."

그는 분명 모두에게 들리게 하려는 듯 더욱 큰 소리로 말했다.

"옷도 프랑스식, 사상도 프랑스식, 감정도 프랑스식입니다! 당신은 메티비에를 프랑스인이고 망나니라며 목을 밀어 쫓아내셨지만, 우리네 여성들은 그놈 뒤만 졸졸 따라다니고 있습니다. 제가 어제 갔던 야회에서는, 여성 다섯 명 중 셋은 가톨릭교도이고, 교황의 허가를 받아 일요일에 자수를 하고 있었습니다. 더구나 그 옷차림은, 실례되는 말입니다만, 마치 목욕탕 간판처럼 알몸이나 다름없었습니다. 아아, 요즘 젊은 사람들을 보십시오, 공작. 박물관에서 표트르 대제의 낡은 떡갈나무 몽둥이라도 가져와서 러시아식으로 옆구리를 때려주면 어리석은 생각이 빠질 거라고 생각될 정도입니다!"

모두가 침묵했다. 노공작은 얼굴에 미소를 띠고 라스톱친을 바라보며 동의하듯 머리를 끄덕였다.

"그럼 실례하겠습니다, 각하, 부디 건강하시길 빕니다." 라스톱친은 특유의 민첩한 동작으로 일어나 공작에게 손을 내밀며 말했다.

"잘 가게, 여보게, 이 사람 말은 언제나 구슬리* 소리처럼 들린단 말이야!" 노공작은 그의 손을 잡고 키스를 받기 위해 뺨을 내밀었다. 라스톱친과 함께 다른 손님들도 일어났다.

4

공작영애 마리야는 객실에 앉아 노인들이 이야기하는 풍설과 악평을 들으면서도 통 이해할 수가 없었는데, 자기에 대한 아버지의 적의에 찬 태도를 모두가 알아채는 것이 아닌지만 생각하고 있었기 때문이

───────────

* 하프와 유사한 러시아 현악기.

다. 세번째 이 집에 방문한 드루베츠코이가 식사하는 내내 그녀에게 보인 특별한 주의와 친절도 알아채지 못할 정도였다.

공작영애 마리야는 멍하고 의아스러운 눈을 피예르에게로 돌렸는데, 피예르는 모자를 들고 손님들 맨 뒤에 있다가 마침 공작이 나가자 미소지으며 그녀 옆으로 다가갔고, 객실에 단둘이 남게 되었다.

"좀더 남아 있어도 괜찮겠습니까?" 그는 공작영애 마리야 옆의 안락의자에 비만한 몸을 내려놓으며 말했다.

"아, 그럼요." 그녀는 말했다. '당신은 아무것도 알아채지 못했나요?' 그녀의 눈은 이렇게 말했다.

피예르는 식후의 유쾌한 기분에 젖어 있었다. 그는 앞을 응시하며 조용히 미소지었다.

"당신은 전부터 그 청년을 알고 있었습니까, 공작영애?" 그가 말했다.

"누구를요?"

"드루베츠코이 말입니다."

"아니요, 최근에……"

"어떻습니까, 마음에 들어요?"

"네, 유쾌한 젊은이예요…… 그런데 왜 그런 걸 물으시죠?" 공작영애 마리야는 아침에 나눈 아버지와의 대화를 계속 생각하며 말했다.

"실은 내가 이런 관찰을 했기 때문이죠. 젊은 사람이 휴가를 이용해 페테르부르크에서 모스크바로 오는 것은 부유한 아가씨와 결혼하기 위해서라고."

"그런 관찰을 하셨어요?" 공작영애 마리야는 말했다.

"네." 피예르는 미소를 띠고 말을 이었다. "그런데 부유한 아가씨가 있는 곳에는 반드시 그 젊은이가 등장하더군요. 나는 책을 읽듯 그의 마음을 읽습니다. 그는 지금 망설이고 있어요, 당신과 *마드무아젤 쥘리 카라긴* 둘 중 누구를 공략해야 할지를요. *그는 그녀에게 대단히 주의를 쏟고 있습니다.*"

"그 댁에도 자주 가세요?"

"네, 자주 가죠. 그런데 당신은 여자의 마음을 얻는 새로운 방법을 아십니까?" 피예르는 쾌활한 미소를 띠며 말했는데, 아마도 그는 일기에서 그토록 자주 자신을 비난했던 그 선량한 조소를 머금은 즐거운 기분에 잠겨 있는 듯했다.

"아니요." 공작영애 마리야는 대답했다.

"요즘은 모스크바 아가씨들의 마음을 얻으려면 *멜랑콜리*해야 합니다. 그래서 그도 마드무아젤 카라긴 앞에서는 더없이 멜랑콜리하죠."

"정말이요?" 공작영애 마리야는 피예르의 친절해 보이는 얼굴을 바라보며 말했지만, 속으로는 여전히 자신의 슬픔에 대해 생각하고 있었다. '차라리 지금 내가 느끼는 기분을 누구에게라도 전부 털어놓을 수 있다면 얼마나 후련할까.' 그녀는 생각했다. '피예르에게라면 전부 털어놓고 싶어. 정말 친절하고 고결한 사람이니까. 그러면 마음이 후련해질 거야. 이 사람은 내게 조언도 해줄 텐데!'

"그와 결혼하고 싶습니까?" 피예르가 물었다.

"오오, 맙소사, 백작! 난 아무하고라도 결혼해버릴까 하고 생각할 때가 있어요." 공작영애 마리야는 자기도 모르게 갑자기 울먹이는 목소리로 말하기 시작했다. "아아, 나와 가까운 사람을 사랑하면서도…… 그 사람에게 아무것도 해주지 못하고(그녀는 떨리는 목소리로 말을 이었다) 그저 슬퍼하며 아무것도 바꿀 수도 없다고 느끼는 것처럼 괴로운 일은 없어요. 그렇게 되면 달아나는 수밖에 없겠지만, 내가 달아날 곳이 어디 있겠어요?"

"무슨 일이에요. 왜 그래요. 공작영애?"

공작영애는 말을 끝맺지 못하고 울음을 터뜨렸다.

"나도 오늘 내가 왜 이러는지 모르겠어요. 내 말을 듣지 말아줘요. 내가 한 말도 잊어줘요."

피예르의 유쾌했던 기분은 완전히 사라지고 말았다. 그는 걱정하며 공작영애에게 이것저것 묻고 자기에게 슬픈 일이든 뭐든 다 말해달라고 부탁했지만, 그녀는 방금 한 말을 잊어달라고, 자기도 자기가 무슨 말을 했는지 모르겠다고 되풀이할 뿐이었고, 자신의 슬픔은 피예르도 잘 알다시피 안드레이 공작의 결혼이 부자간의 불화가 되지 않을까 하는 것밖에 없다고 말했다.

"로스토프가 이야기는 들으셨어요?" 그녀는 화제를 바꾸려고 말했다. "곧 그분들이 상경하실 모양이에요. 나는 앙드레가 돌아오길 매일 기다리고 있어요. 두 사람이 여기서 만났으면 좋겠어요."

"그런데 그분은 이 일에 대해 어떻게 생각하십니까?" 피예르는 노공작을 그분이라 부르며 물었다. 공작영애 마리야는 고개를 저었다.

"하지만 무슨 수가 있겠어요? 이제 그 일 년도 몇 달밖에 남지 않았는데요. 어쩔 수 없어요. 나는 다만 첫번째 대면에서만큼은 오빠 편이 되어주고 싶어요. 나는 오히려 두 사람이 조금이라도 빨리 오면 좋겠어요. 그녀와 친해지고 싶기도 하고요…… 당신은 그분들을 전부터 아셨겠죠." 공작영애 마리야는 말했다. "말해주세요, 가슴에 손을 얹고 진실만 말해주세요. 그녀는 어떤 사람인가요, 당신은 그녀를 어떻게 생각하죠? 남김없이 진실만 말해주세요. 알다시피 안드레이로서는 아버지의 뜻을 거스르며 큰 모험을 하는 거잖아요. 나도 다 알고 있어야……"

막연한 육감이 피예르에게 속삭인 것은, 남김없이 진실만 말해달라고 되뇌는 공작영애 마리야의 애원 속에 미래의 올케에 대한 반감이 보인다는 것, 그리고 그녀는 피예르가 안드레이 공작의 이 선택에 대해 인정해주지 않길 바란다는 것이었지만, 피예르는 생각이라기보다 느끼는 것을 이야기했다.

"당신의 물음에 어떻게 대답해야 할지 모르겠습니다." 그는 자기도 모르게 얼굴을 붉히며 말했다. "나는 그녀가 어떤 사람인지 전혀 모르겠습니다. 도저히 그녀를 분석할 수가 없어요. 매력적인 여자지만, 왜 그런지는 모르겠어요. 그녀에 대해서 말할 수 있는 건 이것뿐입니다." 공작영애 마리야는 한숨을 내쉬었고, 그 표정은 '그렇군요, 나도 그럴 거라 예상하고 실은 걱정하고 있었어요'라고 말하는 것 같았다.

"똑똑한 분이겠죠?" 공작영애 마리야는 물었다. 피예르는 생각에 잠겼다.

"나는 그렇지 않다고 생각해요." 그는 말했다. "아니, 그래요. 그녀는 똑똑하다는 데 별 가치를 두지 않는 것 같으니까…… 똑똑한 편은 아니죠, 그녀는 매력적이에요. 그것뿐입니다." 공작영애 마리야는 납득이 가지 않는다는 듯이 또다시 고개를 저었다……

"아아, 나는 정말 그녀를 사랑하고 싶어요! 혹시 당신이 나보다 먼저 그녀를 만나시거든 꼭 이 말을 전해주세요."

"그분들은 머지않아 상경하신다고 합니다." 피예르는 말했다.

공작영애 마리야는 로스토프가 사람들이 상경하면 곧 미래의 올케와 친해지고 노공작도 그녀와 친숙해질 수 있게 애써볼 생각이라고 피예르에게 말했다.

5

보리스는 페테르부르크에서 부유한 아가씨와의 결혼이 성공하지 못하자 같은 목적을 지니고 모스크바로 왔다. 모스크바에서 그는 가장 부유한 두 신붓감인 쥴리와 공작영애 마리야 사이에서 망설이고 있었다. 공작영애 마리야는 비록 아름답지는 않지만 보리스에게는 쥴리보다 매력적으로 보였는데, 어쩐지 그녀에게 구애하기는 쑥스러웠다. 얼마 전 노공작의 본명 축일에 만났을 때도 그녀와 감정을 움직일 만한 이야기를 나눠보려고 갖은 시도를 해보았지만, 그녀는 엉뚱한 대답만 하고 그의 말은 귀담아듣지 않는 것 같았다.

그와 반대로 쥴리는 비록 그녀만의 독특한 방법이긴 하지만 그의 구애를 기꺼이 받아주었다.

쥴리는 스물일곱 살이었다. 그녀는 오빠들이 죽자 엄청난 부자가 되었다. 그녀의 미모는 완전히 시들었지만, 내심 자기는 여전히 미인이고 전보다 더 매력적이라 생각하고 있었다. 그녀가 이런 착각에 빠진 이유는 첫째, 굉장한 부자가 되었기 때문이고, 둘째, 나이를 먹을수록 남자에게 주는 부담이 줄어 그들이 아무런 의무감 없이 한층 자유롭게 그녀와 교제하고 그녀가 베푸는 만찬회나 흥겨운 모임을 즐길 수 있게 되었기 때문이다. 십 년 전에는 열일곱 살의 아가씨가 있는 집에 매일같이 드나들어 그녀에 대한 나쁜 소문이 나거나, 자기까지도 난처한 입장에 처할까봐 두려워했던 남자가 지금은 대담하게 매일 그녀를 찾아가서 신붓감이 아니라 성性을 배제한 친구로서 그녀를 대하게 된 것이다.

카라긴가는 올겨울 모스크바에서 가장 유쾌하고 손님 접대가 좋은 집이었다. 초대에 의한 야회나 만찬회 외에도 날마다 많은 손님, 특히 남자들이 모여들어 자정이 가까울 무렵 야식을 하고, 세시 넘어까지 있다가 돌아갔다. 무도회에도, 산책에도, 연극에도 줄리는 빠지는 일이 없었다. 그녀의 의상은 언제나 최신 유행하는 것이었다. 그럼에도 줄리는 모든 것에 실망을 느끼는 사람처럼 보였고, 그녀는 누구에게나 우정도, 사랑도, 또 어떠한 인생의 기쁨도 믿지 않고 다만 저세상의 평온을 기다릴 뿐이라고 말했다. 그녀는 큰 실망을 겪은 여자, 이를테면 애인을 잃었거나 참담하게 배신당한 경험이 있는 여자처럼 굴었다. 물론 실제로 그런 일은 없었지만, 모두가 그녀를 그런 여자로 바라보았고, 심지어 그녀도 자신이 인생의 온갖 고통을 겪어왔다고 생각하고 있었다. 그러나 이러한 멜랑콜리도 그녀의 재미를 방해하지 않았고, 유쾌한 시간을 보내려고 그녀의 집에 드나드는 젊은이들에게도 아무런 지장을 주지 않았다. 이 집에 오는 손님은 누구나 여주인의 멜랑콜리에 일단 예의를 갖춘 다음, 사교적인 잡담이며 무도며 지적인 오락을 하거나 카라긴가에서 유행하던 작시 경쟁*을 했다. 몇몇 젊은이만,

* 관련 없이 주어진 각운에 맞춰 장난스럽게 시를 짓는 것. 제운시(題韻詩)는 17세기 초 프랑스에서 시작되었다.

그중에는 보리스도 있었는데, 쥴리의 멜랑콜리한 기분 속으로 더 깊이 파고들었고, 쥴리도 이 젊은이들과 세상의 모든 허무에 대해 길고 쓸쓸한 대화를 나누고, 슬픈 그림과 격언과 시가 잔뜩 쓰인 앨범을 그들에게 펼쳐 보였다.

쥴리는 보리스에게 유달리 상냥했는데, 그녀는 그가 일찍이 인생에 실망한 것을 동정하고, 자신도 인생에서 많은 고녀를 경험한 사람으로서 되도록 동병상련의 마음으로 위안을 건네기도 하고, 자기 앨범을 보여주기도 했다. 보리스는 그 앨범에 나무를 두 그루 그리고, "시골의 나무여, 네 어두운 가지가 내 위에 어둠과 멜랑콜리를 떨어뜨린다"라고 썼다.

또다른 곳에는 무덤을 그리고, 다음과 같이 썼다.

＊죽음은 구원, 죽음은 안식이다.＊
＊아! 고통에서 벗어날 다른 피난처는 없다.＊

쥴리는 훌륭하다고 말했다.

"멜랑콜리의 미소 속에는 매력적인 뭔가가 있어요!" 그녀는 책에서 발췌한 문장을 한 자도 틀리지 않고 보리스에게 그대로 말했다.

"그것은 그림자 속에 비치는 한줄기 빛이요, 고통과 절망 속에도 아직 위안이 있음을 보여주는 뉘앙스입니다."

보리스는 다음과 같이 답시를 썼다.

＊너무도 다감한 넋을 기르는 독毒이여.＊

그대 없이 내 행복은 있을 수 없다.
사랑스러운 멜랑콜리여, 아아, 와서 나를 위로해주오.
와서 내 어두운 고독의 고통을 가라앉혀주오
마냥 솟구치는 이 눈물 속에
남모를 감미로움을 부어주오.

줄리는 보리스를 위해 더없이 슬픈 야상곡을 하프로 연주해주었다. 보리스도 그녀에게 『가련한 리자』*를 읽어주었는데, 흥분 때문에 숨이 차서 여러 번 낭독을 멈췄다. 수많은 인간 속에서 만난 줄리와 보리스는 자신들이 세상 모든 것에 무심하며, 또한 상대방이 그것을 이해하는 유일한 사람이라는 듯이 서로를 바라보았다.

어머니의 말벗으로서 카라긴가에 자주 드나들던 안나 미하일로브나는 그동안 줄리 몫의 유산이 얼마나 되는지 정확히 조사해보았다(유산은 펜자의 영지 두 군데와 니즈니노브고로드의 숲이었다). 안나 미하일로브나는 하느님의 뜻에 신복과 감동을 느끼면서, 자기 아들과 부유한 줄리를 엮어주는 섬세한 애수를 관찰했다.

"언제나 매력적이고 멜랑콜리에 잠겨 있군요, 친애하는 쥘리." 그녀는 줄리에게 말했다. "보리스는 이 댁에 오면 마음이 편안해진다고 말해요. 그애도 아주 많은 실망을 겪고 몹시 과민해졌지요." 그녀의 어머니에게는 이렇게 말했다.

"아아, 애야, 난 요즘 줄리가 너무너무 좋아졌단다." 그녀는 아들에

---

* N. M. 카람진(1766~1826)의 중편소설. 귀족과 사랑에 빠진 가난한 여주인공이 자살한다.

게 말했다. "말로 설명할 수 없을 만큼! 누가 그 아가씨를 좋아하지 않을 수 있겠니? 정말 그 아가씨는 이 세상 사람 같지가 않아! 아아, 보리스, 보리스!" 그녀는 잠시 말을 멈췄다. "그리고 나는 그 어머니가 참으로 불쌍하더구나." 그녀는 말을 이었다. "오늘 내게 펜자에서 온 장부와 편지를 보여주셨는데(그들에게는 굉장한 영지가 있거든), 가엾게도 늘 혼자시니, 모두 속이려고 든단다!"

보리스는 어머니의 말을 들으며 희미하게 미소지었다. 그는 어머니의 빤히 들여다보이는 속셈을 부드럽게 비웃었지만, 펜자와 니즈니노브고로드의 영지에 대해서는 귀담아듣고, 이따금 면밀하게 묻기도 했다.

쥘리는 진작부터 이 멜랑콜리한 숭배자의 청혼을 예상하고 그것을 받아들일 마음의 준비를 하고 있었지만, 결혼에 대한 쥘리의 강렬한 바람과 부자연스러운 언행에서 느껴지는 그의 마음속에 숨은 혐오감, 그리고 앞으로 자신이 진정한 사랑을 하게 되더라도 단념해야 할 수밖에 없을 거라는 공포감이 아직도 보리스를 붙들고 있었다. 휴가는 거의 끝나가고 있었다. 그는 나날을 카라긴가에서 보내며 매일같이 혼자 생각에 잠겨, 내일은 꼭 청혼하리라 다짐했다. 그러나 쥘리 앞에 가서 그 빨간 얼굴이며, 거의 언제나 분이 발린 턱이며, 눈물을 머금은 눈이며, 언제든 멜랑콜리에서 결혼생활의 부자연스러운 환희로 단번에 비약해 보이겠다고 속삭이는 듯한 표정을 보면 마지막 그 한마디를 하지 못했고, 그러면서도 이미 오래전부터 자신을 펜자와 니즈니노브고로드 영지의 주인으로 공상하며 그 수입의 용도까지 정해놓고 있었다. 쥘리는 보리스의 망설임을 알아채고 그가 자기를 좋아하지 않는지도 모른다고 생각했지만, 여자 특유의 자기기만이 그녀를 위로해, 그가 사랑을 부끄러워하기 때문에 그런 것이라고 단정짓게 해버렸다. 그러나 멜랑콜리는 점점 초조로 바뀌었고, 보리스가 떠나는 날이 가까워지자 그녀는 단호한 수단을 쓰기로 했다. 보리스의 휴가가 끝나갈 무렵 모스크바에, 그리고 말할 것도 없이 카라긴가의 객실에 아나톨 쿠라긴이 등장하자, 쥴리는 별안간 멜랑콜리를 내던지고 몹시 명랑해지면서 쿠라긴에게로 관심을 돌렸다.

"얘야," 안나 미하일로브나는 아들에게 말했다. "확실한 데서 들은 이야기인데, 바질 공작이 아들을 모스크바에 보내신 것이 쥴리와 결혼시키기 위해서라는구나. 난 쥴리를 무척 좋아한다. 그녀가 정말 안타까워. 넌 어떻게 생각하니, 얘야?" 안나 미하일로브나는 말했다.

쥴리에게 바친 한 달간의 불쾌하고도 멜랑콜리했던 봉사가 허사가 되고, 속으로 용도까지 대충 정해둔 펜자 영지의 수입도 그대로 남의 손에—그것도 그 바보 같은 아나톨의 손에—들어가고, 결국 자신은 웃음거리만 될 거라고 생각하자 보리스는 화가 나서 견딜 수가 없었다. 그는 오늘은 꼭 청혼하리라고 결심하고 카라긴가로 향했다. 쥴리는 근심 없는 쾌활한 얼굴로 그를 맞더니 어제의 무도회가 재미있었다고 태평하게 이야기하기도 하고, 언제 떠나는지 묻기도 했다. 보리스는 사랑을 고백하리라고 결심하고 온 만큼 부드러운 태도를 보일 생각이었지만, 언짢은 억양으로 여자의 변덕에 대해 말하기 시작했는데, 여자란 쉽사리 슬픔에서 환희로 비약한다느니, 여자의 마음은 따라다니는 남자에 따라 달라진다느니 하고 이야기했다. 쥴리는 발끈하면서 여자에게는 변화가 필요하며, 늘 똑같다면 누구나 싫증을 낼 거라고 말했다.

"그렇다면 나는 당신에게 충고하겠습니다……" 보리스는 그녀에게 한마디 빈정거리려고 입을 열었지만, 이 순간 그의 머릿속에는 자신이 목적도 이루지 못하고, 여태까지의 노력은 물거품이 된 채 모스크바에서 떠나야 할지 모른다는 굴욕적인 생각이 떠올랐다(그는 지금까지 이런 일을 경험한 적이 없었다). 그는 도중에 말을 멈추고, 불쾌하고 초조하고 망설이는 듯한 여자의 얼굴을 보지 않으려 시선을 내리고 말했다. "나는 결코 당신과 입씨름하러 온 것이 아닙니다. 오히려……" 그는 계속해도 될지 확인하려고 여자의 얼굴을 힐끗 보았다. 그녀의 얼굴에서는 초조가 모두 사라지고, 불안하고 애원하는 듯한 기대에 찬 탐욕스러운 눈은 그에게 고정되어 있었다. '나는 이 여자와 만나지 않는 것쯤은 얼마든지 할 수 있다.' 보리스는 생각했다. '그러나 시작을 했으니 끝을 보아야 한다!' 그는 온통 얼굴을 붉히고 그녀를 향해 시선을 들며 말했다. "당신에 대한 내 감정을 아실 겁니다!" 더이상의 말은 필요 없었는데, 쥘리가 승리감과 만족감으로 얼굴을 빛내면서, 이런 경우에 남자가 해야 하는 말, 즉 그녀를 사랑한다, 여태까지 어떤 여자도 그녀보다 더 사랑한 적은 없었다는 말을 보리스에게 하게 만들었기 때문이다. 그녀는 펜자의 영지와 니즈니노브고로드의 숲을 생각하면 이만한 요구쯤은 해도 괜찮다는 것을 알고 있었고, 결국 자신이 요구한 것을 얻었다.

신랑 신부는 이제 어둠과 멜랑콜리의 그림자를 떨어뜨리는 나무 이야기는 일절 하지 않았고, 페테르부르크에 있는 화려한 저택의 설비에 관한 계획을 세우고, 그곳에서 올릴 화려한 결혼식을 위한 모든 것을 준비했다.

일리야 안드레이치 백작은 1월 말경 나타샤와 소냐를 데리고 모스크바에 도착했다. 백작부인은 여전히 건강이 좋지 않아 같이 올 수 없었는데, 모스크바에서는 안드레이 공작의 도착을 매일같이 기다리고 있었고, 혼수를 장만하고 모스크바 근교의 영지를 팔고 노공작이 모스크바에 체류하는 동안 장래의 며느리를 선보여야 했기 때문에 그녀가 회복하길 기다리고 있을 수 없었다. 모스크바에 있는 로스토프의 집은 난로를 피우지 않은데다가 체류 기간도 짧고 백작부인도 동행하지 않았으므로 일리야 안드레이치는 전부터 자기 집에서 지내라고 권했던 마리야 드미트리예브나 아흐로시모바의 집에 머물기로 결정했다.

밤늦게 로스토프의 짐마차 네 대가 스타라야 코뉴셴나야* 거리에 있는 마리야 드미트리예브나의 집 안뜰로 들어섰다. 마리야 드미트리예브나는 혼자 살고 있었다. 외동딸은 이미 시집갔다. 아들들은 모두 군대에 있었다.

그녀는 여전히 직선적이고 여전히 누구에게나 솔직하게 자기 의견을 큰 목소리로 단호히 말하고, 마치 그녀가 용납하지 않는 다른 사람들의 약점이나 욕망, 집착을 온몸으로 비난하는 것 같았다. 이른 아침부터 그녀는 카차베이카** 바람으로 집안일을 돌보고, 축일에는 미사에 나가고, 미사가 끝나면 요새나 감옥을 찾았는데, 그런 곳에 무슨 볼일로 가는지는 아무한테도 말한 적 없었으며, 평일에는 옷을 차려입고 매일같

---

* 옛 마구간을 뜻한다. 지금의 아르바트 거리 근처.
** 옷단이나 속에 모피를 댄 여성용 민소매 짧은 상의.

이 그녀의 집을 찾는 온갖 계층의 방문자들을 만나고, 점심때는 푸짐하고 맛있는 식탁에 늘 서너 명의 손님과 둘러앉고, 식후에는 보스턴을 하고, 밤에는 신문이나 신간을 낭독시키며 자기는 뜨개질을 했다. 외출은 매우 드물었고, 하더라도 도시의 내로라하는 명사를 만날 때뿐이었다.

로스토프가 사람들이 도착해 하인들과 추운 바깥에서 현관방으로 들어오며 문이 도르래 소리를 냈을 때, 그녀는 아직 잠자리에 들기 전이었다. 마리야 드미트리예브나는 안경을 코끝에 걸치고 고개를 젖힌 채 홀 문가에 서서 엄하고 화난 듯한 얼굴로 들어오는 사람들을 바라보았다. 만약 이때 그녀가 하인들에게 손님과 짐을 어디다 어떻게 하라고 빈틈없는 지시를 내리지 않았다면, 아마 방문자들에게 화를 내고 당장 쫓아내려는 것으로 보였을 것이다.

"백작 것이냐? 이쪽으로 옮겨라." 그녀는 누구와 인사를 나누기도 전에 트렁크를 가리키며 말했다. "아가씨들은 이쪽, 왼쪽 방으로. 아니, 너희는 뭘 떠들고 있어!" 그녀는 하녀들에게 외쳤다. "사모바르를 준비해! 살이 쪘네, 예뻐졌는데." 그녀는 추워서 볼이 빨개진 나타샤의 카포르를 잡아당기며 말했다. "아이고, 차가워라! 얼른 외투를 벗으렴." 그녀는 손에 키스하려고 다가오는 백작을 향해 소리쳤다. "몹시 추운가봅니다. 차 마실 때 럼주를 드시지요! 소뉴시카, 안녕." 그녀는 소냐에게 프랑스어로 인사함으로써 상냥하지만 약간의 경멸을 내비쳤다.

모두 외투를 벗고, 헝클어진 옷매무새며 머리를 매만지고 다탁으로 다가오자, 마리야 드미트리예브나는 모두에게 차례로 키스했다.

504

"정말 기쁘군요, 우리집에 머물러주신다니." 그녀는 말했다. "이미 오래전부터," 그녀는 의미심장한 눈으로 나타샤를 보며 말했다……
"영감은 와 계시고, 모두가 그의 아들이 돌아오길 매일 기다리고 있습니다. 이 영감과는 꼭, 꼭 친해둬야죠. 아, 이 이야긴 나중에 합시다." 그녀는 소냐가 있는 데서는 이 이야기를 하고 싶지 않은 눈초리로 소냐를 돌아보며 덧붙였다. "자, 말씀해보세요." 그녀는 백작에게로 얼굴을 돌렸다. "내일 당신은 무얼 하시죠? 누구를 부르러 보낼까요? 신신?" 그녀는 손가락을 하나 꼽았다. "그리고 울보 안나 미하일로브나, 이렇게 두 사람이겠죠. 그녀는 아들과 여기에 있어요. 아들이 곧 결혼한다더군요! 그리고 베주호프겠죠? 그는 아내와 함께 살고 있어요. 아내한테서 달아났는데, 그녀가 쫓아왔죠. 지난 수요일에 우리집에서 함께 식사했습니다. 그럼, 이 사람들은," 그녀는 아가씨들을 가리켰다. "내일 일단 이베르스카야 예배당에 데려가겠습니다. 그리고 오베르-샬메*에 들르겠어요. 어쨌든 전부 새로 장만해야겠죠? 나 같은 사람을 따라 해선 안 돼요, 요즘은 소매조차 이 꼴이니까! 요전에 이리나 바실리예브나라는 젊은 공작영애가 왔었는데, 양팔에 통을 끼운 것 같은 게 보기 흉측할 정도더군요. 정말 요즘은 하루가 멀다 하고 유행이 바뀌지요. 그런데 당신은 무슨 일을 보실 겁니까?" 그녀는 엄한 표정으로 백작을 돌아보았다.

"갑자기 모든 일이 한꺼번에 닥쳤습니다." 백작은 대답했다. "옷 쪼가리라도 장만해야 하고, 모스크바 근교의 영지와 집을 산다는 사람이

---

* 당시 모스크바의 유명 디자이너이자 그녀의 가게 이름.

있어, 만약 괜찮으시다면 아이들을 맡기고 저는 하루 틈을 내어 마리인스코예 마을에 다녀오려고 합니다."

"좋아요, 좋아요, 나한테 맡기면 아무 문제 없습니다. 후견원에 맡긴 것이나 다름없죠. 가야 할 데 데려가고, 필요하면 야단도 치고, 아껴주기도 할 테니까요." 마리야 드미트리예브나는 커다란 손으로 자기의 대녀代女인 귀여워하는 나타샤의 볼을 어루만지며 말했다.

이튿날 아침 마리야 드미트리예브나는 아가씨들을 이베르스카야 예배당과 마담 오베르-샬메의 가게에 데려갔는데, 이 여자는 마리야 드미트리예브나를 몹시 두려워했으므로 조금이라도 빨리 그녀를 내보내고 싶어 계속 밑져가며 옷값을 깎아주었다. 마리야 드미트리예브나는 혼수품 대부분을 여기서 주문했다. 집으로 돌아오자 그녀는 나타샤만 남기고 모두 방에서 내보낸 뒤, 자기가 귀여워하는 아가씨를 안락의자 옆으로 불렀다.

"자, 이제 이야기 좀 해볼까. 우선, 신랑이 결정된 것을 축하한다. 훌륭한 남자를 골랐더구나! 나도 너를 생각하면 기쁘다, 나는 그가 요만했을 때부터(그녀는 바닥에서 한 아르신쯤 위를 가리켰다) 알았거든." 나타샤는 기쁜 듯이 얼굴을 붉혔다. "나는 그는 물론이고 그의 가족 모두를 좋아한다. 잘 들어둬라. 니콜라이 노공작이 아들의 이 결혼을 바라지 않는다는 건 너도 알고 있을 거야. 완고한 영감이지! 그야 물론 안드레이 공작도 어린애는 아니니까 아버지의 승낙이 없어도 상관없겠지만, 뜻을 어기면서까지 그 가정에 들어가는 건 좋지 않아. 조용하고 유연하게 해나가야지. 넌 영리한 아이니까 잘해나갈 거다. 상냥하고 영리하게 해다오. 그럼 모든 일이 잘될 거야."

나타샤는 잠자코 있었는데, 마리야 드미트리예브나는 그것이 부끄러움 때문이라고 생각했지만 사실 나타샤는 자신과 안드레이 공작의 사랑은 온갖 세상사에서 동떨어지고 아무도 이해할 수 없는 특별한 것이라고 생각하고 있었기 때문에 타인의 간섭이 불쾌했다. 그녀는 안드레이 공작 한 사람만을 사랑하고 이해하고 있었고, 그도 그녀를 사랑하며 며칠 후면 돌아와 그녀를 데려갈 것이었다. 그녀에게 그 이상은 아무것도 필요하지 않았다.

"너도 알 테지만 난 오래전부터 그를 알았고, 그리고 네 시누이가 될 마셴카 그애도 사랑한다. 시누이는 참을 수 없는 여자라고들 하지만, 그애는 파리 한 마리도 해치지 못할 아이야. 그애가 너를 만나고 싶다고 내게 부탁하더구나. 그러니 내일 아버지와 함께 그애를 찾아가서 잘 보여두렴. 네가 그애보다 어리거든. 그러면 그가 돌아왔을 때, 이미 너는 그 누이동생이나 아버지와도 친해지고 귀여움을 받고 있을 거야. 그렇지 않겠니? 그게 낫겠지?"

"그렇겠네요." 나타샤는 마지못해 대답했다.

7

다음날 마리야 드미트리예브나의 조언대로 일리야 안드레이치 공작은 나타샤를 데리고 니콜라이 안드레이치 공작을 방문하러 갔다. 백작은 개운치 않은 기분으로 방문할 채비를 했는데, 내심 두려워하고 있었다. 민병 모집 당시 그가 노공작을 만찬에 초대했을 때 노공작이 인원 부족에 대한 심한 책망으로 답례했는데, 그 마지막 만남이 일리야 안드레이치의 기억에 남아 있었기 때문이다. 반대로 나타샤는 가장 좋은 외출복으로 갈아입고 사뭇 즐거운 기분에 잠겨 있었다. '그 사람들이 나를 사랑하지 않는다니, 그럴 리 없어.' 그녀는 생각했다. '나는 언제나 모두의 사랑을 받아왔으니까. 그리고 나는 그들이 원하는 거라면 무엇이든 할 마음의 준비가 되어 있고, 노공작은 그의 아버지시고 아가씨는 그의 누이동생이니까 나는 그들이 날 사랑하지 않을 수 없을 만큼 그들을 사랑할 거야!'

그들은 브즈드비젠카 가에 있는 낡고 음침한 집 앞에 마차를 대고 현관으로 들어갔다.

"아, 하느님의 자비를." 백작은 농담 반 진담 반으로 말했는데, 나타샤는 아버지가 현관방으로 들어가며 몹시 당황하고 겁먹은 듯 나지막한 목소리로 공작과 공작영애가 집에 있는지 묻는 것을 들었다. 그들의 방문을 전한 뒤 공작네 하인들 사이에서는 혼란이 일어났다. 그들의 방문을 전하러 달려갔던 하인은 홀에서 다른 하인에게 제지당하고, 두 사람은 무엇인가 수군거렸다. 홀로 한 하녀가 달려나와 그녀 역시 공작영애에 대해 무엇인가 다급하게 이야기했다. 마지막으로 한 늙은 하인이 시무룩한 얼굴로 로스토프가 사람들에게 와서, 공작은 만나실 수 없지만, 공작영애가 자기 방으로 와주시길 바란다고 알렸다. 처음 손님들을 맞은 사람은 부리엔 양이었다. 그녀는 유달리 공손하게 부녀를 맞아 공작영애에게로 안내했다. 공작영애는 흥분하고 당황한 얼굴을 온통 붉은 얼룩으로 물들인 채 무거운 걸음으로 손님을 맞으러 달리면서도 침착하고 상냥하게 보이려고 무던히 애썼다. 공작영애 마리야는 첫눈에 나타샤가 마음에 들지 않았다. 나타샤는 지나치게 화려하고, 가벼울 만큼 쾌활하고, 허영심 강한 여자처럼 보였다. 공작영애 마리야는 미래의 올케를 만나기 전부터 그 미모와 젊음과 행복에 대해 자기도 모르게 품은 부러움과 오빠의 사랑에 대한 질투 때문에 이미 그녀에게 반감을 품었다는 것을 알지 못했다. 그녀에 대한 누를 수 없는 반감 외에도 그 순간 공작영애 마리야가 흥분한 이유가 또하나 있었는데, 로스토프 부녀가 찾아왔다는 전갈을 들은 공작이 자기는 그들에게 볼일이 없으며, 만약 공작영애 마리야가 원한다면 맞아들여도 되지만 자기한테는 절대로 들이지 말라고 호통쳤기 때문이다. 공작영애 마리야는 로스토프 부녀를 만나기로 마음먹기는 했지만, 로스토프 부녀의 방문 소식에 공작이 몹시 흥분한 것처럼 보였으므로, 그가 언제 어느 때 무슨 엉뚱한 언동을 할지 몰라 내심 불안했던 것이다.

"보세요, 친애하는 공작영애, 당신에게 우리의 노래꾼을 데려왔습니다." 백작은 오른발을 뒤로 빼며 절하는 동시에, 노공작이 들어올까봐 두려운 듯 사방을 둘러보며 말했다. "뵙게 되어 참으로 기쁩니다. 그런데 공작께서 여전히 건강이 좋지 않으시다니 참으로, 참으로 유감입니다." 그는 틀에 박힌 말을 얼마쯤 늘어놓고 일어섰다. "대단히 죄송하지만, 공작영애, 우리 나타샤를 십오 분쯤 맡겨도 되겠습니까, 여기서 두 걸음밖에 안 되는 소바치야 광장에 있는 안나 세묘노브나에게 다녀올까 합니다만, 곧 데리러 오겠습니다."

일리야 안드레이치가 이런 노회한 외교 수단을 생각한 것은 미래의 시누이와 올케가 될 사람에게 이야기할 시간을 주고(그는 나중에 딸한테 이렇게 말했다), 그 자신은 두려워하는 공작과 마주치는 것을 피하

기 위해서였다. 이 이유는 차마 딸에게 말할 수 없었지만, 나타샤는 아
버지의 두려움과 불안을 알아채고 모욕을 느꼈다. 그녀는 아버지 때문
에 얼굴을 붉혔고, 자기가 얼굴을 붉혔다는 데 더욱 화가 치밀어, 자기
는 아무도 두렵지 않다고 말하는 듯 대담하고 도전적인 눈빛으로 공작
영애를 바라보았다. 공작영애는 백작에게 마침 잘됐다고 하며 아무쪼
록 안나 세묘노브나 곁에 좀더 계셨다 오라고 말했고, 일리야 안드레
이치는 떠났다.

　공작영애 마리야는 나타샤와 단둘이 이야기하고 싶어 *부리엔* 양에
게 줄곧 불편한 시선을 보냈지만, 그녀는 방에서 나가지 않고 모스크
바의 유흥이며 연극에 대해 이야기를 늘어놓았다. 나타샤는 현관방에
서 일어났던 소동, 아버지의 불안, 선심 쓰듯 만나준 듯한—그녀에게
는 이렇게 생각되었다—공작영애의 부자연스러운 행동에 불쾌감을
느꼈다. 나타샤는 모든 것이 불쾌하기만 했다. 그녀는 공작영애 마리
야가 마음에 들지 않았다. 지독하게 못생기고 가식적이고 무뚝뚝해 보
였다. 나타샤는 갑자기 마음이 움츠러드는 듯하고 자기도 모르게 조심
성 없는 어조로 말하게 되었고, 그것은 그녀와 공작영애 마리야의 거
리를 더욱 벌려놓았다. 무겁고 가식적인 대화가 오 분이나 이어졌을
무렵, 단화를 신은 다급한 발소리가 차츰 가까워졌다. 공작영애 마리
야의 얼굴에 공포가 떠오르고, 방문이 열리더니 하얀 실내모를 쓰고
가운을 걸친 공작이 들어왔다.

　"아, 아가씨," 그는 말했다. "아가씨, 백작영애…… 내가 잘못 아는
게 아니라면, 당신은 로스토바 백작영애…… 정말 실례했습니다. 용
서하십시오, 몰랐습니다…… 당신이 오신 줄 전혀 몰랐습니다. 아니,

정말입니다. 전혀 몰랐습니다. 그래서 이런 옷차림으로 딸한테 잠깐 들른 겁니다. 용서하십시오…… 아니, 전혀 몰랐습니다." 그는 아니 전혀라는 말을 힘주어 반복했지만, 그 모습이 사뭇 부자연스럽고 불쾌해 보여 공작영애 마리야는 눈을 내리뜬 채 아버지도 나타샤도 보지 않고 서 있었다. 나타샤는 일어서기는 했지만, 어찌해야 할지 몰라 다시 앉았다. *부리엔* 양만은 유쾌한 미소를 짓고 있었다.

"부디 용서하십시오! 전혀 몰랐습니다! 아니, 몰랐습니다" 하고 노인은 중얼거리고, 나타샤를 머리끝에서 발끝까지 훑어보고 나가버렸다. 그가 나가자 *부리엔* 양이 가장 먼저 당황하지 않고 노공작의 좋지 않은 건강에 대해 말하기 시작했다. 나타샤와 공작영애 마리야는 서로를 바라보고 있었는데, 할말을 하지도 않고 묵묵히 마주보고 있을수록 상대방에 대한 적의만 느끼게 될 뿐이었다.

백작이 돌아오자, 나타샤는 무례할 정도로 기뻐하며 돌아갈 채비를 서둘렀는데, 그녀는 자신을 이토록 난처한 상황에 몰아넣고 삼십 분이나 붙잡아놓았으면서도 안드레이 공작에 대해서는 한마디도 하지 않았던 무뚝뚝한 늙은 공작영애를 거의 증오했다. '하지만 그 프랑스 여자 앞에서 내가 먼저 그의 이야기를 꺼낼 수는 없잖아' 하고 나타샤는 생각했다. 한편 공작영애 마리야도 같은 고민을 하고 있었다. 나타샤에게 무슨 말이라도 해야 한다는 걸 알면서도 그럴 수가 없었던 것은, *부리엔* 양이 방해가 된 탓도 있지만 이 결혼에 대해 이야기하는 것이 얼마나 괴로운 일인지 그녀 자신이 깨닫지 못했기 때문이다. 백작이 방에서 이미 나갔을 때, 공작영애 마리야는 빠른 걸음으로 나타샤에게 다가가 그녀의 손을 잡더니 깊은 한숨을 내쉬고 말했다. "잠깐만요, 나는 꼭……" 나타샤는 자기도 무엇 때문인지 모르는 냉소를 띠며 공작 영애 마리야의 얼굴을 바라보았다.

"친애하는 나탈리." 공작영애 마리야는 말했다. "나는 오빠가 행복을 찾은 것을 기쁘게 생각해요……" 그녀는 자신이 거짓말을 하고 있다고 느끼고 입을 다물어버렸다. 나타샤는 그것을 눈치챘고, 그 이유도 알아챘다.

"나는 당신이 지금 그런 이야기를 하는 것은 알맞지 않다고 생각해요." 나타샤는 짐짓 품위 있고 냉정한 척 말했지만, 치미는 눈물에 목이 메는 것을 느꼈다.

'내가 무슨 말을 한 거지, 무슨 짓을 한 거지!' 그녀는 방에서 나오자마자 이렇게 생각했다.

이날 나타샤는 식사 때 모두를 오랫동안 기다리게 했다. 그녀는 방 안에 앉아 울다 코를 풀다 하며 아이처럼 흐느꼈다. 소냐는 나타샤 위로 몸을 굽혀 머리카락에 키스했다.

"나타샤, 왜 우는 거야?" 그녀는 말했다. "그런 사람들이 다 무슨 상관이야? 모두 지나갈 거야, 나타샤."

"아니야, 내가 얼마나 분했는지 언니는 몰라…… 마치 내가……"

"그만, 나타샤, 네가 나쁜 게 아닌데 뭐하러 걱정을 해? 내게 키스해 줘." 소냐는 말했다.

나타샤는 고개를 들어 친구의 입술에 키스하고, 젖은 얼굴을 그녀에게 기댔다.

"나는 말할 수가 없어, 나는 모르겠어. 누가 나쁜 것도 아니야." 나타샤는 말했다. "내가 나빠. 하지만 이건 정말 무서운 일이야. 아아, 왜 그이는 돌아오지 않을까!⋯⋯"

그녀는 눈이 빨개진 채 식사하러 나왔다. 마리야 드미트리예브나는 공작이 로스토프 부녀를 어떻게 대했는지 알면서도 나타샤의 실망한 얼굴을 모르는 척 외면했고, 식사하는 동안 굳세고 기운찬 목소리로 백작과 그 밖의 손님들과 농담을 주고받았다.

8

그날 밤 로스토프가 사람들은 마리야 드미트리예브나가 표를 구해 준 오페라를 보러 갔다.

나타샤는 가고 싶지 않았지만, 자신을 위해 특별히 신경쓴 마리야 드미트리예브나의 친절을 거절할 수 없었다. 그녀는 옷을 갈아입고 홀로 나가서 아버지를 기다렸고, 몸거울을 들여다보며 자신의 아름다움, 뛰어난 아름다움을 깨닫고 더욱 슬픈 마음이 들었는데, 슬프면서도 감미롭고 그리운 마음이었다.

'아아! 만약 그이가 여기 있다면, 무엇인지 알지도 못하는 것에 어리석게 겁먹은 마음을 털어버리고 전과는 다른 새로운 사람이 되어 그저 그이를 껴안고 꼭 달라붙어서, 전에 그가 나를 보았을 때처럼 무언가를 찾는 듯한 호기심에 찬 눈으로 날 보게 하고 그때처럼 웃게 할 텐데. 아아, 그 눈, 그 눈이 보이는 것만 같아!' 나타샤는 생각했다. '그이의 아버지나 누이는 나와 아무 상관 없어, 난 그이만을 사랑해, 그이만, 그의 얼굴과 눈, 남자다우면서도 아이 같은 웃음을…… 아니, 그이는 생각하지 않는 게 나아, 생각하지 말자, 당분간은 다 잊고 지내자. 이 기다림을 도저히 견딜 수 없어, 당장이라도 울음이 터질 것 같아.' 그녀는 울지 않으려고 안간힘을 쓰며 몸거울에서 물러났다. '그런데 소냐는 어쩌면 그렇게도 조용하고 침착하게 니콜렌카를 사랑할 수 있을까. 어쩌면 그렇게도 오랫동안 꾸준하게 기다릴 수 있을까?' 그녀는 역시 옷을 갈아입고 부채를 들고 입구로 들어서는 소냐를 바라보며 생각했다. '아냐, 그녀는 나와는 완전히 다른 사람이야. 나는 그럴 수 없어!'

나타샤는 이 순간 자신이 유약해지고 감상적이 되었다는 것을 느꼈고, 사랑하고 사랑받는 것만으로는 부족하며 지금 곧 사랑하는 사람을 끌어안고 자기 마음에 흘러넘치는 사랑의 말을 하고 상대방에게서도 듣고 싶었다. 아버지와 마차에 나란히 앉아 얼어붙은 창문에 가물거리는 등불을 바라보며 가는 동안 그녀는 더욱더 애절함과 슬픔을 느꼈고, 누구와 어디로 가고 있는지도 잊어버렸다. 로스토프네 마차는 붐비는 마차 행렬 속에 끼어들어 눈길에서 천천히 삐걱거리며 극장에 다다랐다. 나타샤와 소냐는 옷자락을 추켜들며 급히 뛰어내렸고, 백작도 하인의 부축을 받으며 마차에서 내렸고, 입장하는 남녀들, 포스터 파는 사람들 사이를 빠져나가 세 사람은 아래층 칸막이 좌석으로 통하는 복도로 향했다. 닫혀 있는 문 안쪽에서 벌써 음악 소리가 들려오고 있었다.

"나탈리, 머리카락이……" 소냐가 속삭였다. 좌석 안내원이 여자들 옆으로 공손하고 빠르게 빠져나와 칸막이 좌석의 문을 열어주었다. 음악 소리가 더욱 또렷이 들려왔고, 칸막이 좌석의 열은 여자들의 드러낸 어깨와 팔로 화려하게 빛나고, 떠들썩한 아래층 좌석 열은 반짝거리는 제복으로 눈이 부셨다. 옆의 칸막이 좌석으로 들어온 한 부인이 여성스러운 시기 어린 눈으로 나타샤를 바라보았다. 막은 아직 오르지 않았고, 서곡이 연주되고 있었다. 나타샤는 옷매무새를 바로잡으며 소냐와 함께 걸어가 휘황하게 불을 밝힌 칸막이 좌석 열을 둘러보고는 자리에 앉았다. 수백 개의 눈이 자기의 드러낸 팔과 목을 보고 있다는, 오랫동안 느끼지 못했던 감각이 갑자기 유쾌한 동시에 불쾌하게 그녀의 마음을 사로잡았고, 이 감각에 상응하는 많은 회상과 희망과 흥분이 마음속에서 일어났다.

나타샤와 소냐처럼 유달리 이목을 끄는 아름다운 두 아가씨와 오랫동안 모스크바에서 모습을 보이지 않았던 일리야 안드레이치 백작의 등장은 모두의 관심을 끌었다. 게다가 나타샤와 안드레이 공작의 혼담, 그때 이후 로스토프가가 시골에 내려가 살았다는 것도 어렴풋이 알고 있었으므로 사람들은 러시아에서 손꼽히는 신랑감 중 한 사람을 차지한 아가씨를 호기심 가득한 눈으로 바라보았다.

나타샤는 시골에 사는 동안 아름다워졌다는 말을 사람들에게 들었는데, 이날 저녁은 흥분한 상태여서 그런지 더욱 아름다웠다. 주변의 모든 것에 대한 무관심한 태도, 생기와 아름다움으로 충만한 그녀는 모두의 눈을 놀라게 했다. 그녀의 검은 눈은 누구를 찾지도 않고 사람들 무리를 바라보고, 팔꿈치 위를 드러낸 가는 팔은 벨벳을 씌운 의자 팔걸이에 올려져 그녀가 무의식적으로 맞추는 서곡의 박자에 따라 구겨진 포스터가 오그려졌다 펴졌다 했다.

"봐, 저기 알레니나가." 소냐가 말했다. "어머니하고 온 것 같아!"

"여보게! 미하일 키릴리치는 살이 더 올랐군." 노백작이 말했다.

"봐요! 안나 미하일로브나가 저런 토크를 썼어요!"

"카라기나 모녀도 있군, 보리스가 쥘리와 같이 있어. 누가 봐도 신랑 신부인데."

"드루베츠코이가 청혼했죠! 나는 오늘 알았습니다만." 로스토프가 사람들이 있는 칸막이 좌석으로 들어온 신신이 말했다.

나타샤는 아버지가 바라보는 쪽을 보았고, 붉고 살찐 목에(나타샤는 그녀가 거기에 분을 잔뜩 발랐다는 것을 알았다) 진주 목걸이를 걸고 자못 행복한 모습으로 어머니 옆에 앉은 쥘리가 눈에 들어왔다. 그들 뒤에는 미소지으며 귀를 쥘리의 입에 가까이 댄 보리스의 산뜻하게 빗어 붙인 아름다운 머리가 보였다. 그는 로스토프네 쪽을 흘낏 보더니 웃으며 쥘리에게 무엇인가 말했다.

'분명 그는 우리에 대해, 그와 나에 대해 이야기하고 있는 거야!' 나타샤는 생각했다. '나를 질투하는 약혼녀를 달래고 있는 게 틀림없어. 공연한 걱정을 하는구나! 내가 그들에게 아무 볼일도 없다는 걸 알려 주면 좋으련만.'

그 뒤에는 녹색 토크를 쓴 안나 미하일로브나가 모든 것을 신의 뜻에 맡긴 듯한 행복하고 들뜬 얼굴로 앉아 있었다. 그들의 칸막이 좌석에는 나타샤가 잘 알고 또 좋아하기도 하는, 신랑 신부의 분위기가 감돌고 있었다. 그녀는 얼굴을 돌려버렸고, 그러자 오늘 아침의 모욕적인 방문이 갑자기 기억에 되살아났다.

'그 노공작은 대체 무슨 권리로 나를 집안 식구로 맞지 않으려는 걸까? 아아. 이런 생각은 하지 않는 게 나아. 하지 말자. 그이가 돌아올 때까지는 생각하지 말자!' 그녀는 자신에게 이렇게 말하고 아래층 좌석에 앉아 있는 익숙한 얼굴들과 익숙하지 않은 얼굴들을 둘러보기 시작했다. 아래층 좌석 앞줄 한가운데 숱 많은 곱슬머리를 한껏 빗어올리고 페르시아풍의 옷을 입은 돌로호프가 좌석 난간에 등을 기대고 서 있었다. 그는 자신이 여기 있는 모두의 시선을 모으고 있다는 것을 의식하면서도 마치 자기 방에 있는 것처럼 거리낌없이 극장 안 가장 눈에 띄는 곳에 서 있었다. 그의 주위에는 모스크바의 특히 훌륭한 청년들이 떼를 지어 있었는데, 그중에서도 분명 그가 가장 뛰어난 것 같았다.

일리야 안드레이치 백작은 미소를 머금고, 한때 소냐를 숭배했던 남자를 가리키며, 얼굴이 붉어진 그녀를 슬쩍 찔렀다.

"알아봤니?" 그는 물었다. "그런데 대체 어디서 나타났을까." 백작은 신신에게로 얼굴을 돌렸다. "그는 어딘가로 사라졌었지 않나?"

"사라졌었죠." 신신은 대답했다. "캅카스에 있다가 페르시아로 달아나 어느 공국의 공작 밑에서 대신까지 했다는데, 거기서도 왕의 형제인가를 죽였나보더군요. 글쎄, 모스크바 귀부인들이 온통 저 사내에게 정신이 팔려 있는 모양입니다! *페르시아인 돌로호프*, 이 말만으로 충분하죠. 지금 여기서는 돌로호프의 이름을 들먹이지 않고는 대화가 안 될 지경입니다. 맹세를 할 때도 돌로호프를 들먹이고, 그 인기가 철갑상어 못지않습니다." 신신은 말했다. "돌로호프와 아나톨 쿠라긴, 이 두 사람이 모스크바 여자들의 혼을 빼놓고 있어요."

이때 옆 칸막이 좌석으로 머리를 큼직하게 땋아 늘인 훤칠하고 아름다운 부인이 하얗고 통통한 어깨를 대담하게 드러내고, 알이 굵직한 두 줄짜리 진주 목걸이를 걸고, 두툼한 비단 의상을 살랑거리며 들어왔는데, 자리에 앉는 데만도 한참이 걸렸다.

나타샤는 자기도 모르게 그녀의 목과 어깨와 진주와 머리 모양을 바라보았고, 그녀의 어깨와 진주의 아름다움에 감탄했다. 나타샤가 다시 그녀를 바라보았을 때 그녀가 돌아보았고 일리야 안드레이치 백작과 시선이 마주치자 고개를 끄덕이고 미소지었다. 그녀는 피예르의 아내 베주호바 백작부인이었다. 사교계 사람들을 모두 아는 일리야 안드레이치는 몸을 굽혀 그녀와 말을 주고받기 시작했다.

"여기 온 지 오래되셨나요, 백작부인?" 그는 말했다. "곧 찾아뵙죠, 찾아뵙죠, 손에 키스하겠습니다. 나는 볼일이 있어서 딸들을 데리고 왔습니다. 세묘노바*의 연기가 굉장하다던데요." 일리야 안드레이치는 말했다. "표트르 키릴로비치 백작은 우리를 잊은 적이 없었습니다. 지금 여기에 있습니까?"

"네, 그이도 찾아뵙겠다고 말했답니다." 옐렌은 말하고, 주의깊게 나타샤를 바라보았다.

일리야 안드레이치 백작은 다시 자리에 앉았다.

"아름답지 않니?" 그는 나타샤에게 속삭였다.

"굉장해요!" 나타샤는 말했다. "모두가 홀딱 반할 만해요!" 이때 서곡의 종지부가 끝나고, 지휘자가 지휘봉을 두드리는 소리가 들렸다. 아래층에서는 늦게 온 남자들이 자리를 찾아가고, 이윽고 막이 올랐다.

막이 오르자 칸막이 좌석도 아래층 좌석도 모두 조용해지고, 늙은이

---

* N. 세묘노바(1788~1876). 러시아 오페라 가수.

도 젊은이도, 제복 차림의 남자도 연미복 차림의 남자도, 맨살을 드러내고 보석을 휘감은 여자들도 모두 갈망과 호기심 가득한 눈으로 모든 주의를 무대로 돌렸다. 나타샤도 지켜보기 시작했다.

9

무대 한가운데 평평한 널빤지들이 깔리고, 양쪽에 나무 그림이 있는 색칠한 판지가, 뒤에는 천을 씌운 널빤지들이 세워져 있었다. 무대 중앙에 빨간 보디스에 흰 스커트를 입은 소녀들이 앉아 있었다. 흰 비단 옷을 입은 아주 뚱뚱한 소녀만 녹색 판지를 뒤에 붙인 낮은 벤치에 앉아 있었다. 그녀들이 다 같이 노래했다. 합창이 끝나자 흰옷을 입은 소녀는 프롬프터* 박스로 다가갔고, 굵은 다리에 꼭 끼는 비단 바지를 입은 남자가 깃털 달린 모자를 쓰고 단검을 들고 그녀 쪽으로 다가가더니 양손을 벌리고 노래하기 시작했다.

꼭 끼는 바지를 입은 남자가 혼자 노래하고, 소녀가 이어받아 노래했다. 그리고 두 사람이 잠시 침묵하고, 연주가 시작되자 남자가 흰옷을 입은 소녀의 손을 잡았는데, 그녀와 함께 노래하기 위해 자기 파트를 기다리는 것 같았다. 이중창이 끝나자 장내의 모두가 박수갈채와 환성을 올리고, 연인으로 분한 무대의 남녀는 양손을 벌리고 미소지으며 절했다.

---

* 공연할 때 관객이 볼 수 없는 곳에서 배우에게 대사나 동작 등을 일러주는 사람.

시골에서 오래 지낸데다 심각한 기분에 잠겨 있었던 나타샤에게는 이런 것들이 기묘하고 놀랍기만 했다. 그녀는 오페라의 줄거리를 따라갈 수도 음악을 들을 수도 없었고, 다만 묘한 옷차림을 한 남녀가 색칠한 판지와 밝은 조명 속에서 움직이고 말하고 노래 부르는 모습만 보일 뿐이었으며, 그것이 무엇을 나타내는지는 알았지만 너무 허식적이고 가장되고 부자연스러워 보였기 때문에 배우들보다 오히려 그녀가 더 쑥스럽고 우스꽝스러운 듯한 기분이 들었다. 그녀는 자신이 느끼는 조소와 의혹을 관객들의 얼굴에서 찾아보려고 둘러보았지만 모두의 얼굴은 무대 위의 움직임에 쏠린 채 환희의 빛을 띠고 있었고, 나타샤에게는 그것이 꾸민 것처럼 보였다. '꼭 저렇게 해야 하는 거겠지!' 나타샤는 생각했다. 그녀는 아래층 좌석에 나란히 앉은 남자들의 포마드를 잔뜩 바른 머리와 칸막이 좌석에 앉은 맨살을 드러낸 여자들, 특히 옆에 앉아 있는 옐렌을 번갈아 바라보았는데, 옐렌은 알몸이나 다름없는 모습으로 조용히 침착한 미소를 지으며, 사람들의 훈김으로 더워진 공기와 장내에 넘치는 휘황한 빛을 느끼면서 눈도 떼지 않고 무대를 바라보고 있었다. 나타샤는 오랫동안 경험하지 못했던 도취 상태에 차츰 빠져들기 시작했다. 그녀는 자신이 누구이고 어디에 있는지, 눈앞에서 무슨 일이 일어나고 있는지 자각하지 못했다. 그저 바라보며 생각에 빠져 있었고, 실로 이상한 생각이 느닷없이, 아무런 연관도 없이 뇌리에서 번득였다. 풋라이트를 뛰어넘어가 지금 여배우가 부른 아리아를 부르고 싶기도 했고, 옆에 앉아 있는 노인을 부채로 놀려주고 싶기도 했고, 옐렌 쪽으로 몸을 굽혀 간질이고 싶기도 했다.

아리아가 시작되길 기다리며 무대 전체가 잠잠해진 순간, 로스토프네 칸막이 좌석과 같은 쪽에 있는 아래층 좌석의 문이 삐걱거리더니 늦게 온 남자의 발소리가 들렸다. "아, 왔군, 쿠라긴입니다!" 신신이 속삭였다. 베주호바 백작부인은 들어온 남자 쪽을 돌아보며 밝게 미소 지었다. 나타샤도 베주호바 백작부인의 시선이 향한 쪽으로 눈을 돌렸고, 자신감 넘치면서도 정중한 태도로 이쪽 칸막이 좌석으로 다가오는 유난히 잘생긴 부관을 바라보았다. 그는 꽤 오래전 페테르부르크의 무도회에서 만났고, 눈에 띄었던 아나톨 쿠라긴이었다. 그는 한쪽에 견장을 달고 다른 한쪽에 장식 끈이 달린 부관 제복을 입고 있었다. 그는 만약 미남이 아니고 또 그 잘생긴 얼굴에 그토록 선량한 만족과 명랑한 표정이 없었다면 우스꽝스럽게 보였을지도 모르는, 겸손하면서도 힘찬 걸음걸이로 걸어왔다. 공연은 계속되고 있었지만, 그는 별반 서두르는 기색도 없이 박차와 사브르를 가볍게 울리면서 향수 냄새가 풍기는 얼굴을 높이 들고 복도의 융단 위를 걸어왔다. 그는 나타샤를 흘끗 보았고, 누이에게 다가가 꼭 맞는 장갑을 낀 손을 그녀의 좌석 난간에 얹고 고개를 끄덕인 후, 나타샤를 가리키며 몸을 굽혀 누이에게 무엇인가 물었다.

"정말 매력적인데!" 그는 이렇게 말했고, 나타샤는 그 입술의 움직임을 보고 자기에 대해 말하고 있다는 것을 알아챘다. 그러고서 그는 맨 앞줄로 가서, 다른 사람들이 모두 비위를 맞추며 응대하는 돌로호프를 친근하고 허물없이 팔꿈치로 쳤다. 그는 유쾌하게 윙크하고 웃으며 앉더니 좌석 난간에 한 발을 올렸다.

"오누이가 정말 닮았군!" 백작이 말했다. "둘 다 인물이 좋아."

신신은 백작에게 모스크바에서 있었던 쿠라긴의 음모 사건을 낮은 목소리로 이야기하기 시작했고, 자기를 보고 매력적이라고 말한 사람의 이야기이기 때문에 나타샤는 귀를 기울였다.

1막이 끝나자, 아래층 관객들이 모두 일어나서 혼잡을 이루며 걸어 다니거나 나가기 시작했다.

보리스가 로스토프네 칸막이 좌석으로 와서, 아주 간단한 축하 인사를 받고, 눈썹을 살짝 치켜뜨고 멍한 미소를 띠며 나타샤와 소냐에게 결혼식에 꼭 참석해달라는 약혼녀의 부탁을 전하고 돌아갔다. 나타샤는 밝고 교태 어린 미소를 지으며 그와 이야기를 나누었고, 전에 자기가 연모했던 보리스의 결혼을 축하해주었다. 지금 그녀가 사로잡혀 있는 도취 상태에서는 모든 것이 단순하고 자연스럽게 느껴졌다.

맨살을 드러낸 옐렌은 그녀 옆에 앉아 모두에게 한결같은 미소를 보내고 있었는데, 나타샤도 그것과 똑같은 미소를 보리스에게 지어 보였다.

옐렌의 칸막이 좌석은 아래층 좌석에서 올라온 고귀하고 총명한 남자들로 붐볐는데, 옐렌을 둘러싼 그들은 그녀와 친숙한 사이임을 사람들에게 과시하고 싶어하는 것 같았다.

쿠라긴은 막간에 돌로호프와 칸막이 좌석 앞쪽에 나란히 서서 로스토프네 칸막이 좌석 쪽을 바라보고 있었다. 나타샤는 그가 자기 이야기를 하고 있다는 것을 알았고, 그것이 기뻤다. 그녀는 자기가 자신 있다고 생각하는 옆얼굴이 그에게 잘 보이도록 방향까지 바꾸었다. 2막이 시작되기 전, 로스토프네가 이번에 상경해서 아직 한 번도 만나지 못했던 피예르가 아래층 좌석에 모습을 나타냈다. 그의 얼굴은 침울해 보였고, 나타샤가 마지막 보았을 때보다 살이 더 올라 있었다. 그는 누구에게도 주의를 돌리지 않고 앞줄로 걸어갔다. 아나톨은 그의 곁으로 다가가 로스토프네 칸막이 좌석을 바라보기도 하고 가리키기도 하며 이야기하기 시작했다. 피예르는 나타샤를 보자 갑자기 활기를 띠더니, 줄 사이를 누비며 급히 그들의 칸막이 좌석으로 왔다. 옆에 온 그는 팔꿈치를 괴고 웃으며 나타샤와 한참 이야기를 나눴다. 피예르와 이야기하는 동안 나타샤는 베주호바 백작부인의 칸막이 좌석에서 들려오는 남자의 목소리를 들었고, 왜인지는 몰라도 그가 쿠라긴이라는 것을 알았다. 그녀는 돌아보다가 그와 눈이 마주쳤다. 그는 미소를 가득 머금고 사뭇 감탄과 애정이 넘치는 눈으로 그녀의 눈을 똑바로 바라보았고, 이토록 가까이에서 그 눈을 바라보자 그녀는 더더욱 자신이 상대방의 마음에 들었다고 믿게 되었는데, 그러자 자신이 그와 친한 사이가 아니라는 것이 이상하게 생각되기까지 했다.

2막에서는 기념비가 그려진 배경이 있고, 천에는 달을 나타내는 구멍이 뚫려 있고, 풋라이트의 갓이 벗겨지며 나팔과 콘트라베이스가 저음을 울리기 시작하자, 양쪽에서 검은 망토를 입은 사람들이 나왔다. 그들이 단도 같은 것을 들고 휘두르기 시작하고, 또다른 사람들이 달려나와 아까는 흰옷을 입었고 지금은 하늘색 옷을 입은 소녀를 데려가려 했다. 그러나 곧바로는 아니고 소녀와 함께 오랫동안 노래를 부른 뒤에 데려가자, 무대 뒤에서 세 번쯤 쇠붙이 같은 것을 두드리는 소리가 울리더니, 모두가 무릎을 꿇고 기도의 노래를 부르기 시작했다. 이 장면은 관객들의 열띤 환성 때문에 여러 번 중단되었다.

2막이 계속되는 동안, 나타샤는 아래층 좌석 쪽을 볼 때마다 의자 등받이 너머로 한 손을 늘어뜨린 채 자기를 바라보는 아나톨 쿠라긴이 눈에 들어왔다. 그녀는 자신에게 완전히 매료된 그를 보는 것이 나쁘지 않았고, 뭔가 좋지 않은 일이 생길 수도 있다는 것은 생각조차 하지 못했다.

2막이 끝나자 베주호바 백작부인은 일어나서 로스토프네 칸막이 좌석 쪽을 돌아보았고(그녀의 가슴은 완전히 드러나 있었다), 장갑을 낀 손으로 노백작에게 손짓하더니, 자기의 좌석으로 온 다른 사람들은 거들떠보지도 않고 상냥하게 미소지으며 그와 이야기를 나누기 시작했다.

"아름다운 따님들을 소개해주세요." 그녀는 말했다. "온 모스크바가 두 아가씨 때문에 떠들썩한데, 저는 아직 모르고 있답니다."

나타샤는 일어나서 화려한 백작부인 옆으로 가 앉았다. 나타샤는 화려한 미인의 찬사에 흐뭇하고 너무도 기뻐 얼굴을 붉혔다.

"이제는 저도 모스크바 사람이 되고 싶어요." 엘렌은 말했다. "이렇게 진주 같은 분들을 시골에 묻어두시다니 당신은 부끄럽지도 않으신가요!"

베주호바 백작부인이 매력적인 여자라는 평판을 듣는 것은 당연했다. 그녀는 마음에 없는 말도 할 수 있고, 무엇보다도 아주 쉽고 자연스럽게 남의 비위를 맞출 수 있었다.

"아니, 친애하는 백작, 그러지 마시고 부디 따님들을 제게 맡겨주세요. 저는 이번에도 여기 길게 있지는 않을 생각이에요. 당신도 그러시겠죠. 그러니 제가 따님들이 즐겁게 지내시도록 애써볼게요. 페테르부르크에 있을 때부터 당신 이야기를 많이 들었고, 친해지고 싶다고 생각했어요." 그녀는 그 단조로우면서도 아름다운 미소를 띠며 나타샤에게 말했다. "당신 이야기는 나의 시동 드루베츠코이―당신도 알 테지만 그는 결혼을 하죠―에게 들었어요. 남편의 친구 안드레이 볼콘스키 공작에게서도요." 그녀는 그와 나타샤의 관계를 자기도 알고 있다는 것을 비치려는 듯 이 말을 특히 강조했다. 그녀는 좀더 가까워지고 싶다며 오페라가 끝나기 전 두 아가씨 중 누구든 자기 좌석으로 옮겨 달라고 청했고. 나타샤가 자리를 옮겼다.

궁전을 표현하는 3막의 무대에는 많은 촛불이 켜져 있고 턱수염을 기른 기사의 초상이 몇 점 걸려 있었다. 앞에는 왕과 왕비로 보이는 사람들이 서 있었다. 왕은 오른손을 휘두르며 겁먹은 듯 어설프게 노래하더니 검붉은색 왕좌에 앉았다. 처음에는 흰옷을, 그다음에는 하늘색 옷을 입었던 소녀가 이제 루바시카만 걸치고 머리가 헝클어진 채 왕좌 옆에 서 있었다. 그녀는 왕비를 향해 구슬프게 노래했고, 왕이 엄하게 손을 내젓자, 옆에서 맨발의 남녀들이 나와 다 같이 춤을 추기 시작했다. 몹시 가늘고 쾌활한 바이올린 소리가 울리기 시작했다. 통통한 다리와 야윈 팔을 드러낸 소녀가 다른 사람들과 떨어져서 무대 뒤로 사라지더니, 보디스를 매만지면서 다시 무대 한가운데로 나와 뛰어오르며 두 발을 재빨리 맞부딪치기 시작했다. 일층의 관객들은 일제히 박수를 치고 브라보를 외쳤다. 이어 한 남자가 한쪽 구석에 섰다. 오케스트라는 심벌즈와 나팔을 더욱 소리 높여 연주하고, 맨발의 남자는 아주 높이 뛰어올라 두 발을 교차하기 시작했다. (그는 이 기술로 연봉을 은화 6만 루블이나 받는 뒤포르였다.) 일층 좌석에서도, 칸막이 좌석에서도, 이층 좌석에서도 모두 박수를 치고 환호하고, 무대의 남자는 발을 멈추고 미소지으며 사방을 향해 절했다. 그후 맨발의 다른 남녀

한 쌍이 춤을 추고, 이어 왕이 음악에 맞춰 소리치자, 합창이 시작됐다. 갑자기 폭풍이 일어나고, 오케스트라는 반음계 내린 감칠화음減七和音을 연주하고, 모두가 달리기 시작하고, 그중 하나를 무대 뒤로 다시 데려가더니 막이 내렸다. 또다시 관객들 사이에 와자한 웅성거림과 박수가 일었고, 사람들은 감격에 넘치는 얼굴로 환성을 올렸다.

"뒤포르! 뒤포르! 뒤포르!"

나타샤는 이제 이런 것들이 이상하지 않았다. 그녀는 만족한 표정으로 행복하게 웃으며 주위를 둘러보았다.

"뒤포르는 정말 굉장하지 않나요?" 옐렌이 그녀에게 얼굴을 돌리며 말했다.

"오, 맞아요." 나타샤는 대답했다.

10

막간에 갑자기 옐렌의 칸막이 좌석 문이 열리며 찬바람이 선득하게 흘러들어오고, 아나톨이 옆 사람과 닿지 않으려고 주의하며 몸을 숙이고 들어왔다.

"내 오빠를 소개할게요." 옐렌이 나타샤에게서 아나톨로 불안하게 시선을 옮기며 말했다. 나타샤는 드러낸 어깨 너머로 귀여운 얼굴을 잘생긴 남자에게로 돌리고 미소지었다. 그녀 옆에 앉은 아나톨은 가까이서 봐도 멀리서 보던 것과 마찬가지로 아름다웠고, 그는 나타샤에게 언젠가 나리시킨가의 무도회에서 맛보았던 기쁨을 잊지 않았고, 그후로 그 기쁨을 다시 맛보길 바라왔다고 말했다. 쿠라긴은 남자들과 있을 때보다 여자들과 있을 때 훨씬 슬기롭고 담백했다. 그의 말투는 대담하고 솔직했는데, 나타샤는 이 남자가 듣던 것과 달리 무서운 데라고는 조금도 없고 오히려 너무나 순진하고 명랑하고 선량한 미소의 소유자라는 것에 아주 이상하면서도 흐뭇한 놀라움을 느꼈다.

아나톨 쿠라긴은 오페라에 대한 감상을 묻기도 하고, 지난번 연극때 세묘노바가 연기하다 쓰러진 이야기를 들려주기도 했다.

"그리고 말입니다, 아가씨." 그는 갑자기 그녀에게로 몸을 돌리고 오래된 친구처럼 말했다. "우리는 가장假裝 기마 시합을 하기로 했는데, 무척 재미있을 테니 당신도 오십시오. 아르하로프네에서 모두 모이기로 했습니다. 제발 와주십시오, 부디, 네?" 그는 말했다.

이렇게 말하면서도 그는 나타샤의 얼굴이며 목이며 드러낸 팔에서 미소를 머금은 눈을 떼지 않았다. 나타샤는 그가 자신에게 매료되었다는 것을 확실히 알았다. 기분이 나쁘지는 않았지만, 그래도 어쩐지 그와 함께 있는 것이 거북하고 괴로웠다. 그녀는 자신이 그를 보고 있지 않으면 그가 자신의 어깨를 본다는 것을 느꼈으므로, 차라리 눈을 들어 그의 시선을 붙잡았다. 그러나 그의 눈을 바라보자, 다른 남자를 볼 때 늘 느끼던 수줍음의 장벽이 그에게는 전혀 느껴지지 않는다는 것을 깨닫고 두려워졌다. 왜인지는 모르지만 오 분이 지나자 그녀는 그와 무서우리만큼 가까워진 기분이 들었다. 그에게서 돌아설 때는 그가 자기의 드러낸 팔을 붙잡고 목덜미에 키스할까봐 불안할 정도였다. 그들은 지극히 평범한 이야기를 나눴을 뿐이지만, 그녀는 지금까지 어떤 남자에게서도 경험해본 적이 없을 만큼 이 남자와 가까워진 것을 자각했다. 나타샤는 이것이 어떤 의미인가를 묻는 듯이 옐렌과 아버지 쪽을 돌아보았지만, 옐렌은 어느 장군과 이야기하느라 그녀의 묻는 눈길에 응답하지 않았고, 아버지의 눈도 여느 때의 입버릇처럼 '재미있니, 그럼 나도 기쁘다'라고 할 뿐 아무 말도 해주지 않았다.

아나톨이 불룩한 눈으로 침착하고 집요하게 나타샤를 바라보는 어색한 침묵의 순간, 그녀는 침묵을 깨뜨리려고 그에게 모스크바를 좋아하느냐고 물었다. 나타샤는 이렇게 묻고는 얼굴을 붉혔다. 그와 이야기하는 동안 줄곧 자신이 음탕한 행동을 하고 있다는 느낌이 들었기 때문이다. 아나톨은 그녀에게 용기를 돋워주려는 듯이 미소지었다.

"처음에는 별로 마음에 들지 않았죠. 도시를 유쾌하게 하는 것은 아름다운 여인이니까요. 그렇지 않습니까? 그런데 지금은 무척 마음에 듭니다." 그는 의미심장하게 그녀를 바라보며 말했다. "가장 기마 시합에 와주시겠습니까, 백작영애? 와주십시오, 제발." 그는 그녀의 꽃다발 쪽으로 손을 내밀고 목소리를 낮추며 말했다. "당신은 가장 아름다울 겁니다. 와주세요, 사랑스러운 백작영애, 그 서약으로 이 꽃을 내게 주십시오."

나타샤도 아나톨 자신과 마찬가지로, 그가 무슨 말을 하는지 이해할 수 없었지만, 그녀는 그 이해할 수 없는 말 속에 음탕한 의미가 있다고 느꼈다. 그녀는 무슨 말을 해야 할지 몰라 못 들은 척 얼굴을 돌려버렸다. 그러나 얼굴을 돌리자마자 그가 바로 뒤, 자기 곁에 있다는 것이 생각났다.

'그는 지금 어떨까? 당황했을까? 화가 났을까? 어떻게든 돌이켜야 하는 걸까?' 그녀는 자신에게 물었다. 그녀는 돌아보지 않을 수 없었다. 그녀는 그의 눈을 똑바로 바라보았고, 그러자 그가 몹시 가까이 있다는 것, 그 자신감, 그 선량하고 부드러운 미소에 마침내 정복당하고 말았다. 그녀는 그의 눈을 똑바로 바라보며 그와 똑같은 미소를 지었다. 그리고 자신과 그 사이에는 아무런 장벽이 없다는 것을 다시금 두렵게 느꼈다.

다시 막이 올랐다. 아나톨은 침착하고 명랑하게 칸막이 좌석에서 나갔다. 나타샤는 자기가 있는 세계에 이미 완전히 순응해 아버지의 칸막이 좌석으로 돌아갔다. 그녀는 자기 눈앞에서 일어났던 일이 아주 자연스러운 것 같았고, 약혼자니 공작영애 마리야니 시골 생활 같은 것은 먼 옛날의 일처럼 조금도 머리에 떠오르지 않았다.

4막에서는 악마가 나와 손을 흔들면서, 발밑의 널빤지가 움직이고 밑으로 떨어질 때까지 계속 노래를 불렀다. 나타샤가 4막에서 본 것은 이것뿐이었고, 무언가가 그녀를 뒤숭숭하게 하고 괴롭혔는데, 그 원인은 그녀가 자기도 모르게 눈으로 좇고 있는 쿠라긴이었다. 극장에서 나오자 아나톨은 그들 옆으로 다가와 마차를 부르더니 모두가 마차에 오르도록 도와주었다. 나타샤가 탈 때는 그녀의 팔꿈치 위쪽을 꽉 잡았다. 나타샤는 당황해서 얼굴이 새빨개진 채 그를 다시 돌아보았다. 그는 눈을 반짝이고 부드럽게 미소지으며 그녀를 보고 있었다.

집에 돌아와서야 비로소 나타샤는 자신에게 일어난 모든 일을 뚜렷이 떠올려볼 수 있었고, 문득 안드레이 공작이 생각나 자기도 모르게 움찔했으며, 극장에서 돌아와 다탁 앞에 둘러앉아 차를 마시던 모두의 앞에서 아아 하고 크게 외치고 새빨개진 채 방을 뛰쳐나갔다. '아아! 나는 틀렸어!' 그녀는 생각했다. '어떻게 그런 짓을 했을까?' 그녀는 자신에게 일어난 일을 명백히 알아보기 위해 새빨개진 얼굴을 두 손으로 감싸고 오랫동안 앉아 있었지만, 일어난 일은 고사하고 자신이 느끼는 감정조차 이해할 수 없었다. 모든 것이 막연하고, 뚜렷하지 않고, 무서웠다. 번쩍이는 재킷을 입은 맨발의 뒤포르가 음악에 맞춰 젖은 널빤지 위로 뛰어오르고, 아가씨들도, 노인들도, 침착하고 오만한 미소를 띠고 맨살을 드러낸 옐렌도 기쁨에 들떠 브라보를 외치던 그 넓고 찬란한 극장 안, 그곳에서 옐렌의 그늘 밑에 있을 때는 모든 것이 명료하고 단순했는데, 지금 혼자가 되어 생각하자 그것은 이해할 수 없는 것이었다. '대체 어찌된 일일까? 내가 그에게 느낀 공포는 대체 무엇일까? 그리고 지금 느끼는 양심의 가책은 어떤 것일까?' 그녀는 생각했다.

노백작부인은 나타샤가 밤에 잠자리에서 이런 생각을 털어놓을 수 있는 유일한 사람이었다. 엄격하고 온전한 견해를 가진 소냐는 이 고백을 들으면 충격을 받거나 이해하지 못할 것임을 그녀는 잘 알고 있었다. 나타샤는 이 괴로움을 자기 힘으로 해결해보려고 애썼다.

'나는 안드레이 공작에게 사랑받을 수 없을 만큼 타락해버린 걸까?' 그녀는 자문했고, 자신을 위로하려는 듯한 미소를 지으며 대답했다. '이런 것을 자신에게 묻다니, 정말 바보 아냐? 대체 무슨 일이 일어났길래? 아무 일도 아니다. 나는 아무 짓도 하지 않았고, 아무 일도 없었다. 아무도 알 수 없고, 앞으로 나는 절대 그 사람을 만나지 않을 것이다.' 그녀는 자신에게 말했다. '그러니까 명백하다, 아무 일도 일어나지 않았고, 후회할 것도 없고, 안드레이 공작은 나를 이대로 사랑해줄 것이다. 그런데 이대로가 어떤 것이지? 아아, 아아! 왜 그이는 여기 있어주지 못할까!' 나타샤는 잠시 진정되었지만, 이내 옆에서 어떤 본능이 그녀에게 속삭이길, 그야 맞는 말이고, 실제로 아무 일도 일어나지 않았지만, 안드레이 공작에 대한 네 사랑은 이전의 순결을 모두 잃었다, 라고 속삭였다. 그리고 그녀는 쿠라긴과 나눈 대화를 다시금 마음속으로 되풀이해보면서, 그가 자기 팔을 잡았을 때의 그 대담함과 잘생긴 얼굴과 부드러운 미소를 상기했다.

11

아나톨 쿠라긴은 모스크바에 살고 있었는데, 페테르부르크에서 일 년에 2만 루블이 넘는 돈을 쓴데다가 같은 액수의 빚까지 져 채권자들이 모두 그의 아버지에게 돈을 청구하자 아버지가 그를 쫓아냈기 때문이다.

아버지는 아들에게 이번만은 빚의 절반을 갚아주겠다며 언명하길, 모스크바에 가서 자기가 애써 얻어놓은 자리인 총사령관 부관으로 일하고, 거기서 좋은 배필을 얻기 위해 노력하라고 했다. 그는 공작영애 마리야와 쥘리 카라기나라고 이름까지 꼽아주었다.

아나톨은 동의하고 모스크바로 가서 피예르의 집에 머물렀다. 처음에 피예르는 마지못해 아나톨을 받아들였으나, 차차 익숙해져 이따금 연회에 데려가기도 하고, 빌려준다는 명목으로 돈을 주기도 했다.

아나톨은 신신이 정확하게 평가한 대로, 모스크바에 온 후 모스크바 모든 귀부인들의 혼을 빼놓았는데, 그렇게 된 주된 이유는 그가 그런 귀부인들을 무시하고 집시 여자나 프랑스 여배우를 더 좋아하고 쫓아다녔기 때문이었고, 여배우들 중에서도 으뜸가는 마드무아젤 조르주와 각별한 사이라는 소문이 있었다. 그는 돌로호프나 그 밖의 모스크바 방탕아들이 베푸는 연회에 빠짐없이 참석했고, 그중 제일의 술꾼이었으며, 며칠 밤을 새우며 술을 마시고 상류사회의 야회와 무도회에도 빠지지 않고 참석했다. 그는 모스크바의 몇몇 귀부인과 야릇한 관계라는 소문이 돌았고, 무도회에서는 몇 명의 여자를 쫓아다녔는데, 처녀, 특히 부유한 신붓감에게는 접근하지 않았다. 그녀들이 대부분 못생긴 탓도 있었지만, 사실 그보다는 아주 가까운 친구 외에는 아무도 모르지만 아나톨은 이 년 전 이미 결혼한 몸이었기 때문이다. 이 년 전 그의 연대가 폴란드에 주둔했을 때, 폴란드의 별로 부유하지 않은 한 지주가 아나톨을 자기 딸과 결혼시켰다.

아나톨은 곧 그 아내를 버렸고, 장인에게 정기적으로 돈을 부치기로 약속하고 독신자로 행세할 권리를 얻었다.

아나톨은 항상 자신의 상황, 자기 자신, 그리고 다른 사람에게 만족했다. 그는 자신이 지금과 다른 방법으로는 살 수 없으며, 지금까지 자신은 나쁜 짓을 한 적이 없다고 본능적으로, 전 존재로 확신하고 있었다. 그는 자신의 행동이 다른 사람에게 어떤 영향을 미칠지, 어떤 결과를 낳을지 전혀 생각지 못하는 사람이었다. 오리가 항상 물에서 살도록 만들어진 것처럼, 그는 한 해 3만 루블의 수입으로 생활하고, 언제나 사회에서 가장 높은 지위를 차지하도록 하느님이 자신을 만들어주었다고 확신하고 있었다. 그가 너무도 확신하기 때문에 그를 보는 다른 사람들까지도 그것을 믿게 되어 그에게 사교계의 높은 지위나 돈을 주는 것을 거부하지 못하게 되고, 그래서 그는 닥치는 대로 돈을 빌리면서도 아무한테도 갚지 않았다.

그는 노름을 좋아하지 않았고, 적어도 도박으로 돈을 벌길 바라지는 않았다. 허영심도 강하지 않았다. 남이 그를 어떻게 생각하는지는 조금도 신경쓰지 않았다. 명예욕은 더더욱 없었다. 몇 번인가 자기 출셋길을 망쳐 아버지의 화를 사기도 했고, 명예는 대수롭지 않게 무시했다. 인색하지도 않고, 부탁을 거절하는 법도 없었다. 그가 좋아하는 것은 오직 재미와 여자였는데, 그는 자신의 취미에 천한 구석은 조금도 없다고 생각했고, 또 이러한 취미를 만족시키는 것이 다른 사람에게 어떤 영향을 미칠지에 대해서는 생각지 않았으므로, 진심으로 스스로를 흠잡을 데 없는 인간이라고 생각하고, 비열한과 악인을 진심으로 경멸하고, 양심의 거리낌 없이 오만할 수 있었다.

방탕아들, 이른바 남자 막달레나들에게도 여자 막달레나와 마찬가지로 자신에게 죄가 없다고 믿는 잠재의식, 죄를 용서받게 되리라는 기대가 있었다. "이 여자는 이토록 극진한 사랑을 보였으니 그만큼 많은 죄를 용서받았다*, 이 남자는 이토록 재미를 많이 보았으니 그만큼 많은 죄를 용서받았다."

추방되어 페르시아로 갔던 돌로호프는 적지 않은 사건을 일으킨 뒤 올해 다시 모스크바에 나타나서 호화로운 도박과 방탕한 생활에 빠졌는데, 예전 페테르부르크 시절의 친구인 쿠라긴에게 접근해 자기의 목적을 위해 그를 이용하고 있었다.

아나톨은 돌로호프의 총명함과 대담함을 진심으로 좋아했지만, 돌

---

* 「누가복음」 7장 47절.

로호프는 자기의 노름패에 부유한 청년들을 끌어들이기 위한 미끼로 아나톨 쿠라긴의 이름과 가문과 연고가 필요했기 때문에 상대방이 눈치채지 못하게 쿠라긴을 이용하며 재미를 보고 있었다. 돌로호프에게는 자기에게 필요한 이런 타산 외에도 남의 의지를 지배한다는 그 자체가 쾌락이자, 습관이자, 요구였다.

나타샤는 쿠라긴에게 강한 인상을 남겼다. 그는 오페라가 끝난 뒤 야식 자리에서 돌로호프 앞에 앉아, 자못 그 방면의 전문가인 양 그녀의 팔이며 어깨며 다리며 발이며 머리의 훌륭함을 거론하고는, 그녀에게 구애해보겠다는 결심을 털어놓았다. 그 구애가 어떤 결과를 가져올지, 그의 행동 하나하나가 어떤 결과를 가져올지는 그가 무슨 행동을 할 때마다 그랬던 것처럼 아나톨로서는 생각할 수도, 알 수도 없는 일이었다.

"미인이지, 형제, 하지만 우리와는 어울리지 않아." 돌로호프는 말했다.

"나는 그녀를 식사에 초대하라고 누이에게 말할 생각이야." 아나톨은 말했다. "어떨까?"

"그녀가 결혼할 때까지 기다리는 편이……"

"자네도 알다시피," 아나톨은 말했다. "나는 *숫처녀*를 흠모하거든, 곧 잃어버린다 해도 말이야."

"자네는 이미 한번 *숫처녀*를 경험하지 않았나." 아나톨이 결혼했다는 것을 아는 돌로호프가 말했다. "조심하게."

"뭐, 또다시 그런 일이야 없겠지! 응?" 아나톨은 사람 좋은 미소를 지으며 말했다.

12

극장에 갔던 다음날 로스토프네는 아무데도 가지 않았고, 방문하는 사람도 없었다. 마리야 드미트리예브나는 나타샤 몰래 그녀의 아버지와 뭔가를 상의하고 있었다. 나타샤는 두 사람이 노공작 이야기를 하고 있고 뭔가를 궁리하고 있다고 추측하고, 걱정되기도 하고 불쾌하기도 했다. 그녀는 이제나저제나 안드레이 공작을 기다리고 있었고, 이날도 혹시 그가 오지 않았을까 하고 두 번이나 알아보러 브즈드비젠카로 하인을 보냈다. 그러나 그는 오지 않았다. 그녀는 상경한 직후 며칠보다 지금이 더 괴로웠다. 그에 대한 조바심과 슬픔에, 공작영애 마리야와 노공작과 만났을 때의 불쾌한 기억, 그리고 까닭 모를 공포와 불안이 겹쳤기 때문이다. 이제는 그가 영원히 돌아오지 않거나, 돌아오더라도 그전에 자신에게 무슨 일이 일어날 것만 같았다. 그녀는 전처럼 혼자서 조용히 골똘하게 그만을 생각할 수 없었다. 그를 생각하면 노공작과 공작영애 마리야, 어제의 오페라, 그리고 쿠라긴에 대한 기억이 겹쳐졌다. 내가 나쁜 짓을 하고 있는 게 아닌가, 안드레이 공작에 대한 정절이 이미 깨진 게 아닌가 하는 의문이 다시금 떠올랐고, 그녀는 또다시 스스로도 이해할 수 없는 무서운 감정을 불러일으킨 쿠라긴의 말과 동작, 표정 하나하나의 뉘앙스까지 세세하게 떠올리고 있는 자신을 발견했다. 가족들에게는 나타샤가 여느 때보다도 활기차 보였지만, 그녀는 결코 여느 때처럼 마음이 평온하지도 행복하지도 않았다.

일요일 아침 마리야 드미트리예브나는 모길치에 있는 우스페니예 교회의 자기 교구 미사에 손님들을 초대했다.

"나는 요즘 유행한다는 교회를 좋아하지 않습니다." 그녀는 분명 자신의 자유사상을 자랑하듯이 말했다. "어디서나 하느님은 한 분이십니다. 우리 사제는 훌륭하시고, 근행勤行도 제대로 하시고, 참으로 고상하시죠. 부제도 마찬가지예요. 대체 성가대에서 음악회 흉내나 내는 게 뭐가 신성합니까? 난 좋아하지 않아요, 그런 건 장난에 불과합니다!"

마리야 드미트리예브나는 일요일을 좋아하고, 주일을 즐기는 법을 알고 있었다. 그녀의 집에서는 토요일에 세탁과 청소를 하고, 주일에는 하인도 여주인도 일을 하지 않고 모두 축일처럼 옷을 차려입고 미사에 나갔다. 주인의 식탁에 요리가 추가되고, 하인들도 거위 구이나 새끼돼지 구이, 보드카를 받았다. 그러나 온 집안을 통틀어 가장 주일다운 느낌이 나타나는 것은 마리야 드미트리예브나의 넓고 엄한 얼굴인데, 이날 그녀는 늘 변함없이 엄숙한 표정을 지었다.

미사가 끝나고 의자 커버를 벗긴 객실에서 커피를 다 마셨을 무렵, 하인이 마리야 드미트리예브나에게 와서 마차 채비가 되었다고 알리자, 그녀는 언제나 방문할 때 쓰는 외출용 숄을 걸치고 엄숙한 표정으로 일어나, 나타샤의 일을 상의하기 위해 니콜라이 안드레예비치 볼콘스키 공작한테 간다고 말했다.

마리야 드미트리예브나가 나간 뒤, 마담 살메 가게의 여자 재봉사가 찾아왔고, 나타샤는 마침 기분 전환을 할 수 있게 된 것을 크게 기뻐하며 객실 옆방의 문을 닫고 새 의상의 가봉을 시작했다. 그녀가 시침질만 되고 아직 소매도 달지 않은 윗옷을 입고 등 모양을 살펴보려고 고개를 돌려 거울을 보고 있을 때, 객실에서 아버지와 한 여자의 활기찬 목소리가 들려왔고, 그녀는 여자의 목소리를 듣자 얼굴을 붉혔다. 옐렌의 목소리였다. 나타샤가 가봉한 윗옷을 벗기도 전에 문이 열리고, 칼라가 높은 진보라색 벨벳 드레스를 입은 베주호바 백작부인이 선량하고 부드러운 미소로 얼굴을 반짝이며 방에 들어왔다.

"오, 귀여운 사람!" 얼굴이 빨개진 나타샤를 보고 그녀는 말했다. "매력적이에요! 안 돼요, 이런 법이 어디 있어요, 친애하는 백작." 그녀가 뒤따라 들어오는 일리야 안드레이치에게 말했다. "모처럼 모스크바에 계시면서 어떻게 아무데도 안 나가실 수가 있죠? 이제 전 당신 옆에서 떨어지지 않겠어요! 오늘밤 우리집에서 *마드무아젤 조르주*가 낭독을 하기로 해서 몇 분이 모이시는데, 만일 당신이 *마드무아젤 조르주*보다 더 아름다운 이 댁 아가씨들을 데려오지 않으신다면 용서하지 않겠습니다. 마침 남편은 트베리에 가고 없어요, 여기 있다면 여러분을 위해 그를 참석시킬 텐데 말이죠. 꼭 와주세요, 아홉시 전에요." 그녀는 옆에서 무릎을 굽혀 정중하게 인사하는 안면이 있는 재봉사에게 고개를 끄덕이고, 벨벳 드레스의 주름을 보기 좋게 펴며 거울 옆의 안락의자에 앉았다. 그녀는 나타샤의 아름다움에 끊임없이 감탄하면서 다정하고 명랑한 수다를 그치지 않았다. 그리고 나타샤의 의상을 훑어보며 칭찬하기도 하고, 파리에서 가져온 머탤릭 거즈로 만든 자기 의상을 자랑하기도 하고, 나타샤에게 같은 것을 만들라고 권하기도 했다.

"하지만 뭐든 어울릴 거예요, 귀여운 당신에게는." 그녀는 말했다.

나타샤의 얼굴에서는 만족스러운 미소가 사라지지 않았다. 전에는 접근하기도 어려울 만큼 훌륭한 귀부인으로 생각되었던 베주호바 백작부인이 지금 이처럼 자신에게 친절하고 칭찬을 해주자, 나타샤는 너무나 행복하고 자신이 꽃이라도 된 것 같았다. 나타샤는 즐거웠고, 이토록 아름답고 친절한 여성에게 거의 반한 느낌이 들었다. 옐렌도 진심으로 나타샤에게 매혹되어, 조금이라도 그녀를 즐겁게 해주고 싶어했다. 그녀는 나타샤를 데려와달라는 아나톨의 부탁을 받고 로스토프가를 찾아온 것이었다. 나타샤와 오빠를 맺어준다는 생각은 그녀의 흥미를 끌었다.

전에 페테르부르크에서는 자기에게서 보리스를 빼앗은 나타샤에게 원망을 품었으나 지금은 그런 마음은 전혀 없이 나름 진심으로 나타샤를 생각해주고 있었다. 그녀는 돌아가기 전 이 *피보호자*를 가까이로 불렀다.

"어제 오빠와 우리집에서 식사를 했는데요―우리는 배를 잡고 웃었답니다―오빠가 먹지도 않고 당신 생각에 한숨만 쉬지 않겠어요. 그는 *제정신이 아니에요. 당신에게 반해서요, 아가씨.*" 그녀는 말했다.

이 말을 듣자 나타샤는 진홍빛으로 새빨개졌다.

"*이렇게 빨개지다니, 이렇게 빨개지다니, 귀여운 사람!*" 옐렌은 말했다. "꼭 와주세요. *설사 당신이 다른 사람을 사랑하고 있다 해도, 수녀 같은 생활을 할 필요는 없어요, 아가씨. 설사 약혼한 몸이라고 해도, 약혼자도 당신이 지루함에 못 이겨 시들어버리는 것보다는 사교계에라도 나가기를 오히려 바랄 거라고 난 생각해요.*"

'어쩌면 그녀는 내가 약혼한 것을 알고 있고, 남편 피예르와, 그 성실한 피예르와,' 나타샤는 생각했다. '이 일에 대해 이야기하고 웃었을지도 모른다. 그렇다면 이건 정말 아무것도 아닌 일이다.' 그러자 이제까지 두렵게 생각되던 일이 다시 옐렌의 영향으로 단순하고 자연스러운 것처럼 느껴졌다. '게다가 이런 *귀부인*이, 이렇게 상냥한 분이 나를 진심으로 사랑해주시는 건데' 하고 나타샤는 생각했다. '즐기는 게 뭐가 나빠!' 나타샤는 놀란 듯 눈을 크게 뜨고 옐렌을 바라보며 생각했다.

마리야 드미트리예브나는 말이 없고 심각한 얼굴로 점심식사 전에 돌아왔는데, 분명 노공작한테 패배를 당한 것 같았다. 차분하게 경과를 이야기하기에는, 그 충돌로 인해 너무 흥분한 상태였다. 백작이 묻자 그녀는 모든 일이 순조로웠다면서 내일 이야기하겠다고 대답했다. 베주호바 백작부인의 방문과 야회 초대를 전하자, 마리야 드미트리예브나는 이렇게 말했다.

"나는 베주호바 부인과의 교제는 좋아하지도 않고 또 권하지도 않지만, 글쎄, 이미 약속했다면 가야지, 기분 전환도 할 겸." 그녀는 나타샤에게로 얼굴을 돌리고 말했다.

13

일리야 안드레이치 백작은 딸들을 데리고 베주호바 백작부인에게 갔다. 야회에는 상당히 많은 사람이 모였다. 그러나 나타샤에게는 대부분 초면인 사람들이었다. 일리야 안드레이치 백작은 이 모임이 모두 방종한 교제로 알려진 남녀로 이루어진 것을 알아채고 불만을 느꼈다. 마드무아젤 조르주는 젊은 패에 둘러싸여 객실 구석에 서 있었다. 프랑스인도 몇 있었는데, 그중에는 옐렌이 이곳에 온 후로 이 집 가족이나 다름없이 지내게 된 메티비에도 있었다. 일리야 안드레이치 백작은 카드놀이에 끼지 않고 딸들 옆에 붙어 있으면서 조르주의 낭독이 끝나면 곧 돌아가야겠다고 마음먹었다.

아나톨은 분명 로스토프가 사람들의 도착을 기다린 듯 문가에 기대서 있었다. 그는 백작과 인사를 나누자 곧 나타샤에게 다가가 뒤따랐다. 나타샤는 그를 보자 곧 그때 그 극장에서처럼, 그가 자신을 좋아한다는 데서 허영에 찬 만족감을, 그들 사이에 마음의 장벽이 없다는 데서 공포감을 느꼈다.

엘렌은 반갑게 나타샤를 맞이하고 그녀의 미모와 화장에 대해 큰 소리로 칭찬했다. 그들이 도착한 뒤 곧 *마드무아젤 조르주*는 옷을 갈아입기 위해 방을 나갔다. 객실에 의자들이 가지런히 놓여 있고, 모두 자리에 앉기 시작했다. 아나톨은 나타샤에게 의자를 당겨주고 옆에 앉으려 했지만, 나타샤에게서 눈을 떼지 않고 있던 백작이 그 옆에 앉아버렸다. 아나톨은 뒤에 앉았다.

*마드무아젤 조르주*는 옴폭옴폭 파인 통통한 팔을 드러내고, 빨간색 숄을 한쪽 어깨에 걸친 채 안락의자들 사이 그녀를 위해 비워둔 공간으로 걸어나와 부자연스러운 자세로 발을 멈췄다. 열광하는 속삭임이 들렸다.

*마드무아젤 조르주*는 엄숙하고 우울한 얼굴로 청중을 둘러보고, 자식에 대한 불의의 사랑을 노래한 시*를 프랑스어로 낭독하기 시작했다. 때로는 음성을 높이고, 때로는 의기양양하게 고개를 쳐들며 속삭이고, 때로는 눈을 부릅뜨며 목쉰 소리를 냈다.

"굉장하군, 탁월해, 아름다워!" 여기저기서 목소리들이 들렸다. 나

---

* 프랑스 시인 J. 라신(1639~1699)의 「페드르」인 듯함. 양아들을 사랑한 여인의 비극을 그린 시.

타샤는 통통한 조르주를 바라보고 있었지만 아무것도 들리지도 보이지도 않았고, 눈앞에서 어떤 일이 일어나고 있는지 통 이해할 수 없었으며, 종래와는 너무나 동떨어진 불가사의하고도 분별없는 세계에, 무엇이 좋고, 무엇이 나쁘고, 무엇이 옳고, 무엇이 무모한지 도무지 알 수 없는 세계에 돌이킬 수 없을 만큼 빠져버린 자신을 다시금 느낄 뿐이었다. 뒤에는 아나톨이 앉아 있었고, 그녀는 그가 가까이 있는 것을 느끼며 두려운 마음으로 무언가를 기다렸다.

첫 독백이 끝나자, 일동은 일어나서 *마드무아젤 조르주*를 둘러싸고 제각기 감동을 표현했다.

"정말 아름다워요!" 나타샤는 다른 사람들과 더불어 일어나서 그 사이를 비집고 여배우 쪽으로 가려는 아버지에게 말했다.

"당신을 보고 있으면, 그런 생각이 들지 않죠." 나타샤를 뒤따르며 아나톨이 말했다. 그는 이 말을 나타샤만 들을 수 있을 때 말했다. "정말 아름다워요…… 당신을 만난 그 순간부터, 나는 계속……"

"가자, 가자꾸나. 나타샤." 백작이 딸을 데리러 돌아와서 말했다. "정말 아름답구나!"

나타샤는 아무 말도 하지 않고 아버지에게 다가가서, 묻는 듯한 놀란 눈으로 그를 바라보았다.

몇 차례 낭독을 한 뒤 *마드무아젤 조르주*는 돌아가고, 베주호바 백작부인은 일동을 홀로 안내했다.

백작은 돌아갈 생각이었으나, 옐렌이 즉흥적으로 마련된 무도회를 망치지 말아달라고 간청했다. 로스토프네는 남았다. 아나톨은 나타샤에게 왈츠를 청하고, 왈츠를 추는 동안 그녀의 허리와 팔을 감싸안고는 황홀한 여인이라느니 당신을 사랑한다느니 하고 말했다. 에코세즈 때 다시 쿠라긴과 추었는데, 단둘이 되자 그는 말없이 그녀를 바라보기만 했다. 나타샤는 왈츠를 출 때 그가 이야기한 것이 꿈이었나 하고 의심했다. 첫번째 피겨가 끝날 무렵, 그는 또다시 나타샤의 손을 잡았다. 나타샤는 겁먹은 눈으로 바라보았지만, 그의 상냥한 눈빛과 미소 속에 담긴 자기확신에 찬 부드러운 표정을 보자 해야 할 말도 할 수 없게 되었다. 그녀는 눈을 떨구었다.

"그런 말은 하지 마세요. 나는 약혼했고, 다른 분을 사랑하고 있어요." 그녀는 다급하게 말했다…… 그녀는 그를 바라보았다. 아나톨은 이 말에 당황하지도 흥분하지도 않았다.

"그런 말 하지 마십시오. 그게 나와 무슨 상관이죠?" 그는 말했다. "나는 말하겠습니다. 미치도록, 미치도록 당신을 사랑하고 있습니다. 당신이 이토록 매력적인 것이 내 잘못이라도 된단 말입니까?…… 우리 차례입니다."

나타샤는 생기 넘치면서도 불안한 듯이 눈을 크게 뜨고 주위를 둘러보았지만 여느 때보다 즐거워 보였다. 그녀는 이날 밤 일을 거의 기억하지 못했다. 에코세즈와 그로스파터*를 추었을 때, 아버지가 돌아가자고 말했지만 그녀는 더 있게 해달라고 부탁했다. 그녀는 어디에 있건 누구와 이야기하건 자기에게 쏠리는 남자의 시선을 느꼈다. 그후 아버지의 허락을 받고 화장실에 가서 옷매무새를 고쳤던 것, 옐렌이 뒤따라와 오빠의 사랑에 대해 웃으며 이야기했던 것, 작은 객실에서 다시

---

* 17세기 독일의 전통 무도.

아나톨과 만났던 것, 옐렌은 어디론가 사라지고 단둘이 남자 아나톨이 그녀의 손을 잡고 부드러운 목소리로 이렇게 말했던 것을 그녀는 기억했다.

"나는 당신의 집에 갈 수는 없습니다. 그러나 이제 정말 다시 당신을 만날 수 없는 건가요? 나는 미치도록 당신을 사랑합니다. 이제 정말 다시는?……" 그는 그녀 앞을 가로막으며 그녀의 얼굴에 자기 얼굴을 가까이 댔다.

이글거리는 남성적인 큰 눈이 바로 눈앞에 있었기 때문에 그녀는 그 눈 말고는 아무것도 보이지 않았다.

"나탈리?!" 그의 목소리가 묻는 듯이 속삭였다. 그리고 누군가가 그녀의 손을 아프도록 꼭 잡았다. "나탈리?!"

'나는 아무것도 모르겠어요. 나는 아무 할말이 없어요.' 그녀의 눈이 말하고 있었다.

뜨거운 입술이 그녀의 입술을 누른 순간, 그녀는 다시 자신이 자유로워진 것을 느꼈고, 방안에서 옐렌의 발소리와 옷자락 스치는 소리가 들렸다. 나타샤는 그쪽을 돌아보고 얼굴을 붉히고 몸을 떨면서, 겁에 질린 의아한 눈빛으로 그를 바라보고 문 쪽으로 걸음을 옮겼다.

"한마디, 딱 한마디만, 제발." 아나톨이 말했다.

그녀는 발을 멈췄다. 그녀는 지금 일어난 일을 설명해주고, 자신이 그것에 대해 대답할 수도 있는 그의 그 한마디가 꼭 필요했다.

"나탈리, 한마디, 딱 한마디만." 그는 분명 무슨 말을 해야 할지 모르는 듯이, 옐렌이 옆으로 다가올 때까지 이 말을 되뇌었다.

옐렌은 나타샤와 다시 객실로 갔다. 로스토프네는 만찬은 하지 않고 돌아왔다.

집으로 돌아온 나타샤는 뜬눈으로 밤을 지새웠는데, 대체 자신은 누구를 사랑하는가, 아나톨인가 안드레이 공작인가? 하는 해결이 되지 않는 문제에 괴로워했기 때문이다. 그녀는 안드레이 공작을 사랑하고 있었고, 얼마나 열렬히 그를 사랑했는가를 똑똑히 기억하고 있었다. 그러나 그녀는 아나톨도 사랑하고 있었고, 이것도 의심의 여지가 없었다. '그렇지 않다면 어떻게 그런 행동까지 할 수 있었겠는가?' 그녀는 생각했다. '그 일이 있고 그와 헤어질 때 그의 미소에 내가 미소로 답할 수 있었다는 것은, 또 그렇게 될 때까지 내가 내버려두었다는 것은, 결국 내가 그를 처음부터 사랑했다는 증거다. 결국 나는, 그가 친절하고 고상하고 잘생겼기 때문에 사랑할 수밖에 없었던 것이다. 내가 그 사람을 사랑하고, 또다른 사람도 사랑하고 있다면, 나는 어떻게 해야 하는 걸까?' 그녀는 이 두려운 질문에 대한 답을 찾지 못한 채 자신에게 묻고 있었다.

14

걱정과 부산함과 함께 아침이 찾아들었다. 모두가 일어나 움직이고 이야기하기 시작하고, 재봉사가 다시 찾아오고, 마리야 드미트리예브나가 와서 차를 마시자고 불렀다. 나타샤는 자기에게 쏠린 시선을 재빨리 받아 치우려는 것처럼 눈을 크게 뜨고 불안한 듯 사람들을 둘러보았고, 여느 때와 다름없이 보이려고 노력했다.

아침식사가 끝나자 마리야 드미트리예브나는(그녀는 이 시간에 가장 기분이 좋았다) 자기 안락의자에 앉아 나타샤와 노백작을 불렀다.

"그래요, 여러분, 나는 이번 문제를 깊이 생각해보았고, 어쨌든 이런 조언을 드릴까 합니다." 그녀는 말했다. "아시다시피, 어제 나는 니콜라이 공작을 방문하고 그와 이야기를 나누고 왔습니다…… 그는 고함을 지르려 한 것 같았어요. 그래요, 난 그가 그러도록 놔두지 않았죠! 나는 거침없이 이야기했습니다!"

"그분이 어떻게 하시던가요?" 백작이 물었다.

"어떻긴요? 미치광이…… 들으려고도 하지 않았습니다. 무슨 말을 해도 소용없고, 그래서 우리는 그 가엾은 아가씨만 괴롭혔죠." 마리야 드미트리예브나는 말했다. "그래서 조언합니다만, 일단 그만하고, 오트라드노예로 돌아가서…… 거기서 기다리시는 게 어떨지……"

"아아, 싫어요!" 나타샤가 소리쳤다.

"아니, 돌아가야 해." 마리야 드미트리예브나는 말했다. "그리고 거기서 기다리세요. 만약 신랑이 돌아오기라도 하면 한바탕 난리가 날 게 뻔하니, 그것보다는 그가 노인과 모든 일을 잘 상의한 후에 당신들을 찾아가는 편이 낫습니다."

일리야 안드레이치는 그녀의 말이 옳다고 곧 깨닫고 이 제안을 받아들였다. 노공작의 마음이 누그러진다 해도 조금 지난 후에 모스크바나 리시예 고리로 찾아가는 편이 낫고, 만약 그렇지 않다 해도 아버지의 뜻을 거역하고 결혼할 수 있는 곳은 오트라드노예밖에 없기 때문이었다.

"정말 옳은 말씀입니다" 하고 그는 말했다. "이쪽에서 일부러 찾아간 것이, 딸까지 데리고 찾아간 것이 후회스럽습니다." 노백작은 말했다.

"아니, 뭐가 후회스럽습니까? 여기 온 이상 인사하러 가지 않을 수도 없었잖습니까. 뭐, 그래도 싫다니, 놔두는 수밖에요." 마리야 드미트리예브나는 손가방 속에서 뭔가를 찾으며 말했다. "게다가 혼수도 다 준비됐으니 여러분은 더 기다릴 것도 없으며, 혹시 미비한 게 있다면 내가 나중에 보내드리죠. 나도 당신을 생각하면 유감스럽지만, 이번에는 돌아가시는 편이 낫겠습니다." 그녀는 손가방에서 찾던 것을 발견하자 나타샤에게 건넸다. 공작영애 마리야의 편지였다. "네게 쓴 편지다. 가엾게도 그애는 괴로워하고 있더구나! 자기가 널 좋아하지 않는다고 생각할까봐 몹시 걱정하고 있어."

"네, 그녀는 절 좋아하지 않아요." 나타샤는 말했다.

"바보 같은 소리 마라." 마리야 드미트리예브나는 소리쳤다.

"누가 무슨 말을 해도 저는 믿지 않아요. 그녀가 절 좋아하지 않는다는 걸 잘 알고 있어요." 편지를 받으며 나타샤는 대담하게 말했고, 그 얼굴에는 마리야 드미트리예브나가 그녀를 더욱 골똘히 보고 눈살을 찌푸릴 만큼 냉담하고 적의에 찬 표정이 떠올라 있었다.

"애, 애야, 그런 말은 하는 게 아니다." 그녀는 말했다. "내 말이 틀리지 않을 거야. 답장을 쓰도록 해."

나타샤는 대답도 하지 않고, 공작영애 마리야의 편지를 읽기 위해 자기 방으로 갔다.

공작영애 마리야는 두 사람 사이에 생긴 오해 때문에 몹시 절망했다고 쓰고 있었다. 아버지의 기분이 어떻든 자신은 오빠가 선택한 당신을 사랑하지 않을 수 없고, 오빠의 행복을 위해 모든 것을 희생할 각오가 되어 있으며, 그것만은 믿어달라고 했다.

"그리고" 하고 그녀는 썼다. "아버지가 당신을 좋지 않게 생각하신다고 생각진 말아주세요. 아버지는 늙고 병이 드셨으니 너그러이 봐드려야 하지만 본래 선량하고 관대한 분이므로 자기 자식을 행복하게 해줄 사람을 사랑하게 되실 거라고 생각해요." 또한 공작영애 마리야는 두 사람이 다시 만날 수 있는 날짜를 정해달라고 청했다.

편지를 읽고 나타샤는 답장을 쓰려고 책상 앞에 앉았다. "*친애하는 공작영애,*" 그녀는 재빨리 기계적으로 쓰고 펜을 멈췄다. 어젯밤 그런 일들이 있었는데, 대체 무엇을 더 쓸 수 있단 말인가? '그래, 그래, 그건 모두 정말로 있었던 일이고, 지금은 모든 것이 달라져버렸어.' 그녀는 쓰기 시작한 편지를 앞에 놓고 생각했다. '그분을 거절해야 하는 걸까? 정말 그래야 할까? 그건 무서워!……' 그녀는 이 무서운 일을 생각하지 않기 위해 소냐에게 갔고, 같이 수본繡本을 골랐다.

점심식사 후, 나타샤는 방으로 돌아와 다시 공작영애 마리야의 편지를 집어들었다. '정말 다 끝나버린 걸까?' 그녀는 생각했다. '모든 일이, 모든 일이 이렇게 몰아쳐 이전의 것들을 다 망쳐버린 걸까?' 그녀는 안드레이 공작에 대한 예전과 똑같은 자신의 사랑을 상기했지만, 그와 동시에 쿠라긴에 대한 자신의 사랑을 느꼈다. 그녀는 안드레이 공작의 아내가 된 자신을 생생하게 상상하고, 그 속에서 이미 몇 번을 되풀이했는지 모르는 그와의 행복한 장면을 그려보았지만, 동시에 어젯밤 아나톨과의 만남을 흥분으로 몸이 뜨거워지는 것을 느끼며 사소한 데까지 머릿속에서 그리고 있었다.

'왜 두 사람을 동시에 사랑하면 안 되는 걸까?' 이따금 완전히 멍해져 그녀는 이런 생각까지 했다. '그럼 나는 비로소 완전히 행복해질 텐데, 지금 나는 어느 쪽이든 선택해야 하고, 둘 중 어느 쪽을 잃든 행복할 수 없을 거야. 다만,' 그녀는 생각했다. '안드레이 공작에게는 사실대로 이야기하는 것도, 감추는 것도 모두 불가능해. 그러나 이쪽이라면 아무 지장 없을 거야. 하지만 그토록 오랫동안 내 삶의 목표 같았던 안드레이 공작을 사랑하는 행복을 정말 영원히 버려야 하는 걸까?'

"아가씨." 하녀가 방에 들어와 뭔가를 숨기듯 작은 소리로 말했다. "어떤 분이 이걸 전해드리라고 하셨습니다." 하녀는 편지를 내밀었다. "다만 제발, 아가씨……" 하녀는 더 말하려 했지만, 나타샤는 아무 생각 없이 기계적으로 겉봉을 뜯고 아나톨이 보낸 연애편지를 읽기 시작했고, 내용은 전혀 이해하지 못하고 다만 이것이 자신이 사랑하는 남자에게서 온 것이라는 것만 알았을 뿐이었다. '그래, 나는 그를 사랑하고 있어, 그렇지 않다면 어떻게 그런 일이 일어났겠어? 어떻게 그 사람의 연애편지가 내 손에 들려 있겠어!'

나타샤가 떨리는 손으로 쥐고 있는 열렬한 연애편지는 아나톨을 대신해 돌로호프가 써준 것이었는데, 그녀는 편지 속에서 자신이 느끼던 모든 감정의 반향을 발견하고 있었다.

"어제저녁부터 나의 운명은 정해졌으며, 당신에게 사랑받든지 죽든지 둘 중 하나입니다. 다른 선택은 없습니다." 편지는 이렇게 시작되었다. 그리고 그는 이렇게 썼다. 당신의 부모님이 당신을 이 아나톨에게 주시지 않으리라는 것을 잘 알고 있고, 거기에는 당신에게가 아니면 털어놓을 수 없는 이유가 있지만, 만약 당신이 날 사랑한다면, 네라고 한마디만 해주면 되며, 그러면 어떤 인간의 힘도 우리의 행복을 방해할 수 없을 것입니다. 사랑은 모든 것을 극복합니다. 당신을 납치해 세상 끝까지 데려가겠습니다.

'그래, 그래, 나는 그를 사랑하고 있어!' 그녀는 이미 스무 번이나 편지를 되읽고, 한마디 한마디에 담긴 특별한 깊은 뜻을 찾아내려 하며 이렇게 생각했다.

이날 밤, 아르하로프가를 방문하기로 한 마리야 드미트리예브나는 아가씨들에게도 함께 가자고 권했다. 나타샤는 두통을 핑계로 집에 남았다.

15

밤늦게 돌아온 소냐가 나타샤의 방에 들어가 보니, 놀랍게도 나타샤는 옷도 갈아입지 않은 채 소파에서 잠들어 있었다. 탁자 위에 아나톨의 편지가 펼쳐져 있었다. 소냐는 편지를 집어들고 읽기 시작했다.

소냐는 편지를 읽으며 설명을 구하는 듯 나타샤의 잠든 얼굴을 들여다보았지만, 구할 수 없었다. 그녀의 얼굴은 진정 온화하고 행복해 보였다. 소냐는 두근거리는 가슴을 누르고 두려움과 흥분으로 창백해진 채 몸을 떨며 안락의자에 앉아 울음을 터뜨렸다.

'나는 왜 아무것도 알아채지 못했을까? 어떻게 이렇게까지 될 수 있었을까? 안드레이 공작에 대한 사랑이 식은 걸까? 어떻게 쿠라긴이 이렇게까지 가까이 오도록 내버려두었을까? 그가 사기한이고 악당인 건 누구나 다 안다. 만약 이 일을 알면 *니콜라*는, 그 상냥하고 고결한 니콜라는 어떻게 할까? 그래서 나타샤가 그제도 어제도 오늘도 흥분하고 결연하고 부자연스러운 얼굴을 하고 있었던 거야.' 소냐는 생각했다. '하지만 나타샤가 그런 남자를 사랑할 리 없다! 아마 누가 보낸 편지인지 모르고 열어보았을 것이다. 그리고 화를 냈을 것이다. 그녀가 이런 짓을 할 리 없다!'

소냐는 눈물을 닦고 나타샤의 얼굴을 다시 들여다보며 옆으로 다가갔다.

"나타샤!" 그녀는 간신히 들리는 목소리로 말했다.

나타샤는 눈을 뜨고 소냐를 보았다.

"아, 왔어?"

그리고 그녀는 잠에서 깼을 때 흔히 그러듯 대담하고 다정하게 친구를 끌어안았다. 그러나 소냐의 얼굴에 떠오른 당혹의 빛을 알아채자, 그녀의 얼굴에도 당혹과 의혹의 빛이 떠올랐다.

"소냐, 편지를 읽은 거야?" 그녀는 말했다.

"응." 소냐는 조용히 말했다.

나타샤는 기쁜 듯이 미소지었다.

"안 되겠어, 소냐, 이제 더는 이대로 못 있겠어!" 나타샤는 말했다. "이제 더는 언니에게 숨길 수가 없어. 알겠지만, 우리는 서로 사랑해!…… 소냐, 그이가 편지로…… 소냐……"

소냐는 자기 귀가 의심스러운 듯이 눈을 크게 뜨고 나타샤를 바라보았다.

"그럼 볼콘스키는?" 그녀는 말했다.

"아아, 소냐, 내가 얼마나 행복한지 언니가 알 수 있다면!" 나타샤는 말했다. "언니는 사랑이 뭔지 몰라……"

"하지만 나타샤, 설마 그것이 완전히 끝난 건 아니지?"

나타샤는 질문을 이해하지 못한 듯이 눈을 크게 뜨고 소냐를 보았다.

"그럼, 안드레이 공작을 거절할 작정이야?" 소냐는 말했다.

"아아, 언니는 아무것도 모르는구나. 그런 바보 같은 소리 말고 좀 들어봐" 하고 순간 못마땅한 듯이 나타샤는 말했다.

"아니, 나는 믿을 수가 없어." 소냐는 되풀이했다. "이해가 안 돼. 일 년 동안 한 사람만을 사랑했는데, 갑자기…… 너는 그를 겨우 세 번 봤을 뿐이잖아. 나타샤, 네 말이 믿기지가 않아, 농담이겠지. 단 사흘 만에 모든 것을 잊어버리고. 그런……"

"사흘," 나타샤는 말했다. "나는 그를 백 년 동안 사랑해온 것 같아. 그전에는 아무도 사랑한 적이 없었던 것 같단 말이야. 언니는 이해하지 못할 거야. 소냐, 여기 잠깐 앉아봐." 나타샤는 그녀를 껴안고 키스했다. "이런 일이 있다는 건 나도 들어서 알고, 언니도 분명 들어본 적 있을 거야. 하지만 이런 사랑은 처음이야. 전과는 달라. 나는 그 사람을 보자마자 그는 나의 지배자이고 나는 노예라고, 그를 사랑하지 않을 수 없다고 느꼈어. 그래, 노예! 그가 시키면 나는 무슨 일이든 할 거야. 언니는 이런 기분 이해 못해. 내가 뭘 할 수 있지? 뭘 할 수 있지, 소냐?" 나타샤는 행복하면서도 겁먹은 듯한 얼굴로 말했다.

"하지만 나타샤, 네가 지금 뭘 하고 있는지 생각해봐." 소냐는 말했다. "나는 이대로 넘길 수 없어. 이런 비밀 편지를…… 너는 어떻게 그가 이렇게까지 하도록 내버려둘 수 있었어?" 그녀는 두려움과 혐오를 감추려 애쓰며 말했다.

"그러니까 내가 말했잖아." 나타샤는 대답했다. "내게는 의지가 없다고 말이야. 왜 그걸 이해 못해줘. 나는 그를 사랑해!"

"난 그렇게 되도록 내버려두지 않겠어, 말씀드릴 거야." 소냐는 눈물을 멈추지 못하고 외쳤다.

"왜 그런 소릴 해, 제발…… 만약 말하면, 언니는 내 적이 되는 거야." 나타샤는 말했다. "내 불행을 바라는 거니까, 우리가 멀어지길 바라는 거니까……"

나타샤의 두려워하는 모습을 보자, 소냐는 이 친구에 대한 수치와 연민의 눈물이 솟구쳤다.

"도대체 둘 사이에 무슨 일이 있었던 거야?" 그녀는 물었다. "그가 무슨 말을 했어? 그는 왜 이 집에 오지 않지?"

나타샤는 그녀의 물음에 대답하지 않았다.

"제발, 소냐, 아무한테도 말하지 말아줘, 날 괴롭히지 말아줘." 나타샤는 애원했다. "기억해줘, 이런 일에는 끼어드는 게 아냐. 내가 언니에게 털어놓았다고 해서……"

"도대체 비밀로 하는 이유가 뭐야? 그는 왜 이 집에 오지 않지?" 소냐는 물었다. "왜 네게 직접 청혼하지 않는 거야? 안드레이 공작은 그럴 경우 네게 완전한 자유를 준다고 하셨지만, 나는 그것을 믿지 않아. 나타샤, 비밀로 하는 이유가 뭔지 생각해봤어?"

나타샤는 깜짝 놀란 눈으로 소냐를 바라보았다. 이 문제는 분명 그녀도 생각하지 못했던 것이고, 그래서 뭐라고 대답해야 할지 몰랐다.

"왜 그런지는 나도 모르겠어. 하지만 분명 뭔가 이유가 있을 거야!"

소냐는 한숨을 내쉬고 믿을 수 없다는 듯이 고개를 저었다.

"만약 이유가 있다면……" 그녀는 말하기 시작했다. 그러나 나타샤는 상대방의 의심을 눈치채고 깜짝 놀라며 가로막았다.

"소냐, 그를 의심하면 안 돼, 안 돼, 안 된다고, 알았지?" 그녀는 소리쳤다.

"그는 너를 사랑하니?"

"나를 사랑하느냐고?" 나타샤는 친구의 우둔함이 딱하다는 듯이 미소지으며 되풀이했다. "언니도 이 편지를 읽었고, 그를 만난 적도 있잖아?"

"하지만 그가 비열한 사람이라면?"

"그가 비열한 사람이라고? 언니가 그를 알아주면 얼마나 좋을까!" 나타샤는 말했다.

"만약 그가 고결한 사람이라면, 자기 생각을 당당하게 표명하든지 너와 만나는 것을 그만두든지 해야 할 거고, 만약 네가 그렇게 하고 싶지 않다면, 내가 해줄게, 내가 그에게 편지를 쓰고 아버지에게도 말씀드릴 거야." 소냐는 단호하게 말했다.

"하지만 난 그 사람 없이 살 수 없어!" 나타샤가 소리쳤다.

"나타샤, 난 널 이해할 수 없어. 대체 무슨 말을 하는 거야! 아버지나 니콜라를 생각해 봐."

"나는 그 사람 말고는 아무도 필요 없어, 아무도 사랑하지 않아. 언니는 어떻게 그를 비열한 사람이라고 말할 수 있지? 내가 그를 사랑한다는 걸 알면서?" 나타샤는 소리쳤다. "소냐, 나가줘, 다투고 싶지 않아, 나가줘, 제발 나가줘, 내가 얼마나 괴로운지 언니도 알잖아." 나타샤는 화를 억누르며 절망적인 목소리로 날카롭게 소리쳤다. 소냐는 울음을 터뜨리고 방에서 뛰어나갔다.

나타샤는 탁자로 다가가, 아침 내내 쓰지 못했던 공작영애 마리야에게 보낼 답장을 단번에 써내려갔다. 그녀는 두 사람의 오해는 다 끝났다. 떠나기 전 자신에게 자유를 베풀어준 안드레이 공작의 관대함을 봐서라도 제발 모든 것을 잊어주길 바란다. 만약 자신에게 잘못이 있다면 부디 용서해주길 바라며, 이제 자신은 도저히 그의 아내가 될 수 없다 하고 짤막하게 썼다. 그녀는 이 순간 이 모든 일이 너무도 간단하고 명료하고 손쉬운 일처럼 생각되었다.

로스토프가는 금요일에 시골로 돌아가기로 했고, 백작은 영지를 산다는 사람과 함께 수요일에 모스크바 근교의 영지로 떠났다.

백작이 떠나는 날 소냐와 나타샤는 쿠라긴가의 대만찬회에 초대를 받았고, 마리야 드미트리예브나가 두 사람을 데려갔다. 만찬회에서 나타샤는 또다시 아나톨을 만났고, 소냐는 나타샤가 다른 사람은 듣지 못하게 그에게 뭔가 이야기하는 것을 보았고, 만찬 내내 이전보다 더 흥분해 있다는 것도 알아챘다. 집으로 돌아오자 나타샤는 먼저 소냐가 기다리고 있던 이야기를 꺼냈다.

"저, 소냐, 언니는 그 사람에 대해 여러 가지 어리석은 말을 했었어." 나타샤는 부드러운 목소리로, 마치 아이가 어른에게 칭찬받고 싶을 때 내는 것 같은 목소리로 말하기 시작했다. "나는 오늘 그 사람과 상의했어."

"그래, 무엇을 어떻게? 그가 뭐라고 말했는데? 나타샤, 나한테 화를 내지 않아줘서 기뻐. 내게 사실대로 모두 말해줘. 대체 그가 뭐라고 말했어?"

나타샤는 생각에 잠겼다.

"아아, 소냐. 언니도 나처럼 그를 알아주면 얼마나 좋을까! 그 사람이…… 내게 볼콘스키와 어떤 약속을 했는지 물었어. 그리고 거절하는 건 내 마음에 달려 있다고 하니까 그는 몹시 기뻐했어."

소냐는 슬픈 듯이 한숨지었다.

"하지만 설마 볼콘스키를 거절하지는 않을 거지?" 그녀는 말했다.

"아니, 어쩌면 이미 거절했는지도 몰라! 볼콘스키와의 관계는 모두 끝나버린 건지도 몰라. 언니는 날 왜 그렇게 나쁘게 생각해?"

"난 아무 생각도 하지 않지만, 이해가 가지 않아……"

"기다려봐, 소냐, 이제 다 알게 될 테니까. 그가 어떤 사람인지도 알게 될 거야. 나도 그 사람도 나쁘게 생각하지 말아줘."

"나는 누구에 대해서도 나쁘게 생각하지 않아, 나는 모두를 사랑하고 모두가 가엾어. 하지만 나는 어떻게 해야 할까?"

소냐는 나타샤의 부드러운 어조에도 넘어가지 않았다. 그녀가 아양을 떨수록 소냐의 표정은 더 진지해지고 엄격해졌다.

"나타샤." 그녀는 말했다. "나는 네가 말하지 말라고 해서 아무 말도 하지 않았지만, 지금은 네가 먼저 이야기를 꺼냈으니까 말할게. 나타샤, 나는 그를 믿지 않아. 왜 비밀이어야 하지?"

"또, 또!" 나타샤가 가로막았다.

"나타샤, 나는 네가 걱정돼."

"뭐가 걱정되는데?"

"네가 너 자신을 망칠까봐." 소냐는 단호히 말했고, 자기가 한 말에 스스로도 깜짝 놀랐다.

나타샤의 얼굴은 다시금 적의를 띠었다.

"그래 망칠 거야, 망칠 거야, 되도록 빨리 망쳐버릴 거야. 당신들이 상관할 일이 아니잖아. 나빠지는 건 당신들이 아니라 나니까. 내버려 둬, 내버려두란 말이야. 나는 언니가 미워."

"나타샤!" 소냐는 두려운 듯이 외쳤다.

"미워, 미워! 언니는 영원히 내 적이야!"

나타샤는 방에서 뛰쳐나갔다.

나타샤는 그후로 소냐와 말을 하지 않았고, 그녀를 피했다. 그리고 계속해서 흥분과 놀라움과 마치 죄지은 사람 같은 표정으로 방방을 돌아다니며 이런저런 일을 손에 잡았다가 곧 팽개쳐버렸다.

소냐는 몹시 괴로웠지만 줄곧 눈을 떼지 않고 이 친구를 관찰했다.

백작이 돌아오기 전날, 소냐는 나타샤가 아침 내내 뭔가를 기다리는 듯 객실 창가에 앉아 있다가, 아나톨 같아 보이는 지나가던 군인에게 손짓하는 것을 보았다.

소냐는 더욱 주의깊게 친구를 관찰했고, 나타샤가 식사를 하는 동안에도, 밤에도 이상하게 안절부절못하고 있는 것을 알아챘다(뭘 물으면 두서없이 대답하기도 하고, 말을 하다가 멈춰버리기도 하고, 마냥 웃어대기도 했다).

차를 마신 뒤에 소냐는 하녀가 나타샤의 방 문가에서 머뭇거리는 것을 보았는데, 자기가 나가기를 기다리는 것 같았다. 소냐는 하녀가 방에 들어갔을 때 문가에서 엿들었고, 또 편지가 전달된 것을 알았다.

소냐는 나타샤가 이날 밤 무슨 무서운 일을 계획하고 있다는 것을 분명히 알아챘다. 소냐는 문을 두드렸다. 나타샤는 그녀를 들이지 않왔다.

 '나타샤는 그와 함께 달아나려는 것이다!' 소냐는 생각했다. '그녀는 어떤 짓이라도 할 수 있는 사람이니까. 오늘 나타샤의 얼굴에 유달리 처량하고 결연한 표정이 감돌았다. 그리고 아저씨와 헤어질 때는 울음을 터뜨렸었다.' 소냐는 이런 일도 상기했다. '그래, 나타샤는 분명 그 남자와 달아나려는 것이다. 도대체 나는 어떻게 해야 하지?' 나타샤에게 뭔가 무서운 의도가 있다는 것을 명백히 증명하는 징후를 다시금 상기하면서 소냐는 생각했다. '백작은 안 계시고, 어떻게 해야 할까? 쿠라긴에게 편지를 보내 사정을 설명해달라고 해볼까? 하지만 그에게 답장을 쓰라고 명령할 수 있는 사람이 있기나 할까? 안드레이 공작이 무슨 일이 생기면 조언을 구하라고 했던 피예르에게 편지를 쓸까?…… 하지만 어쩌면, 나타샤는 이미 정말로 볼콘스키를 거절해버렸는지도 모른다(어제 공작영애 마리야에게 편지를 보냈으니까). 아저씨는 안 계시고!'

 그렇다고 그처럼 나타샤를 단단히 믿고 있는 마리야 드미트리예브나에게 이야기하는 것도 소냐로서는 두려웠다.

 '그러나 아무튼.' 소냐는 어두운 복도에 서서 생각했다. '지금이 아니면 내가 이 집안의 은혜를 잊지 않고 있다는 것과 *니콜라를 사랑하고 있다는 것*을 증명할 기회는 다시없을 것이다. 그래, 사흘 밤을 못 자도 상관없으니, 이 복도에 지키고 서서 힘으로라도 나타샤를 막아 이 집안이 수모를 겪는 일이 없도록 해야겠다.' 그녀는 생각했다.

16

아나톨은 최근 돌로호프의 집으로 거처를 옮겼다. 로스토바 납치 계획은 벌써 사나흘 전부터 돌로호프에 의해 고안되고 준비되었으며, 소냐가 나타샤의 방 문가에서 엿듣고 그녀를 지키리라 마음먹은 날은 이 계획을 실행하기로 한 날이었다. 나타샤는 밤 열시에 뒤쪽 층층대를 거쳐 쿠라긴에게 가기로 약속했다. 쿠라긴은 준비한 트로이카에 그녀를 태우고 모스크바에서 60베르스타 떨어진, 결혼식을 주재하기로 약조한 파문된 신부가 있는 카멘카로 갈 계획이었다. 그리고 이 마을에서 준비해둔 역마를 교체하고 바르샤바 가도까지 간 뒤, 우편마차로 갈아타고 외국으로 달아날 생각이었다.

아나톨에게는 여권과 역마권과 돈이 있었는데, 돈은 누이에게 빌린 1만 루블과 돌로호프의 주선으로 빌린 1만 루블이 있었다.

두 증인―돌로호프가 도박을 위해 이용하고 있던 관리 출신의 흐보스티코프와, 쿠라긴에게 무한한 애정을 바치는 선량하고 마음 약한 퇴역 경기병 마카린―이 가장 앞쪽 방에 앉아 차를 마시고 있었다.

페르시아 융단이며 곰가죽이며 무기들로 벽에서 천장까지 장식된 커다란 서재에 이 방의 주인인 돌로호프가 베시메트*와 장화 차림으로, 주판과 돈다발이 놓여 있고 뚜껑이 열린 뷰로** 앞에 앉아 있었다. 아나톨은 단추를 풀어헤친 군복 차림으로, 증인들이 앉아 있는 방에서 서재를 지나 프랑스인 하인과 또 한 사람이 마지막 짐을 꾸리고 있는 안

---

* 타타르인이나 캅카스인이 입는 무릎까지 솜을 누빈 코트.
** 뚜껑이 달린 책상.

쪽 방으로 뛰어다니고 있었다. 돌로호프는 돈을 셈하며 적고 있었다.

"그런데" 하고 그는 말했다. "흐보스티코프에게 2천 루블은 줘야 해."

"그래 주게." 아나톨은 말했다.

"마카르카(그들은 마카린을 이렇게 불렀다)는 자네를 위해서라면 사욕 없이 물불을 가리지 않는 사람이지. 자, 이제 셈도 끝났고." 돌로호프는 적은 것을 보이며 말했다. "됐나?"

"응, 물론, 좋아." 아나톨은 돌로호프의 말은 귀담아듣지 않는 듯 얼굴에서 미소를 거두지 않고 골똘히 앞을 응시하며 말했다.

돌로호프는 뷰로를 꽝 닫고 조소를 띠며 아나톨을 돌아보았다.

"그런데 말이야, 다 그만두는 게 어떨까, 아직 시간은 있어!" 그가 말했다.

"바보!" 아나톨은 말했다. "시시한 소린 그만둬. 자네가 내 마음을 안다면…… 정말 뭐라고 말할 수 없는 기분이야!"

"진심이야, 그만둬." 돌로호프는 말했다. "나는 진심으로 말하는 거야. 자네의 이 계획은, 정말 장난이 아냐."

"뭐야, 또, 또 빈정대는 건가? 마음대로 하게! 응?……" 아나톨이 얼굴을 찌푸리며 말했다. "정말, 그런 농담이나 할 때가 아냐." 그는 말하고 방에서 나갔다.

아나톨이 나갈 때, 돌로호프는 비웃는 듯하면서도 관대한 미소를 지었다.

"이봐 잠깐만," 그는 뒤에서 아나톨에게 말했다. "농담이 아냐, 나는 진심으로 말하는 거야. 와보게, 이리 와보게."

아나톨은 방으로 돌아와 돌로호프에게 주의를 집중하려 애쓰며 바라보았고, 자기도 모르게 그에게 끌려드는 듯했다.

"내 말 좀 들어봐, 마지막으로 한마디만 할 테니까. 내가 왜 자네에게 농담을 하겠나? 내가 자네가 하는 일에 반대한 적이 있었나? 이번만 해도 모든 준비를 한 게 누군가? 신부神父를 찾아낸 게 누구며, 여권을 얻어준 게 누구며, 돈을 마련해준 게 누군가? 모두 내가 아닌가."

"그래, 그러니까 고마워하고 있어. 내가 고마워하지 않는다고 생각하나?" 아나톨은 한숨을 내쉬고 돌로호프를 안았다.

"나는 자네를 도왔지만, 역시 사실대로 말해야겠어. 위험한 짓이고, 생각해보면 부질없는 짓이거든. 뭐, 자네가 그녀를 데리고 달아난다, 그래 좋아. 그런데 그대로 끝날 것 같은가? 자네에게 아내가 있다는 게 곧 탄로 날 거야. 자네는 형사재판에 걸려……"

"아아! 어리석군, 어리석어!" 아나톨은 다시 얼굴을 찌푸리며 말했다. "자네에게 이미 다 설명했잖은가. 응?" 아나톨은 흔히 둔한 사람이 자기 지혜로 도달한 추론에 대해 느끼는 특별한 열정을 품고 이미 백 번이나 돌로호프에게 했던 주장을 되풀이했다. "자네에게 설명했잖은가. 나는 이렇게 판단하네. 만약 이 결혼이 무효가 된다면," 그는 손가락 하나를 꼽으며 말했다. "내게 책임이 없다는 게 되는 것이고, 유효라도 마찬가지네. 어차피 외국으로 가버리면 그런 일은 아무도 모를 테니까. 자, 안 그런가? 그러니 그만하게, 아무 말도 하지 마, 아무 말도!"

"진심이야, 그만둬! 자네 자신을 속박할 뿐이야……"

"지옥으로나 꺼져버려!" 아나톨은 이렇게 말하고 머리를 움켜쥐며 다른 방으로 갔으나, 곧 되돌아와서 돌로호프 바로 앞에 있는 안락의자에 다리를 꼬고 앉았다. "제길, 이게 어떤지 아나! 응? 이걸 봐, 이

고동을!" 그는 돌로호프의 손을 잡아채 자기 심장에 대며 말했다. "아아! 그 다리, 내 사랑, 그 눈빛! 여신이야!! 응?"

돌로호프는 아름답고 오만한 눈을 반짝이며 싸늘하게 웃고, 그를 좀 더 놀려주고 싶은 듯이 바라보았다.

"그럼, 돈이 떨어지면, 그땐 어떡할 건데?"

"그땐 어떡할 거냐고? 응?" 아나톨은 장래 일을 생각하자 진심으로 당황한 낯이 되어 이렇게 되풀이했다. "그땐 어떡할 거냐고? 그야 나도 모르지…… 아무튼 그런 쓸데없는 소린 그만둬!" 그는 시계를 보았다. "시간이 됐어!"

아나톨은 안쪽 방으로 갔다.

"이봐, 다 됐나? 뭘 꾸물거려!" 그는 하인에게 소리쳤다.

돌로호프는 돈을 치우고 하인을 불러 여행을 위한 술과 식사 채비를 분부하고, 흐보스티코프와 마카린이 있는 방으로 들어갔다.

아나톨은 서재의 소파에 팔베개를 하고 누워 생각에 잠긴 얼굴로 미소지으며 부드럽게 혼잣말을 중얼거렸다.

"뭐라도 좀 먹고 가야지. 자, 건배하세!" 다른 방에서 돌로호프가 외쳤다.

"먹고 싶지 않아!" 여전히 미소지으며 아나톨이 대답했다.

"오게, 발라가가 왔네."

아나톨은 일어나서 식당으로 걸어갔는데, 발라가는 이미 육 년이나 아나톨과 돌로호프를 알고 지냈고, 그들을 자기 트로이카로 태워줬던 이름난 트로이카 마부였다. 그는 아나톨의 연대가 트베리에 주둔했을 때, 밤에 그를 태우고 새벽에 모스크바로 데려다주고 이튿날 밤 다시 트베리로 데려온 적이 한두 번이 아니었다. 추격자를 피하려는 돌로호프를 태우고 도망친 적도 한두 번이 아니고, 그들과 집시 여자, 또는 발라가가 화류계 부인이라고 말하는 여자들을 함께 태우고 거리를 누비고 다닌 적도 한두 번이 아니었다. 두 사람이 시킨 일을 하다가 모스크바에서 보행자와 마부를 치어 죽이고, 이 나리들로부터 이른바 구원을 받은 적도 한두 번이 아니었다. 두 사람의 부탁으로 마구 몰다가 상한 말이 한두 마리가 아니었다. 두 사람에게 얻어맞고 그 대신 좋아하는 샴페인이며 마데이라 와인을 실컷 얻어 마신 적이 한두 번이 아니고, 보통 사람 같으면 벌써 옛날에 시베리아 유형을 받았을 그들의 행적에 대해서도 낱낱이 알고 있었다. 두 사람은 잔뜩 마시고 법석을 부리는 술자리에도 곧잘 발라가를 불러내 술을 먹이고, 집시와 춤추게 했고, 그의 손을 거쳐 나간 두 사람의 돈도 일이천이 아니었다. 그는 두 사람에게 봉사하기 위해 일 년에 스무 번쯤 목숨을 걸어야 하는 일도 해치웠고, 그들의 일을 거들고 받은 돈만으로는 어림도 없을 만큼 많은 말을 죽어나가게 했다. 그럼에도 그는 이 두 사람을 사랑하고, 한 시간에 18베르스타나 말을 달리는 것을 좋아하고, 마차를 전복시키고 보행자를 치어 죽게 하면서 모스크바 거리를 전속력으로 달리는 것을 좋아했다. 그는 더이상 빨리 달릴 수 없을 때도 뒤에서 "더 달려! 더 달려!" 하고 술에 취한 거친 외침 소리를 듣는 것이 좋았고, 질겁하며 비켜 가려는 농부의 목덜미를 채찍으로 죽어라 후려치는 것도 좋았다. 그는 '이것이 진짜 나리다!' 하고 생각했다.

아나톨과 돌로호프도 그가 마부로서 솜씨가 뛰어난데다, 자기들과 똑같은 것을 좋아하기 때문에 그를 사랑했다. 그는 다른 손님에게 고용되면 두 시간에 25루블을 받았는데, 그나마 자신은 거의 나가지 않고 동료 중에 젊은 친구를 보내는 일이 많았다. 하지만 그가 말하는 이른바 우리 나리가 부르면 언제나 직접 갔고, 게다가 돈은 한 푼도 요구하지 않았다. 다만 시종을 통해 돈이 있는지 알아내서는 몇 달에 한 번 아침나절에 술을 마시지 않고 찾아가 납작 절을 하고 도움을 청했다. 나리는 늘 그를 의자에 앉혔다.

"도와주십시오, 표도르 이바니치 나리, 아니 각하" 하고 그는 말했다. "말을 모두 잃고 말았습니다. 시장에 가서 살 수 있게 조금이라도 생각해주십쇼."

그러면 아나톨과 돌로호프는 돈만 있다면 천이고 2천이고 내주었다.

발라가는 갈색 머리에 키가 작고, 빨간 얼굴, 특히 굵고 빨간 목, 들창코에 작은 눈이 반짝거리고 턱수염이 성깃한 스물일곱 살쯤 된 농부였다. 그는 비단 안감을 댄 얇은 파란색 카프탄을 반외투 위에 걸치고 있었다.

그는 앞쪽 구석을 향해 성호를 긋고*, 돌로호프 곁으로 다가가 작고 가무잡잡한 손을 내밀었다.

"표도르 이바노비치!" 그는 조아리며 말했다.

"잘 지냈나, 형제. 자네가 왔군."

"안녕하십니까, 각하." 그는 들어온 아나톨에게도 인사하고, 역시 손을 내밀었다.

"발라가, 물어볼 게 있는데," 아나톨은 상대방의 어깨에 손을 얹으

---

* 보통 입구에서 보이는 오른쪽 구석에 성상이 있다.

며 말했다. "자네는 나를 좋아하지? 응? 이번에도 수고 좀 해줘야겠는데…… 어떤 말을 가지고 왔나? 응?"

"심부름꾼이 분부 전한 대로, 사나운 말을 달고 왔습니다." 발라가는 말했다.

"자, 그럼 말이야, 발라가! 세 마리 모두 죽여도 되니까, 세 시간 안에 도착하게. 응?"

"죽이면 탈것이 없어지지 않겠습니까?" 발라가는 윙크하며 말했다.

"허, 낯짝을 갈겨줄까, 농담 마라!" 아나톨이 갑자기 눈을 부라리며 외쳤다.

"농담이라니요," 마부는 웃으며 말했다. "제가 나리들을 모실 때 말을 아낀 적이 있습니까? 말에게 힘이 남아 있는 한 달리겠습니다."

"좋아!" 아나톨은 말했다. "자, 앉게."

"그래, 앉게!" 돌로호프도 말했다.

"서 있겠습니다, 표도르 이바노비치."

"잔말 말고 앉아, 한잔하게." 아나톨은 이렇게 말하고 커다란 잔에 마데이라 와인을 가득 부었다. 마부의 눈은 술을 보자 빛나기 시작했다. 예의상 사양하면서도 그는 단숨에 들이켜더니 모자 속에서 빨간 비단 손수건을 꺼내 입을 닦았다.

"그럼, 언제 떠나십니까, 각하?"

"응 글쎄…… (아나톨은 시계를 보았다) 당장이라도 떠나야지. 어떤가, 발라가. 어때? 맞출 수 있겠나?"

"그야 출발에 달렸습죠, 출발만 잘하면 못 맞출 리가 있겠습니까?" 발라가가 대답했다. "언젠가 트베리로 모셨을 때도 일곱 시간 만에 도착했잖습니까. 각하. 혹시 기억나십니까?"

"자네 그거 아나, 언젠가 크리스마스 때 트베리에서 달려온 적이 있
었지." 아나톨은 눈을 크게 뜨고 감동한 듯이 그의 얼굴을 바라보는 마
카린 쪽을 돌아보고 회심의 미소를 지으며 말했다. "믿기지 않을 테지
만, 마카르카, 그야말로 숨이 막힐 만큼 달렸네. 짐썰매 행렬에 끼어들
었는데, 한 번에 두 대씩 앞질러갔어. 그랬지?"

"말도 대단했죠!" 발라가가 말을 이었다. "저는 그때 젊은 부마를
밤색 말에 달았는데," 그는 돌로호프에게로 얼굴을 돌리고 말했다.
"나리는 믿지 않으실 테지만, 표도르 이바니치, 60베르스타를 마구 날
아갔습니다. 고삐 같은 건 잡을 수도 없었죠. 손이 꽁꽁 얼어버릴 만큼
추웠으니까요. 그래서 고삐를 내던지고, 각하께서 좀 해주십시오 하고
저는 썰매 안으로 나자빠지고 말았습니다. 그쯤 되면 말을 몬다는 건
어림도 없는 일이고, 도착할 때까지 세울 수도 없는 지경이 되고 맙니
다. 세 시간 만에 도착했습죠. 그래도 뻗은 건 왼쪽 말뿐이었습니다."

17

아나톨은 방에서 나가더니 몇 분 후 짧은 모피 외투에 은고리가 달
린 허리띠를 두르고, 잘생긴 얼굴에 잘 어울리는 검은담비 모자를 멋
지게 비스듬히 쓰고 돌아왔다. 거울을 잠깐 들여다보고 그는 거울 앞
에서와 똑같은 자세로 돌로호프 앞에 서서 와인 잔을 들었다.

"자, 페댜, 잘 있게, 모든 것을 고맙게 생각하네, 잘 있게." 아나톨은

말했다. "아, 동지, 친구……" 그는 잠깐 생각했다. "내…… 청춘의 친구들이여, 잘 있게." 그는 마카린과 그 밖의 사람들에게 말했다.

다 같이 가기로 해놓고 아나톨이 굳이 친구들에게 이렇게 말한 것은, 분명 감동적이고 엄숙한 분위기를 조성하고 싶었기 때문이다. 그는 천천히 큰 소리로 말하면서, 가슴을 펴고 한쪽 다리를 흔들었다.

"모두 술잔을 들게, 그리고 자네, 발라가도. 자, 내 청춘의 친구들이여, 우리는 잠시 함께 마시고 떠들며 지냈어. 그렇지? 이제 우리는 언제 다시 만나게 될까? 나는 이제 외국으로 떠나네. 잠시 같이 지냈지만, 이제는 이별이야. 여러분의 건강을 위해! 우라!……" 그는 말하고, 술잔을 비우자 마룻바닥에 내던졌다.

"건강하시길." 발라가도 술잔을 비우고 손수건으로 입을 닦으며 말했다. 마카린은 눈물을 글썽이며 아나톨을 부둥켜안았다.

"아아, 공작, 당신과 헤어지다니, 이렇게 슬픈 일이 없습니다" 하고 그는 말했다.

"출발, 출발이다!" 아나톨이 외쳤다.

발라가는 방에서 나가려고 했다.

"아니야, 잠깐," 아나톨은 말했다. "문을 닫아, 앉아야 하잖나. 그렇지, 그렇지." 그들은 문을 닫고 모두 앉았다.*

"자, 여러분, 드디어 진군이다!" 아나톨은 일어서며 말했다.

하인 조제프가 아나톨에게 가방과 사브르를 건넸고, 모두 현관방으로 갔다.

---

* 러시아에는 여행을 떠나기 전 잠시 모두가 한방에 앉아 안전을 비는 풍습이 있다.

"외투는 어디 있지?" 돌로호프가 말했다. "이봐, 이그나시카! 마트료나 마트베예브나한테 가서 외투를 가져와, 여성용 검은담비 외투로. 실은 여자를 납치하는 방법을 잘 들어뒀거든." 돌로호프가 윙크하고 계속했다. "여자는 집에서 입고 있던 그대로 정신없이 뛰쳐나오거든, 잘못 우물쭈물하다가는 곧 눈물을 짜고, 아빠니 엄마니 하기 시작하고, 그러는 동안 몸이 얼고, 집 생각을 하고 그런다는군. 그러니까 자네는 얼른 외투로 감싸 썰매에 태워버려야 해."

하인이 여성용 여우가죽 외투를 가지고 왔다.

"바보, 검은담비 외투라고 했잖아. 이봐, 마트료시카*, 검은담비!" 멀리 떨어진 방까지 들리도록 돌로호프는 큰 소리로 외쳤다.

푸른빛이 도는 검은 곱슬머리에 검은 눈이 반짝거리고 붉은색 숄을 걸친 여위고 창백한 집시 여자가 여성용 검은담비 외투를 들고 뛰어나왔다.

"괜찮습니다. 전 아깝지 않으니 가져가세요." 그녀는 주인 앞에 나와 겁먹은 것 같기도 하고 외투가 아깝기도 한 듯이 말했다.

돌로호프는 대답은 하지 않고, 외투를 받아 마트료샤**의 어깨에 걸치더니 감쌌다.

"봐, 이렇게." 돌로호프가 말했다. "그리고 이렇게 말이야" 하고 그는 그녀의 머리까지 깃을 세우고 얼굴 앞만 조금 터놓았다. "그리고 이렇게 하는 거야, 알겠나?" 그는 아나톨의 얼굴을 마트료샤의 반짝이는 미소가 들여다보이는 벌어진 깃 사이로 들이밀었다.

---

* 마트료나의 애칭.
** 마트료나의 애칭.

"그럼, 잘 있어, 마트료샤." 아나톨은 그녀에게 키스하며 말했다. "아, 여기서 노는 것도 끝이군! 스툐시카에게 안부 전해줘. 그럼 안녕! 마트료샤, 안녕, 너도 내 행복을 빌어주겠지."

"네, 물론이죠. 공작, 하느님이 커다란 행복을 내려주시길." 마트료샤는 집시의 억양으로 아나톨에게 말했다.

현관 층층대 옆에는 트로이카 두 대와 건장한 마부 두 명이 대기하고 있었다. 발라가는 앞의 트로이카에 올라 팔꿈치를 높이 쳐들고 유유히 고삐를 잡았다. 아나톨과 돌로호프는 그 트로이카에 탔다. 마카린과 흐보스티코프와 하인은 다른 트로이카에 탔다.

"자, 됐습니까?" 발라가가 물었다.

"가자!" 그가 손에 고삐를 감으며 소리치자, 트로이카는 니키츠키 가로숫길을 질주해 내려가기 시작했다.

"워워! 자, 가자!…… 워워!" 발라가와 마부대에 앉은 젊은이가 이렇게 외치는 소리만 들렸다. 트로이카는 아르바트 광장에서 사륜유개마차 한 대와 스치듯 부딪쳐 삐걱거리는 소리와 고함치는 소리가 났지만, 그대로 질주했다.

발라가는 포드노빈스코예를 왕복한 뒤 고삐를 죄더니 다시 되돌아가 스타라야 코뉴셴나야 교차로에서 멈춰 섰다.

젊은이는 재갈을 잡으려고 뛰어내렸고, 아나톨과 돌로호프는 보도를 걸어갔다. 문 옆까지 가자, 돌로호프는 휘파람을 불었다. 응답하는 휘파람이 들리고, 곧이어 하녀가 달려나왔다.

"마당으로 들어오세요, 눈에 띌지도 몰라요. 곧 나오실 거예요." 그녀는 말했다.

돌로호프는 쪽문 옆에서 기다렸다. 아나톨은 하녀를 따라 마당으로 들어가, 모퉁이를 돌아 입구 층층대로 뛰어올라갔다.

마리야 드미트리예브나의 외출 담당 하인인 거구의 가브릴로가 아나톨을 맞았다.

"마님께 가보십시오." 그는 입구를 막으며 낮은 목소리로 말했다.

"어떤 마님 말이냐? 너는 누구냐?" 아나톨은 숨가쁜 목소리로 속삭이듯 물었다.

"가주십시오, 안내하라는 분부입니다."

"쿠라긴, 돌아와!" 돌로호프가 외쳤다. "변심한 거야! 돌아와!"

쪽문 옆에 서 있던 돌로호프는 아나톨이 들어간 뒤 쪽문을 닫으려는 문지기와 몸싸움을 벌이고 있었다. 돌로호프는 있는 힘을 다해 문지기를 밀어제치고, 달려나온 아나톨의 손을 붙잡아 쪽문 밖으로 끌어내 트로이카 쪽으로 함께 달려갔다.

18

마리야 드미트리예브나는 복도에서 울고 있는 소녀를 발견하고, 모든 것을 고백하게 했다. 그녀는 나타샤에게 편지를 빼앗아 읽은 뒤, 편지를 쥐고 나타샤의 방으로 들어갔다.

"더러운 것, 뻔뻔한 것," 그녀는 나타샤에게 말했다. "아무 말도 듣고 싶지 않다!" 그녀는 깜짝 놀라면서도 무덤덤한 눈으로 자신을 바라보는 나타샤를 떠밀어 방의 자물쇠를 잠가버린 뒤, 문지기에게 오늘밤

오는 사람들을 모두 안으로 들여 내보내지 말라고 분부하고, 하인에게는 그 사람들을 자기에게로 안내하라고 이른 뒤 객실에 앉아 납치자들을 기다렸다.

가브릴로가 와서 사람들이 도망쳤다고 알리자 마리야 드미트리예브나는 눈살을 찌푸리고 일어나 뒷짐을 진 채 궁리하며 오랫동안 이 방 저 방을 돌아다녔다. 열한시가 지나자 그녀는 호주머니 속에서 열쇠를 찾아 나타샤의 방으로 갔다. 소냐는 복도에 앉아 울고 있었다.

"마리야 드미트리예브나, 제발 저도 들어가게 해주세요!" 그녀는 말했다. 마리야 드미트리예브나는 대답하지 않고 자물쇠를 열고 안으로 들어갔다. '더러워, 추악해…… 내 집에서, 더러운 애 같으니…… 그저 그 아버지가 불쌍할 뿐이지!' 분노를 가라앉히려 애쓰며 그녀는 생각했다. '성가시게 됐지만, 이렇게 된 바에야 모두의 입을 막아서 백작에게는 비밀로 해야겠다.' 마리야 드미트리예브나는 단호한 걸음걸이로 걸어갔다. 나타샤는 소파에 누워 두 손으로 머리를 감싸고 꼼짝도 않고 있었다. 마리야 드미트리예브나가 나갔을 때 모습 그대로였다.

"훌륭하다, 참 훌륭해!" 마리야 드미트리예브나는 말했다. "남의 집에서 정부와 만날 약속을 하다니! 아닌 척해봐야 소용없어. 내가 말하고 있잖니, 들어야지" 하며 마리야 드미트리예브나는 그녀의 팔을 잡았다. "내 말을 들으란 말이다. 너는 가장 천한 여자처럼 제 얼굴에 먹칠을 했어. 너만 보자면 이대로 놔두지 않겠지만, 네 아버지가 가엾어서 나는 그냥 덮으려고 한다." 나타샤는 자세를 바꾸지 않았지만, 소리 없이 경련하는 흐느낌에 숨이 막힌 듯 온몸이 떨렸다. 마리야 드미트리예브나는 소냐 쪽을 돌아보고, 나타샤 옆에 있는 소파에 앉았다.

"이번에는 운좋게 나를 피해 달아났을지 몰라도, 나는 그를 반드시 찾아낼 거다." 그녀는 특유의 거친 목소리로 말했다. "너 지금 내 말 듣고 있는 거냐?" 그녀는 커다란 손을 나타샤의 얼굴 밑으로 넣어 자기 쪽으로 돌렸다. 그러자 마리야 드미트리예브나도 소냐도 나타샤의 얼굴을 보고 깜짝 놀랐다. 눈물이 마른 눈은 반짝이고, 입술은 꾹 다물어지고, 볼은 움푹 꺼져 있었다.

"내버려…… 두세요…… 나는…… 나는…… 죽어버릴 거예요……" 그녀는 이렇게 말하고, 마리야 드미트리예브나의 손을 앙칼지게 뿌리치고 원래 자세로 돌아갔다.

"나탈리야!……" 마리야 드미트리예브나는 말했다. "나는 네가 잘되길 바라서 이러는 거야. 누워 있어라, 그래 그렇게 누워 있어, 나는 손대지 않을 테니까. 그리고 들어…… 나도 더이상 널 책망하지는 않겠다, 너 자신이 알고 있을 테니까. 다만 문제는, 네 아버지가 내일 돌아오시는데 나는 뭐라고 이야기하면 좋겠니? 응?"

나타샤의 몸은 다시 흐느낌으로 떨렸다.

"그래, 아버지가 아신다면, 오빠나 약혼자가 듣게 된다면!"

"제게는 약혼자가 없어요. 전 거절했어요." 나타샤가 외쳤다.

"그런 건 상관없어." 마리야 드미트리예브나는 말을 이었다. "어쨌거나 사람들이 알게 되면 그냥 놔둘 거라고 생각하니? 만약 아버지가, 네 아버지 성미는 나도 알고 있다만, 만약 아버지가 그 사람에게 결투라도 청한다면, 그래도 좋으냐? 응?"

"아아, 내버려두세요, 왜 이렇게 간섭하시는 거죠? 왜요? 왜요? 누가 부탁했어요?" 나타샤는 몸을 일으켜 소파에 앉더니 마리야 드미트리예브나를 바라보며 날카롭게 외쳤다.

"그럼 대체 어떻게 해달라는 거냐?" 마리야 드미트리예브나는 또다시 발끈해서 외쳤다. "그래, 문을 잠그고 가둬주랴? 글쎄, 누가 그 녀석을 집에 오지 못하게 하기라도 했어? 너를 집시 여자처럼 납치하려고 한 이유가 뭐지?…… 그래, 설령 너를 납치했다 한들, 우리가 못 찾을 거라고 생각한 거냐? 아버지와 오빠가 있고, 약혼자까지 있는데? 그는 악당이야, 파렴치한이라고!"

"그 사람은 당신들 누구보다 훌륭해요." 나타샤는 일어나며 소리쳤다. "당신들이 방해하지 않았다면…… 아, 맙소사, 이렇게 되다니, 이렇게 되다니! 소냐, 왜 그랬어? 나가세요!……" 그리고 그녀는 자기 자신이 슬픔의 원인이라는 것을 느낄 때 사람들이 짓는 심각한 절망의 표정을 띠고 통곡하기 시작했다. 마리야 드미트리예브나는 말을 계속하려고 했으나, 나타샤가 다시 외쳤다. "나가세요, 나가세요, 당신들은 모두 날 미워해요, 날 경멸해요!" 하고 그녀는 또다시 소파에 쓰러졌다.

마리야 드미트리예브나는 여러 번 나타샤를 타이르고, 이 일은 백작에게 일절 비밀로 해야 하며, 만약 나타샤가 노력해서 모든 것을 잊고, 누구 앞에서도 아무 일 없었다는 듯이 행동한다면 아무도 알지 못할 거라고 설득했다. 나타샤는 대답하지 않았다. 그녀는 울음을 그쳤지만, 오한이 나고 몸이 떨리기 시작했다. 마리야 드미트리예브나는 쿠션을 머리 밑에 대주고 담요 두 장으로 몸을 감싸주고, 보리수 꽃을 달인 물을 몸소 가져다주었지만, 나타샤는 그녀가 불러도 대답하지 않았다.

"뭐, 자게 둬야지." 마리야 드미트리예브나는 그녀가 잠들었다고 생각하고 방에서 나가며 말했다. 하지만 나타샤는 잠든 것이 아니라 창백한 얼굴에 부릅뜬 눈을 깜빡이지도 않고 앞만 응시하고 있었다. 나타샤는 밤새 자지 않았고, 울지도 않았으며, 소냐가 몇 번이나 일어나 옆으로 다가와도 아무 말 하지 않았다.

일리야 안드레이치 백작은 이튿날 아침식사 전에 예정대로 모스크바 근교의 영지에서 돌아왔다. 그는 매수자와 이야기가 잘돼 이제 더는 모스크바에 붙잡혀 있을 이유가 없어졌고, 그리운 백작부인과의 별거를 오래 끌 필요도 없어졌기 때문에 무척 기분이 좋았다. 마리야 드미트리예브나는 그를 맞이하고, 어제는 나타샤가 몹시 아파서 의사까지 불렀지만 지금은 많이 좋아졌다고 말했다. 이날 아침 나타샤는 방에서 나오지 않았다. 그녀는 갈라진 입술을 깨물고, 메마른 눈을 고정한 채 창가에 앉아 거리를 지나가는 사람들을 불안스럽게 내다보기도 하고, 방으로 들어오는 사람들을 다급히 돌아보기도 했다. 그녀는 분명 그의 소식을 기다리고 있었고, 그가 직접 찾아오거나 편지를 보낼 거라고 기대하는 듯했다.

백작이 방으로 들어오자 그녀는 남자인 듯한 발소리에 불안스럽게 돌아보았지만, 곧 이전의 냉정하고 심술궂기까지 한 표정으로 돌아갔다. 그녀는 맞으러 일어서지도 않았다.

"어떻게 된 일이니, 나의 천사, 아픈 거냐?" 백작은 물었다.

나타샤는 잠시 잠자코 있었다.

"네, 아파요." 그녀는 대답했다.

왜 그렇게 풀이 죽었느냐, 약혼자에게 무슨 일이라도 생겼느냐고 백작이 걱정스럽게 묻자, 나타샤는 아무 일도 없으니 걱정 말라며 아버지를 안심시켰다. 마리야 드미트리예브나도 아무 일 없었다는 나타샤의 말을 확인해주었으나, 백작은 딸의 수상쩍은 병, 얼빠진 모습, 소냐와 마리야 드미트리예브나의 당황한 기색으로 미루어 자기가 없는 동안 무슨 일이 있었던 것이 틀림없다고 눈치챘지만, 사랑하는 딸에게 무슨 수치스러운 일이 있었다고 생각하는 것은 너무 끔찍했고, 또 평소 즐거운 평온함을 사랑하는 사람인지라 더이상 캐묻지 않고 별다른 일이 없었을 거라고 애써 스스로를 설득시켰으며, 다만 딸의 병 때문에 시골로 가는 것이 지연되는 것만 안타깝게 생각했다.

19

아내가 모스크바로 온 후, 피예르는 다만 그녀와 같이 있고 싶지 않기 때문에 어디론가 여행할 생각을 하고 있었다. 로스토프가가 모스크바에 오고 얼마 되지 않아 그가 나타샤에게 느끼게 된 감정은 이 계획의 실행을 더욱 서두르게 했다. 그는 트베리에 있는 이오시프 알렉세예비치의 미망인에게 갔는데, 그녀가 오래전부터 피예르에게 죽은 남편의 서류를 양도한다고 했었기 때문이다.

모스크바에 돌아온 피예르는 안드레이 볼콘스키와 그 약혼녀에 관한 아주 중요한 일을 상의하고 싶으니 곧 방문해달라는 마리야 드미트리예브나의 편지를 받았다. 피예르는 나타샤를 피하고 있었다. 결혼한 남자인 자신이 친구의 약혼녀에게 느끼는 감정 이상의 강렬한 감정을 품은 것 같았기 때문이다. 하지만 어떤 운명이 계속해서 그와 그녀를 엮고 있었다.

'대체 무슨 일이 일어난 걸까? 그리고 대체 그것이 나와 무슨 관계란 말인가?' 마리야 드미트리예브나에게 가기 위해 옷을 갈아입으며 그는 생각했다. '안드레이 공작이 얼른 돌아와서 그녀와 결혼해버리면 좋겠다!' 피예르는 아흐로시모바에게 가는 길에 이렇게 생각했다.

트베리 가로숫길에서 누군가가 그를 불렀다.

"피예르! 벌써 돌아왔습니까?" 귀에 익은 목소리가 외쳤다. 피예르는 고개를 들었다. 썰매 앞으로 눈을 차올리는 회색 준마 두 마리가 끄는 화려한 썰매에, 늘 붙어다니는 마카린과 함께 탄 아나톨의 모습이 눈을 스쳤다. 아나톨은 얼굴 아래쪽을 비버가죽 깃에 감싸고 고개를 살짝 숙인 채 멋진 군인의 고전적인 포즈로 반듯이 앉아 있었다. 그의 얼굴은 혈색 좋고 생기 있었고, 비스듬히 쓴 하얀 깃털 장식의 모자 밑으로 눈가루가 앉은 포마드 바른 곱슬머리가 보였다.

'저 친구야말로 현명한 사람이다!' 피예르는 생각했다. '눈앞의 쾌락 외에는 아무것도 보지 않고, 아무것도 걱정하지 않는다. 그래서 언제나 명랑하고 행복하고 평온하다. 나도 그럴 수만 있다면, 무엇이든 내놓을 텐데!' 피예르는 부러운 마음으로 생각했다.

아흐로시모바의 집 현관방에서 하인은 피예르의 모피 외투를 벗겨주며, 마리야 드미트리예브나가 침실에서 부른다고 알렸다.

홀의 문을 연 피예르는 야위고 창백하고 화난 얼굴로 창가에 앉아 있는 나타샤를 보았다. 그녀는 그를 보고 눈살을 찌푸리더니 싸늘하고 위엄을 차리는 표정을 지으며 방에서 나갔다.

"무슨 일이 있었습니까?" 피예르는 마리야 드미트리예브나의 침실에 들어서며 물었다.

"굉장한 일이지." 마리야 드미트리예브나는 대답했다. "나는 오십팔 년을 살았지만, 이런 치욕은 처음이네." 마리야 드미트리예브나는 피예르에게서 이제부터 하는 말은 절대 비밀로 하겠다는 다짐을 받은 뒤, 나타샤가 부모한테도 말하지 않고 약혼자를 거절한 것, 그것이 피예르의 아내가 연결해준 아나톨 쿠라긴 때문이라는 것, 나타샤가 그와 몰래 결혼하기 위해 아버지가 없는 틈을 타 달아나려고 했다는 것을 말해주었다.

피예르는 자기 귀를 믿지 못하고, 어깨가 굳어지고 입을 벌린 채 마리야 드미트리예브나의 이야기를 들었다. 그토록 열렬히 사랑받던 안드레이 공작의 약혼녀가, 그토록 사랑스러웠던 나타샤 로스토바가 아내까지 있는(피예르는 그의 결혼의 비밀을 알고 있었다) 바보 아나톨을 볼콘스키와 맞바꾼데다가, 함께 달아나겠다고 할 만큼 그를 사랑하다니! 피예르는 도저히 이해할 수도, 상상할 수도 없었다.

어릴 때부터 알던 나타샤의 귀여운 인상과 지금 그녀의 저속함과 우매함, 잔인함에 관한 새로운 상념은 그의 마음속에서 연결되지 않았다. 그는 자기 아내를 상기했다. '여자들은 다 똑같다!' 추잡한 여자와 맺어지는 비참한 운명이 자기만의 것이 아니었다고 돌이켜 생각하며 그는 속으로 중얼거렸다. 그러자 눈물이 돌 만큼 안드레이 공작이 가엾고, 자긍심 강한 그가 애처로웠다. 그리고 친구가 가여워질수록 방금 홀에서 싸늘하고 위엄을 차리는 표정으로 자기 옆을 지나간 나타샤를 더욱 경멸하는 마음으로, 아니 경멸이라기보다 증오하는 마음으로 떠올리게 되었다. 그러나 피예르는 나타샤의 마음이 절망과 수치와 굴욕으로 가득차 있었다는 것을, 그녀의 표정이 어쩌다 기품과 위엄을 띤 것이 그녀 잘못이 아니라는 것을 미처 알지 못했다.

"결혼을 어떻게 한다는 겁니까!" 피예르는 마리야 드미트리예브나의 말에 이렇게 답했다. "그는 결혼할 수 없습니다. 이미 했으니까요."

"갈수록 태산이로군." 마리야 드미트리예브나는 말했다. "끔찍한 녀석! 정말 파렴치한이야! 그런데도 저애는 이틀째 기다리고 있다니. 얼른 말해줘야겠어. 그럼 적어도 기다리지는 않겠지."

피예르에게 아나톨의 결혼에 관한 사연을 소상히 듣고, 그에 대해 욕을 퍼붓고 얼마큼 화를 풀고 나서야 비로소 마리야 드미트리예브나는 피예르를 부른 까닭을 설명했다. 마리야 드미트리예브나는 언제 어느 때 여기로 돌아올지 모르는 볼콘스키가, 그녀가 숨기려는 이 일에 대해 듣고 쿠라긴에게 결투를 청할까봐 걱정하고 있었고, 그래서 아나톨에게 모스크바를 떠나 두 번 다시 자기 눈앞에 나타나지 말라는 명령을 전해달라고 피예르에게 부탁하려는 것이었다. 그제야 노백작과 니콜라이와 안드레이 공작을 위협하고 있는 위험을 깨달은 피예르는 그녀에게 약속했다. 그녀는 간단하고 정확하게 자기 요구를 말하고 나서야 그를 객실로 내보내주었다.

"알겠나, 백작은 아무것도 몰라. 자네는 아무것도 모르는 것처럼 해줘야 해." 그녀는 말했다. "그럼 나는 그애한테 가서 기다릴 것도 없다고 말해줘야겠어! 괜찮다면, 식사에 남아주게." 마리야 드미트리예브나가 피예르에게 외쳤다.

피예르는 노백작을 만났다. 그는 당황스럽고 혼란에 빠진 듯했다. 이날 아침 나타샤가 볼콘스키를 거절한 것을 아버지에게 말했기 때문이었다.

"큰일났네, 큰일났어, *여보게*." 그는 피예르에게 말했다. "딸은 어머니가 곁에 없으면 큰일나는 법이지. 나는 정말 여기 온 것을 후회하고 있네. 자네니까 솔직히 이야기하지. 자네도 들었다시피, 그애는 아무한테도 상의하지 않고 약혼자를 거절해버렸어. 하기야 나도 이 혼담을 그리 달가워하진 않았지만 말이야. 상대가 아무리 훌륭한 사람이라 한들 아버지 뜻을 거역해서 무슨 신통한 일이 있겠나. 게다가 앞으로 나타샤에게 다른 혼처가 없지도 않을 텐데. 그러나 어쨌든 이미 그렇게 오랫동안 기다리던 것을 부모와 상의도 없이 그렇게 저질러버렸어! 그리고 그애는 지금 병이 났다는데, 나는 뭐가 뭔지 모르겠어! 어머니가 곁에 없는 딸자식은 어쩔 수 없는 건가보네, 백작⋯⋯" 피예르는 백작이 몹시 당황하는 것을 보고 화제를 바꾸려 애썼지만, 백작은 또다시 자신의 슬픔으로 되돌아갔다.

소냐가 걱정스러운 얼굴로 객실에 들어왔다.

"나타샤는 몸이 별로 좋지 않아요. 그래서 자기 방에서 당신을 뵙고 싶어합니다. 마리야 드미트리예브나도 거기 계시는데, 역시 당신을 만나고 싶어하세요."

"그렇지, 자네는 볼콘스키와 무척 가까운 사이니까 분명 무슨 전할 말이라도 있겠지." 백작은 말했다. "아아, 큰일이야, 큰일! 모든 일이 잘돼가고 있었는데!" 백작은 관자놀이의 성긴 흰머리를 움켜쥐며 방에서 나갔다.

마리야 드미트리예브나는 아나톨이 결혼했다는 사실을 나타샤에게 알렸다. 나타샤는 그것을 믿지 않고 피예르에게 확인하려 하는 것이었다. 소냐는 복도를 따라 나타샤의 방으로 안내하며 이렇게 이야기했다.

나타샤는 창백하고 엄중한 얼굴로 마리야 드미트리예브나 옆에 앉아 있었고, 피예르가 문가에 나타나자 곧 열병에라도 걸린 것처럼 반짝이는 미심쩍은 눈으로 그를 맞았다. 그녀는 미소를 짓지도 고개를 끄덕이지도 않고 그저 집요하게 그를 바라보았는데, 그 눈은 오직 한 가지, 그가 아나톨 문제에 관해 자기편인지, 아니면 다른 사람들처럼 적인지만을 묻고 있었다. 그녀에게 피예르 자체는 존재하지 않는 것 같았다.

"이 사람이 모든 걸 알고 있다." 마리야 드미트리예브나는 피예르를 가리키며 나타샤에게 말했다. "내 말이 사실인지 아닌지 이 사람 이야기를 들어봐."

나타샤는 총에 맞아 상처 입은 짐승이 궁지에 몰려 쫓아오는 사냥꾼과 개를 바라보듯 두 사람을 번갈아 보았다.

"나탈리야 일리니치나." 피예르는 눈을 내리깔고, 그녀에 대한 연민과 이제부터 집도해야 할 수술에 대한 혐오를 느끼며 말하기 시작했다. "그것이 사실이든 아니든 당신에게는 마찬가지일 거라고 생각해요. 왜냐하면……"

"그가 결혼했다는 건 사실이 아니죠?"

"아니요, 그건 사실이에요."

"그가 결혼했다고요, 오래전에?" 그녀는 물었다. "맹세할 수 있어요?"

피예르는 그녀에게 맹세했다.

"그는 아직 여기 있나요?" 그녀는 재빨리 물었다.

"네, 조금 전에 봤습니다."

그녀는 이제 말할 기력도 없다는 듯, 자기를 내버려두라는 듯이 손짓을 했다.

20

피예르는 식사에 남지 않고, 방에서 나오자 곧 돌아갔다. 그는 이제 아나톨을 생각하면 온몸의 피가 심장으로 몰려 숨쉬기조차 괴롭게 느껴졌지만 그래도 아나톨 쿠라긴을 찾아 시내를 돌아다녔다. 언덕에도, 집시에게도, *코모네노*에게도 가봤지만 그는 없었다. 피예르는 클럽에도 가보았다. 클럽에서는 모든 것이 평소처럼 흘러가고 있었는데, 식사하러 모인 손님들은 무리 지어 자리를 잡고, 피예르에게 인사하고, 도시의 소식을 이야기했다. 피예르의 지인들과 습관을 알고 있는 급사는 그가 사람들과 인사를 하자, 그의 자리는 소식당에 마련되어 있고, 미하일 자하리치는 도서실에 있고, 파벨 티모페이치는 아직 오지 않았다고 보고했다. 피예르의 지인 한 명이 날씨 이야기를 하다 말고 그에게, 쿠라긴이 로스토바 영애를 납치했다는 소문이 지금 시내에 떠들썩한데 혹시 들었는지, 그게 사실인지 물었다. 피예르는 웃으면서 자기는 지금 막 로스토프가에서 돌아온 참이며 그건 말도 안 되는 소리라고 말했다. 그는 만나는 사람 모두에게 아나톨에 대해 물었는데, 아직 안 왔다고 말하는 사람도 있고, 오늘은 식사하러 나올 거라고 말하는 사람도 있었다. 피예르는 자기 마음속에서 어떤 일이 일어나고 있는지 모르는 이 태평하고 무심한 사람들 무리를 보자 이상한 기분이 들었다. 그는 모두가 모이기를 기다리며 홀을 걸어다녔지만, 아나톨을 기다리지 못하고 식사도 하지 않고 집으로 돌아왔다.

그가 찾고 있던 아나톨은 이날 돌로호프의 집에서 식사를 하고, 망쳐버린 일의 해결책을 의논했다. 아나톨은 로스토바와 반드시 만나야 한다고 생각했다. 그는 밀회할 방법을 상의하기 위해 저녁에 누이에게 갔다. 피예르가 온 모스크바를 헛되이 돌아다니다가 집으로 돌아오자, 하인이 아나톨 바실리예비치 공작이 백작부인의 방에 와 있다고 알렸다. 백작부인의 객실은 손님들로 가득했다.

피예르는 모스크바에 돌아온 이래 한 번도 만나지 않았던 아내에게 인사도 없이(그는 이제까지 그 어느 때보다 아내가 미웠다) 객실로 들어갔고, 아나톨을 보자 그에게 다가갔다.

"아, 피예르" 하고 백작부인이 남편 옆으로 다가왔다. "당신은 모를 거예요. 우리 아나톨이 지금 어떤 상태인지……" 그녀는 이렇게 말하다가 그의 낮게 떨군 머리며, 이글거리는 눈이며, 무언가를 굳게 각오한 듯한 걸음걸이에서 전에 돌로호프와의 결투 뒤에 보았던 광포와 위력을 무서우리만큼 느끼고 입을 다물었다.

"당신들이 있는 곳에는 언제나 음탕과 죄악이 따라다니는군." 피예르는 아내에게 말했다. "아나톨, 저쪽으로 갑시다, 당신한테 해야 할 말이 있습니다." 그는 프랑스어로 말했다.

아나톨은 누이동생의 얼굴을 힐끗 돌아보고, 피예르를 따라가려고 순순히 일어섰다.

피예르는 그의 팔을 잡아끌며 객실을 나섰다.

"만약 당신이 내 객실에서……" 옐렌은 속삭이듯 말했지만, 피예르는 대꾸도 없이 나가버렸다.

아나톨은 여느 때처럼 씩씩한 걸음걸이로 따라나섰다. 그러나 얼굴에는 불안이 역력했다.

자기 서재에 들어가자 피예르는 문을 닫고, 아나톨의 얼굴을 보지 않으며 말했다.

"당신은 로스토바 백작영애에게 결혼을 약속했습니까? 멀리 데려가
려고 했습니까?"

"친애하는 백작," 아나톨은 프랑스어로 대답했다(그는 계속 프랑스
어로 말했다). "나는 그런 말투의 심문에는 대답할 의무가 없다고 생각
하는데요."

창백했던 피예르의 얼굴은 분노로 일그러졌다. 그는 커다란 손으로
아나톨의 제복 깃을 움켜잡고, 아나톨의 얼굴이 온통 겁에 질린 표정
을 띨 때까지 이리저리 흔들었다.

"내가 당신한테 해야 할 말이 있다고 한 건⋯⋯" 피예르는 되풀이했다.

"어리석게 왜 이래요, 응?" 아나톨은 옷과 함께 찢어진 깃의 단추를
더듬으며 말했다.

"당신은 악당이고 망나니입니다. 내가 이것으로 당신 머리통을 부
숴버리는 즐거움을 어떻게 참고 있는지 모르겠어요." 피예르가 이처럼
거침없이 표현할 수 있었던 것은 프랑스어로 말했기 때문이다. 그는 묵
직한 서진書鎭을 집어들고 위협하듯 쳐들었다가 이내 제자리에 놓았다.

"그녀와 결혼하겠다고 약속했습니까?"

"난, 난, 나는 그런 생각은 하지 않았습니다. 그러니까 약속도 하지
않았습니다. 왜냐하면⋯⋯"

피예르는 그의 말을 가로막았다.

"그녀에게 받은 편지를 가지고 있습니까? 가지고 있습니까?" 아나
톨에게 다가들며 피예르는 되풀이했다.

아나톨은 그의 얼굴을 힐끗 보더니 곧 호주머니에 손을 넣어 지갑을

꺼냈다.

피예르는 그가 내민 편지를 받아들자, 한가운데 놓여 있는 탁자를 밀치고 소파에 쓰러지듯 앉았다.

"걱정 마십시오, 폭력은 쓰지 않을 테니까." 아나톨의 겁먹은 듯한 태도에 피예르는 이렇게 응답했다. "편지―이게 첫째," 그는 마치 수업을 복습하듯이 말했다. "둘째로," 잠시 침묵한 뒤 다시 일어서서 방안을 걷기 시작하며 그는 말을 이었다. "내일 모스크바를 떠나십시오."

"하지만 어떻게 내가 그럴 수가……"

"셋째로," 피예르는 상대방의 말은 듣지도 않고 계속했다. "당신과 백작영애 사이에 있었던 일에 대해서는 절대 한마디도 하면 안 됩니다. 물론 억지로 시킬 수 없다는 건 알고 있지만, 당신에게 양심의 불꽃이 있다면……" 피예르는 말없이 여러 번 방안을 왕복했다. 아나톨은 탁자 옆에 앉아 얼굴을 찌푸린 채 입술을 깨물고 있었다.

"당신도 결국은 알게 되리라 생각하지만, 당신에게 쾌락이 있는 것처럼 다른 사람에게도 행복과 평안이란 것이 있는데, 당신은 자신의 쾌락을 위해 다른 이의 일생을 망치려 하고 있습니다. 여자와 놀아나고 싶으면, 내 아내 같은 여자를 상대해요―그런 여자들이라면 당신에게도 권리가 있습니다. 그들은 당신이 그들에게서 원하는 게 뭔지 알고 있으니까. 그런 여자들은 당신과 같은 방탕을 경험했기 때문에 당신에 대해 무장이 돼 있을 겁니다. 하지만 숫처녀에게 결혼을 약속하고…… 속이고 납치하려 하다니…… 그것이 노인이나 아이를 때리는 것처럼 비열한 짓이라는 걸 어떻게 모를 수 있습니까!……"

피예르는 잠시 입을 다물고, 이제 분노라기보다 의아함을 담은 눈초리로 아나톨을 바라보았다.

"그런 건 난 모릅니다. 응?" 분노를 가라앉히려는 피예르와는 반대로 아나톨은 용기를 내어 말했다. "그런 건 난 모르고, 알고 싶지도 않아요." 그는 피예르 쪽을 보지 않고 아래턱을 살짝 떨며 말했다. "당신은 내게 비열하다느니 어떻다느니 말하는데, 나는 명예로운 한 인간으로서 절대 누구에게도 용납할 수 없는 말을 들었습니다."

피예르는 그가 무엇을 원하는지 몰라 이상한 듯이 바라보았다.

"비록 우리 둘뿐이지만," 아나톨은 말을 이었다. "나는 용납할 수가……"

"그럼, 결투를 청하는 겁니까?" 피예르는 조롱하듯 말했다.

"적어도 지금 당신이 한 말은 취소하시오. 응? 당신이 원하는 것을 내가 받아들이길 바란다면 말이오. 응?"

"취소하죠, 취소하겠습니다," 피예르는 말했다. "그리고 사과도 하겠습니다." 피예르는 무심코 그의 뜯어진 단추를 보았다. "그리고 만약 여비가 필요하다면 돈도……" 아나톨은 미소지었다.

아내의 얼굴에서 익숙하게 봐온 소심하고 비열한 미소가 피예르를 격분하게 했다.

"오오, 비열하고 무정한 족속들!" 그는 말하고 방을 나갔다.

다음날 아나톨은 페테르부르크로 떠났다.

21

피예르는 마리야 드미트리예브나의 요청대로 쿠라긴을 모스크바에서 쫓아낸 것을 보고하기 위해 그녀에게 갔다. 집안 전체가 공포와 흥분에 잠겨 있었다. 나타샤가 몹시 아팠기 때문인데, 마리야 드미트리예브나가 은밀히 들려준 이야기에 따르면, 나타샤는 아나톨이 결혼했다는 것을 알게 된 그날 밤, 몰래 입수한 비소를 먹고 자살을 기도했다. 다행히 조금 삼켰을 때 갑자기 두려움을 느낀 그녀는 소냐를 깨워 모든 것을 털어놓았다. 그래서 제때 해독을 하고 위험을 넘겼지만, 시골로 데려가는 것은 생각도 못 할 정도로 몹시 쇠약해졌기 때문에, 사람을 보내 백작부인을 데려오게 했다. 피예르는 혼비백산한 백작과 울어서 눈이 부은 소냐를 보았지만, 나타샤는 만나지 못했다.

이날 피예르는 클럽에서 식사를 했고, 로스토바 납치에 관한 이야기가 사방에서 들려오자 그는 이 소문을 끝까지 부정하며, 다만 처남이 로스토바에게 청혼했다가 거절당했을 뿐 아무 일도 없었다고 모두를 납득시키려 했다. 피예르는 이 사건을 완전히 숨기고 로스토바의 명예를 회복시키는 것이 자기의 의무라고 느꼈다.

그는 전전긍긍하며 안드레이 공작의 귀국을 기다렸고, 그의 소식을 얻으려고 매일같이 노공작을 찾아갔다.

니콜라이 안드레예비치 공작은 시중에 퍼진 소문을 부리엔 양에게 들어 다 알고 있었고, 나타샤가 공작영애 마리야에게 보낸, 파혼을 알리는 편지도 읽었다. 그는 여느 때보다 유쾌해 보였고, 전보다 조급한 마음으로 아들의 귀국을 기다렸다.

아나톨이 떠나고 며칠 뒤, 피예르는 자신의 귀국을 알리면서 방문해 달라고 쓴 안드레이 공작의 편지를 받았다.

안드레이 공작은 모스크바에 도착하자마자, 나타샤가 누이에게 보낸 파혼을 알리는 편지를 아버지로부터 받았고(부리엔 양이 공작영애 마리야한테서 훔쳐내 공작에게 넘겨주었다), 나타샤 납치에 관한 과장된 이야기도 아버지로부터 들었다.

안드레이 공작은 전날 밤에 도착했다. 피예르는 다음날 아침 그를 찾아갔다. 피예르는 그가 나타샤와 다름없는 상태일 거라 예상했기 때문에 서재에 들어가기 전 객실에서 안드레이 공작이 크고 활기찬 목소리로 페테르부르크에서 있었던 어떤 음모에 관해 이야기하는 것을 듣자 깜짝 놀랐다. 노공작과 누군가의 목소리가 이따금 그의 말을 가로막았다. 공작영애 마리야가 피예르를 맞았다. 그녀는 안드레이 공작이 있는 방을 눈으로 가리키며 분명 오빠의 슬픔을 나타내려는 듯이 한숨을 내쉬었지만, 피예르는 그녀의 얼굴을 보고 그녀가 이 일에 대해서도, 또 약혼녀의 변심을 알고 그가 보인 태도에 대해서도 만족을 느낀다는 것을 알아챘다.

"그는 이런 일을 예상했다고 했어요." 그녀는 말했다. "감정을 드러내는 것은 그의 자존심이 허락지 않는 거예요. 하지만 내 예상보다는 훨씬 더 잘 견디고 있어요. 역시 이렇게 될 일이었나봐요……"

"하지만 정말 모든 게 완전히 끝나버린 걸까요?" 피예르는 물었다.

공작영애 마리야는 놀란 듯이 그를 바라보았다. 어떻게 그런 걸 물을 수 있는지 이해가 가지 않는 듯했다. 피예르는 서재로 들어갔다. 안드레이 공작은 확연히 달라지고 분명 건강해진 것 같았고, 미간에 새

주름살이 잡혀 있었으며, 문관복을 입고 아버지와 메셰르스키 공작 앞에 서서 정력적인 몸짓을 하며 열띠게 논쟁하고 있었다.

화제는 스페란스키에 관한 것이었는데, 그의 갑작스러운 유형流刑과 사실 같지 않은 모반24) 소식이 방금 모스크바에 전해진 것이었다.

"지금 그(스페란스키)를 비난하고 비판하는 자들은 한 달 전까지만 해도 모두 그에게 찬성했던 자들이거나." 안드레이 공작은 말했다. "그의 목적을 이해할 수 없다고 했던 자들입니다. 실의에 빠진 사람을 비판하고, 남의 잘못까지 모두 덮어씌우는 건 몹시 손쉬운 일이지만, 저는 감히 말씀드립니다만, 만약 오늘날의 치세에서 뭔가 옳은 일이 행해졌다면, 그건 모두 그가 한 일입니다. 오직 그 한 사람만이……" 그는 피예르를 보자 말을 멈췄다. 그의 얼굴은 가볍게 떨렸지만, 이내 고집스러운 표정을 띠었다. "그리고 후세 사람들은 그가 옳았다는 것을 인정하게 될 겁니다." 그는 여기까지 말하고 곧 피예르에게로 얼굴을 돌렸다.

"여어, 자네 어떤가? 살이 더 올랐는데." 그는 활발하게 말했지만, 이마에 새로 생긴 주름살이 더욱 깊게 새겨졌다. "응, 나는 건강하네." 그는 피예르의 물음에 답하고 미소지었다. 하지만 그 미소가 '나는 건강하지만 내 건강은 아무에게도 필요 없는 것이지'라고 말한다는 것을 피예르는 분명히 알았다. 폴란드 국경에서부터 길이 굉장히 나빴다는 것이며, 스위스에서 피예르를 아는 사람들을 만난 것이며, 아들의 교육을 위해 외국에서 데려온 가정교사 데살에 대해 잠시 이야기한 뒤, 안드레이 공작은 두 노인 사이에서 계속되고 있는 스페란스키에 대한 논쟁에 다시 끼어들었다.

"만약 실제로 모반이 있다면, 정말 그가 나폴레옹과 내통하고 있었다는 증거가 있다면 만천하에 공표하면 되지 않겠습니까." 그는 발끈하며 조급하게 말했다. "저는 개인적으로 스페란스키를 좋아하지 않고 전에도 좋아하지 않았지만, 그러나 저는 정의를 사랑합니다." 피예르는 그제야 비로소, 너무도 괴로운 내면의 상념을 쓸어버리기 위해 자기와 아무런 관계도 없는 일에 흥분하며 논쟁하고 있는, 자기가 너무나 잘 아는 친구의 성벽을 알아채게 되었다.

메셰르스키 공작이 떠나자 안드레이 공작은 피예르의 손을 잡고 자기에게 마련된 방으로 이끌었다. 방에는 조립식 침대가 있고, 펼쳐진 트렁크와 궤짝이 놓여 있었다. 안드레이 공작은 그중 하나로 다가가 손궤를 꺼냈다. 그리고 거기서 종이 뭉치를 꺼냈다. 그는 이 모든 동작을 말없이 아주 빠르게 했다. 그는 일어나서 기침을 했다. 그의 얼굴은 잔뜩 찌푸려지고 입술은 꾹 다물어져 있었다.

"내가 자네를 괴롭히고 있는 거라면, 용서하게……" 피예르는 안드레이 공작이 나타샤에 대해 이야기하려 한다는 것을 알아챘고, 그의 넓적한 얼굴에는 유감과 동정의 빛이 떠올랐다. 이 표정이 안드레이 공작을 자극했고, 그는 크고 단호하고 불쾌한 목소리로 말을 이었다. "나는 로스토바 백작영애에게 파혼당했고, 자네의 처남이 그녀에게 청혼을 했다느니 하는 소문을 들었네. 그게 사실인가?"

"사실이기도 하고, 사실이 아니기도 합니다." 피예르는 입을 열었지만, 안드레이 공작이 가로막았다.

"이것이 그녀의 편지들," 그는 말했다. "그리고 초상화네." 그는 탁자에서 종이 뭉치를 들어 피예르에게 건넸다.

"백작영애에게 전해주겠나…… 자네가 그녀를 만나게 되면."

"그녀는 많이 아픕니다." 피예르는 말했다.

"그럼 아직 여기에 있나?" 안드레이 공작이 물었다. "쿠라긴 공작은?" 그는 재빨리 말했다.

"그는 오래전에 떠났습니다. 그녀는 죽을 뻔했어요……"

"그녀의 병에 대해선 나도 무척 유감스럽게 생각하고 있어." 안드레이 공작은 말했다. 그는 자기 아버지처럼 쌀쌀하고 악의에 찬 불쾌한 미소를 지었다.

"그럼 쿠라긴은 로스토바 백작영애에게 청혼하지 않았단 말인가?" 안드레이 공작은 말했다. 그는 여러 번 콧방귀를 뀌었다.

"그는 이미 결혼했기 때문에 결혼할 수 없습니다." 피예르는 말했다.

안드레이 공작은 다시금 그의 아버지가 연상되는 불쾌한 미소를 지었다.

"그럼 그는, 자네의 처남은 지금 어디 있나, 내게 알려줄 수 있나?" 그는 말했다.

"그는 페테르…… 아니, 저는 잘 모릅니다." 피예르는 대답했다.

"뭐, 그건 아무래도 상관없어." 안드레이 공작은 말했다. "로스토바 백작영애에게 전해주게, 그녀는 완전히 자유로웠고, 지금도 그렇고, 내가 그녀의 행복을 빌고 있다고."

피예르는 종이 뭉치를 집어들었다. 안드레이 공작은 또 말할 것이 있는지 생각하는 듯, 아니면 피예르가 무슨 말을 할지 기다리는 듯 그에게 시선을 고정하고 있었다.

"저, 언젠가 우리 둘이 페테르부르크에서 토론했던 것을 기억하십니까?" 피예르는 말했다. "기억하십니까……"

"기억하네." 안드레이 공작은 얼른 대답했다. "나는 타락한 여자는 용서해줘야 한다고 말했었지. 하지만 내가 용서할 수 있다고는 말하지 않았어. 나는 그럴 수 없어."

"하지만 그건 이것과 비교할 수 없잖습니까?……" 피예르는 말했다. 안드레이 공작은 그의 말을 가로막았다. 그리고 날카롭게 소리쳤다.

"그럼, 다시 청혼이라도 해서 관대함을 보여주란 말인가?…… 그래, 그건 대단히 훌륭한 일이겠지. 하지만 나는 그 *신사*의 발자취라는 걸 따라갈 수 없어. 만약 자네가 계속 내 친구이고 싶다면 두 번 다시 그녀…… 그 이야기는 꺼내지 말게. 자, 잘 가게. 그건 그녀에게 전해주겠지?……"

피예르는 방을 나와 노공작과 공작영애 마리야에게 갔다.

노인은 평소보다 활기차 보였다. 공작영애 마리야는 평소와 같았지만, 피예르는 오빠에 대한 그녀의 동정 뒤에 이 결혼이 깨진 데 대한 기쁨이 있음을 알아보았다. 두 사람을 보는 동안, 피예르는 그들이 로스토프가에 대해 얼마나 깊은 멸시와 증오를 품고 있었는지를 깨달았고, 상대방이 누구든 안드레이 공작을 다른 사람으로 대체해버린 여자의 이름을 입 밖에 내서는 안 된다는 것도 깨달았다.

식사 때의 화제는 이미 명백하게 닥친 전쟁 문제[25]로 옮아갔다. 안드레이 공작은 쉼 없이 이야기하며 때로는 아버지와, 때로는 스위스인 교사 데살과 논쟁했고, 여느 때보다 활기차 보였지만 그 활기의 정신적인 이유를 피예르는 너무 잘 알고 있었다.

22

이날 밤 피예르는 부탁받은 일을 수행하기 위해 로스토프가를 찾았다. 나타샤는 침대에 누워 있고 백작은 클럽에 가고 없었기 때문에 그는 소냐에게 종이 뭉치를 건넨 뒤, 안드레이 공작이 이 소식을 어떻게 받아들이는지 알고 싶어했던 마리야 드미트리예브나의 방으로 갔다. 십 분 후, 소냐가 마리야 드미트리예브나의 방으로 들어왔다.

"나타샤가 표트르 키릴로비치 백작을 꼭 뵙고 싶어해요." 그녀는 말했다.

"뭐야, 그애한테 이 사람을 데려가겠다는 거냐? 그 방은 치우지도 않았잖니?" 마리야 드미트리예브나가 말했다.

"아니에요, 나타샤는 옷을 갈아입고 객실로 나왔어요." 소냐는 말했다.

마리야 드미트리예브나는 어깨를 으쓱했다.

"백작부인은 언제 오실는지, 난 정말 혼쭐이 났어. 여보게, 주의해주게, 있는 대로 다 털어놓아선 안 돼." 그녀는 피예르에게로 얼굴을 돌리고 말했다. "그애를 나무라는 건 나도 가슴 아파, 가엾어, 어찌나 가엾은지!"

나타샤는 몹시 야위고 창백하고 굳은 얼굴로(피예르가 예상했던 것처럼 부끄러워하는 기색은 조금도 없었다) 객실 한가운데에 서 있었다. 피예르가 문가에 나타나자, 그녀는 그에게 다가가야 할지 그가 오기를 기다려야 할지 정하지 못하는 듯 머뭇거렸다.

피예르는 황급히 그녀 옆으로 다가갔다. 여느 때처럼 그녀가 손을 내밀 거라고 생각했으나 그녀는 괴롭게 숨을 몰아쉬며 죽은듯이 양손을 늘어뜨린 채, 마치 평소에 노래를 부르기 위해 홀 한가운데로 나갔을 때와 똑같은 자세로 서 있었지만, 표정은 전혀 달랐다.

"표트르 키릴리치," 그녀는 빠르게 말하기 시작했다. "볼콘스키 공작은 당신의 친구였어요, 아니 지금도 친구죠" 하고 그녀는 고쳐 말했다(지금 그녀에게는 지난 일이 모두 변해버린 것처럼 느껴졌다). "그는 그때 내게 모든 일을 당신과 상의하라고 말했었어요……"

피예르는 말없이 그녀를 바라보며 거칠게 콧숨을 쉬고 있었다. 그전까지는 내심 그녀를 비난하고 경멸하려고 애썼지만, 지금은 마음속으로 비난의 여지가 없으리만큼 그녀가 가엾게 느껴졌다.

"그는 지금 여기 계시겠군요, 부디 나를 용서해달라고…… 나를 용서해달라고…… 말씀해주세요……" 그녀는 말을 멈추고 더욱 거칠게 숨을 쉬었지만, 울지는 않았다.

"그래요…… 내가 말하겠습니다." 피예르는 말했다. "그런데……" 그는 무슨 말을 해야 좋을지 몰랐다.

나타샤는 피예르의 머리에 떠오른 생각을 짐작하고 놀란 듯했다.

"아니요, 나는 잘 알아요, 이제는 모든 것이 끝났어요." 그녀는 황급히 말했다. "아니, 그건 절대 안 될 일이에요. 나는 다만 그에게 못할 짓을 했다는 것이 가슴 아플 뿐이에요. 그러니 그에게 말씀해주세요, 내가 용서를 구한다고, 모든 것을 용서해주길 바란다고……" 그녀는 온몸을 떨며 의자에 걸터앉았다.

한 번도 느껴보지 못한 연민의 감정이 피예르의 가슴을 가득 채웠다.

"전하겠습니다, 그에게 다시 한번 말하겠습니다." 피예르는 말했다.

"그런데…… 한 가지 알고 싶은 건……"

'무엇을 알고 싶으신 건가요?' 나타샤의 눈이 물었다.

"내가 알고 싶은 건, 당신은 사랑했습니까……" 피예르는 아나톨을 어떻게 불러야 할지 몰랐고, 그를 떠올리기만 해도 얼굴이 화끈거렸다.

"당신은 그 나쁜 사람을 사랑했습니까?"

"그를 나쁜 사람이라고 하지 말아주세요." 나타샤는 말했다. "하지만 나는 모르겠어요. 아무것도, 아무것도 모르겠어요……" 그녀는 다시 울기 시작했다.

그러자 더욱 강한 연민과 애처로움과 애정이 피예르를 사로잡았다. 그는 안경 밑으로 눈물이 흐르는 것을 느꼈고, 아무도 보지 못하길 바랐다.

"이제 이 이야기는 그만합시다. 나의 친구여." 피예르는 말했다.

부드러움과 애처로움과 성실함이 가득한 그의 목소리가 갑자기 나타샤의 귀에 몹시 이상하게 울렸다.

"이제 그만 이야기합시다. 나의 친구여, 나는 그에게 모든 것을 이야기하겠지만, 당신에게 한 가지 부탁하겠습니다. 제발 나를 친구로 생각해줘요. 만약 당신에게 도움이나 조언이 필요한 일이 생기거나, 누구한테라도 속마음을 털어놓아야 할 일이 생기면—물론 지금이 아니라, 당신 마음이 괜찮아지면—그때는 나를 떠올려줘요." 그는 그녀의 손을 잡고 키스했다. "도움이 될 수 있다면, 나는 행복할 겁니다……" 피예르는 머뭇거렸다.

"그런 말씀 마세요. 나는 그런 걸 받을 자격이 없어요!" 나타샤는 이렇게 외치고 방에서 나가려 했지만, 피예르가 손을 잡아 멈춰 세웠다.

그는 아직 할말이 남았다고 느끼고 있었다. 그는 그 말을 꺼냈고, 자기가 한 말에 스스로도 놀랐다.

"그만둬요, 그만두라고요. 당신의 인생은 이제부터란 말입니다." 그는 말했다.

"내 인생이요? 아니요! 나는 모든 걸 망쳐버렸어요." 그녀는 수치심을 느끼며 자기비하의 어조로 말했다.

"모든 걸 망쳐버렸다고요?" 그는 되풀이했다. "내가 만약 지금과 같은 모습이 아니라 세상에서 가장 아름답고 가장 총명하고 훌륭한 인간이고 또 자유로운 몸이라면, 나는 이 순간 당장 무릎을 꿇고 당신의 손길과 사랑을 구했을 겁니다."

나타샤는 고통스러웠던 며칠을 보내고 처음으로 감사와 감격의 눈물을 흘렸고, 피예르를 바라보다가 방에서 나갔다.

피예르도 목이 메도록 치솟는 감격과 행복의 눈물을 억누르며 그녀를 뒤따라 뛰듯이 현관방으로 나와, 소매에 팔을 넣으려 허둥대며 모피 외투를 입고 썰매에 올라탔다.

"이제 어디로 가십니까?" 마부가 물었다.

'어디로?' 피예르는 자신에게 물었다. '지금 내가 어디를 갈 수 있겠는가? 클럽에 가거나 방문 따윌 할 수 있을까?' 그는 자신이 경험한 감동과 사랑의 기분을 생각하면, 마지막에 눈물 속에서 자기를 바라보던 나타샤의 감사에 찬 부드러운 눈빛을 생각하면, 모든 인간이 너무도 가엾고 초라하게 느껴졌다.

"집으로 가게." 영하 10도의 추위에도 아랑곳없이 그는 곰털 외투를 입은, 기쁨으로 숨쉬는 널찍한 가슴팍을 열어 헤친 채 말했다.

꽁꽁 얼어붙은 맑은 밤이었다. 지저분하고 어스름한 거리 위, 거뭇거뭇한 지붕 위로 어두운 별하늘이 펼쳐져 있었다. 피예르는 자신의 영혼이 놓여 있던 높이에 비하면 땅 위의 것들은 모욕적이리만큼 낮다는 것을, 그 하늘을 쳐다볼 때만큼은 느끼지 못했다. 아르바트 광장에 들어서자, 별이 빛나는 어두운 하늘의 거대한 공간이 피예르의 눈앞에 펼쳐졌다. 그 하늘 거의 한복판에, 프레치스텐스키 가로숫길 상공에, 온통 뿌려놓은 듯한 별들에 둘러싸인, 다른 것들보다 지구와 더 가깝고 하얀빛과 위로 추켜진 긴 꼬리가 눈에 확연한, 1812년의 크고 찬란한 혜성이 반짝이고 있었고, 그것은 이 세상의 모든 공포와 종말을 예언한다던 그 혜성이었다.[26] 그러나 긴 빛의 꼬리를 끄는 그 빛나는 별도 피예르의 마음에는 조금도 무서운 감정을 불러일으키지 못했다. 오히려 피예르는 눈물에 젖은 눈으로 행복하게 그 밝은 별을 바라보았고, 형언할 수 없을 만큼 빠른 속도로 포물선을 그리며 무한한 공간을 날던 별은 갑자기 대지에 똑바로 꽂힌 화살처럼, 검은 밤하늘의 자신이 선택한 어느 한 점에 뛰어들어 힘차게 꼬리를 치켜세우고 수없이 반짝이는 다른 별들 속에서 하얀빛을 튀기고 반짝이며 멈췄다. 피예르는 그 별이 새로운 생활을 향해 활짝 꽃펴 부드럽고 고무된 그의 영혼 속에 있는 무언가에 화답해주고 있는 것 같았다.

(3권으로 이어집니다)

2권

제1부

1) 영국클럽은 모스크바에서 가장 오래된 사교 클럽의 하나로 예카테리나 2세 때부터 있었고, 16세기 영국의 귀족 클럽을 연상시켰다. 부유한 명문 귀족과 상류 관료층이 중심이었고, 여론이나 때로는 반정부적 의견이 형성되기도 했지만 사실상 정치적 역할은 크지 않았다. 그리보예도프는 희곡 『지혜의 슬픔』에서 영국클럽 회원들의 자유사상에 대해 빈정대기도 했다. 페트롭스키예 문 근처 가가리 공작의 집이 클럽의 거점이었고, 1812년부터는 트베르스카야 가의 한 저택으로 옮겨졌다. 영국클럽의 도서실은 1813년부터 러시아의 각종 정기간행물들이 풍부하게 모이는 곳으로 유명했다. 푸시킨과 P. Ya. 차다예프 등이 회원이었고, 1850년대에는 톨스토이도 회원으로서 자주 도서실을 찾고, 이곳에서 종종 정치 논쟁을 벌였다.

2) A. F. 랑제롱과 I. Ya. 프시비셰프스키의 배신에 대한 소문은 잘못된 것이다. 그들이 지휘한 종대는 커다란 곤경에 빠졌다. 실제로는 아우스터리츠 부근에서의 패배, 군 수뇌부의 쿠투조프 해임, 알렉산드르 1세와 그 측근들의 진행 간섭, 실제 상황을 고려하지 못한 것 등이 원인이었지만, 톨스토이는 패배의 주원인을 상관들의 태도로 인한 군대의 사기 저하로 보았으며, 당시 러시아군의 외국인 지휘관들이 전투로 인한 손실과 수치를 두려워하지 않았다고 생각한 듯하다.

3) 바그라티온은 수보로프의 가장 뛰어난 전우 중 한 사람으로, 수보로프가 이끈 이탈리아 및 스위스 원정(1799)에서 발군의 능력을 발휘하며 러시아군 전위를 지휘했고, 복잡하고 중요한 작전을 수행했다. 이탈리아에서는 브레시아와 레코를 점령했고, 트레비아와 노비 전투에도 참가했다. 스위스 원정에서는 그의 공적을 높이 산 수보로프의 버팀목이 되었다.

4) 톨스토이는 수보로프에 관심이 많았다. 그는 수보로프의 생활상을 잘 알았고, 그 자신이 종종 수보로프식의 기지 넘치는 논쟁을 벌이기도 했다. M. S. 수호틴

(1850~1914)은 "논쟁은 점차 가열되었다. 톨스토이는 별안간 수탉 울음소리를 외치고 정원으로 뛰쳐나갔다. 나는 그가 논쟁중에 수탉처럼 소리낼 때는(어딘가 수보로프를 연상시켰다) 상대가 반박할 가치도 없는 어리석은 말을 할 때라는 것을 알게 되었다"고 썼다.

5) 프랑스 왕 루이 16세의 처형(1793)은 프랑스혁명 때 국민공회의 선고로 실행되었다. 1791년의 헌법에 대해 거짓 맹세를 했던 루이 16세는 오스트리아 및 프로이센과 프랑스 사이에 전쟁이 발발하자, 프랑스의 무장 병력과 군 작전 계획을 적대자로부터 받는 것에 협력하고 방어 조직을 좌절시켰으며 반혁명가들을 고무했다. 1792년 8월 10일의 민중봉기는 왕정을 무너뜨렸고, 발견된 비밀문서는 반박의 여지 없이 그의 배신을 증명하고 있었다. 그는 국민의 자유와 국가의 안전에 반한 반역 음모죄로 사형을 선고받았다.

6) 자코뱅파의 지도자 M. F. M. I. 로베스피에르(1758~1794)는 왕정을 폐지하고 1793년 6월 독재 체제를 수립하여 공포정치를 행했으나, 1794년 반혁명 쿠데타 다음날 재판도 없이 처형되었다.

7) 1806년 10월 프로이센, 러시아, 영국, 스웨덴 간에 제4차 대프랑스동맹이 결성되었다. 그러나 그들은 이미 그전부터 나폴레옹의 침탈에 대비해 적극적으로 무장했고, 새로운 동맹을 위한 비밀 협상을 시작했다. 나폴레옹 또한 1806년 여름 라인 강 양안의 알자스와 로렌 지역에 군대를 집결시켰다.

8) 신병은 18~19세기 러시아에서 귀족이나 성직자를 제외한 납세 계급 출신의 초년 병사를 가리킨다. 표트르 1세 시대 이후로 러시아 정규군은 신병으로 충원되었고, 징집 시기와 병사 수, 할당 규정은 매번 신병 징집 전에 정해졌다. 평시에는 천 명당 5~7명꼴로 징집되었으나, 이때 10명꼴로 강화되었다. 상비군과 달리 전쟁 때 임시로 징집되는 국민의용군 병사는 민병이라 일컬었다.

제2부

9) 1806년 10월 14일, 프로이센군은 프랑스군에게 이중으로 무서운 패배를 당했다. 나폴레옹은 예나 근처에서 프로이센군 일부를 급습했고 다부 원수는 아우어슈테트 근처에서 그 주력 부대를 궤멸했다. 장기 포위에 대비해 식량을 비축하고 전투 태세를 갖췄던 공고한 프로이센의 요새들은 일발의 사격도 하지 않고 잇따라 백기를 들었다. 10월 27일, 나폴레옹은 이미 베를린에 들어와 있었다.

10) 예나와 아우어슈테트 근처에서 참패한 뒤 베니히센과 북스게브덴의 지휘 아래

러시아 2개 군단은 프로이센으로 진출했다. 11월 3일 러시아군은 전쟁에서 프로이센을 돕기 위해 그로드노 근처에서 국경을 넘어갔고, 초기 전투는 폴란드 영토에서 벌어졌다.

11) 톨스토이는 사건의 추이를 다소 앞지르고 있다. 이 대화는 바르텐슈타인 조약에 대한 것인데, 조약을 위한 교섭은 이보다 뒤인 1807년 4월, 나폴레옹이 실패한 일련의 전투(프로이슈-아일라우 부근의 전투도 포함된다) 후에 이루어졌다. 1807년 4월 26일, 프로이센의 바르텐슈타인에서 러시아의 알렉산드르 1세와 프로이센의 프리드리히 빌헬름 3세 사이에 비밀조약이 체결되었다. 프랑스를 원래의 국경으로 되돌아가게 하기 위해서는 나폴레옹군을 라인 강 너머로 철수시키고 라인동맹을 해체하고 독일에 프로이센을 수장으로 하는 국가연합을 창설해야 했고, 오스트리아 또한 권력의 완전한 보장과 강화를 위해 국경을 확장해야 했다. 그러나 오스트리아는 조약 조문의 실현 가능성을 의심했다. 스웨덴, 영국, 오스트리아가 합류해야 할 협정은 시간만 끌었고, 1807년 6월 나폴레옹에게 유리하게 끝난 프리들란트 전투가 일어났다.

12) 베니히센은 1801년 3월 11일 궁정 쿠데타(파벨 1세 시해)에 참가했고, 출세주의자이자 책사, 야심가였지만, 군 지휘관으로서는 무능했다. 1806~1807년의 러시아 여러 부대의 패배는 그와 관련이 있고, 그는 결국 1812년 쿠투조프에 의해 작전 군에서 밀려났다. 1807년 2월 7~8일 프로이슈-아일라우 근처에서 혈전이 벌어졌다. 양쪽 다 큰 손실을 입었지만 어느 쪽의 승리인지는 명확하지 않았다. 러시아군은 버티고 있었고, 나폴레옹은 전투 뒤 러시아군이 쾨니히스베르크로 퇴각했기 때문에 프랑스군의 승리라고 주장했던 것이다. 그러나 프랑스군은 병력을 반 가까이 잃어 공격할 수 없었고, 심지어 이동도 응전도 할 수 없는 상태였다. 프랑스군은 그 며칠 뒤 M. I. 플라토프가 이끄는 카자크대의 추격을 받으며 급히 퇴각했는데, 그때 그들을 궤멸하지 못한 것이 베니히센의 통솔력 부족 때문이었다는 이야기가 있다.

13) 1807년 6월 14일, 베니히센이 이끄는 러시아군은 프리들란트 인근의 알레 강 좌안으로 이동하면서 나폴레옹보다 불리한 위치에 있게 되었다. 러시아군은 프랑스군의 포격으로 약 1만 5천의 병사를 잃는 큰 손실을 입고 알레 강 우안으로 물러났다가 다시 네만 강 뒤(틸지트 부근)로 물러났다. 이는 1806~1807년 전역의 마지막 전투였다.

14) 1807년 6월 25~26일(구력 13~14일), 나폴레옹과 알렉산드르 1세는 틸지트 부근, 러시아군과 프랑스군을 가로지르는 네만 강 나루터에서 만났고, 이후 틸지트 시내에서도 수차례 만났다(6월 27일~7월 9일). 두 황제의 비밀 회담은 러

시아의 A. V. 쿠라킨(1752~1818)과 D. I. 로바노프 로스톱스키(1758~1838), 프랑스의 C. M. 탈레랑(1754~1838)이 서명한 틸지트조약으로 갈무리되었다. 이로써 프랑스는 서유럽과 중앙유럽에 대한 군사적 지배권을 확립하게 되었고, 러시아는 동유럽에서의 지배적 역할을 인정받게 되었다. 프로이센은 독립국으로서 보호를 받았지만, 영토가 줄고, 막대한 배상금을 물고, 군을 축소하는 등 가혹한 대가를 치러야 했고, 실질적으로는 프랑스의 속국이나 마찬가지였다. 이때 러시아는 패전에도 불구하고 비알리스토크 주를 손에 넣는다. 그러나 이 조약으로 러시아와 프랑스의 대립이 완전히 사라진 것은 아니었다. 러시아는 나폴레옹의 요구에 따라 영국의 저항을 분쇄하기 위한 경제 수단으로 대륙 봉쇄에 협력해야 했는데, 이것이 러시아 경제에 심각한 타격을 주었기 때문이다. 이 조약은 러시아와 그 동맹국들에게 잠시의 휴식과 힘을 모을 시간을 주었다.

15) 틸지트 회견 전까지 러시아는 나폴레옹을 황제로 인정하지 않았다. 상류사회에서는 그를 '부오나파르테'로만 부르거나, 공식 문서에서도 '보나파르티'라 칭했다. 그러나 회견 이후 알렉산드르 1세는 러시아의 모든 교회에 나폴레옹에 대한 '저주'의 기도를 금지했고, 마침내 프랑스 황제로 받아들였다.

제3부

16) 1808년 가을, 알렉산드르 1세와 나폴레옹은 틸지트의 에르푸르트에서 만나(9월 27일~10월 14일) 틸지트조약을 확인하고, 일련의 영토 문제를 해결한 에르푸르트협정을 체결했다. 나폴레옹은 러시아와의 친교를 바라고 있었다. 그는 스페인전쟁으로 인한 프랑스 내 정치 상황 악화, 무장을 강화한 오스트리아의 새로운 진출에 위협을 느끼고 있었다.

17) 틸지트에서의 비밀 회담으로 체결된 조약과 더불어, 러시아와 프랑스는 육지든 해상이든 상대국이 말려든 전쟁에서는 유럽의 어떤 나라에 대해서도 공동 군사행동을 펼칠 것을 약속했다. 그러나 1809년 오스트리아와 프랑스의 전쟁이 시작되자 알렉산드르 1세는 오스트리아에 대한 진지한 군사행동을 하지 않고 원정을 늦추며 최대한 충돌을 피하라고 명령했다.

18) 1803년 2월 23일자 법령에 따라 농노적 종속관계에서 풀려난 농민들을 가리킨다. 농노가 원하면 지주는 매수금을 받고 땅을 나누어주었고, 개인 혹은 마을 전체의 농노가 자유의 몸이 될 수 있었다. 그러나 이 법령은 귀족의 불만을 샀고, 받아들이는 지주는 극소수였다. 알렉산드르 1세 치세 때 풀려난 농노는 러시아

전체 농노 수의 반도 되지 않았다.

19) 스페란스키는 알렉산드르 1세 즉위 뒤 내무부에 임용되어, 1803~1807년 황제의 명으로 재판과 정부기구 구조 개혁안을 세우고 법령 편찬에 주도적으로 참가했다. 1808년 알렉산드르 1세와 나폴레옹의 에르푸르트 회견 때 막료로 참가하는 등 황제의 신임이 두터웠고, 1809년 착수한 국가 개혁안이 완결되면서 정치가로서 정점에 올랐으나 농노제는 건드리지 못했고, 전제제도를 러시아에서 발전하고 있는 부르주아적 사회적 경제적 관계로 이끌려 했지만 이 또한 조정의 상층부, 관료, 보수적 귀족의 격렬한 저항에 부딪혀 실현하지 못했다. 그의 개혁은 법률제정위원회 설립(1810), 황제가 임명한 중신(스페란스키는 내무대신에 임명됐다)들로 이루어진 황제의 자문기관 설립, 내각 개조(1811) 등으로 축소되었다.

20) 귀족들과 관료들은 이 두 가지 칙령에 격분했다. 예카테리나 2세 치세 이후, 때로는 유소년기에 받았던 상급 시종, 하급 시종 칭호에는 큰 특전이 있었다. 명문가의 젊은이들은 현역 근무를 시작하면 곧 높은 자리를 차지했는데, 1809년 4월 3일의 칙령으로 특전이 사라진 것이다. 시종 칭호를 받았지만 군대 근무나 문관 근무를 하지 않은 자는 두 달 내에 하나를 선택해 근무해야 했고, 이후 이 칭호들은 어떠한 혜택도 없이 그저 구별의 성격만 띠게 되었다. 또한 문관 시험에 대한 칙령에 따르면, 러시아 내 대학 졸업증명서나 특별 시험에 합격한 증서를 제출해야만 8등 문관(군무에서 소령, 나중에는 대위에 상응하는 문관)이나 5등 문관(문관 고위직)으로 승진할 수 있었고, 추천받은 자라도 십 년 이상 근무해야 하는 등 규정이 엄격해졌다.

21) 1807년 나폴레옹은 스페인으로 대군을 출동시켰고, 1808년 조제프 보나파르트(나폴레옹의 형)를 스페인 왕으로 옹립하지만 이후 집요한 저항에 부딪힌다. 스페인 국민은 해방을 위해 투쟁했고, 파르티잔들이 움직이기 시작했다. 혹독한 억압과 대량 학살에도 불구하고 투쟁은 들불처럼 전국으로 번졌고, 나폴레옹은 대규모 군대를 파견하려 했으나 뜻대로 되지 않았다. 사라고사 시의 영웅적 방어와 파멸(1809년 2월)은 전 세계를 진동시켰다. 나폴레옹도, 정예부대를 거느린 그의 훌륭한 원수들도 1808~1809년 겨울의 전투에서 스페인 국민의 저항을 꺾을 수 없었다. 파르티잔 부대는 곳곳에서 유격전을 펼쳤고, 급사들은 길을 차단당했고, 수비대는 섬멸됐다. 그들의 해방 투쟁은 나폴레옹 제국의 약화를 이끌었다.

22) 나폴레옹은 프랑스 상류사회에서 인정받기 위해 1796년 A. 보아르네 장군 (1760~1794)의 미망인인 조제핀 보아르네(1763~1814)와 결혼했으나, 1809 년 오스트리아 황제 프란츠 2세가 자신의 딸 마리 루이즈(1791~1847)와의 결혼을 제안하자 호의적으로 받아들였다. 한편 알렉산드르 1세의 누이 중 한 사람과 결혼한다는 소문도 끈질기게 돌고 있었는데, 이는 알렉산드르 1세와 나폴레옹의 에르푸르트 회견 때 나온 이야기였다. 나폴레옹은 페테르부르크에서 확실한 답이 오지 않자, 1810년 4월 1일 마리 루이즈와 루브르 궁 예배당에서 결혼식을 올렸다.

23) 나폴레옹은 대서양 연안을 점령하기 전 올덴부르크 대공(알렉산드르 1세의 매제)에게 에르푸르트를 제공하고 포섭하려 했지만, 대공은 러시아 황제의 충고에 따라 거절했고, 이후 올덴부르크공국은 나폴레옹의 대륙 봉쇄에 참가하지 않은 한자동맹의 여러 도시와 함께 점령됐다. 이때 러시아는 프랑스에 격렬한 항의 통첩을 보냈다.

24) M. M. 스페란스키의 정치 활동은 귀족층과 지주층, 관료층에 극단적인 적개심을 불러일으켰고, 결국 조정의 음모가 그에게 몰아쳤다. 그는 국가 재정을 어지럽히고, 정부에 대한 반감을 촉발한 세금 제도를 도입하고, 프랑스와의 동맹을 지지했다는 등의 명목으로 탄핵을 받았다. 알렉산드르 1세는 프랑스와의 전쟁의 소용돌이 속에서 스페란스키의 활동에 부담을 느끼고, 이전의 자유주의적 지향을 단념해버렸다. 1812년 3월, 스페란스키는 허위 밀고로 해임돼 니즈니노브고로드로, 같은 해 9월에 페름으로 유형을 떠났다. 그러나 1816년에 사면되어 펜자 총독에 임명되었다. 이때부터 제2의 전성기가 시작되어, 1819~1821년 시베리아 총독을 역임하고, 1821년 페테르부르크로 돌아와 법률제정위원회 위원에 임명되고, 둔전병 제도에 찬사를 쓰고, 십이월당원들에 대한 조사에 참여했다. 1839년 1월, 죽기 한 달 전 그는 백작의 작위를 받았다.

25) 1810년 이후 프랑스와 러시아의 관계는 새로운 국면에 돌입했다. 당시 피할 수 없는 충돌에 대한 준비가 다급히 이루어지고 있었다. 나폴레옹은 외교적 수단으로는 러시아를 영국에 맞서게 할 수 없다고 확신하자 곧바로 전쟁 준비에 착수했다. 1812년 여름, 두 동맹국은 마침내 외교적, 군사적 준비를 끝냈다. 프랑스는 2월과 3월에 프로이센, 오스트리아와 동맹을 맺었고, 러시아는 4월에 스웨덴과, 5월에 터키와 평화조약을 체결했다. 러시아-터키 평화조약은 전쟁을 앞둔 러시아에 상당한 힘을 실어주어 나폴레옹의 작전 계획에 큰 타격을 주었다.

26) 섬세한 표현이 돋보이는 이 부분은 톨스토이가 1812년 조국전쟁에 관한 역사가의 글에서 빌려온 것이다. A. I. 미하일롭스키-다닐렙스키는 이렇게 썼다. "모든 이의 상상을 채우고 있던 나폴레옹-전쟁에 참가한 군인의 영예에 자연의 범상치 않은 현상이 결합되었다. 사람들은 모두 예사롭지 않은 무언가를 기대하고 있었다. 하늘에 혜성이 나타났다. 사람들은 밤하늘에서 방황하는 별과 그 거대한 빛의 꼬리를 올려다보면서 '러시아 땅에 재앙이 내릴 징후다!'라고 말했다."

발트 해

러시아

네만 강

틸지트

단치히 만

쾨니히스베르크

알레 강

프리틀란트

단치히

프로이슈-
아일라우

바르텐슈타인

비스와 강

오스트롤렌카

푸우투스크

바르샤바

0   50   100km

1807년 전역도(푸우투스크~틸지트)

문학동네 세계문학전집 발간에 부쳐

　세계문학은 국민문학 혹은 지역문학을 떠나 존재하는 문학이 아니지만 그것들의 총합도 아니다. 세계문학이라는 용어에는 그 나름의 언어와 전통을 갖고 있는 국민문학이나 지역문학의 존재를 인정하면서 그것을 넘어서는 문학의 보편적 질서에 대한 관념이 새겨져 있다. 그 용어를 처음 고안한 19세기 유럽인들은 유럽 문학을 중심으로 그 질서를 구축했지만 풍부한 국민문학의 전통을 가지고 있는 현대의 문학 강국들은 나름의 방식으로 세계문학을 이해하면서 정전(正典)의 목록을 작성하고 또 수정한다.

　한국에서도 세계문학 관념은 우리 사회와 문화의 변화 속에서 거듭 수정돼왔다. 어느 시기에는 제국 일본의 교양주의를 반영한 세계문학 관념이, 어느 시기에는 제3세계 민족주의에 동조한 세계문학 관념이 출현했고, 그러한 관념을 실천한 전집물이 출판됐다. 21세기 한국에 새로운 세계문학전집이 필요하다는 것은 명백하다. 우리의 지성과 감성의 기준에 부합하는 세계문학을 다시 구상할 때가 되었다.

　문학동네 세계문학전집은 범세계적으로 통용되는 고전에 대한 상식을 존중하면서도 지난 반세기 동안 해외 주요 언어권에서 창작과 연구의 진전에 따라 일어난 정전의 변동을 고려하여 편성되었다. 그래서 불멸의 명작은 물론 동시대 세계의 중요한 정치·문화적 실천에 영감을 준 새로운 작품들을 두루 포함시켰다.

　창립 이후 지금까지 한국문학 및 번역문학 출판에서 가장 전문적이고 생산적인 그룹을 대표해온 문학동네가 그간 축적한 문학 출판 경험을 바탕으로 새로운 세계문학전집을 펴낸다. 인류가 무지와 몽매의 어둠 속을 방황하면서도 끝내 길을 잃지 않은 것은 세계문학사의 하늘에 떠 있는 빛나는 별들이 길잡이가 되어주었기 때문이다. 우리가 자부심과 사명감 속에서 그리게 될 이 새로운 별자리가 독자들의 관심과 애정에 힘입어 우리 모두의 뿌듯한 자산이 되기를 소망한다.

문학동네 세계문학전집 편집위원
민은경, 박유하, 변현태, 송병선, 이재룡, 홍길표, 남진우, 황종연

세계문학전집 146
전쟁과 평화 2
ⓒ 박형규 2017

1판 1쇄 2017년 3월 15일
1판 10쇄 2025년 2월 10일

지은이 레프 톨스토이 | 옮긴이 박형규

책임편집 김혜정 | 편집 원예지 황정숙 이종현 오동규 | 모니터링 이희연
디자인 김현우 이원경 | 저작권 박지영 형소진 오서영
마케팅 정민호 서지화 한민아 이민경 왕지경 정유진 정경주 김수인 김혜원 김예진
브랜딩 함유지 함근아 박민재 김희숙 이송이 김하연 박다솔 조다현 배진성
제작 강신은 김동욱 이순호 | 제작처 영신사

펴낸곳 (주)문학동네 | 펴낸이 김소영
출판등록 1993년 10월 22일 제2003-000045호
주소 10881 경기도 파주시 회동길 210
전자우편 editor@munhak.com | 대표전화 031) 955-8888 | 팩스 031) 955-8855
문의전화 031) 955-2696(마케팅) 031) 955-1904(편집)
문학동네카페 http://cafe.naver.com/mhdn
인스타그램 @munhakdongne | 트위터 @munhakdongne
북클럽문학동네 http://bookclubmunhak.com

ISBN 978-89-546-4258-3 04890
        978-89-546-0901-2 (세트)

잘못된 책은 구입하신 서점에서 교환해드립니다.
기타 교환 문의 031) 955-2661, 3580

www.munhak.com

● 문학동네 세계문학전집은 계속 출간됩니다